Katherine Pancol est née à Casablanca en 1954. Depuis l'enfance, elle s'immerge dans les livres et invente des histoires qu'elle raconte à qui veut l'entendre. Pour elle, la fiction est plus réelle et intéressante que la réalité. Elle était la plus fidèle adhérente de la bibliothèque municipale où elle lisait tous les livres par ordre alphabétique. Balzac et Colette sont ses deux maîtres absolus. Après des études de lettres, elle enseigne le français et le latin, mais attrape le virus de l'écriture et du journalisme : elle signe bientôt dans *Cosmopolitan* et *Paris-Match*. Un éditeur remarque sa plume enlevée et lui commande l'écriture d'un roman : *Moi d'abord* paraît en 1979 et connaît un succès immédiat et phénoménal. Elle s'envole pour New York où elle vivra une dizaine d'années, écrira trois romans et aura deux enfants. Elle rentre à Paris au début des années quatre-vingt-dix. Elle écrit toujours, et sa devise est : « La vie est belle ! »

Katherine Pancol

ROMANS

LA BARBARE

LES HOMMES CRUELS
NE COURENT PAS LES RUES

UNE SI BELLE IMAGE

Préface inédite de l'auteur

Éditions du Seuil

TEXTE INTÉGRAL

La Barbare
© Éditions du Seuil, 1981

Les hommes cruels ne courent pas les rues
© Éditions du Seuil et Katherine Pancol, 1990

Une si belle image
© Éditions du Seuil, 1994

ISBN 978-2-7578-5638-3

© Éditions Points, 2015, pour la présente édition

Le Code de la propriété intellectuelle interdit les copies ou reproductions destinées à une utilisation collective. Toute représentation ou reproduction intégrale ou partielle faite par quelque procédé que ce soit, sans le consentement de l'auteur ou de ses ayants cause, est illicite et constitue une contrefaçon sanctionnée par les articles L. 335-2 et suivants du Code de la propriété intellectuelle.

Préface

À cette époque, je vivais à New York.

Le jour, je flânais. Dans les librairies, le Parc, les musées, les rues, les avenues, devant les vitrines de Tiffany. Je parlais avec le premier quidam. Rencontrais des Eskimos, des hidalgos, des méfiants, des nonchalants, échangeais des propos filandreux ou copieux, apprenais par cœur le trajet des bus et des métros, remontais Amsterdam, tournais à droite sur Columbus, faisais mon marché à Union Square, suivais des cours à Columbia tout là-haut, là-haut, fréquentais des salles obscures où l'on projetait de vieux mélos, essuyais une larme, regardais Broadway s'embraser sous les flammes des réclames et attendais la nuit pour m'enfermer vingt mille lieues sous terre et frapper le clavier noir de mon Olivetti rouge.

Les nuits étaient longues, studieuses, je me rongeais les ongles et me tournais le sang, les journées légères, hardies, fructueuses, je gambadais et faisais la cueillette de « divins détails ». Nabokov était mon cousin.

New York ! New York ! Je n'avais pas assez d'yeux ni d'oreilles pour tout enregistrer. J'ouvrais les bras comme une affamée et me repaissais du moindre vermisseau que je transformais en oriflamme de mots.

La ville s'imprimait dans mes lignes.

Les petits vendeurs à la sauvette sur Madison, les voyantes à bas prix sur Houston, les femmes chaussées de Nike et lestées de bilans financiers, les hommes pressés, peureux, que guignaient des femelles avides de chair fraîche, pas tendres étaient les nuits !, le frozen yoghurt de Bloomingdale's, la belle serveuse noire qui lançait à la ronde *Hi, sweetie! How are you today?*, je la mangeais des yeux, le vendeur de journaux fatigué de rendre la monnaie, la frêle blonde assise au comptoir en attendant de devenir star, le chauffeur de taxi haïtien qui confondait volant et klaxon, le doorman en galons dorés, tous sautaient à pieds joints dans mes romans. En jeune premier ou en pointillé. Qu'importe !

L'histoire de *La Barbare* se passe au Maroc mais s'écrivit dans un gratte-ciel de l'Upper East Side sur Lexington et 56e Rue. Au rez-de-chaussée sombre et triste d'un gratte-ciel de cinquante-six étages. Je travaillais à la lueur d'une ampoule électrique, assise en tailleur sur un tapis à longs poils blancs sous le regard d'un grand Indien en terre cuite qui croisait les bras et fronçait les sourcils. Hugh ! je murmurais poliment avant de m'accroupir à ses pieds et d'écrire. Je partageais ce deux-pièces éteignoir avec une Américaine fringante qui me regardait écrire comme si je ravaudais des bas. Je l'observais et prenais moult notes. Elle donna naissance au personnage de Bonnie Mailer. Chaque matin quand j'apparaissais dans le hall de l'immeuble, Walter le doorman me récitait le bulletin météo planté derrière son bureau. *Mostly cloudy today, high around eighties.* Ses fausses dents étincelaient, sa casquette bleu marine sous laquelle il souriait, béat, me rassurait. Il mourut à 74 ans, emporté par un coup de sang derrière son bureau en plein bulletin météo.

Ce fut une période où je mangeais beaucoup d'oranges, j'avais besoin de vitamine C pour pallier le manque de lumière de l'appartement.

Pour *Les hommes cruels ne courent pas les rues*, je descendis m'installer à Soho dans un grand loft sur Thompson Street à l'angle de Prince.

Papa venait de mourir, je pleurais et pleurais, je tombais amoureuse, je pleurais encore, lisais Flaubert et sa correspondance, seul remède à mes chagrins. J'arpentais New York dans tous les sens à la recherche d'une boussole, suppliais la ville de venir à mon secours, de m'envoyer des histoires et des drapeaux à planter. Ce qu'elle fit. Je crois même que c'est elle qui écrivit le livre.

Et Louise Brooks que je rencontrai à Rochester après l'avoir longuement recherchée. Wanted !

Louise, l'héroïne des films de Pabst, star du muet réfugiée dans un petit appartement minable, Louise qui devint mon amie, Louise qui, à 73 ans, atteinte d'emphysème, ne quittait plus son lit où elle lisait et relisait Proust qu'elle annotait et commentait sans se lasser. Louise et l'amour, son grand sujet de discussion. Pourquoi tombe-t-on en amour ? Pourquoi ça cahote toujours ? La moitié d'orange, c'est une légende ? Et la pilule ? On en prend une par jour ou une par mois ? Et les Tampax, faut les changer souvent ? Il fallait qu'elle rattrape toutes les années de réclusion où elle avait vécu loin du monde et de ses croustillances.

Un jour que nous parlions de son métier d'actrice, elle m'affirma qu'elle n'était pas une bonne actrice. La preuve ? C'était écrit noir sur blanc dans une lettre que lui avait adressée Pabst. « Regarde, elle me dit, regarde ! » Je lus à voix haute ce que Pabst avait écrit : « Louise, vous n'êtes pas une actrice. Vous êtes une grande actrice. »

Elle n'avait retenu que la première phrase.

Elle me racontait ses nuits d'amour avec Garbo, Chaplin ou un cascadeur inconnu, ses échecs, ses humiliations. Les costumes de Howard Hawks et *L'Heure triomphale de Francis Macomber*. Avec une précision féroce de maquignon.

Louise un jour me souffla le titre de mon roman alors que nous dissertions sur le thème « les hommes gentils sont-ils sexy ? ». Elle haussa les épaules dans sa petite liseuse rose et laissa tomber une réplique couperet : « Bien sûr que non ! Les hommes gentils sont barbants. Seul un homme cruel peut t'emmener au ciel mais hélas... Les hommes cruels ne courent pas les rues ! »

Ce n'était pas tombé dans l'oreille d'une sourde.

Je rencontrai les enfants de Jackie Kennedy, John et Caroline, un soir à la campagne dans le Connecticut. Chez l'oncle Willy. Nous y dînions souvent le dimanche avant de repartir vers la grande ville. Les enfants me donnèrent envie de connaître la mère.

Je ne fis sa connaissance que bien plus tard en écrivant *Une si belle image*, dont elle est l'héroïne. Et quelle héroïne ! Une femme kaléidoscope qui portait un masque pour cacher qu'elle tremblait, vibrait, enrageait, souffrait l'enfer. Jackie serrait les dents, souriait sous son brushing et son bibi planté sur le crâne. Lisse, impeccable, elle savait occire l'ennemi en un battement de cil. Il ne fallait pas lui marcher sur les pieds (qu'elle avait très grands !), elle ne pardonnait jamais. Elle termina sa vie avec un homme gentil, elle qui aimait tant les hommes cruels.

J'aurais aimé prendre le thé avec elle dans son grand appartement sur la Cinquième Avenue face au Réservoir. On aurait parlé de sa mère, femme glacée, mère glaciale, de son père volage, voleur, joueur, de John qui troussait toutes les femmes. « Les Kennedy sont comme cours en première année d'anglais lui laissait beaucoup d'après-midi libres.

Elle fêta ses dix-sept ans, au mois d'octobre, sur les bancs de la fac. Elle s'y sentit tout de suite plus au large qu'au lycée, mais n'osa pas se mêler aux autres étudiants. Il lui semblait toujours qu'elle portait au front la marque « moins » : moins d'aplomb, moins d'allure, moins d'expérience, moins d'audace, moins d'aisance. Alors que les autres étaient « plus » brillants, « plus » savants, « mieux » habillés, « plus » riches, « plus » au courant. Et cela créait entre elle et eux une barrière de sept lieues. Quand ils lui parlaient, elle répondait très vite, très court, de peur qu'ils ne s'aperçoivent qu'elle était « moins ». Elle apprenait toutes sortes de choses en les écoutant, mais elle réalisait aussi l'immensité qui les séparait : elle n'avait jamais voyagé, jamais fait d'auto-stop, jamais dansé contre un garçon, jamais fumé de joint, jamais dormi à deux, jamais écouté de la musique anglaise l'après-midi au lieu d'aller aux cours… Tout ce retard lui paraissait impossible à rattraper. Mais c'était surtout avec les autres filles qu'elle désespérait. Elles avaient des amants, prenaient la pilule, discutaient Pink Floyd, twin-set et mocassins américains, sortaient tous les soirs… Face à elles, Anne se trouvait encore plus minable. Dans ces moments-là, elle en voulait à sa mère. Elle détestait l'épargne-logement, le deux-pièces et l'aspirateur qu'on branche sur le palier. À force de penser et d'organiser leur vie, sa mère l'avait vidée de toute substance. Elle avait supprimé le superflu qui donnait à ces filles la nonchalance qu'Anne leur enviait.

Un jour qu'elle rentrait de la faculté, peut-être une semaine avant les vacances de Pâques, le pneu arrière de sa Mobylette creva. Elle n'était pas loin de chez elle et put rentrer en la poussant. Le fils de la concierge, qui se coupait les ongles sur le pas de la porte, lui proposa de l'aider, et ils descendirent ensemble au sous-sol. Elle

le regardait enlever la chaîne, démonter le pneu, locali-
ser la crevaison, râper le caoutchouc, poser la rustine.
Ses cheveux noirs tombent sur son front et il a des petits
boutons rouges entre les sourcils. Ses muscles font deux
grosses bosses en sortant du tee-shirt et il porte un jean
bien serré.

Elle s'agenouille à ses côtés et fait semblant de s'intéresser.

– Ça marche ?

– Ouais. Heureusement, c'est pas trop grave mais si
vous aviez continué à rouler, le pneu était foutu… Et
quand il faut changer le pneu ça coûte cher…

Anne hoche la tête. Une chance, en effet… Elle ne
sait plus quoi dire. Le silence devient gêne.

– Voilà, c'est fini. Vous allez pouvoir remonter dessus.

Il remet le pneu en place, range ses outils, pousse la
Mobylette contre le mur. Elle lui sourit. Pour le remercier.

– Merci. C'est gentil à vous.

– C'est toi qui es gentille…

Elle rougit, détourne la tête, veut s'en aller mais il la
rattrape, l'appuie contre le mur humide du garage, met
ses deux mains au-dessus de ses épaules. Elle ne pense
pas à se débattre quand il approche sa bouche, pose ses
lèvres sur les siennes et appuie très fort. « Il m'embrasse
sur la bouche, c'est donc ça un baiser. » La minuterie
s'est arrêtée. Il fait noir. Elle ne voit ni n'entend plus
rien. Il y a juste cette bouche qui l'embrasse, qui glisse
sa langue dans sa bouche, qui prend sa langue, qui est
chaude. Deux mains qui serrent ses épaules, glissent
sous son chandail, lui caressent les seins, le ventre,
s'enfoncent entre ses jambes. Elle a envie de se fondre
dans cette bouche, de s'attacher à cette langue, d'être
avalée tout entière par la vague de chaleur qui monte de
son ventre. Elle l'entoure des deux bras pour qu'il

n'arrête pas. Il se plaque contre elle, passe sa main dans ses cheveux, l'embrasse derrière l'oreille.

– Encore, encore, murmure-t-elle.

La minuterie se rallume, des pas approchent et elle s'enfuit en courant. Elle monte l'escalier, se précipite dans la salle de bains et se regarde dans la glace. Ses cheveux blonds sont ébouriffés, elle porte des marques rouges sur les joues, et ses yeux brillent. Elle touche du doigt ses lèvres, son cou et rougit violemment. Petite fille pas propre… Mais c'est si bon et elle a tellement envie de retourner dans le garage, de s'appuyer contre le mur qui suinte et de se laisser embrasser. C'est bon et c'est vrai. Ça existe. Ce n'est pas un de ces rêves qui la laissent toute seule, abandonnée, le matin au réveil.

Elle attendit de le revoir, le guetta dans les couloirs, traîna dans le sous-sol, prétexta mille oublis pour descendre fouiller les sacoches de sa Mobylette.

Un soir, enfin, elle se heurta à lui. Il la prit par la main et l'entraîna à la cave, devant une porte au chiffre 12 inscrit à la craie.

La cave s'ouvre avec un gros cadenas argenté. Il fait cliqueter la serrure et ils entrent. Il y a un matelas posé sur le sol et des bouteilles vides dans un coin. Quatre ou cinq valises empilées, un lampadaire, une voiture d'enfant et des petits graviers sous ses pas. Quand la minuterie s'éteint, il fait noir. Elle sent l'humidité des murs, une odeur de moisi et perçoit des bruits sourds dans les tuyaux qui passent au dessus de leurs têtes.

Eh bien ! qu'est-ce que t'as ? T'as peur ?

Elle ne répond pas. Ses yeux s'habituent à l'obscurité et elle distingue le blanc de son tee-shirt dans le noir.

– T'as jamais…

– Non.

– Jamais embrassé ? Jamais couché ?

– Non.

Il rit. Il doit la trouver ridicule.

– T'as quel âge ?

– Dix-sept ans et demi. Et toi ?

– Dix-neuf. T'es mignonne, tu sais.

Elle fait une moue dubitative.

– T'es bête. Allez, viens ici.

Il lui montre le matelas sur lequel il est étalé. Elle s'assied et serre ses jambes contre elle. Serre ses mains sur ses genoux.

– Qu'est-ce que tu fais toute la journée ?

– Je vais à des cours. Des cours d'anglais… Et puis je fais du dessin…

Il va encore rire. Elle le déteste. Les autres filles lui auraient répondu autrement, c'est sûr. Elle, elle ne sait pas comment on se conduit dans un cas pareil.

– Il faut que je remonte : ma mère va se demander ce que je fais.

– Tu veux qu'on se file rancard demain… À cinq heures ?

– Oui. D'accord.

Elle a répondu sans réfléchir. Elle est pressée de partir maintenant.

– À cinq heures devant la porte de la cave. Tu ne m'embrasses pas ?

Elle se penche, il l'attrape par les épaules et, de nouveau, elle se sent devenir toute molle. Elle proteste doucement :

– Non, non. Il faut que je remonte…

Il la lâche à regret.

– Bon, d'accord. À demain.

Le lendemain, en se réveillant, Anne est terrifiée. Être étreinte en rêve par un beau jeune homme est romantique mais se retrouver, dans une cave, allongée sur un matelas avec le fils de la concierge frôle le sordide. Elle décide de ne pas y aller et se rend à ses cours, résolue.

Sa décision se renforce quand elle se retrouve assise parmi les autres étudiantes. Elles ne donneraient pas, elles, de rendez-vous dans une cave, au fils de leur concierge. Mais, à cinq heures, elle attend devant le cadenas argenté. Elle se laisse conduire jusqu'au matelas, se laisse allonger, embrasser, déboutonner, noue ses bras dans son dos, sa langue à la sienne et soupire. La minuterie s'allume et s'éteint. Elle ne le voit que par intermittence. Elle préfère quand il fait noir.

Pendant toute l'année où Anne rejoignit le fils de la concierge dans la cave, Mme Gilly ne se douta de rien. Elle avait d'autres préoccupations : Anne approchait de ses dix-neuf ans, il fallait songer à la marier.

Un dimanche après-midi, alors qu'elle rendait visite à son amie Pauline, qui a quatre filles et un pavillon à Meudon-Val-Fleuri, elle en profita pour lui demander conseil. Pauline n'hésita pas et déclara :

– Les bals des grandes écoles, c'est ce qu'il y a de mieux.

Mme Gilly opina. Il n'arriverait pas à Anne la même mésaventure qu'à elle.

Les bals ont lieu, en général, le samedi soir.

Tous les samedis donc, Mme Gilly et sa fille quittent leur immeuble de Levallois pour s'engouffrer dans un taxi commandé par téléphone. Anne tressaille en passant devant la loge où il dort mais monte, sans murmurer, dans la voiture. Ses cheveux blonds sont tressés en chignon, ses yeux ombrés de poudre d'or, un échantillon que Mme Gilly a pris chez le pharmacien, et ses chaussures vernies lui serrent un peu le pied. Elle est l'héroïne satinée de ses rêves. Elle glisse sans trébucher sur les parquets blancs de l'Opéra ou de la fac de droit, incline la tête en souriant quand on vient l'inviter, tend le bras, ploie la taille, se renverse en arrière et sourit en découvrant des petites dents pointues et blanches si on la serre de trop près.

Derrière elle, Mme Gilly observe.

Dans les bras de ses danseurs, elle pense à la cave. Elle y passe des heures délicieuses. Ils s'y enferment de plus en plus souvent, et oublient de trouver des excuses à leur absence prolongée. Ils ne parlent guère. Un jour qu'il lui demandait si elle « faisait attention », elle avait secoué la tête, et il l'avait traitée de petite bête.

À la rencontre suivante, il lui avait jeté une plaquette de pilules, et elle avait croqué, éblouie, sa première ressemblance. Elle était comme les autres filles maintenant...

Elle ne sait rien de lui mais il lui apprend du bout des doigts tout un monde de sensations. Elle est belle dans ses bras. Grande, toute-puissante. Elle n'a plus jamais peur. Elle lui écrit de petits billets, lui donne des noms étranges tirés de son encyclopédie et mime ses préférés : potorou, mammifère de petite taille communément appelé kangourou-rat. Elle saute dans la cave, accroupie, les genoux écartés, ses longs cheveux blonds balayant les graviers en criant : je suis un potorou, je suis un potorou. Il se jette sur elle et l'attrape.

– Tu sais que les hommes mangent les potorous tout crus ?

Elle recule, effrayée.

– Mais je ne sais pas par quel morceau commencer...

Il s'agenouille à ses pieds. Elle attend. Sa bouche souffle sur ses chevilles. Elle gémit doucement. Ses dents la mordillent, la mordent. Remontent sur ses genoux. Elle sent sa langue sur ses cuisses et ouvre les jambes. Quand il enfonce sa bouche entre ses jambes, elle appuie sa main sur sa tête pour qu'il ne s'arrête jamais... Potorou vaincu. Parfois, il est obligé d'étouffer ses cris quand la minuterie s'allume et qu'il entend des pas. Mais elle lèche la paume de sa main, la mord jusqu'à ce qu'il capitule et s'étende sur elle. Elle se creuse et se colle si fort à lui qu'il a l'impression de maîtriser un petit animal. Il n'y a que lorsqu'elle est triste que son corps se détend. Elle parle alors, en chuchotant, la tête sur sa poitrine et raconte Amar le liftier, papa et sa barbe bleue qui sent si bon une eau de toilette de Paris, Tria et le thé… Mais elle est rarement mélancolique. Elle a même tendance à narguer les gens avec son secret. Car, au fond, elle est fière de son aventure souterraine. Elle vit une histoire que peu de filles de son âge connaissent ou oseraient connaître et ça la rend téméraire.

Ils ne peuvent s'aimer qu'en sous-sol et font semblant de s'ignorer quand ils se croisent dans l'escalier. C'est peut-être ce qu'Anne préfère dans toute cette histoire, ce qui fait qu'elle a encore plus fort envie de lui quand elle le retrouve dans la cave.

Ils ne parlent jamais de ce qui va arriver : pacte tacite de silence. Elle ne raconte pas les soirées du samedi soir, il ne lui dit pas qu'il la regarde monter dans le taxi et laisse retomber, rageur, le rideau de la loge.

Un samedi, au bal de l'École polytechnique, Anne fut invitée par un jeune homme de belle prestance dont le sabre claquait sur la couture. Elle s'inclina doucement et se laissa entraîner dans une valse dont elle ne maîtrisait pas tous les pas. Elle sourit pour s'excuser et le jeune homme l'enlaça d'un peu plus près. La valse terminée, il la raccompagna auprès de sa mère et se présenta.

– Alain Riolle, ancien élève de l'École polytechnique et de l'École nationale des ponts et chaussées.

Le visage de Colette Gilly frémit : un X Ponts ! Les meilleurs, les mieux placés dans la course aux grandes carrières ! Vingt-huit ans… Célibataire…

Dans le taxi du retour, cette nuit-là, Mme Gilly jubilait. Anne, dans son coin, pensait que demain, dimanche, elle trouverait une excuse pour descendre à la cave.

Le samedi suivant, elle ne dansa qu'avec Alain Riolle, sous le sourire protecteur et épanoui de sa mère. Il lui demanda son numéro de téléphone, elle le lui écrivit sur un napperon en papier dentelle taché d'un peu de crème anglaise qu'il respira avant de le plier et de le mettre dans sa poche, en lui adressant un clin d'œil. Il l'appela trois jours après et lui proposa de l'emmener voir *Autant en emporte le vent*. Anne entreprit une danse de Sioux dans le petit couloir. Pour la première fois de sa vie, elle allait sortir officiellement avec un garçon et pas n'importe lequel : grand, blond, bien diplômé et qui fait des clins d'œil complices.

Le soir où il devait venir la chercher, elle l'attendit, l'œil collé au judas, téléphona à l'horloge parlante, changea plusieurs fois de barrettes et se fit finalement la raie au milieu.

Elle pleura beaucoup au cinéma. Il l'emmena goûter les macarons du « cousin Pons » au Luxembourg et lui raconta des histoires drôles sur Balzac qui n'habitait pas loin et Lamartine qui inscrivait dans les marges de ses poèmes toutes les sommes qu'on lui devait…

Ce soir-là, en s'endormant, elle fit le compte de ce qu'Alain avait dépensé pour elle et fut heureuse de valoir une si grosse addition !

Alain prit l'habitude de voir Anne régulièrement. Il lui apportait des livres, l'emmenait à des expositions, au cinéma, lui faisait connaître des quartiers qu'elle ignorait. Un jour, elle affirma que Bécon-les-Bruyères n'existait pas, que c'était un village d'opérette qu'on avait inventé pour les rimes dans les chansons. Il la conduisit à la petite gare de Bécon et elle reconnut son erreur en pouffant. Puis, il lui demanda quelle était la différence entre Bécon-les-Bruyères et Florence. Elle chercha mais ne trouva pas. « Eh bien ! lui dit-il, à

Bécon-les-Bruyères, il y a des filles qui s'appellent Florence tandis qu'à Florence… » Elle rapporta le soir même l'anecdote à sa mère, sans lui dire que c'était Alain qui la lui avait racontée, et Mme Gilly la trouva très vulgaire.

Un jour qu'ils sortaient tous les deux, ils croisèrent le fils de la concierge. Anne rougit violemment et lâcha le bras d'Alain. Elle fut bizarre tout l'après-midi.

Elle attendit plusieurs jours avant qu'il ne revienne devant le cadenas argenté et, quand elle l'aperçut, elle comprit qu'il était inutile d'expliquer. Il la jeta sur le matelas sans dire un mot. Il devint ironique et cruel. Prit l'habitude de ricaner quand elle parlait, la fit attendre devant le cadenas et déchira un dessin qu'elle avait fait pour lui tout seul. Il lui promit que personne, jamais personne, ne voudrait l'épouser avec sa peau toute blanche et sa bouche encombrante. Anne pleurait. Un jour, il lui pinça le sein si fort qu'elle faillit hurler mais, en même temps, elle eut chaud dans tout le corps et attendit qu'il recommence. Ils ne se parlaient plus. Il l'entraînait sur le matelas, la déshabillait brutalement et cherchait tous les moyens de l'humilier. « Tu es sale, je n'ai pas envie de toi, tire-toi, j'en connais des bien plus belles, arrête de pleurer, t'es encore plus moche quand tu pleures. » Quand il se relevait, elle avait peur de ne plus le revoir. Alors, elle accepta de sortir un soir avec lui. Elle le rejoignit au bout de la rue Jean-Jaurès. Il lui fit faire un tour du périphérique en moto et elle hurla qu'elle conduisait. Il l'emmena voir un film de karaté puis ils mangèrent un hamburger sur les grands boulevards. En rentrant, il l'attira dans la cave et la féerie commença.

– Tu vois, on est bien mieux ici, lui dit-elle pour lui faire plaisir.

– T'as pas aimé la balade ?

– Si. Mais on est bien ici aussi, non ?

Enfin, un dimanche, il lui annonça qu'il ne voulait plus la voir. Elle crut à une ruse, à un jeu, mais il insista, un mauvais sourire sur les lèvres.

– T'es jetée. Finie.

– Mais pourquoi ?

– J'ai trouvé mieux. Beaucoup mieux. Une qui ne se pousse pas du col, qui a pas peur en moto et qui ne me fera pas chier avec ses fréquentations. T'as compris ?

Elle ne comprenait pas. Elle entendait mais les mots n'allaient pas jusqu'à son cerveau. Ils s'arrêtaient avant et elle restait là, idiote, assise sur le matelas à le regarder fixement.

– Allez, tire-toi.

Il l'empoigna, la poussa dans le couloir. Elle avait envie de le supplier : Attends, explique-moi, je ne comprends pas, touche-moi, une dernière fois… J'ai tellement envie, je ferai tout ce que tu voudras. Mais elle n'osa pas, lui jeta un dernier regard implorant. Il lui fit un geste obscène et elle s'éloigna en courant.

Alain redoubla de prévenances. Un après-midi où il la raccompagnait, il passa son bras autour de ses épaules et l'attira contre lui. Le taxi, une vieille 403 Diesel, sentait le cuir déchiré et les ressorts crevaient les banquettes, leur meurtrissant le dos à chaque cahot. Il posa ses lèvres sur les siennes. Elle le laissa faire et soupira oui quand il lui demanda de l'épouser.

Un an plus tard, elle s'agenouillait sur un prie-Dieu en velours rouge au côté d'un jeune homme en habit d'apparat. Son père, prévenu de son mariage, lui avait envoyé un mot au stylo-bille où il s'excusait de ne pouvoir assister à la cérémonie mais il était retenu au Maroc par d'importantes responsabilités. Anne eut envie de pleurer et fit des grimaces. Elle se rendit compte alors que le temps avait passé lent et vide depuis qu'elle était arrivée en France. Elle chercha des souvenirs vrais et ne trouva que le lourd portail en fer forgé, les leçons de dessin et le matelas dans la cave. Le reste, elle pouvait le raconter aussi mais c'était comme si c'était arrivé à une autre. Elle était absente de son curriculum vitae. Elle ne se demanda pas pourquoi elle se retrouvait sur le fauteuil en peluche rouge à dire oui. Cela aussi faisait partie des choses qui lui arrivaient. Elle avait vingt ans et elle se mariait. Elle avait juste le sentiment de s'être laissée aller. Elle respira l'odeur de l'encens et de pierre froide et frotta son alliance sur la peluche rouge du fauteuil.

Après, quand tout fut fini, elle se dit qu'elle était mariée, qu'elle avait changé de nom, d'adresse. C'est tout ce qu'elle se dit. C'était quand même le jour de son mariage.

Chapitre 4

C'est une maison blanche dans la rue Mohammed-Smiha. Posée sur le mur, à droite de la porte d'entrée, une plaque en cuivre doré annonce : Clinique du docteur Alsemberg, ancien interne des hôpitaux de Paris. À l'intérieur s'arrondit un patio carrelé de mosaïques bleues au milieu desquelles jaillit un jet d'eau. C'est la reproduction fidèle d'une gravure représentant les appartements d'un riche patricien romain, dans le vieux livre d'histoire de Serge Alsemberg. Il avait douze ans et rêvait qu'un jour, il serait noble patricien et posséderait son patio. Aujourd'hui, toutes les images sont en place : la plaque dorée, le jet d'eau, les infirmières en blanc, les chariots chromés, les malades qui attendent la consultation du matin, les médecins qui traversent le hall à grandes enjambées…

Il est huit heures, Serge Alsemberg salue un collègue et se dirige vers son bureau.

Hilda est déjà là. Elle trie son courrier et lui adresse un large sourire. Hilda est polonaise comme lui. Il l'a rencontrée à la suite d'une petite annonce parue dans le *Maroc-Soir* alors qu'il venait d'ouvrir sa clinique et cherchait une assistante. L'air résolu et solide d'Hilda, les deux macarons tressés au-dessus de ses oreilles, ses petits yeux vifs et bruns, ses taches de rousseur lui avaient rappelé sa grand-mère Bouba, et il lui avait tout de suite proposé de travailler avec lui. Elle avait dit oui sans hésiter, avait empoigné le cabas où elle gardait ses deux chats et l'avait suivi. Depuis, elle ne l'a jamais quitté. Secrétaire, assistante, instrumentiste, rempart, présence : elle est toujours là. Les soirs où il reste seul dans son bureau, les pieds sur ses dossiers, la chaise en équilibre, les mains dans les poches de sa blouse, les soirs où il est fatigué, elle dépose sur sa table un verre de vodka à l'herbe aux bisons et des petits pâtés de viande qu'elle prépare chez elle tous les matins. Puis, en polonais, ils parlent de Varsovie. De sa maison à elle, de la maison de ses grands-parents – Serge a été élevé par son grand-père et sa grand-mère –, de la place du Marché où elle accompagnait sa mère, du curé habillé tout en noir qui venait dîner chez Bouba le dimanche soir, de la boucle du fleuve Bug où ils se baignaient en été… Ils refont la guerre et les luttes partisanes. Serge Alsemberg avait dix-huit ans et se cachait dans les forêts avec les résistants de l'AK, l'armée du pays dirigée de Londres. Hilda avait le même âge et se battait, dans la forêt voisine, pour l'AL, l'armée populaire qui, à la Libération, sous l'impulsion de Gomulka, devait devenir gouvernement provisoire puis gouvernement tout court.

Quand les communistes prirent le pouvoir, Serge s'enfuit, traversa des champs, des rivières, des montagnes, des armées, des frontières de barbelés et arriva en France. C'est là qu'il fit ses études de médecine. Bien plus tard, il découvrit le Maroc et voulut s'y installer. C'était l'époque du protectorat et des facilités accordées aux Français. Il ouvrit un petit cabinet de chirurgie générale et opéra, chez des confrères, dans des cliniques privées. Jusqu'au jour où il épousa Alice Blanquetot, une Marseillaise venue en vacances au Maroc. Alice était riche et elle proposa à Serge de lui acheter une clinique. Serge hésita puis céda. Il quitta le cabinet de la rue Sidi-Belyout pour la maison blanche de la rue Mohammed-Smiha. Il prit deux associés, un Marocain et un Français, et n'eut plus qu'une idée : faire de sa clinique l'une des meilleures du Maroc. Il organisa des consultations gratuites, un service de planning familial et un département « urgences » ouvert jour et nuit. Il travaillait d'arrache-pied et tous les bénéfices étaient aussitôt réinvestis dans la clinique. Alice disait en riant qu'elle n'aurait pu faire meilleur placement.

Souvent le soir, alors que les docteurs Latif et Petit sont partis, Serge Alsemberg travaille encore dans son bureau. Hilda attend qu'il ait quitté la clinique pour rentrer chez elle. « C'est moi qui ferme, dit-elle, car les Polonaises sont consciencieuses. » Elle habite un deux-pièces en face de la clinique, avec ses chats Dimitri et Dimitra, et passe tous ses dimanches à écrire à sa sœur Andréa qui est restée en Pologne. Son plus grand plaisir est de recevoir le docteur Alsemberg et sa femme à dîner. La date est encadrée longtemps à l'avance sur le calendrier mural de l'entrée, mais quand Serge et Alice sonnent, elle proteste que rien n'est prêt et court à la cuisine. Pendant tout le dîner, elle les regarde manger et tâte avec inquiétude les croûtes de ses soufflés.

– Alors, Hilda, quoi de nouveau ce matin ?

Hier, en fin d'après-midi, il a été obligé de s'absenter pour régler les formalités de la mort de Paul Gilly, et c'est Hilda qui a reçu les visiteurs médicaux.

– Le représentant des laboratoires Spécia est passé. Je lui ai renouvelé la commande comme vous me l'aviez demandé. Celui de la maison Granger a dit qu'il voulait vous parler personnellement et qu'il prendrait rendez-vous. Je crois qu'il s'agit des nouvelles tables d'opération que vous avez commandées.

Elle a noté sur son calepin tout ce qu'elle a à dire et pointe chaque information énoncée.

– Je suis allée à la banque déposer vos chèques et en ai profité pour vous faire établir un nouveau chéquier.

Elle se penche sur ses notes. Il la soupçonne d'être un peu myope mais de refuser de porter des lunettes.

– Votre vésicule se porte bien et le docteur Latif, qui a fait la visite hier, est satisfait. Il pense que la convalescence se fera sans problèmes…

Serge regarde sa montre. Il a une longue journée aujourd'hui et, ce soir, il va chercher la fille de Paul à l'aéroport.

– Nous avons trois nouveaux bébés à la clinique depuis hier soir. Ce fut une rude nuit, docteur ! Mais tout s'est bien passé. Les mamans se portent bien et les papas ont récupéré…

Elle a un sourire attendri et fait passer tout son poids d'une jambe sur l'autre. Puis elle annonce l'ordre du jour et il se dit qu'il n'aura pas le temps de déjeuner.

Il pleut sur Casablanca. Dans la nuit noire et froide, les palmiers se tordent sous le vent. Les essuie-glaces de la voiture de Serge ont du mal à effacer les rafales d'eau qui tombent sur le pare-brise, et il conduit en clignant des yeux. « Elle n'a pas de chance pour ses retrouvailles avec le Maroc », pense-t-il en se garant dans le parking de l'aéroport.

Il remonte le col de son imperméable et court vers l'aéroport. Sa cigarette est mouillée. Il veut en allumer une autre mais s'aperçoit que son paquet est vide. Pourvu que le kiosque à journaux soit encore ouvert ! Parmi les gens qui attendent le vol de Paris, il reconnaît un infirmier et, plus loin, deux anciens malades. Il répond d'un petit signe de tête au salut de ces deux derniers et va serrer la main de son infirmier.

– Vous attendez un parent ? demande l'infirmier.

– Non. La fille de Paul Gilly.

– Ah ! Le monsieur qui…

– Oui, interrompt Serge brusquement.

Il n'a pas envie de répondre au regard avide de l'infirmier et s'éloigne vers le kiosque à journaux. Une voix confuse annonce dans le haut-parleur l'arrivée du vol AT 751 en provenance de Paris, provoquant un attroupement autour des barrières. Serge se tient à l'écart.

Les portes de l'aéroport claquent sous les rafales de vent, les pas font de grandes flaques dans le hall, les gouttes d'eau roulent sur les peaux bronzées. Serge essaie d'imaginer Anne. Sûrement grande, blonde, avec la démarche haute de sa mère ou les épaules ramassées de son père ? Les yeux marron ? Petite, elle avait des yeux brun doré et une bouche qui béait au vent, une bouche qui ressemblait à la fente d'une tirelire à baisers… Elle a vingt et un ans maintenant, la petite Anne. Il l'appelait Cadichon tellement elle était têtue. Serge n'avait pas d'enfant. Il installait Anne sur ses épaules et la promenait. Ou il l'emmenait à la fête avec Paul. Ils tiraient des fleurs à la carabine, montaient dans les manèges, la décoraient de barbe à papa et de pâtes de guimauve verte et rose. Après, elle voulait faire l'avion. Il la prenait par un bras et par un pied pendant qu'elle étendait l'autre bras et l'autre pied bien droit pour imiter les ailes de l'avion. Il commençait à la faire tourner doucement mais elle commandait « plus vite, plus vite ». Paul, sur le côté, applaudissait. Serge avait le tournis mais Anne n'était jamais fatiguée. Anne suçant son bâton de barbe à papa, Anne derrière sa frange quand elle boudait, Anne nettoyant ses vernis sur le bas de son pantalon…

Elle le prenait par la main et ordonnait :

– Raconte-moi quand tu as quitté la Pologne. Avec les chiens policiers et tout et tout…

Il la posait autour de son cou comme une longue écharpe et il racontait. En obéissant aux règles de l'aventure, en usage dans les volumes de la bibliothèque rose :

la nuit, les barbelés, les phares qui balaient le fleuve, les sirènes, les miradors…

– C'est quoi un mirador ?

– C'est une tourelle au sommet de laquelle un homme fait le guet et tire sur tout ce qui bouge, sans sommation.

– C'est quoi une sommation ?

– C'est un avertissement.

Ordinairement, Anne écoutait jusqu'à la dernière frontière : la longue marche, les fossés remplis de boue où il plongeait, le soldat qu'il avait désarmé et assommé, les fermes où il dormait en fouillant la paille pour trouver des œufs frais… Puis elle s'endormait. L'aventure finie, les chiens policiers rangés, les œufs de poule gobés, la vie de Serge à Paris ne l'intéressait plus. S'inscrire à l'université après toutes ces aventures lui paraissait assommant.

C'est pour avoir une petite fille comme Anne qu'il s'était marié.

– Vous êtes Serge Alsemberg ?

– Oui…

– Bonsoir, je suis Anne Gilly.

Chapitre 5

– Anne !

Elle sourit et il reconnaît les petites dents pointues sur le côté, elle repousse sa frange et il retrouve le front blanc et le duvet doré des tempes. Elle a les yeux marron piqués de jaune, un nez long et droit, et une bouche qui prend toute la place... C'est elle. Ce n'est pas elle. Elle est grande et se tient un peu voûtée. Maladroite. Elle porte une jupe à fleurs trop longue, un chemisier blanc, un sac en bandoulière avec un foulard à la lanière, des mocassins à barrette. On dirait une dame...

– Vous ne me reconnaissez pas ?

– Si. Mais vous avez changé...

Elle se demande s'il va s'arrêter de la dévisager. Il fait froid et elle n'a rien sur les épaules. Elle se demande aussi si elle doit l'embrasser ou lui serrer la main. Finalement, elle ne fait ni l'un ni l'autre. Mais elle l'a reconnu tout de suite. À l'école, quand elle avait appris Gengis Khan et ses invasions, elle avait aussitôt pensé à Serge. Les pommettes brûlées, les cheveux noirs et raides rejetés en arrière, les yeux noirs, les bras croisés sur la poitrine, il domine l'aéroport comme avant les chevaux des manèges où il l'attachait. Il n'a pas vieilli, pas rétréci. Toujours droit et haut. Juste quelques cheveux blancs sur les tempes et le sourcil gauche qui se casse quand il est étonné.

– Vous avez des bagages ?

52

Elle montre la petite valise écossaise.

– C'est tout ?

– Oui. Je ne resterai pas longtemps vous savez…

Il fait « ah ! bon… », lui pose son imperméable mouillé sur les épaules et la pousse vers la sortie.

Il est surpris. Ce n'est pas du tout le genre de fille qu'il attendait. Il imaginait plutôt une grande blonde délurée. Il ne sait plus comment se conduire avec elle. Elle a un air jeune dame un peu coincée qui l'embarrasse.

Dans l'air humide et froid, Anne respire. Ca-sa-blan-ca. Elle est revenue chez elle. Elle regarde les palmiers, les hommes en djellaba, les femmes qui courent en criant… Elle a envie de s'asseoir sur le gazon qui borde le parking, de coller son oreille à terre, de manger l'herbe.

Il ouvre la portière de la voiture et elle s'assoit, cherchant à dire quelque chose d'aimable.

– Elle est jolie votre voiture. Qu'est-ce que c'est ?

– Une Jaguar 4,2 litres. Ton père l'aimait beaucoup. Il disait qu'à son volant, il se sentait immortel… Il exagérait toujours…

– Papa…

Elle a la bouche grande ouverte et elle oublie de la fermer. Papa…

– Parlez-moi de lui.

– Plus tard. À la maison…

Serge Alsemberg se concentre sur la route. Il ne sait pas comment le lui dire. Si elle n'avait pas autant changé, ç'aurait été plus facile. Il l'aurait prise dans ses bras, par exemple. Il l'aurait embrassée… Il ne sait même pas s'il doit la tutoyer ou non.

La pluie redouble et il n'aperçoit plus distinctement la route. Il a peur de heurter une charrette ou un chien. Il se penche en avant et nettoie son pare-brise.

– Parlez-moi de papa…

– Je ne peux pas vous parler et surveiller la route en même temps. Les routes sont horriblement dangereuses ici…

Il étend la main pour prendre celle d'Anne mais elle s'est tassée contre la portière.

– Qu'est-ce que c'est, ces lumières là-bas ? dit-elle, en montrant du doigt des lampes qui tournoient.

Il cligne des yeux et jure :

– Merde ! Un barrage de police… Et je n'ai pas mes papiers !

Un policier lui fait signe de se garer. Il se range en fulminant, baisse sa vitre, laissant entrer des paquets d'eau qui trempent son pantalon. Le policier s'approche. Il a une lampe électrique à la main, la braque sur le visage de Serge, puis sur celui d'Anne, descend sur son chemisier, sur sa jupe, s'attarde sur ses genoux. Elle a des genoux ronds et de longues cuisses. Elle tire sur sa jupe et la lampe revient sur Serge.

– Vos papiers.

– Je suis désolé, je ne les ai pas. Je les ai laissés à Casa.

– Ah ! C'est embêtant, ça.

Le policier hoche la tête et sa lampe repart vers Anne.

– C'est votre femme ?

– Non, dit Serge.

Le policier sourit.

– Et vous venez d'où ?

– De l'aéroport.

Il sourit, encore plus sûr de lui, et ses doigts se mettent à pianoter sur la portière avec une cadence qui énerve Serge.

– Écoutez, commence-t-il, je suis le docteur Alsemberg, le propriétaire de la clinique de la rue Mohammed-Smiha et…

– Vous êtes docteur ?

54

La lampe cherche le caducée sur le pare-brise, le trouve, le déchiffre et revient sur Serge.

– Excusez-moi, docteur. Vous auriez dû me le dire plus tôt. Dites, j'ai ma femme qui s'est cassé la jambe, on la lui a mal remise et depuis elle boite un peu...

– Envoyez-la-moi. À ma consultation du lundi, c'est gratuit. De neuf heures à midi...

– Merci, docteur. Elle s'appelle Fatima, vous vous souviendrez ?

– Bien sûr, dit Serge en embrayant et en démarrant. Encore une qui a fait confiance au rebouteux local et qui s'en sort avec une malformation... Il faut vraiment que je me fasse refaire un permis. J'ai laissé le mien dans ma chemise et la bonne l'a lavée... Il est complètement illisible depuis.

– Pourquoi m'a-t-il déshabillée avec sa lampe ?

– Parce qu'il vous a trouvée jolie.

Elle se renfonce dans son coin et ne parle plus. Elle a froid, ne sait pas quoi lui dire. Il ne fait aucun effort. Pourtant, quand elle était petite, il la prenait sur ses genoux et l'appelait Cadichon.

– C'est encore loin ?

– Non. On arrive. Ça, c'est la colline d'Anfa et j'habite au sommet.

– Et papa, il habitait où ?

– Dans le même appartement où vous viviez.

– Il n'avait pas déménagé ?

– Non. Il avait tout gardé, même la bonne... Elle travaille chez nous maintenant. Vous allez la voir.

– Et Amar ?

– Amar ?

– Le garçon d'ascenseur. Tria ne vous a jamais parlé d'Amar ?

– Non. Je ne connais pas Amar.

Elle paraît étonnée et se tait. C'est normal après tout qu'il ne connaisse pas les garçons d'ascenseur : il habite un quartier résidentiel où il n'y a que des villas et des jardins. Le silence retombe entre eux. Anne colle son nez à la vitre et essaie de reconnaître les rues qu'elle a grimpées à bicyclette. Serge se dit que son séjour chez eux ne va pas être aussi facile qu'il le pensait. Leurs rapports vont être tendus si elle continue à se montrer aussi muette et distante.

Il klaxonne plusieurs fois devant le portail de la villa, et Mohammed accourt pour lui ouvrir.

La maison de Serge Alsemberg est grande, blanche, recouverte de larges palmes, entourée de massifs de fleurs et de pelouses. L'entrée est éclairée par des spots cachés dans deux grandes jarres de terre. Serge lance les clés à Mohammed pour qu'il gare la voiture et empoigne la valise d'Anne.

Ce n'est pas une maison, pense Anne en entrant, c'est un palais. Intimidée, elle reste sans bouger sur les carreaux de marbre blanc à sentir l'eau qui dégouline de l'imperméable. En plus, elle est persuadée d'avoir le nez rouge et les joues qui clignotent. La pluie et le froid ne lui vont pas bien. Le soleil non plus d'ailleurs. Elle rougit tout de suite. Serge ouvre une lourde porte en bois et lui fait signe de le suivre.

– Comme ça ? Avec mes chaussures mouillées ?

Il éclate de rire. C'est la première fois qu'elle l'entend rire depuis les manèges.

– Tu ne veux tout de même pas que je te donne des patins ?

Elle sourit, timide, et fait un pas en avant. La pièce est grande et descend en plusieurs niveaux vers une piscine illuminée. Ce doit être le salon. Il n'est séparé de l'extérieur que par de larges baies vitrées. Envahi de plantes, d'arbres, de bouquets, il ressemble à une serre.

– C'est beau, murmure-t-elle, en faisant le tour des canapés, des tables en verre fumé, des livres reliés, des disques sur les étagères, des tableaux au mur, des coussins éparpillés partout.

C'est beau et vivant. Le centre d'un monde raffiné et élégant.

À ce moment-là, une femme surgit d'une cloison en bois sombre. Petite, menue, des cheveux blonds mi-longs, des dents éclatantes dans un visage bronzé brûlé. Belle. Nefertiti décolorée. Elle porte une djellaba en laine et des babouches cousues de perles de toutes les couleurs. Anne reconnaît Alice, la femme de Serge. Au bridge, elle jouait toujours en équipe avec son père et, quand elle distribuait, on étendait tinter ses bracelets. Sa mère prétendait qu'elle avait dû suivre un entraînement pour soulever autant de bijoux.

Alice s'approche d'Anne et la serre dans ses bras. Elle parle beaucoup, lui demande si elle a fait bon voyage, comment elle se sent, lui fait promettre de la tutoyer, de l'appeler par son prénom et de se sentir chez elle. Elle a des yeux à infraverts et Anne répond oui à tout. Serge et Alice l'installent dans un fauteuil, et Anne pense que maintenant on va lui annoncer quelque chose. Mais Alice repart vers la cuisine pour leur préparer à boire. Serge se met à tourner en rond, les mains dans le dos, les yeux posés à terre. Il marche en parlant doucement. Si doucement qu'Anne doit tendre l'oreille. Voilà : Paul avait été hospitalisé parce qu'on croyait à un ulcère. En lisant les radios, Serge s'était rendu compte que ce n'était pas un ulcère mais un cancer. « Alors, il est mort d'un cancer », se dit Anne en suivant des yeux Serge qui a agrandi son cercle et tourne un peu plus loin dans la grande pièce. Elle le suit avec tellement d'attention qu'elle a soudain envie de crier «stop ! ». Ça lui donne le vertige, cet homme qui n'arrête pas de tracer des cercles et de lui annoncer de mauvaises nouvelles. Il doit sentir son malaise parce qu'il s'immobilise, l'aper-çoit toute blanche, toute vide au bord du fauteuil, revient vers elle, s'accroupit à ses pieds et serre ses mains très fort dans les siennes.

– Le cancer était trop avancé. On ne pouvait plus rien tenter. Je lui ai dit la vérité parce que je ne voulais pas lui mentir. Il est resté très calme, a plaisanté avec l'infirmière et m'a dit de ne pas m'en faire : il allait jouer un bon tour à la médecine. Il a pris son repas du soir normalement. Il m'a parlé de toi, de ta mère, de sa vie qu'il considérait comme un échec. Nous avons fumé une cigarette. Je crois que ce qu'il regrettait le plus, c'est d'avoir été coupé de toi. Pour de mauvaises raisons. Il se sentait coupable, étranger, lâche. Puis il m'a dit bonsoir avec un long regard d'amitié et je me suis félicité de la manière dont il prenait les choses. Je suis rentré à la maison en pensant qu'il était mon seul ami et que j'allais le perdre.

Anne sait qu'il y a une suite. Elle fixe le sourcil gauche de Serge, celui qui se casse toujours en deux. Il est tendu comme un arc prêt à lancer une flèche. Elle ne cesse de regarder cet arc : la petite cicatrice qui coupe le sourcil en deux et les poils qui poussent par-dessus et pardessous.

Et puis ?

Il se relève, étend les jambes et reprend sa marche en rond. Elle se tend à nouveau vers lui pour comprendre ce qu'il va dire.

– Le lendemain, quand je suis arrivé à la clinique, on m'attendait…

Il s'arrête et la regarde.

– Il s'était pendu au petit matin au cordon des stores, dans le pyjama bleu ciel qu'il avait apporté pour son séjour en clinique.

Il a parlé si bas qu'elle n'est pas sûre d'avoir bien entendu et qu'elle l'écoute encore.

– Il a laissé un mot sur la table de nuit. Je le connais par cœur. « Pardonnez-moi mais je ne pouvais pas attendre et si je ne le faisais pas tout de suite je n'aurais plus eu le courage. Serge merci. Anne pardon. Ma chérie, c'était trop tard pour l'amour. Mais souviens-toi que tu es belle, que tu es reine et ne subis jamais rien. Je t'embrasse comme je t'aime. Ton papa. »

Anne glisse et tombe sur le tapis. « C'est trop tard pour l'amour. Je t'embrasse comme je t'aime. Ton papa. » Coupée en deux de douleur, de sales petites bêtes qui lui rongent le ventre, le cœur, la tête. Un grand voile noir descend sur ses yeux et un couteau froid lui coupe le ventre. C'est une erreur, elle a mal entendu.

Mais les bras de Serge qui la ramassent, sa voix qui murmure des mots de réconfort, témoignent bien qu'il s'est passé quelque chose d'horrible. Elle a envie de hurler, de se lacérer le visage et de repousser cette image qui se met en branle dans sa tête : l'image d'un homme brun à la barbe bleue et au rire tonitruant qui se balance au bout d'une corde en nylon…

« S'il m'avait attendue, j'aurais pu être si tendre avec lui. »

Chapitre 6

Cette nuit-là, très tard, Serge entendit des cris. Il s'était endormi difficilement après avoir couché Anne et bu trois vodkas. Il avait monté la petite valise écossaise dans la chambre d'amis, lui avait montré la salle de bains, les toilettes et la carafe d'eau. Il lui avait demandé si elle voulait un léger somnifère, elle avait secoué la tête. Il ne savait pas très bien comment lui parler et il avait l'étrange sentiment de s'y être très mal pris pendant toute la soirée. En fait, il avait toujours le même problème avec les gens. Il pouvait éprouver des sentiments très forts mais il les exprimait toujours d'une manière très anodine. C'était plutôt des indices qu'il laissait traîner et que les gens ne relevaient pas forcément. Il avait souvent gâché des rencontres à cause de sa manie de ne pas insister. Il avait appris à vivre seul et, la plupart du temps, il était satisfait. Mais, ce soir, il n'était plus sûr d'avoir raison. Anne l'avait suivi les poings en boule et les lèvres muettes. Il y a des gens qui ont la douleur bruyante et ceux-là ne dérangent pas. Et il y a ceux qui, par leur silence, leur raideur, vous font sentir votre maladresse, vos imperfections face à l'imposante perfection de leur douleur. Serge se vit indigne devant Anne, ce soir-là. Indigne et insuffisant.

Les cris venaient de la chambre d'amis. Il enfila sa robe de chambre et sortit sur la pointe des pieds pour ne pas réveiller Alice.

Anne dormait en travers du lit. La tête tournée sur le côté, les poings toujours serrés, les jambes écartées. Elle ne s'était pas déshabillée et ses mocassins pendaient de chaque côté. Elle marmonnait des mots incompréhensibles, respirait par saccades, agitée de violents tremblements. Elle devait faire un cauchemar. Ses paupières étaient rouges et gonflées, sa lèvre supérieure légèrement retroussée. Un peu de salive séchait sur le menton... Anne Cadichon... Il faut que tu te déshabilles, tu ne peux pas dormir froissée...

Il alluma la lumière, lui ôta ses chaussures, sa ceinture, descendit la fermeture Éclair sur le côté et fit glisser la jupe sur les hanches. Elle a de longues jambes et un ventre rond. Il la fait basculer, défait les boutons du chemisier, aperçoit un soutien-gorge en coton blanc. Un soutien-gorge de pensionnaire du Sacré-Cœur. Comme la culotte sous le collant... Elle soupire. Le soutien-gorge a laissé des marques rouges sur l'épaule et il frotte doucement la peau irritée. Elle cherche sa main du menton et se frotte contre elle.

– Papa, papa...

– Je suis là, Anne, rendors-toi.

– Papa, t'en va pas...

Il essaie de la faire entrer dans les draps, ouvre grand le lit et rabat la couverture sur elle. Puis seulement, il enlève le chemisier et dégrafe le soutien-gorge. Ses doigts tâtonnent. La petite fille de Paul...

Mais son cauchemar revient et elle se débat, se dresse sur le lit si violemment qu'elle se réveille et le fixe, étonnée.

– Où suis-je ?

– Tu as fait un cauchemar, Anne, ce n'est rien.

Elle secoue la tête :

– Je ne peux pas dormir. Chaque fois que je ferme les yeux, je le vois. Il se lève, prend le cordon, vérifie s'il est solide, écrit le petit mot, lustre son col de pyjama, se regarde dans la glace au-dessus du lavabo, s'adresse un sourire…

Elle éclate en sanglots. Après… Elle rêve d'une tête qui se tend, se déchire, se balance au bout d'un fil. D'une bouche qui lui sourit et se tord…

Serge la prend dans ses bras et la berce doucement :

– Là… là… Arrête de te torturer. Je vais rester avec toi jusqu'à ce que tu t'endormes, tu veux ?

Elle renifle oui.

– Vous savez, je l'aimais. Et de penser qu'il est mort sans le savoir…

– Je sais, Anne, mais il ne faut plus y penser. Plus ce soir… Une autre fois, si tu veux, on en parlera. Ce n'est pas de ta faute, tu sais, c'était une histoire entre grandes personnes. Tu n'y pouvais rien…

– Si. J'aurais pu…

– Chut… Dors maintenant.

Elle se laisse aller contre lui, se blottit dans ses bras, enfonce son nez dans sa robe de chambre entrouverte et respire une odeur familière, une odeur qui lui fait monter les larmes aux yeux et enfouir son nez encore plus profond dans les plis du pyjama… Une odeur de flacon renversé qu'on met sous son oreiller.

C'est Tria qui lui apporta son petit déjeuner. Anne se jeta dans ses bras et son chagrin revint. Papa-Tria-Papa-Tria…

– Tria, raconte-moi.

– Amar est reparti dans les montagnes. Il ne supportait plus l'ascenseur. Un jour, il a décidé de t'écrire et il est allé trouver un de ses amis qui avait fait l'école. Il lui a demandé de l'aider. Il m'avait dit ce qu'il y avait dans la lettre : des chiffres qui s'allument, des cornes de gazelle et un secret. Mais il n'a pas osé te l'envoyer. Il disait que tu ne te souviendrais plus et qu'il serait ridicule avec son passé. Il l'a gardée longtemps sur lui, il la soupesait quand l'ascenseur était vide. Il disait qu'on lui avait enlevé sa petite fiancée. Tu es mariée, maintenant... Tu es heureuse ? Il est beau ?

– Raconte-moi papa.

– Quand tu es partie avec ta maman, on était très tristes. L'appartement était trop grand, trop silencieux. Et, un jour, tu as envoyé une lettre avec une photo. Dans la lettre, tu disais que tu avais une amie et que tu dormais avec elle. On a mis la photo dans la salle à manger et c'était comme si vous étiez deux à table. Et ta famille, en France, elle va bien ?

Son turban blanc barre son front et elle a un tatouage entre les deux yeux. Un tatouage à l'encre violette et une dent en plaqué or sur le côté. Quand elle était petite, elle lui paraissait étrange, cette dent.

– La plus méchante, c'était Mme Bruscis. Elle lui demandait tout le temps : « Alors vous avez des nouvelles de France ? Vous nous l'amenez quand la petite Anne ? »

Mme Bruscis, leur voisine de palier, qui se méfiait du vide-ordures et descendait sa poubelle tous les soirs en grommelant contre la prolifération des microbes.

– Pourtant, elle l'aimait bien papa. Elle disait qu'il la faisait flancher...

– Elle racontait, dans tout l'immeuble, qu'il séduisait des femmes de mauvaise vie et que c'était pas étonnant que ta maman, elle ait cassé le carton...

Papa avec des femmes...

– Et ta maman, elle a pris un autre mari ?

– Non. Elle vit toute seule. Elle va bien.

Tria a l'air satisfaite. Elle ne parlera pas. Anne la serre dans ses bras et l'embrasse.

– Tu me feras couler le thé de très haut comme lorsque j'étais petite ?

À midi et demi, elle déjeune seule avec Alice. Serge est retenu à la clinique. Anne trouve Alice douce et jolie. Elle aurait bien aimé avoir une maman comme elle. Pourquoi Alice n'a-t-elle pas eu d'enfant ?

Alice pense que la fille de Paul ne ressemble guère à son père. Blonde, blanche, les épaules voûtées, les yeux flous... Qu'aurait-il pensé de cette jeune fille aux poignets fragiles ? Et pourtant, elle est attirée par Anne. Il y a chez elle, derrière sa timidité apparente, un éclat métallique, une force qui demande que l'on gratte un peu la croûte qui l'empêche de jaillir. Elle n'était pas si maladroite, enfant. Elle avait même une manière de planter ses yeux dorés dans les vôtres qui vous faisait abandonner votre table de bridge pour refaire le nœud en satin rouge de sa tresse, ou mettre du mercurochrome sur le genou plein de terre qui saignait.

– Anne, tu as vu Tria, ce matin ?

– Oui, elle m'a apporté le petit déjeuner... Elle n'a pas tellement changé.

Elle voudrait dire « elle ne m'a pas parlé de papa » mais elle trouve que c'est impudique.

– Tu as pensé à apporter un maillot ?

– Non...

Un maillot ! Elle n'osera jamais se mettre en maillot devant une femme aussi bronzée !

– Si tu veux, on ira t'en acheter un cet après-midi. Pour que tu profites de la piscine.

– Oh ! Non... Ce n'est pas la peine.

– Mais si. Ton père a laissé un peu d'argent et on va le dépenser ensemble...

C'est faux. Paul n'a rien laissé si ce n'est des dettes chez le boucher, le teinturier et l'épicier. Mais elle a envie de s'occuper d'Anne. De la coiffer, de l'habiller, de lui mettre des couleurs sur la peau. Même si ce n'est pas de circonstance.

Anne revoit un cordon qui se balance. Elle fixe sa fourchette de toutes ses forces pour chasser le cordon. Elle murmure oui, je veux bien. Merci, vous êtes gentille. Voit la fourchette, le cordon, la fourchette. On va s'occuper d'elle. Elle veut bien ressembler à la dame blonde.

Elles courent d'un magasin à l'autre. Anne se déshabille, s'habille, est projetée en avant, tirée en arrière, lève les bras, passe une robe, un chemisier, un tee-shirt. Alice demande à changer de taille, de couleur, de matière. Elle est surprise : Anne est mince, élastique. En fin d'après-midi, elle l'emmène chez le coiffeur et Anne reconnaît Gisèle, la coiffeuse de sa mère, mais n'ose pas se présenter. Alice explique à Gisèle qu'il faut couper un peu les cheveux trop longs, lui faire une légère permanente pour leur donner du volume et éclaircir un peu la frange. Anne écoute, stupéfaite. Comment Alice sait-elle tout ça ? Elle s'abandonne à ses décisions, enthousiaste. Elle n'aime pas sa tête.

Puis Alice appelle Gabrielle et lui demande de venir maquiller Anne. Très légèrement, elle est si jeune… Gabrielle comprend et opine en se mordant la lèvre. Anne se souvient des samedis soir où sa mère lui colorait les pommettes avant d'aller tourner sur les parquets en bois blanc. Le fils de la concierge appelait son maquillage de l'attrape-couillons et ils en riaient ensemble.

Alice a tiré une cigarette de son étui argenté et tapote le métal du bout de la cigarette, tout en discutant éperdument avec Gabrielle. Il y a deux initiales enlacées sur le couvercle : A. A. Et Anne se dit que ce pourrait être elle : Anne Alsemberg…

Quand elles rentrent à Anfa, les cheveux d'Anne bouclent sur son front lui donnant une allure de guerrière courroucée et ses yeux sont longs et dorés. Ses lèvres brillent comme si elle venait de se passer la langue dessus. Elle porte un vrai jean bien épais et étroit du bas, porteur du numéro 501, les seuls vrais, a affirmé la vendeuse. Un sweat-shirt rouge comme celui de Stéphanie à l'université, des mocassins américains, un blouson en jean, un petit foulard autour du cou et une ceinture en perles. Elle court à sa chambre, se regarde dans la glace et virevolte de joie. Elle est enfin comme les autres. Elle a mis un pied dans le cercle. Elle prend des poses, bombe le torse, redresse la tête, cambre la taille, secoue ses cheveux, touche ses pommettes, creuse ses joues. Longue, mince, magique. Elle s'approche de la glace et y dépose un baiser. Cette jolie fille, c'est moi. Anne Gilly. Je suis jolie, jolie et je vais faire plier le monde. Rien ne me résistera avec mon jean étroit. Et elle décide de dormir tout habillée et toute maquillée…

Elle descend au salon où Alice repose, les pieds en l'air, une tasse de thé sur le ventre. Se jette à son cou, la serre dans ses bras.

– Alice, tu es formidable !

Puisqu'elle est la belle image dans la glace, elle peut tutoyer Alice, l'appeler par son prénom, s'asseoir près d'elle et discuter. Elle a appris beaucoup de choses cet après-midi…

Mais le téléphone sonne et Alice décroche paresseusement.

– Allô… Ne quittez pas, je vous la passe.

– Pour moi ?

Alice fait oui de la tête et lui passe l'appareil.

– Anne ? C'est Alain… Comment vas-tu, ma chérie ?

Elle avait complètement oublié Alain.

Chapitre 7

Il pose des questions sur un ton ému et grave. Anne répond sur un ton ému et grave. Elle dit que son père est mort, à la clinique du docteur Alsemberg, des suites d'un cancer des intestins, qu'il était trop tard pour opérer. Elle ne dit pas le cordon qui se balance devant le store. Ni le jean 501 ni le sweat-shirt rouge.

Alain s'ennuie. L'appartement est vide, les plantes jaunes et les soirées tristes. Il n'aime pas être seul. Sans elle. Manger seul, lire seul, dormir seul. Le lit est trop grand et il dort plié dans un coin en pensant à son corps chaud. Anne a un petit rire gêné. Elle a l'impression qu'il parle d'une autre et se demande si Alice peut entendre sa voix dans l'appareil.

Enfin, il l'embrasse et elle raccroche. Elle n'a pas demandé des nouvelles de sa mère. Elle n'est partie que depuis vingt-quatre heures mais elle a l'impression que des semaines ont passé.

Alice est toujours enfoncée dans le canapé. Elle fume une cigarette en essayant de projeter des ronds très loin. Satisfaite : cet après-midi elle a servi à quelque chose. Souvent, à force d'écouter Serge, elle a la désagréable sensation de n'être bonne à rien.

– C'est ton mari ?
– Oui. Il s'appelle Alain.
– Tu l'aimes ?

Anne rougit et baisse les yeux.

67

– Oui… Je crois…

Alice sourit.

– Tu es très amoureuse de lui ?

Anne la regarde, méfiante. Pourquoi toutes ces questions ? Et ça veut dire quoi « être très amoureuse » ? Dans les livres qu'elle lit, les femmes « très amoureuses » ont les mains moites, le cœur battant, les yeux suppliants, les genoux tremblants et se conduisent d'une façon stupide. Elles ont toujours peur qu'on les quitte, qu'on les trompe, qu'on les oublie sur le bord de la route. Elle n'a pas peur avec Alain. Il rentre tous les soirs à six heures quarante-cinq et elle peut le joindre dans la journée à 033.32.34 au poste 2091. Elle ne l'attend pas, elle ne le supplie pas, elle dort enroulée dans ses bras en toute sécurité. Il est là et c'est bon de le savoir. Il lui apprend plein de choses et aucune femme ne l'appelle « mon chéri ». Sauf sa mère…

Alice l'observe, amusée.

– Est-ce qu'il te manque quand tu es loin de lui ?

– Je ne suis jamais loin de lui. On ne s'est pas quittés depuis notre mariage. C'est la première fois…

– Est-ce qu'il te manque en ce moment ?

Anne hésite.

– Non.

Ses joues et son cou s'empourprent. Elle se mordille la peau des ongles. C'est pas très bien ce qu'elle vient de dire. Mais Alice continue ses questions.

– Est-ce que tu as envie de faire des choses folles avec lui ?

– Oh ! Non.

Elle rit. La proposition d'Alice lui paraît complètement déplacée.

– Pourquoi ?

– Je ne sais pas. J'ai peur d'être ridicule si je me laisse aller… Je fais des efforts pour ressembler à la femme qu'il voudrait que je sois : je lis *le Monde* tous les soirs, j'apprends Georges Séguy et Edmond Maire et je me sers de la salade dans la bonne assiette quand on est invités chez des gens chics…

– Est-ce que tu aimes dormir avec lui ?

Alice a parlé à voix basse mais Anne sursaute. La fixe comme si elle était une ennemie. Elle n'a pas le droit de lui demander ça. Ça ne regarde qu'elle. Elle qui enfonce ses nuits tout au fond de sa mémoire en se convainquant que ça n'a pas d'importance. Qu'en tous les cas, ce n'est pas le plus important. Il y a d'autres choses dans la vie…

Alice se rapproche, veut la prendre dans ses bras mais Anne recule. Loin d'elle.

– Excuse-moi, Cadichon, mais pendant un moment j'ai cru qu'on était comme mère et fille et qu'on se parlait librement…

Cadichon, mère, fille… Elle s'est trompée. Alice l'aime pour de bon… Anne n'a jamais parlé de ça avec personne. Ni avec sa mère ni avec une copine. Elle n'a pas de copine. Les seules fois où elle a eu envie de parler, elle l'a fait dans le noir de son lit ou contre l'épaule du fils de la concierge. Pour que les mots sortent et arrêtent de tourner dans sa tête, engendrant des millions de questions auxquelles elle ne savait pas répondre.

Mais, aujourd'hui, c'est différent puisque Alice l'aime.

Elle passe ses bras autour d'Alice, se laisse aller sur son ventre, contre la chaleur de sa peau bronzée :

– Je déteste dormir avec lui.

C'est vrai, ce n'est peut-être pas de sa faute à lui mais avec Alain elle n'arrive à rien. Rien sentir, rien vibrer. C'est comme si sa main droite se posait sur sa main gauche. Pas de chaleur ni de douleur. Alors, quand il éteint et qu'il s'étend sur elle en disant mon amour, mon amour, elle attend que ce soit fini. Elle bouge un peu pour ne pas lui faire de peine, pousse même de petits cris mais pas trop, parce que sinon elle repense à la cave et ce n'est pas bon pour son moral. Elle se met la cave dans la tête et plein de questions auxquelles elle ne peut toujours pas répondre. Pour que sa pensée ne dévie pas, elle regarde sa montre lumineuse, juste derrière le cou d'Alain, et elle chronomètre : entre 8 et 12 minutes… La trotteuse lumineuse court derrière la nuque d'Alain. Elle ne croit pas qu'eux deux, ils soient faits pour ça. Comme elle n'était pas faite pour faire le tour du périphérique en moto…

Quand Serge rentra, il les trouva enlacées et étrangement silencieuses. Il déposa un léger baiser sur le front d'Alice et une rose sur les genoux d'Anne.

Alice lui lança un regard interrogateur.

Il a cherché tout l'après-midi comment faire parvenir à Anne un signe de tendresse. L'impuissance ressentie la veille l'encombre et il ne veut pas être cet étranger courtois et glacé. Il a envoyé Hilda acheter une rose.

Anne prend la rose entre ses doigts, entend des bruits de carabine, des cartons qu'on perfore, des hommes qui s'exclament et le rire d'un homme très brun qui encourage Serge à tirer. Ses vernis noirs raclent la poussière, son menton se pose sur le comptoir en zinc gris du stand, ses mains agrippent le rebord glacé et elle fixe la pointe de la carabine qui vise. La rose en plastique est vert et rouge et pend à un fil. Je la mettrai dans ma boîte à secrets, je verserai du parfum dessus, sa corolle se réveillera et elle deviendra une vraie fleur… Une rafale de petits plombs coupe la ficelle, elle applaudit des deux mains, tend les bras vers l'homme qui a gagné et se laisse hisser dans le ciel plein d'étoiles. Puis il la repose et lui offre la fleur en une profonde révérence. Les femmes autour d'elle la regardent avec envie. Elle accepte la fleur en faisant une moue précieuse mais son cœur bat si fort qu'elle se précipite dans les jambes de son père pour cacher son trouble. Son père rit et trouve que, pour une reine, elle manque vraiment de maintien…

Anne lève les yeux vers Serge, balbutie merci, merci. Il pose sa main sur sa bouche.

– Ne me dis pas merci.

Alors, sans réaliser ce qu'elle fait, sans penser à Alice, assise tout près d'elle, elle écrase sa bouche dans la paume de Serge, appuie de toutes ses forces, enfonce sa bouche, son nez, son visage dans cette main, chaude, ouverte et ferme les yeux en écoutant le frisson qui monte dans son corps.

À peine venait-elle de se dégager, surprise par son audace et par le silence de Serge et d'Alice, que Tria entra dans la pièce en annonçant que le dîner était prêt. Ils se dirigèrent vers la table et Alice poussa Anne en avant, la poussa vers Serge en disant :

– Tu ne la trouves pas changée, notre petite Anne ?

Les yeux de Serge firent le tour d'Anne. Le tour des cheveux et des yeux dorés, du jean qui serre et des pommettes qui brillent, puis il félicita Alice.

Il se lève maintenant toutes les nuits. Dès qu'il entend la première plainte. Elle refuse les calmants qu'il veut lui donner et préfère ses bras. Elle a peur du noir… Elle dort en laissant sa porte entrouverte sur le couloir allumé. C'est toujours le même cauchemar : Paul se lève, vérifie la solidité du cordon, écrit son petit mot, lustre le col de son pyjama, se sourit dans la glace, passe la corde autour de son cou et se disloque. Les mouvements du corps qui se balance la réveillent et elle hurle. Serge accourt, la prend dans ses bras et la berce. Mon bébé... Mon bébé... N'aie pas peur, je suis là. Elle a les cheveux collés et les yeux brillants. Il prend un gant de toilette, l'imbibe d'eau froide, passe le gant sur le visage, le cou, les épaules. Il n'a jamais fait ça pour personne. Elle frissonne, sa tête roule sur l'oreiller et elle le retient par la manche.

– Tu pars pas ?

Il fait signe que non, se glisse contre elle et elle enfouit son nez dans sa veste de pyjama. Elle aime dormir contre lui. Elle crie très fort pour qu'il l'entende et qu'il se lève. Elle sait que c'est un peu comme lorsqu'elle avait six ans et que son père venait lui manger le ventre en la bordant.

Serge reste une heure ou deux dans le noir à attendre qu'elle respire paisiblement. Ses doigts effleurent la bouche ouverte, dessinent l'ourlet des lèvres, accrochent les canines tranchantes, tracent le triangle doré du duvet des tempes. Elle fera son cauchemar jusqu'à l'enterrement de son père. Le suicide a ralenti la délivrance du permis d'inhumer et les obsèques n'auront lieu que dans trois jours. Après, il la conduira dans l'ancien appartement de Paul, il l'aidera à ranger ses affaires, il lui montrera ses lettres et il lui parlera de son père... Paul si beau, si fort, qui renversait les filles, vidait les carafes de vin, de cognac, déchirait un agneau rôti à pleins doigts, faisait des records de vitesse sur la route toute droite Casa-Marrakech « aiguille bloquée mon vieux, aiguille bloquée ». Paul qui s'étourdissait pour oublier ses échecs : son mariage, sa petite fille jamais revue, la faillite du beau garage à cinq étages, ses changements incessants de situation, le petit portefeuille d'assurances qui le faisait vivoter à la fin de sa vie. Paul affalé sur une chaise en plastique d'un vieux café, à quatre heures du matin, expliquant à Serge pourquoi sa vie n'a pas marché. Mais ça ne marche pas la vie, répondait Serge, ça n'est pas fait pour marcher. Mais si, insistait Paul en rotant du fond de ses talons, avec un grand amour, un amour où on s'aime au quart de tour, où tout est permis, où on s'affronte, on se mutile, on se grandit, on cesse d'être ces nabots qui s'épient et se haïssent en secret… Et il trinquait à la première femme qui passait.

À la clinique, Paul avait perdu sa dimension de fier tambour. Et, dans son lit, il faisait le bilan de ses batailles perdues. Il parlait des autres. De ceux qu'il avait connus à vingt ans, calmes et banals. Qui avaient construit de belles maisons, installé une femme près de la cheminée et ajouté un bébé chaque année. Maintenant, à l'âge où il luttait seul, sur son lit de malade, les autres profitaient en paix de leur commerce, de leur entreprise, de leur retraite. La cigarette au bec, la serviette autour du cou, ils ont une théorie sur tout, eux qui ne lisent jamais un journal, n'ouvrent jamais un livre. Ils condamnent l'avortement, la politique du gouvernement et investissent dans le napoléon. Aucune interrogation ne vient déranger leur routine quotidienne. Tout est calculé, programmé, résolu d'avance. Alors que lui, à cinquante-quatre ans, est toujours la proie d'un nouveau désir, d'une nouvelle révolte, d'un nouvel espoir. Il les haïssait, ces « rétrécis ». Il avait inventé cette expression et elle lui plaisait beaucoup. Ceux qui, sous leur petit bonheur accroché au mur, cachent la haine. La haine de l'élan, de la différence, du doute…

Hilda lui avait coupé les cheveux trop court et il avait l'air d'un caporal en permission. Il lui restait juste une calotte de cheveux noirs au sommet du crâne et des échelles tout autour.

Une des dernières colères de Paul avait été d'apprendre le mariage de sa fille avec un polytechnicien. Un jeune niais, sabre au côté, allait s'étendre sur Anne. La saccager par sa maladresse et sa baise en racine carrée ! Il avait maudit sa femme et s'était maudit lui-même.

Et maintenant, elle dort dans ses bras, la petite femme de polytechnicien, la petite fille de Paul. Il regarde le soleil se lever à travers les rideaux, entend les pas de Tria dans la cuisine, ceux du gardien qui vient prendre sa tasse de café. Il se redresse, secoue son bras ankylosé et sort de la chambre en fermant doucement la porte.

Quand Alice est en ville et Serge à la clinique, Anne enfile son maillot et va à la piscine. Elle a pris des crèmes dans la salle de bains d'Alice et s'enduit le visage, les épaules, le ventre, les jambes, le dos de gels bronzants. Puis, elle s'étale face au soleil, les jambes écartées, et reste ainsi, immobile, pendant des heures. Elle rêve qu'elle brunit. Elle ouvre les yeux : elle est brune. Elle touche du doigt sa peau noire, son maillot vert, tranchant sur le doré des cuisses, du ventre, des bras... Elle se contemple, émerveillée, saute sur ses pieds, court vers la grande glace de la salle de bains et l'obscurité la fait paraître encore plus bronzée... Ce n'est pas possible ! On ne bronze pas en quelques heures !

Elle retourne à la piscine, se met sur le ventre, heureuse, victorieuse. Elle est extrêmement séduisante. Tout est possible puisqu'elle n'est plus blanche.

À six heures, quand le soleil commence à décliner, elle ramasse ses affaires et regagne la villa. Monte dans sa chambre, admire ses couleurs. Joue à la reine de Saba, nue et dorée, et fait des arabesques dans sa chambre. Bronzée, bronzée… Je vais pouvoir montrer mon corps maintenant, le jeter aux yeux des autres comme un défi.

Elle décide de prendre une douche, enjambe la baignoire en chantonnant, fait couler le jet, s'asperge, se savonne… De longues traînées brunes coulent dans la baignoire, dégoulinent de ses épaules, éclaboussent le carrelage. Elle n'est plus bronzée. Interdite, elle regarde son bronzage fuir par le trou de la baignoire. Ce qu'elle a pris pour du bronzage étaient les crèmes colorées d'Alice.

Elle s'assied par terre et pleure. Elle veut rentrer à la maison.

Alain appelle tous les soirs à six heures quinze quand sa secrétaire a quitté le bureau. Il répète toujours un peu la même chose mais ça n'a pas vraiment d'importance. Anne répond à ses questions et raccroche en l'embrassant très fort. Sa mère lui a fait demander, par l'intermédiaire d'Alain, si elle devait venir à l'enterrement, et Anne a répondu que ce n'était pas nécessaire.

Son existence en France recule chaque jour davantage. Comme un petit glaçon détaché de l'iceberg.

Serge et Alice l'emmènent partout où ils vont, et elle se glisse à l'avant de la Jaguar entre eux, regarde la main longue et fine de Serge passer les vitesses. Le soir, quand ils rentrent et qu'elle a sommeil, sa tête tombe d'un côté ou de l'autre. Elle aimerait rouler ainsi des centaines de kilomètres, ballottée entre leurs deux tendresses. Elle voudrait qu'on n'arrive pas tout de suite devant le portail que Mohammed va ouvrir. Mais la voiture monte la rampe d'Anfa, Anne compte les tournants, les lignes droites et soupire… Pourquoi ne continueraient-ils pas tous les trois sur la route toute droite de Marrakech ?

Chapitre 8

L'enterrement eut lieu finalement un jeudi à quatorze heures trente dans le petit cimetière de Zerfati. Paul Gilly avait acheté cette concession, il y a quinze ans, un jour qu'il était tombé en panne, pas loin du cimetière. Il était venu chercher le gardien pour qu'il lui donne un coup de main, et ce dernier, tout en poussant la voiture sur le bas-côté, lui avait proposé une tombe à l'ombre. Il l'avait pressé d'acheter car l'ombre est rare au cimetière Zerfati et l'emplacement était, en plus, suffisamment grand pour qu'on y mette plusieurs cercueils. À l'époque, la concession valait 524 dirhams et Mme Gilly avait fait remarquer à son mari que c'était une bonne affaire. Il pourrait toujours la revendre et, au cas où il viendrait à décéder, on saurait alors où l'enterrer, puisqu'il avait décidé d'être inhumé au Maroc. Mme Gilly avait ajouté qu'il fallait tout prévoir, même sa mort. Qu'il n'était pas correct de laisser ce soin aux autres surtout que, en fait de soin, c'était plutôt des embêtements. Alors Paul Gilly avait acheté bien qu'il n'aimât pas du tout l'idée d'organiser déjà son enterrement. Ils sont tous autour du cercueil. Autour d'un trou rouge aux racines noires. Les racines se tordent et Anne pense aux carottes qu'elle arrachait, l'été, dans le petit potager de sa grand-mère à Perpignan. Elle ne savait jamais de quelle grosseur allait être la carotte, alors elle trichait un peu et enfonçait son doigt dans la terre pour palper le légume. Si elle s'apercevait que la carotte s'arrêtait vite, que c'en était une toute rabougrie, elle l'abandonnait à moitié déterrée, et sa grand-mère criait qu'elle saccageait son jardin, qu'il ne lui resterait plus rien pour remplir ses bocaux de conserves. Mais ce qu'Anne préférait, c'était quand elle tirait sur la carotte. Accroupie, les jambes si écartées qu'elle pouvait sentir son odeur, la langue recourbée, elle l'attrapait par les feuilles et tirait, tirait, en espérant que c'en serait une grosse et longue et droite. La terre crissait, grinçait et elle scrutait le déroulement du légume, secrètement émue par ce jaillissement souterrain. Plus tard, faute de carottes, elle extirpa ses points noirs. Il n'y a rien de plus satisfaisant que de faire sortir un point noir. Un gros bien épais avec sa tête marron foncé et sa racine jaune. C'est très important d'avoir la racine sinon il repousse et c'est comme si on n'avait rien fait. Elle se sentait nettement mieux après : elle avait l'impression de s'être nettoyée de toutes ses impuretés. Depuis peu, elle avait trouvé une autre extirpation passionnante : les poils incarnés. C'était aussi satisfaisant que les points noirs ou les carottes. Aujourd'hui, c'est son père qu'on glisse dans un trou. Dans une petite boîte blanche bien propre. Un petit paquet avec une marque sur le cou qui s'enroule et qui l'étrangle. Une longue racine qui va sortir de la boîte et s'enfoncer dans le sol. Pour toujours. Anne frissonne : papa seul dans le noir. Avec une racine.

Il y a peu de monde à l'enterrement : une dame sans âge couperosée, une autre plus jeune qui sanglote dans son mouchoir et deux hommes rouges et trapus qui tiennent leur chapeau sur le ventre et fixent le sol. Pas de prêtre. Paul Gilly ne raffolait pas spécialement du clergé. Il avait laissé Anne aller au catéchisme par courtoisie vis-à-vis de sa femme mais l'Église n'était pas sa préoccupation préférée. Quand les dernières pelletées de terre rouge recouvrirent le cercueil blanc, Anne ne put s'empêcher de penser que c'était fini et que tout ce qu'elle avait vécu cette dernière semaine était donc vrai : le télégramme, le départ pour le Maroc, l'arrivée à Casa, Serge et Alice… À cette pensée, sa main chercha celle de Serge et l'agrippa.

Serge se disait que Paul ne serait plus tourmenté. Qu'il avait fini ses roulements de tambour et qu'il reposait maintenant comme un petit soldat à côté de son tambour déchiré. Paisible. Même si le curé tout noir qui venait dîner chez ses grands-parents, le dimanche soir, à Varsovie, menaçait du châtiment éternel ceux qui disposaient de leur vie. Paul saurait se jouer du châtiment éternel puisqu'il ne croyait pas vraiment en Dieu.

À la sortie du cimetière, Anne déclara qu'elle voulait aller dans l'appartement de son père, et Serge proposa de l'accompagner. Elle embrassa Alice qui avait le nez rouge et suivit Serge.

Elle reconnut l'immeuble tout de suite. Il a le style faussement moderne des immeubles construits dans les années cinquante. La peinture s'écaille par endroits et les rampes des longs balcons, qui courent le long de la façade, sont rouillées et encombrées de linge qui sèche à même la rambarde. Serge sortit les clés de sa poche mais Anne lui demanda de la laisser seule. Il reviendrait la chercher en fin d'après-midi.

Quand la voiture eut démarré, elle resta un long moment à écouter ses souvenirs revenir à toute allure. Là, sur le trottoir, elle avait ramassé un gros chewing-gum rose qui avait l'air tout neuf et qui brillait empreint d'encore un peu de salive. Elle l'avait savonné à cause des microbes et avait planté deux morceaux de sucre dans la pâte rose : il avait duré tout l'après-midi. Elle avait raconté cela à Sandrine qui ne marcha plus, pendant un moment, que les yeux rivés au sol, à la recherche d'un autre bubble-gum gratuit. C'était une manière formidable de faire des économies. Sur ce même trottoir, sa mère et elle attendaient son père quand ils allaient le dimanche à la mer. Papa sortait du garage en klaxonnant puis chargeait la voiture en faisant voler les paquets. Maman protestait : « Attention, mon chéri, j'ai des sandwichs au thon dedans ! », papa riait et répondait : « Thon vole ! »

Des passants la regardent, plantée là au milieu du trottoir, à sourire toute seule et, gênée, elle entre dans l'immeuble. Monte dans l'ascenseur mais il n'y a plus de liftier. 1 : Monsieur Émile ; 2 : Monsieur et Madame Léger ; 3 : Madame Souissi ; 4 : papa et maman ; 5 : Monsieur Costa… 8 : la terrasse où je recommence à zéro.

Elle a du mal à ouvrir la porte de l'appartement : c'est la première fois qu'elle a les clés. Avant, il y avait toujours quelqu'un avec elle.

Avant, tout était plus grand. Sa chambre a rétréci mais rien n'a changé : l'armoire grince, le bras de Véronique déborde du coffre à jouets, le lit en osier est étroit, la carte des provinces françaises pend sur le mur et les volets métalliques font toujours les mêmes petits carrés en ombre chinoise. La baignoire a des traînées jaunes et la douche fuit, laissant couler un petit filet d'eau mouillée. Une fois par semaine, son père la savonnait, inspectait ses coudes, ses fesses, ses pieds. Il était très exigeant sur le plan de la propreté et, avec lui, elle ne pouvait jamais remettre la même culotte deux jours de suite.

Un jour qu'il la rinçait et qu'il avait dirigé le jet sur elle… Le jet était chaud et fort…

– Papa ! Ça brûle ! Arrête !

– Écarte les jambes.

Elle avait écarté les jambes en protestant et avait senti une décharge délicieuse là où, un instant auparavant, il y avait plein de savon. C'était comme un petit ressort qui s'était tendu dans son corps et avait cédé tout à coup, déclenchant un plaisir inconnu et brûlant.

– Oh papa ! C'est bon…

Il paraissait satisfait de l'avoir bien nettoyée. Les manches retroussées, la langue recourbée.

Après cet épisode, elle s'était toujours présentée au jet chaud avec docilité, mais le petit ressort ne s'était plus jamais tendu. Peut-être était-il cassé ? Peut-être qu'un plaisir comme celui-là ne s'éprouvait qu'une fois dans la vie ?

Jusqu'au matelas dans la cave où, chaque fois, le ressort se tendait et éclatait.

Elle leva la tête et aperçut son visage dans la glace, au-dessus du lavabo. Elle se pinça les lèvres, se mordit les joues. Elle a huit ans. Pourquoi ne la laisse-t-on pas avec son père au Maroc ? Elle ne veut pas recommencer à zéro…

Elle se mit à penser à cela. C'était une chose à laquelle elle n'avait jamais vraiment pensé parce qu'elle ne savait pas très bien quoi en penser. Mais elle se rappelait tous les détails du jour où son père l'avait convoquée dans son bureau et même le petit bouton rouge qu'il grattait au coin de sa lèvre. Parce que, ce jour-là, on lui avait asséné un coup sur la tête et que sa vie avait complètement changé. Ce qui la bouleversait totalement, c'est qu'on ne lui ait pas demandé son avis. Sous prétexte qu'elle était trop petite. Mais elle aurait très bien su décider toute seule. Elle savait, à huit ans, ce dont elle avait besoin pour vivre. Sûrement mieux que maintenant… Elle en voulait aussi à son père de sa promesse jamais tenue. Elle aurait dû se méfier quand il lui avait juré de la faire venir à toutes les vacances : il était très fort pour les promesses pas tenues. Un jour qu'elle avait deux places de première, une en calcul, l'autre en dessin, il lui avait dit qu'à la troisième, il l'emmènerait au Ritz voir *la Ruée vers l'or*. Elle avait eu sa troisième place mais pas la moindre de cinéma. C'est vrai, ce que disait sa mère : on ne pouvait jamais lui faire confiance.

Au milieu de ses souvenirs, le téléphone sonna et elle courut d'une pièce à l'autre pour repérer le poste. Elle courait en se répétant : « il va s'arrêter avant que je décroche ». C'était sa plus grande crainte avec le téléphone : ne pas arriver à temps. À Paris, elle avait fait installer un long fil, bien que ce ne soit pas agréé par les PTT, mais elle avait si bien imploré l'employé des postes qu'il avait fini par fléchir, et elle pouvait emporter le téléphone partout où elle allait. Même aux toilettes. C'était grisant de répondre au téléphone, assise sur la cuvette des toilettes.

C'est Serge : il passera la chercher dans trois quarts d'heure. Déjà ! Le temps a passé vite. Elle n'a rien rangé, rien trié. Il faudra qu'elle revienne demain.

Demain… C'est aussi Paris et elle n'a pas envie de rentrer à Paris. Elle se sent d'une humeur qui prend tout mal ce soir. Ce n'est pas un bon jour pour elle. Elle veut rester ici à Ca-sa-blan-ca. Pas rentrer dans le froid et le gris et les gens qui courent pressés, en tenant leur fichu d'une main et leur cabas de l'autre. Qui discutent inflation, CGT et faute au gouvernement. Elle pourrait demander à Serge de l'adopter… Puisqu'ils n'ont pas d'enfant. Toute l'idée lui paraît irréalisable et elle se met à pleurer doucement sur son sort. C'est doux les larmes. Ça vous entoure d'eau tiède et si on se plie en deux, on peut même croire qu'on est un bébé.

Quand Serge sonna, c'était trop tard pour prétendre qu'elle n'avait pas pleuré. Elle avait les yeux gonflés et un hoquet qui la faisait sursauter. Elle essuya son nez du revers de la main, renifla et alla lui ouvrir en traînant les pieds. Il la regarda, étonné. Demanda ce qui n'allait

81

pas. Elle voulut expliquer mais tout redoubla : les sanglots et le hoquet. Elle faisait des gestes d'impuissance
avec ses mains et continuait à pleurer de plus en plus
irrésistiblement. Comme si elle n'était plus qu'une
vieille écluse dont les vannes s'ouvraient par lassitude.

Serge l'attira contre lui et elle se laissa aller. Elle est
bien avec lui. Il s'occupe si bien d'elle. Elle a besoin de
sentir les muscles durs de ses jambes contre son ventre,
de frotter sa joue sur sa chemise, là où sont brodées ses
initiales. Il sort un mouchoir et la mouche.

– Allez, mon bébé, arrête de pleurer. Tu as eu trop
d'émotions aujourd'hui et je n'aurais pas dû te laisser
seule dans cet appartement. On va rentrer à la maison
et te faire un bon thé à la menthe...

Mais Anne ne veut pas rentrer tout de suite. Elle ne
veut pas le partager avec Alice. Elle veut le garder pour
elle toute seule. Qu'il s'occupe d'elle comme lorsqu'elle
l'appelle la nuit. Il est si beau ! Il a les mêmes petites
fossettes que Rhett Butler... Elle se pelotonne contre
lui, accroche ses bras autour de son cou et renifle son
odeur.

– Serge, embrasse-moi.

Il dépose un baiser sur sa joue et se dégage.

– Non. Pas comme ça. Embrasse-moi vraiment.

Elle a envie depuis longtemps mais elle n'osait pas.
Dans la maison, avec Alice qui dort pas loin, elle ne
trouvait pas ça correct. Mais ce soir, elle veut oublier
Alice. Elle veut le tenir, le dévorer, sentir sa bouche sur
la sienne, sa langue dans son cou, ses mains sur son
ventre, son genou entre ses jambes, le revers de sa veste
sur sa joue. Là, maintenant, tout de suite. Une force
inconnue monte entre ses jambes et elle se plaque contre
lui.

– Anne ! Non !

Il la repousse, mais les doigts d'Anne s'agrippent, sa
bouche le mord, sa langue glisse entre ses dents serrées.

– Non !

Il se colle contre le mur. Si fort qu'il sent la plinthe entrer dans son omoplate. Il secoue la tête de droite à gauche en répétant « non, non », essaie de lui échapper mais une petite phrase surgit, une petite phrase lancinante et troublante : rien qu'une fois, une seule fois et puis tu t'en iras. Tu en as tellement envie. Rappelle-toi les soirs où tu enfilais ta robe de chambre à la première plainte et même quand tu n'entendais pas de plainte… Où tu la tenais dans tes bras et frottais la marque rouge de sa bretelle de soutien-gorge, où tu l'embrassais à la dérobée pour effacer ses mauvais rêves, où tu te penchais pour respirer son odeur de petite fille fragile. Rien qu'une fois, une seule fois et tu partiras…

Sa langue se laisse happer. Hésite, s'emmêle à la sienne. Leurs dents s'entrechoquent, et maintenant c'est lui qui l'empoigne, qui la jette à terre sur le tapis de l'entrée, qui la déshabille, enlève la jupe noire, le chemisier noir, déchire le collant noir. Rien qu'une fois. Enfonce sa main entre ses jambes. C'est chaud et humide. Elle avait envie. Petite salope. Ils se frottent l'un contre l'autre, se roulent l'un sur l'autre. Il l'écrase, lui meurtrit le ventre, les seins, la gifle, la mord, lui tire les cheveux jusqu'à ce qu'elle crie. Elle se tord et gémit, ses yeux sont dilatés, presque jaunes. Elle tend son corps à ses coups, à ses griffes, sa bouche a un rictus féroce quand il lui pince le sein violemment. « Encore, encore. » Provocante. « Prends-moi. J'ai envie de toi. Enfonce-moi. Défonce-moi. » Il lui ouvre les jambes et, furieusement, comme un forçat privé d'amour pendant treize ans, privé de manèges, de tir à la carabine, de rose en plastique, il la prend. Rien qu'une fois, une seule fois. Elle pousse une longue plainte, renverse la tête en arrière, et la plainte se module. Il donne des coups dans ce corps qu'il aime depuis l'enfance, dont il n'aurait jamais dû être séparé, que personne n'aurait dû profaner. Tu es à moi. À moi. Je t'ai toujours aimée mais je ne te le dirai jamais. Jamais. Je veux que tu éclates de plaisir, que tu meures en me suppliant de continuer, que tu sois projetée à des millions d'années-lumière, pulvérisée…

Anne l'enserre de ses bras, de ses jambes. Son plaisir est si grand qu'elle ne fait que répéter « encore, encore » tellement elle est étonnée du feu qui brûle dans son ventre, des milliers de petits ressorts qui se tendent, se tordent, la laissant neuve, si neuve. Réveillée. Elle n'aura plus peur maintenant. Elle est entière. Elle ne savait pas que ça existait comme ça. Aussi fort. Aussi grand.

Chapitre 9

Ils reposent, muets, emmêlés. La main de Serge sur le ventre rond et blanc. Au milieu des vêtements noirs. Anne a les yeux mi-clos et dessine du doigt les roses passées du tapis de l'entrée. Serge la respire. Il a envie de l'emporter, de la manger. Il a envie que le temps s'arrête, que personne ne touche la peau si douce...

Une horloge sonne neuf heures, et Serge se redresse. « Il va falloir que j'y aille. » Il s'appuie sur un coude et Anne se renverse sur le dos. Elle lui passe les bras autour du cou et sourit, confiante et abandonnée. Elle dit qu'elle veut dormir dans son lit de petite fille, ce soir.

Il la porte jusqu'à sa chambre et la dépose sur son lit.

– Tu ne vas pas faire de cauchemars ?

– Plus jamais. Je n'ai plus peur maintenant.

Il n'a pas envie de partir. Lécher ses petits seins, descendre contre ses reins, enfoncer son nez, sa bouche. Anne l'attire contre elle.

– Encore...

– Non. Il faut que je parte. Alice...

C'est vrai, il y a Alice. Elle aime bien Alice.

– Qu'est-ce que tu vas lui dire ?

– Que tu as préféré dormir ici. Que tu l'appelleras demain...

– Oui, c'est ça.

Demain est un autre jour, loin. La rue résonne de klaxons, de conversations, de bruits de terrasse de café, des cris des petits cireurs de chaussures, et elle est là dans son lit en osier, avec son amour juste au-dessus. Elle va dormir dans sa chaleur, dans son odeur.

Serge s'est redressé, et elle se tourne vers lui :

– À demain.

Il lui fait un petit signe de la main et elle entend la porte claquer.

Elle a dit « à demain » comme Alice lance « à ce soir » le matin quand il part. Il s'arrête dans un café, demande un jeton de téléphone et descend au sous-sol. Le mur est carrelé de céramiques blanches et il compte les carreaux pendant que la sonnerie retentit.

– Tria, c'est Monsieur. Passez-moi Madame.

Certains petits carreaux se chevauchent, d'autres sont juxtaposés.

– Alice ? Je sors à l'instant de chez Anne. Oui… Je t'expliquerai… Je dois repasser à la clinique et j'arrive après. Dîne sans moi, je te rattraperai. Non, non, tout va bien. Je te raconterai… À tout de suite.

Il remonte au bar et demande une vodka avec de la glace. Il a besoin d'un répit avant d'affronter le regard d'Alice. Comment font les hommes mariés qui mentent tout le temps ? Ce doit être épuisant de construire des fables…

Il s'accoude près de deux hommes à cravates voyantes et à costumes Bodygraph qui vantent les prouesses au lit d'une dénommée Suzy.

– Ah ! ça pour un bon coup, c'est un bon coup : elle fait tout !

L'autre lui pousse un coude dans les côtes et cligne de l'œil. Il veut le téléphone de Suzy.

– Tu dis pas que c'est moi qui te l'ai donné ?

Il jure que non.

Un bon coup ? Anne ne l'a même pas caressé, elle l'a juste embrassé là… et là… Mais il n'a jamais joui aussi fort. Par terre, le pantalon sur les genoux. Il sourit en buvant sa vodka. Est-ce que le mari d'Anne ressemble à un Bodygraph ? Est-ce qu'il lui fait l'amour comme un Bodygraph, en tirant des caresses bien propres et bien alignées ?

Le mari d'Anne, la femme de Serge. Ils sont déjà quatre dans leur histoire. C'est pas sérieux. Mais s'il avait été sérieux, il serait resté appuyé contre la plinthe et n'aurait pas bougé. Il aurait dit « voyons, mon petit » et aurait rabattu les deux bras enlaceurs. Puis, il aurait pris un air de grande personne qui s'adresse à une petite fille. Grande personne… Une phrase de Malraux résonne dans sa tête : « Le fond de tout, c'est qu'il n'y a pas de grande personne. » Le docteur Alsemberg, cinquante-trois ans, propriétaire de la belle clinique blanche de la rue Mohammed-Smiha, n'est pas une grande personne. C'est un petit garçon qui saute les petites filles avides, referme bien vite sa braguette et rentre chez sa maman. Qui a peur de se faire piquer et concocte des mensonges. Elle m'a dit, et je lui ai dit, alors elle m'a dit… Paul avait raison : il n'y a que les belles et grandes histoires d'amour qui sont glorifiantes, pas les cinq à sept ou les samedi-dimanche. Ça, ça compte pour du beurre dans l'édification de son mausolée personnel. Ça vous fait faire du surplace. Le seul avantage, c'est qu'on n'est pas obligé de se poser des questions trop personnelles dans le genre : Que fais-je ? Fais-je bien ? Qui suis-je ? Où vais-je ? On peut continuer à vivre sans réfléchir.

– Une autre vodka, s'il vous plaît.

Elle doit dormir à présent. Calme, le souffle léger, sur son bras replié. Elle ne se pose pas toutes ces questions. Elle trouve normal de tomber amoureuse d'un homme de cinquante-trois ans qui l'emmenait sur les manèges. Elle dit « à demain » et elle s'endort. Il se regarde dans la vitre, derrière le bar. Trente-deux ans de plus qu'elle… Des rides un peu trop creusées sur le front, autour des yeux et de la bouche, mais pas une ombre de ventre, des épaules carrées et sous le bar, de longues jambes de cow-boy. Déjà, à Varsovie, pendant la Résistance, c'était lui qui était chargé de porter les messages parce qu'il courait si vite qu'on ne l'attrapait jamais…

Il hausse les épaules. La vie est faite de choses qui ne se font pas. La petite fille de cinq ans, violée par son grand-père, qu'il a recousue ce matin pendant que sa mère lui tenait la main… Ça se fait ça ?

Il mélange tout. Il n'est pas habitué à perdre la tête. Il faut qu'il rentre et qu'il trouve une solution. Il laisse trois billets de dix dirhams sur le zinc. Les deux Bodygraph sont partis. Rejoindre Suzy ?

Il fait nuit. Il met ses codes et prend la route d'Anfa. La route tourne, et tourne dans sa tête ce qu'il va dire à Alice.

Le lendemain matin, à sept heures trente, il sonna à l'appartement d'Anne. Elle vint lui ouvrir, enfouie dans une chemise d'homme. Une chemise qu'elle a prise dans le placard de son père. Elle frotte ses yeux endormis, accroche ses longues manches sans mains à son cou et se colle contre lui.

Il garde les bras raides et ballants. Une petite valise au bout d'une main.

– Qu'est-ce que c'est ? Tu pars avec moi ?

Son visage s'éclaire.

– Non, Anne. Ce sont tes affaires. Tu prends l'avion de huit heures quarante pour Paris.

Elle le regarde sans comprendre.

– Hier, j'ai perdu la tête. Je suis marié, j'aime Alice. Tu es mariée et ton mari a téléphoné. Il faut que tu rentres…

Elle ne dit rien. Il est froid et loin. Déterminé. Elle n'a que du vide sous la peau. Un tuyau creux sans fond ni couvercle.

– Allez, prépare-toi.

– Je garde la chemise de papa.

Elle a vécu toute la nuit dans un rêve, et ce rêve tombe en petits morceaux. Balayette, s'il vous plaît. Elle se retire du monde. Elle venait à peine de le rencontrer. Elle redevient la petite jeune fille somnambule de Paris, réintègre sa case départ, renonce à ses désirs expansionnistes… Elle a été sotte de croire à son conte de fées. Seulement dans les contes l'amour devient cet embrasement qui lui a coupé les genoux, hier, et l'a précipitée contre Serge. Dans les contes ou dans les romans-photos que sa concierge lit à Paris et qu'elle remet dans leur bande pour les envoyer gratis à sa sœur à Menton.

Dans la vie, Serge Alsemberg est marié à Alice et il l'aime. Il a perdu la tête, un soir, parce qu'elle s'est mal tenue. Et ce matin, elle est renvoyée.

Chapitre 10

Quand elle arriva à Orly-Sud, elle n'attendit pas longtemps avant d'apercevoir Alain qui faisait de grands signes de main derrière les barrières de l'aéroport. Il la serra dans ses bras, empoigna sa valise écossaise, la félicita sur sa bonne mine, sur sa nouvelle coupe de cheveux et dit qu'il la trouvait changée.

Elle faisait beaucoup d'efforts pour ne pas pleurer mais elle n'avait envie que d'une chose : lâcher son bras et se répandre en larmes sur l'escalier roulant qui les emmenait au parking. Au lieu de cela, elle fit semblant d'écouter. Elle savait très bien faire semblant.

Il a fini tous les potages en sachet, n'a pas eu le temps de réparer la lampe du salon mais le plombier est passé pour la machine à laver. Isabelle Marusier l'a invité à dîner. Tu sais, Isabelle Marusier, la fille de Charles Marusier, l'ancien président de la Cour des comptes, la femme de Jean… Anne hoche la tête, souriante, absente. Elle regarde la route grise, les feux noirs, les visages hostiles et pressés. Alain a mauvaise mine. Tout blanc. Son imperméable est trop court et il a de la salade sur la dent de devant. Sur l'autoroute, il n'y a que des R 5 et des GS, et elle se dit que c'est bien ça : elle est de retour au pays des R 5 et des GS.

À la maison, les plantes ont jauni. Sa valise tombe sur la moquette. C'est elle qui habite ici ? Elle reconnaît la photo de leur mariage, à l'église Saint-Ferdinand.

Alain se rapproche, pose ses mains sur ses épaules, sa joue lui caresse les cheveux, son souffle lui chatouille le cou.

– Oh ! ma chérie, j'ai tellement envie de toi…

– C'était bon ?
– Oui, mon chéri, très bon.

Elle mime une moue d'extase.

Mentir, mentir. Parce que la vérité détruirait tout et qu'elle ne se sent pas encore assez de courage pour affronter les décombres. Mentir aussi parce qu'elle est tellement perdue dans ses méandres intérieurs que, pour le moment, la vérité, elle ne saurait pas où la mettre…

Mentir et oublier. Oublier le tapis de l'entrée aux roses fanées où il l'a jetée et enchantée, ses longues mains de magicien, ses yeux noirs fendus et son sourcil gauche qui se casse en deux.

– J'aime quand je suis en toi…

Oui. Oui. Et qu'il se taise ou elle va le détester pour de bon.

– Je t'aime.

Anne a honte. Honte de la haine qui monte en elle. Elle se retourne contre lui, enfonce la tête dans son pyjama rayé, ses souvenirs, le tapis de l'entrée, son envie irrésistible de repartir là-bas.

– Dors, mon chéri, demain tu vas être fatigué.

Anne ment, Alain dort.

Anne ment, Alain monte l'escalier les bras ouverts.

Anne ment, Alain téléphone aux Marusier pour les inviter à dîner.

91

Anne ment, Alain l'emmène chez Lasserre pour fêter leur premier anniversaire de mariage.

Alain dort, Anne ment.

Entre deux thèmes anglais, Anne descend chez Carette, la célèbre pâtisserie du Trocadéro. Les gâteaux brillent à l'étalage, disposés sur de larges plaques de marbre blanc, séparés par des guirlandes en plastique vertes, gonflés de crème Chantilly, glacés de rouge, de brun, de blanc… Elle choisit deux macarons au chocolat, un baba au rhum boursouflé de caramel, une barquette aux fraises et trois congolais. La vendeuse, une jeune fille au visage piqué de gros boutons rouges à pointe blanche, est lente, et Anne a envie de la bousculer. Elle paie et sort sans regarder les tables. Une fois chez elle, elle tire les rideaux, ferme la porte de la chambre, ouvre les draps et le carton de gâteaux. Elle commence par les macarons, ses préférés, qui croustillent sous les dents et lâchent une épaisse crème au chocolat, puis la tarte aux fraises, dégoulinante de crème à la vanille, et le baba. Mais pas d'un seul trait, le baba : entrecoupé de bouchées de congolais. Pour que le moelleux du baba compense le granuleux un peu sec des congolais… Elle déglutit de plaisir, pelotonnée dans les draps.

Le seul problème avec les gâteaux, c'est que ça ne dure pas longtemps. Ou peut-être est-ce elle qui n'arrive pas à faire durer. Mais elle se retrouve toujours très rapidement à la dernière bouchée et n'a plus de souvenir. Pire même, elle a le sentiment d'un gâchis. D'être allée trop vite et de n'avoir profité de rien. De n'être rien : rien qu'un gros tas affalé sur un lit après avoir avalé trois mille gâteaux-calories…

Un après-midi où la concierge était montée porter le courrier, elle avait surpris Anne en train d'aligner les gâteaux sur la moquette blanche, avant de les manger. Elle avait posé le courrier sur le guéridon puis avait lancé cette phrase terrible qui tourna longtemps dans la tête d'Anne :

– Madame Anne, ce n'est pas raisonnable, ces gâteaux. Vous feriez mieux de faire quelque chose qui vous occupe. Vous mangez parce que vous avez envie de faire quelque chose et que vous savez pas quoi, alors remuez-vous au lieu de vous empiffrer !

Anne avait refermé la porte, furieuse. De quoi se mêlait-elle ? Mais après, elle avait contemplé sa batterie de gâteaux et n'avait plus eu envie de les manger… Elle s'était juste assise à côté d'eux. Ils avaient l'air idiots maintenant qu'elle ne les mangeait pas. Ils étaient comme elle : sans emploi, sans avenir.

Anne a de l'audace plein la tête mais elle n'en fait rien. Ou alors par éclats. Comme le jour où elle s'est jetée contre Serge… Mais, la plupart du temps, elle s'ennuie. Et, petit à petit, l'ennui devient angoisse. Elle tombe dans un état d'hébétude. Débranchée. Voyez la personne à côté. Tout lui paraît irréel. Elle n'a plus de lien avec la terre. Elle devient cosmonaute, en état d'apesanteur, et elle flotte dans son scaphandre. Quand on lui parle, elle répond, mais le son est déformé et ses paroles ne veulent rien dire. Quand ça lui arrive, il n'y a qu'un remède, attendre que ça passe. Qu'elle repose un pied sur terre et enlève ses bottes de cosmonaute. Que la réalité se reforme autour d'elle et qu'elle retrouve ses frontières. Ça arrive. Au bout d'une heure ou deux, d'un jour ou trois… Elle ne sait jamais combien de temps ça va durer.

Lorsque c'est fini, elle devient d'une extrême gentillesse. Pour se faire pardonner son voyage dans le flou. Décide d'être joyeuse, et récapitule tout ce qu'elle peut inscrire au chapitre : « joies de la vie ». Il fait beau, j'ai un bel appartement, mon mari m'aime, il ne me trompe pas, je réussis à mes examens, je suis jeune, mes globules rouges sont au complet, la concierge me sourit, je ne manque de rien, on prévoit un bel été… Puisque la vie est belle, elle téléphone à sa mère sans écarter le récepteur ni se peindre les ongles des pieds, appelle sa belle-mère et lui parle de son fils en gazouillant, prépare une blanquette à la crème pour Alain et se lave les cheveux pour l'accueillir. Enjouée, parfumée, décidée.

Le soir, dans leur lit, elle décide de faire des efforts. Ne suit pas des yeux la trotteuse lumineuse, respire profondément pour se détendre, s'applique à ressentir quelque chose et bouge avec conviction. Alain est si doux, si tendre, il est beau dans le rond rose de l'abat-jour. Elle essaie, essaie, essaie… et abandonne. Sept minutes et demie.

Frustrée, humiliée, elle fait semblant. Frustrée de sa propre histoire. Elle est où, elle, dans tout ça ? Elle sent quoi ? Rien. Nulle part. Le scaphandre se referme, et elle se replie à l'intérieur, devenant peu à peu farouche et méchante.

Même les leçons de dessin de M. Barbusse ne la concernent plus. Il lui dit « rouge-noir-barbare » et elle secoue la tête, navrée. Elle veut bien recopier un escalier de catacombes ou la jeune fille rose de Christina's World mais elle ne sait plus frémir aux couleurs ou aux mots que lui lance le vieux professeur. Il lui conseille de prendre des vitamines et un grand verre de jus d'orange au petit déjeuner, elle promet de suivre ses conseils et pousse la porte de la pharmacie.

Il lui fallut un long mois avant qu'elle ne se décide à crever le scaphandre. Cela arriva, un soir, lors d'un dîner chez les Marusier… Elle avait mis sa robe blanche et laissé ses longs cheveux dans le dos. Iphigénie conduite au sacrifice… Mais Iphigénie, ce soir-là, allait sortir son canif…

Elle était assise juste en face d'un jeune homme bien mis aux dents étincelantes et au regard chasseur de primes. Elle ne prêtait guère attention à lui, tout ce qui l'intéressait était le moment où repasserait le canard aux navets. Mais comme le plat tardait et que la conversation l'ennuyait, elle leva les yeux sur le jeune homme d'en face et le regarda attentivement. Il n'avait pas seulement les dents blanches mais il possédait aussi une manière de vous regarder par en dessous, en appuyant très fort et en faisant briller ses yeux, qui lui mit le rouge aux joues. Il portait une chemise en oxford bleu fermée avec une barrette, et elle trouva ce détail très chic. Il avait des cheveux blonds, un peu dégarnis sur le dessus, des petites dents égales et bien disposées avec un espace au milieu, et des épaules carrées de sportif abonné. Bref, elle le trouva très appétissant. D'autant plus qu'il n'arrêtait pas de la fixer. C'était flatteur d'être remarquée par un si beau convive. Elle jeta un coup d'œil vers Alain pour s'assurer qu'il était occupé, revint au jeune homme blond, et lui confia ses yeux. Pourquoi pas, se disait-elle ? Pourquoi ne pas échapper à mon état d'apesanteur en m'enroulant au corps lourd de ce jeune homme ? Je ne vais pas continuer à vivre sans désir, sur une voie de garage, comme une vieille femme aux cuisses flasques…

Au café, l'invité vint s'asseoir à ses côtés et il profita d'un moment où Anne se penchait vers son paquet de cigarettes pour lui glisser dans le blond de ses cheveux : « Wagram 36… » Anne se redressa, répéta : « Wagram 36… »

Wagram 36… en se démaquillant, en enlevant la robe blanche, en se coulant dans les draps roses, en sentant Alain grimper sur elle. Wagram 36… Demain.

Elle attend le rendez-vous le cœur battant. Revit le trouble brûlant qui s'est emparé d'elle quand l'invité lui a murmuré son numéro de téléphone. Le désir la rend plus belle encore. Plus aimable aussi. Pendant les jours qui précèdent son rendez-vous, elle est tendre et généreuse. Trouve les déjeuners du dimanche chez sa belle-mère divertissants, sa mère absolument attendrissante et ses cours passionnants. Elle ébouriffe les cheveux d'Alain, lui dit qu'il est beau et qu'elle l'aime. Rectifie son nœud de cravate, demande des nouvelles de son dernier dossier, projette d'organiser un dîner avec les Marusier et les Errard afin d'entretenir ses relations de travail. Alain lui baise la main en guise de remerciement. Elle est prête à partager, à le dédommager pour le plaisir de tout à l'heure quand elle va s'allonger et frémir sous un autre.

L'heure du rendez-vous arrive. Elle commande un taxi par téléphone pour ne pas attraper de contraventions ni s'énerver à chercher une place, monte dans le taxi, s'arrête devant la porte cochère, grimpe les étages en doublant les marches, sonne. Il ouvre. Elle se jette dans ses bras. Se déshabille furtivement. Il s'approche et elle ferme les yeux…

Wagram 36… a un buffet Henri II et un slip en panthère. Pyrénées 67… jouit au bout d'une minute mais veut prouver le contraire. Alésia 23… lui fait l'amour pendant une heure quarante et a des renvois de choucroute. Étoile 10… a accroché le portrait de sa défunte mère au-dessus du lit… Elle ne sent rien et attend que ça soit fini. Se rhabille en les détestant tous et rentre furieuse. Dit à Alain qu'il est ridicule avec ce nœud de cravate énorme, refuse catégoriquement d'aller dîner chez les Marusier. Assez des Marusier ! On ne va pas indéfiniment les remercier de t'avoir appuyé lors d'un projet ! Et puis, j'en ai marre de ce petit circuit de mondanité, j'ai envie d'autre chose, d'ailleurs, de plus grand. D'un pays sans Sécurité sociale, sans rétrécis qui gèrent leur carrière et leurs économies. Je ne veux plus être un légume. Je veux qu'il me pousse des bras, des jambes, des dents et que je m'en serve enfin !

Elle hurle, pleure, déverse toute son incapacité à maîtriser ses élans, sa révolte. Elle en veut à tous, elle s'en veut à elle.

Alain assiste, impuissant, à ses crises de désespoir. Depuis qu'elle est rentrée du Maroc, elle passe de l'abattement à l'euphorie, du désespoir assourdissant aux pirouettes. Quand il veut l'approcher, elle s'enferme dans leur chambre. Il sent bien que quelque chose a changé. Il pense que c'est la mort de son père. Ce père qu'elle n'a jamais revu et dont elle refuse de parler. Il est triste derrière la porte.

Chapitre 11

Alice est partie depuis une semaine et Serge souhaite déjà qu'elle rentre. Il l'appelle à Marseille chez sa mère, tous les jours, et Alice est surprise. D'habitude, quand elle s'absente, il ne lui téléphone presque pas. Il ne parle pas beaucoup, mais elle raconte : Marseille, ses amis, les promenades dans les calanques, son déjeuner à la Bistouille, l'appartement de la rue Docteur-Fiolle qu'elle a acheté pour leur retraite, la petite robe à vingt-trois francs trouvée sur le marché, son amie Ginette qui l'a invitée à passer quinze jours à Paris… Alice veut faire des courses, aller au cinéma, au théâtre et voir Anne. Elle ne comprend pas son départ si brusque… Serge regrette d'avoir téléphoné. Il devient bavard, essaie de la dissuader, mais ne veut pas trop insister…

Ce qui se passe en réalité, c'est que Serge n'a pas vraiment expliqué à Alice les raisons du départ d'Anne. Il a mis ça sur le compte de l'émotion, du rangement dans l'appartement, et Alice ne comprend pas pourquoi Anne ne lui a pas téléphoné avant de partir… Serge ne peut s'empêcher de penser à la rencontre entre les deux femmes, et il regrette d'avoir téléphoné.

Il raccroche, pose les pieds sur son bureau, balance son fauteuil en arrière et réalise qu'il est en train de devenir le contraire de tout ce qu'il était avant qu'Anne n'arrive. Il faut absolument qu'il l'oublie. Voilà une chose à laquelle il va s'employer.

La mère d'Alain se tient toujours très droite. Elle vient assez rarement chez son fils à cause des quatre étages à monter à pied et de son asthme. Mais cet après-midi, elle a tenu à voir sa belle-fille car il faut qu'elle lui parle d'un sujet qui ne souffre pas le téléphone. Mme Riolle est pâle et frêle. Ses cheveux noirs striés de blanc sont ramenés en chignon sur la nuque. Elle se maquille légèrement, porte une robe grise en lainage et un collier de perles à trois rangs. À sa main gauche, brillent la bague de fiançailles et l'alliance en platine qui rappellent que Mme Riolle fut jadis une petite fiancée réservée puis une mariée rougissante qui ne prêtait ses lèvres à son fiancé que le temps d'un chaste baiser et qui ne s'abandonna à la copulation que dans le noir et pour fabriquer cinq beaux enfants. Mme Riolle est une dame élégante qui a vécu selon les normes. Aussi pure qu'un glaçon. Elle n'a jamais cédé à un mouvement de déraison ou d'emportement et incarne avec naturel et bonté d'âme le triomphe tranquille de la vertu. Avec tant de naturel d'ailleurs qu'Anne, en sa présence, a l'impression d'être un aggloméré de péchés et de désirs vicieux. Elle est intriguée par sa belle-mère et se demande comment ça marche ces gens-là. Elle les envie d'être aussi imperturbablement lisses et lumineux.

– Anne, mon petit, il y a une chose dont je voudrais vous parler…

Bien qu'elles se connaissent depuis un an et qu'elles appartiennent désormais à la même famille, Mme Riolle vouvoie sa belle-fille.

– Quand vous étiez au Maroc, Alain est venu nous voir souvent. Il se sentait si seul… Il est redevenu mon petit garçon.

Anne se dit que la mère d'Alain parle de son fils avec infiniment plus de tendresse qu'elle-même.

– Un jour, ma fille Claire nous a rendu visite avec ses enfants et j'ai remarqué les regards d'Alain sur les deux petits… Anne, je vais être directe : je crois qu'Alain a très envie d'avoir des enfants. Je ne sais si vous en avez parlé ensemble…

– Non…

Alain ne lui a jamais rien dit de semblable. Et elle a la curieuse sensation d'entendre parler d'un étranger.

– Il n'ose pas. Surtout maintenant… Et pourtant, Anne, je pense que cela vous ferait du bien à tous les deux d'avoir un enfant. Qu'en pensez-vous, mon petit ?

Anne ne sait quoi répondre. « Oui, belle-maman, nous allons faire ce petit bébé Riolle à la peau rose et aux gencives sans dents… » Le visage du bébé se dessine et elle est soulevée de haine. De quel droit ce bébé roterait, gazouillerait, sucerait le biberon avec délice alors qu'elle n'arrive même plus à frissonner sous des corps étrangers ?

« Je hais les bébés », se dit Anne dans son coin de canapé. En réalité, ce qu'Anne déteste chez les bébés tels qu'ils sont exposés en société, c'est leurs mines réjouies collées aux mines bêtifiantes de leurs mères. Elle hait l'image de bonheur candi que véhiculent les bébés. Ce n'est pas vrai. Rien n'est facile, tranquille et rose. Il y a des désirs obscurs qui vous salissent, qui vous font mentir et rougir. Elle ne veut pas se pencher sur une tête gazouillante, elle veut mouiller un tapis marocain sous les coups d'amour de Serge, le sentir s'enfoncer en elle, ressortir, s'enfoncer encore… Mme Riolle peut ranger le bébé dans son placard à idées.

Mme Riolle tourne sa cuillère dans la tasse de thé et Anne se tortille, tripote un coussin, lui adresse des sourires inachevés.

– Je suis jeune encore…

– Oui, Anne. Mais Alain est en âge d'être papa. Et il en a tellement envie !

– Mais il m'a moi !

Elle a presque crié sa réponse comme si elle avait trouvé la solution, et Mme Riolle a un sursaut de stupéfaction :

– Anne, mon enfant, vous n'êtes pas un bébé, voyons !

– Je ne me sens pas prête… trop jeune… plus tard… Excusez-moi.

Plus tard, quand elle aura perdu tout espoir d'une vie personnelle, quand l'avenir sera annulé. Alors, elle se consolera en faisant un bébé et en fourrant dans ses langes toutes ses envies défuntes…

Mme Riolle parle. Dit que, dans la vie, il ne faut pas être égoïste, que les enfants c'est important, qu'ils donnent une autre dimension au couple, qu'il n'y a rien de plus beau qu'un sourire d'enfant.

Anne écoute, fait oui-oui de la tête. Retrousse sa manche à la dérobée et regarde l'heure : dix-huit heures dix. Elle ne verra pas Voltaire 53…

La théière est vide. La table basse jonchée de miettes, la tasse à thé de Mme Riolle porte la marque de son rouge à lèvres. Discret. Elle est partie triste et déçue.

Anne s'en veut un peu de ne pas lui avoir fait plaisir. Mais ç'aurait été un trop gros mensonge.

Alain aurait dû épouser une jeune fille de France droite et transparente comme sa mère. Sans spirales intérieures qui remontent le petit ressort et la projettent ailleurs. C'est un malentendu, Alain. Tu t'es trompé de jeune fille. Repasse le film en arrière et coupe avec de grands ciseaux le moment de notre rencontre. Ce n'est pas moi qu'il fallait agenouiller sur le prie-Dieu en peluche rouge, c'est la petite demoiselle en mauve. Celle qui baisse les yeux sur la photo officielle mais les lève sur le Polaroïd de ton frère. Grands et pleins d'admiration, braqués sur toi. Tu l'as baptisée Chochonnette parce que tu ne te rappelles jamais son nom et que tu la trouves un peu bébête… mais Chochonnette t'aurait déjà fait un beau bébé aux gencives sans dents, que tu embrasserais en rentrant du bureau et qui baverait sur ton col de chemise. Chochonnette pourrait te raconter ses journées sans mentir…

Après la visite de Mme Riolle, et puisqu'elle avait raté son rendez-vous, Anne resta assise à penser à tout ce qui lui arrivait en ce moment. Elle avait le sentiment d'être très nettement coupée en deux. D'un côté, Anne Riolle qui reçoit sa belle-maman et écoute ses propositions de maternité en lui versant du thé à la vanille, de l'autre la même Anne qui court retrouver ses amants, en montant les marches à toute allure…

Elle ne comprenait pas très bien comment elle arrivait à vivre en étant plusieurs à la fois. Elle avait le sentiment confus qu'elle n'arriverait plus très longtemps à maintenir sa belle unité. Elle avait même la certitude d'être assise sur un danger imminent. Le tapis marocain avait fait sauter sa boucle de sécurité et, maintenant, tout pouvait arriver…

Chapitre 12

Alice téléphona à Anne le vendredi 10 juin vers dix heures. Anne sortit de son bain à toute allure et décrocha l'appareil, en contemplant les traces de ses pieds mouillés sur la moquette blanche. Alice demanda à Anne quand elles pouvaient se voir. Sur un ton si affectueux qu'Anne fut rassurée : Alice ne savait rien. Elle n'aurait qu'à inventer un petit mensonge pour justifier son départ précipité du Maroc, un mensonge à l'eau de rose où elle mélangerait, dans un même hoquet, papa, l'enterrement, l'appartement à ranger et la force des souvenirs qui reviennent au galop gna-gna… Bien sûr, ce n'était pas très bien de mettre son père dans ce coup-là, mais, après tout, c'était une histoire entre elle et lui, et elle n'était même pas persuadée que, de là où il était, il ne l'approuvait pas.

Elle proposa le lendemain, et Alice accepta.

Il était près d'une heure lorsque Alice sonna. Anne prit une profonde inspiration afin de calmer le trac qui battait sous sa peau et ouvrit : Alice était encore plus belle vue de Paris. Plus bronzée, plus à point.

Elles s'embrassèrent, se répandirent en multiples effusions et congratulations, et Anne se dit que c'était vraiment agréable d'avoir une amie. Quelqu'un qui arrive avec des pizzas dans les bras, fait voler ses chaussures et a plein de choses à vous confier. Elle se sentit si bien avec Alice qu'après avoir posé les pizzas sur la table et débouché la bouteille de morgon, elle s'appuya sur ses coudes et décida de tout lui raconter. Tout sauf Serge. Parce que Serge, elle n'était pas sûre qu'il faille le lui dire… Et puis, elle y pensait encore trop fort…

Elle commença par son petit mensonge, qu'elle récita très bien, et parvint même à faire poindre deux larmes à ses paupières, puis elle raconta ses nuits avec Alain et ses après-midi avec les numéros de téléphone. À raconter, cela prenait une autre tournure. Ce n'était plus aussi décevant. Ça la posait même. Lui donnait une autre dimension. Et vous que faites-vous, l'après-midi, entre cinq et sept ? Eh bien ! j'ai des amants… Et tout à coup, elle se sentait internationale, plein d'étiquettes sur sa valise et manteau de vison sur les épaules. Elle n'avait jamais envisagé ses amants sous cet angle-là…

Mais quand Alice lui demanda ce que ça lui apportait, elle eut du mal à lui expliquer que, justement, ça ne lui apportait pas grand-chose. Excepté les moments avant où elle était très exaltée et les moments après, où elle était déprimée…

Alice fut étonnée : elle avait laissé une petite jeune fille empêtrée et elle retrouvait une Parisienne dévergondée. Elle se demanda ce qui avait changé Anne, mais ne fut pas vraiment surprise. Ce qui l'avait séduite chez Anne, c'était justement que, sous sa timidité et sa maladresse apparentes, il y avait un gisement de violence et d'audace. Et elle avait eu envie de l'exploiter. Le premier homme sur lequel elle avait testé la métamorphose d'Anne avait été Serge. Elle se rappelait avoir littéralement jeté Anne aux yeux de Serge. Son sourcil s'était cassé et il s'était redressé. Pas étonnant ensuite que les invités plient et livrent leur téléphone.

Et Anne, soudain, n'est plus Cadichon mignonne qu'on conduit chez le coiffeur mais une jeune femme

104

gloutonne qui vit et soupire. Elle est si vivante qu'Alice, en l'écoutant, se sent un peu vieille et dépassée. Alors, elle éprouve à son tour le besoin de faire des confidences. De montrer qu'elle aussi existe et qu'elle a des problèmes. Elle raconte combien elle aime Serge plus que tout, même s'ils sont mariés depuis bientôt quinze ans. Comment il suffit qu'il entre dans une pièce pour qu'elle ne voie plus que lui et que tout s'estompe autour. Il est ce qui lui est arrivé de plus beau au monde, alors qu'elle avait vingt-cinq ans et s'appelait Alice Blanquetot, qu'elle arrivait de Marseille où son père était directeur de la banque privée Blanquetot et Courgeon. Son père aurait voulu qu'elle épouse le fils Courgeon mais Alice avait imposé Serge. Et elle avait tenu à rendre à son amour tout son prestige. Elle lui avait offert une clinique. Plus tard, quand ses parents étaient venus la voir au Maroc, elle les avait conduits, mine de rien, devant la plaque dorée. Pour qu'ils soient fiers, comme elle, de la réussite de Serge. Serge qui travaille quatorze heures par jour et qui, à table, parle de vésicule et de fracture. Mais ça lui est égal. Elle avait pensé, à un moment, reprendre des études de médecine, pour l'assister. Et puis, il avait rencontré Hilda. Et il n'y avait plus eu de place pour elle… C'est pour lui qu'elle s'est décolorée en blonde et qu'elle s'est coupé une frange. Le premier soir où ils avaient dîné ensemble, à la question « quelle est votre femme idéale ? », il avait répondu : « je la vois blonde avec une frange toute droite… ». Elle l'aime tellement qu'elle ferme les yeux sur ses aventures. Serge a des maîtresses, et elle le sait. C'est même pour cela qu'elle vient régulièrement en France. Pour lui laisser le champ libre. Sinon, elle aurait trop peur qu'un jour il se sente à l'étroit et parle de partir ailleurs avec une autre. Ce n'est pas par lâcheté, c'est parce qu'elle ne veut pas le perdre. Mais elle sait tout de ses aventures. Elle sait la petite maison de

Mehdia où il emmène ses maîtresses. Elle sait aussi que ça ne dure jamais très longtemps. Elle a appris ces détails par Hilda, un jour qu'elle était dans son bureau et qu'elle avait entendu une infirmière appeler Serge « mon chéri ». Serge avait répondu : « ah ! non ! plus de ça. C'est fini » et Alice s'était laissée tomber dans le fauteuil en pleurant. Hilda, pour la consoler, lui avait dit que ce n'était pas important, que ça ne dépassait jamais la semaine, qu'il savait les renvoyer avec fermeté et qu'elle était la seule à qui il tenait vraiment. Elle s'en doutait un peu depuis le jour où une voix bafouillante au téléphone avait demandé le docteur Alsemberg, puis avait raccroché. Mais elle ne voulait pas y penser. Tant que rien n'était évident, elle ne voulait pas se poser de questions. Parce que, sinon, elle ne s'arrêterait pas de pleurer. C'était comme si le ciel lui tombait sur la tête. Avec le mot Fin écrit dessus.

Alice est heureuse de parler librement. Elle n'a jamais pu confier ces choses-là parce que toutes ses amies à Casa l'envient d'avoir un mari aussi exemplaire. Serge et Alice Alsemberg : couple modèle, tendresse et fidélité à visiter. Elle est si émue que des larmes lui montent aux yeux. Alice parle, mais cela fait longtemps qu'Anne ne l'écoute plus. Sa tête est occupée par deux mots qui lui font reconsidérer entièrement la question et changent tout : Serge-maîtresses. Elle ne comprend pas. Elle croyait que Serge aimait Alice. Pourquoi l'a-t-il renvoyée alors ? Et dire qu'elle avait eu l'impression de dévoyer un grand amour ! La magie du déjeuner est cassée. Alice lui paraît brusquement banale. Vulgaire même. C'est vulgaire d'enlever ses chaussures pour déjeuner. Vulgaire d'être aussi bronzée. La mère d'Alain a de la poudre blanche sur le visage et garde ses jambes bien repliées quand elle s'assied pour prendre le thé. Elle n'aurait jamais dû faire de confidences à une femme aussi banale. On l'a trompée. Rien n'est sacré.

Elle ne ressent plus rien pour cette femme qui pétrit un vieux Kleenex taché de rouge à lèvres. Elle est même gênée de la voir pleurnicher… Elle voudrait qu'elle parte et la laisse seule à faire le tri dans sa tête.

– Alice ?

Alice se redresse. Elle a le tour des yeux fripé et du rimmel sur les joues.

– Alice, j'ai un cours à trois heures. Il va falloir que je me prépare…

Alice dit oui, bien sûr, je suis désolée, je vais te laisser… Elle remet ses chaussures, sort son poudrier aux initiales enlacées, défroisse sa jupe, passe les doigts dans ses cheveux.

Elles s'embrassent sur le paillasson, promettent de se rappeler, s'étreignent encore une dernière fois… puis Anne referme la porte. Soulagée.

Elle gagne sa chambre, s'enroule dans le dessus-de-lit et fait le point. Entre ses anciennes naïvetés et ses nouvelles informations. Flash spécial. Si Serge a l'habitude d'avoir des aventures, pourquoi l'a-t-il renvoyée après un discours moralisateur ?

À trois heures et demie, on sonna à la porte et Anne pensa que c'était la concierge. Elle courut lui ouvrir.

Ce n'était pas la concierge, c'était Alice. Elles se regardèrent un moment, étonnées, puis Alice tendit une enveloppe à Anne.

– Anne, j'avais cette lettre à te donner et j'ai oublié. Je m'en suis souvenue dans le taxi, je suis revenue. J'ai voulu la laisser chez ta concierge mais elle m'a dit que tu étais chez toi, qu'elle ne t'avait pas vue sortir… Anne, il n'y avait pas de cours à trois heures.

Anne ne répondit pas. Alice lui tourna le dos et dévala l'escalier. Anne resta sur le palier, la lettre à la main. « Merde et merde et merde, elle va encore pleurer… »

Serge ne put s'empêcher de téléphoner à Alice ce soir-là. Il savait qu'elle déjeunait avec Anne. Alice fut brève. Elle avait la voix enrouée. Paris est humide au printemps. Anne va très bien, elle a un joli appartement, de la moquette blanche, des plantes vertes et la photo de son mariage dans un cadre en cuir bordeaux…

– Ah! j'oubliais: des amants aussi. Des cinq à sept. Elle les appelle par leur numéro de téléphone. Tout à fait libérée, Cadichon…

Serge raccrocha, bouleversé. Quel imbécile il a été! Parce qu'elle était la petite fille aux vernis noirs, il l'avait imaginée différente, à part. Comme la petite Cadichon qu'il plaçait sur les chevaux de bois et qui tendait les bras pour qu'il la détache. Si différente qu'il avait jugé sacrilège de la renverser. Il se rappela que, tenant le ventre rond et blanc sous ses doigts, il avait souhaité y enfoncer un long couteau pour que personne, plus jamais, ne la touche…

Il ne la touchera plus jamais. Elle est comme les filles qu'il emmène à Mehdia: légère et facile. La tête de l'idole barbare roule et il ne reste plus qu'une statue mutilée, avec des jambes écartées et un sexe avide. Il renverse la tête en arrière, étend les jambes sur son bureau et éclate d'un rire terrible. Cadichon n'est plus. Elle a disparu dans la banalité d'après-midi parisiens. Comme toutes celles qui s'ennuient: un amant, des amants et un mari qui paie le loyer et la scolarité des enfants. Dérisoire.

Il appela Hilda et lui demanda un de ses petits pâtés avec un verre de vodka à l'herbe aux bisons. Il fallait célébrer sa délivrance.

Assise sur le lit, un doigt tournicotant une mèche de sa frange, le pouce dans la bouche, Anne relit la lettre, celle que Serge lui avait récitée le soir de son arrivée à Casa, gravement, lentement, pour effacer le mouvement inexorable d'un corps suspendu à un cordon…

« Souviens-toi que tu es belle, que tu es reine et ne subis jamais rien. »

C'est parce qu'elle avait oublié qu'elle était reine et belle qu'elle avait quitté le Maroc au petit matin. On ne fuit pas quand on est reine.

Chapitre 13

Serge Alsemberg est en retard pour sa consultation ce lundi matin et Hilda passe sans arrêt la tête dans la salle d'attente pour répéter aux patients que le docteur est retenu en salle d'opération. Il y a là d'anciens malades venus pour une visite de routine mais aussi de nouveaux visages : un couple d'Européens dont la femme porte le bras en écharpe, trois personnes âgées qui ont étalé leurs sacs tout autour de leurs fauteuils et une jeune fille absorbée par la lecture d'un vieux *Paris-Match*. Hilda note de songer à renouveler les journaux et referme la porte. Ce retard l'intrigue. Le docteur Alsemberg tient beaucoup à ces consultations gratuites des lundi et jeudi matin, et il arrive toujours scrupuleusement à l'heure. Il les appelle « mes gazettes en direct », et quand elle lui fait remarquer qu'il perd son temps à soigner des malades le plus souvent imaginaires, il répond qu'elle a tort et que la médecine, c'est aussi ce service gratuit rendu à tout un chacun. Malgré tout, elle pense qu'il ferait mieux de s'occuper d'autre chose plutôt que de se pencher sur une diarrhée ou une migraine. Depuis l'enterrement de son ami Paul, il ne va pas fort. Absent, détaché, travaillant dur, il reste de longs moments à rêvasser les pieds sur son bureau. Il ne touche plus à sa raquette de tennis ni à son club de golf.

Pourtant, vendredi soir, il avait paru se ragaillardir. Il l'avait appelée par l'interphone et lui avait demandé un verre de vodka. Pour faire zdrowie. Quand il parle polonais, c'est qu'il a pris une décision. Zdrowie et la crise s'éloigne. Ils avaient porté des toasts : à la clinique, à vous Hilda, à vous docteur, à Alice, et il avait même ajouté, comme s'il se parlait à lui-même, à Anne. À ce toast-là, Hilda n'avait pas tendu son verre parce qu'elle n'était pas sûre d'avoir bien compris et qu'elle ne voulait pas commettre d'impair. Ils avaient fini les petits pâtés, et Dimitri et Dimitra n'avaient rien eu, ce soir-là, quand ils s'étaient frottés aux jambes de leur maîtresse. Ils avaient boudé toute la soirée. C'est ça l'ennui avec les bêtes : leur affection est souvent alimentaire. On brode de belles légendes sur leur dévouement mais il se résume souvent à une histoire de gamelle. En règle générale d'ailleurs, Hilda se méfie des sentiments. La seule exception à sa réserve est le docteur qui, lui aussi, fait preuve de la même distance. C'est peut-être pour cela qu'elle s'entend si bien avec lui…

Elle plante son crayon dans un de ses macarons et se met à réfléchir à l'affection, aux chats, au docteur, à la Pologne, à l'avenir de sa nièce Katya qui veut venir au Maroc. Elle se demande si la tête ne va pas lui tourner. La vie est vénale à Casablanca. Il n'y a pas beaucoup de morale dans cette ville poussée n'importe comment. Katya aura peut-être vite fait de se coucher près d'un homme, sous prétexte qu'il a une voiture puissante et qu'il lui a fait faire un tour de côte… Elle est en train de balancer le pour et le contre, tirant sur sa blouse blanche qui la serre à la poitrine, quand le docteur entre, les mains pleines de cambouis, les manches retroussées.

– J'ai cassé ma courroie de ventilateur. J'ai pu la bricoler mais il faut téléphoner tout de suite au garage pour qu'on la répare.

Il jette un coup d'œil dans la salle d'attente, lui demande de lui laisser le temps de se préparer puis d'introduire le premier rendez-vous.

Deux jours au soleil. Au bord de la mer. Dans sa petite maison de Mehdia. Il a lu, dormi, mangé des fritures de calamars chez Mme Nadia, qui tient le café-restaurant du port. Il s'est promené sur la plage, son revers de pantalon plein de grains de sable, ses chaussures à la main, loin, loin, jusqu'à la digue où dorment les pêcheurs, enroulés dans les trous des murailles. Il jetait ses bouteilles de souvenirs à la mer. Qu'un autre les ramasse et ôte le bouchon ! Il ne veut plus succomber au charme. L'enchantement s'est éventé : Cadichon a des amants à Paris. Tout rentre dans l'ordre. Il est libéré. Il faut maintenant que son corps oublie. Le corps, ça met plus de temps à oublier. Ça ne fonctionne pas à coups de raisonnements ou de volonté. Et le sien frémit encore au souvenir d'un tapis un peu passé et d'une voix qui commande « encore, encore ».

Dans dix jours, Alice revient. Et Alice le protège des envoûtements malins. Avec elle, il est à l'abri des fièvres. Elle a cette vertu spéciale de calmer, de rassurer.

Serge regarde les doigts déformés, les yeux enfoncés, les bras maigres et blancs de son premier rendez-vous : Mme Zanin, arthrose. Il aime les consultations du lundi et du jeudi. Elles accrochent un poids à sa vie. Après Mme Zanin, M. Cargiel : sinusite chronique mais il refuse de se faire percer les sinus. Puis Mme Limani qui voudrait bien prendre la pilule mais a peur du cancer. Elle reviendra dans quelques mois enceinte de son septième. Elle a vingt-huit ans.

La salle d'attente se vide. Il est presque une heure. Serge s'étire et demande à Hilda d'aller lui chercher un sandwich et une bière.

Seul et paisible sur la plage de Mehdia. La lumière blanche, ce matin, se posait sur les restes des pique-niques du dimanche, et les chiens errants reniflaient les papiers gras.

– Je fais entrer le dernier rendez-vous ? demande Hilda.

– Oui, répond Serge, occupé à se laver les mains. Posez le dossier et allez me chercher mon sandwich et ma bière.

Quand il se retourne, le torchon encore humide entre ses mains, il sursaute : Anne est assise en face de lui. Les avant-bras bien à plat sur ses genoux, le dos droit, les jambes serrées, le front modestement incliné vers le sol. Comme une altesse en visite officielle. Elle porte un blouson en jean, celui qu'Alice lui a acheté il y a bientôt deux mois. Elle a ôté son alliance.

Il regarde la fiche qu'Hilda a sortie du dossier : Josée Ferrari, troubles gynécologiques. Il ricane, lisse ses cheveux, repose le torchon humide, se carre dans son fauteuil et la dévisage. Le moment est venu et il ne doit pas le laisser passer. Elle est à sa merci. Elle croit qu'il suffit de planter ses yeux jaunes dans ceux d'un homme pour qu'il la suive, au bout du monde. Illico. Incognito. Comme ses amants parisiens qu'elle racole dans les dîners…

– Alors ? On fait l'amour avec des numéros de téléphone…

Elle se recroqueville et lève les yeux. Sa bouche tremble, et il se réjouit de la tenir ainsi frémissante.

– Tu fais l'amour avec des numéros de téléphone ?

– Mais, Serge…

– Tais-toi.

Il a mis tout le dédain, la froideur dont il est capable pour lui répondre.

– Tais-toi. Je ne veux pas t'entendre parler. Oui ou non, c'est tout. Ou sinon je te renvoie et je ne te revois plus.

Elle hoche la tête et tripote ses ongles nerveusement.

Il prend plaisir à la faire attendre, à l'humilier, à lui jeter son inconduite au visage. Ça adoucit un peu la fureur qu'il avait ressentie quand Alice lui avait annoncé la métamorphose d'Anne. L'image d'un tiers posé sur Cadichon, la souillant de ses lèvres baveuses et de ses doigts courts, lui avait fait perdre son bel équilibre. Jusqu'à la révélation d'Alice, il n'avait eu à repousser que le souvenir délicieux d'un tapis aux roses fanées et d'un long corps blanc. Mais après s'y était mêlée une douleur qui rendait le tapis encore plus lourd et difficile à oublier, qui le faisait s'arrêter en pleine rue, suffoquant et jurant de s'en débarrasser.

– Tu fais l'amour tous…

– Oui.

C'est elle qui crie maintenant et qui l'interrompt.

– Tous les après-midi ?

– Non.

Pas tous, quelquefois elle a des cours.

– Et tu prends ton pied ?

– Non.

– Menteuse. Sale menteuse. Petite pute. Tu n'es qu'une pute !

Il s'est levé de son fauteuil et se dresse près d'elle. Il se penche, l'empoigne et la renverse en arrière contre le dossier, les doigts incrustés dans ses poignets, le visage tout près du sien, une mèche de cheveux entre ses yeux qui sont comme deux petits pois noirs.

– Tu n'es qu'une pute qui couche avec le premier venu.

Anne ferme les yeux et détourne son visage. Ses poignets lui font mal et les muscles de ses bras se tendent douloureusement. Une minuterie clignote dans sa tête et, plus loin encore, un homme se gratte la lèvre.

– Laisse-moi, Serge, laisse-moi.

Elle a sa voix de petite fille qui veut aller sur les manèges et il la relâche. Il est fatigué soudain. Un sourire tire ses lèvres. Ce matin, il se croyait délivré et fanfaronnait déjà.

– Laisse-moi t'expliquer.

– Que veux-tu expliquer ? Comment partie d'ici, virginale et timide, petite fille qui dort dans son lit en osier, tu t'allonges de bonne grâce sous des inconnus ?

Elle relève la tête et l'affronte du regard. Elle sent ses forces revenir.

– Je m'en fous de ceux-là. C'est toi que je veux maintenant. Je t'aime, Serge. Je t'aime et je veux être avec toi…

Les yeux de Serge la fixent, cruels et froids, et il se croise les bras.

– Eh bien ! ma chérie, tu ne m'auras pas… Mets-toi bien ça dans la tête et retourne vers ton mari et tes amants.

Le sourire s'étire, ironique.

– Et puis d'abord, qu'est-ce qui te fait penser que j'aie envie de toi, hein ? Qu'est-ce qui te rend si sûre ? D'avoir tourné la tête à de jeunes Parisiens ? Mais regarde-toi, ma chérie…

Il la prend par les épaules et la pousse devant une grande glace. Elle a des plaques rouges sur le visage et ses cheveux sont gras. Les émotions, ça ne l'avantage pas. Elle avait oublié qu'elle était laide parfois. Surtout devant les gens qui l'intimident ou qu'elle aime. Elle avait cru si fort à son amour qu'elle était venue se pendre à son cou et lui murmurer : « Sais-tu que je suis magique ? » Mais elle n'est pas du tout magique. Et elle a trop rêvé à Serge. Il la laisse devant la glace et lui lance en se dirigeant vers la porte :

– Je vous laisse vous remettre, ma chère. Désolé de n'avoir pas succombé. Mais essayez ailleurs, on ne sait jamais…

Il sourit, s'incline et referme la porte.

Chapitre 14

Jamais plus on ne refermera la porte sur son amour.
Jamais plus. Il croit qu'elle l'a trahi mais il n'a rien
compris. Elle lui expliquera plus tard. Pour le moment,
il ne faut plus pleurer, ça défigure. Elle prend une profonde inspiration et pense à Hannibal. Il est toujours à
ses côtés quand elle flanche. Lui et ses éléphants. Elle
le trouve bien plus romantique que tous les empereurs
romains. La seule chose qu'elle n'aime pas chez lui,
c'est sa défaite devant les légions de Scipion. Anne ne
supporte pas les perdants mais elle a toujours fait une
exception pour Hannibal.

Il faut qu'elle s'organise. Elle n'a jamais été seule.
Elle a toujours vécu en bagage accompagné. Comment
fait-on ? Prendre l'avion, c'est facile : on suit les ordres
donnés par le haut-parleur. Mais après ?

Après, elle avait pris un taxi et indiqué l'adresse de
l'hôtel El Mansour. Hôtel cinq étoiles où son père donnait ses rendez-vous d'affaires. Il lui faut bien tout ce
luxe, puisqu'elle entreprend une tâche difficile…

Elle a emporté presque tout l'argent qu'elle avait sur
son compte de caisse d'épargne, l'argent que sa mère
déposait chaque Noël. 5 550 francs avec les intérêts,
avait dit la dame derrière le guichet, mais vous ne pouvez pas tout prendre d'un seul coup à moins de nous le
notifier huit jours à l'avance… Je ne peux pas, je pars

dans deux jours. Elle avait laissé 550 francs. La dame derrière le guichet portait un élastique au poignet qui lui gonflait la main, et Anne regardait cette main enflée compter les billets à l'aide d'un petit capuchon rose posé sur l'index. Elle avait mis les billets dans une grande enveloppe jaune qu'elle avait apportée exprès et était sortie de la poste comme une voleuse. Sa mère tenait beaucoup à ce que ces économies soient employées « à bon escient ». À neuf ans, quand Mme Gilly lui avait expliqué l'importance d'un livret de caisse d'épargne, elle avait confondu « escient » et « essieu », et s'était imaginée qu'elle allait devoir rouler droit. Ce qui, finalement, n'était pas si éloigné de ce que pensait sa mère…

Elle invoque une dernière fois Hannibal, efface les traces de larmes et sort. Il n'est pas dans son bureau. Hilda non plus. Elle traverse le vestibule, jette un coup d'œil au jet d'eau, à la cour blanche, aux micocouliers, aux tamaris, à la plaque en cuivre doré. Et, de nouveau, se sent misérable, exclue, battue d'avance. Ils se sont tous ligués contre elle. Elle tourne le dos à la clinique et regagne son hôtel, à pied.

Ce soir-là, Serge Alsemberg prit son carnet d'adresses, le feuilleta et tomba sur les G. Il fit alors le numéro de Graziella, une fille qu'il avait connue à Mohammedia et qu'il avait revue deux fois. Une grande fille avec de longs cheveux auburn et des yeux verts. Entretenue par un Marocain très riche et très marié. Elle était donc obligée d'être discrète et cela lui convenait parfaitement… Il prit rendez-vous pour huit heures.

Elle appelle. Il raccroche.

Elle rappelle. Il fait répondre qu'il n'est pas là. Qu'il ne sera jamais là pour Josée Ferrari.

Elle lui envoie un télégramme : « Suis à l'hôtel El Mansour chambre 816. »

Elle attend. Le lit est grand. King size. Elle couche les polochons à côté d'elle pour ne pas avoir l'impression d'être trop seule. La télé parle arabe et passe des feuilletons américains qu'elle a déjà vus en France.

Tous les soirs, elle se prépare. Prend un bain, brosse sa frange, enfile un long cafetan blanc. Et s'assied tout près du téléphone. Elle le soupçonne de mal marcher, écoute la tonalité, secoue le combiné et le repose pas vraiment convaincue.

Elle ne peut rien faire d'autre. Elle compte les pas dans le couloir, regarde la poignée de la porte, imagine qu'il est à la réception en train d'attendre l'ascenseur. Les étages s'allument, l'ascenseur monte et il arrive... Elle se raconte cette histoire plusieurs fois dans la soirée puisqu'il ne vient pas.

La seule chose qui l'occupe vraiment, c'est sa pince à épiler. Elle s'épile les jambes, le gros doigt de pied, les trois poils du nombril, se dessine un sexe de stripteaseuse, chasse le poil incarné, découpe la peau pour saisir le bulbe, tire sur le fil blond enroulé sous la peau. Fascinée par le long poil qui sort. Extirper, extirper. Elle adore extirper. Elle a l'impression de servir à quelque chose, de faire place nette. Même si pour cela, elle se charcute complètement la peau, creusant sans répit des petites tranchées autour du bulbe qu'elle veut arracher...

Quand elle a dégagé un petit carré bien propre, elle repose sa pince, satisfaite.

Elle suit alors le soleil qui descend sur la ville, la coloriant en rose, orange, violet... Le muezzin chante l'heure de la prière. Amar lui racontait qu'autrefois on crevait les yeux du muezzin pour qu'il ne puisse apercevoir, du haut de la tour où il chantait, les femmes indolentes vaquer dans leur maison. C'était un grand honneur d'être muezzin et d'avoir les yeux crevés.

Le muezzin se tait. Le soleil disparaît. Anne est droite sur le lit. Il ne viendra pas ce soir.

Sur un carnet, elle fait ses comptes au crayon. Elle n'a plus droit qu'à une journée d'hôtel. Après, elle aura fini ses économies et devra dormir sans étoiles. Voilà trois jours qu'elle a envoyé le télégramme et, à moins de tout mettre sur le dos des PTT marocains, elle doit se rendre à l'évidence : il ne veut pas la voir.

Cette nuit-là, elle demande à un taxi de la conduire à la villa de Serge. Il est minuit. Tria dort. Le gardien aussi. Elle sait par où il faut passer pour atteindre la porte-fenêtre de la chambre de Serge. Son cœur bat fort dans le petit taxi qui grimpe la rampe d'Anfa. Et s'il n'était pas seul ? Si Alice était rentrée ?

À cette pensée, elle s'affole et veut faire demi-tour. Elle aurait dû téléphoner avant pour vérifier ! Quelle idiote ! Elle fait un rapide calcul : normalement, Alice ne devrait pas être là. Mais le taxi s'arrête devant la maison et elle décide de prendre le risque.

La nuit est calme, le gardien dort, appuyé contre la porte d'entrée. Anne ne peut s'empêcher de sourire en le voyant bouche ouverte, tête penchée, émettant de longs ronflements et tenant son bâton entre les jambes. Gardien de jour, gardien de nuit, tu dors toujours au Maroc… Elle passe devant lui, silencieuse et légère, se faufile jusqu'à la fenêtre de la chambre. Écoute… Pas de bruit de respiration ni de drap qui se froisse. Personne.

La chambre lui paraît vide. Elle entre par la fenêtre entrebâillée, pose un pied puis l'autre. Doucement. Cambrioleur au cœur qui cogne, aux paumes de mains moites, aux tempes froides de sueur. Elle ouvre les penderies et constate que de nombreux cintres sont vides. Alice n'est pas rentrée.

Elle respire, soulagée. Le lit a deux creux et un bourrelet au milieu. Ils doivent dormir chacun de leur côté. Peut-être même qu'il porte un masque sur les yeux et qu'elle se met de la polléine dans les cheveux… C'est comme ça qu'on illustre le bonheur douillet des vieux couples dans les revues.

Elle se blottit dans un creux et regarde l'heure tourner sur le réveil électronique de la table de chevet. Il ne va pas rentrer tard s'il opère demain.

Des voitures passent dans la nuit mais aucune ne ralentit. Elle enfonce le nez dans les draps et respire l'odeur de Serge, l'odeur de flacon renversé qu'on met sous son oreiller… Elle ne sait pas ce qu'elle va lui dire. Elle n'a rien préparé. Elle prend l'oreiller dans ses bras et le serre contre elle. Cette fois-ci, elle n'échouera pas. La nuit est le domaine de ses rêves où elle est Majesté.

Tout à coup, elle sursaute. Un bruit de klaxon qui réveille Mohammed, le crissement des pneus sur le gravier, la porte d'entrée qui claque, puis celle de la cuisine, des pas dans le couloir, la porte qui s'ouvre et la lumière qui l'éblouit. C'est lui. Le lit est encastré dans un renfoncement du mur et il ne la voit pas tout de suite. Elle se recroqueville, le drap jusqu'aux yeux, le ventre plein de nœuds.

Il lui tourne le dos. Vide ses poches sur la coiffeuse d'Alice, défait le col de sa chemise, s'assied sur le petit tabouret enjuponné et enlève ses chaussures, ses chaussettes, sa chemise. Elle ne voit que son dos large et bronzé, ses cheveux noirs, sa stature de Gengis Khan. Elle a envie de lui très fort. De ce corps sans regard, sans parole. De cet étranger qui ne se sait pas épié. Elle voudrait qu'il ne se retourne pas tout de suite et qu'elle puisse continuer à l'espionner, à le désirer.

– Anne ! Mais qu'est-ce que tu fous là ?

Elle disparaît sous les draps. Juste les mains qui tiennent le drap par-dessus sa tête.

– Je rêve ! Cette fille est folle ! Dans mon lit maintenant !

Surtout ne rien dire, pense-t-elle. Le moindre mot se retournerait contre elle. Il s'approche du lit et lui arrache le drap des mains. L'arrache du lit, arrache le coussin qu'elle tient serré contre elle, la pousse sur le petit tabouret, la prend par le menton et la force à le regarder. L'audace d'Anne, ce droit d'envahissement qu'elle s'arroge le stupéfient.

– Anne, maintenant tu vas m'écouter. Je croyais que tu avais compris. Mais non… Écoute-moi bien, Anne : je ne veux pas de toi. Compris ? Je me suis trompé le soir où j'ai fait l'amour avec toi. Compris ? Je ne veux pas jouer une de tes belles histoires que tu inventes le soir pour t'endormir. Je ne suis pas Prince Charmant. J'ai une femme que j'aime, une vie très bien organisée où il n'y a pas de place pour toi. Compris ?

Elle ferme les yeux à chaque « Compris ? ». Mais quand il a fini de parler, elle reprend suppliante :

– Je ne prendrai pas beaucoup de place…

Humble, la bouche en supplique.

– Je m'en fiche que tu sois marié. Je ne veux pas la place d'Alice. Je ne suis pas jalouse d'Alice. Je voudrais juste être près de toi…

Elle appuie sa tête sur la jambe de Serge.

– J'ai été si heureuse le soir où tu t'es trompé…

– Si heureuse que tu t'es mise à draguer dans les dîners parisiens !

Il la repousse violemment.

– Tu ne m'as pas laissée t'expliquer.

121

– Il n'y a rien à expliquer. Quand on a vécu un moment soi-disant inoubliable, on ne s'empresse pas de le reproduire avec le premier venu !

Elle commence à en avoir marre qu'il lui parle sans arrêt de ses amants parisiens. C'est fini ça, c'est le passé. L'important, c'est maintenant. Ils n'arriveront à rien s'ils passent leur temps à ressasser le passé. Est-ce qu'elle lui demande, elle, ce qu'il a fait depuis qu'elle est partie ? À cette idée, elle devient folle de colère et se met à crier aussi :

– Et toi ? Tu ne vas pas me faire croire que tu t'es retiré du monde après cette fameuse soirée !

– Ce que je fais, moi, ne te regarde pas !

Ils sont tous les deux face à face. Écumants de colère. Anne se bouche les oreilles pour hurler plus fort que lui, il tente de la bâillonner pour la faire taire.

– Non ! Je ne me tairai pas. Je veux que tu m'écoutes !

– Je ne veux rien entendre. Je ne te pardonnerai jamais ce que tu as fait !

– Pourquoi ? Parce que j'ai sali la jolie image de Cadichon… Mais il ne fallait pas m'allonger sur le tapis alors ! Il fallait me laisser dans ma boîte de poupée…

Il ne lui répond pas, mais ses yeux la découpent aux rayons laser.

– J'ai changé, Serge, et tant mieux ! Avant, je ne vivais que par intermittence. Ce soir-là, avec toi, je me suis réveillée. Quand je suis rentrée à Paris, j'étais tellement désespérée que j'ai fait n'importe quoi. C'est normal de faire des erreurs quand on commence à vivre !

– Des erreurs ! Tu appelles ça des erreurs ! Un amant par jour !

Il la regarde et son sourire tiré sur le côté revient. Sourire cruel qui l'épingle, comme les papillons qu'elle collectionnait dans un cahier, après les avoir étouffés avec un peu d'éther dans une boîte Guigoz.

À ce moment-là, il sait exactement ce qu'il éprouve pour elle. Il la méprise. Il déteste sa revendication à une existence propre. Elle n'avait pas le droit. Elle était la petite Anne qui dormait dans son lit en osier. Lui seul avait le pouvoir de la réveiller. Il n'était pas jaloux du mari. Mais il ne supporte pas l'idée que d'autres aient pu la toucher, l'embrasser là. Il voudrait l'étrangler pour cela... Il la veut muette, passive, étonnée, levant les bras vers lui pour qu'il la monte jusqu'au ciel.

– Je déteste ce que tu es devenue : une pute.

– Comme la fille que tu viens de voir ce soir ?

– Exactement. Et je l'ai baisée comme tes amants parisiens te baisaient l'après-midi...

Elle ne sait plus quoi faire. Elle croyait qu'à force de crier, sa colère passerait. Mais il continue à lui en vouloir et à la blesser.

Elle se laisse tomber à genoux, sur le sol. Elle est prête à tout pour qu'il oublie. Tout ce qu'elle demande, c'est qu'ils se donnent une nouvelle chance. Qu'ils recommencent à zéro, qu'il pose ses mains sur elle et la fasse frissonner...

Il s'assied au pied du lit. La tête dans les mains, le pantalon à moitié ouvert, la ceinture pendante... Il est las et il ne veut pas céder. Il sent que c'est important qu'il ne lui cède pas. Sinon, il ne saura plus s'arrêter... Et pourtant, il ne fait rien pour la jeter dehors. Et déjà, elle s'approche, en rampant, écarte ses coudes sans qu'il tente le moindre geste pour l'en empêcher, sort la ceinture de ses passants, longue, noire, fine, luisante comme un serpent.

– Venge-toi.

Il relève la tête et la regarde.

– Venge-toi.

« Cesse de me détester en silence. Cesse de comprimer ton amour parce que je t'ai offensé. Arrête de te protéger en t'abritant derrière une fausse haine. Fous-moi des coups, assomme-moi mais qu'il se passe enfin quelque chose… »

Elle le défie des yeux, lui passe la ceinture entre les doigts, referme son poing. Elle est accroupie, nue, ses longs cheveux blonds couvrent ses épaules, ses seins, ses cuisses. Elle se tient sur la pointe des pieds, appuyée sur une main pour ne pas tomber. La tête dressée vers lui. Le sourire insolent. Les yeux brillants. Il repousse les longs cheveux, dégage les épaules, les bras, les cuisses. Lève la ceinture. Les yeux jaunes le narguent, l'invitent. Comme les jeunes gens polis qu'elle rejoignait l'après-midi… Alors, il frappe. Il frappe de toutes ses forces, il frappe encore plus fort jusqu'à ce qu'elle perde l'équilibre, qu'elle s'écroule en gémissant à ses pieds, qu'elle essaie de se protéger en levant les bras, en tendant les mains, mais il frappe toujours et elle se recroqueville par terre et crie qu'elle a mal, qu'il arrête. Il ne l'entend pas, il n'écoute que sa colère qui passe dans son bras et qui lui commande de frapper. Qui lui rappelle tous les soirs où il tentait de l'oublier alors qu'elle se prêtait de bonne grâce à d'autres mains, à d'autres bouches… Elle sanglote à ses pieds mais il ne l'entend pas. Il ne s'arrêtera que lorsque sa fureur sera épuisée. Alors seulement, il la ramassera, la portera sur le lit et l'embrassera.

Quand Tria apporta le petit déjeuner, le lendemain matin, elle aperçut deux têtes emmêlées dans le creux du lit. Une tête blonde enfouie dans l'oreiller et une tête noire, hiératique, renversée, dont la bouche souriait. Alors, elle posa le plateau et sortit. Sans faire de bruit. Superstitieuse : il ne faut jamais réveiller un amour noir et blond qui sourit.

Chapitre 15

Alain Riolle contemple le cerf aux ramures écaillées, aux sabots noircis d'encre. Anne est partie. Il savait qu'elle partirait. Elle regardait toujours ailleurs avec intensité.

Il avait cru la retenir en lui apprenant Georges Séguy et Edmond Maire, Erik Satie et Scott Fitzgerald…

On est toujours perdant quand on aime aussi fort qu'Alain. Perdant et solitaire. Même lorsqu'il tenait Anne entre ses bras, qu'il la retrouvait tous les soirs à dix-huit heures trente ou qu'il l'emmenait dîner au restaurant, Alain était seul. Car le propre de l'amour, de l'amour véritable, c'est d'isoler celui qui aime à la folie, celui qui s'incline sur un parquet blanc en pensant : « Voulez-vous que nous ayons un enfant ? » Seul avec son amour bien trop grand pour les formules en vente dans le commerce, celui qui aime se construit un château où sa passion remplit toutes les murailles. Du haut du donjon, il contemple l'objet aimé avec adoration, se repaît de sa vue, se félicite de sa possession. Prend à partie les pierres des fortifications, les herbes des montagnes, les feux follets de la nuit. Folie. Anéantissement. Pour que son amour dure, il lui faudrait la force de dissimuler le château qu'il porte en lui. Ou prétendre qu'il peut s'écrouler d'une minute à l'autre. Afin de ne pas lasser l'objet aimé par son assiduité. Alain n'avait pas su prétendre. Il avait été trop assidu. Peut-être qu'Anne ne serait pas partie s'il l'avait moins aimée ?

Mais, depuis la mort de son père, elle est douce puis furie. Souriante puis renfrognée. Elle abandonne la surprise sur le guéridon sans l'ouvrir et, s'il lui pose des questions sur son emploi du temps, elle l'accuse de la surveiller.

Un soir, juste avant qu'ils se couchent, elle avait parlé. Droite sur le pas de la chambre. Elle venait de se démaquiller. Les yeux un peu gonflés et luisants, elle avait croisé les bras et avait dit qu'elle partait. Au Maroc. Ne me demande pas pourquoi, je t'en prie, mais il faut que j'y aille. Et, si tu ne me laisses pas partir, j'irai quand même.

Son regard brillait, dur et froid sur le pas de la porte. Mais pourquoi ?

Parce que. C'est tout ce qu'elle disait : « parce que » et « il faut ». Mais je t'aime, avait-il bafouillé. Il ne savait pas quoi dire d'autre. Elle n'avait pas répondu. Ni « moi aussi » ni « moi plus ». Comme si ce n'était pas son problème. Et quand te reverrai-je ? Je ne sais pas… Ennuyée, impatiente. Elle avait dit ce qu'elle avait à dire et elle ne voulait plus qu'on la dérange.

Mais explique-moi ! J'ai le droit de savoir !

Le droit parce que tu es mon mari ? Elle avait eu une moue méprisante.

Non, parce que je t'aime… Plus que tout au monde. Parce qu'on vient de passer une année merveilleuse ensemble. Il avait conscience d'employer des mots bêtes mais c'était les seuls qu'il avait sous la main.

La moue méprisante s'était effacée. Je n'ai pas envie de te le dire. C'est à moi, ça m'appartient. Tu n'as rien à voir là-dedans.

Tu en aimes un autre ? Elle avait secoué la tête. Tu ne m'aimes plus ? Silencieuse, raide sur le pas de la porte. Loin… Mais approche-toi, viens, parle-moi… C'est à cause de ton père ? Tu veux retourner là-bas à cause de lui ? Pourquoi ne me le dis-tu pas ?

Je ne veux pas parler. Je pars, c'est tout.

Il avait baissé les bras, repoussé ses lunettes de lecture. Il fallait qu'il comprenne, qu'il reprenne tout depuis le début sinon, plus tard, il ne le supporterait pas. Trop d'ombres. Il pense à toutes les questions qu'il va se poser quand elle sera partie. Il faut qu'il ait quelques lumières si les ruines de son château l'ensevelissent.

Tu pars. Mais on passe un accord : tu me donnes de tes nouvelles tous les quinze jours. Je veux savoir où tu es. C'est la seule chose que j'exige de toi.

Elle avait réfléchi et avait dit oui.

Tu as besoin d'argent ? Non. J'ai vidé mon livret de caisse d'épargne. Tu me le diras si tu as besoin d'argent ? Je ne veux pas que tu manques de quoi que ce soit ou que tu fasses des bêtises pour de l'argent.

Elle avait faibli, son regard s'était adouci, elle s'était approchée du lit et s'était assise. Merci Alain, je t'aime infiniment. Infiniment.

Maintenant, il fallait qu'il se rappelle exactement tout ce qui allait se passer. Tous les mots qu'ils allaient prononcer. Pour plus tard. Maintenant que son regard n'était plus hostile.

Il l'avait prise contre lui et l'avait bercée, elle et son secret. Elle s'était laissée aller dans ses bras, si molle, si douce tout à coup, comme une enfant. Les yeux fermés, la bouche ouverte, elle pesait contre lui. Elle n'avait plus de forces. Elle allait s'endormir. Il veillerait sur son sommeil, sur les mots dénués de sens qu'elle crie parfois dans la nuit et qu'il essaie de traduire sans jamais y parvenir.

La nuit. Sans elle... Il avait glissé sa main dans l'échancrure de la chemise – la chemise de son père qu'elle porte pour dormir – et avait caressé un sein. Doucement. Elle avait fait un bond, un bond terrible et avait crié non ! De toutes ses forces. Avec horreur, presque. Et là, il avait cru devenir méchant. Mais pourquoi ? Tu en aimes un autre ? C'est ça, hein ? Tu aimes sûrement quelqu'un d'autre si tu ne veux pas que je te touche… Je ne te demande pas qui c'est, je veux juste savoir si oui ou non, tu en aimes un autre !

Il allait devenir fou. Fou et furieux.

Elle faisait des dessins avec son ongle sur le dessus-de-lit et il n'avait plus eu besoin de la questionner pour qu'elle dise tout bas, tout bas : je ne sais pas si je l'aime mais je ne peux plus vivre sans lui… Il s'était laissé tomber dans les oreillers et avait ouvert le col de son pyjama.

Qui c'est ? Quand l'as-tu rencontré ? Comment ? Pourquoi ? Où ?

Elle ne répondait pas. Le regardait infiniment désolée. Avec beaucoup de sincère compassion dans le regard. Je te le dirai, un jour.

Non, maintenant, je veux savoir. Pour la première fois de sa vie, il hurlait. Il perdait le contrôle de ses nerfs. Mais ça ne semblait pas l'impressionner et elle arborait le même air sincèrement désolé.

Toute la nuit, il avait essayé de la faire parler mais il ne pouvait rien contre son absence. Au petit matin, elle s'était endormie, le bras replié sous sa joue, le souffle calme. En boule contre le mur.

Il était parti au bureau. L'avait appelée à midi. C'était une erreur, elle allait décrocher et dire : « Allô, mon chéri… » Comme hier, et avant-hier, et tous les jours avant… Mais le téléphone sonnait et elle ne décrochait pas.

À six heures et demie, il trouva un mot sur le mémento des courses : « Je pars. Je suis vraiment désolée. Ne sois pas triste. Je te donnerai des nouvelles comme convenu. Anne. »

128

Il attend un signe. Il compte les jours qui le séparent du premier message. Ses collègues de bureau lui serrent la main et chuchotent entre eux. Sa mère s'inquiète, Isabelle Marusier l'invite à dîner. Il ne veut pas sortir le soir. Si elle revenait… Si elle téléphonait…

Il rentre chez lui, regarde les plantes vertes, les cours d'anglais qui traînent, ses vêtements dans le placard, les potages en sachet sur l'étagère de la cuisine. C'est dans la salle de bains qu'elle lui manque le plus. Parce que s'y trouvent rassemblées toutes les odeurs qu'elle portait sur elle. Il la prenait dans ses bras et disait : « Tu as une odeur de salle de bains… »

Sa mère vient lui préparer des plats cuisinés qu'il ne réchauffe pas, sa sœur lui amène ses enfants qu'il ne voit pas. Mme Gilly secoue la tête, découragée. Comment sa fille a-t-elle pu se conduire de la sorte avec un garçon si bien, si gentil, qui a tout pour lui ? La même irresponsabilité, la même instabilité que son père…

Alain lui demande de raconter Anne : son enfance, le Maroc, M. Gilly. Mme Gilly fronce les sourcils, tente de se souvenir mais ses griefs personnels l'emportent sur l'anecdote et elle ne débite que rancœurs et déceptions. Il n'apprend rien. Rien de vrai, de réel, de ces petits détails qui, mis bout à bout, vous permettent de reconstituer la réalité d'une personne. Au lieu de cela, il écoute des vues générales : on ne fait pas impunément le malheur des gens. Vient un jour où il faut payer. Finira comme son père. Qui vole un œuf vole un bœuf. Quand je pense à tout ce que j'ai fait pour elle. À tous mes sacrifices… L'évidente adoration que lui porte sa belle-mère, au lieu de le réconforter, l'irrite. À aucun moment, elle ne dit quelque chose de vrai, qui coïncide avec Anne mais, au contraire, elle se hâte d'assener ses idées reçues sur le comportement humain, idées qui ne souffrent aucune nuance, aucune contradiction. Alain est un saint, sa fille une ingrate, la fugue de sa fille l'échec de sa vie. Elle soupire, minaude et tente de se faire plaindre. En écoutant cette femme aux boucles blondes et laquées, Alain sent la révolte s'insinuer en lui. Il prend en horreur sa banalité, sa satisfaction. Et quand elle le quitte à sept heures moins le quart, pour aller suivre « Les chiffres et les lettres » à la télévision, il se sent si proche d'Anne qu'il la féliciterait presque de n'avoir pas succombé aux filtres de sa mère.

Son amour pour Anne redouble. Il lui parle, l'appelle ma petite funambule. Élevée sans cimes en vue. Tu t'es fabriqué tes propres sommets et tu t'es choisi un héros qui te conduira tout là-haut... Je ne pouvais pas être ce héros : j'avais été désigné par ta mère pour t'épouser. D'un simple coup de menton, elle m'a confisqué à jamais ma couronne de Prince Charmant...

Alain regrette de n'avoir pas compris avant. Il est descendu trop tard du donjon crénelé.

Il décide d'attendre le premier message et, selon le contenu, de demander au docteur Alsemberg de l'aider à retrouver Anne.

Chapitre 16

Ils se retrouvent tous les soirs à l'hôtel Savon. Une pension à l'abandon où les ronces et les herbes folles envahissent le perron. Les allées et les tonnelles. Dissimulent la façade. Une vieille bâtisse ocre, à deux étages, qui se tient droite et carrée dans un jardin où de vieux palmiers meurent en se fendant en deux. Des balcons rouillés, des volets qui pendent aux fenêtres, comme au lendemain d'une bourrasque, et des rideaux montgolfières. C'est là que Serge cache Anne. Elle n'a pas le droit de quitter les palmiers fendus.

Les propriétaires de l'hôtel, les Gangemi, un couple de pieds-noirs sexagénaires, ne posent pas de questions : Serge leur donne cent dirhams par jour. Elle est leur seule locataire.

Tous les soirs, dès qu'il a quitté la clinique, dès qu'il a garé la Jaguar bleu marine contre le mur ocre et lézardé, il pousse le portail rouillé, monte l'escalier, ouvre la porte de la chambre. Elle est là. Sur le lit. Elle l'attend Elle l'attend depuis le matin. Ses journées ne sont que souvenirs des délices de la nuit, des rites barbares par eux inventés. Souvent, un sourire étrange se pose sur ses lèvres : elle revit un instant précis de leur nuit, quand il s'est allongé sur elle et l'a prise en la regardant fixement, comme si elle n'était qu'une fille anonyme qu'il baisait, ou lorsqu'il l'a assise à califourchon sur lui, lui enjoignant de bouger lentement, de s'arrêter, de bouger encore et de ne pas jouir avant qu'il l'ordonne... Elle sourit et se replie sur le lit.

Quand il l'abandonne, le matin à sept heures pour aller se raser et se changer à la villa, elle remue doucement, étend un bras pour le retenir et le laisse retomber. Plus de forces. Il se penche sur la tempe aux duvets blonds, l'embrasse, descend sur le cou, s'attarde, elle s'agrippe à son cou mais il se relève et part. « À ce soir. » Elle reste dans le lit avec la boule qui brûle dans son ventre. Elle a peur de ne plus jamais le revoir.

Vers onze heures, Anne se lève et titube jusqu'à la salle de bains, sur le palier. Elle joue à faire gicler de l'eau entre ses doigts. Petits jets d'eau, si vous allez haut, mon amour pour Serge ne sera jamais beige...

Quand le petit déjeuner est prêt, Mme Gangemi l'appelle du vestibule. Pain grillé et thé Lipton. Anne a envie d'être gentille avec Mme Gangemi et elle lui fait un large sourire, boit le thé âcre et tiède sans faire de grimace, parle du temps et du marché. Des gendarmes aussi : les Gangemi sont obsédés par les gendarmes...

Mme Gangemi se tient près de l'évier et lui tourne le dos. Anne propose de débarrasser la table et de laver son bol mais Mme Gangemi dit que ce n'est pas la peine. Le docteur a laissé de l'argent pour ça. Anne baisse la tête pour contenir son élan de joie.

Elle s'approche du buffet et regarde les photos de M. et Mme Gangemi et de leurs enfants. Trois adolescents maigres aux longs nez, aux yeux rusés qui se serrent contre le tailleur pied-de-poule de leur mère. Elle se croit obligée de dire qu'ils sont beaux, et Mme Gangemi murmure quelque chose sur l'ingratitude des enfants... Mais Anne ne l'écoute pas : il a laissé de l'argent pour qu'elle ne fasse pas la vaisselle. Reine et belle. C'est ce que lui disent ses nuits mais, au petit matin, elle n'en est plus aussi sûre. Il semble emporter avec lui toutes ses certitudes et elle attend, inquiète, le bruit de ses pas le soir. Prête à réinventer des silences et des attentes, des respirations et des soupirs. Des jeux.

Il avait ouvert la porte et n'avait rien dit. S'était assis au pied du lit, l'avait longuement regardée. Elle ne bougeait pas. Ne parlait pas. Ne disait pas « comment ça va ? » ou « tu es fatigué, mon chéri ? ». Pas de tendresse. Attendre qu'il fasse un geste.

– Montre tes dents.

Elle s'était approchée, avait retroussé ses lèvres, et il avait froncé les sourcils, passé un doigt sur ses gencives, appuyé son pouce sur le palais, glissé un ongle entre ses canines. Il l'examinait. Juste un intérêt médical pour une patiente. Une étrangère.

Elle restait là, bouche ouverte. Fascinée par ce regard qui ne la voyait pas. Qui l'ignorait.

– Ça va. Tu as les dents saines. Mais il faudra revenir me voir régulièrement, compris ?

Elle fait oui de la tête. Envie de lui si fort qu'elle tremble. Il la repousse et lui tourne le dos.

– Serge, supplie-t-elle.

Il se retourne et lève son sourcil.

Elle veut s'appuyer contre lui, il la repousse encore.

Elle attend. Il a allumé une cigarette et fume. Chaque minute de l'attente est comme mille doigts, mille bouches qui volettent au-dessus d'elle et l'effleurent.

Il se lève, prend le cendrier, écrase son mégot, revient s'asseoir au bout du lit et seulement, seulement, se laisse tomber en arrière, entre ses jambes.

Chaque nuit est différente. Chaque nuit, son désir est renvoyé, repris, modulé, amplifié. Chaque nuit, elle se travestit pour le séduire.

– Si vous voulez, vous pouvez monter sur la terrasse. Là-haut personne ne vous verra et vous serez tranquille pour prendre le soleil…

Anne remercie Mme Gangemi. Elle va monter sur le toit pour ressembler aux affiches et l'ensorceler.

Ils dorment pilou-pilou. Enlacés si fort qu'on dirait deux chemises de flanelle qui s'emmêlent lors des grands froids des steppes. Quelquefois, Anne interrompt son sommeil et se retourne pour regarder Gengis Khan, son géant, dont le père est Loup-Bleu et la mère Biche-Fauve. Qui, petit orphelin d'un clan nomade, a conquis un vaste empire hachuré en gris clair, gris foncé et noir dans le tome 11 de son encyclopédie. Tout petit, il trucide son demi-frère, coupable de lui avoir piqué le produit de sa chasse, menace son oncle de mort s'il ne lui rend pas son arc, et, plus tard, pour affermir son empire, n'hésite pas à supprimer son meilleur ami, celui avec qui il avait fait le serment des sangs mêlés. Il invente le service des PTT et rédige des messages émouvants et versifiés aux populations qu'il se propose d'égorger. Il ne supporte pas qu'on lui manque de soumission et fait de l'inclinaison respectueuse la première loi du Grand Empire mongol. Il zigzague d'est en ouest en raids meurtriers et met au point les archers mobiles qui encerclent l'ennemi en trois temps.

Gengis Khan avait beaucoup de femmes mais respectait la douce Borte, sa première épouse, qui lui donna quatre fils voraces et guerriers. Légitime et concubines vivaient sous la même tente où séchaient la viande pour l'hiver et la laine des troupeaux. Des Mongols ont dû s'égarer en Pologne pour qu'il ait ces pommettes hautes et ces cheveux noirs et raides…

Il aurait dû s'en douter. Il ne peut pas passer ses nuits à baiser et ses journées à opérer, sans cligner de fatigue. Il n'est que trois heures de l'après-midi et il a déjà la tête qui titube. Il regarde son emploi du temps : pas une minute pour se reposer. Il décide d'appeler Anne et de lui dire qu'il ne viendra pas ce soir. Mais au téléphone, elle reste muette. Il essaie d'être gentil, s'énerve. Pourquoi ne parle-t-elle pas ? Il raccroche, excédé, et rejoint Hilda qui lui tend son sarrau, son calot et ses gants.

– Hilda, prévenez Tria que, ce soir, je dînerai à la maison.

Depuis quelques jours, Serge s'interdit de penser. C'est de la folie. Il s'est jeté dans cette histoire, raison bâillonnée et mains avides. Voie sans issue : il est conseillé de faire demi-tour. Il ne croit pas qu'il en soit capable… Avec Anne, il redécouvre une autre réalité, une réalité enfouie dans le passé, dans son inconscient mais qui est lui aussi. Sauf qu'il l'avait oubliée. Au profit de l'autre : du docteur Alsemberg, debout près de sa table d'opération quatorze heures par jour. Il s'était toujours cru capable de grande maîtrise sur lui-même mais, ce soir, il se sent vaciller.

Alice absente, il est libre. À condition que tout rentre dans l'ordre quand elle reviendra. Mais cette fois-ci quel ordre va l'emporter ? Celui de sa femme douce et lisse ? Ou celui d'Anne sauvage…

Ils ne parlent pas de l'avenir. Ni du passé : de son départ de Paris, des réactions de son mari. Parce que ça ne les intéresse pas. Et d'ailleurs, ils parlent très peu. Tout ce qui n'est pas leur étreinte lente, étonnée, fulgurante ne les concerne pas. Pas une seule fois, il n'a dit Alice, pas une fois elle n'a mentionné Alain. Elle a tout effacé en pénétrant un soir dans sa chambre et en défaisant la ceinture noire et brillante.

– Des nouvelles de Madame ?

– Oui, Monsieur. Elle a appelé hier et a dit qu'elle rappellerait.

135

Il a une pile de journaux à lire, du courrier à ranger. Il se lève, tire un disque de sa pochette. Mozart concerto 21. Elvira Madigan sur son fil de funambule, rejetée par la bonne société parce qu'elle a choisi son amour, acculée contre le canon d'un pistolet qui souille le chemisier blanc. Il s'était toujours promis d'éviter les passions. Ça vous tire en arrière, ça vous fait retomber en enfance. Mais il ne peut pas s'en empêcher…

Son air de chienne quand il s'approche, qu'elle se tend, qu'elle se plie, qu'elle lui lèche le cou… Son regard pesant quand il l'écarte, regard de folle qui le pousse à allonger l'attente, à étirer la volupté.

– Téléphone, Monsieur.

C'est Alice. Elle arrive demain soir par le vol AT 456 de 20 heures 40. Il ira la chercher, c'est promis et il sera à l'heure.

Il appelle l'hôtel Savon. Demande Anne. Mme Gangemi lui répond qu'elle est sortie. Les cheveux brillants et l'œil doré. Comme si elle allait danser…

Il lui a interdit de quitter l'hôtel. Stupéfait. Elle désobéit. J'ai à peine le dos tourné qu'elle va traîner ! Ce n'est pas une mauvaise idée, je l'oublierai plus facilement ainsi.

Il remet une dernière fois le concerto numéro 21, sourit en pensant à Elvira Madigan, lit le journal jusqu'à minuit et va se coucher.

La lune éclaire la chambre si fortement qu'il distingue le lit, la coiffeuse d'Alice, la porte de la salle de bains. La piscine brille, bleue, sous l'éclat de la lune et le jasmin plie son odeur jusque dans la chambre. Calme et douceur. Il s'étire, respire, fait tomber ses chaussures et s'étend de tout son long sur le lit. Le lit est chaud, un corps roule contre lui et une voix insolente murmure dans le noir :

– C'est à cette heure-ci qu'on se couche ? Et on prétend qu'on est épuisé ? Va falloir vous expliquer, monsieur Gengis Khan…

Chapitre 17

– Tu n'avais pas le droit de sortir !
– Tu n'as pas le droit d'être fatigué !
Ils se toisent. Anne a la lèvre inférieure qui avance en une moue boudeuse. Serge la dévisage, menaçant, mais elle reste toute droite. Il va la punir. Ça lui est égal.
Il se dresse au-dessus d'elle, plein de colère. Ses yeux se rapprochent ; elle baisse les paupières et attend. Tam-tam dans le cœur. Il enfonce ses dents dans sa moue et la mord jusqu'à ce qu'il sente le goût du sang dans sa bouche, jusqu'à ce qu'il voie perler des petites gouttes sur ses doigts qui lui tiennent le menton et la maintiennent immobile. Anne ne se débat pas. Raide, tendue, les yeux clos.
Puis, Serge relâche son étreinte, l'enferme doucement dans ses bras et alors, seulement, elle éclate en sanglots.

Elle a pleuré encore quand il l'a serrée contre lui en lui caressant la tête contre son épaule. Ses larmes ont fait fondre son rimmel et elle est barbouillée de noir.
– Tu es sale, lui dit-il.
Elle se frotte les yeux et dit que ça pique. Il se lève, va à la salle de bains, prend du coton, du lait démaquillant et revient vers le lit. Petite tête blonde au regard de charbon et à la lippe rouge, tout à l'heure je m'enfouirai dans tes cheveux et je dormirai. Violence et paix.

– Montre ton visage.

Elle le tend, docile, et passe sa langue sur sa lèvre.

– C'était bon…

– Ne bouge pas. Je vais te nettoyer.

Il la frotte si énergiquement qu'elle se tortille et proteste :

– C'est pas comme ça qu'on fait ! Tu me démaquilles comme si tu nettoyais une plaie…

Il rit et ses gestes s'adoucissent. Le visage redevient rose sous le lait. Rose et pur.

Elle soupire, ferme les yeux et murmure :

– Je suis le bébé de Gengis Khan.

Démaquillée, on dirait qu'elle a douze ans. Il l'aime quand elle a douze ans. Tellement qu'il va lui faire un cadeau. Un cadeau précieux qui lui vient de sa mère. Il n'a pas connu sa mère, ni son père. Ils sont morts dans une avalanche alors qu'il avait deux ans. Longtemps, il avait inventé une autre mort, plus classique, après que des gamins, à l'école, se furent esclaffés à l'idée de la boule-de-neige-qui-tue…

Il va fouiller dans son bureau et revient avec un petit écrin en velours bleu roi. Il l'ouvre et en sort un collier de petits chaînons nacrés sertis d'or.

– C'est pour moi ?

– C'est pour le bébé de Gengis Khan.

Il lui passe le collier autour du cou, elle s'incline pour qu'il l'attache puis il lui baise le bout des doigts et elle rougit comme une apprentie altesse.

Plus tard, quand elle fut endormie, il resta longtemps les yeux grands ouverts dans le noir. Il ne lui a pas dit qu'Alice rentrait demain.

Il a inventé une histoire de carburateur, pour que le docteur Petit fasse la contre-visite à sa place, et rangé la Jaguar devant l'hôtel Savon. Il n'a que deux heures à passer avec Anne avant d'aller chercher Alice.

Elle ne répond rien quand il le lui dit.

Elle joue avec ses doigts de pied. Sa lèvre inférieure pend, gonflée. Pietà boudeuse. Il n'ose pas l'approcher. Désormais, leurs rencontres seront minutées, arrachées à un emploi du temps où ils ne sont inscrits nulle part.

Il fixe le dos droit et long, les fesses rondes, les cuisses qui dépassent du drap. Il peut la dessiner par cœur. Il connaît chaque pli de son corps, chaque petit bouton qu'il gratte pour la faire ronronner, chaque parcelle de peau et son odeur. Il aime, par-dessus tout, glisser son nez sous ses aisselles et la respirer. Complètement. Pas deux heures par jour.

Il se lève, allume une cigarette et arpente la chambre. Du lit à la fenêtre, de la fenêtre à la table, de la table à la porte, de la porte au lit. Où il fixe son dos et repart…

De quelque façon qu'il envisage le problème, il n'y a pas de solution qui lui évite le choix. Anne, Alice, la clinique… Il se sent impuissant à trancher. Parler ne servirait à rien. Il doit décider tout seul.

Il allume une autre cigarette. S'assied au pied du lit. La tête penchée sur les genoux, le front dans les mains. S'il choisit Alice et la clinique, Anne partira. S'il décide de rester avec Anne, ils devront s'enfuir. Quitter Casa et la belle image du patricien romain… Qu'aurait fait le riche Romain à sa place ? Jeté Anne aux murènes ? Choisi une esclave douce et muette pour le consoler ? Empoisonné sa femme ? Il se voit mal versant de la ciguë dans le café d'Alice…

Tout son argent est investi dans la clinique. Il vient même de rénover deux salles d'opération… En plus, comme il est honnête – et un peu con, pense-t-il , tout est, bien sûr, au nom de sa femme. Mais il ne pouvait pas prévoir… Il vivait heureux avec Alice et son bistouri.

– Serge ?

Il se retourne vers Anne.

– Tu peux m'apporter des couleurs, des pinceaux et une toile demain ? Je crois que je vais peindre…

– C'est tout ce que tu trouves à me dire ?

Il se redresse, furieux, empoigne sa veste et sort en faisant claquer la porte. Il ne peut pas supporter un tel égoïsme, un tel manque d'amour ! Chacun pour soi. Telle est sa devise. Elle est partie en mettant le feu à tout. Qu'il se débrouille ! Et il songeait à tout abandonner pour ce petit animal glacé ? Il est fou. Il faut qu'il se surveille.

Il a à peine atteint les dernières marches de l'escalier qu'il entend la voix d'Anne qui l'appelle. Pour lui crier son repentir ?

Elle se penche par-dessus la rampe, enroulée dans le drap blanc, et lui lance :

– Prends-moi une belle boîte avec plein de couleurs dedans. De la peinture à l'huile surtout…

Elle remonte le drap sur ses épaules, lui tourne le dos et regagne sa chambre.

Elle peint maintenant tous les jours. Elle s'est installée sur le toit, avec ses pinceaux, ses couleurs, ses bols d'huile de térébenthine et un chevalet. Nue, un grand chapeau de paille sur la tête, le corps enduit d'huile d'olive citronnée pour bronzer. Il paraît que c'est radical.

L'envie de peindre lui est revenue brusquement en regardant le large dos courbé de Serge, sa chemise bleu ciel, ses cheveux noirs, ses coudes appuyés sur ses genoux… Comme une nature morte posée sur le petit tabouret de M. Barbusse. Beau et tragique. C'est ce que voulaient dire tous les petits détails de son attitude. Il n'est jamais comme ça d'habitude. Il se tient droit, géant des steppes. Pas renversé au pied d'un lit…

Elle passe des heures à essayer de fixer sur la toile ce qu'elle a si bien vu ce jour-là. Recommence cent fois la courbe du dos, de la tête, des bras, des genoux. Efface, gribouille. Joue avec sa lippe gonflée. L'émotion qu'elle avait ressentie, alors, avait été si forte, si vraie qu'elle avait complètement oublié l'arrivée d'Alice. Un morceau de réalité venait de lui éclater en pleine figure et la transportait de joie. De jubilation. Elle avait attendu impatiemment l'arrivée de Serge, le lendemain, avec la toile et les pinceaux. L'avait remercié très vite et avait attendu qu'il reparte…

Il la retrouve sur le toit. Pour de brefs moments. Il n'est plus furieux. Il est même plutôt content qu'elle ait trouvé une occupation. Il la prend par la main et ils descendent dans la chambre. Là, il la renverse sur le lit, lui murmure des mots fous et repart. Il vient à n'importe quelle heure : dès qu'il peut s'échapper de la clinique.

Un jour, elle grimpe sur le mur du jardin et hèle un gamin. Elle lui demande s'il veut bien gagner un peu d'argent en allant à la poste lui chercher des formulaires de télégramme. Le gamin opine. Cela fait deux semaines qu'elle a quitté Paris. Elle doit donner de ses nouvelles à Alain.

Le gamin revient avec plusieurs formulaires et les lui tend.

Anne sort son Bic et écrit : « Tout va bien. Je suis à Casa avec lui. Je suis très heureuse. Je n'ai besoin de rien. Baisers. Anne. » Puis elle tend le texte au petit garçon et lui donne quarante dirhams. Il part en courant, et elle reste à califourchon sur le mur.

Elle regarde les maisons et en repère une, en face de l'hôtel. La façade est orange, le toit en tuiles jaunes, elle a cinq fenêtres au premier étage et quatre au rez-de-chaussée. Chaque fenêtre est encadrée d'un filet orange, et la porte en bois clair du rez-de-chaussée ornée de deux frises circulaires. Le bas de la maison porte une large bande orange plus sombre que la façade. De chaque côté fleurit un mimosa dont le jaune doré se fond à l'orange de la maison…

Anne contemple cette maison et est touchée par la réalité de l'ensemble. Cette maison est banale et, pourtant, elle existe. Comme le dos de Serge quand il réfléchissait. Elle exprime un moment de réalité qui lui paraît fantastique… Car la vérité, la réalité, la perfection de cette maison la rendent, elle aussi, vraie, réelle, parfaite…

Elle saute du mur et court à son chevalet.

Chapitre 18

Chaque matin, M. Gangemi lit son journal et le laisse sur la table. Anne le feuillette en buvant son thé Lipton. Ce matin-là, dans la rubrique « Casablanca » du *Maroc-Soir*, un article attire son regard. « Brillante réception au golf de Mohammedia où le docteur Alsemberg et sa femme ont fêté leurs quinze ans de mariage. Parmi l'assistance, on pouvait reconnaître… » et suivent des noms qu'Anne articule, éberluée.

Elle relit plusieurs fois l'article, se penche sur la photo. On y voit, en effet, Serge et Alice autour d'une table ovale, au milieu de leurs convives, en train de lever leurs verres. Serge sourit, un bras protecteur posé sur les épaules d'Alice. Alice est blottie contre lui dans un mouvement de tendre abandon.

Anne repose le journal, vacillante de rage. Ainsi, pendant qu'elle végète dans cet hôtel minable, il banquette pour ses quinze ans de mariage et invite les notables et les distingués !

Elle va trouver Mme Gangemi qui passe l'aspirateur dans le vestibule et lui lance :

– Je sors. Si le docteur vient, dites-lui que je ne sais pas quand je rentrerai… Que je lui mettrai une annonce dans le journal !

Mme Gangemi hoche la tête. Elle ne comprend pas très bien ce qui se passe dans son hôtel, mais cela n'a pas d'importance. Depuis longtemps, cela n'a plus d'importance. Elle enregistre soigneusement le message d'Anne et reprend son aspirateur.

Dans la rue, Anne est étourdie par les bruits, les Mobylettes qui circulent à toute allure, se faufilent entre les voitures, frôlent les passants. Les rues grouillent de cris, de klaxons, de gamins qui se poursuivent, de papiers qui se collent aux jambes. C'est terriblement sale et bruyant. Depuis combien de temps est-elle enfermée dans cet hôtel à attendre qu'il ait le temps de la voir ? En face du crâne chauve de M. Gangemi et du couteau éplucheur de Mme Gangemi… Rendez-vous furtifs où il se déshabille à peine et regarde sa montre. Elle n'a pas quitté Paris pour ça ! Elle voulait vivre grand et beau. Quel jour est-on ? De quel mois ?

Elle entre dans une banque, cherche un calendrier mural, l'aperçoit et lit : jeudi 15 juillet…

Cela fait un mois qu'elle est revenue lui dire « je t'aime ». Trois semaines qu'elle vit enfermée à l'hôtel Savon pendant qu'il lui ment. Elle ne supporte pas qu'il lui mente. Serge est à moi ! Pas à Alice ! Cette photo dans le journal est un mensonge.

Elle veut s'asseoir à une terrasse de café mais elle n'a pas pris d'argent. Elle va devoir marcher, sera fatiguée et rentrera plus tôt à l'hôtel. Il n'aura pas eu le temps de s'inquiéter. De penser : « Que fait-elle ? Où est-elle ? Avec qui ? » De remettre en question son petit bonheur tranquille : une maîtresse planquée dans un hôtel et ma femme dans les banquets officiels. C'est trop injuste ! S'il continue comme ça, leur amour va mourir. L'amour ça dure toujours, ce sont les gens qui ne sont plus à la hauteur et qui abandonnent. Pas l'amour… Et si, chaque matin, il lui sourit dans le journal, appuyé contre une autre, leur amour va finir par retomber comme une baudruche percée…

Il devrait comprendre ça, lui qui comprend tout. Devine tout. Devine quand elle a terriblement envie qu'il la fasse attendre, attendre…

Son pas se ralentit, ses yeux deviennent flous, ses bras tombent le long de son corps. Serge, mon amour, je t'aime, je t'aime. Elle fait demi-tour et reprend le chemin de l'hôtel.

Il est là. Il a reçu le message de Mme Gangemi et il l'attend dans sa chambre, le journal entre les mains. Il ne dit rien quand elle rentre, et elle se promet de ne pas parler la première. Elle veut voir ce qu'il va dire pour se justifier. Et puis, elle est encore trop pleine de colère. C'est lui qui éclate, le premier.

– Vas-y... Dis-moi ce que tu penses. Crache ton mépris. Traite-moi d'égoïste, de salaud, de petit-bourgeois. C'est facile, trop facile !

Il lui jette les mots au visage. En guise de soufflets.

– Oui, c'est facile, et ce n'est pas ce que j'attendais de toi.

– Et qu'est-ce que tu attendais ? Que je quitte tout et qu'on parte en troubadours sur les routes ? Ou que je t'installe dans un palais doré comme dans tes rêves ?

– Tu dis n'importe quoi, Serge.

– Non ! Tu croyais que tu allais claquer des doigts et que j'abandonnerais tout. Pour te suivre... Comme un numéro de téléphone !

Elle sent les larmes qui montent, à toute allure, mais elle ne veut pas pleurer. Alors, elle se met à crier, très fort :

– Je t'aime. Je me fous de l'endroit où on va vivre, mais je veux qu'on vive ensemble. J'en ai marre des cinq à sept où tu me sautes à la sauvette et rentres chez toi tout collant de sperme ! Marre ! J'ai quitté ma petite vie d'avant pour vivre un grand amour. Avec enfer ou paradis. Qu'importe ! Mais pas ce semblant de purgatoire où j'attends que tu aies le temps de m'apercevoir entre deux opérations ou deux cocktails mondains !

– Ça n'est pas aussi simple que tu le penses, Anne.

Il a parlé en articulant. Froidement. Comme s'il expliquait un théorème à une petite fille butée.

– Oui, je sais. Ta femme, ta clinique… Mais tu as cinquante-trois ans, Serge, et si tu veux vivre un grand amour, c'est maintenant. Pas dans vingt ans, quand tu seras trop vieux pour bander !

Il lui lance une gifle si forte qu'elle est projetée à l'autre bout de la pièce. Mais elle continue :

– Exactement. Nous, c'est maintenant. Profitons-en. Tu ne sais pas ce qui peut arriver. Arrête de réfléchir. De penser à ta respectabilité et à ta belle piscine…

– Arrête, Anne, arrête.

– Non, je ne m'arrêterai pas parce que, sinon, c'est le bon sens et la raison qui vont l'emporter et, dans un mois, je pourrai lire dans les journaux comment M. et Mme Alsemberg ont redécouvert le bonheur des petits déjeuners conjugaux et avec quoi ils beurrent leurs tartines ! C'est nous que tu tues, Serge, notre amour que tu dilues. Notre bel amour qui va se tirer si tu continues à vouloir jouer les maris modèles. Tu n'es pas un mari modèle. Alice n'est pas heureuse. Même si elle se pelotonne contre toi sur la photo. Elle ne dit rien mais elle connaît toutes tes petites aventures minables, ta maison à Mehdia où tu emmènes tes putes…

– Tais-toi !

Il hurle, se jette vers elle, cherche à l'attraper mais elle se protège en se plaçant derrière la table.

– Non, je ne me tairai pas. Je ne veux pas mériter de certificat de bonne conduite pour avoir été une gentille maîtresse qui attend sagement que son amant vienne la baiser ! Je ne veux pas être piégée par la patience… Je ne veux pas !

Elle est essoufflée. Tellement elle parle, crie et crache. Serge la regarde, stupéfait. Les mains posées à plat sur

147

la table, dressée sur la pointe des pieds, elle plaide comme un accusé qui voudrait sauver sa tête.

– Je ne veux pas la patience, je ne veux pas l'habitude, je ne veux pas avoir honte parce que je te pique à Alice. Tous ces sentiments au rabais me donnent la nausée. Je te veux toi en entier. Jusqu'à maintenant, je n'ai rien dit mais je sais, depuis ce matin, que je ne peux plus…

Sa voix s'est cassée, et elle continue tout bas :

– Serge… Soit on vit ensemble et ça m'est égal que tu n'aies plus d'argent, plus de maison. Soit je m'en vais. Et je ne reviendrai pas. Même si je t'aime comme une folle. Même si rien qu'à l'idée que tu ne me baises plus, j'ai envie de faire demi-tour. Parce que je ne veux pas devenir quelqu'un que je méprise. Je me suis trop longtemps méprisée de n'avoir pas d'audace, pas de courage… C'est grâce à toi que je me suis réveillée, un jour. Alors, je ne veux pas me rendormir à cause de toi…

Elle se laisse tomber à terre. Vidée, épuisée. Les bras sur la tête, la tête entre les jambes. Elle se dit que, peut-être, elle est allée trop loin ; elle a peur qu'il renonce… Elle ne supporterait pas qu'il la quitte.

Ils sont tous les deux, ramassés sur eux-mêmes, à un coin de la pièce.

Serge pense qu'il est arrivé au stade de sa vie où c'est sa dernière fois. Le dernier exploit qu'il peut accomplir. Partir avec elle, vivre leur passion le temps qu'elle durera. Peut-être toujours, peut-être trois mois. Mais s'il laisse passer cette dernière fois, il ira se ranger du côté de ceux qui racontent leur vie au lieu d'en rire. Ceux qui n'agissent plus mais qui parlent. Sans humour. Avec une précision maniaque puisqu'il ne leur reste plus rien d'autre à vivre que les détails de leurs lustres passés. Et alors, il sera définitivement vieux… C'est ça son choix finalement. Le choix vous rattrape toujours. On pense qu'on peut l'écarter et s'en débarrasser mais il vous retrouve et vous pose des questions de plus en plus précises. Il attendait qu'elle prononce ces mots… Il se moque bien de ce qu'on pensera de lui. Elle vient de donner un coup de poing à leur amour qu'elle renvoie en l'air. Très haut. Là où il doit être. Toujours. Cadichon violente et têtue. Je savais que tu le ferais. Que tu tendrais les bras vers moi pour m'obliger à nous emmener tout là-haut…

– Allez, viens, on part.

Il lui tend la main, elle s'agrippe, se relève, se jette à son cou. Ils s'embrassent, tombent à terre et elle glisse la main dans son pantalon :

– Ce n'est pas vrai ce que j'ai dit. Tu banderas encore dans vingt ans…

Elle voulut emporter ses toiles. Il voulut passer par la banque pour prendre tout l'argent de son compte. Ils décidèrent de n'avertir personne. Après tout, c'était leur histoire, et ils n'avaient pas à s'excuser.

Chapitre 19

Anne avait très envie d'emprunter la route toute droite Casa-Marrakech et de dormir à la Mamounia, cet hôtel si chic dont parlaient les filles qui scandaient « di-vor-cés, di-vor-cés » dans les rangs, au lycée.

– Oui, mais ils l'ont rénové, fit remarquer Serge, et maintenant il y a l'air climatisé, des rampes au néon et la télé dans toutes les chambres.

– Ça ne fait rien. C'est là que Yacoub el Mansour, fils aîné d'Abou Yacoub Youssef, infatigable bâtisseur, dessina les plans de douze palais, de cent jardins, d'une dizaine de bassins, de mosquées et une enceinte qui, aujourd'hui encore, protège Marrakech des sinistres envahisseurs.

– Tu confonds, Anne. Ce n'est pas à la Mamounia mais à Marrakech…

– Là aussi que le célèbre philosophe et savant Averroès (Mohammed Ibn Rochd pour les initiés) écrivit son *Traité de la substance de l'univers* et une partie du *Commentaire moyen sur le traité du Ciel*… Appuyé sur un balcon, dans la palmeraie…

Serge l'écoute, étonné.

– Mais d'où sais-tu tout ça ?

– De mon encyclopédie. Quand j'étais petite, j'avais demandé qu'on m'offre à chaque Noël un tome de l'encyclopédie Larousse. Et j'ai lu tout ce qui concernait le Maroc. J'étais stupide quand il s'agissait de parler

150

bas nylon et baisers fripons mais imbattable sur le Saadien Abou el Abbas el Mansour, surnommé Debbi le Doré. J'ai une grande faiblesse cependant : les lettres X, Y, Z que je n'ai jamais reçues. Il paraît qu'elles se sont perdues, et maman a eu beaucoup de mal à se les faire rembourser…

Elle s'appuie contre lui.

– Je suis heureuse, Serge. Prête à te réciter toute l'histoire de Marrakech si tu le veux…

– Est-ce que, dans ton encyclopédie, on ne disait pas qu'il faut éviter Marrakech en juillet et en août parce que ce sont des mois torrides où les sages marrakchi quittent la ville ?

– Si. Mais ça ne m'arrangeait pas, alors je l'ai sauté !

Il lui dépose un baiser sur la pointe du menton.

Ils vont mourir de chaleur à Marrakech.

À la réception de la Mamounia, Serge précisa qu'il voulait une chambre sur les jardins. L'homme s'inclina.

– Entendu, docteur Alsemberg.

Il demanda combien de temps Serge comptait rester. Serge répondit qu'il ne savait pas, et l'homme de la réception dit que c'était très bien.

– Je vous souhaite un excellent séjour, docteur.

– Et moi, je ne compte pas ? murmura Anne à l'oreille de Serge pendant qu'ils suivaient le bagagiste.

Elle n'avait pas voulu laisser son chevalet ni ses toiles dans la voiture et le petit homme ployait sous le poids à porter.

– Toi, tu n'existes pas, lui répliqua Serge alors qu'ils montaient dans l'ascenseur. Tu n'es que la concubine du moment et, au Maroc, les maîtresses, on les ignore. Elles ne jouent aucun rôle dans l'Histoire. On les met dans un coin et on les montre du menton pour situer son

151

importance. « Regardez, j'en ai une blonde, une vraie, pas une qui se décolore au l'Oréal en boîte… Une blonde à peau blanche. »

La chambre est grande et longue, toute bleue, avec une terrasse, l'air climatisé et la télévision. Il y a même un programme de films diffusé par l'hôtel, et Anne est enchantée. Le bagagiste pose leurs affaires, ouvre la fenêtre, montre la salle de bains et s'incline pour recevoir son pourboire.

– Merci, docteur.

Anne fronce les sourcils, attend qu'il soit parti et demande :

– Dis donc, tu es connu ici… Tu viens souvent ?

– Je venais souvent. Mais, depuis qu'ils ont modernisé, j'ai du mal à retrouver mes habitudes et, tu sais, à mon âge, on tient à ses habitudes…

Il lui adresse un petit sourire ironique.

– Et tu venais avec qui ?

– Ici ? Rien qu'avec de splendides créatures…

Anne imagine Serge enlacé à une autre et plisse le nez de dépit. Il va et vient dans la chambre, ouvre les penderies, joue avec les cintres, inspecte la terrasse, s'étire… En propriétaire qui reconnaît les lieux.

– Il va falloir que je me fasse faire un autre costume… et toute une garde-robe. Sinon je vais devenir clochard.

– Et la dernière, elle était comment ?

– La dernière quoi ?

– La dernière splendide créature.

Il réfléchit, se gratte le front, sourit.

– Superbe.

– Mais comment superbe ?

– Vingt-cinq ans. Longue, mince, avec de gros seins ronds, un corps tout en jambes, de longs cheveux noirs, des yeux verts et deux fossettes au creux des reins. J'aime les fossettes au creux des reins…

Serge ne lui a jamais dit qu'elle avait des fossettes au creux des reins. Ni qu'elle était superbe... Elle resserre ses bras autour de ses genoux. Le menton sur ses genoux blancs, rougis par le soleil.

– Elle baisait bien ?

– Elle était surtout très excitante...

– Oui, mais elle baisait comment ?

– Bien. Elle savait s'ouvrir, s'offrir, bouger, enrouler ses jambes autour de mes reins.

Il s'approche du lit et la regarde, repliée sur la douleur qu'elle se fabrique exprès. Elle tressaille à chaque détail.

– Je me rappelle... Un jour, nous étions remontés de la piscine... Elle avait le corps mouillé, les cheveux mouillés, la peau encore toute chaude de soleil. Je respirais l'odeur de son huile à bronzer sur ses bras, ses jambes, entre ses seins... Une odeur de bergamote ambrée...

Il s'est allongé contre Anne, a déplié ses jambes et les a écartées.

– Elle portait un deux-pièces violet, et j'ai fait glisser son soutien-gorge. Je l'ai caressée doucement, en écrasant toutes les petites gouttes d'eau qui perlaient sur sa peau...

Anne cligne des yeux et retient son souffle. Sa lèvre tremble, ses ongles griffent son ventre et sa tête roule sur l'oreiller.

– Elle s'est accroupie sur le lit, retournée vers moi et je l'ai empoignée durement. J'avais envie d'elle. Très fort...

Il s'étend sur Anne. Elle gémit. Il continue à lui parler, à lui raconter l'amour qu'il faisait à une autre, là, sur ce lit, sur un dessus-de-lit comme celui-ci. Le ventre de l'autre tendu contre le ventre de Serge. Le plaisir qui monte... Anne plaque ses mains contre ses oreilles pour ne plus entendre. Ça fait trop mal. Des images jaillissent dans sa tête, le sang bat sous ses lèvres. Serge continue à raconter et Anne s'étire, déchirée de haut en bas par une douleur délicieuse. Inconnue. La voix de Serge est monocorde, basse. Ses yeux fixent le regard fou d'Anne qui ne veut pas écouter mais qui se laisse envahir par cette voix qui la torture. Il devient de plus en plus précis, grossier et elle passe la main dans sa chemise, défait les boutons, défait son pantalon, le cherche des mains, le supplie de la prendre… Elle se cramponne à son cou quand il la défonce comme il défonçait l'autre. Jusqu'à ce qu'elle pousse un hurlement et retombe sur le lit, pantin cassé, yeux vides, hagards…

– C'est pas vrai, hein, c'est pas vrai ?

Il ne dit rien. Elle l'implore du regard et, devant son silence, baisse la tête. Elle a deux larmes sur les joues.

La piscine de la Mamounia ne ressemble à aucune autre piscine. D'abord parce qu'elle est située dans l'un des plus beaux jardins de Marrakech, au milieu des rosiers, des orangers, des grenadiers, des lauriers-roses, des buissons d'hibiscus et des palmiers, ensuite parce qu'elle est très grande, très bleue et de forme irrégulière…

Irrégulière mais pas prétentieuse. Irrégulière comme une grosse goutte d'eau qui aurait pris le temps de bien s'étaler avant de s'immobiliser. Et qui aurait même pensé à englober un petit îlot de jardin en son extrémité. Comme ça, pour se faire de l'ombre. Ilot d'où jaillit un petit jet d'eau discret et rafraîchissant.

Anne aima tout de suite la piscine et ne la considéra jamais comme une piscine. La seule qu'elle connaissait étant celle de Levallois-Perret.

Serge demanda deux matelas et deux parasols à un garçon, et Anne protesta : elle voulait bronzer sans parasol. Serge répliqua qu'il n'en était pas question : elle brûlerait. Il lui acheta des crèmes et elle se laissa enduire en bougonnant. Elle ne serait jamais une splendide créature s'il la tartinait de crème et la rangeait sous un parasol. Puis elle voulut retirer son haut de maillot. Autour d'elle, gisaient des filles noires de bronzage et à moitié nues. Mais il le lui interdit avec un regard si terrible qu'elle n'osa pas désobéir.

L'air est chaud et vibrant, et les garçons en vestes blanches circulent entre les corps étalés, portant des plateaux de boissons, de cacahuètes et d'olives. Anne ne pense à rien. Elle ouvre les yeux de temps en temps en espérant que son corps a doré mais les referme, dépitée. Elle préfère se rappeler l'amour qu'ils ont fait tout à l'heure… L'amour avec Serge n'est jamais pareil. Tout est permis. Elle ne pense jamais « c'est pas bien », au contraire, elle a envie d'aller encore plus loin, de retenir son souffle pour d'autres aventures. Elle devient géante dans ses bras. Animale. Dinosaure. Elle se souvient alors de l'amour avec Alain : tout petit. Programmé, sans extension vers le ciel, sale, pas propre, pas envie.

Avec Serge, l'ordre primitif est restauré. Il peut la battre, la mordre, la manger, l'insulter, la tirer par les cheveux… Elle utilise sa douleur pour se fabriquer un plaisir encore plus raffiné. Anéantissant. Envie de mourir, qu'il l'étrangle entre ses doigts, qu'il la livre au premier venu… Sa soumission au désir de Serge lui permet de se dépasser, de s'agrandir, de se créer un autre monde barbare, cruel, avec toundra à perte de vue. Un monde où le profane est refusé, la norme rejetée, les habitudes abolies. Où ils se mesurent comme deux ennemis avant le combat. Où l'imagination de l'un rivalise avec le désir de l'autre, où le moindre clignement des yeux, le moindre tressaillement des lèvres est un indice pour celui qui épie, prêt à aimer encore plus fort, plus loin, plus terrible…

Et, paradoxalement, elle a aussi l'impression de revenir aux origines : quand elle était un petit bébé qui pleurait dans le noir. Dépendante de la main qui la nourrit, la lave, la nettoie, la caresse. Punie, récompensée, cajolée. Prise en charge. Des forces obscures, oubliées, reprennent possession d'elle, et elle geint, vagit, ferme ses poings et agite ses jambes. Juste comme un bébé. Je voudrais tellement être un petit bébé dans un berceau que Serge transporterait partout avec lui. Partout…

Le soleil tombe à l'horizon et Anne ferme les yeux sur le berceau.

Serge se dit qu'il va devoir téléphoner à Alice et à la clinique. Parler à Hilda. Prévenir les docteurs Latif et Petit. Leur dire de prendre ses malades en charge. Qu'ont-ils fait de mes deux interventions de cet après-midi ? Si je reste longtemps absent, Petit prendra sûrement mon bureau… Et mes dossiers ? Alice, désormais, va être responsable de l'administration de la clinique. Alice… Je suis parti après que tu te fus serrée contre moi pour nos quinze ans de mariage. Et sans que tu ne m'aies jamais parlé comme tu as parlé à Anne, à Paris. Quinze ans heureux où la seule erreur a été de ne pas faire de petite fille aux cheveux blonds qui m'aurait retenu par le pantalon quand les yeux jaunes m'ont transpercé. Je te laisse la clinique, la maison. Je sais que tu vas pleurer mais je ne pouvais pas faire autrement… Il trouve les mots banals et décide d'en employer le moins possible, sinon son histoire va ressembler à n'importe quelle autre histoire d'amour.

Il est sept heures. La piscine est déserte. Anne dort. Ils ont dû s'apercevoir de son départ maintenant… Ce matin encore, il était le docteur Alsemberg de Casa. Ce soir, il n'est plus qu'un vagabond en fuite. Les mots n'ont plus le même sens. Le concierge de l'hôtel ne s'inclinera plus aussi profond. Il ne fait plus de projets, il n'a plus d'avenir. Rien qu'un beau feu d'artifice avec la petite Anne qui applaudit au premier rang…

Sa vie a basculé en douze heures. Sa vie si droite, si exemplaire, qu'il avait façonnée à la manière d'un jardinier méticuleux. Sans rien laisser au hasard ni à l'émotion… De la rue Pruszkowska à Varsovie où il avait pris la voiture qui l'emmenait à la frontière jusqu'à la belle maison blanche de la rue Mohammed-Smiha.

– Docteur Alsemberg ! Docteur Alsemberg ! Téléphone…

Un garçon court autour de la piscine en brandissant une pancarte où est inscrit son nom. Anne se réveille et l'interroge du regard. Il hausse les épaules.

– Ce doit être la direction de l'hôtel.

Il enfile sa chemise, son pantalon, prend une cigarette et se dirige vers l'intérieur.

– Cabine 2, lui annonce la standardiste.

Il décroche, dit « allô… allô… » et entend un déclic. On a raccroché.

– Dites, mademoiselle, vous êtes sûre que j'ai pris la bonne cabine ?

– Oui, docteur. C'était bien un appel pour vous. Une voix de femme…

Elle remet son casque sur les oreilles, et Serge fronce les sourcils.

– Merci, mademoiselle…

Chapitre 20

Les robinets coulent dans la baignoire et Anne les règle du bout des pieds. Elle se contorsionne dans l'eau et tire la langue chaque fois que son pied glisse sur le robinet. Elle a renversé tout un sachet de mousse et a des flocons blancs jusque dans ses cheveux relevés en plumeau sur la tête. Elle joue à être fée, puis sous-marin, et s'immerge en lâchant des bulles. Il la regarde, appuyé contre le lavabo, une cigarette à la main.

– À quoi penses-tu ? Je t'entends penser dans ta tête…

Il lui sourit, et son sourcil se casse.

– Je pensais que j'allais faire un petit tour pendant que tu finissais ton petit bain.

– Tu peux m'acheter du shampooing ? J'en ai plus.

– Prends le mien.

– Non, je n'aime qu'ça.

Elle lui tend une bouteille vide et il répète « qu'ça ».

– Oui, continue-t-elle en ondulant dans l'eau, le shampooing Ksâ, le meilleur pour les cheveux, un mélange spécial de jaunes d'œufs, d'haleine de bison et de renoncules sauvages.

Il rit, se penche sur ses cheveux mouillés, y dépose un baiser et quitte la salle de bains.

Téléphoner. Ne plus fuir. Agir en grandes personnes même si elles n'existent pas. Mais leur emprunter leurs attitudes pendant quelques minutes…

Il s'enferme dans une cabine, demande un numéro, décroche le téléphone et écoute le bruit de la communication qui court jusqu'à Casa. Comme c'est simple : dans deux minutes, il va pouvoir prétendre qu'il ne s'est rien passé, qu'il sera juste en retard pour dîner…

– Allô. Clinique du docteur Alsemberg.

C'est la voix de Marie qui tient le standard la nuit.

– Passez-moi la secrétaire du docteur Alsemberg, mademoiselle, s'il vous plaît.

Il attend un instant, puis on lui passe Hilda. Quand elle reconnaît sa voix, elle s'exclame bruyamment, dit qu'on l'a cherché tout l'après-midi, qu'il avait deux interventions, une à quatorze heures, l'autre à dix-sept heures et que les docteurs Latif et Petit ont dû tout décommander pour le remplacer. Qu'Alice n'arrête pas de téléphoner et que le représentant de la maison Granger est passé pour réviser l'appareil d'anesthésie. Serge a du mal à l'arrêter et, enfin, lui annonce qu'il est parti. Pour longtemps. Elle le fait répéter, puis se tait. Il passe sa main dans ses cheveux, aspire une bouffée de cigarette. Ce n'est vraiment pas facile d'annoncer qu'on change d'avenir à quelqu'un qui sait à l'avance tout ce qu'elle va faire chaque dimanche du trimestre qui vient ! Elle finit par réagir et demande ce qui va arriver à la clinique. Il la rassure, il faudra seulement engager un mini-t Ituingien et, pour ce qui est administratif, s'en remettre à Alice. Tout est à son nom. Hilda n'ose pas demander pourquoi il a pris une telle décision, aussi s'enquiert-elle de ce qu'il va faire maintenant. Il lui répond qu'il va essayer de trouver des remplacements dans des cliniques privées ou à l'hôpital. Elle manque s'étrangler. « Vous, docteur ! Faire des remplacements ! » Elle tire un bon coup sur sa blouse car la colère et l'indignation la font suffoquer. À ce moment précis, elle n'a qu'une envie : le prendre par l'oreille et le ramener à la maison. Elle ne sait pas précisément ce qui s'est passé pour qu'il se conduise comme un gamin, mais elle le trouve totalement déraisonnable ! Elle se met alors à parler en polonais très vite, très fort en brandissant son crayon comme une menace vers le téléphone. Serge l'écoute et sourit. On dirait Bouba quand il lui avait annoncé, à dix-sept ans, son intention de rejoindre la Résistance ! Il la calme, la rassure, lui donne même le téléphone de la Mamounia pour le cas où elle voudrait ajouter quelque chose, plus tard. Mais il lui demande de ne le communiquer à personne d'autre. Elle laisse planer encore un long silence puis ajoute, très vite, avant de raccrocher, qu'il peut toujours l'appeler s'il a des ennuis. Il remercie, ému, et se demande avec qui il parlera polonais maintenant…

Avec Alice, ce fut beaucoup moins chaleureux. D'abord parce qu'elle savait déjà tout, ayant reçu l'après-midi même un coup de téléphone du mari d'Anne qui s'inquiétait de ne plus avoir de nouvelles de sa femme. Ensuite, parce qu'elle avait eu le temps de pleurer et de ressasser sa colère. Elle avoua que c'était elle qui avait appelé dans la soirée : elle savait que, lorsqu'il était plus intéressé que d'habitude, il emmenait ses conquêtes à la Mamounia. Elle n'avait simplement pas eu le courage de raccrocher avant d'entendre sa voix. Mais c'était sa dernière faiblesse. Serge voulut intervenir en l'assurant qu'il l'aimerait toujours et qu'il lui laissait tout sans contrepartie, mais à peine avait-il prononcé ces mots qu'elle devint hystérique et lui cria qu'elle n'avait que faire de ses déclarations d'amour tardives. Il ne l'avait jamais aimée, il s'était servi d'elle pour avoir sa clinique. Serge l'écoutait, stupéfait. C'est elle qui avait tenu à lui offrir l'immeuble de la rue Mohammed-Smiha, cinq ans après leur mariage ! Mais ce qu'il devinait à travers la rage aveugle d'Alice, c'était toute la force et la détermination qu'elle allait déployer pour le noircir. C'était le seul moyen pour qu'elle l'oublie. Pour qu'elle ne sente pas le monde s'émietter autour d'elle. À partir de ce moment-là, il se tut. Il ne chercha pas à se justifier. Simplement, il se dit qu'il y avait eu quelque chose de terriblement faux dans leurs quinze ans de mariage et qu'Alice réagissait en investisseur déçu. Elle avait été prête à tout pour le garder : à se décolorer les cheveux, à se couper une frange, à lui payer une clinique, à fermer les yeux sur ses aventures. Mais, maintenant qu'il lui échappait, toute son impuissance à se faire aimer d'amour fou, son impuissance à lui suffire, qu'elle avait cachée quinze ans durant derrière une façade de sourires, éclatait en bulles de haine et de vengeance… Plus que la colère d'Alice, c'était ce long mensonge qui le bouleversait.

Alice continuait à crier. Elle se sentait libérée de la terrible supériorité de Serge sur elle. Il n'était plus aussi admirable maintenant qu'il plaquait tout pour une gamine, et elle pouvait déverser toute la frustration accumulée…

Serge resta un long moment dans la cabine après qu'elle eut raccroché. Il n'avait pas envie de se retrouver dans le hall avec les touristes endimanchés qui se préparaient pour la nuit.

Après Après, la dame du standard lui dit qu'il avait eu bien de la chance de n'être pas coupé. Il lui sourit et sortit dans les jardins. Il voulait marcher dans les allées de rosiers brûlés et de jasmins. Le ciel était noir orangé et des nuages s'amassaient sur les cimes enneigées de l'Atlas. L'eau, qui irriguait les jardins, clapotait dans les tuyaux d'arrosage. Des touristes américains, vêtus de bleu ciel et de rose, les cheveux brillants et les dents blanches, s'extasiaient bruyamment sur la couleur du ciel et des massifs. Ils lui dirent bonjour en passant, et il s'inclina. Il pensa que c'était son premier salut de vagabond. C'était peut-être un signe. Il allait peut-être partir en Amérique et y refaire sa vie. Acheter une maison, une voiture, un petit chien et faire des bébés. L'idée le fit rire, et le groupe d'Américains se retourna, étonné. On ne fait pas de bébé à Anne… Et je ne vais pas refaire ma vie. Je l'ai déjà faite plusieurs fois… Les touristes américains avaient disparu et il n'y avait plus que lui dans les jardins de roses et de jasmins. Il se recueillit devant le calme et la douceur du paysage. Il ne partirait pas en Amérique ni ailleurs. C'est là que tout allait se passer…

Chapitre 21

Ce n'est que le lendemain, alors qu'ils déjeunaient au bord de la piscine, que Serge parla :

– Tu ne m'avais pas dit que tu avais convenu avec ton mari de lui donner des nouvelles tous les quinze jours ?

Cette connivence apprise la veille l'a maintenu éveillé une grande partie de la nuit. Et, le visage d'Alain, d'ordinaire si anodin, lui est apparu soudain menaçant.

Elle lève la tête de son pamplemousse et le regarde, surprise.

– Parce que je pensais que ça ne t'intéressait pas. Tu ne m'as pas raconté, non plus, ce que tu as dit à Alice hier soir…

– Comment sais-tu que j'ai appelé Alice hier soir ?

– Je m'en doute, c'est tout. T'avais pas besoin d'aller dans la cabine…

Le silence tombe. Hostile. Serge repousse son assiette et l'observe, en train de découper son pamplemousse, détachant soigneusement chaque parcelle de fruit afin de ne rien perdre. Son indifférence vis-à-vis de ce qui lui arrive l'irrite. Elle ne lui pose aucune question et paraît trouver naturel qu'il abandonne tout pour la suivre. Comme s'il suffisait de dire « je pars » pour se sentir immédiatement mieux. Sa frange trop longue lui tombe dans les yeux et elle a pris la manie de la repousser du plat de la main. Ce geste l'énerve et quand il le lui fait remarquer, elle lui répond qu'il n'a qu'à lui couper les cheveux.

– Et pourquoi as-tu cessé de donner de tes nouvelles ?

Son ton est sec, mais elle ne paraît pas le remarquer.

– J'ai oublié… Et quand je m'en suis aperçue, il était trop tard. J'avais laissé passer la deuxième date…

Elle suce sa cuillère poisseuse de jus de pample-mousse.

– Il a téléphoné à la maison hier soir.

– Ah…

(« Tiens, se dit-elle, il dit encore à la maison… »)

– Tu ne veux pas savoir ce qu'il a dit ?

– Il devait se faire du souci.

Elle enfourne un gros morceau de fruit et sa joue se gonfle.

Le morceau passe d'une joue à l'autre et Serge assiste à ce spectacle avec exaspération.

– Ça ne t'intéresse pas plus que ça ?

– Non. C'est fini. C'est le passé…

– Il était très inquiet, Anne. Il souffre de ton départ…

Il prend le parti d'Alain alors que, dix minutes avant, il était prêt à faire une scène de jalousie.

Le garçon leur présente leurs grillades et Anne lui dédie un sourire éblouissant. « Lui, au moins, il ne m'ennuie pas avec ses humeurs sinistres », pense-t-elle, en agrandissant son sourire.

– Anne, tu ne te conduis pas bien.

Elle hausse les épaules et repousse sa frange.

– C'est quoi se conduire bien ?

– Anne, je t'en prie !

– Écoute, Serge, c'est pas ton problème. C'est le mien.

– Ne parle pas comme une enfant, veux-tu ?

– Je ne veux plus envoyer de télégrammes. Je le lui ai promis en partant parce qu'il avait l'air d'y tenir, mais maintenant je ne veux plus le faire. À quoi ça rime ? À entretenir une relation complètement dépassée…

« Une relation dépassée. » C'est ainsi qu'elle exécute un gentil garçon qui doit dépérir d'amour et d'inquiétude à trois mille kilomètres de cette piscine. Serge a froid dans le dos.

– Tu es une sale petite égoïste.

Elle le regarde, étonnée :

– Mais, Serge, est-ce que je t'ai demandé ce qui s'est passé entre Alice et toi, hier, au téléphone ?

– Non. Et c'est justement ce que je te reproche.

– Je n'ai pas envie de le savoir. Pas envie qu'on pleure tous les deux sur le sort des abandonnés, pas envie de rentrer dans ces détails-là…

– Parce que tu appelles ça des « détails » !

Il est abasourdi. Un « détail » d'abandonner femme et clinique après quinze ans de vie commune !

– Oui. L'important c'est ce qu'on vit tous les deux, maintenant et demain. Pas hier. Je déteste mon passé, tu étais à l'étroit dans le tien sinon tu ne l'aurais pas quitté… Je veux être neuve, toute neuve.

Elle s'étire dans sa chaise et s'étend vers le soleil. Ils se taisent, ils n'ont plus rien à se dire. Serge découvre, stupéfait, une étrangère cannibale, assise juste en face de lui. Il préfère ne pas penser à ce qui risque d'arriver si jamais elle décidait qu'il appartient au passé… Malgré le soleil, la chaleur et les reflets bleus de la piscine, il se sent misérable et plus aussi sûr de lui. Il se fiche pas mal du mari d'Anne. Il cherchait un prétexte pour érafler son indifférence. Il ne supportait pas qu'elle ne s'occupe pas plus de lui. Qu'elle mastique au soleil alors qu'il bourdonne dans sa tête. Parler n'offrirait pas la preuve qu'il a de la réaction d'Alice, ni la nostalgie qui le soulève au seul mot « clinique ». Parler aurait simplement fait naître une solidarité entre eux… Bidon, dirait-elle en repoussant sa frange.

– Allez, viens, on s'en va. J'en ai marre de te voir t'empiffrer… Et puis, il fait trop chaud ici… Garçon, on prendra les cafés dans la chambre.

Ils ont tiré les rideaux et se sont couchés sur le grand lit lavande. L'air conditionné souffle dans la chambre et ronfle comme cent vieux ventilateurs coloniaux. Serge se détend peu à peu et repense à leur conversation…

– Pourquoi détestes-tu tant que ça ton passé ?
– Parce que je déteste ce que j'ai été.
– Mais tu étais comment ?
– Recroquevillée. Minuscule.

Il y a des mots qui ont le pouvoir, rien qu'en les prononçant, d'engendrer un état d'émotion intense : rougeurs, palpitations, bouts de larmes dans les yeux, bouffées de haine, d'amour… Pour certains, c'est « papa », « maman », « mon frère », « Paris », « Briançon ». Pour Anne, c'est « adolescence », « école », « Levallois », « papa », « gâteau ». Elle fixe avidement Serge, les yeux grands ouverts et durs. Elle parle lentement comme si, au fur et à mesure que les mots sortaient, elle tentait de déceler son mal et de l'extirper.

– J'avais peur de tout. J'avais honte de moi. Je n'osais pas… Je me souviens, un jour, j'avais suivi maman aux grands magasins. Elle faisait des courses et me montrait du doigt ce qui était distingué, dans les vitrines. Je la regardais avec admiration et je me disais que jamais je ne saurais décider, toute seule, ce qui était distingué ou pas. Bien ou mal. Sur quels critères se fondait-elle ? Y avait-il un petit livre qui apprenait ça ? Le monde me paraissait scindé en deux parties bien nettes et il ne fallait surtout pas se tromper sinon on balançait du côté vulgaire et mauvais et c'était la fin de tout. Ce jour-là, je l'ai bien regardée, de sous mon capuchon de duffle-coat, et je me suis dit que je l'écouterais toujours me dire ce qu'il faut faire, aimer, acheter. Et j'ai été comme ça longtemps : je m'en

166

remettais aux autres pour me dicter ma conduite, mes opinions…

– C'était qui les autres ?

– Maman, puis Alain et tous les maîtres à penser que je m'élisais parce que je les trouvais supérieurs. Il y avait une fille à l'université qui m'impressionnait beaucoup et que je voulais copier. Elle était jolie, avait plusieurs ronds de garçons autour d'elle et était au courant de tout. Mais, plus je voulais lui ressembler, plus je me trouvais minable… Alors je réintégrais ma capuche de duffle-coat.

Serge a du mal à imaginer Anne sous une capuche de duffle-coat.

– Mais tu te révoltais bien quelquefois ?

– J'étais une révoltée clandestine. Dans ma tête, dans mes rêves, dans un sous-sol de l'immeuble… Quand je ne risquais rien. Alors là, j'avais beaucoup de courage… Mais, aussitôt après, je redevenais soumise. Je déteste les gens soumis maintenant. Ceux qui font tout comme tout le monde parce qu'ils ont peur d'être eux.

– Et avant, qui détestais-tu ?

– Les gens heureux. Je leur en voulais. Ils avaient trouvé un truc que je n'avais pas.

Serge sourit.

– Et dire que ton père a eu peur de te rencontrer. Peur d'être face à une jeune fille dure, décidée, qui l'aurait jugé…

– Il ne me connaissait pas. On s'est manqués de peu…

L'éclat méchant de ses yeux a disparu et elle lève vers Serge un regard plein de ferveur.

– C'est quand j'ai appris qu'il était mort que j'ai pris la première décision de ma vie : partir. Grâce à lui. Et puis, la première fois qu'on a fait l'amour. J'ai eu tous les courages après, toutes les audaces. Même celle de venir te rechercher…

– Pourquoi moi ?

– Je ne sais pas. C'est le mystère de l'amour.

Elle a dit amooour en arrondissant la bouche et en mugissant comme si elle voulait ôter toute cérémonie au mot.

– Je pourrais te poser la même question : pourquoi moi, alors que tu étais entouré de superbes créatures ?

Il la serre contre lui, respire l'odeur de son cou, de ses cheveux. Elle se dégage et se penche sur lui :

– Réponds-moi.

– Parce que tu viens de loin… d'ailleurs… Tu as quelque chose qui me manquait et que j'avais très envie de retrouver. Je ne sais pas quoi exactement. Mais j'ai l'impression qu'une partie de moi est en toi et vice versa… Nous avons de longues racines en commun.

– De longues racines qui plongent dans ton passé ? Mais que feras-tu quand tu auras épuisé ton passé ?

Il la regarde, amusé.

– Tu en parles comme d'une denrée alimentaire. On ne mange pas tout, Cadichon, et, de toute façon, mes racines sont très longues…

– Oui, mais moi je suis une saccageuse de racines. Je les arrache et je les jette.

Elle mime le geste de tirer sur des racines et de les envoyer loin, très loin. Ses dents brillent et elle rit. Il l'attire vers lui.

– Ne t'occupe pas de mes racines… Dis-moi plutôt ce qui t'intéresse maintenant que tu es réveillée.

Elle joint les mains, ferme les yeux et se concentre. Bouddha sans plis.

– Ce qui m'intéresse, c'est de grandir un peu chaque jour.

– Pour mesurer ta taille ?

– Non, ça ne m'intéresse pas de connaître ma taille. Je veux seulement grandir un peu tous les jours.

Elle a la langue repliée sur sa lèvre supérieure et semble grave.

– Mais il faudra bien que tu t'arrêtes un jour !

– Non. Je ne crois pas. Je grandirai différemment mais je passerai ma vie à grandir. Il y a un vieux philosophe grec, Solon, qui a dit à soixante ans : « J'apprends toujours en vieillissant. » Eh bien, moi, je veux apprendre jusqu'à ce que mort s'ensuive !

– Mais tu deviendras géante et je ne pourrai plus te tenir dans mes bras…

– Non. Parce que tu grandiras avec moi…

Elle a l'air terriblement sérieuse. Comme si sa vie en dépendait.

– Alors je t'aurai connue bébé et je te quitterai géante.

– Tu me quitteras ?

Elle s'appuie contre lui et l'interroge anxieusement.

– Tu veux me quitter déjà ?

Toute sa joie s'est retirée et elle chancelle. Son cœur gonfle, monte dans sa tête, bat dans sa tête. Serge veut partir… La laisser sur le bord de la route. Elle referme ses poings et enfonce ses ongles pour ne pas pleurer.

– Parce que c'est la Loi de la nature, Cadichon.

Elle soupire… Elle a eu peur, si peur. Pendant un instant, elle était radeau naufragé et plus rien n'existait que sa dérive. Il ne partira pas. Jamais.

– Mais je suis plus forte que les lois de la nature ! Je suis magique…

– Alors si tu es magique, fais vite apparaître nos cafés sinon mes papilles vont se dessécher !

Elle claque dans ses doigts, dessine deux moulinets dans l'air, articule « Abracadabra » et… le garçon frappe à la porte. Stupéfaits, ils le regardent entrer, poser les cafés, tendre la fiche à signer et s'éloigner en traînant ses babouches fourchues…

– Tu vois, je suis vraiment magique, balbutie Anne. Je le savais mais je ne l'avais jamais encore vérifié…

Chapitre 22

Le chergui est entré dans Marrakech, balayant la ville de son souffle chaud. Chacun attend, calfeutré, que le vent du désert se retire. Les rues sont vides, et seuls quelques taxis transportent les passants imprudents qui toussent derrière leurs mouchoirs. Anne observe de sa fenêtre les jardins de la Mamounia. Vides. Chergui – alizé terrible envoyé par Moulay Idriss, dieu du Vent et de la Pluie, pour punir la tribu coupable de la mort de son petit-fils , qui viens-tu châtier aujourd'hui ? Es-tu l'émissaire d'Alice la Douce ? Ou celui des mânes de mon père ? Le vent ne répond pas, et Anne descend l'interroger.

Les couloirs et les salons de l'hôtel sont remplis de touristes énervés qui s'éventent. Personne n'ose sortir, et lorsque Anne pousse la porte à battants qui mène aux jardins, on la regarde avec insistance. Une poussière jaune et diffuse flotte dans l'air. Des tourbillons montent du sol. Elle ne voit plus rien et ses poumons se remplissent de mille particules de feu. Elle tousse, se bouche le nez et la bouche mais continue à avancer. Les arbres, déjà desséchés par la chaleur du mois d'août, semblent grésiller sur place, et l'eau de la piscine est brûlante…

– C'est étrange, raconte-t-elle à Serge, on dirait que le monde entier va être englouti par le sable.

– Étrange et cruel… Si tu laisses un bébé dehors par coup de chergui, il meurt déshydraté.

Elle porte la main à sa gorge, effrayée, et il éclate de rire.

– Mais tu n'es pas un bébé et tu as trop de défense pour te laisser abattre par le vent du désert...

Anne est vivement impressionnée. Et, quand Serge propose de quitter Marrakech, elle proteste et assure qu'elle veut rester jusqu'au bout et voir le vent se coucher.

Ils restèrent donc cinq jours, enfermés dans la chambre, ne descendant que pour acheter des journaux et des livres, se faisant monter leurs repas, les salles à manger de l'hôtel étant assaillies de touristes piailleurs éventrant des pigeons et fendant des pistaches. Anne continuait sa ronde curieuse et décrivait à Serge les rues vides et jaunes, les détritus qui s'élèvent en colonnes, les rares passants qui avancent, courbés et aveugles. Un matin, elle alla même jusqu'à la place Djemaa el-Fna, et la trouva étrangement vide. Les acrobates, les charmeurs de serpents, les conteurs des mille et une nuits, les hippies et les guides trafiquants de H avaient disparu, et la place s'étendait, abandonnée sous le soleil voilé. Elle fut fort impressionnée et rentra titubante et légèrement grise, prédisant l'Apocalypse.

Elle est couverte de poussière, et ses cheveux sont poudrés de sable. Serge la conduit dans la salle de bains, l'assoit dans la baignoire, lui lave les cheveux, les oreilles pendant qu'elle continue à délirer sur le spectacle de la ville ensevelie.

– Mouche-toi, lui ordonne-t-il en lui tendant le gant de toilette.

Elle souffle dans ses doigts. Et il précise :

– Une narine après l'autre.

– Il ne reste que quelques mendiants accroupis au coin de la place comme s'ils s'étaient endormis au début de la tempête. La main tendue, la tête enfouie dans leurs oripeaux, ils ont l'air morts...

– Mais non ! Ils sont habitués, c'est tout…

Il l'enveloppe dans un peignoir, lui sèche les cheveux dans une grande serviette et la porte sur le lit.

– Que veux-tu faire maintenant, mademoiselle l'aventurière ?

– Jouer.

– Jouer : au golf, au tennis, au bridge, au poker…

– Jouer à des jeux que j'invente.

Le premier est celui de la belle au bois dormant. Elle est la princesse endormie qu'un jeune homme charmant doit réveiller en prononçant un mot magique, connu d'elle seule. Alors, elle ouvrira les yeux et lui rendra son baiser.

Serge s'étend à ses côtés et parle. Il raconte n'importe quoi en espérant que, par hasard, il prononcera le mot qui réveillera sa princesse. Les cafés de Saint-Germain où il faisait le pitre pour quelques verres de vin et un sandwich jambon-beurre, les portes cochères des hôtels où il se dissimulait en attendant que le tenancier ait le dos tourné et qu'il puisse monter dormir sans payer, le soir où il avait aperçu, sur le balcon de l'hôtel des Grands Hommes, Marie-Aimée enlacée à un autre, le costume qu'ils avaient acheté à trois et qu'ils portaient à tour de rôle pour aller passer leurs oraux, le paquebot aux noires cheminées qui l'avait déposé sur le quai de Casablanca. Pitre… cochère… tenancier… balcon… costume… paquebot… cheminée… quai… Casa… Mais Anne garde les yeux fermés et respire doucement. Serge remplit des cendriers, dévide des souvenirs noirs et blancs, surveille la princesse du coin de l'œil.

– Eh ! Princesse, j'ai envie de vous baiser…

Anne ne bronche pas et garde un sommeil royal.

– Psst ! Princesse…

Elle place un polochon entre eux, lui tourne le dos et s'endort. Il allume la lampe, ramasse un vieux *Newsweek*, le feuillette. Envie d'elle, princesse salope.

172

Envie de mordre sa nuque et qu'elle se cambre contre moi. Il avance une main et l'effleure.

– Non ! Tu n'as pas le droit ! C'est un jeu sérieux ! À quoi bon jouer si on ne respecte pas les règles !

Il reprend son journal puis repense à Marie-Aimée. Elle aussi lui disait qu'il n'avait pas le droit... De l'empêcher d'arriver. « Je veux arriver, Serge. » Voilà ce qu'elle lui répondait chaque fois qu'il trouvait qu'il ne la voyait pas assez. Et puis, un soir où il pleuvait et qu'il se promenait place du Panthéon, il s'était arrêté sous un abri et avait levé, machinalement, les yeux sur le dernier étage de l'hôtel des Grands Hommes. Et là, il l'avait reconnue. C'était elle. Elle portait, en ce temps-là, une petite capeline en vison noir qu'elle refusait d'ôter de peur de la perdre. Ce soir-là, la petite capeline se laissait étreindre de très près par un autre que lui. Il avait fait une scène, espérant qu'elle se jetterait à son cou, éperdue de repentir, mais elle en avait profité pour rompre. Il n'était pas assez riche ni chic. Et puis, elle avait sa carrière... Avant de partir au Maroc, sur le quai de Marseille, la couverture d'un journal avait attiré son regard : c'était Marie-Aimée, le nouveau visage du cinéma français. Maintenant, il ne l'apercevait plus, quand il feuilletait les journaux, que dans les inaugurations d'hôpitaux et les soirées pour la Croix-Rouge. Elle avait épousé un riche industriel. D'une certaine manière, elle était « arrivée ».

Le lendemain, Anne le réveilla en murmurant : « Cacaboudin. »

– Cacaboudin ! Ce n'est pas dans le dictionnaire !

– C'est normal, répondit-elle, les mots magiques ne sont jamais dans le dictionnaire.

Ils abandonnèrent le jeu de la belle au bois dormant pour celui du sphinx. Le sphinx est un personnage extrêmement dédaigneux qui n'accepte de partager son

173

lit que si l'on satisfait à trois épreuves : trois questions de culture générale qu'il pose en toute inimitié.

Ce soir-là, Serge est sphinx. Il prend une Gitane, s'allonge sur le lit, coince deux oreillers derrière son dos et allume sa cigarette.

– En quelle année est mort le général de Gaulle ?

Anne trouve tout de suite. C'est l'année où elle a eu son premier appareil dentaire : 1970. Le dentiste avait mis le portrait du Général dans la salle d'attente. Ce qui n'était pas du goût de tout le monde.

Elle se trémousse sur le lit, assise en tailleur, les mains passées sous les cuisses. Elle vient de manger une glace à la fraise et a une bouche de clown. Ils ne font que ça depuis qu'ils sont enfermés : manger et baiser.

– Si toutes tes questions sont aussi faciles, je vais bientôt me jeter sur toi.

– Pas si vite, princesse bidon, la première est toujours facile : c'est pour appâter le gogo…

Il rejette la tête en arrière, ferme les yeux à demi, aspire une longue bouffée de cigarette et forme un rond presque parfait. Des nœuds parfaits. Propres et robustes qui couturent bien les plaies… Les rideaux sont tirés, la femme de chambre ne vient plus faire le lit. Inutile. Ils sont vautrés dessus toute la journée.

– Dépêche-toi, Serge. J'ai envie de toi.

– Tu as envie comment ?

Elle ouvre les bras grands, grands, et manque de perdre l'équilibre.

– Bon ça va… Qui a écrit *Transatlantique* ?

Elle reprend son balancement. Dit qu'elle a le nom sur le bout de la langue mais qu'elle ne veut pas l'écorcher. Un nom impossible d'ailleurs, un de ses compatriotes, émigré comme lui. Il l'a écrit en Argentine, et tous les Polonais du monde ont fait haro sur lui sous prétexte qu'il vilipendait son pays…

– Witold Gom… Witold Gombrovicz… v.i.c.z. à la fin, c'est ça ?

– Oui et pourtant je suis sûr que ce n'était pas dans ton encyclopédie…

Il a un sourire narquois.

– Non. Ça, c'est Alain qui me l'a fait lire.

– Ainsi tu pourras dire, si je te baise cette nuit, que c'est grâce à ton mari…

Anne n'aime pas du tout ce genre d'humour. Elle hausse les épaules. Et préfère changer de sujet de conversation. Elle se souvient du discours moralisateur de Serge au sujet d'Alain et n'a pas envie que ça recommence. Elle a horreur de la pitié et de la gentillesse.

– Quels noms impossibles vous avez, vous les Polonais ! Heureusement que le tien est plus simple…

– Le mien n'est pas plus simple… Il est même bien plus compliqué !

– Alsemberg ! Compliqué !

Mais il dit qu'Alsemberg n'est pas son vrai nom. Et elle arrête de se balancer et le fixe. Bouche bée. Serge est un autre soudain. Un double fond vient de s'ouvrir et, médusée, elle regarde pointer le pied d'un inconnu.

– Mon vrai nom est Zzhérobrouskievitch.

L'inconnu roule les *r*, et porte de grandes bottes fourrées qu'il retrousse sur ses cuisses. Il chasse sur ses terres et couche des femmes tremblantes sur de grandes dalles froides avant de leur trancher la gorge. C'est le seigneur du domaine. Il reçoit tous les matins la visite de ses serfs qu'il flagelle quand ils ont désobéi…

– Raconte-moi, demande-t-elle d'une toute petite voix.

Quand il avait quitté la Pologne, Serge s'était réfugié en Belgique, dans un petit village frontière proche de la France. Il était resté caché là pendant plusieurs semaines et s'était rendu compte que son nom était imprononçable. Il ne pouvait pas le raccourcir – ça faisait Zzhéro et c'était ridicule –, alors il avait pensé à des noms mais aucun ne lui plaisait vraiment. Le jour de son départ, l'homme qui devait le faire passer en France était arrivé et ils s'étaient mis en marche. Au bout d'un moment, Serge s'était retourné. Et, sur la gauche, il avait aperçu une pancarte qui indiquait : « Alsemberg, 1 kilomètre »… Voilà comment il s'était appelé Alsemberg. En hommage à un petit village belge. Serge laissa passer un moment, puis il ajouta qu'aujourd'hui aussi il devrait changer de nom puisqu'il changeait de vie. Sauf qu'aujourd'hui, ce n'était pas pareil, il ne fuyait pas, il la suivait. Et il n'avait pas vraiment d'avenir devant lui…

Anne a peur. L'inconnu a tourné les talons et tient un langage qui lui échappe. Elle veut le rattraper et lui demande, angélique :

– Tu m'aimes ?

Il sourit, amusé.

– Pourquoi me demandes-tu ça ?

– Parce que tu ne me dis jamais « mon chéri » ou « je t'aime » comme les autres mecs.

– Je ne veux pas dire ces mots-là. Et surtout pas à toi…

– Pourquoi ?

– Parce que tu me truciderais. Tu n'aimes que les batailles, Anne, tu t'ennuies en temps de paix. Tu tripotes ton sabre et cherches un ennemi à transpercer…

– Tu mens !

– Non. Je suis lucide, c'est tout. Tu sais ce qu'on dit des Polonais dans les petits livres brochés, écrits pour les touristes ?

Elle secoue la tête.

– On dit qu'ils aiment sans naïveté et meurent sans innocence.

Elle s'est réfugiée à l'autre bout du lit et boude.

– D'abord, tu n'as rien d'un Polonais. Tu es grand, brun, avec des yeux fendus comme un Cosaque. Et puis, je déteste quand tu parles de ta mort !

– Tu n'aimes pas ce qui te dérange, ce que tu ne comprends pas. Tu es bien trop impatiente et gloutonne pour que la mort blanche et lisse ne t'énerve pas… Si tu pouvais, tu la supprimerais. Pas par bonté d'âme mais parce qu'elle t'irrite…

Anne ne veut plus parler. Elle n'aime pas quand Serge s'adresse à elle sur ce ton-là. Elle voudrait qu'il lui dise « je t'aime », « mon chéri », qu'il la prenne dans ses bras et qu'il la berce.

– Je croyais qu'on jouait ?

– Mais on joue, Cadichon. On joue même tout le temps. J'en étais où… Ah ! oui : troisième question. Attends, il faut que je réfléchisse.

– Tu ne veux pas que je dorme avec toi. Je le sais bien…

– Comment dit-on crayon en russe ?

– Caran d'Ache.

La réponse a fusé. Anne n'a pas hésité une seconde. Une lueur d'étonnement passe dans les yeux de Serge.

– Comment le sais-tu ?

– Parce que c'est une marque de crayons. Tu n'as jamais été écolier en France, sinon tu saurais que les meilleurs crayons pour dessiner, ce sont les Caran d'Ache ! J'ai gagné !

Elle pousse un cri de jubilation et se jette dans ses bras.

Tard, dans la nuit, alors qu'elle reposait, son dos collé au ventre de Serge, il souleva les cheveux blonds et lourds et murmura, si bas qu'il n'était pas sûr qu'elle l'entende : « Bonne nuit, mon céleri… »

Chapitre 23

Il y a des matins où elle trouve qu'elle ressemble à Billy-ze-Kid. Surtout de trois quarts. Et ça lui fiche le moral par terre, pour toute la journée. Elle s'en prend à sa grande bouche ouverte, à son menton qui s'allonge vers la glace, à ses maxillaires trop marqués, à sa frange qui tourne à l'épi et lui donne un air de garçon vacher. Elle se met alors à questionner Serge : elle ne comprend pas qu'on tombe amoureux d'une fille qui ressemble à Billy-ze-Kid. Serge rit, l'assure qu'elle n'a rien à voir avec le bandit de l'Ouest, mais elle n'est pas convaincue pour autant. Ces jours-là, elle disparaît dans une immense salopette Big Mac, rayée bleu et blanc, qu'elle a achetée à un hippy dans les souks, et ne veut plus entendre parler de quoi que ce soit. Ces jours-là, elle est très douce, très soumise et va partout en lui tenant le bras. Comme si elle avait peur qu'il vire Billy-ze-Kid au premier tournant. C'est vrai que, d'autres matins, elle se trouve très belle et embrasse son reflet dans la glace. C'est vrai aussi que, l'amour de Serge aidant, il y a de moins en moins de matins où elle se prend pour Billy-ze-Kid. Mais n'empêche qu'on ne guérit pas en quelques jours de s'être trouvée moche pendant des années…

Serge a souvent rencontré des filles très belles qui égrènent leurs complexes mais il a toujours cru que c'était une ruse, une manière de vous faire protester mille fois par jour du contraire. Alors, d'habitude, quand il entendait de telles sornettes, il ne rectifiait pas et laissait gémir. Mais là, il est bien obligé de constater qu'elle est sincère. Il n'a qu'à sentir avec quelle force elle lui serre le bras, et avec quelle docilité elle acquiesce à ses moindres propositions, pour en déduire que ce n'est pas de la frime. Parce que les jours où elle plante des baisers dans la glace, elle est bien plus distante et bien moins consentante. Facilement ennuyée même…

Lui, il la trouve toujours belle. De fait, elle embellit de jour en jour. Sa peau dore, ses cheveux vont du blond duvet sur les tempes au blond flamboyant ou argenté, selon qu'elle les secoue ou les laisse reposer. Elle n'a plus de frange mais deux barrettes sur le côté, et son visage a le pur ovale de la Vénus de Botticelli. Sauf qu'elle est plus souvent en jean que nue dans une coquille. Ses yeux brillent plus grands, plus sûrs, et son sourire se retrousse sur des dents blanches et pointues, prêtes à goûter le monde. Sans hâte mais avec préméditation, en choisissant finement son morceau… Tout ce qui était auparavant promesse de beauté et d'insolence se précise comme une photo que l'on met au point et qui passe lentement du flou au fixe. Et c'est Serge qui tourne la bague de l'objectif.

Alors, parce que certains matins, elle s'entête à se détester dans la glace, il réfléchit sur ce qui a bien pu la complexer ainsi. Il comprend d'autant moins que, petite, c'était plutôt le genre de gamine à vous enjôler de charme et d'autorité. Elle arrivait toujours à obtenir ce qu'elle voulait. Surtout en passant par son père. Il savait très mal lui résister. Il avait plein de principes d'éducation mais finissait toujours par se rendre à ses injonctions. Ce qui créait pas mal de tension entre sa femme et lui. Colette prétendait qu'il devenait maboul, et il protestait faiblement. À Serge, il avouait qu'il s'en fichait bien d'être maboul, que ça en valait vraiment le coup. Un soir, Anne était venue le réveiller à deux heures du matin parce qu'elle avait oublié sa poupée Véronique sur le trottoir et qu'elle venait de faire un cauchemar à ce sujet. Paul s'était habillé et avait fait le tour du pâté de maisons, des bistrots ouverts, des postes de la Sûreté nationale. Il était rentré bredouille, et elle l'attendait sur le paillasson. Il l'avait prise dans son lit pour la consoler et ils s'étaient endormis l'un contre l'autre, les pieds froids d'Anne dans les mains de son père. C'est l'épicier, M. Ali, qui lui avait rapporté Véronique le lendemain matin. Paul vantait à tout le monde la beauté de sa fille. Et il citait la phrase célèbre qui affirme que les filles aimées par leur père sont toujours belles. On ne pouvait rien répondre à ça. Anne et Serge parlent souvent de Paul. C'est surtout Serge qui parle parce que Anne ne se rappelle pas grand-chose. Surtout que, précise-t-elle, je l'ai partagé huit ans avec maman. Ce qu'elle veut savoir, c'est ce qui s'est vraiment passé entre ses parents. Elle n'a toujours eu qu'une version, celle de sa mère, et elle doute qu'elle soit objective. Elle a du mal à imaginer sa mère amoureuse. Serge n'aime pas beaucoup Mme Gilly mais il s'efforce de raconter les choses comme elles se sont produites. Il y a eu un incident clé d'après lui. Un petit incident de rien du tout que les gens vivent, le sourire aux lèvres, mais qui, plus tard, quand ils sont en colère ou blessés, devient un indice et détériore tout. C'est Paul qui le lui avait rapporté en ajoutant que ce n'était pas étonnant, alors, qu'il n'arrive à rien avec sa femme. Un soir où M. et Mme Gilly étaient invités à une réception au consulat des États-Unis, Mme Gilly, avant de quitter la voiture, avait déclaré à son mari, en le regardant éperdument au fond des yeux : « Ce soir, on va jouer à être très amoureux. » Sur l'instant, Paul n'avait rien ressenti. Rien qu'un grand froid qui se coulait dans son corps et l'envie de tirer sur son nœud papillon. Pendant toute la soirée, Colette s'était serrée contre lui en l'appelant «mon chéri», en lui appliquant de gros baisers sur la bouche, en le remorquant partout à son bras. Et il la suivait, en se répétant la petite phrase jusqu'au moment où il s'était dit: «Mais je ne joue pas, moi, je SUIS très amoureux!» Ce soir-là, il avait regardé sa femme comme une sorte de monstre. Elle jouait le bonheur devant tous ces gens, pour qu'ils lui renvoient l'image d'une félicité qu'elle ne ressentait pas. Il n'y avait pas la moindre parcelle d'amour en elle…

D'après Serge, c'est à partir de cette soirée, ou quelques jours après, qu'il avait commencé à sortir seul le soir. Il avait donné rendez-vous à Annelise et ça ne s'était plus arrêté.

– Mais pourquoi restait-il avec maman? demande Anne.

– Parce qu'il était amoureux fou de toi.

Anne veut rire mais son rire s'étrangle. «Il est trop tard pour l'amour», lui avait-il écrit avant de mourir. Elle pousse Serge à continuer. Le harcèle pour qu'il trouve des souvenirs précis qui en disent long sur son amour pour elle. Pourquoi l'a-t-il abandonnée? Sans un mot, sans une notice explicative sauf ce petit billet écrit au stylo-bille, le jour de son mariage.

Paul avait une conception très spéciale de ses rapports avec sa fille. Il pensait que ça frôlait l'inceste et ne s'en cachait pas. Il disait que c'était la plus belle histoire d'amour qu'il avait connue. Et que tout père normal est amoureux fou de sa fille. Sinon, c'est un hypocrite, un coincé, un rétréci…

Un jour qu'ils étaient partis chasser le sanglier à Arbaoua et qu'ils étaient à l'affût, chacun avec sa flasque de whisky dans sa cartouchière, Paul avait parlé à Serge du cul de sa fille. Serge avait été terriblement choqué mais Paul continuait à le décrire, en disant que sa fille avait le plus beau cul du monde. Puis les rabatteurs avaient attiré le cochon vers eux, ils avaient ajusté, tiré, et le cochon était mort foudroyé à leurs pieds, tout fumant de sang et de chaleur. Ils avaient changé de conversation mais la déclaration de Paul continuait à trotter dans la tête de Serge…

– Mais pourquoi m'a-t-il abandonnée alors ?

Ça, elle ne le comprendrait jamais. Et elle lui en veut. À mort. Comme le sanglier fumant du récit de Serge. En fait, elle est partagée entre ce ressentiment tenace et l'adoration qu'elle porte à son père pour tout ce que lui raconte Serge et pour les quelques souvenirs qu'elle garde de lui. Tiraillée entre le sanglier et le culte.

Pourquoi ? Pourquoi ?

Par lâcheté, dit Serge. Par faiblesse. Par peur de ne plus te retrouver comme il t'avait laissée. Ou pour conserver intacte l'image d'une petite fille de huit ans qui s'en remettait à lui pour retrouver sa poupée. Il avait peur d'être confronté à une étrangère, et il préférait ressasser ses souvenirs. Il avait peur de Paris, de ta mère…

Mais il n'avait pas le droit, proteste Anne. Il était responsable de toute une partie de moi qui est tombée en friche. Et elle se met en colère avec d'autant plus de rage qu'elle devine à côté de quelle histoire d'amour elle est passée. Elle arrive à le détester tellement à ces moments-là qu'elle ne veut plus parler de lui. Fini. Rideau tombé sur héros foudroyé. Elle lui en veut trop. Il n'avait pas le droit de l'abandonner comme ça. Passons à autre chose. Tu m'aimes, dis, tu m'aimes ?

Serge est stupéfait de la soudaineté de ses réactions. Un quart d'heure plus tôt, elle se blottissait contre lui en réclamant des détails sur son père et, soudain, elle déclare ne plus vouloir en entendre parler. Mais, il continue à penser à Paul Gilly et à son étrange amour pour sa fille. Il se demande comment il se serait conduit s'il avait eu une petite fille. Est-ce qu'il aurait été fou de son cul ? Cela lui paraît saugrenu et il rit. En tous les cas, il est fou du cul d'Anne. Ça, c'est sûr. Il pourrait en parler pendant des heures. Comme un éminent professeur du haut de sa chaire. De son cul penché, baissé, accroupi, tendu, endormi, repu, en colère, rouge avec la marque des W.-C. Il adore le prendre dans ses mains, il adore aussi l'insulter. Il ne sait pas pourquoi mais son cul peut le rendre vraiment grossier. Ou complètement attendri. Et ça, en tous les cas, c'est quelque chose qui ne risque pas de lui arriver avec Billy-ze-Kid…

Chapitre 24

La maison est haute et rose comme une pièce montée. Entourée de massifs de fleurs, de gazon brosse anglais et de tonnelles Peynet. Une large allée de graviers blancs conduit jusqu'à la porte d'entrée. Les fenêtres sont protégées par des stores bleu ciel. Le toit, crénelé sur plusieurs niveaux, dessine des festons roses, bleus, verts et mauves. Une corniche dorée fait le tour de la maison et rebique à la chinoise façon pagode. Anne se tourne vers Serge mais il ne paraît pas surpris. « Nous allons chez mon ami Pépé », c'est tout ce qu'il a dit après avoir décidé de quitter la Mamounia. « J'en ai marre de jouer les touristes. Ça fait trois semaines et ça suffit. Tu es contente, tu as connu Marrakech et avec le chergui, en plus ! Tu pourras raconter ça à tes petites copines. » « Je n'ai pas de copines », avait marmonné Anne en lui tendant sa valise écossaise pour qu'il la mette dans le coffre.

La voiture n'avait pas démarré tout de suite, et il s'était mis en colère. Avait soulevé le capot. Elle, pendant ce temps, se concentrait sur son mollet gauche et sa pince à épiler. La réparation avait duré le temps qu'elle dégage un petit espace bien net de trois centimètres carrés environ, et elle était satisfaite. Quand la voiture s'était mise en marche, elle avait rangé sa pince. Il dit que c'est dangereux, qu'elle peut passer à travers le pare-brise s'il freine brusquement. Elle avait alors demandé où ils allaient et il avait répondu : « Chez mon ami Pépé. Il a une ferme à quinze kilomètres de Beni-Mellal. » Plus tard, en s'y prenant bien, elle avait appris que Pépé cultivait des oranges. Des centaines d'hectares d'orangers. Ce n'était pas un petit fermier avec une mule et une noria, c'était carrément un richissime exploitant agricole. C'est ce qu'elle en avait déduit. Parce qu'il ne parlait guère, ce matin. Elle n'arriva pas vraiment à briser la glace mais elle lui arracha quelques détails supplémentaires. Pépé s'appelait, de tout son long, Pépé Douglas Carbonero. Il était de père espagnol, natif de Ceuta, et de mère américaine, égarée à Ceuta un jour que son paquebot prenait l'eau et nécessitait des réparations urgentes. Et fatales pour Phyllis. Elle avait rencontré Felipe Carbonero en se promenant sur les quais et il y avait eu écrasement des cœurs l'un contre l'autre. Le paquebot était reparti avec tous ses passagers sauf une : Phyllis Johnson, victime de coup de foudre. M. et Mme Carbonero s'étaient installés à Beni-Mellal et avaient eu un enfant : Pépé Douglas. Vingt-cinq ans plus tard, Felipe était mort de congestion, un jour qu'il vitupérait en plein soleil et Pépé, pour consoler sa mère, lui avait fait construire ce château de Walt Disney. Mais Phyllis avait préféré s'en retourner à Philadelphie, abandonnant son fils à la culture des oranges. Et à sa jeune femme, Jeanne, Alsacienne experte en kouglofs. Anne pense que des vies comme celles-là, ça n'existe que dans les films. Les mauvais films. En plus, ceux qui ne craignent pas d'en rajouter pour maintenir le spectateur sur son siège. Mais Serge raconte avec tant de sérieux qu'elle finit par y croire. Et elle pouffe de rire derrière ses doigts croisés. Il lui ébouriffe la tête en souriant.

— T'es plus fâché ?
— Je n'étais pas fâché, j'étais préoccupé.
— Par quoi ?
— Ça ne regarde pas les petites filles.

Elle fait « Ah ! bon » et se penche par la portière. Il peut employer tous les sous-entendus qu'il veut, il ne lui gâchera pas sa joie. Elle se sent bien. Elle n'est plus jamais ce tuyau vide et creux qui laisse tout filer. Elle a plein de petits crampons accrocheurs de bonheur et est bien décidée à attraper tout ce qui lui paraît appétissant maintenant !

À côté de la maison, il y a un grand réservoir sur pattes qui bourdonne. Serge lui explique que c'est un groupe électrogène. Quand le père de Pépé s'est installé ici, il n'y avait pas d'électricité en poteaux et il a été obligé de construire sa propre centrale.

– Et ça fait toujours ce bruit ?

– Oui, mais on s'habitue, tu verras.

– Pourquoi ? On va rester longtemps ici ?

– Toi peut-être.

– Qu'est-ce que ça veut dire ?

– Ne me pose pas de questions. Tu n'as pas à me poser de questions. C'est moi qui décide.

Anne se tait. N'empêche qu'elle aimerait bien savoir ce qu'il entend par là.

Pépé parle de ses arbres, des nouveaux plants qu'il a greffés et du voyage en Californie qu'il va effectuer en novembre pour acheter du matériel. Jeanne, sa femme, approuve en hochant la tête. Quand ils sont arrivés, Pépé n'a pas dit bonjour à Anne, et sa femme lui a tendu la main mais son regard a glissé sur le côté. En revanche, Serge et Pépé se sont donné l'accolade. Pépé est un petit homme râblé porteur d'une moustache noire et de deux yeux bleus. Il se dégage de lui une impression de force bulldozer qui ne va pas avec la maison. Il mange bruyamment, s'essuie du revers de la main, arrache les morceaux de pastilla avec ses doigts et hausse les épaules quand sa femme mentionne son désir de faire du tourisme aux États-Unis. Très vite, il n'y a plus que lui qui parle, agitant ses doigts gras dans l'air et dégageant de l'ongle les morceaux de pigeon coincés entre ses dents. Anne se dit que le dîner serait vraiment sinistre s'il n'y avait la nourriture qui est excellente. Elle n'a pas mangé de pastilla depuis son enfance et se recueille au-dessus de la pâte à odeur de cannelle et de pigeon farci d'amandes. Après le dîner, Serge et Pépé disparaissent dans un petit salon marocain et Anne suit Jeanne à la cuisine. Comme elle ne sait pas quoi dire et que Jeanne ne lui adresse toujours pas la parole, elle se tait et attend. Jeanne est le genre de maîtresse de maison à mettre la main à la pâte, et elle aide la fatma à charger la machine à laver la vaisselle. Puis, elle fait signe à Anne de la suivre. Elle va lui montrer sa chambre à coucher.

La chambre est petite. Le lit est à une place.

– Mais Serge ? demande Anne, interloquée.

– Serge ? Il dort dans la chambre à côté.

Anne attendit Serge deux longues heures. Assise sur le lit, elle essayait de comprendre ce qui se passait. Elle était peut-être tombée chez d'ardents catholiques qui séparent les couples luxurieux… Puis, au bout d'un moment, elle commença à avoir peur. L'abat-jour portait des décalcomanies de Goofy jouant au golf et de Tartine soulevant des haltères et elle fut un peu rassurée. Des gens qui collent des décalcomanies sur l'abat-jour de leurs enfants ne peuvent pas être foncièrement mauvais. Enfin, Serge ouvrit la porte et vint s'asseoir à côté d'elle. Il se laissa tomber sur le lit en portant la main à son front et Anne sentit une forte odeur d'alcool et de cigare. Elle attendit qu'il se soit installé confortablement avant de déclarer qu'elle trouvait ses amis, et lui-même d'ailleurs, un peu bizarres. Elle avait dit « un peu bizarres » mais elle pensait « carrément dingues ». Comme il ne répondait pas, elle lui demanda pourquoi on les avait mis dans des chambres séparées. Il émit un rot, se gratta la tête et dit que c'était tout à fait normal puisqu'il l'avait vendue… Vendue ?

– Ben oui, dit-il, quand je n'ai plus d'argent, je vends mes maîtresses à Pépé. C'est pour ça qu'on est venus ici.

Anne fut debout en un bond et se tint le plus éloignée possible. Mais il se redressa et tituba vers elle.

– Il m'a donné beaucoup d'argent, tu veux voir ?

Elle préféra ne pas répondre. C'était une histoire de fous. Il continua à parler et précisa que Pépé ne l'avait pas achetée pour toujours. Juste le temps de se lasser. Et lorsqu'il n'en voudrait plus, elle pourrait repartir chez elle. Enfin, chez son mari. Puis il étendit un bras vers elle et réclama un dernier câlin. Elle se précipita vers la porte et sortit. Ahurie et furieuse. Le mieux encore était d'aller trouver Pépé et de s'expliquer avec lui. À moins qu'il ne soit dans le même état que Serge… Dans ce cas-là, elle s'enfuirait. Elle partirait en stop. Elle n'avait pas peur.

Un rai de lumière filtrait sous la porte de la cuisine et Anne entra. Pépé est là qui banquette. La bouteille de cabernet est débouchée, la pastilla et le tajine à portée de ses doigts gras. Il lève la tête quand elle entre et un sourire réjoui éclaire son visage.

– Alors, petit animal, on a faim ?

Il lui fait peur avec ses babines luisantes et sa grosse chevalière dorée au petit doigt. On dirait un vieux mafioso sicilien, et elle n'est plus très sûre du ton sur lequel elle va lui parler.

– J'ai toujours faim la nuit, animal. Surtout avec ce qu'on a bu avec le docteur… Alors, animal, c'est le grand amour avec le docteur ?

Elle ne répond pas. Ses mains tremblent et elle s'appuie contre la porte. Pépé la détaille et elle se recroqueville.

– Il est fou d'amour, c'est évident.

– Pourquoi est-il venu vous voir ?

Elle a parlé d'une voix mal assurée, et elle s'en veut d'avoir l'air si godiche.

– Parce que je suis son ami.

– C'est faux. Je sais que c'est faux.

– L'argent, petite, l'argent. Money… Pesetas…

Il fait bruisser ses doigts gras dans l'air.

– Il a perdu beaucoup d'argent à te faire dormir à la Mamounia. Il veut se refaire. Alors il vient voir son ami Pépé… Approche-toi, animal…

– Je ne vous laisserai pas me toucher, espèce de sale mec !

Il lève son verre de rouge vers elle.

– J'aime pas les maigres sans seins, sans croupe.

Anne reste collée à la porte. Elle sent son courage revenir et sa voix s'affermir. Tant qu'il ne bouge pas, ça va.

– Alors, pourquoi m'avez-vous achetée ?

– Les grands mots tout de suite !

– Si. Vous m'avez achetée. C'est Serge qui me l'a dit…

– Je ne t'ai pas achetée. J'ai donné de l'argent au docteur pour qu'il continue sa lune de miel. Il ne savait pas comment me le demander, Il tournait autour du pot, disait qu'il ne voulait rien réclamer à Alice, qu'il allait chercher un remplacement mais qu'en attendant… Alors je lui ai ouvert mon coffre. Pour toi, petit animal, pour qu'il continue à t'emmener dans les palaces. Mais c'est pas pour toi que je l'ai fait. Moi, si j'étais lui, je t'emmènerais dans le désert et je te livrerais aux chacals. Pour que tu lui foutes la paix au docteur !

C'était un jeu. Serge avait voulu lui faire peur, l'humilier et elle avait marché. Qu'elle est bête ! Elle avait cru à de vieilles histoires de ventes d'esclaves comme elle est encore la seule à s'en raconter dans le noir… Mais elle en veut à ce petit homme qui se remplit la panse et lui jette l'anathème. Il est trop laid, trop vulgaire, trop gras.

– Ce n'est pas parce que vous nous prêtez de l'argent qu'il faut me faire la morale. On vous le rendra votre argent, vous verrez !

– Calme-toi, chiquita !

– Je ne suis pas chiquita ! Et vous n'avez rien compris. On n'a pas besoin de votre argent. On peut en gagner tout seuls de l'argent !

Elle lui tourne le dos et quitte la cuisine. C'est pas d'jeu ! Serge n'a pas à introduire des étrangers dans leurs rondes nocturnes. Même pour la faire trembler. Elle a perdu la face et elle en veut à Serge. Pour ça et puis parce que, maintenant, leur amour n'est plus un ballon léger qui vole dans l'air. Il est lesté de billets.

Le lendemain matin, quand Anne se réveilla, Serge n'était plus là. Ni dans le petit lit ni dans la chambre voisine. Elle ne trouva personne pour la renseigner. Pépé était dans le hangar à fruits, Jeanne à Beni-Mellal. Elle s'enferma dans sa chambre et attendit. À midi, une fatma lui apporta un plateau. La même fatma revint le soir. Anne n'avait pas touché au plateau. Elle avait mangé ses doigts. La peau tout autour des ongles. Elle se dit qu'il était inutile qu'elle aille se renseigner auprès de Jeanne. Cette dernière se montrerait sûrement aussi silencieuse que la veille.

Vers onze heures, elle entendit une voiture. C'était celle de Serge. Il ne lui dit pas d'où il revenait. Il se jeta sur le lit puis sur elle. Cette nuit-là fut encore plus furieuse que les autres car Anne tremblait d'avoir été abandonnée. Serge se montra précis et raffiné dans ses manières. Il lui commanda de se déshabiller puis la traita de putain et la fit s'agenouiller. Il lui attacha les mains dans le dos et l'insulta. Calmement, en prenant tout son temps, en choisissant tous ses mots. Il lui interdit de le toucher et la repoussa du pied chaque fois qu'elle voulut s'approcher. Jusqu'à ce qu'elle le supplie, jusqu'à ce qu'elle emploie les mots les plus humiliants, les plus crus pour dire son désir. Alors il consentit à la détacher et lui fit l'amour presque tendrement en lui tenant la main comme un enfant.

Chapitre 25

– Serge, embrasse-moi.

Il s'avance. Elle recule.

– Embrasse-moi !

Il penche tout son corps vers elle, mais elle recule encore. Il la saisit dans ses bras, l'immobilise et lui mord la bouche. Elle proteste en tambourinant contre sa poitrine.

– Non ! Pas comme ça, crie-t-elle. Tu sais bien que c'est pas bon quand ça va trop vite. C'est bon quand c'est lent, que ça fait attendre…

Ils sont arrivés dans la nuit à Mehdia. Ils ont roulé sans s'arrêter de Beni-Mellal au petit village de pêcheurs. Ils ont traversé Rabat endormie, pris la route de Kenitra et il a mis son clignotant à gauche. «C'est dangereux de traverser la route, la nuit, a-t-il expliqué, il y a toujours des camions qui roulent à un train d'enfer et qui ne te voient pas.» Ils ont tourné sans heurter de camions. La route plongeait dans un lac, puis dans une forêt et remontait vers la mer. Il y avait du sable sur le goudron et ils ne savaient plus s'ils roulaient sur la route ou sur la plage. La lune était ronde et blanche, cette nuit-là, et éclairait un paysage de bosquets, d'arbrisseaux et de dunes. Des chiens errants traversaient dans les phares, et Serge freinait en jurant. À gauche, on entendait la mer qui roulait ses vagues en tonnant. «C'est pas étonnant, se dit Anne, on est encore sur l'Atlantique.»

À l'entrée du village, une pancarte annonce : « Mehdia, village balnéaire, centre de vacances international, tout droit. » Il y a quelques années, la Direction du tourisme marocain avait décidé de faire de Mehdia un village pilote. On avait construit un grand hôtel, une piscine d'eau douce, des bars, et puis, le directeur du Plan avait changé. Le nouveau directeur voulait lancer un autre village, plus au nord, où il avait de la famille, et Mehdia avait été abandonnée. De ce projet, il ne reste plus qu'une pancarte un peu prétentieuse à l'entrée du village et des chantiers inachevés à l'intérieur.

Serge a pris la première route à gauche, dépassé trois rues, tourné à droite et s'est arrêté devant un portail en bois verni. Pour accéder à la maison, il faut monter cinq hautes marches, traverser une terrasse et monter encore une douzaine de marches. « On dirait une pyramide », pense Anne. Mais une pyramide HLM pour petit pharaon de banlieue…

La maison sent le cosy-corner et l'Ambre solaire. Il n'y a qu'un niveau qui comprend une salle à manger, une cuisine, une pièce vide, une douche et une chambre à coucher. Le sol est recouvert de linoléum façon marbre et les murs sont tapissés de papier à fleurs gaufré. Ou peut-être est-ce l'humidité qui les fait gondoler. « Ça va, ce n'est pas trop sinistre », se dit Anne. Mais elle s'attendait quand même à quelque chose de plus luxueux. Comme retraite d'amour, ce n'est pas très romantique. Ce qu'il y a de bien, c'est qu'on entend la mer de partout. Même des chiottes. Elle décide de faire bonne figure et de cacher sa déception. Elle pense à Alice. Ce n'est sûrement pas comme ça qu'Alice imaginait la maison de Mehdia.

Ils se sont couchés vite. Sans prendre la peine de faire le lit. Ils se sont enroulés dans les couvertures, et Anne a demandé à Serge de l'embrasser en la faisant attendre…

Le lendemain, elle se lève tôt et sort sans le réveiller. Quand elle pousse la porte de l'entrée, elle aperçoit toute la baie de Mehdia. Les bateaux des pêcheurs, sur la droite, et la plage, sur la gauche. Voilà pourquoi l'entrepreneur qui a construit cette maison l'a posée au bout de tant de marches... De jour, la maison ressemble plus à un blockhaus qu'à une villa de bord de mer. Le propriétaire a placé des grilles sur toutes les fenêtres, et les rhododendrons s'inclinent, calcinés. Au bout de la terrasse, il y a un abri protégé par un toit de cannisses et, sous les cannisses, une table de jardin et quatre chaises. Anne aima tout de suite ce coin-là. Elle ne sait pas pourquoi mais il y a des endroits qu'elle aime spontanément et d'autres qu'elle déteste tout aussi spontanément. Elle pensa qu'elle se tiendrait souvent sous ces cannisses.

Les autres maisons, dans la rue longue et droite, sont plus coquettes. Maisons de petits retraités ou d'employés de bureau qui viennent s'ioder le dimanche. Mais aucune n'écrase sa voisine par un signe extérieur de richesse. Devant les maisons, sont garées des Simca, des Peugeot, des Citroën décorées d'ours en peluche et de fanions. Il est sept heures et la rue est déserte. Anne a envie de café, de tartines, de gelée de groseille. Elle remonte prendre le portefeuille de Serge et part à la recherche d'une épicerie.

L'épicier, M. Mlati, est un homme entreprenant qui a décidé de ne pas se laisser abattre par le brusque changement du Plan. Il possède, à lui seul, l'épicerie-buvette, trois pagodes sur la plage avec juke-box et distributeurs de boissons glacées, quatre villas qu'il loue et une roulotte réfrigérée qu'il installe sur le parking, où il débite crèmes glacées, esquimaux, oranges givrées, chocolat et pralines. Bien sur, ce n'est pas comme si le Plan avait marché, mais les affaires tournent quand même. En tous les cas, il veille à les faire tourner. Ce matin-là, en sortant sa publicité Oulmès – « Buvez de l'Oulmès l'eau qui ne fait que du bien », il est satisfait car il a calculé qu'avec le Ramadan qui commence tard cet été, les affaires ne vont pas être ralenties.

Il est donc en train de transporter sa publicité quand il aperçoit une jeune fille blonde qui l'observe. Elle a une jupe courte qui découvre ses cuisses, de longs cheveux blonds et les hanches en avant. Elle s'approche, lui sourit et il remarque les petites dents pointues sur le côté. Il continue à avancer, son affiche dans les bras.

– Pourquoi vous la sortez, ce matin ? demande la jeune fille.

– Parce que je la rentre tous les soirs, répond Mlati.

– Et pourquoi la rentrez-vous tous les soirs ?

– Pour que les voyous ne me la volent pas. Elle est belle ma publicité, et le soir, je l'éclaire avec un spot.

Il faut dire que l'affiche de Mlati représente une pin-up en maillot une pièce qui, sous un grand chapeau de paille et une moue voluptueuse, brandit une bouteille d'Oulmès.

Il place l'affiche à droite de son magasin, l'épous-sette, fait deux pas en arrière pour en vérifier l'aplomb, puis s'adresse à la jeune fille. Elle veut du pain, du beurre, du café et de la gelée de groseille. Le pain n'est pas encore livré mais le reste, il a.

Anne entre avec lui dans la boutique. À vrai dire, c'est plutôt une cahute en terre battue qu'une vraie boutique, mais il y a quand même un grand réfrigérateur et des boîtes de conserve bien rangées contre le mur. Quand il a tout rassemblé, Mlati tire son crayon de son oreille et fait l'addition.

– Voilà, jolie jeune fille. Vous êtes en vacances ici ?

– Oui. Je suis avec le docteur Alsemberg.

– Le docteur Alsemberg ? Qui c'est celui-là ?

– C'est le monsieur qui loue la maison avec les cannisses.

– Ah ! C'est ma maison. Je la loue à un monsieur de Casa. On le voit rarement d'ailleurs… Vous êtes sa fille ?

– Non. Je suis sa concubine. Sa maîtresse si vous préférez.

Mlati rougit, détourne les yeux et va chercher un sac en papier sous le comptoir.

– Oh ! moi, je vous demandais ça comme ça… Il me doit trois mois de loyer. Ça fait longtemps que je ne l'ai plus vu.

– Ce n'est pas un problème. On va vous payer. On a plein d'argent en ce moment…

Elle fait une pirouette et il aperçoit ses longues jambes qui tournent, ses cuisses…

– Bon. Je ne vais pas attendre pour le pain. Je prendrai des biscottes.

Elle le paie et sort. Il suit le mouvement de ses hanches et n'entend pas le klaxon de Selim qui annonce le pain.

Serge dort. La tête en arrière, la bouche entrouverte, les bras étalés. Anne humecte son doigt de café mousseux et le pose sur ses lèvres. Il remue doucement la tête. Elle boit alors une gorgée de café et la verse dans la bouche de Serge. Il se réveille en sursautant et dit qu'il rêvait qu'il buvait du café. Elle répond que ce n'est pas un rêve, qu'elle le nourrissait. Il passe ses doigts dans ses cheveux, cligne des yeux, grimace. Il a des poches sous les yeux, des poils blancs sur son torse et des cheveux blancs sur les tempes. Il ressemble à un prince charmant un peu chenu qui aurait fait la fête la veille. Elle aspire alors une autre gorgée de café, la fait couler dans sa bouche, prend une biscotte dans ses dents, il la happe, la mange, redemande du café. Elle se renverse en arrière, verse le café dans le creux de son nombril et il vient le laper doucement…

C'est elle qui le nourrit maintenant.

– J'ai dit à l'épicier qu'on avait plein d'argent et qu'on allait le payer…

– Je ne connais personne d'aussi rapace que ce Mlati !

– Je lui ai dit aussi que j'étais ta concubine !

– Il n'a rien dû comprendre !

– Si. Parce que j'ai traduit : j'ai dit maîtresse. La maîtresse d'un homme est la jeune femme qu'il aime et qui exerce son empire sur lui.

– Vas-y : exerce ton empire.

Elle se dresse toute droite dans ses bras et annonce :

– On va dépenser l'argent de Pépé. Acheter plein de choses, faire la fête à Rabat et payer Mlati… Après on n'aura plus qu'à repartir à zéro.

– Pourquoi cet empressement à dépenser l'argent de Pépé ?

– Parce que j'aime pas la charité.

Serge se rembrunit. Quand il avait rencontré Pépé pour la première fois, c'était en 1955. Il venait d'ouvrir le cabinet de la rue Sidi-Belyout. Pépé avait échoué chez lui, par hasard, conduit par un ami qui habitait l'immeuble et qui avait vu la pancarte « chirurgie générale ». Serge avait transporté Pépé d'urgence à la clinique où il opérait, et avait diagnostiqué une pancréatite aiguë. Une chance sur deux de l'en sortir. Mais l'opération s'était bien passée et, après trois semaines de convalescence, Pépé avait quitté la clinique, au grand soulagement des infirmières qu'il terrorisait. Pépé revenait souvent à Casa et ne manquait pas à chaque Noël d'envoyer à Serge une caisse de vodka, et à chaque rencontre, de lui donner de grandes claques dans le dos, en l'appelant « mon sauveur ». Des années plus tard, lors des révoltes estudiantines écrasées durement par la police de Casa, Serge avait opéré clandestinement un étudiant. Il était dans un fichu état et nécessitait un repos absolu. Serge ne savait pas où le cacher. Il avait pensé à Pépé. C'est Paul qui avait conduit Kebir à la ferme de Beni-Mellal où Pépé l'avait hébergé. Puis ils s'étaient arrangés pour le faire passer en France. De tout cela, ils ne parlaient jamais mais Serge savait qu'il pouvait compter sur Pépé. Serge éprouvait, en plus, une certaine tendresse pour Pépé car il avait été un de ses premiers malades. Comme Mme Zini, qui venait spécialement de Rabat pour se faire soigner par lui. Mme Zini était sa malade fétiche. Il suivait toute sa famille : des végétations de son fils à la hernie de son mari. En mai dernier, ils avaient fixé ensemble la date de son opération, une colectomie partielle qu'il ne voulait confier ni à Petit ni à Latif. C'est pour l'opérer qu'il avait laissé Anne chez Pépé. Il avait enlevé le ganglion douteux et l'avait porté au laboratoire pour le faire examiner. Il était convenu avec Hilda qu'il l'appellerait dans cinq jours pour connaître les résultats. Mais il ne pensait pas qu'il reste des métastases. L'opération s'était bien passée. Il était repassé ensuite par son bureau pour prendre sa vieille trousse et sa boîte d'instruments et il y avait trouvé Petit. La vue de Petit, installé à son bureau en train de fumer des Gitanes maïs, l'avait énervé. Il lui avait parlé rudement, et Petit s'était vexé. Ils avaient alors échangé des mots blessants. Petit avait lancé à la tête de Serge son départ, sa folie, son irresponsabilité, Serge avait eu envie de lui écraser la tête contre le mur. Hilda était intervenue pour les séparer. Serge se moquait toujours de Petit avec Alice. Petit était un excellent chirurgien mais il manquait de classe. Il habitait depuis quinze ans la même HLM pompeusement baptisée « les Délices de Casa », allait à Paris une fois tous les cinq ans pour s'acheter des costumes à la Belle Jardinière, et ne s'était jamais marié de peur de dépenser.

Serge ne voyait jamais Petit en dehors de la clinique.

Aujourd'hui, Petit fumait des Gitanes maïs, les pieds sur son bureau, et avait accroché au mur son diplôme de la faculté de Tourcoing.

Serge fronça le nez et sentit sa colère revenir. Il allait prendre sa revanche.

Chapitre 26

Ils se rendirent dans une grande surface, prirent un chariot grand format et pénétrèrent, décidés. Anne acheta de la peinture, des toiles, des stores pour les fenêtres, un dessus-de-lit en éponge blanc, deux grands tapis pour recouvrir le lino, des lampes pour la chambre, un ventilateur, une poêle à frire, une cocotte-minute, une passoire, un égouttoir, une grande bassine pour le linge, et deux casseroles en fonte émaillée. Elle acheta aussi de l'engrais pour les plates-bandes, un tuyau d'arrosage, un tourniquet, un barbecue, deux chaises longues, des géraniums en pot, des pieds de lierre, de seringa, de lilas, des pétunias en graines et des poireaux. Un transistor magnétophone, des cassettes, une télévision en couleurs, une planche à repasser, un fer vapeur, un aspirateur batteur, un robot Moulinex. Un lait démaquillant, un tonique, un masque de beauté Vitefait, une palette pour les yeux, un savon pour peau sensible, un Épilacire Calor, des rouleaux chauffants, un hydratant pour le corps et du shampooing camomille... Puis, Serge l'entraîna au rayon lingerie et il ajouta, par-dessus la télé couleurs : huit petites culottes noires en dentelle, huit roses, trois blanches parce qu'elle insistait – c'est la seule couleur où elle se sent à l'aise –, un porte-jarretelles rose et noir, dix paires de bas avec couture, dix paires sans, une gaine qui faisait guêpière et Molly du saloon, un soutien-gorge taille 85 pigeonnant, un autre taille 90 tout noir avec balconnets crème. Elle se débrouillerait pour remplir le vide mais il n'y avait plus de 85 dans ce modèle. Serge jubilait. Son plus grand regret quand il était enfant, c'était de ne pas avoir de mère à espionner. Et Bouba ne faisait pas l'affaire. Il chercha partout une vendeuse car il voulait aussi un déshabillé lascif, mais la vendeuse s'enfuit après qu'il lui eut expliqué exactement ce qu'il désirait. Anne était ravie : elle n'avait jamais autant rempli un chariot de grande surface. Son chariot était tellement plein qu'il faisait trois bosses de dromadaire et qu'ils avaient le plus grand mal à le manœuvrer. Elle trouvait les grandes surfaces grisantes, et son rêve aurait été d'y être caissière. Voir défiler des kilomètres de marchandises tous les jours, ce devait être exaltant. En fait, elle avait trois vieux rêves comme ça : caissière de Mammouth, tenancière de bistrot à mesurer les cassis Picon et choriste derrière Johnny à chanter ouap-dou-ouap... Mais elle n'en avait jamais parlé à personne. Elle avait trop peur de passer pour débile. C'était quelque chose qui l'énervait finalement : toujours avoir l'air. Se donner des titres de noblesse – licence d'anglais, Shakespeare par cœur et Picasso l'après-midi , alors que c'est la même qui rêve à Johnny et pleure à *Love Story*. Toujours cette sensation d'être coupée en deux et de n'avoir qu'un morceau qui émerge. Le plus convenable bien sûr.

Ils arrivèrent enfin à la caisse où ils firent sensation. Sentiment qu'Anne apprécia. Serge dut avancer la voiture pour la charger et il ne restait pratiquement plus de place pour eux. Ce fut l'occasion pour Serge de faire un couplet sur l'espace intérieur de sa 4,2 litres, et Anne se sentit tout à fait dame mariée qui revient des commissions le samedi après-midi.

La journée avait donc très bien commencé mais elle se gâta quelque peu ensuite, par la faute d'Anne. Comme elle était entrée dans une librairie et avait repéré, sur un rayon, douze volumes illustrés de la vie des grands peintres de 1512 à nos jours, elle voulut les acheter. Serge opina. Il leur restait suffisamment d'argent. Mais, quand elle proposa, en plus, une encyclopédie médicale en trente tomes « pour toi, pour faire sérieux dans ton nouveau cabinet », il lui serra si violemment le bras et devint si pâle qu'elle regretta immédiatement d'avoir dit ça. Après, il y eut comme une épaisseur de coton entre eux. Elle parlait mais il ne répondait pas. Lointain. Hermétique. Pour se faire pardonner, elle voulut faire un geste noble et déposa ce qui lui restait d'argent – 500 dirhams en tout – dans la main d'une mendiante qui tendait un sein maigre et plat à un bébé de quelques mois. Et là ce fut le comble. Serge explosa. La femme bégayait devant les billets, invoquait le Ciel, pleurait, et Serge bouillait de rage. Il attira Anne dans la voiture et lui cria qu'elle était folle. Folle à lier. Complètement piquée. Hystérique. Il faisait un effort surhumain pour aller demander de l'argent à un mec et elle le dilapidait en deux heures. Avec une mendiante en plus ! Elle faillit lui répondre qu'il avait été d'accord pour le supermarché et que la mendiante à côté ce n'était rien. Mais elle préféra s'abstenir. Elle ne maîtrisait pas très bien les colères de Serge. Elle en gardait même de mauvais souvenirs. Elle avait le manche de la poêle à frire qui lui rentrait dans le dos : elle n'était pas à son avantage pour discuter.

En fait, Serge avait très bien tout supporté jusqu'à l'incident de l'encyclopédie médicale. Tout d'un coup, la situation précaire dans laquelle il se trouvait lui était revenue, et il avait eu le vertige. Il n'était plus sûr du tout de trouver un remplacement, plus sûr de pouvoir tout recommencer. Après un mois de fuite en avant, il s'arrêtait et, soudain, il avait peur. Très peur. Et sa peur se muait en colère. Il ne se sentait plus capable de redémarrer. Il détestait Anne de pouvoir dilapider aussi allégrement dix mille dirhams. Sans penser au lendemain. Sans se poser de questions. Il détestait la confiance éperdue qu'elle avait en lui. De quel droit croyait-elle qu'il allait recommencer à zéro et que ça allait marcher ? De quel droit chamboulait-elle tout dans sa vie ? Tout le temps...

Il avait mal aux mains à force de serrer le volant. Mal à la tête à force d'avoir le vertige. Il regarda le feu qui passait au vert et démarra sans savoir où il allait.

Il venait de reposer pied à terre et c'était douloureux.

Ils firent de leur mieux pour poursuivre la journée. Ils allèrent prendre le thé aux Oudaïas, dans la vieille Casbah orange aux jardins andalous, aux allées coupées de jets d'eau et de petits bancs en pierre où s'étreignent les amoureux. Anne commanda deux cornes de gazelle au vieux Marocain édenté qui présentait le plateau de pâtisseries. Serge n'en prit aucune. De la terrasse du salon de thé, ils pouvaient voir le fleuve Salé qui coule au pied des remparts. Anne le trouva si beau, avec les bateaux de pêche et les gamins qui s'éclaboussaient, qu'elle voulut dire sa joie à Serge mais elle se heurta au coton. Elle garda son émoi et le goût des cornes de gazelle pour elle toute seule.

Après, ils marchèrent dans la Médina, parmi les cris et les boniments des marchands, mais elle n'osa pas s'arrêter de peur qu'il l'accuse de vouloir acheter. Elle se sentait si désemparée qu'elle aurait été prête à sauter dans le fleuve pour qu'il la repêche et lui prouve son amour...

Vers la fin de l'après-midi, alors que le muezzin chantait la prière du soir, il se détendit et proposa d'aller dîner dans le meilleur restaurant de Rabat : le Provençal. Elle entra à son bras rayonnante et victorieuse. Elle avait relevé une mèche de ses cheveux avec un élastique et s'était bordé les yeux de khôl. Le collier de nacre brillait sur sa peau dorée, et Serge surprit le regard envieux des autres hommes. Il aima alors la main qu'elle posait sur son bras, et toute sa colère fondit. « Elle est à moi, se dit-il, c'est mon bébé, mon amour. Elle compte sur moi. Je dois la séduire tout le temps. Ne jamais faiblir. Demain, je vais à l'hôpital Avicenne et je demande un remplacement. Demain, je fais tous les cabinets privés de Rabat et me présente à mes confrères. Il doit y avoir des médecins en vacances au mois d'août. Ce sera une excellente occasion pour m'introduire dans la place. Demain, je gagne mon argent… »

Ils commandèrent les mets les plus succulents, les vins les plus fins et le dîner fut délicieux. Anne chantonnait sa victoire dans sa tête : j'ai brûlé l'argent qui me faisait horreur, brûlé les petites économies et ma caisse d'épargne. Et il m'a pardonnée. Il faut toujours aller au bout de ses envies…

Quand elle se leva pour gagner les toilettes, un homme la suivit et lui glissa son numéro de téléphone dans le creux de la main. Elle le déchira et le jeta par terre. Puis elle retourna vers Serge et lui dit qu'elle l'aimait.

Ils burent beaucoup de vin et Anne, qui n'avait pas l'habitude, se sentit un peu grise. Ses yeux brillaient et elle avait envie de faire des bêtises.

Quand ils arrivèrent à Mehdia, Anne demanda à Serge de s'arrêter devant l'épicerie de Mlati. Puis elle réclama l'argent des loyers et claqua la porte de la voiture. Serge avait la tête lourde et ne lui demanda pas ce qu'elle allait faire.

Elle alla se poster devant l'épicerie et se mit à crier « Mlati, Mlati » de toutes ses forces. Sa voix résonnait dans la nuit, et les chiens aboyèrent. Serge bondit hors de la voiture et tenta de l'arrêter. Mais elle se débattit avec une force qu'il ne lui connaissait pas.

– Mlati, sors tout de suite ! N'aie pas peur. On vient te payer…

Elle donna un coup de pied dans le rideau de fer. La lumière jaillit à l'intérieur, le rideau se leva et Mlati apparut. En tricot de corps et pantalon de pyjama rayé. Une lampe électrique à la main et les yeux chiffonnés.

– Qu'est-ce qu'il y a ? Il vous est arrivé quelque chose ?

– On est venu vous payer, monsieur Mlati. On ne voulait pas que vous vous fassiez du souci.

Elle se dandine devant lui et agite les billets.

– Mais ça pouvait attendre… Me réveiller comme ça ! En pleine nuit !

Il braque sa lampe sur sa montre plaquée or à bracelet extensible, mais les piles sont faibles et il a du mal à lire l'heure.

– Il est deux heures et demie, monsieur Mlati. Il n'y a pas d'heure pour l'argent…

Elle lui enfonce les billets dans la main. Serge l'attrape par le bras et l'entraîne vers la voiture.

– Comptez, monsieur Mlati ! Comptez… Des fois qu'on se serait trompé…

Elle crie encore par la fenêtre alors que la Jaguar est au bout de la rue. Mlati les regarde s'éloigner et se frotte les yeux. « Ils sont fous, ces deux-là ! Va falloir que je les surveille. Vont me créer des ennuis. »

Cette nuit-là, ils dormirent encore enroulés dans les couvertures et Anne s'approcha de Serge en lui demandant : « Dis, on joue à je-t'ai-vendue… »

Chapitre 27

Mehdia est un village abandonné. Non seulement par le Plan mais par la route nationale qui l'évite, et la société des transports interurbains qui a omis de mettre un arrêt dans la rue principale. Son port est désert et, s'il n'y avait pas un pétrolier russe échoué là, un jour de tempête, on n'appellerait pas « port » la vieille digue délabrée qui abrite une dizaine de barques écaillées. Les pêcheurs eux-mêmes ne sont pas véritablement des pêcheurs. Lorsqu'ils n'ont plus rien à manger ou plus de quoi payer leur kif, ils montent dans leur barque et partent en mer pêcher le mérou ou l'anguille. Puis ils gagnent Kenitra à pied, dix kilomètres aller, dix kilomètres retour, et vendent le produit de leur pêche aux trois restaurants de la ville. Ils dorment dans les trous de la digue, fument des cigarettes de kif toute la journée en contemplant le ciel et se réunissent le soir chez Mme Nadia.

Mme Nadia est la gérante du Restaurant du Port. C'est une Française de soixante-huit ans. Elle s'est retirée à Mehdia après avoir voyagé dans le monde entier. Si vous demandez à Mme Nadia ce qu'elle faisait dans le monde entier, elle vous répondra sans ôter sa Gitane ni rougir sous l'épaisse couche de poudre blanche :

– J'ai fait boutique mon cul.

Traduisez : j'ai suivi pendant plus de trente ans tous les régiments de légionnaires, de l'Indochine au Congo.

À cinquante-cinq ans, elle a épousé Dédé et ils se sont installés à Mehdia. Le Maroc représentant, à leurs yeux, la quintessence de ce qu'ils avaient connu, leurs campements durant : pays chaud, indigène indolent, parlant français et bien intentionné. Dédé est mort de pastis répétés et Mme Nadia s'est retrouvée seule gérante du Restaurant du Port. L'eye-liner en guillemets épais, les sourcils dessinés au crayon gras en deux traits strictement parallèles aux prunelles, le rouge à lèvres qui déborde et sert essentiellement à maintenir collée une Gitane éteinte, les cheveux noir mazout plaqués de chaque côté des joues, Mme Nadia est la copine des pêcheurs. Ils ne lui font pas gagner beaucoup d'argent mais ils lui tiennent compagnie pendant la saison morte. Et la saison morte, à Mehdia, dure dix mois.

À droite, en sortant du Restaurant du Port, il y a la Casbah. Monument historique, orgueil de Mehdia, qui a droit à douze lignes dans *le Guide bleu*. Construite par l'amiral carthaginois Hannon, cinq siècles avant Jésus-Christ, elle fut disputée entre Portugais et Espagnols au XVe siècle, récupérée par Moulay Ismaïl cent ans plus tard et ne joua plus alors le moindre rôle guerrier. Pour quelques dirhams, les pêcheurs la font visiter aux touristes égarés porteurs du *Guide bleu*.

À gauche, le village avec ses trois rues parallèles coupées par trois autres rues perpendiculaires. Un parfait carré à la Haussmann.

Mehdia n'a pas toujours été ce village abandonné. Mme Nadia se souvient très bien de Mehdia, il y a dix ans, au temps où l'on croyait encore au Plan. C'était alors un lieu de villégiature distingué où les loyers étaient élevés, où les jeunes gens faisaient du surf, prenaient le thé et dansaient le soir entre eux. L'hôtel-restaurant Les Vagues était en construction et on peignait en grosses lettres blanches sur son mur : «piscine d'eau douce – swimming-pool». On attendait les

Américains. Ce qui a incité les hommes du Plan à abandonner Mehdia, en plus des raisons purement spéculatives, c'est le vent. Un vent terrible qui se lève à l'est et soulève des bancs entiers de sable qu'il projette contre le village. Tout est recouvert de sable à Mehdia et, même quand le vent ne souffle pas, l'air est imprégné d'une fine poussière jaune qui stagne comme une brume. L'air et la mer aussi dont l'écume safran vient pousser sur le sable des bidons d'essence et des vieilles algues, des emballages de Coca et des papiers gras. Quand ils ont compris que le vent avait gagné, les estivants ont préféré partir ailleurs, et le village est retombé dans une somnolence tranquille. Les bandes de chiens ont proliféré : il n'y avait plus personne pour les séparer quand ils se grimpaient dessus.

Des années auparavant, alors que Mehdia était encore animée, Serge y avait passé quelques journées paisibles et douces. Et lorsqu'il avait cherché un endroit calme et retiré pour y emmener ses brèves maîtresses, il s'était souvenu du petit village à l'embouchure de l'Oued Sebou. Il avait loué une maison. « N'importe laquelle », avait-il dit à l'épicier qui faisait office d'agence de location. Il ne voulait pas visiter. Il désirait simplement une chambre et l'anonymat.

Voilà donc ce qu'est Mehdia : un endroit loin de tout, en marge du monde, où le vent porteur de sable et les chiens errants sont les maîtres. Où les seuls personnages debout s'appellent Mlati l'épicier, à l'entrée du village, et Mme Nadia à la sortie. Chacun à une extrémité car leurs commerces se font concurrence et il n'est pas bien vu de fréquenter les deux. Non qu'il y ait dispute de clientèle entre eux mais à cause d'une divergence de vues, précise Mme Nadia qui trouve l'épicier bien trop matérialiste et âpre au gain. Ils vendent tous les deux le verre de thé à cinquante centimes, le café à quatre-vingts centimes et la boule de glace à un dirham.

Sauf la tutti-frutti fraîche de Rabat, qui vaut vingt centimes de plus. Quand l'un baisse ses prix, l'autre l'imite aussitôt.

Il n'y a rien à faire à Mehdia si ce n'est écouter les vieux disques du juke-box sur la plage ou rouler en surf sur les vagues. Il faut s'occuper tout seul. Ou rêver. C'est pour cela que Mlati époussette son affiche Oulmès, que les pêcheurs fument en regardant le ciel et que Mme Nadia raconte ses campagnes d'amour.

Anne ne se demanda pas ce qu'elle allait faire. Le lendemain matin, après avoir aidé Serge à décharger la voiture, elle sortit son chevalet et ses couleurs. De leurs achats au supermarché, elle ne garda que les notices explicatives des produits de beauté. Elle adore les lire. Elle a l'impression qu'elle va se métamorphoser en dix minutes. En fait, elle se demande si elle n'achète pas ces produits rien que pour lire les notices d'emballage. Elle y croit dur comme fer. Même si ça marche rarement finalement. Mais c'est toujours dix minutes de rêve piquées au quotidien. Donc, elle lut les notices avec soin, puis entreposa le contenu du grand chariot dans la pièce vide dont elle ferma la porte. Elle ne devait plus la rouvrir avant longtemps.

Jusque-là, elle avait été trop absorbée pour peindre, mais elle voulait s'y remettre. Et sérieusement.

Serge se rasa de près, mit un costume en toile blanche, une cravate bleue et partit pour Rabat. Anne lui fit signe de la main quand il fut au bout de la terrasse, mais il ne se retourna pas. Elle entendit le moteur tourner et il démarra. Elle choisit de s'installer à l'ombre, sous les cannisses. Elle repensa à la maison orange aux boules de mimosa. Elle n'avait rien d'extraordinaire, cette maison mais, chaque fois qu'Anne y pensait, elle ressentait, devant la netteté des lignes, la hauteur des fenêtres, l'orange délicat des murs, le jaune vibrant du mimosa, la même émotion qui l'avait étreinte alors qu'elle était à califourchon sur le mur de la pension Gangemi. Une émotion violente lui serrait le ventre et lui mettait des larmes aux yeux. Tout ce qu'elle voulait, c'était poser sur la toile son nœud dans le ventre et son eau dans les yeux. Elle voulait juste ça. Très fort.

Pendant toute la journée, elle fit des esquisses au crayon de couleur : la maison se brisait en lignes droites et courbes, en arabesques, en ellipses, les bosquets s'embrasaient de jaune, les fenêtres disparaissaient, les marches de l'escalier s'escamotaient. Elle suivait un fil qui ne menait nulle part. Comme ces jeux dans le journal *Mickey* où il s'agit de sortir d'un labyrinthe en prenant le bon couloir. Elle n'était pas dans le bon couloir. « Mélange les couleurs jusqu'à ce que tu en sortes ce que tu sens », répétait M. Barbusse pendant ses leçons de l'après-midi. Mais elle ne trouvait pas. Ses couleurs lui paraissaient affreusement banales et plates à côté de la maison orange.

Quand Serge rentra le soir, vers six heures, elle se rendit compte qu'elle n'avait pas bougé de la terrasse. Autour d'elle, le sol était jonché de papiers froissés, et sa toile était barbouillée.

Serge vit les taches de couleur sur le chevalet et il fut tenté de plaisanter. Mais il y avait un tel bonheur, une telle intensité dans le regard d'Anne qu'il se retint de critiquer.

Plus tard, alors qu'ils étaient assis sur les marches de la maison et qu'ils écoutaient les hurlements des chiens dans le noir, elle mit la tête sur son épaule et parla. Longtemps après, il devait se souvenir de ce moment-là parce qu'elle n'était pas très loquace d'habitude. Il avait droit à ses humeurs, à ses attaques. Mais elle ne s'expliquait jamais clairement. Elle se jetait sur lui, le renversait, le mordait, le provoquait, l'insultait sans desserrer les dents ni son cœur. C'était sa manière à elle de s'exprimer.

Elle lui dit qu'elle avait beaucoup peint aujourd'hui. Qu'elle avait beaucoup cherché surtout. Qu'elle avait compris que ce n'était pas en reproduisant fidèlement la réalité de la maison qu'elle retrouverait l'instant magique où elle avait été émerveillée. Il fallait qu'elle invente SES couleurs, SES formes pour décrire SA maison. Et c'était dur de ne pas trouver tout de suite. Elle se sentait frustrée. Il lui répondit que c'était normal. Elle venait de passer des cours de M. Barbusse, où elle se contentait de copier, au niveau supérieur de la création. La création de couleurs, de formes mais sa propre création aussi. Tout cela n'allait pas se faire en un jour. Elle avait la chance d'avoir un moyen d'expression et elle allait pouvoir faire exploser les forces qui sommeillaient en elle : énergie, violence, imagination.

Les traduire grâce à son pinceau. Il ne faut pas être impatiente quand on a cette chance-là. Elle allait changer petit à petit et il ne la reconnaîtrait plus, ajouta-t-il avec un sourire affectueux. On change forcément quand on se met à fouiller en soi. Il faut juste ne pas avoir peur de ce que l'on va trouver. C'est pour ça que beaucoup préfèrent ne pas se pencher et se contentent de fureter tout autour. Il faut avoir de gros bras, de grosses cuisses et d'épaisses chevilles pour se pencher par-dessus son bord.

– Mais toi, lui demanda-t-elle, c'est quoi ton moyen d'expression ?

Son sourcil dessina son drôle d'accent circonflexe, il réfléchit un moment puis il dit que, pendant longtemps, ça avait été de réussir une opération compliquée. De gagner. Il ressentait alors une étrange jubilation et rien n'aurait pu l'arracher à sa table. C'est parce qu'il ne trouvait pas souvent cette jubilation, lors de ses études en France, qu'il était venu s'installer au Maroc où la médecine est plus brute, le travail immense et les malades si démunis.

– Et maintenant ? lui dit-elle, et maintenant ?

– Maintenant, c'est faire l'amour avec toi. C'est un autre côté de moi qui s'exprime et que je découvre. Je jubile aussi.

Il n'ajouta pas qu'il n'avait jamais baisé une autre femme comme il la baisait, elle. Elle n'avait pas besoin de le savoir. Elle se sentirait trop importante tout à coup.

Mais Anne n'aime pas parler de ces choses-là. Pas avec lui en tout cas. Ça casse le charme et la magie de disserter sur l'amour. Elle posa sa main sur sa bouche et lui proposa de rentrer.

Ils se lèvent tous les matins à huit heures. Serge se réveille un peu plus tôt car il aime tenir Anne dans ses bras quand elle dort. Il s'entraîne à faire des nœuds minutieux dans ses longs cheveux et constate qu'il n'a pas perdu la main. Au bout d'un moment, elle remue doucement, se retourne contre lui, enfonce son nez dans son torse et demande quelle heure il est. Chaque matin, il répond la même chose mais elle continue de demander quelle heure il est. Elle doit aimer les rites et les cérémonies. Puis, elle s'étire, sort une jambe puis deux et se dirige toute nue vers la cuisine, en se grattant un peu sous les seins. Serge aime le café bien noir et elle met du lait dans le sien. Elle a acheté des corn flakes, et il tourne la tête pendant qu'elle touille sa bouillie. Ça lui soulève le cœur. Il la regarde débarrasser, passer les tasses sous l'eau, les poser sur l'évier. Elle est toujours nue et il la trouve belle. Si belle qu'il aime même ses petits défauts : le ventre un peu rond, les boutons qui sortent dans le dos et qu'il gratte le soir pour l'endormir.

Après, c'est la douche qu'ils prennent ensemble en s'enduisant de savon chaud qui pique et en faisant mousser leur peau.

Quelquefois, il la coince contre le mur, la retourne et la baise. Très vite. « Coup du matin, coup pas chagrin », proclame-t-il quand il a fini et qu'elle est tombée à ses pieds dans la flaque de savon. Puis ils s'habillent. Anne descend sous les cannisses et Serge fait tourner le moteur de la voiture.

Anne peint. Serge prend la route de Rabat.

Anne peint. Serge se gare dans la rue Allal-Ben-Abdallah et sonne au numéro 32.

Anne peint. Il rajuste sa cravate et regarde sur son agenda son prochain rendez-vous.

Anne peint. Le muezzin chante la prière du soir, et Serge reprend la route de Mehdia.

Il l'embrasse sur l'épaule, laisse son nez un instant dans les nœuds parfaits de ses cheveux. Anne peint.

Chapitre 28

On devait être vers la mi-septembre. Le Ramadan se terminait, les derniers vacanciers verrouillaient leurs villas et accrochaient de lourds volets aux fenêtres, Mme Nadia avait fermé la grande salle du restaurant et ne servait plus que le bar et les trois tables de devant. Anne venait de terminer sa première toile « Maison jaune et orange ». Elle l'avait accrochée au-dessus du buffet de la salle à manger et ne savait pas très bien qu'en penser. À part le fait qu'elle représentait tout de même un mois de travail… Elle en avait commencé une autre « Homme qui pense et qui pleure », et Serge posait chaque soir, quelques instants, assis, de dos, au pied du lit. Il avait trouvé un remplacement à l'hôpital Avicenne, en médecine générale, mais n'avait pas encore été payé. Il expliquait que le statut d'un remplaçant est long à établir. Il donnait des chiffres, des exemples, des cas précis d'amis qui, mais, très vite, Anne n'écoutait plus. Les détails et les longues explications l'assomment. Ce qui l'intéresse, c'est les résultats. Et si elle regardait l'étagère du buffet de la cuisine, le résultat était nul. La pile de conserves diminuait rapidement, et ils n'auraient bientôt plus rien à manger. Elle s'était fait un ami parmi les pêcheurs, un jeune homme de vingt-cinq ans environ, qui s'appelait Mokhtar et qui lui donnait parfois un poisson qu'elle faisait griller comme il le lui avait appris : tout vif sur le feu. Ils n'avaient pas payé le loyer du mois d'août ni les provisions d'épicerie, et elle évitait de passer devant l'épicerie de Mlati. D'ailleurs, elle avait pris l'habitude de se rendre chez Mme Nadia.

Mme Nadia s'était prise d'amitié pour Anne. Quand Anne venait la voir, Mme Nadia plaçait une assiette de calamars frits sur la table et picorait pendant qu'Anne dévorait. Anne faisait raconter sa vie à Mme Nadia et Mme Nadia racontait. Ce qui étonnait le plus Anne, c'est qu'on puisse être pute de son plein gré. Et pute de régiment, en plus ! Mais Mme Nadia aimait les voyages et les dépaysements. Et l'argent. Beaucoup, l'argent... Elle parlait de ses différents campements comme sa mère de son emploi chez Simon et Simon : la qualité de la cantine, les points à l'avancement, les bonnes et les mauvaises copines, les heures supplémentaires, et concluait régulièrement par :

– Ce qu'il y a de bien c'est que ça m'a appris à me laver les mains...

Anne insistait et voulait savoir comment Mme Nadia pouvait supporter le contact intime d'hommes qu'elle n'aimait pas.

Mme Nadia riait :

– Contact intime ! Pfft ! Tu n'as même pas le temps de te demander où se passe le contact !

Puis, elle se reprenait, ses yeux se plissaient en une expression rusée et vorace :

– N'empêche... C'est grâce à mon magot que Dédé et moi on a pu se retirer. Ce n'est pas Dédé qui aurait pu payer le restaurant et la maison...

Elle parlait de Dédé avec une tendresse maternelle et un peu indulgente. Dédé était adjudant-chef, et sa photo trônait maintenant au-dessus de la bouteille doseuse de pastis.

– Mais vous n'avez jamais été amoureuse ? reprenait Anne, obstinée.

Mme Nadia répondait que l'amour, c'était une notion de la nouvelle génération et que, de son temps, ça n'avait pas cours. Sa première nuit de noces, elle l'avait passée dans une meule de foin parce qu'elle ne voulait pas se faire empoigner par son paysan de mari dont le seul mérite était d'avoir le champ jouxtant celui de ses parents. Elle avait seize ans, et elle avait fui la ferme familiale. Elle préférait encore la Légion où elle mettait de côté les sous qu'elle gagnait à se laisser empoigner !

C'est à Mme Nadia et à Mokhtar qu'Anne montra sa première toile, et Mme Nadia fut d'avis qu'on débouche une bouteille de mousseux. Elle demanda à Anne quel était le titre du tableau. Anne n'y avait pas pensé.

– Tu dois lui donner un titre, sinon ce ne sera pas un vrai tableau...

Anne décida de l'appeler « Maison jaune et orange ». Mme Nadia fut déçue. Ce n'était pas très artistique. Quand Anne lui annonça que le second s'appellerait « Homme qui pense et qui pleure », Mme Nadia trouva cela trop abstrait et fit « tss tss » avec sa langue. Anne ne l'entretint plus jamais des titres de ses tableaux.

C'était le seul inconvénient de Mehdia : elle n'avait personne à qui parler vraiment. Vous savez : parler de ces choses qui vous embouteillent, que vous n'arrivez pas très bien à formuler mais que vous pourriez élucider en les exprimant tout haut à quelqu'un qui est déjà passé par là et qui sait comment s'en sortir... Serge rentrait tous les soirs, fatigué, et ils n'avaient plus de ces conversations, sur les marches, après le dîner. Ils ne faisaient plus, non plus, l'amour comme avant : en inventant des ruses et des détours. Pourtant, quand il s'endormait en la tenant très fort serrée, elle ne bougeait pas car c'était le seul moment où elle pouvait sentir tous les muscles de son corps se relâcher. Il était si sombre et si tendu, depuis quelques jours, que ça en devenait inquiétant. Elle comprenait que c'était dur de redevenir simple remplaçant quand on avait possédé une belle clinique à soi tout seul. Et, devant Mme Nadia, elle tenait de grands discours comme quoi il fallait qu'elle soit patiente et compréhensive. Douce et attentionnée. Présente et légère. Mais quand elle avait fini de parler, elle se demandait combien de temps elle allait tenir. Ce n'était pas son fort, la patience et la compréhension.

On devait donc être vers la mi-septembre. C'était un matin comme les autres. Ils s'étaient levés vers huit heures, il avait serré son cul dans ses mains, avait ajouté d'autres nœuds à tous ceux qu'elle avait déjà – elle ne pouvait pratiquement plus démêler ses cheveux –, et ils buvaient leur café quand Serge l'interrogea :

– Ça ne t'ennuie pas si j'emmène le transistor avec moi ? Celui de la voiture est cassé et il me tiendrait compagnie sur la route.

Le transistor, c'est la seule chose (avec les deux chaises longues) qu'elle n'a pas enfermée dans la pièce vide. Elle aime bien danser à côté du transistor quand elle a fini de peindre. Une danse sauvage où elle monte très haut les coudes et les genoux et crie des « ouap-dou-ouap » dans un micro imaginaire. Mais elle dit que non, ça ne l'ennuie pas. Il a l'air si préoccupé qu'elle ne veut pas aggraver ses soucis.

Il partit donc en emportant le poste.

Elle se réfugia près de la TSF de Mme Nadia. Et passa de plus en plus de temps avec Mme Nadia et les pêcheurs. Quand elle n'était pas en train de peindre sous les cannisses, elle était au Restaurant du Port.

Elles devinrent vite intimes. L'après-midi, à l'heure de la sieste, elles jouaient au nain jaune ou se tenaient entre femmes. C'était une expression de Mme Nadia et elle l'accrochait à la porte du restaurant : « Prière de ne pas déranger. Nous nous tenons entre femmes. » Se tenir entre femmes pouvait consister en bavardages ou en diverses occupations esthétiques. Anne lisait ses notices explicatives de beauté ou posait de la teinture « aile de corbeau n° 5 » sur les racines de Mme Nadia qui, pendant le temps de pose, s'épilait les sourcils à la cire. Anne grimaçait, demandait si ça faisait mal, et Mme Nadia rétorquait que ce n'était pas là l'important. L'important, c'était de trouver son style. Elle avait le sien, il avait payé pendant des années et elle n'entendait pas le modifier. Même si la mode avait changé. Le tout, affirmait-elle, est d'être fidèle. À un style, à un homme, à une idée, à soi. Et les cheveux « aile de corbeau n° 5 » ainsi que les sourcils parallèles faisaient partie intégrante de sa fidélité.

Anne ne savait pas encore très bien quelle était sa fidélité. Mais elle penchait plutôt pour le jean et la simplicité. Dans ces moments-là, il lui arrivait de penser à Alice qui avait si bien su lui donner un style en un après-midi. Elle lui en était reconnaissante. Elle pensait de plus en plus souvent à Alice. Pas trop longtemps parce que ça la dérangeait. Mais, elle en était arrivée au point où elle aurait bien partagé Serge avec Alice. Encore une chose qu'elle ne pouvait expliquer ni à Mme Nadia, ni à Serge, ni à Mokhtar. Parmi les pêcheurs, Mokhtar était son préféré. D'abord parce qu'il était grand, beau et nonchalant, qu'il chantait des airs américains qu'il captait sur la radio de la base de Kenitra, ensuite parce qu'il lui apprenait des choses dont elle n'avait jamais entendu parler. Comme le poisson cru frémissant sur le feu ou les gros joints de kif qu'il lui faisait aspirer. Elle n'arrêtait pas de rire après. Ou de dormir. Ou de manger. Ou de vouloir le toucher de très près. Il avait une petite plaque chauve derrière l'oreille droite. Elle demanda à Serge ce que c'était. Il répondit « alopécie ». Ça lui parut aussi drôle que « madame la marquise... », et Mokhtar et elle ne parlèrent plus que d'alopécie et de morpions. Même si, fondamentalement, ça n'avait aucun rapport. Mokhtar lui faisait découvrir des plages en criques, des poissons lumineux, des vents contraires et des courants vertigineux. Elle lui conseilla de se coiffer en arrière et de dégager son front : il était infiniment plus séduisant comme ça. Pas loin de ressembler à Omar Sharif...

Dans l'ensemble donc, les choses n'allaient pas trop mal. La vie d'Anne et Serge s'installait, l'automne approchait, le facteur ne passait jamais, et le seul péril résidait, à l'est, en la personne du rapace Mlati. Mais, à condition de ne pas s'aventurer dans son territoire, on pouvait déclarer le danger conjuré. La seule à contester cette tranquillité était Mme Nadia.

Mme Nadia, sans rien en laisser paraître, constatait les différents changements qui s'opéraient chez Anne. Des changements infimes pour ceux qui passent très vite sans observer, mais qui, ajoutés les uns aux autres, lui donnaient à penser que cette histoire ne durerait pas longtemps. Au début, Anne avait trouvé Mehdia et sa petite société « pittoresque et sauvage ». L'été se retirant, le vent se mettant à souffler ses paquets de sable jaune, la mer claquant ses vagues détonantes et les jours raccourcissant, son jugement allait se nuancer. Et Mehdia deviendrait un trou sinistre et paumé. Ce qu'il était en réalité.

La première fois que Serge et Anne étaient entrés dans son restaurant, ils étaient restés coincés dans la porte parce qu'ils ne voulaient pas se déprendre pour en franchir le seuil. Ils avaient dû marcher en crabe. Quand Mme Nadia avait demandé à Anne ce qu'elle désirait manger, Anne avait répondu : « Tout comme lui, s'il vous plaît », et n'avait pas entamé son assiette avant qu'il ne lui en donne l'autorisation. Drôle de jeu auquel ils jouent ces deux-là, avait pensé Mme Nadia derrière son comptoir. En sortant, Serge s'était retourné vers Anne et lui avait dit : « Mets ton gilet, il fait frais », et elle avait obéi, extasiée…

Poussée par la curiosité, Mme Nadia était allée leur rendre visite. Elle avait trouvé Anne en plein épluchage de pommes de terre. Elle faisait un gratin dauphinois « parce qu'il aime ça, ça lui rappelle son enfance ». La maison lui avait paru assez commune et les objets posés là, prêts à être remballés dans l'instant qui suit. En fait, ça ressemblait plus à une chambre d'hôtel qu'à une vraie maison. Des tee-shirts, des pantalons, des bouteilles de bière, des pinceaux, des livres ouverts gisaient dans tous les coins comme si quelqu'un allait annoncer un embarquement immédiat.

Anne avait dû pousser un livre sur Modigliani pour poser ses pommes de terre. Mme Nadia avait aidé Anne à allumer le four dont elle ne s'était jamais servie et se méfiait beaucoup. Le gaz, ça explose, lisait-elle dans les journaux. Ça avait d'ailleurs été une des seules fois où le four avait été allumé. Anne était vite revenue aux boîtes de conserve et ne faisait plus de gratin. « Ça brûle et c'est patapouf. »

Au début, Anne partait en courant quand il était six heures parce que c'était l'heure où la poussière se soulevait sur la route, annonçant l'arrivée de Serge. Elle voulait être à la barrière avant lui. Elle avait inventé un cérémonial de barrière : « Bonjour, monsieur le marchand ! lançait-elle. Quelles sont les nouvelles en ville ? » Maintenant, je ne joue plus, soupirait-elle, il n'a rien à me raconter…

Mme Nadia avait eu le temps de faire plus ample connaissance avec Anne. Et elle s'était aperçue de son immense besoin de se remplir. De tout. De nourriture ou de savoir. Anne ne disait jamais « je me sens bien » mais « je me sens pleine ». Elle voulait tout apprendre tout le temps. « Il ne faut pas que je laisse passer une journée sans avoir appris quelque chose, expliquait-elle, j'ai tellement de retard ! »

Mme Nadia avait une longue expérience des hommes. Et, en face d'Anne, elle voyait bien les efforts désespérés de Serge pour rester à la hauteur. Comme un vieil avion de guerre qui s'essouffle en bout de piste pour dresser sa carlingue. Qui pétarade, qui s'entête, qui recommence. Mais elle sentait bien qu'il bluffait. Et la petite Anne n'était pas du genre à jouer les mécaniciens.

Chapitre 29

Mme Nadia ne se trompait pas. Quinze jours après l'épisode du transistor, il se produisit un incident décisif qui poussa Anne à s'interroger, pour la première fois, sur l'avenir de sa passion.

Un soir, alors qu'elle avait fini de peindre et qu'elle était allongée sur la plage, dans le sable, elle entendit une musique. Mais les vagues étaient grosses et cassaient en tonnant, recouvrant la mélodie qu'elle percevait confusément. La veille, un jeune homme s'était noyé à la plage des Nations. Elle enfonça un bras dans le sable, puis l'autre, une jambe, puis l'autre. Et ferma les yeux. Elle était fatiguée. La musique entrait dans sa tête et faisait danser ses couleurs favorites : rouge, noir et brun. L'« Homme qui pense et qui pleure » porte du noir, du rouge et une ligne de brun. Elle commençait à se laisser bercer, quand ce qui n'était qu'un vague murmure se déchaîna et la fit sursauter. Elle se retourna et aperçut Mokhtar, appuyé contre le juke-box, se déhanchant, renversant une partenaire imaginaire sous ses baisers brûlants. Elle le rejoignit et il annonça qu'il allait lui dédier un disque. Elle se mit à rire : tous les titres avaient cent deux ans dans ce juke-box ! Il posa la main sur les yeux d'Anne pour qu'elle ne le voie pas effectuer sa sélection. Barracas, toms, congas, guitares brésiliennes et la voix de Bardot :

J'ai un amant pour le jour et un mari pour la nuit
J'ai un amant pour l'amour et un mari pour la vie
Si je le trompe le jour, je suis fidèle la nuit
Ma vie se passe toujours en ciel de lit
Dibidibidi...
J'ai pris l'amant pour mari et un amant pour amant
qui deviendra mon mari aussi longtemps
que je n'aurai pas envie de prendre un nouvel amant
qui remplacera mon mari en attendant...
Je suis belle pour mon amant, je suis laide pour mon mari
si douce pour mon amant, méchante pour mon mari
L'un remplace mon mari, lui ne vaut pas mon amant
C'est une chose établie depuis longtemps...

Barracas, toms, congas, guitares brésiliennes et la voix de Bardot qui fait : *Ah ! Ah !*

– Encore ? crie Mokhtar.

– Encore, répond Anne en battant des mains.

Et la voix de Bardot reprend la litanie de ses amours. Anne se met à danser une ronde d'Apache en hurlant comme une jeune Indienne, sur le sentier de l'amour. À la fin de la chanson, essoufflée, elle se laisse tomber sur la piste.

– Dis donc, quelle vie elle a dans la chanson !

– La même que toi, répond Mokhtar.

Anne relève la tête et le dévisage, ébahie.

– Ben oui... T'as un mari à Paris et un amant ici. Bientôt tu changeras d'amant mais tu auras toujours un mari.

Anne est stupéfaite. D'abord, parce qu'elle n'a jamais raisonné en ces termes, ensuite parce qu'elle ne fait aucune confidence à Mokhtar. Elle estime que ça ne le regarde pas.

– C'est Mme Nadia qui t'a dit ça ?

Il baisse la tête, gêné. Il ne savait pas qu'elle allait se mettre en colère, que ses joues allaient devenir brûlantes et ses yeux fixes. Deux boules de foudre.

– La seule différence, c'est que je ne change pas d'amant comme ça, moi !

Elle fait claquer ses doigts dans l'air.

– Et je ne me garde pas un mari pour le cas où… Je ne suis pas organisée. Parce que je déteste ça… T'es un pauvre con, Mokhtar, t'as rien compris. Mais rien compris du tout !

Elle se relève, rejette ses cheveux en arrière, et part sans le regarder. Comme un pauvre mec qui vient de dire une énorme connerie et qui a tout cassé. Mokhtar court derrière elle pour la rattraper.

– Anne, excuse-moi… Tu veux un poisson pour ce soir ?

– Pourquoi ? Mme Nadia t'a dit aussi qu'on n'avait rien à manger ? Eh bien ! elle ne te raconte que des mensonges, Mme Nadia, et tes poissons tu peux te les garder !

Elle arrache la main de Mokhtar, qui tente de la ralentir, d'un geste si violent qu'il préfère ne pas insister. Et attendre qu'elle se soit calmée.

Anne se montra très tendre avec Serge, ce soir-là. La remarque de Mokhtar l'a troublée, et elle se surprend à secouer la tête pour chasser la rengaine de Bardot. Ce qui la tracasse surtout, c'est qu'on puisse penser ça de Serge et d'elle. Il y a quelque chose qui ne va pas s'ils donnent cette image. Son amour pour Serge est en voie de disparition et elle est la seule à ne pas le voir ?

Anne n'a jamais vraiment pensé à ce qui allait arriver entre eux. Elle n'a jamais fait de plan. L'avenir ne l'intéresse pas. C'est un truc pour les gens qui n'ont pas de présent. Elle vit dans l'instant, et le plus fort possible. Mais peut-être que les autres – Mme Nadia, Mokhtar – voient des choses qu'elle-même ne discerne pas ?

Elle décida d'être beaucoup plus attentive. Ça pourrait être instructif. Comme Serge se plaignait d'avoir les cheveux trop longs, elle voulut lui faire plaisir et proposa de les lui couper. Il demanda si elle savait le faire, et elle affirma que oui. En réalité, elle n'a jamais coupé les cheveux de qui que ce soit, excepté ceux de sa poupée Véronique qui avait été mutilée pendant l'opération. Les ciseaux avaient glissé dans son œil en verre irisé, et Véronique avait dû être conduite à la clinique des poupées.

Elle alla chercher une paire de ciseaux dans le tiroir de la commode – une des trois paires dûment notées par Mlati sur l'inventaire – et installa Serge sur un tabouret.

– Tu es sûre que tu sais le faire ?

– Mais oui, je t'assure. Ce n'est pas compliqué…

Elle lui noue la serviette autour du cou. On dirait un premier communiant.

– N'aie pas peur. Baisse ton sourcil. Tu veux un journal ?

– Oui, comme ça je n'assisterai pas au massacre.

Et ce fut un massacre. Pas vraiment au début où elle coupa tout droit mais dès qu'elle voulut dégrader les mèches du dessus. Parce que après, il lui fallut égaliser. Et les trous apparurent. Les trous et les échelles. Devant, cela ne se voyait pas trop, et la glace de la salle de bains n'a qu'un panneau. Mais Serge se leva, s'épousseta et demanda si elle avait un petit miroir pour qu'il regarde derrière. Elle nia énergiquement. Il ne fallait surtout pas qu'il regarde derrière. Mais il se rappela qu'il y avait une glace dans la boîte de son rasoir, et il partit dans la salle de bains. Au bout d'un moment, il y eut un cri furieux :

– Anne !

Elle ne bougea pas. Ne répondit pas. Il fit irruption dans la salle à manger et l'empoigna.

– Tu as vu ce que tu as fait ?

225

– Ben oui… Mais ça va repousser…

– J'ai l'air de quoi ? D'un clodo. C'est ça : un clodo qui fait la queue pour avoir sa soupe…

Il la secoua si fort qu'elle se mit à trembler. Elle a peur, mais c'est bon. Ça fait longtemps qu'ils n'ont plus joué. Il tire sur le tee-shirt, dénude l'épaule, prend les ciseaux. Elle le regarde droit dans les yeux.

– Tu sais ce que je vais te faire ?

Elle le provoque. Ses yeux disent : « Tu n'en es pas capable, déjà tu flanches et tu as envie de ranger les ciseaux. Tu voulais juste me faire peur… »

– Je vais te faire mal, continue-t-il.

– J'ai pas peur.

Il effleure l'épaule ronde et dorée du bout des ciseaux. La caresse. Remonte, descend sur la peau. L'érafle. Le regard d'Anne ne quitte pas ses yeux. Alors il enfonce la pointe. Enfonce encore. La peau se tend et s'ouvre. Belle incision, docteur Alsemberg. Très belle incision. Il est si habile avec son bistouri. Il fait ce qu'il veut de ses doigts. C'est le meilleur chirurgien de Casa. Les ciseaux s'enfoncent encore, agrandissent la fente, repartent plus loin et tracent un X avec le sang qui dégouline. Compresses, Hilda. Alcool. Vite, Hilda, vite.

Elle n'a pas bougé. Pas reculé. Pas frémi. Les ciseaux sont rouges, les doigts sont rouges, elle s'approche de lui, tend son corps contre lui, tend sa bouche et l'embrasse en murmurant :

– Je t'aime, docteur.

Chapitre 30

Le lendemain matin, Serge, ragaillardi par la nuit qu'il vient de passer, arpente la salle à manger en récitant *la Chanson de Roland*. Ce qu'il y a de fantastique chez Anne, pense-t-il, c'est qu'elle vous redonne le goût à la guerre. Il s'est laissé abattre ces derniers jours, mais la nuit passée le remet dans ses étriers. Pour le moment, sa guerrière mange. Elle avale sa pâtée matinale, et il préfère marcher de long en large, loin de la table. À la vue du lait et des céréales ramollies, il a envie de vomir. Il lui conseille de prendre des vitamines : ce serait moins écœurant à contempler, le matin, à jeun, mais elle refuse : avec les vitamines, elle n'aurait pas l'impression d'être aussi efficace. Il y a une telle énumération de protéines, vitamines, reconstituants, revitalisants sur la boîte qu'il lui faudrait des pilules par poignées pour rattraper tout ça. Il ne veut pas la suivre dans ces discussions. Elle a un côté borné qui le déroute. Alors, il marche de long en large. *La Chanson de Roland*, c'est ce qu'il apprenait en classe de français quand il avait douze ans. Avec les fables de La Fontaine et Victor Hugo. On ne connaissait pas les vitamines, en ce temps-là.

Ça fait longtemps qu'il ne s'est pas senti aussi euphorique. Il bombe le torse, se frappe le poitrail et rugit.

– Dis donc, preux chevalier, persifle Anne, va falloir songer à rapporter des victuailles à la maison…

Elle lui montre l'étagère du buffet : un pot de gelée de groseille, un paquet de riz, une boîte de potage Knorr à la tomate et des biscottes.

– Oui, mais à une condition : je supprime les corn flakes.

Elle fait non-non de la tête. Bouche pleine, joues rondes et deux filets de lait qui coulent des commissures.

– Serge ! Je suis sérieuse ! Il ne nous reste plus rien…

– Bon. Je prends ma matinée et je fais le siège de l'administration pour obtenir une avance.

– Pas une avance, proteste-t-elle. Tout ton salaire. Écoute, ça fait bientôt deux mois que tu travailles et tu n'as toujours pas été payé ! Il y a le loyer aussi… Plus la note d'épicerie ! Je tremble de tomber sur Mlati chaque fois que je mets le nez dehors…

– Tu n'as qu'à rester enfermée ici…

Son rêve : la garder pour lui tout seul. Qu'elle cesse de traîner avec les pêcheurs. Il se demande bien ce qu'elle fait dans la journée. Elle dit qu'elle peint et qu'elle voit Mme Nadia. Mais elle parle aussi beaucoup de Mokhtar, au détour des phrases. Il voudrait l'enfermer, l'attacher à un lit, pieds et poings liés. Il la nourrirait à la cuillère, la laverait, l'habillerait, lui lirait des histoires et lui ferait faire pipi. Puis il partirait en emportant la clé. À la fin, il ne partirait plus du tout…

Il enfile sa veste, passe la main dans ses cheveux et grimace. Il se rappelle la séance d'hier soir. Il se rappelle Paul, sur son lit d'hôpital, avec sa coupe de cheveux ridicule, juste une petite calotte au sommet de la tête. C'est tout ce que lui avait laissé Hilda… Il ne faut pas qu'il permette aux mauvais souvenirs de le tirer en arrière. Il était gai et fort, ce matin, en se réveillant. Il ne doit pas laisser le brouillard l'envahir. « Je suis un noble guerrier qui part chercher des victuailles », se convainct-il en la regardant laper son assiette.

– Comme amour nous traque de misère en misère, je
m'en vais de ce pas vous quérir du gruyère.

Elle éclate de rire et demande de qui est cette belle
versification.

– Première partie : Tristan et Yseult ; deuxième partie : Serge Zzhérobrouskievitch…

C'est une idée, ça : il devrait reprendre son nom
d'antan. Ça arrangerait peut-être les choses.

Enfin, il se baisse, la prend dans ses bras, la renverse
sur le dossier de sa chaise et murmure, avec ferveur :

– Je crois bien que je vous aime…

Anne reste assise devant son assiette. À faire des dessins sur ses corn flakes. Quelque chose d'inhabituel
vient de se passer. Elle ne sait pas quoi, mais un détail
minuscule, un petit poids s'est posé dans la balance de
leur amour et a fait valser les plateaux. Quelque chose
qui, soudain, rend Serge banal et tout près. Gengis Khan
est mort, ce matin.

Elle se glisse sous la douche, se savonne énergiquement pour chasser la tristesse qui s'infiltre. Propre.
Propre. Dissoudre cette crasse qui me racornit l'humeur.
C'est parce que je suis fatiguée… On n'a pas beaucoup
dormi cette nuit. Cette nuit… Elle cherche, sous le jet,
la petite croix. La gratte. La blessure s'ouvre et le sang
coule. Elle regarde la douche devenir toute rouge.
Comment peut-elle être si triste après la nuit d'hier ?
Mais pourquoi alors a-t-elle cette drôle d'impression
d'être toute seule à donner des coups de pied dans le
ballon ?

Comme chaque jour, à une heure, elle prend son paquet de riz et se rend chez Mme Nadia. Mme Nadia fait cuire le riz en y ajoutant des restes de fritures, puis elles boivent un café brûlant dans leur verre en Pyrex et Mme Nadia rallume sa Gitane éteinte.

– Va y avoir une tempête, dit-elle en tétant sa cigarette. Il y en a rarement avant décembre mais celle-là, je la sens venir...

Le vent s'est levé ce matin. Un vent d'automne chagrin. Pour une journée d'octobre, il fait frais et Anne a enfilé un gros pull en laine de Serge qu'elle a trouvé dans un placard. Il sent un peu l'humidité et le renfermé mais il lui tombe jusqu'aux genoux et lui tient chaud. La lumière est jaune, le ciel gris et bas. C'est peut-être pour cela que je me sens si lasse, se dit Anne. Ce n'est peut-être que pour cela...

– Je crois que je vais aller me promener sur la plage...

Elle n'a pas envie de jouer au nain jaune ni de se tenir entre femmes aujourd'hui. Mme Nadia remise le jeu dans son tiroir.

– On jouera demain. Va te promener : ça mettra de l'ordre dans tes idées qui m'ont l'air bien noires...

Anne lui adresse un sourire en déroute et sort. Mme Nadia fait «tss tss» avec sa langue et secoue la tête.

– Si c'est pas malheureux tout de même : avoir déjà la tête qui travaille à son âge !

Le vent souffle violent et dur, le vent piquant qui vous oblige à fendre les yeux et à courber le dos. Le vent que la mer imite en projetant de gros paquets d'écume sur le village. Il n'y a personne sur la plage, et Anne contemple la longue langue de sable qui ondule et se plisse. Le ciel n'est plus gris mais noir. Traversé d'éclairs étincelants. En quelques heures, la tempête s'est levée et tout semble menaçant, malfaisant. Anne frissonne, s'entoure de ses bras pour se réchauffer. Respire l'orage sur le point d'éclater, attend que le ciel se déchire et que le poids qui l'étreint depuis ce matin aille exploser plus loin.

Mais, soudain, elle se rappelle : sa toile sous les cannisses ! Elle court vers la maison, court contre le vent, coudes serrés, yeux aveugles. Trébuche sur un caillou, s'écorche la main et pousse un cri quand elle repose pied à terre. Elle regarde le ciel derrière elle, le ciel parcouru d'éclairs, et reprend sa course en boitillant, sans se soucier de la douleur qui la lacère et lui arrache des larmes.

Elle a à peine atteint le portail qu'une grosse goutte éclate sur sa main. Elle monte les marches en claudiquant, va vers le chevalet, prend la toile, les tubes, les pinceaux, les chiffons et gravit le dernier escalier. Elle vient de refermer la porte et s'y appuie, haletante, bras chargés, quand elle entend le tonnerre éclater et une pluie de grêlons durs s'abattre sur Mehdia.

Serge la trouva recroquevillée dans l'obscurité de la salle à manger. Il alluma la lumière mais elle ne se retourna pas. Tout son corps, tendu vers l'orage, semblait possédé par ce qui se passait au dehors. Il s'approcha, lui toucha le bras. Elle ne bougea pas. Au bout d'un long moment, elle laissa tomber, comme si ça ne la concernait pas :

– Je crois que je me suis tordu la cheville…

Il posa les doigts sur la foulure et lui dit qu'il allait la soigner. Heureux : il va enfin s'occuper d'elle. Il se leva, alla chercher des torchons et les déchira en bandelettes régulières.

– Ça va te faire un peu mal mais c'est très supportable.

Elle fait un vague signe de tête mais son regard est méfiant. Et elle ne lui abandonne sa cheville qu'avec réticence.

– Je suis allé à l'hôpital et j'ai obtenu une avance. Pas grand-chose mais de quoi remplir les étagères. J'ai fait des courses à Rabat pour qu'on n'ait pas à rencontrer Mlati. Quand je serai payé, on lui réglera son loyer… J'ai trouvé un porridge encore plus vitaminé. La vendeuse m'a assuré que c'était un mélange explosif de vitamines !

Il lui masse la cheville doucement. Il est content de ces petits détails ménagers. La vendeuse avait été étonnée qu'il lui demande du porridge. Il avait répondu que c'était pour son bébé et elle avait fouillé tous les rayons pour trouver ce paquet-là.

– Je t'ai acheté un livre aussi. D'un peintre américain : Rothko. Tu vas aimer, j'en suis sûr. Il travaille des pans de couleurs, des contrastes, des dégradés. C'est très beau…

Elle ne parle toujours pas. Pourquoi prend-il ce ton de mari qui raconte sa journée ? se dit-elle. Pourquoi est-il agenouillé à mes pieds ?

Il étire les bandelettes et commence à entourer sa cheville.

– Tu es sûr que c'est comme ça qu'on fait ?

C'est bizarre mais elle ne lui fait pas confiance. Et pourtant, il est médecin. Mais elle est persuadée qu'il s'y prend mal.

– Écoute, Anne. Laisse-moi faire. Je sais ce dont je parle.

Il paraît un peu vexé. Tant mieux. Il va peut-être arrêter de parler gnangnan comme il le fait depuis qu'il est arrivé. La lassitude qu'elle a ressentie pendant toute la journée s'est soudain transformée en irritation à la vue de Serge. Elle ne sait pas pourquoi mais tout s'est concentré sur lui. Il doit le sentir puisqu'il lui demande ce qui ne va pas, et pourquoi a-t-elle l'air si sombre ? Tout à coup, elle ne peut plus contenir son exaspération et a envie de lui faire mal. Elle veut le piquer. Au sang.

– Tu vas travailler demain ?

C'est venu spontanément. Elle n'a pas réfléchi. Il sursaute.

– Oui. Pourquoi ?

Elle hausse les épaules et dit qu'elle ne sait pas. Une question comme ça…

Il la prend dans ses bras, frotte sa joue contre la sienne et essaie de la détendre.

– Anne, mon amour, mon bébé que j'aime, qu'est-ce qui ne va pas ? Je vais te soigner et tu n'auras plus jamais mal. Je vais m'occuper de toi comme de mon petit bébé.

Elle se dégage violemment, et une répulsion subite s'empare d'elle, un dégoût insurmontable. Ses yeux lancent des éclairs jaunes et elle souhaite éperdument ne plus jamais le voir, oublier toute cette histoire. Le repousser, loin, à jamais.

– Je ne veux pas que tu t'occupes de moi ! Je ne suis pas ton bébé. Laisse-moi tranquille ! Arrête de me coller !

Elle comprend enfin ce qu'elle traîne depuis le matin : la sensation qu'il la colle. Il s'est abattu sur elle et la maintient au sol, l'empêchant de respirer. Elle étouffe. De l'air ! Qu'il se tire ! Elle ne veut pas qu'il lui achète des corn flakes vitaminés ni qu'il lui bande la cheville. Elle ne veut pas qu'il soit gentil. Elle ne supporte pas qu'on lui dise « je t'aime ». Ça la rend méchante et lui donne envie d'assassiner… De se cacher dans un coin et de pleurer tout bas. Serge la regarde, bras ballants, yeux grands ouverts. Il ne comprend pas sa rage. Il ne comprend plus rien à Anne.

C'est impossible de comprendre Anne : elle fait tout pour qu'on l'aime, elle tempête, menace, exige, supplie, séduit puis maudit celui qui dépose son amour à ses pieds. Anne aime quand le ballon est en l'air et qu'elle tend les bras vers lui. Pas quand il rebondit par terre… Quand son amour s'appelle Gengis Khan et porte de hautes bottes fourrées. Pas quand il s'agenouille et lui raconte sa journée…

Elle resta une semaine allongée. La jambe sur un tabouret, le dos bien calé par des oreillers qu'avait apportés Mme Nadia. Elle lit le livre sur Rothko, et ses yeux restent longtemps sur la même illustration. Lentement, voluptueusement, elle absorbe chaque tableau, chaque couleur. Hypnotisée. Les tableaux deviennent de plus en plus sombres et une phrase, à la fin, dit que Rothko s'est suicidé. Anne aime bien cette fin. C'est logique. C'est le risque pour ceux qui partent à la recherche.

Le livre lui transmet une énergie nouvelle. J'apprends, j'apprends, se répète-t-elle en recourbant sa langue sur ses toiles. Le tableau avance et, chaque jour, elle a l'impression qu'elle saisit un peu plus de la réalité qu'elle veut exprimer. Elle part, frémissante, à la découverte. Je ne sais pas. Je ne sais rien mais j'explore le monde. Mes antennes sont encore grossières mais je ne serai plus jamais un morceau de puzzle qui flotte et se raccroche au premier amant pour carte d'identité. Je suis au kilomètre deux d'une longue route…

Elle prend à peine le temps de manger et ne relève plus la tête quand Serge rentre de l'hôpital. Elle ne le voit pas. Figurant qui passe et repasse derrière son dos, frimant en quête d'un emploi. Elle est encore en colère contre lui à cause de sa reddition.

L'orage a duré plusieurs jours, et les chemins sont ravinés. Serge est de plus en plus sombre. Il regarde Anne et ne dit rien. Il s'est passé quelque chose qu'il ne comprend pas et il a perdu tous ses moyens. Impuissant à lui relever le menton. À la forcer à s'expliquer. C'est mon dernier amour et je le loupe…

Au bout de dix jours, le tableau fut terminé et Anne se leva pour l'accrocher au mur de la salle à manger à côté de la « Maison jaune et orange ».

Ce jour-là, elle lui parla gentiment mais ne lui demanda pas ce qu'il pensait de l'« Homme qui pense et qui pleure ». Puis elle ouvrit une boîte de raviolis qu'elle fit réchauffer pendant qu'il terminait la lecture de son journal. Ils mangèrent en silence et il reprit le journal depuis le début.

Chapitre 31

L'homme venait tous les jours. Il s'asseyait sur le deuxième banc à droite, dans la cour de l'hôpital, et restait là toute la journée. De neuf heures trente à dix-huit heures. Le plus souvent avec un journal. Récemment avec un transistor. Mais, depuis quelques jours, il n'avait plus de transistor. Il regardait les infirmières et les médecins aller et venir et se soulevait quand passait une ambulance. Vers midi, il sortait un sac en papier brun qui devait contenir un sandwich et une canette de bière car on pouvait l'apercevoir en train de manger et de boire. Ce n'est qu'une supposition parce qu'il ne laissait jamais de détritus. C'était un homme d'une certaine allure, d'ailleurs. La cinquantaine peut-être. Il se tenait droit et portait une cravate. À six heures, il repliait son journal et se dirigeait vers une Jaguar bleu marine. Oui, une Jaguar... C'est tout ce que l'on sait de lui.

Ils lui devaient bien deux mois de loyer, maintenant. Deux mois plus une longue addition d'épicerie qu'il avait épinglée dans son cahier de comptes. Ce matin-là – il avait choisi un dimanche pour être sûr de le trouver, lui , il réclamait son dû. Arrogant, les mains sur les hanches, les jambes écartées, il se tenait au pied des marches, sur la terrasse, et criait qu'on lui ouvre. Il fallait que l'argent rentre et, depuis deux mois, avec cette petite maison, l'argent ne rentrait plus.

Ce fut l'homme qui sortit en premier. Elle le rejoignit au bout d'un moment, vêtue d'un grand tee-shirt qu'elle tirait sur ses cuisses. Ils ne l'impressionnaient plus. Ils lui devaient bien trop d'argent.

– Je viens me faire payer… Et ne me dites pas que vous êtes à court. Ça ne marchera pas. Avec une clinique comme la vôtre, on n'est pas à court. Car j'ai fait ma petite enquête depuis deux mois… Tant que vous me payiez, ça m'était égal de ne pas savoir à qui je louais, mais la situation a changé, hein, docteur Alsemberg ?

Mlati a dû téléphoner à la clinique et parler à Alice, se dit Serge. Ou à Hilda. Ou aux docteurs Latif et Petit. Il leur a posé des questions et, même, leur a raconté comment il vivait.

– Laissez-moi le temps de m'organiser, Mlati, et, dans quinze jours, je vous promets que vous serez payé.

– Non. Je veux mon argent tout de suite.

– Quinze jours, Mlati. Je vous dis que vous l'aurez dans quinze jours.

Il ira demander de l'argent à n'importe qui. Acceptera n'importe quel travail. Il n'a plus d'orgueil maintenant. Il ne veut pas qu'elle sache. Pas elle.

Mlati regarde Serge et cligne des yeux. Remonte son pantalon sur ses côtes maigres et se gratte sous son tricot de corps bleu marine. L'homme lui en impose. Un docteur !

– Bon, d'accord. Mais c'est la dernière fois que je vous fais crédit.

Il s'en veut d'avoir cédé si vite. D'avoir été intimidé par la stature du docteur, sa clinique à Casa, la manière dont il lui parle.

– Mais il faudra me payer rubis sur l'ongle, sinon je vous vide. Et tu n'aimerais pas aller dormir sur la digue avec les pêcheurs, hein, poulette ?

Il s'est adressé à elle, longue et mince, derrière l'épaule de l'homme. L'homme descend les marches en bondissant et elle tente de le retenir.

– Je t'interdis de lui parler comme ça, Mlati. Ou je te casse la gueule !

– Ça ne fait rien, Serge, dit Anne en le rejoignant.

Mlati se rapproche d'eux, s'approche d'elle et la détaille comme si elle était un objet. Un bel objet qu'il va coucher dans son lit.

– Arrête, Mlati, murmure Serge entre ses dents.

Mais Mlati continue à tourner autour d'Anne.

– Ne la touche pas, Mlati, ne la touche pas…

– C'est vrai qu'elle est belle ta poulette, docteur. Belle et dorée. Mais tu ne vas pas la garder longtemps si tu continues à ne pas avoir d'argent. Ça se sauve quand il n'y a plus d'argent, ces petites poulettes…

Le poing de Serge a jailli comme un ressort. Mlati le reçoit à la pointe du menton et va s'écraser sur la terrasse en béton. Assommé.

– C'est malin, soupire Anne, tu crois que ça va arranger nos affaires ?

Il dégringole les marches et file vers la plage. Anne le suit des yeux et hausse les épaules. Elle remonte vers la maison, remplit une casserole d'eau et revient la verser sur Mlati. Il ouvre les yeux, se tâte le menton et le crâne.

– Il est fou ce mec…

Il se redresse avec peine, regarde les yeux dorés, les longues jambes et les seins ronds sous le tee-shirt.

– Dis, poulette, si l'argent n'arrive pas dans quinze jours, viens me voir, on s'arrangera tous les deux.

– Ça suffit, Mlati. Tirez-vous maintenant.

Il se lève péniblement, chancelle, rajuste son pantalon, tire sur son tricot de corps, vérifie que sa montre à bracelet doré extensible n'est pas cassée et s'éloigne. Il a à peine atteint la barrière qu'il entend Anne crier :

– Ne vous en faites pas, vous l'aurez votre fric !

Serge avance en donnant des coups de pied dans le sable, dans les cailloux, dans les pneus abandonnés sur la chaussée. Mais que s'est-il passé pour que, tout à coup, il devienne impuissant ? Impuissant à décider, impuissant à travailler, impuissant à rabattre ce regard jaune et hostile ?

Quelque chose lui a échappé, un jour, et depuis tout s'effrite entre ses doigts. Jusqu'à ce qu'il la rencontre tout allait bien. Il y avait un lien entre ses pensées et ses actes. Sa vie tenait bien droite entre ses mains et jamais ne lui échappait. Maintenant, il a la sensation confuse que tout ce qu'il entreprend est voué à l'échec. Il se heurte à des visages fermés, des refus embarrassés, des regards fuyants. Rien n'est formulé mais l'inimitié s'infiltre. Comme s'il était dangereux et qu'il faille l'écarter. Les refus sont polis : « Non, docteur Alsemberg, nous n'avons rien d'assez bien pour vous, non, n'insistez pas », ou nettement plus désagréables : « Je ne pense pas que nous ayons besoin de quelqu'un comme vous ici… » La confrérie médicale est petite au Maroc, et la nouvelle de son départ a eu le temps de se répandre, de s'enfler et de se déformer. Mais pourquoi ce rejet unanime ? Qu'a-t-il fait qu'aucun de ces hommes ne fasse en cachette ?

Il a appris à lire dans les regards depuis deux mois. Il sait ceux qui ont peur, ceux qui l'évitent, ceux qui le haïssent. Serge ne peut pas comprendre qu'il paie pour toutes les années où il a été le docteur Alsemberg, l'un des chirurgiens les plus en vue de Casa, dont la clinique était la plus moderne, la plus réputée, dont la vie privée semblait sans faille. L'homme à qui tout clignait de l'œil, et qui ne connaissait pas l'échec. Ni la compromission. C'est surtout son attitude détachée et assurée qui irritait les autres, ses collègues, qui n'avaient pas très bien supporté qu'il sorte du rang, soutenu par la fortune Blanquetot. On lui souriait dans les soirées, mais on guettait le premier indice de son déclin. Ça lui arriverait bien un jour, comme à tout le monde. On attendait l'opération ratée ou le scandale conjugal.

Serge se réfugia chez Mme Nadia et décida d'appeler Hilda. Elle a des économies – pour le cas où sa nièce Katya obtiendrait son visa de sortie – et elle pourra peut-être lui avancer de l'argent. Il lui remboursera dès qu'il sera renfloué.

Il fit le numéro de la clinique en détaillant la photo de Dédé dans son bel uniforme au-dessus de la bouteille de pastis.

– Bonjour. Clinique des Acacias.

– Ce doit être une erreur, mademoiselle, je demandais la clinique Alsemberg.

– Le docteur Alsemberg est parti, monsieur, et ce sont ses associés qui ont racheté. Vous désirez parler à quelqu'un ?

Serge a du mal à répondre. À avaler sa salive. Il passe la main sur son front et reste appuyé sur le comptoir. Mais la voix au bout de la ligne s'impatiente et répète « allô, allô ».

– Passez-moi Hilda, mademoiselle.

Il est livide. Ses doigts se crispent sur l'appareil comme sur une barre qui le maintiendrait debout. Mme Nadia pousse un verre de cognac vers lui et il le vide d'un seul trait.

– Hilda ?

Elle reconnaît tout de suite sa voix et ânonne « docteur, docteur » comme si elle s'adressait à un revenant. Elle renifle, s'embrouille, commence une phrase mais ses mots se mélangent et elle s'excuse. Elle dit qu'elle doit avoir l'air idiote, mais c'est plus fort qu'elle. Elle doit s'asseoir d'abord. Un bref instant, Serge a la vision d'une blouse blanche qui bride sa large poitrine et l'empêche de respirer. Il la conjure de se calmer et de lui expliquer. Elle reprend son souffle et raconte qu'Alice est partie. Elle n'a pas voulu rester à Casa. Leur histoire a fait grand scandale, et tout le monde était aux aguets. Alice ne l'a pas supporté. Elle a vendu la clinique aux docteurs Latif et Petit, pour une bouchée de pain, en plus, et elle est repartie à Marseille, dans l'appartement de la rue du Docteur-Fiolle. Elle a laissé tous ses meubles. Elle ne voulait rien emporter qui fasse souvenir.

Serge l'interrompt et lui fait répéter la vente de la clinique. C'est impossible : elle s'est trompée. Mais Hilda balbutie que non et il ne répond pas. Abattu par une vengeance froide et sans appel. Il n'écoute même plus quand elle ajoute :

— Je la déteste, cette fille qui vous a fait faire ça... Je prie tous les soirs en demandant que ses péchés se retournent contre elle. Hier, j'ai mis un cierge à la Vierge pour que lui soit rendue la monnaie de sa pièce...

Mais Serge a raccroché. S'est rattrapé au comptoir qu'il martèle de coups de pied. Piégé. Piégé. Parce qu'il n'a jamais voulu compter. Parce qu'il avait tout mis au nom d'Alice. Parce qu'il n'avait jamais planqué de fric à l'étranger. Parce qu'il n'avait pas prévu l'irruption dans sa vie d'une barbare aux yeux jaunes...

— Donnez-moi une vodka, madame Nadia. Bien tassée et sans glace.

À la maison, sur la table de la salle à manger, il y a un mot : « Ne te fais pas de souci, tout va s'arranger, tu sais bien que je suis magique, mille sabords ! Anne. »

Il l'attendit jusqu'à sept heures. Mme Nadia lui avait glissé la bouteille de vodka dans la poche et il l'a terminée. Ses yeux se brouillent et il voit une plaque dorée

qui ondule. Clinique des Acacias. Les cons ! Quel nom
à la con ! Merde ! Elle aurait pu me prévenir avant de
dévisser mon nom du mur…

À sept heures, il entendit le bruit d'une Mobylette
puis des pas rapides. Elle ouvrit la porte, triomphante,
et lança sur la table une boule de billets verts :
3 000 dirhams ! Il lui demanda comment elle se les
était procurés. Et elle lui montra, du menton, le mur
vide.

– Tu as vendu tes toiles ?

– À des Américains, en vacances à Kenitra. C'est
une idée de Mokhtar. Il leur vend du poisson. Ils sont
très riches et très snobs. Il m'a emmenée en Mobylette.
Je leur ai parlé de Rothko et je leur ai dit que j'avais eu
une exposition à Beaubourg. Bôbourg ! Ils ont acheté
tout de suite. J'ai même été obligée de monter mes prix
après le baratin que j'avais fait !

Elle fait une pirouette, attrape la boule de billets et la
jette en l'air. Les billets retombent, petits parachutes
verts, et elle leur donne des coups de pied, de poing, elle
en attrape un entre ses dents et commence à le mâcher.

– Tu es folle, arrête !

– Un que Mlati n'aura pas ! dit-elle en déglutissant,
féroce. Beurk ! C'est dégueulasse l'argent…

Il est fatigué. Il ne veut plus se battre. Plus faire semblant d'être Gengis Khan : il va tout lui dire.

Chapitre 32

Il n'avait pas pu. Ce n'était pas de l'orgueil ou de la lâcheté mais une brume qui l'enveloppait dès qu'il s'asseyait et commençait à parler. Les mots les plus simples perdaient leur sens. Pire même : ils se retournaient contre lui. « Bonjour, je suis le docteur Alsemberg. » Faux ! Ton nom est faux. « J'ai quitté ma clinique pour des raisons personnelles. » Ce n'est pas comme ça que c'est arrivé. Tu n'as pas quitté ta clinique, c'est elle qui t'y a forcé, et la clinique appartenait à Alice. Les mots le narguaient et crevaient comme des bulles menteuses, en sortant de sa bouche. Alors, tout devenait irréel : le fauteuil dans lequel il était assis, l'homme à qui il s'adressait, le bureau, la lampe, le tapis sur lequel il posait ses pieds. MES pieds. Il se raccrochait à des détails grotesques pour débiter, néanmoins, les mots de présentation qu'il avait préparés. Quelquefois, il reconnaissait un visage. Il avait disputé un tournoi avec cet homme-là, la femme de ce lui-ci avait joué en double avec Alice l'été dernier… Mais la brume persistait et l'isolait de l'homme en blouse blanche.

Au début, ses confrères étaient surpris. Demandaient au téléphone le but de sa visite. Il répondait, sur un ton complice : « C'est personnel, mon cher, je vous expliquerai. » « Bien, mon cher, vendredi quatorze heures. » Il mettait sa cravate, son costume blanc, dont il place le pantalon sous le matelas tous les soirs pour qu'il garde

243

le pli, passait sa main dans ses cheveux devant la glace et partait. Pendant tout le trajet, il se répétait ce qu'il allait dire d'égal à égal, à son confrère. Ça avait du sens dans la voiture. Puis il sonnait, était reçu, échangeait poignées de main et sourires et... tout devenait flou. Il se demandait soudain ce qu'il faisait là. Il bafouillait, se reprenait, expliquait, pensait : « Mais je suis ridicule, pourquoi est-ce que je dis tout ça, je me justifie, je n'ai pas à me justifier, je demande simplement du travail... » Il avait le sentiment que c'était vain et il préférait se taire. Il s'arrêtait en pleine phrase, cher confrère, entre confrères. Il ramenait ses pieds sous le fauteuil, fixait le tapis et attendait. Maintenant il doit se dire que je suis fou, pensait-il. Irresponsable. J'aurais sûrement cru la même chose il y a six mois. Il avait la nausée, les mains moites, la tête lourde et une envie furieuse de se ruer dehors, de redevenir un homme entier. Je vous demandais ça par hasard, poursuivait-il, parce qu'en fait je peux revendre mes parts de la clinique et partir en Amérique ou au Canada. J'ai des propositions là-bas, cher confrère. Il croisait, décroisait les jambes, souriait, prononçait encore quelques banalités puis se levait.

Son histoire fut vite connue à Rabat et on le reçut de moins en moins. En fait, il passait la plus grande partie de ses journées à téléphoner, de la poste. Il connaissait toutes les préposées au téléphone. Il s'adressa à de petits médecins généralistes dans des quartiers populaires mais la méfiance était encore plus grande : il n'était pas de leur monde. Il en voulait à leur gagne-pain. Un jour, en pleine Médina, un jeune médecin, qui venait de s'installer, le chassa comme un vulgaire représentant d'appareils ménagers. À l'hôpital, il se heurta à une froideur hautaine et hostile : un médecin de clinique qui vient demander la charité au domaine public. Même dans les laboratoires, on lui demanda des lettres de recommandation. Partout, il était rejeté.

La nostalgie, l'odeur des couloirs blancs, le bruit feutré des pas des infirmières, les portes battantes qui s'ouvrent et se ferment pour laisser passer les chariots le hantaient et il continuait à sonner aux portes. Ses yeux fixaient les blouses blanches, les classeurs en acier chromé, le Vidal sur l'étagère, le stéthoscope qui traîne. Il avait envie de prendre la place du médecin et de recevoir le prochain malade. Il se retenait. Alors ils penseront que je suis vraiment fou et ils raconteront dans les dîners de Rabat : « Dites, j'ai vu ce pauvre Alsemberg, vous savez, ce chirurgien de Casa qui a tout plaqué pour une petite jeunesse, il est dans un état ! » Et les calomnies ricocheraient : « Il parle tout seul, il a sauté sur mon infirmière, il m'a proposé de faire des avortements, mais oui, mais oui, il ne vit que de ça maintenant… » Une fois pourtant, alors qu'on l'avait laissé quelques minutes dans le cabinet du docteur Micha, il subtilisa un bloc d'ordonnances.

Il eut peur de les rencontrer et évita les abords de leurs cabinets. Mais il n'eut pas peur de l'hôpital. Il prit l'habitude de s'asseoir tous les jours, face au bloc opératoire. Là, il avait encore l'illusion de faire partie du monde en blanc.

– Mais le remplacement ? demandait Anne.

– C'était faux.

– Et les courses ? Et le livre ?

– J'ai vendu le transistor. Ce n'est pas vrai que la radio était cassée…

Anne ne disait rien. Elle ne pouvait s'empêcher de ressentir un vague dégoût pour cet homme voûté, incliné vers le sol, si las qu'il suffirait de le pousser d'un doigt pour qu'il tombe. Elle remarqua aussi les cheveux tailladés, le crâne blanc entre les mèches et éprouva de la pitié pour lui. C'était un homme fini : il n'avait plus de colère.

Elle prit le tas de billets verts et le tendit à Serge en lui disant d'aller payer Mlati.

Ils nettoyèrent la pièce vide. La débarrassèrent des stores, des tapis, des poêles à frire, du barbecue, des lampes, de l'encyclopédie, de la télé couleurs, du tuyau d'arrosage et de son tourniquet, du fer Calor et de la planche à repasser. Ils entassèrent leurs achats dans la petite cour derrière afin qu'ils rouillent à l'abri des regards. Puis ils aérèrent la pièce vide.

Serge y installa une table en bois que Mme Nadia lui prêta, une cuvette avec deux brocs et une natte posée à même le lino.

Vingt dirhams la consultation, décida-t-il, si je les fais payer moins cher, ils ne me prendront pas au sérieux.

Vingt dirhams la consultation, mais le docteur accepte aussi les œufs de poule, les gros pains ronds, les brochettes de viande, les bols de harissa, les dattes, les oranges et les poissons, précisent Mme Nadia et Mokhtar qui lui rabattent ses premiers clients.

Il porte le tablier blanc du cuisinier qui est en vacances jusqu'à la saison prochaine.

Leurs horaires n'ont pas changé. Ils se lèvent à huit heures, boivent leur café et se mettent au travail. Anne peint, Serge pose les pieds sur la table et s'exerce à faire des nœuds avec les cheveux blonds qu'il a ramassés sur la brosse d'Anne. À midi, ils vont chez Mme Nadia qui ajoute des crevettes, des calamars ou de la daurade dans leur riz. Je vais bientôt avoir les yeux bridés, se dit Anne. Ils prennent leur café en jouant au nain jaune. Puis ils reviennent : Anne peint, Serge attend ses malades. Il n'ose pas la déranger. Elle défend qu'on lui parle. Il ne peut pas s'allonger sur le lit : elle s'est installée dans la chambre. Quelquefois, quand il se couche, elle continue de peindre. Sa nouvelle toile s'appelle « Fais attention, mon vieux ». Elle est rouge et noir.

Serge sentait bien qu'il allait à sa perte. Il ne maîtrisait plus rien dans leur histoire. Durant ses longs après-midi vides entre un panaris et un pansement, il cherchait à se souvenir du moment où elle lui avait échappé. Elle était gentille avec lui. D'une gentillesse un peu forcée comme celle que l'on emploie avec un vieux parent qu'on ménage vu son grand âge. Il se disait qu'il était en sursis. Et il échafaudait des plans pour l'étonner. C'était même la seule chose à laquelle il s'occupait vraiment : une tactique pour la reconquérir.

Pour la première fois, Anne se disait qu'elle devrait quitter Serge. Elle n'était pas faite pour la vie à deux. Mais elle avait à peine formulé cette pensée qu'elle prenait peur et s'efforçait de la remiser loin ailleurs. Elle redoublait de gentillesse envers Serge, mais elle constatait avec horreur qu'il s'attachait de plus en plus à elle. Il lui disait des phrases comme « tu es l'amour de ma vie » ou « tu es la chose la plus importante qui me soit arrivée », et tout son corps se rétractait. Elle s'éloignait pour qu'il ne la touche pas, pour qu'il ne sente pas la répulsion sur sa peau. Elle pouvait supporter bien des choses mais pas les déclarations d'amour.

Elle avait le sentiment qu'elle était son dernier recours, que sa vie à lui ne dépendait plus que d'elle, et elle le détestait d'être si dépendant. Elle n'en laissait cependant rien paraître et se forçait même à être tendre. À faire l'amour par exemple. Même si elle ne sentait plus rien et qu'elle comptait les gouttes de sueur sur son front.

Elle faisait des efforts. Elle voulait tenir jusqu'à Noël. Pour qu'il ne soit pas tout seul sans sapin. Elle avait fixé cette date – le 26 décembre – comme jour de sa libération. Mais plus elle s'appliquait à «tenir», plus elle le prenait en horreur. Alors, elle inventait des trucs : elle le laissait marcher devant elle, à midi, quand ils allaient chez Mme Nadia, et elle s'appliquait à trouver ses épaules larges, ses jambes longues, sa manière d'avancer à grands pas troublante... Elle lui découpait une silhouette de héros sur le ciel bleu et froid de Mehdia. Mais quand il atteignait les premières marches du restaurant et qu'il se retournait, un sourire tendre sur les lèvres, elle le reconnaissait et il l'irritait.

Anne, que la vue de piles d'assiettes ou de cendriers débordants laissait auparavant parfaitement indifférente, se précipitait maintenant sur la moindre tache. Il fallait que tout brille. Que rien ne traîne. Un bol de café sur la table ou un rond de verre, et les larmes lui montaient aux yeux. Elle empoignait une éponge et frottait. Du bout de la pièce, elle se levait pour venir ranger une petite cuillère qui traînait... Elle finit même par vouloir se nettoyer à l'intérieur. Elle rêvait de gros boyaux qu'elle curait inlassablement à l'aide d'un goupillon. Tout ce qu'elle désirait c'était extraire le plus de merde possible de son organisme. Elle était fascinée par cette idée-là. Elle en parla à Mme Nadia qui en savait long sur la constipation et lui conseilla les follicules de séné. Anne n'aimait que les moyens radicaux. Elle prit l'habitude de boire, avant de se coucher, une décoction de séné et attendait l'instant libérateur où elle courrait s'asseoir sur la lunette des toilettes. Elle revenait ensuite se coucher, les joues un peu rouges mais l'air victorieux : elle s'était vidée…

Serge assistait, impuissant, à ces extrémités. Il avait beau lui répéter qu'il ne fallait pas abuser de ces tisanes, elle haussait les épaules et continuait à boire ses décoctions brunâtres. De toute façon, pensait-elle, il ne vaut rien comme médecin. Elle n'avait plus aucune considération pour lui. D'abord parce qu'il était incapable de gagner de l'argent, ensuite parce qu'elle lui en voulait de ne pas relever le front et d'enfiler sans protester le tablier blanc du cuisinier. Anne méprisait les vaincus. En règle générale et puis aussi parce qu'ils la dévalorisaient, elle. Qu'ils lui coupaient son élan. Elle voulait bien les supporter mais de loin. Or, Serge l'embarrassait. Elle avait toujours l'impression qu'il traînait dans ses jambes, qu'il l'embrassait là où il ne fallait pas, qu'il avait mal boutonné sa veste ou qu'il disait des bêtises… Elle avait toujours envie de le tirer à droite, à gauche, de le bousculer. Prête à parier que l'Himalaya était en Suisse pour le contredire. Elle savait bien que c'était enfantin, mais c'était plus fort qu'elle. Alors, à défaut de ranger sa vie, elle s'en prenait à ses penderies. À ses couleurs, à son Ajax, à son évier.

Il lui arrivait cependant de réaliser à quel point elle était odieuse, et d'en éprouver des remords. Dans ces moments-là, elle se laissait couler sur ses genoux et lui demandait un baiser, une histoire, un conseil de couleur. Comme lorsqu'elle était petite et qu'il lui racontait sa fuite hors de Pologne. Elle essayait de toutes ses forces de se rappeler l'homme qui lui tirait une rose en plastique. Pendant quelques minutes, elle y arrivait et redevenait gaie et amoureuse. Ce qui n'aidait pas à clarifier la situation.

Un soir qu'ils étaient couchés tous les deux et qu'Anne, machinalement, avait roulé contre Serge, il la repoussa durement en lui disant qu'elle était sale, pleine de peinture et qu'il allait en baiser une autre. C'était ce qu'il avait trouvé pour remonter le temps. Pour faire renaître la magie qui rendait Anne soumise et tremblante, petite fille attachée aux barreaux du lit.

Anne n'eut aucun pinçon au cœur. Elle se retourna, bâilla et répondit qu'il pouvait bien faire ce qu'il voulait, ça lui était complètement égal. Même, pensa-t-elle, ça m'arrangerait bigrement qu'il en ait une autre, je pourrais partir sans attendre Noël.

Ce soir-là, ni l'un ni l'autre ne dormit vraiment.

Serge sut que c'était fini, mais il ne se sentit pas le courage de prononcer les derniers mots. Il voulait profiter encore de quelques matins où il tiendrait son cul dans ses mains.

Anne garda les yeux ouverts et se rappela le message de son père : « Ne subis jamais rien, souviens-toi que tu es reine… » Je dois partir, se dit-elle. M'exercer à suivre la voie qui est la mienne, ne pas marchander avec ma vérité. Même si elle me paraît cruelle et étrange. Je dois tout faire pour ne pas ressembler à ces gens qui se mettent dans la file d'attente et deviennent fossiles…

Elle avait juste besoin d'un prétexte.

Chapitre 33

La scène eut finalement lieu. C'est Serge qui, sans s'en douter, la fit éclater plus tôt que prévu. Anne, au fond, aurait très bien tenu jusqu'au 26 décembre. Les résolutions de la nuit sont souvent plus péremptoires que celles du jour. Et puis, elle n'avait pas fini son tableau et Mme Nadia parlait d'organiser un grand réveillon avec tous les pêcheurs. Anne raffolait des fêtes. Donc, la perspective n'était pas si lugubre et, si Serge avait été un peu plus patient et beaucoup moins amoureux, il aurait eu encore un bon mois et demi de matins à se réveiller collé contre Anne. Mais Serge s'agitait. La froideur avec laquelle Anne avait accueilli sa dernière initiative l'avait rendu fou de rage en un premier temps, puis complètement impuissant. Il s'était habitué à lui donner de petites claques, de lourdes insultes, à la tenir au bout de son poing comme un jeune cheval et il ne pouvait plus faire l'amour sans ce préambule. Elle lui avait révélé une fantaisie, des rites amoureux dont il était privé maintenant et il rongeait son frein en la soupçonnant d'avoir reporté ses ardeurs sur un autre. Il suspectait tous les hommes du village de vouloir la respirer. Son sourcil n'arrêtait pas de se tendre, de se casser quand il la suivait, et il serrait les poings. Il n'allait quand même pas massacrer tout le village à cause de son sillage…

Mais il y en avait un qui l'agaçait particulièrement : c'était Mokhtar. Il y avait entre Anne et lui une complicité qu'ils n'essayaient même pas de cacher. Elle l'appelait « alopécie », il s'inclinait en murmurant « madame la marquise ». Quand Serge avait demandé ce que cela signifiait, Anne avait mis le doigt sur ses lèvres et avait chuchoté : « Strictement confidentiel. » Avec Mokhtar, elle riait, tourbillonnait, claquait des doigts et chantait. Avec Serge, elle était raide et dure.

Un jour qu'ils déjeunaient chez Mme Nadia, Mokhtar proposa à Anne d'aller relever les filets dans la soirée. Anne accepta et lui donna rendez-vous sur la digue. Serge attendit qu'ils soient rentrés, puis il alla dans la chambre où Anne peignait. Elle avait relevé ses cheveux en queue de cheval et nettoyait ses pinceaux. Elle avait à nouveau douze ans. Il faillit fléchir, eut envie de poser sa bouche près de l'élastique, là où les mèches s'échappent et bouclent en désordre, puis il se rappela le rendez-vous sur la digue et il lui dit brusquement qu'il ne supporterait pas qu'un Arabe la touche. Comme elle ne cillait pas et continuait à astiquer ses pinceaux, il ajouta d'autres mots : bicots, melons, basanés, crouilles. Cela lui faisait du bien, ça faisait sortir la colère qu'il contenait depuis si longtemps... Il se délectait à prononcer ces mots et à observer le visage d'Anne qui s'empourprait, ses yeux qui lançaient des menaces. Il ne savait peut-être plus la faire jouir mais il pouvait encore la faire pleurer. Il précisa enfin qu'il n'était pas question que le collier à maillons nacrés de sa mère aille se frotter à la peau cradot d'un bicot...

Ce fut immédiat : elle arracha le collier, le jeta à ses pieds, abandonna pinceaux et chiffons, prit son blouson et se dirigea vers la porte. Il voulut lui barrer le chemin mais elle le regarda droit dans les yeux et lui dit que c'était inutile. Il ne lui faisait plus peur. Il pouvait déclencher une scène qui retarderait sûrement son départ mais, de toute façon, elle partirait. Il le savait, ajouta-t-elle d'une voix si douce, si ferme, que le bras de Serge tomba et qu'il la laissa passer. Elle avait dû se préparer pour être si calme. C'était bien fini, alors…

Mais il ne voulut pas y croire : elle était partie sans ses toiles. Elle allait revenir.

La journée passa, la soirée, la nuit et elle ne revint pas.

Anne ne voulut jamais revoir Serge. Elle se réfugia chez Mme Nadia et refusa de répondre à ses questions. C'est mon histoire. Je ne veux plus le voir, plus jamais. Mais il va devenir fou, répondait Mme Nadia, se laisser mourir, fixer le ciel toute la journée comme les pêcheurs fumeurs de kif… Je m'en fiche, répétait Anne, c'est fini. Mais tu l'as aimé cet homme ? Tu as quitté ton mari, ta vie pour lui ? Oui, c'est vrai, constatait Anne, mais il n'a pas tenu le coup et maintenant je suis libre. Libre. Elle étendait les bras et tourbillonnait. Cheveux blonds, jambes longues, bras en croix. Mais, reprenait Mme Nadia, têtue ritournelle, on ne fait pas ça à un homme qui vous aime, qui a tout abandonné pour vous ! Et pourquoi ? criait Anne. Arrête de jouer l'avocate d'une cause perdue et va me chercher mes peintures et mon chevalet. Mais ne me le ramène pas, lui. Index dressé et regard doré. Pas lui.

Mme Nadia obéit et, le lendemain matin, après avoir pris sous le comptoir une bouteille de vodka qu'elle glissa dans sa poche, elle se rendit dans la maison aux cannisses. Il ne s'était pas lavé, pas rasé. Il était affalé sur la table. Mme Nadia haussa les épaules pour ne pas pleurer et repartit avec les toiles et le chevalet. Sans qu'il se réveillât.

Anne resta cinq jours chez Mme Nadia. Elle voulait finir son tableau. Un soir, elle entendit une volée de cailloux contre les volets. Mme Nadia allait mettre la tête au-dehors quand Anne la retint et cria très fort pour qu'il l'entende : « Je t'interdis de lui ouvrir, je ne veux plus le voir, qu'il aille au diable ! »

Il poussa une bordée de jurons, la traita de pute, de salope, de traînée, adjura le ciel et toutes les étoiles de s'abattre sur sa tête de catin… Puis il dut s'éloigner car elles n'entendirent plus rien.

Il alla s'affaisser un peu plus loin, sur un vieux pneu. Le cul dans le pneu, les jambes émergeant comme un bambin qui clapote au soleil. Il avait été fou de croire qu'il la garderait. Tant qu'il ne l'avait pas cru, il n'y avait pas eu de problèmes mais c'est après, quand il avait pris cette histoire très au sérieux, que les ennuis avaient commencé. « Pauvre imbécile de Polonais », se dit-il. « Les Polonais sont toujours raisonnables après », affirmait Hilda. Il avait perdu la raison pour une petite fille qu'il pouvait coucher dans son lit et démaquiller. Il leva les yeux vers le ciel noir et ne vit qu'une seule étoile. Elle m'a même piqué les étoiles, constata-t-il… Ça se terminait d'une manière si brusque qu'il se demandait si c'était bien arrivé. S'il s'était passé quelque chose entre elle et lui. En fait, découvrait-il, ils n'avaient pas vécu la même histoire. Ils n'avaient jamais vécu la même réalité… L'histoire avait eu lieu en souvenir d'un autre. D'un autre qui n'avait jamais envoyé de billets d'avion Paris-Casa pendant les vacances scolaires… Qui autrefois s'était penché sur Anne puis l'avait abandonnée.

Il avait été la doublure de cet homme-là. Il aurait dû être une parfaite doublure et garder ses distances. Mais il l'avait étreinte de trop près et avait dépassé les limites de son rôle. Et c'est pour ça qu'il avait dégringolé dans ce vieux pneu. Il ne l'intéressait plus maintenant qu'il ne jouait plus son rôle.

Et, pourtant, ils avaient eu des moments de vérité.

Au bout de cinq jours, Anne avait terminé son tableau et elle réclama à Mokhtar une voiture pour la conduire à Casa. Puis, elle demanda un numéro en PCV à Paris.

Quand la sonnerie retentit, elle était tout à fait calme. Elle finit de peindre le dernier ongle de sa main droite avec le vernis cerise que lui avait prêté Mme Nadia, souffla sur ses doigts, agita ses mains et, seulement alors, décrocha l'appareil. Elle ne voulait pas s'érafler un ongle.

La téléphoniste lui dit que son PCV était accepté, et elle entendit aussitôt la voix joyeuse d'Alain qui criait son nom.

– Anne, où es-tu ? Que fais-tu ?

– Je suis à Mehdia, un petit village au nord de Rabat. Et je pars toute seule. C'est fini avec lui.

– Tu pars où ?

– À New York. Au pays de Rothko.

Il voulut savoir qui était Rothko et pourquoi elle allait là-bas. Elle lui répondit qu'elle allait peindre, rencontrer des gens et visiter des galeries.

– Tu pars seule ?

– Oui, je t'ai dit : c'est fini.

– Mais lui ?

– Il retournera avec sa femme. Elle est très gentille. Je ne veux plus en parler. Je t'appelais parce qu'un soir, tu m'as dit que si j'avais besoin d'argent, je pouvais t'en demander. J'ai besoin d'argent pour aller là-bas…

Il lui promit d'en envoyer au bureau de l'American Express à Casa, et elle l'assura qu'elle le rembourserait. Il protesta mais elle insista. C'était juste un emprunt. Elle gagnerait sa vie en vendant ses toiles. Elle l'avait déjà fait ici.

Ils parlèrent un peu mais il n'osa pas lui demander quand elle reviendrait à Paris. Ça n'avait pas l'air de figurer dans ses plans. Il lui apprit que Mme Gilly s'était acheté une 104 blanche qu'elle avait baptisée Yseut et qu'elle surveillait de très près. Elle se mit à rire. Il y avait des bruits sur la ligne et elle craignait qu'ils soient coupés, aussi précipita-t-elle les adieux en le remerciant infiniment de sa générosité. Il était vraiment quelqu'un de bien et elle l'aimait beaucoup.

Elle lui avait déjà dit ça avant de partir.

Puis ils raccrochèrent. Il ne savait pas combien de temps il lui faudrait attendre avant qu'elle ne fasse un signe. Mais il comprenait que l'autre avait fait la même erreur que lui. Il avait voulu la garder pour lui tout seul et il l'avait perdue. Il avait compris ça trop tard, et maintenant ils étaient deux à être « trop tard »…

Mokhtar emprunta la camionnette du garagiste de Sidi-Bouknadel, et il chargea les affaires d'Anne à l'arrière. Elle embrassa Mme Nadia très fort et lui promit une revanche au nain jaune dès qu'elle aurait suffisamment d'argent pour la faire venir au pays de Rothko. Mme Nadia pleurait, des larmes roulaient sur la poudre blanche. Elle regarda Anne une dernière fois.

Mokhtar lui avait donné un vieux blouson de base-ball acheté à la base de Kenitra dont les épaules étaient beaucoup trop larges, son jean blanchissait aux genoux et ses baskets étaient jaunes de poussière.

– Tu aurais dû me le dire, j'aurais nettoyé tes affaires !
dit-elle à Anne sur un ton de reproche.

Anne caressa les cheveux mazout, dévissa la Gitane
et planta un baiser sur la joue blanche :

– T'en fais pas, madame Nadia, là où je vais, ils sont
encore plus sales que moi…

Puis elle monta dans la camionnette et agita la main
jusqu'au premier virage. Elle détourna la tête quand ils
passèrent devant la petite maison aux cannisses et fit un
pied de nez à Mlati qui époussetait son affiche Oulmès.
Ce devait être ses dernières images de Mehdia, village
balnéaire, centre de vacances international, tout droit.

À Casa, elle s'aperçut que c'était son anniversaire et
qu'elle avait vingt-deux ans. « Ça se fête », déclara
Mokhtar. Et ils zigzaguèrent toute la nuit dans tous les
bars de la ville. Au petit matin, dans la camionnette du
garagiste de Sidi-Bouknadel, ils firent l'amour et Anne
pensa que c'était la première fois qu'elle faisait l'amour
pour l'amour. Elle pensa aussi que c'était bon. Mokhtar
l'accompagna jusqu'à l'aéroport puis repartit à Mehdia.

Le lendemain, quand Mme Nadia entra dans la
chambre qu'avait occupée Anne, elle trouva un tableau
sur le lit. Avec un petit mot : « Pour Serge. » Le tableau
était jaune et brun. Il s'appelait : « Fallait pas t'approcher. »

LES HOMMES CRUELS
NE COURENT PAS LES RUES

au petit Pico

Ça m'a prise un soir, comme ça. Un soir de misère. J'étais assise sur mon grand lit américain. Face au miroir que j'ai posé là exprès. Pour inspirer licence et perversité. Ça n'a jamais marché.

C'est en apercevant la fille dans la glace que j'ai compris. Elle avait l'air mal en point. Elle écoutait l'autobus 80 freiner sous ses fenêtres, s'ouvrir les portes automatiques pom-pschiitt et se réenclencher la première. C'est tout ce qu'elle semblait pouvoir faire. J'en ai marre, je lui ai dit. Marre de radoter mon chagrin. Marre qu'on m'écoute. Marre qu'on me console. Il faut que je parte.

Il n'est plus là.

Pourquoi ?

J'ai besoin de lui, moi. Aujourd'hui bien plus qu'avant.

Quand il était là.

L'emporte avec mon chagrin. Le chien Kid pose en soufflant son museau contre moi et me coule un regard d'amour, voilé, il est vrai, par une épaisse cataracte. Il me colle au train de peur que je fasse une bêtise et surveille toutes les issues. Même la porte des cabinets… Le soir, quand je m'endors, il monte sur le grand lit. Il exhale une odeur de saucisson rance qui me soulève le cœur. Il soupire, il s'étire. Tourne en rond sur le couvre-lit blanc comme pour coucher de hautes herbes puis se

263

laisse tomber avec un profond soupir. Il ne dort que d'un œil. Au premier hoquet de sanglot, il se redresse et hurle, hurle à la mort jusqu'à ce que je me taise, honteuse devant une si grande douleur. Mon frère, à force de se tripoter l'oreille, s'est fabriqué une verrue sur le lobe supérieur gauche. Il est gaucher, Toto. Deux cent cinquante francs la séance de dermato pour la cramer, et encore… c'est pas sûr qu'elle revienne pas. Parce que les verrues, c'est dans la tête que ça se concocte. Et, tant qu'il me surprendra à sangloter, la verrue repoussera.

Je suis devenue une véritable nuisance. Je ne distribue que du malheur autour de moi.

Pire encore : plus je raconte mon chagrin, plus il s'éloigne, lui. L'homme. Il devient tout flou. J'arrive plus à lui mettre la main dessus. Comme s'il était dégoûté par mon verbiage. Bidon, les mots. Pourtant je fais des efforts. Je n'emploie pas n'importe quels substantifs. Je les sélectionne soigneusement pour essayer de coincer mon chagrin et lui tordre le cou. J'en prononce un, puis un autre. Réfléchis, vise au plus près, articule, mais c'est de la bouillie.

Ça ne peut plus durer.

Ce soir-là, face à la glace, j'articule New York. Et je saute sur mes pieds. Voilà ce qu'il me faut. Des secousses. Du désir, du dégoût. Des grosses bouffées chaudes ou haineuses. Tout plutôt que ce mol endormissement dans mon édredon familier.

Je vais voir là-bas.

Là-bas, soit on s'effondre pour de bon, soit on se relève en époussetant ses habits. Furibonde ou KO. Demain, je pars. Ou après-demain. Je connais l'horaire des vols par cœur. Ce ne sera pas la première fois que je courrai m'y réfugier.

Là-bas, je serai bien obligée d'a-na-ly-ser, comme dit Pimpin. Pimpin, c'est ma copine. Elle a-na-ly-se tout. C'est souvent loin d'être faux, ce qu'elle trouve. Quelquefois, quand elle est d'humeur tendre, je lui dis que, si j'étais un mec, je l'épouserais. Parce que forcément, à force de ne pas s'en laisser conter et de tout a-na-ly-ser, elle se retrouve toute seule. À quarante-huit ans. C'est le problème des gens qui réfléchissent trop : ils se retournent, et y a plus personne pour les suivre.

– Et tu pleures parce qu'il t'a dit : « Quand je mourrai, tu mourras avec moi » ?

– …

– Mais c'est monstrueux ! Absolument monstrueux !

– Non ! Il m'aimait ! Il m'aimait !

– Mais enfin ! Réfléchis… Il ne t'aimait pas parce que, s'il t'avait aimée, il t'aurait pas dit ça !

Pimpin remonte ses lunettes marron d'un coup sec, bondit sur ses tennis Monoprix taille 36 et mouline des bras en développant : l'amour, c'est pas ça. L'amour, c'est précisément le contraire. L'amour, c'est donner, c'est tout faire pour le bonheur de l'autre. Mais, dans ce monde de crétins, on ne sait plus aimer. On veut pos-sé-der. Et lui, ce qu'il voulait, c'est te pos-sé-der. Te dévo-rer. Te réduire en petit tas pour que tu n'aimes plus personne. Et il a réussi. Ah ! Bravo !

Je la déteste, à ce moment précis. Du fond du ventre. Une haine qui bouillonne dans mon gros intestin, remonte jusqu'à l'œsophage, et que j'ai envie de lui cracher à la gueule tel un dragon en feu. Un jet de flammes rouges et noires, de poix brûlante qui la réduirait en cendres. Mais je me tais. Par lâcheté. Parce qu'il en faut, du courage, pour ne pas être d'accord avec elle.

Il m'aimait. Il m'aimait. J'en suis sûre.

Il m'aimait et il est plus là.

Je pars pour New York.

Affronter les gratte-ciel, les zinzins frappés du syndrome de Tourette, les taxis jaunes déglingués, le macadam troué et le métro qui pue des quais. J'explique à Kid le chien qu'il va devoir prendre pension chez

Pimpin et ses trois chats. Il m'écoute, navré, la tête un peu penchée, et soupire. Tu seras bien chez Pimpin, je développe, faux-jetonne. Il y a un jardin, des pommes vertes à faire rouler du museau, de la blanquette tous les samedis soir, et puis pense aux assiettées des chats que tu vas pouvoir te taper en douce en plus de ta pâtée… Il regarde ma valise, désolé, et soupire encore. Il sait bien que ce n'est pas la peine d'insister, j'ai toujours le dernier mot.

Je pars pour New York.

À Manhattan, j'habite chez Bonnie Mailer. Je marche dans les rues en essayant d'attraper des bouts de vie qui me remettent en piste. Me fassent sourire ou crier. Ou plus modestement regarder. Ailleurs. J'ouvre grands les yeux et j'arrive pas à voir. Tout glisse sur mes larmes.

Pourquoi il est parti ?

Pourquoi il est parti juste au moment où on avait fait la paix ?…

Je vais m'asseoir au bar que j'aime bien. Au deuxième sous-sol de Bloomingdales. À gauche après le rayon des petites culottes. Il faut connaître pour trouver Forty Carrots. Une sorte de milk-bar où viennent s'échouer les New-Yorkaises épuisées par trop d'emplettes. Des décalcomanies de carottes décorent les murs et une pancarte annonce : « No fat. No preservative. Cholesterol free. » Ici on soupèse les calories et on scrute l'assiette de la voisine. Même le café est suspect.

Derrière le comptoir en formica orange circulent des serveuses musclées, montées sur d'épaisses semelles blanches, qui vous jettent salades du jour et frozen yoghourts d'un bras mécanique de mère de famille débordée au petit déjeuner.

Chaque fois que j'arrive à New York, je pose mes sacs chez Bonnie Mailer et file m'asseoir au comptoir de Forty Carrots. C'est un rite. Les serveuses ne changent pas. Elles ont toujours la même démarche élastique, les mêmes blouses à fleurettes, le même sourire automatique qui dit : « Maniez-vous, y a la queue derrière, et moi, c'est grâce aux pourboires que je vis. » Et puis, surtout, elles appellent leurs clientes « Honey ». Ça me fait chaud au cœur. Je ne suis pas une étrangère dans la ville si on m'appelle « Honey ».

Aujourd'hui, c'est ma préférée qui me sert. Une forte Noire, la cinquantaine rebondie, la peau brillante et le regard en coup de fusil. Très chic. Avec une fausse montre Cartier au poignet, des bracelets dorés et une coiffure sapin de Noël.

– Hi, Honey ?

Elle a son crayon derrière l'oreille, la fiche de commande prête à être gribouillée et le sourire automate qui balaie le comptoir.

– What do you want, Honey ?

Je commande. Toujours la même chose. Un frozen yoghourt à la banane avec suppléments : des raisins secs, du miel, des noix, des noisettes, des pelures d'amandes, des confettis de pommes. Cherche une lueur dans son regard qui prouverait qu'elle m'a reconnue. La tête penchée sur son bon de commande, elle griffonne ma fiche puis repart sur ses chaussures à ressorts. Paf ! une coulée de yoghourt, paf ! une louche de miel, pif ! les raisins qui dégringolent, pif ! les noix et les noisettes, boum ! la banane en promotion qui s'écrase au sommet. Quarante-cinq secondes en tout ! Pour un peu, j'en commanderais un autre.

Mais quand le frozen yoghourt glisse sur le comptoir et bute contre mon coude, je n'ai plus envie de le manger.

Pourquoi il est parti ?

Pourquoi il est parti juste au moment où on avait fait la paix ?...

Je lève la tête, désolée. Elle est plus là. Elle dit « Honey » à une autre. Je prends ma fiche, descends de mon tabouret, laisse un pourboire sur le comptoir. Paie à la caisse où la fille se demande ce qu'elle va faire cette année pour Thanksgiving. Sa collègue suggère la dinde et les marrons avec de la confiture d'airelles. La fille fait la moue. C'est le premier Thanksgiving avec son fiancé et elle voudrait l'impressionner. J'attends sans rien dire qu'elle s'occupe de moi. Je ne veux pas me faire remarquer. Le pire à ce moment serait qu'elle me regarde, qu'elle s'aperçoive que je ne tourne pas rond. Que j'ai le bout du nez et les paupières rouges. Que je tiens mon sac n'importe comment. Alors je détourne les yeux, sors mon porte-monnaie et paie à toute allure, en gardant les yeux baissés. Mon chagrin, je me le garde au chaud, pour moi toute seule. C'est à ce prix-là qu'il reste entier et vivant. Quand j'en parle, j'ai remarqué, il s'évapore. Il ne veut plus rien dire.

Je traverse le rayon cosmétiques du rez-de-chaussée. Une véritable féerie. Un monde parfumé, peuplé de créatures moelleuses. Des apparitions divines qui vous invitent au luxe en manipulant du miracle de leurs longues mains fines. D'habitude, je les nargue. Les ratatine sous ma science infuse. Leur demande pourquoi elles me baratinent avec leur camelote magique alors qu'elles savent très bien que RIEN NE PÉNÈTRE DANS LA PEAU. C'est scientifique, ça ! Elles l'ignorent peut-être ? J'aboie pour avoir la paix et me tartiner à loisir de fards irisés et gratis.

Mais, là, je manque d'aplomb. J'évite les comptoirs de rêve.

Je me laisse porter par la foule jusqu'à la sortie en suivant mes pieds des yeux.

Rien ne marche.

Je n'espère plus rien.

Je me retrouve sur Lexington et la Cinquante-Neuvième, aussi désemparée qu'avant.

Pourquoi il est parti ?

Pourquoi il est parti ? Juste au moment où…

C'est pas juste…

J'ai pas envie de retourner chez Bonnie Mailer. Son appartement est tout petit. Sombre. Un deux pièces au rez-de-chaussée d'une tour de quarante étages. Dans la journée il faut laisser la lumière allumée ou avancer à l'aveuglette. Et fermer l'espagnolette pour ne pas entendre la soufflerie du fast-food dans la cour. Bonnie y vit depuis seize ans parce que le loyer est ridicule et l'adresse du meilleur effet. C'est important, l'adresse, à New York. Vous dites où vous habitez et on sait aussitôt qui vous êtes. Où vous en êtes de votre carrière. Quel parfum vous portez. Ce qui vous attend sur votre compte en banque. Madison et 72, ça pose. Mais Bonnie a beau avoir décoré son appartement tout en blanc avec canapés italiens, vaisselle de chez Lalique et écran vidéo qui descend du plafond, dans la journée, on progresse toujours à tâtons. C'est pas grave parce qu'elle ne passe chez elle que le soir. À toute vitesse. Pour se changer avant de ressortir.

Bonnie Mailer est une femme très occupée. Elle dirige les relations publiques d'une grosse boîte d'aliments pour chiens et chats qui, pour se faire pardonner ses bénéfices et payer moins d'impôts, investit dans la culture. Des expositions de peintres, des conférences de prix Nobel, des séminaires de dissidents affamés. Je l'ai rencontrée dans une soirée, il y a quatre ans, et elle m'a tout naturellement offert l'hospitalité. Depuis, c'est un rituel : j'entame chaque séjour new-yorkais par un arrêt chez Bonnie.

Quand je suis arrivée cette fois-ci et que j'ai lâché mes sacs et mon chagrin, elle a levé un instant les yeux

269

de la broche qu'elle s'évertuait à épingler sur le revers de son tailleur et a rétorqué que des choses comme ça arrivent à tout le monde. Il fallait que je m'organise et tout irait mieux. Elle m'a tendu un jeu de clefs, m'a parlé de Walter le doorman, « un amour », m'a proposé de dévaliser son frigo et est partie après avoir mis un foulard à la place de la broche.

Ce que j'apprécie chez Bonnie Mailer, c'est qu'elle sourit tout le temps et qu'elle héberge facilement. Je n'ai jamais eu envie d'approfondir, mais le fait est là : sa porte est ouverte à tous. Certains soirs, il faut se pousser pour faire de la place à un cinéaste turc ou à un poète roumain qui n'a pas les moyens d'aller à l'hôtel. Les hôtels coûtent cher ici et, si on ne veut pas s'effondrer tout de suite, il vaut mieux prévoir un habitat accueillant avec air conditionné, doorman et figurants.

Je remonte Lexington en direction de l'hôtel Carlyle. Les voitures n'en finissent pas de klaxonner. C'est à croire qu'elles sont vendues comme ça et que le bouton pour relâcher le klaxon est en option. Les piétons aussi sont pressés. Moi, au milieu, je gêne. Une atteinte au rendement. On me bouscule aux feux rouges. Je bafouille, je m'excuse. Serre mon sac contre mon ventre et louche sur le côté pour vérifier qu'un fou ne va pas me précipiter sous l'autobus.

C'est à force de lire le *New York Post*. Ce journal, je l'achète pour les faits divers. Tous les jours, à la une, un crime horrible. Et, à l'intérieur, des détails encore plus horribles. Des amants qui poignardent leurs concubines ET les broient au mixer ou des fous qui se baladent dans la ville à la recherche d'une petite chérie à écrabouiller sous quatre roues. De temps en temps, le titre en première page annonce une belle histoire d'amour. Mais c'est rare… Il m'avait dit : « Un jour, on ira à New York tous les deux et tu me montreras… » Il n'est jamais venu. Il promettait beaucoup mais il oubliait aussitôt.

Après, quand je le lui faisais remarquer, il riait : « Mais on a tout le temps ! »

Il ne prenait pas grand-chose au sérieux. Surtout pas moi. Il m'écoutait vingt secondes puis son œil partait ailleurs. Il préférait parler de lui. De son boulot. De ses collègues. Moi, j'écoutais. C'est après que je lui en voulais.

Quand mon premier livre est sorti, il n'a lu que les passages où il se reconnaissait. Il s'en est même vanté. Les livres, c'était pas son truc. Et puis, il a ajouté en rigolant :

– Quand est-ce que tu écris un livre sérieux ?

J'avais les genoux qui cognaient, les yeux prêts à fondre, mais j'ai fait comme si de rien n'était et j'ai demandé :

– C'est quoi un livre sérieux ?

– Sais pas moi… Un livre où on parle bien… Bien écrit quoi. Sans fautes de grammaire. Un truc du genre de Chateaubriand, tu vois ?

– Mais il est mort, Chateaubriand, et depuis long-temps ! On parle plus comme lui !

– Ouais, mais il faisait de belles descriptions !

– On s'en tape, des descriptions… On en a plus besoin, on a la télé maintenant, et le ciné…

– N'empêche. Moi je préfère Chateaubriand. Ou Balzac. Ça, c'est des monuments… Tu me diras pas le contraire. La preuve, c'est qu'on les lit toujours.

Tu les lis, toi ?

– Non. Mais j'en connais qui les lisent.

Après, j'arrivais plus à prendre mon livre au sérieux. J'avais beau le voir grimper au hit-parade, entendre mon éditeur m'annoncer qu'il en tirait encore et encore, voir descendre les piles dans les librairies, j'y croyais pas. Je me disais qu'il y avait un fou, UN fou, qui les achetait tous parce que lui, il avait aimé.

J'irai pas loin avec un seul lecteur…

Pour le deuxième, j'ai décidé de m'appliquer et de bien écrire. Comme Chateaubriand. Je me suis installée à New York. J'ai pris un appartement. D'abord en haut de la ville, dans les beaux quartiers parce que j'avais des sous, puis tout en bas quand je n'en ai plus eu. Et je me suis inscrite à un cours de « creative writing ». How to... Les Américains sont très forts pour ça. Ils sont très positifs. On leur a toujours appris à ne voir que le bon côté des choses. Alors forcément...

La New School. C'était le nom de mon école. Faite exprès pour les gens qui veulent repartir de zéro. Et qui en ont les moyens. Au bout de trois mois, j'ai arrêté. Faute de moyens. Mais j'avais eu le temps de suivre les cours de Nick. Nick portait toujours le même veston gris, blanchi par les lavages, le même pantalon pomme pourrie et les mêmes chaussures avachies qui le faisaient gîter à droite. Il avait écrit dix ans auparavant un best-seller dont personne ne se souvenait. Il l'évoquait fréquemment en début de cours. Pas d'une manière arrogante. À la va-vite. Pour justifier ses émoluments. Une façon de s'excuser d'être là à nous donner des cours. Il aimait Faulkner, Steinbeck et Flannery O'Connor. Ma découverte, cette année-là, ce fut Flannery. Une nouvelle surtout me rendait dingue : celle du géranium. J'arrêtais pas de la lire. C'est l'histoire d'un vieux retraité du Sud qui vient habiter chez sa fille, dans une HLM de la banlieue de New York, et qui tombe amoureux d'un géranium posé sur la fenêtre d'en face. Un pauvre pélargonium échoué là par hasard, aux bons soins d'un crétin de citadin, loin de son champ de géraniacées. Le retraité, il sait tout ce que ressent le géranium puisque lui, c'est pareil. Transplanté à New York sur le conseil de sa fille et de son gendre qui guignent sa pension mensuelle, coupé de son Sud natal où un Noir ne porte pas de chaussures brillantes et ne tapote jamais l'épaule d'un Blanc, il ne comprend rien aux habitants de l'immeuble. Ni à sa fille, d'ailleurs. Il dérange. Il pose de drôles de questions. Il se trouve toujours sur le chemin de quelqu'un. Il met un temps fou à monter les escaliers. Plus bon qu'à être poussé dans la tombe... Comme le géranium à la fin de la nouvelle.

Je me demandais comment faisait Flannery pour nous arracher des larmes avec cette histoire de pot de fleurs et de vieillard. Sans pontifier avec des idées sur l'humanité ni aligner de belles phrases comme Chateaubriand ni vérifier dans son dictionnaire la propreté des termes.

J'étais comme les Américains à l'époque : très positive. Alors, pour mon deuxième roman, je me suis appliquée. J'ai bien écouté ce que disait Nick. Et puis je voulais l'épater, lui là-bas en France qui réclamait du sérieux. Qu'il en achète des dix et des cents de mon roman. Qu'il pérore devant le libraire en montrant ma photo derrière : « Vous voyez, cette fille-là, cette fille qui a écrit ce livre... Eh bien, c'est à cause de moi qu'elle a écrit ça ! Comme je vous le dis ! Si vous voulez, un jour, je vous l'amènerai. Si, si... Vous verrez que je ne mens pas ! » Je voulais qu'il le trimbale partout avec lui, mon livre. Qu'il le pose bien en évidence sur la plage arrière de sa voiture ou l'ouvre à l'endroit au restaurant quand il déjeunait tout seul. Le deuxième, il l'a pas lu.

Il ne s'en est pas caché. Il me l'a claironné comme le nez au milieu de la figure. Dans un restaurant italien. C'était tout ce qu'il aimait, la cuisine italienne. Simple et pas cher. Avec du fromage fondu en pagaille qui tissait de grands filaments entre sa bouche et l'assiette et qu'il mâchouillait en grosse boule d'une joue à l'autre.

– Et pourquoi tu le lis pas ?

J'avais pris mon courage à deux mains. Je voulais une explication. Je sentais que c'était un moment crucial. Un de ces moments que, des années après, on revit en se disant que c'est ce jour-là que tout a basculé. Qu'on a perdu l'estime de soi-même. Qu'on ne s'est plus vu du même œil.

– Parce que…

– Parce que quoi ?

Il n'avait pas l'air gêné que j'insiste. Juste un peu embêté parce que je l'obligeais à préciser sa pensée. À trouver des mots. C'était plutôt moi qui transpirais et rougissais. Lui, il reprenait du vin rouge et sauçait son assiette avec son restant de pain.

– J'ai bien une copine qui m'a conseillé de le lire… Qui m'a dit que j'apprendrais plein de trucs sur toi, sur toi et moi, mais j'ai pas envie de savoir…

Pas envie de savoir ce qui se passe entre lui et moi ! Alors là, j'étais confondue. J'ai arrêté de lui poser des questions. Et de manger.

Il a commandé une glace Motta vanille-chocolat. Deux cafés et un armagnac, et m'a parlé de son collègue Gambier qui voulait attaquer l'Allemagne alors que lui, l'Allemagne, c'était son terrain de prédilection, qu'il parlait allemand sur le bout des doigts et savait comment manipuler les Germains.

– Il est gonflé, ce Gambier ! il a ajouté.

J'ai grincé entre les dents tout doucement : « Casse-toi, casse-toi, je ne veux plus te voir ! » Et, comme il ne comprenait pas et qu'il brisait ses biscuits-dentelle sur sa glace, je me suis mise à crier, crier dans le restaurant :

– Mais t'es nul ou quoi ? Tu le fais exprès ? C'est toujours pareil avec toi ! T'arrêtes pas de me traîner plus bas que terre ! Tu prétends que tu m'aimes et tu me regardes pas ! Tu m'écoutes pas !

Il a levé la tête et il a reculé contre le dossier de sa chaise. Les gens autour de nous faisaient « Oh ! », « Ah ! » en se cachant derrière leurs serviettes. Je cherchais de nouvelles vérités à lui cracher au visage. Pour le pousser encore plus et qu'il perde l'équilibre. Il essayait de m'attraper les mains et de me faire taire, mais je hurlais : « Casse-toi, casse-toi ! » repliée sur mon assiette avec même plus assez de forces pour déguerpir. Les genoux fondus, les mollets tremblants, mais la rage qui sortait en hoquets. Il a dû comprendre, à ce moment-là, parce qu'il s'est levé et a fait un pas en arrière. Lentement. En tenant sa serviette. Un bras tendu vers moi, toujours hurlante. Il a reculé, reculé vers la porte. Il me regardait comme s'il ne comprenait pas. Comme si j'étais devenue folle. Il ne regardait personne d'autre que moi.

– CASSE-TOI !…

J'ai crié une dernière fois. Je lisais dans son regard. Il essayait de se rappeler ce qu'il avait fait ou dit pour déclencher une telle colère. Il cherchait. Il cherchait. Il ne trouvait pas. Il n'a même pas vu le larbin du restaurant s'approcher pour nous faire taire. Nous demander de quitter la salle. Il ne l'a pas entendu. Il s'est heurté à lui, a murmuré « Excusez-moi » les yeux dans mes yeux. Incrédule. Presque innocent. Mais j'ai continué de crier. Alors il s'est retourné, a posé la serviette sur la desserte à gâteaux près de la porte, a enfilé sa veste, bousculé le garçon qui gesticulait, et il est sorti.

Je me suis effondrée sur mon assiette et j'ai pleuré. Pleuré. Répétant doucement mes injures. Pour moi. Pour que je me les enfonce bien dans la tête et que jamais, jamais, je ne me laisse reprendre par lui. Jamais…

Je bute dans quelqu'un, mon sac tombe et se renverse. C'est le portier galonné et doré du Carlyle qui se démène pour appeler un taxi. Ça doit faire au moins vingt blocks que je marche. Somnambule. Tirée en arrière vers mon passé. Devant le hall de l'hôtel, deux femmes envisonnées aux ongles rouges bavardent en remontant leur col contre leur bouche. Il fait froid. Il fait nuit. Pourtant, il n'est que cinq heures et demie. Je regarde l'homme en uniforme qui s'agite sur la chaussée, ramasse mes affaires et balbutie des excuses. Il ne m'entend pas, ne me regarde pas, et je poursuis mon chemin.

Il n'était bon qu'à ça, je me dis. À me faire du mal. À partir. À revenir. Et, moi, je subissais. Toujours à espérer qu'il fasse attention à moi la prochaine fois. Toujours à rêver que ça allait arriver. À attendre que ça arrive…

Parce que j'étais habituée depuis longtemps, si longtemps…

L'homme est derrière.

Derrière un journal.

Derrière un sourire.

Derrière un air qu'il sifflote.

Derrière le verre de rouge qu'il engloutit d'un trait.

« Ce soir, il va me coucher et je l'aurai pour moi toute seule. »

La petite fille fait rebondir sa fourchette sur le formica de la table de la cuisine. Puis elle la plonge dans son assiette de purée. La porte à sa bouche. Avale la purée. Remonte la fourchette vers ses yeux et observe l'homme à travers les dents. Les longs doigts aux ongles bombés, transparents, qui tiennent le verre. Il fait très attention à ses ongles. Les brosse, les ponce, les polit. À un petit nécessaire qu'il range tout en haut du meuble de la salle de bains. Au-dessus du lavabo. Des bras couverts d'une épaisse toison de poils bruns. La bouche large. Le nez droit et fort. Les yeux bleus avec une grande poche sous chaque œil. Les cheveux taillés en brosse courte. Les épaules larges, larges…

« Ce soir, il va me coucher et je l'aurai pour moi toute seule. »

L'homme raconte sa journée à l'usine. Il parle, mange, fume, boit. Entre deux bouchées, il jette les yeux sur sa montre. La fourchette isole à nouveau la bouche et le sourire qui, lorsqu'il se décroche, ressemble à une vague qui emporterait tout sur son passage pour le jeter à vos pieds.

– Mange. Ta purée va être froide…

La mère fait semblant d'écouter l'homme, mais ses yeux noirs surveillent tout. Vont du plat aux assiettes, à la baguette moulée pas trop cuite, aux tranches de jambon roulées. D'un geste sec, elle retire un morceau de pain de la bouche du petit frère et lui enfourne une cuillerée de purée. Le petit frère ferme la bouche et refuse d'avaler.

L'homme parle toujours.

– Alors j'ai dit à Lériney…

Lériney. La petite fille a entendu ce nom cet après-midi. Maman le murmurait à voix basse au téléphone en tortillant le fil.

– Mange. Ta purée va être froide…

L'homme continue de parler. Sans faire attention au petit frère qui ne veut pas manger. Il attend que la mère lui demande d'intervenir. Il fera les gros yeux et le petit frère déglutira.

C'est le rôle de l'homme de leur faire peur.

De veiller à ce qu'ils mangent leur purée.

De leur donner la douche le dimanche. D'aller vérifier sous les ongles que c'est bien propre.

De les coucher le soir.

Le petit frère d'abord, puis elle.

« Ce soir, il va me coucher et je l'aurai pour moi toute seule. » Elle finit sa purée et ouvre le yaourt aux fraises, son préféré, avec de gros morceaux de fruits dedans qui craquent sous les dents.

La mère, le regard buté sur la bouteille de vin, dit à l'homme qu'il a oublié de lui laisser de l'argent ce matin en partant. Elle n'a pas pu aller chercher les chaussures chez le cordonnier ni son costume chez le teinturier. L'homme finit son verre d'un trait. S'essuie la bouche du revers de la main, allume une cigarette, demande si le café est prêt.

Il rote. Il dit qu'il n'a plus de pognon.

La mère hausse les épaules, se lève et ramasse les assiettes en les entrechoquant. La petite fille regarde le yaourt plein partir sur l'assiette.

« Je m'en fiche. Ce soir, il va me coucher et je l'aurai pour moi toute seule… »

Il a bordé le petit frère et s'est penché sur elle.

A tiré l'édredon sous son menton.

Prisonnière. De ces deux grandes mains posées de chaque côté. De ce long buste tendu au-dessus d'elle. De cette bouche qui va s'approcher. Un plaisir étrange lui chatouille le ventre et la glace en même temps. Comme si elle ne savait pas s'il va la gronder ou l'embrasser. Et qu'il prenait tout son temps pour décider.

– Dors, ma princesse, ma belle des belles. Dors, le petit ventre rond…

La main de l'homme glisse sous les draps et vient se poser comme une coque sous la chemise de nuit.

Libérée de sa peur, elle noue les bras autour de son cou, l'attire vers elle et ferme les yeux, le nez, les lèvres. Juste un rayon de regard pour suivre la bouche qui s'approche, une narine qui s'ouvre sur l'odeur de Cologne. Elle se laisse aller en arrière et bascule dans le noir, dans la chaleur qui monte de la bouche posée sur la nuque. La bouche qui dit des mots d'amour. Frôle l'ourlet de l'oreille. Traîne le long du cou. Toujours, toujours, ma reine, ma princesse, le petit ventre rond. Les bras de l'homme l'enferment et la bercent. Elle caresse doucement la toison de poils bruns sur les bras. Les longs doigts aux ongles lisses.

Elle vogue. Les paupières closes, la bouche collée contre le revers du complet veston. Elle vogue.

– Compte mes doigts, murmure-t-elle.

Il compte jusqu'à dix. Lentement. En touchant le bout de chaque doigt.

– Compte mes dents…

Il lui retrousse les lèvres et compte. 19, 20, 21… Il frappe l'émail des dents.

– Elles sont à toi. Je te les donne. Les doigts aussi. Compte mes cheveux.

Il sourit. Il dit qu'il ne peut pas compter les cheveux. Il lui faudrait l'éternité et encore plus…

– Si. Compte-les. Je te les donne aussi.

– Un million, deux millions, trois millions…

Il soupèse les mèches et elle ferme les yeux. Sa voix chaude et forte fait naître un rêve. Son rêve préféré. Dans un pays lointain, au pied des remparts. Elle s'imagine belle esclave sur la place du marché, livrée à un prince qui va l'emporter pour toujours, toujours. Le marchand, un homme brun et barbu aux yeux froids et cruels, la tient par les poignets, les mains attachées dans le dos pendant que le prince l'examine. Détaille les gencives et les cheveux. Frotte la peau. Inspecte les dents. Palpe le cou, les épaules et les bras. Il ne la regarde pas et s'adresse au marchand par-dessus sa tête. Il discute le prix. Enfonce encore un doigt dans sa bouche. Fouille les dents. Les ébranle rudement. Une à une. Elle ne bouge pas. Elle attend qu'il l'emmène. Il va l'emmener. La laver, la parfumer, la coucher sur un canapé brodé d'or et s'étendre sur elle sans bouger. De tout son poids. En récitant des mots d'amour. Mon amour, mon amour, ma reine, ma princesse. En la menaçant des pires châtiments si elle s'échappe. Je te bâillonnerai et te poserai sur la grande roue du supplice. J'y attacherai des petits ânes qui tourneront et tourneront jusqu'à ce que chacun de tes membres se déchire, que les cris s'étouffent dans ta bouche, que le sang gicle sur la poussière blanche, dessinant de grandes rosaces violacées, jusqu'à ce qu'enfin tu me demandes pardon d'avoir voulu t'enfuir et mourir loin de moi. Et quand tu auras crié, crié et crié encore, quand le soleil aura fait éclater tes lèvres blanches, quand dans ton dernier souffle je t'entendrai gémir mon nom, alors j'arrêterai la ronde des ânes gris, je t'arracherai à la roue brûlante, t'emporterai dans ma chambre et laverai doucement tes blessures en te demandant pardon mon amour, ma princesse, le petit ventre rond...

Elle rêve. Sa tête dodeline sur l'oreiller.

Elle rêve.

Jusqu'à ce que le mot, le mot entendu cet après-midi, interrompe l'histoire qu'elle se raconte, tous les soirs, quand il la berce.

– Dis... Mme Lériney, c'est ta maîtresse ?

Elle ne sait pas comment le mot a fait irruption dans son rêve. Réprobateur et péjoratif. Mystérieux aussi. Elle le prononce pour vérifier l'effet qu'il va faire.

Il se redresse en riant, le menton tendu vers le plafond.

Il rit toujours quand il ne veut pas répondre.

– Mme Lériney, c'est ta maîtresse ?

Elle a pris le regard noir de sa mère. Le regard qui dessine un triangle maléfique sous lequel l'homme se ratatine. Mal à l'aise, encombré, balourd. La cravate qui le serre et les manches de chemise trop courtes.

Il rit encore.

– C'est ta maîtresse ?

Ce qu'elle ne sait pas exactement, c'est à quoi elle sert, cette maîtresse. Mais elle ne lui demandera pas. D'ailleurs, il s'est déjà retiré. Loin. Derrière son sourire. Derrière la montre qu'il consulte sans se cacher. Derrière les mains qui tapotent l'oreiller.

Elle repousse les draps et relève sa chemise de nuit.

– Chaud... chaud...

Elle montre son ventre et il y pose un baiser. S'attarde un instant, la joue râpeuse sur sa peau chaude. Elle tend la main vers sa tête. Respire à peine. Et s'il restait là ? Elle ne bougerait plus jamais.

Hier après-midi, elle a trouvé un livre dans ses affaires en bas de la penderie. Dans la valise du ouikend dernier. Un livre de poèmes avec sur la première page une phrase écrite à la main. Elle a réussi à la déchiffrer, accroupie dans le noir, avec juste un peu de lumière qui venait du couloir. Elle avait du mal à lire. L'écriture penchait à droite, à gauche, dessinait des pics. Et puis, elle avait peur qu'on la surprenne, que le rayon de lumière ne devienne projecteur, que le petit frère ou la mère ne s'empare du livre. En soufflant dans le noir, les yeux rétrécis, elle y était enfin arrivée. « À cause, à cause d'une femme… à toi mon Jamie. Sabine L. »

Jamie. C'est le nom que donne à l'homme le regard noir quand il est doux. C'est pas un nom à partager avec tout le monde.

Elle a eu si peur dans la penderie que ses dents se sont mises à claquer. Elle a enfoui son visage dans les costumes de l'homme et a respiré très fort. L'odeur qui la rassure, qui éloigne le vertige à l'idée que, un jour, il partira. C'est sûr. Elle va avec l'homme, cette peur. Ce départ imminent qu'il porte dans ses yeux, dans son sourire, dans sa manière de passer la main dans ses cheveux et de la regarder.

Le matin, quand il part pour l'usine, il vient lui dire au revoir dans son lit. Elle s'accroche à son cou et pose, chaque fois, la même question, toujours et toujours : « Dis, tu dînes à la maison ce soir ? »

Il rit. Il se déplie. Il est si grand qu'il cache toute la chambre. Il passe une main dans sa brosse. Elle reçoit une bouffée d'eau de toilette qui sent le froid et le matin. Il dit que bien sûr que oui. Qu'elle est bête !

Elle ne le croit pas.

Jusqu'à ce qu'elle entende la clef dans la serrure, le soir. Ou les deux coups de sonnette. Impérieux et brefs.

Dring, dring. C'est lui. Il est rentré. Elle soupire. Pour ce soir, c'est gagné, mais demain ça va recommencer.

L'attente.

L'attente et la peur.

Ses poings se referment sur la tête de l'homme. Appuient la tête très fort, très fort contre elle. Il revient à lui, rabat la chemise sur le ventre nu, replie les jambes sous les couvertures, remonte l'édredon d'une main ferme.

Elle s'agrippe aux bras qui se détachent. Bulle qui se crève. Qui laisse entrer le froid et la peur. Fallait pas la prendre pour la laisser. Fallait pas. C'est toujours pareil. Toujours il s'en va. Ses pommettes brûlent. Sa tête bat l'oreiller.

Il est debout.

Il dit qu'il faut qu'elle dorme maintenant sinon demain…

Il appuie sur la poignée de la porte.

– Tu vas où ?

Elle a crié. Dressée sur le lit, la bouche tordue, pleine de larmes.

Il est parti.

Des effluves de sent-bon flottent dans la chambre. Sur l'oreiller. Elle fait la grimace et crache. Jette l'oreiller loin sur la moquette.

Elle le déteste.

Elle ne l'aimera plus jamais.

Elle ne le laissera plus s'approcher et la prendre contre lui. Elle ne se précipitera pas aux deux coups de sonnette. Elle continuera à s'occuper. Comme si de rien n'était.

Elle se recroqueville dans son lit et imagine des vengeances terribles. Dans un pays lointain, au pied des remparts. Un prince du désert sur un cheval noir… Elle se laisse enlever pendant que l'homme la supplie de ne pas l'abandonner. Le prince est grand et fort et beau et séduisant. L'homme tend les bras vers elle. Il a des larmes aux yeux. Elle éclate de rire et renverse la tête. S'enveloppe dans le grand chèche blanc de l'homme mystérieux. Et disparaît dans le désert loin de l'homme.

Loin de l'homme.

À la hauteur de Lexington et de la Cinquante-Deuxième Rue, au pied du Citicorp Building, au milieu des peepshows ringards où, pour un dollar, le gogo peut mater une fille qui dégrafe son soutif, juste à côté des cahutes de hot-dogs, des vendeurs de verroterie à cinquante cents et des Noirs en boubou qui bradent des faux Vuitton et de l'ivoire en plastique, se cache une petite chapelle. On y pénètre par une porte dérobée. Une petite chapelle toute blanche décorée par Louise Nevelson. Avec des sculptures en arêtes brisées mais douces. Paisible. Si paisible que j'ai pris l'habitude d'y entrer quand les piétons foncent sur les trottoirs et que les chauffeurs freinent en écrasant leurs klaxons.

Pas pour prier. Je ne sais plus prier. J'ai oublié les mots appris, petite. De la religion, je n'ai gardé qu'un sentiment de culpabilité qui m'étreint quand je fais le mal. Qui me fait peser le pour et le contre. La certitude que je vais être punie et que ce sera bien fait pour moi. Le pour de la volupté de tromper mon prochain avec un prochain tout neuf et le contre des embêtements si je me fais piquer.

Je pousse la lourde porte, et le calme me tombe dessus. Comme une pierre tombale. Frais, doux, apaisant. Je m'assieds sur un banc. Gigote au bout d'un moment. Le silence majestueux me fout le bourdon. Essaie de me mettre à genoux. Comme Paul Claudel derrière son pilier lorsqu'il rencontre Dieu. Me ravise et me rassieds. Je me méfie de Dieu. Si je m'incline devant Lui, Il va m'ordonner de tout quitter pour Le suivre. C'est comme ça qu'Il a recruté Claudel ou les apôtres. En passant par là. Avec Sa grande robe blanche, Sa longue barbe, Sa main sur le cœur et Son air de ne pas y toucher. Un regard sur vous et, hop ! on laisse son frichti et on Le suit.

Je Lui fais pas confiance, à l'Escroc. Ça a commencé toute petite avec l'histoire de Job. Elle m'est toujours restée en travers de la gorge, celle-là. Job croyait en Dieu et, pour toute récompense, il s'est vu infliger mille calamités. Comme ça.

Une fantaisie de droit divin. Un jour où Il n'avait rien de bien spécial à fricoter, qu'Il Se prélassait sur Son divan après le déjeuner, Dieu jette un coup d'œil à Son petit monde sur terre et aperçoit Job. Un gros fermier. Prospère et souriant. Qui se prosterne plusieurs fois par jour et Le loue. Ha ! Ha ! tu M'aimes ? dit Dieu. Tu dis que tu M'aimes plus que tout ? Je vais voir si c'est vrai.

Dieu se met à l'ouvrage et décime d'abord son bétail. Puis Il brûle ses champs, sa maison, souffle un virus terrible qui ravage femme et enfants. Job ne moufte pas et prie de plus belle. Au milieu des cadavres de buffles, des herbes roussies, des râles familiaux, des tombes à ciel ouvert. Il se réfugie sur une pauvre petite carpette avec un bol d'orge perlé et remercie Dieu de si bien l'éprouver. Le tonnerre éclate, la foudre brûle les franges de la carpette, les poutres lui tombent sur la tête. Job ruisselle et grelotte, mais n'en continue pas moins de louer son Dieu Tout-Puissant. Plus il Lui répète qu'il L'aime, plus il en prend plein sa gueule. Dites, Vous là-haut, c'est ça, l'amour ?

Et quand Job n'a plus une seule larme à verser, que ses yeux secs sont prêts à tomber lyophilisés sur sa carpette, que ses gencives évidées grincent de douleur, Dieu des-

286

cend du ciel et lui tapote le crâne en le félicitant. C'est bien, fils, tu M'aimes. Je te crois maintenant. Tiens, Je raconterai ton histoire dans la Bible. À la une. Je ferai de toi une vedette. Un exemple de piété. Et Job incline ses osselets, bave de gratitude, Lui baise les doigts de pied et Le remercie de l'avoir si bien éprouvé. Ça m'empêchait de dormir, l'histoire de Job et de l'Escroc. J'allais voir Maman et je lui demandais pourquoi. Pourquoi Dieu Il fait ça s'Il aime Job ? Maman soupirait que, bien sûr, c'était pas très clair, mais qu'en échange Dieu avait tellement aimé les hommes qu'Il leur avait donné Son Fils unique. Et les hommes l'avaient mis en croix.

Là, j'étais plus d'accord.

– Il l'a pas donné puisqu'il a ressuscité après et qu'Il l'a récupéré !

– C'est égal, disait Maman en me poussant un peu pour finir d'encaustiquer la table, Il l'a donné, c'est ça qui compte.

– Mais Il savait très bien qu'il mourrait pas pour toujours…

– Oui, mais… Ça lui faisait quand même mal au cœur de le voir souffrir.

– Mais c'est pas Lui qui a reçu les coups de lance dans les côtes et qui a bu l'éponge pleine de vinaigre de vin !

– C'est du pareil au même, répliquait Maman en pestant contre les ronds laissés par le cul des bouteilles, parce que Dieu et son Fils, Ils ne font qu'Un. T'as oublié ça peut-être ? Elle n'arrivait pas à me convaincre. Et je repartais me coucher en rêvant à pauvre Job, à sa maison carbonisée, à ses enfants décimés, à la vermine qui grignotait son corps, crunch, crunch, crunch, en louant Dieu qui lui remplissait la panse.

C'est ça, l'amour ? Le vrai ? je me demande en regardant la dame sur le banc devant moi dans la petite chapelle. La tête penchée, elle prie. En vérifiant, du bout des doigts, entre deux chuchotis, que son sac est toujours là. À ses pieds. Elle non plus elle ne Lui fait pas confiance, à Dieu. Sinon elle laisserait son sac sur le banc et j'aurais tout le loisir de le dévaliser pendant son rosaire.

C'est ça alors ? S'assurer que l'autre vous aime pour de bon en le maltraitant. En le saignant à blanc.

Et lui ? Lui qui me piquait tout et s'en allait comme un voleur ? Lui qui m'a appris l'absence. Et l'amour fou. Et tous les coups quand il revenait.

Et l'absence encore.

La peur et la colère quand je l'attendais.

Il finissait toujours par revenir. Je le frappais, je l'insultais. Il me ceinturait en riant, me serrait dans ses bras, me jurait qu'il n'aimait que moi. C'est ce qu'il disait. Qu'il fredonnait en berceuse alors que je m'épuisais à le frapper. Mon amour, mon amour, ma princesse, tu sais bien que je n'aime que toi, que toi et pour toujours, toujours… Sa bouche se collait à mon cou et je mollissais dans ses bras. Il ne lui restait plus qu'à me soulever et à me faire tourner en me psalmodiant ses mots d'amour. À me faire tourner, tourner, jusqu'à ce que j'oublie ma colère et rie avec lui.

Mais pourquoi il est parti ?

Pas pour toujours ?

Dites, Vous là-haut. Pas pour toujours ?

Ça y est. Je vais me remettre à pleurer. Arrête de te torturer, pauvre pomme. Arrête. Tu vas finir par devenir zinzin.

Ouvre les yeux, ouvre ta tête, prononce les bons mots.

IL EST MORT.

NA.

MORT. MORT. MORT.

MORT ET ENTERRÉ.

Et ce n'est pas avec tes ratiocinages que tu vas lui rendre vie.

Rappelle-toi.

Fais marcher la mémoire qui rend les choses vraies. Impitoyables. La petite chapelle de l'hôpital Ambroise-Paré. Le cercueil où il reposait. Le goupillon qui virevoltait et l'aspergeait. L'aumônier qui bâclait son oraison car on venait de le prévenir qu'un autre mort, ailleurs... Amen. Il semblait s'en foutre royalement, du prêtre et du goupillon. Il avait un petit sourire tranquille, ses belles pompes, son pantalon du dimanche, ses longs doigts croisés. On aurait dit qu'il passait par là, qu'il s'était allongé un instant pour se reposer.

Mon papa.

Quand il est mort, j'ai pas été surprise. Je pensais qu'il irait voir là-bas comment ça se présentait et qu'il reviendrait pour me raconter. Comme la petite Italienne décédée pendant trois heures, le temps de monter là-haut, de tout bien inspecter et de redescendre prévenir sa famille. C'est bon. Vous pouvez me suivre. L'Au-delà et le Paradis, c'est kif-kif. Des roses et du miel. D'oblongs chérubins qui soufflent un frais zéphyr. Un verger riant et doux où on se les roule, peinards. Y a pas de raison d'avoir la trouille. C'est du gâteau.

Lui, c'est pas sûr qu'il soit monté direct au Paradis. Il a dû s'arrêter en route. Histoire de se réparer l'âme.

Mais enfin... J'attendais tout de même.

Il était grand. Grand nez, grande bouche. Grandes jambes, grands bras. Grande gueule. Infidèle. À toutes. Souvent absent. Mais quand il était là, il prenait toute la place. Les hommes palpaient les billets dans leurs poches, les femmes dénudaient leur épaule. Il choisissait. Le copain pour faire la bringue ou la femme d'une nuit. Séduire était la grande affaire de sa vie. Il se penchait sur chaque regard comme sur un miroir. Veloutait son œil bleu, balançait un sourire, enfonçait les mains dans ses poches, lissait sa mèche épaisse, enlevait, embrassait puis repartait. Ailleurs.

Certaines personnes, en vieillissant, parlent du bilan de leur vie, de l'aménagement de leur âme. Lui, non. Il n'était pas fier de sa vie en général mais se vantait facilement. Pour des détails. C'était son gros défaut. Il jouait au chef, se prenait la grosse tête et se mettait à faire la circulation. À gauche, à droite, fais comme ci, pas comme ça. Mais on le rappelait à l'ordre facilement. « Arrête, on lui disait, arrête. T'es pas crédible en premier de la classe. » Il souriait et s'arrêtait net.

Mais sinon…

Il voulait pas compter. Pas penser. Il voulait pas devenir raisonnable. Il s'est battu pour rester vivant le plus longtemps possible, mais quand il a compris que c'était fini il n'en a pas fait un drame. Comme si ça lui était un peu égal. Qu'il avait eu son compte, que c'était normal. Il n'était pas jaloux, ni aigri. Il n'en voulait à personne. Il n'a pas fait l'intéressant non plus. Avec ses tuyaux dans les bras et dans le nez.

Il savait.

Moi aussi, je savais.

Depuis le jour où le docteur Nennard, un chirurgien sûr de sa science et muni de radios irréfutables, avait prononcé d'un ton clinique la condamnation à mort de mon père : « Trop de cigarettes, trop d'alcool, trop… »

Je pouvais continuer sans rougir la liste des trop. Trop de petites femmes ramassées au hasard. Trop de nuits blanches dans les bars. Trop de colères avinées contre le monde, les crétins, les imposteurs, les trouillards, les cire-pompes, les apparences bien lisses et bien menteuses, les certitudes pantouflardes, arrogantes. Trop d'impuissance à se ranger selon la norme. Trop d'échecs rentrés comme des boules puantes qui lui rongeaient les tripes. « Cancer du poumon avec métastases généralisées. Il en a pour deux mois au plus. Passera pas Noël. »

On est en novembre et le docteur Nennard, que, dans ma rage impuissante, je rebaptise aussitôt Connard, vient de parler. De replacer les radios dans le dossier qu'il referme d'un geste sec, lissant le bord pour que rien ne dépasse. La séance est levée. Allez ravaler vos sanglots dans le couloir. L'index impatient frappe le plateau de son bureau. Caresse la moustache mince. Revient aplanir le bord du dossier, traquant un bout de papier à aligner, et, ne trouvant rien à rectifier, reprend son martèlement. Le verdict rendu, il aimerait bien me voir prendre la porte.

Je reste.

Comme si, en ne bougeant pas, j'allais obtenir du rab de vie. Pour mon papa, s'il vous plaît, docteur Connard.

Le téléphone sonne. Il décroche, soulagé. Me reléguant définitivement dans le couloir, appuyée contre la paroi glacée du bureau et regardant passer les infirmières pressées et les malades en robe de chambre. Je cherche machinalement une cigarette dans mon sac. Mais, quand je mets la main sur mon paquet de Rothmans rouge, je le balance dans la première poubelle. Mon papa…

Mon papa… Passera pas Noël.

Je répète ces mots et lâche les vannes des sanglots. Puis me reprends. Peux pas pleurer. Peux pas. Il m'attend dans sa chambre. Il va me scruter. Et comprendre tout de suite. Je respire profondément, tamponne mes yeux, cherche dans mon répertoire un sourire allègre et pousse la porte du 322.

– T'as apporté mes kils de rouge ?

C'est, pour l'instant, la seule préoccupation de mon père.

J'ai oublié de passer chez l'épicier acheter les trois litres de Vieux Papes qui constituent son menu quotidien. Pas de vin fin, mais du gros rouge qui râpe. Qui lui rappelle ses tournées sur les chantiers.

– Tu crois que c'est recommandé en ce moment ?

Il hausse les épaules et souffle tout son mépris pour le corps médical.

– Une petite opération de rien du tout. Je me sens en pleine forme, ma fille.

Je regarde le pansement taché de Mercurochrome qui bande son épaule, sa main droite qui pend, inerte, le long du corps.

– Ça ? C'est rien. Il a fallu qu'ils me sectionnent un nerf. Un mois de rééducation et c'est fini. À Noël, je te parie que je fais péter les bouchons de champagne ! Appelle ton frère qu'il m'apporte le pinard !

Je détourne la tête et compose le numéro de Toto.

– Et puis poudre-toi. T'as le nez tout rouge. Tu te laisses aller, ma fille, tu te laisses aller...

J'ai envie de raccrocher. De quitter cet hôpital. De retrouver, dehors, le soleil et les condamnés à vivre. Mais Toto dit « Allô » et je passe commande des trois kils de rouge. Me retourne vers Papa et tire mon poudrier.

– Ça va comme ça ?

– J'aime quand tu es belle, ma fille.

Je lui souris, mâchoires serrées, pour ne pas pleurer. J'ai le nez qui pique et les souvenirs qui giclent. Le souvenir d'une petite fille qui se croit championne du monde parce qu'à la maison un homme lui répète sans arrêt qu'elle est la plus belle, la plus forte, la plus intelligente, la plus drôle. Le poitrail bombé sous les décorations, elle avance, légère. Assise sur un tapis volant. Portée par le regard d'un homme. Jusqu'à ce qu'elle se heurte au docteur Connard. Et à la mort. Qui lui confisquent son tapis.

– T'es belle, ma fille, t'es belle.

Je me lève et colle le nez contre la fenêtre pour qu'il ne voie pas les larmes qui diluent le rimmel. Plaque mes doigts sous mes cils et marmonne :

– T'as une belle vue, dis donc...

Tout contre la vitre, je disserte. Sur la parure automnale des arbres, la chute monotone des feuilles, l'augmentation de la vignette, la majesté de la grue rouge sur le chantier d'en face. Je lutte pour garder la voix égale, le menton ferme et les épaules bien alignées. Il m'interrompt et me demande de le rejoindre à son chevet.

Je réajuste mon sourire allègre, ravale la boule dans la gorge, l'eau sous les cils, respire un grand coup et reprends ma place près de lui. Un peu rouge mais impeccable. Prête à jouer la comédie de la tasse de thé, le petit doigt levé : « Et comment ça va chez vous ? Quoi de neuf ? » Le dos bien droit contre le dossier, les genoux et les mains croisés.

Il se réajuste aussi, passe la main dans ses cheveux, lisse les draps sur sa poitrine, pose ses longues mains aux ongles bombés, transparents, sur la couverture, et le regard planté dans le mien me lance :

– Alors t'es au courant ?

– …

– T'es au courant et tu me le caches. C'est pas bien, ça.

– …

– J'ai un cancer, ma fille. Je le sais. Je sais aussi que tu viens de voir le docteur Nennard. J'suis pas con... T'avais rendez-vous avec lui...

Il continue à me regarder mais c'est moi qui baisse les yeux sur la pointe de mes chaussures. Si je commence à lui mentir maintenant, on n'ira pas loin tous les deux.

– Je ne veux pas que les autres l'apprennent. Je ne veux pas de pleureuses autour de mon lit. Je le dirai à ton frère et c'est tout. J'ai pris toutes mes dispositions. Tu viendras demain soir et tu mettras tout ça par écrit puisque je ne peux plus écrire.

Il désigne du menton sa main droite inerte.

– Voilà. Ne pleure pas. Je ne vais pas me laisser faire. Je vais essayer de la baiser, cette saloperie de maladie.

293

Je hoche la tête, imbécile. Muette. La bouche gonflée de larmes. Je prends sa main molle et la serre. Il me regarde, goguenard.

– Pleure pas. T'es pas belle quand tu pleures…

Une fois de plus, c'est lui qui fixe les règles du jeu.

J'ai pas eu le droit de pleurer ce jour-là. Ni aucun autre. Sous peine de ne plus ressembler à l'image qu'il se faisait de moi.

La main de la dame qui prie sur le banc, devant, se referme sur son sac. Elle l'empoigne et se redresse. Incline une dernière fois le menton vers l'autel, se signe et sort. J'entends le bruit des pas sous la petite voûte, clip-clap-clip-clap, et me sens seule, abandonnée.

Fallait pas entrer dans cette chapelle. C'est juste bon à se laisser aller à la mélancolie, les maisons de Dieu. Tout ce silence, cette douceur, c'est fait exprès pour qu'on s'abandonne entre ses mains à Lui. À la petite lumière rouge qui brille sur l'autel immaculé. Qui essaie de vous envoûter pour que vous posiez votre frichti et Le suiviez. Chiche que je la débranche ? Dieu n'existe plus ! Ça fait la une du *New York Post*. « GOD GONE. A French tourist in the Nevelson Chapel… » Un coup à donner raison à Nietzsche et Freud réunis. L'Amérique vire à gauche. Reagan et les évangélistes escrocs sont bouclés dans un camp et Nancy s'immole sur les barbelés dans son petit tailleur rouge.

Je délire. Faut que je sorte. Dans deux minutes, si je reste, je fais le tour de l'autel et tire sur la prise. Le fou rire me prend. Comme à la messe d'enterrement de Papa où je ne voyais qu'une chose : le menton du curé qui rasait l'autel et les bras qui donnaient la bénédiction comme s'ils nageaient la brasse verticale. Hissé sur la pointe de ses godillots pour dire la messe ! Merci mon Dieu de m'avoir fait nain pour mieux Vous servir.

Dehors, la lumière crue me fait cligner des paupières. Et le boucan me plaque en arrière. Mais je reprends, tenace, ma place dans la foule qui fonce vers la mort. Par excès de vitesse.

Je me ravigote l'âme en râlant.

C'est un bon truc, ça, pour chasser le chagrin mou et collant. C'est même mon truc favori en ce moment. Un bon coup de colère, de haine bien aiguisée, et la douleur s'estompe. Le ricanement se pointe. Revitalisant. Mais encore faut-il savoir choisir l'ennemi ! La cible précise et parfaite contre laquelle vont se ficher les fléchettes.

J'enfonce le talon dans le macadam et je m'échauffe. Jamais vu de trottoirs aussi durs. Une couche de goudron si mince que les trépidations de la circulation vous traversent la colonne et obligent à un ressemelage express tous les quinze jours. Un négoce qui fleurit à tous les coins de rue. Les vraies New-Yorkaises ont compris : elles enfilent, pour bondir de bus en métro, de trottoir en caniveau, des Nike qu'elles troquent à l'entrée du bureau contre des escarpins légers. Armée de femmes d'affaires montées sur semelles de caoutchouc brandissant l'attaché-case obligatoire. Obligatoires aussi : le tailleur beige ou marine, à jupe droite ou en godets, le chemisier à jabot, le sandwich plastifié pour ne pas perdre de temps à déjeuner, l'aisselle bloquée par le déodorant, la mine sévère mais maquillée indiquant que tout va bien, qu'elles ont leurs émotions bien en main. Dangereux, l'émotion, dans le monde des affaires ! Elle conduit tout droit au doute. On patine. On suppute. On s'effiloche la comprenette. Faut avoir l'esprit bien calé comme le tronc.

Ainsi vont les Nikées, la face enfarinée, le sourire factice, le mollet tendu vers un seul objectif : réussir.

Ma rage bouillonne, s'organise, repousse le fantôme de Papa. Dans ce pays, y a pas d'intermédiaire pour arrêter la colère. La faire dévier. La policer. Il se livre, béant et brutal. Sans arrière-pensée. Le zinzin zinzine, le criminel flingue, la limousine rutile. Sans se cacher.

J'accélère le pas pour que le soufflé ne retombe pas. Cherche une Nikée dans la foule, en aperçois une puis une autre encore plus exaspérante de santé affairiste. La détaille, la retourne, la soupèse. Et lui darde à l'arrière-train tout mon venin.

Afin de ne pas succomber, victime d'une distraction ou d'un retour de bon sentiment, je plaque sur le cul mou de ma Nikée les fesses plates de Marjorie. Une amie de Bonnie Mailer. Elle s'était prise d'affection pour moi. Ou, du moins, je le croyais. Elle bossait à Wall Street. M'invitait à déjeuner quand elle avait un trou dans son emploi du temps. Me parlait des millions et des millions de dollars qu'elle brassait avec Ollie, son mari. Je convertissais à toute allure dans ma petite cervelle de Française et la tête me vertiginait. Prends des notes, ma vieille, prends des notes. On n'a pas ça en France. Une gonzesse en baskets, au teint virginal, qui pèse aussi lourd que le budget de l'Éducation nationale. Je la pressais de questions. La suivais, avide, dans un monde de vipérins et vipérines où le profit trône tel un bouddha gras. Impitoyable et roublard.

Un soir, elle m'invite à dîner. Bel immeuble, bonne adresse, quinze doormen façon flics dans le hall. Et où est-ce que vous allez comme ça ? qu'ils me demandent. Vous avez un laissez-passer peut-être ? Parce que chez Marjorie, pour prendre l'ascenseur, faut d'abord avoir fait viser son identité. Trentième étage. Je sonne. Une petite bonne haïtienne et ptôsée m'ouvre. Et là, sur-prise : je découvre un gourbi. Un vrai bordel, cet appar-tement. Des caisses éventrées, de la paille qui floconne, des fauteuils défoncés, des livres empilés en colonnes, des fils électriques qui pendent en lianes du plafond, des tapis pas déroulés, des carreaux cassés et scotchés, des tringles dans un coin où pendent des uniformes de Nikées. Bon, je me dis, ils viennent d'emménager.

Et par terre, blotti sous un vieux sapin de Noël qui n'en finit plus de sécher, d'égrener ses aiguilles roussies, un bébé de trois ans tapote une grosse mappemonde. Un avorton de bébé vêtu d'un avorton de tee-shirt délavé. Autant Marjorie est grasse, luxueuse, ointe de crèmes, de sourires baveux et de fond de teint, riche de plis dans le cou et de perles dans les plis, autant il frissonne, blanc, maigre, les cheveux collés gras sur le crâne, des croûtes jaunâtres au coin de l'œil.

Marjorie surgit, pimpante, un verre à la main.

– Christopher, montre à notre amie française où est la France, qu'elle dit au gamin en bavant rouge gras sur le bord de son verre.

Il hésite un peu puis pointe un doigt plein de salive sur l'Hexagone.

– Bravo, mon chéri. Et Tokyo ? Et Washington ?

Ça n'en finit plus. Et lui, docile trotteur, étale sa bave sur le globe. Le doigt glisse, dérape, mais se reprend. Mal à l'aise, j'interromps le cours de géographie enfantine et demande à Marjorie depuis quand ils habitent ici. Ça fait quatre ans, mais ils n'ont pas eu le temps de vider les caisses. Ollie et elle voyagent sans cesse. Même qu'ils ont eu un mal fou à fabriquer Christopher. Ha ! ha ! ha ! Elle bat des mains, ravie, à l'idée de me raconter la merveilleuse union de l'ovule préménopausé et du spermatozoïde speedé.

– Je connaissais mes jours d'ovulation par cœur j'avais fait un diagramme… et, ce jour-là, je savais que c'était le bon. J'appelle Ollie en Arizona et je lui dis qu'il faut qu'il rentre sinon on n'y arrivera jamais…

Elle se verse une nouvelle rasade de Wild Turkey, se rengorge, enchantée, dans les perles de son cou, s'empare de Christopher qu'elle pose dans son giron pour qu'il écoute la formidable histoire de sa conception.

– Alors Ollie a foncé à l'aéroport, mais là, pas de chance, tous les vols pour New York étaient pleins. Ollie est formidable…

Quand elle dit « formidable », sa bouche se déforme en une grimace onctueuse et violente à la fois. On lui voit toutes les dents. Des dents féroces de cannibale industrialisée.

– Alors tu sais ce qu'il a fait, Ollie ?

Je déglutis que non. Louche sur son verre de Wild Turkey. Me dis qu'une gorgée dénouerait sûrement le nœud que j'ai dans la gorge. Apaiserait l'élancement de haine. Haine de Marjorie, de cette ville qui oblige les gens à arracher leurs derniers lambeaux d'humanité pour ne pas être réduits en pâtée. Le vertige me saisit au-dessus de l'abîme qui sépare mon monde de celui de Marjorie. J'ai envie d'étendre la main pour vérifier qu'elle est humaine, que le sang coule bien dans ses veines. Mais l'humanoïde avale une grande lampée de bourbon. Rien qu'une petite gorgée et je ris avec elle. Je pédale dans le vide entre nos deux hémisphères en rigolant. Ha ! ha ! ha ! Je trouve Ollie for-mi-da-ble et l'histoire de la fécondation impayable !

– Alors Ollie est allé trouver le chef d'escale d'American Airlines et il lui a tout raconté. Que c'était mon seul jour fécondable, que j'avais quarante ans, qu'il fallait pas le laisser passer et qu'il devait absolument embarquer dans l'avion pour New York ! Eh bien, ça a marché ! Et c'est grâce à ce gentil monsieur d'American Airlines que tu as vu le jour, mon chéri, explique-t-elle à Christopher en le broyant entre ses bras.

Je tends la main en direction du verre pour exprimer de manière claire ma déshydratation. Elle comprend enfin, s'excuse, appelle l'Haïtienne qui revient aussitôt avec un plateau, une bouteille de Wild Turkey et des glaçons. J'ai bien fait de demander à boire parce que la suite n'est pas triste. Être enceinte, c'est bien, c'est une expérience pas-sion-nan-te, clame-t-elle en déformant ses mandibules, mais pour le prochain, CAR ELLE EN VEUT UN AUTRE, elle a une bien meilleure idée : la mère porteuse. Elle l'a déjà dénichée. Une étudiante de New York University.

– De race blanche, très saine. Intelligente. Le père est un surfeur californien rencontré l'été dernier sur une plage de Floride. Elle ne veut pas avorter par principe religieux… Tu imagines le beau bébé qu'on va avoir, Ollie et moi ! Je me suis engagée à payer les frais médicaux et une partie de ses études universitaires. Et elle a accepté. Ollie trouve mon idée absolument é-pa-tan-te !

On doit pas faire partie de la même race, elle et moi. J'imagine Pimpin face à cette humanoïde nikée. Elle bondirait sur ses tennis, moulinerait sa rage, arracherait Christopher des bras de sa mère, lui ôterait ses croûtes à l'œil, ferait péter la mappemonde, répandrait sur Marjorie un tombereau d'insultes et irait la dénoncer sur-le-champ à Amnesty International. Au lieu de quoi, je reste coite. Plonge le nez dans mon bourbon, bafouille, bredouille, cherche le mot qui, sans trop l'offenser, ne me compromettra pas trop, le trouve enfin :

– Euh… c'est original…

Mais alors une question sournoise et subtile, que je me pose de temps en temps mais repousse par confort de l'âme et curiosité de l'espèce, une question brûle mes lèvres et, désireuse de récupérer un peu de dignité, je lâche tout à coup : pourquoi elle fait amie amie avec moi, Marjorie ? C'est vrai, quoi ? On n'a rien de commun. Je n'ai rien à lui offrir. Et si j'y trouve mon compte en l'observant à la loupe comme une rareté de girafe bigarrée derrière les barreaux du zoo, c'est quoi son motif à elle ?

Ben, c'est le même.

– Because you're French. It's so chic, you know, to have a French friend !

Bien fait pour moi. Un partout. Elle aussi se payait sa visite au zoo à chacun de nos déjeuners. Et ajoutait « French friend » à son curriculum vitae. Une touche de béchamel et d'impressionnisme pour relever la sauce Wall Street.

– La France… Ah ! La France… Un jour, Christopher, on ira visiter notre amie française chez elle et tu verras comme c'est beau… Comme dans un musée !

Là, elle me ratatine, Marjorie. Elle me nanifie. Elle m'éthiopise. Suis bonne à rien, donc. Sauf à ergoter sur la mode, les parfums et le pinard. Parce que pour le reste… Je rejoins la Joconde dans son Louvre pas climatisé. Impuissante derrière sa vitre blindée. Et pourquoi, je vous le demande ? Parce que, de là où je viens, figurez-vous, on n'a pas autant de pognon que chez elle. Voilà pourquoi. Et que le pognon, c'est bien connu, y a rien de mieux au monde. Ça rend intelligent, artiste, expert et efficace. Ça veloute la peau, l'âme et le sourire. La panacée universelle, quoi !

J'enrage mais je ne pipe mot. Non par couardise mais par un réalisme atroce : ça servirait à quoi ? Ce n'est pas de sa faute, elle a été élevée avec cette documentation-là. Ce n'est pas de ma faute, je suis née sans le mode d'emploi. On appartient à deux mondes différents, c'est tout.

Elle ne tournerait pas en rond dans la ville comme un hanneton parce que son papa est mort, Marjorie. Ou alors elle irait vite se faire analyser. Pour larguer la petite fille qui pleure en elle et ne veut plus avancer. N'arrive pas à comprendre pourquoi ça fait si mal qu'il soit plus là.

Mon papa…

Toujours, toujours on se battait. Avec des vrais coups et des jurons. La bouche qui écume, les yeux qui sortent de la tête, les veines qui pètent dans le cou, les mots qui napalment le cœur. Et quand on faisait la paix on en restait les bras ballants, la mine inquiète. Embarrassés par ce grand silence entre nous. Il me tendait les bras, je me raidissais. Je ne savais pas l'abandon, la tendresse, le pardon. Je ne connaissais que la guerre.

J'ai perdu ma Nikée dans les remous de la foule et je n'ai plus la force de m'en prendre à une autre. Envie plutôt de me raccrocher au bras de Pimpin. Ou à la verrue de Toto. À des humains, quoi. Qu'ils me frottent la tête et m'assurent que c'est pas grave. Que ça va passer. C'est très sain que je pique des colères. Une manière comme une autre de vivre mon deuil. « Il ne faut pas essayer de fuir la douleur, me disait Pimpin. Il faut l'approfondir au contraire. Savoir pourquoi ça fait si mal. La douleur rend unique. Quand tu auras bien regardé en face la mort de ton père, tu auras appris plein de choses sur toi et tu ne seras plus jamais la même... » Pimpin est loin et je dois a-na-ly-ser toute seule. C'est ça l'ennui avec l'exil. J'ai perdu mes marques et je ne suis pas encore assez imbécile, avide ou performante pour enfiler les Nike des indigènes, le regard résolument vissé vers l'avenir.

Moi, c'est vers l'arrière que j'ai tourné ma visière...

L'homme est accroupi.

À côté du lit.

D'abord, elle ne le reconnaît pas.

Elle croit qu'elle est dans son cauchemar : un homme s'approche toutes les nuits, un long couteau à la main, pour la tuer. Elle est épinglée sur le matelas, les pieds glacés, le sang se retirant peu à peu de tous ses membres pour former une grosse boule dans la gorge qui l'empêche de crier et lui fait battre le cœur à toute vitesse. La lame se rapproche, va lui ouvrir le ventre. Elle s'abandonne. Elle va mourir. Les cheveux brosse lui frottent le menton, le bracelet-montre appuie sur son bras nu. Elle ouvre la bouche toute grande pour hurler mais une main la bâillonne. Une odeur de Cologne monte. Elle ouvre les yeux.

Ce n'est pas l'homme du cauchemar.

C'est lui.

Elle respire et se détend.

Il pose la tête à côté de la sienne sur l'oreiller, la face enfouie dans la plume légère, et soupire. Elle remue doucement pour lui montrer qu'elle est réveillée.

– Je voudrais être petit, tout petit, et dormir près de toi…

Il s'allonge sur les couvertures et la serre dans ses bras. Elle tourne la tête et aperçoit les aiguilles du réveil qui indiquent onze heures et demie. Presque minuit. Il est lourd et chaud contre elle. Il murmure encore des mots qu'elle ne comprend pas. Elle s'écarte un peu pour reprendre son souffle.

Il a une idée qu'il lui chuchote à l'oreille : Et s'ils allaient manger des huîtres au Royal Villiers ?

– Mais Maman…

Elle n'en saura rien. Elle ne les entendra pas. Ils s'en iront à pas de loup sans faire claquer la porte.

Tous les deux dans la nuit ?

Comme l'autre fois ?

Et l'autre fois encore ?

Elle est d'accord.

– Je veux mettre ma robe rouge à rubans.

Il se faufile jusqu'à la penderie et décroche la robe rouge. Il fait des entrechats dans le noir. Il se contorsionne et danse avec la robe. La couvre de baisers, ses longues mains prenant bien soin de ne pas la froisser. Elle enfile ses ballerines, brosse ses cheveux et les attache avec un gros nœud noir. Il ne danse plus et la contemple, agenouillé, lui présentant la robe. Princesse, si tu le veux, ce soir je t'enlève. Ma Panhard toute neuve nous attend en bas des marches. Elle met un doigt sur sa bouche. Se tourne vers la chambre où sa mère dort. Effrayée à l'idée qu'elle les surprenne. Comme si le regard noir les suivait à travers la cloison. Il hausse les épaules.

– Elle dort… On y va ?

Ils n'en vont comme des voleurs

Il joue. Il avance, courbé, ployé sous un gros sac. Souffle et peine.

– On est tombés chez des rupins. Je les renifle ceux-là… Y a du pognon, j'te dis. Y a du pognon.

Essuie son front. Enlève ses chaussures pour ne pas faire de bruit et repart en faisant le gros dos. Elle tire la porte tout doucement. La porte craque, gonfle, résiste, et la serrure résonne comme une claque en se refermant.

Sauvés ! Il fait mine de jeter son sac à larcins par-dessus la rampe de l'escalier, lance les bras en l'air et l'attire contre lui. Elle relève la tête et lui dit :

– Rien que nous deux, ce soir, promis ?

Il étend la main et jure.

– Crache par terre.

Il crache. Et jure encore. La prend par la main et l'entraîne dans l'escalier. Sous le porche. Dans la rue.

Elle se laisse aller et compte. C'est une habitude qu'elle a prise pour conjurer la peur. La peur qu'il disparaisse et qu'il la laisse. Qu'il l'oublie là, sur le trottoir, ou plus tard au restaurant. Qu'il tourne la tête vers une autre femme et ne la regarde plus. Une menace familière qui se déplace toujours avec l'homme.

26, 27, 28, 29, 30, 31…

Les chiffres la rassurent. Meublent sa peur atroce de l'abandon. Quand on compte, c'est qu'on attend quelque chose au bout. C'est qu'il va revenir.

Elle se serre contre la jambe de l'homme et s'agrippe à sa ceinture. Enfermée dans sa chaleur, l'épaule contre sa hanche dure, elle glisse un doigt dans le passant du pantalon. Ils avancent. Dans la nuit noire. Il marche, elle trottine. Elle a encore sommeil et écarquille les yeux pour se réveiller.

La portière de la Panhard s'ouvre. Le skaï glacé sous les cuisses et la voix de l'homme qui commente, en passant les vitesses, les avantages du levier au volant finissent de la réveiller. Elle s'étire et bâille.

Au restaurant, il commande des belons et des fines-de-claire. Il ne lésine pas. Il dit, très fier, qu'elle prendra tout comme lui et ajoute :

– Une bouteille de blanc bien sec.

La serveuse a une grosse bouche rouge et leur sourit.

Il se regarde dans la glace, bombe le torse et l'enlace.

– Regarde comme on est beaux, tous les deux ! Regarde comme tu es belle !

– T'as une nouvelle cravate… Je la connais pas.

Il l'a achetée à Hambourg, il y a deux jours. Un voyage d'affaires. Il a décidé qu'elle apprendrait l'allemand.

– Mais j'apprends déjà l'anglais !

– L'anglais ! Une langue de commerçants ! Y a pas d'âme dans l'anglais…

Ses doigts bruissent dans l'air et il fronce des sourcils d'avare qui compte ses sous.

– Alors que l'allemand !

Sa main attrape un archet imaginaire et le fait glisser sur son épaule. Il ferme les yeux et penche la tête sur son violon. Mime l'extase du virtuose.

La serveuse dépose le plateau d'huîtres sur la table, débouche la bouteille de blanc et remplit leurs verres. Elle l'arrête de la main.

– Pas trop, s'il vous plaît, madame…

– Allez, allez… À ta santé, ma fille !

– À ta santé, mon papa !

– Je t'aime, ma fille !

– Je t'aime, mon papa !

Elle se redresse et rosit de fierté. Elle voudrait que tout le monde les regarde. Mais il est tard et la salle est presque vide. Ils trinquent.

Il repose son verre et attaque une belon. L'aspire bruyamment en creusant les joues. Il raconte son voyage à Hambourg. Comment il a forcé son correspondant à acheter trois machines-outils au lieu de deux et à diminuer sa marge bénéficiaire parce que celui-là, comme escroc, on ne fait pas mieux… Il l'avait repéré depuis longtemps mais, là, il l'a coincé. Et bien.

Ça la barbe, ces histoires de machinoutils. Mais il a l'air tellement heureux d'avoir gagné qu'elle demande :

– Et comment t'as fait ?

Un jeu d'enfant. Tout dans la manière de procéder. Une allusion à un concurrent, un chiffre bien placé avec factures à l'appui et c'était réglé. Il s'essuie la bouche, satisfait. Boit un coup. Les pommettes toutes rouges. Il en a mis plein la vue à ce crétin de Lériney.

Lériney… Elle avait raison d'avoir peur tout à l'heure : l'ennemi vient de la rattraper et lui met la main au collet.

Elle n'écoute plus. Se concentre, les sourcils froncés sur le coquillage, les doigts serrés sur la fourchette. Il propose de l'aider mais elle dit, rageuse, qu'elle peut le faire toute seule. Qu'elle n'a besoin de personne. Personne. Et tranche d'un coup sec le cordon nacré.

Il applaudit. Il aime quand elle est têtue. C'est comme ça qu'on conquiert le monde. Ne pas s'arrêter au milieu du chemin.

– T'es belle, ma fille, t'es belle quand t'es en colère contre l'huître… T'as le museau qui se tord comme celui d'un bouledogue.

Il fronce le nez et imite le bouledogue. Elle éclate de rire, soulagée. La peur s'en va. Il l'a regardée. Et attentivement puisqu'il la traite de bouledogue. C'est à elle qu'il pensait, pas à Mme Lériney. Il l'aime alors. Elle relève la tête et rit encore.

Bientôt, dans la salle du restaurant, il ne reste plus qu'eux. Les garçons repoussent les chaises et balaient. La caissière compte les notes de la soirée. Le patron écrit à la craie sur un tableau noir les plats du lendemain. Ils sont seuls, tous les deux.

Elle ferme les yeux et se laisse aller contre le dossier de la banquette. Ce soir, elle a gagné. Elle laisse pendre ses jambes dans le vide, soulagée. Il croit qu'elle est fatiguée. Elle proteste de la main. Il commande une seconde bouteille de blanc à la serveuse qui, après l'avoir débouchée, reste la hanche collée à leur table.

– Vous ne voulez rien d'autre ?

Il fait signe que non, la bouche pleine, le verre aux lèvres. Mais devant les hanches de la fille tendues contre le plateau de crustacés il semble changer d'avis et lève la tête vers elle. La détaille, amusé. L'œil allumé. S'attarde sur les seins qu'un tricot ajouré laisse deviner. La fille sourit et sort son buste d'un coup sec comme un magicien tire le lapin du chapeau. Et toc ! balance une hanche à gauche. Et toc ! déborde sur la droite…

L'homme ne mâche plus, ne boit plus, et sa bouche entrouverte attend la suite. Il sourit et regarde la serveuse droit dans les yeux. La petite fille reconnaît ce sourire. À tous les coups, ça va être comme la dernière fois : la fille va s'asseoir à leur table et il finira la soirée, tourné vers elle, le bras autour de sa taille. Il la tutoiera et elle lui donnera son numéro de téléphone. Ou, même, elle montera dans la Panhard avec eux et il la raccompagnera. Il lui demandera d'attendre dans la voiture. Et elle s'endormira sur la banquette arrière. En comptant.

— Je veux bien apprendre l'allemand.

Il revient à elle. Il a encore le sourire pour la serveuse sur les lèvres.

— Je veux bien apprendre l'allemand.

Il dit qu'il faut fêter ça et remplit son verre.

— Pas trop, Papa, pas trop…

La serveuse est toujours là, collée à la table. La petite fille boit une gorgée qui la brûle en coulant dans la gorge mais lui donne la force d'affronter la serveuse. Un regard noir, précis, brûlant. Qui colle la fille au mur, efface le rouge à lèvres, rabote les seins, rabote la hanche baladeuse, aplatit les talons, fait sortir le ventre. La serveuse hausse les épaules et s'éloigne vers la cuisine. La petite fille la suit des yeux pour être sûre qu'elle ne se retourne pas pour arracher un rendez-vous dans le regard de l'homme.

— T'as vu ? Elle avait un soutien-gorge noir sous son pull… C'est moche.

Il fait « Ah… », s'essuie la bouche. Elle trempe un doigt dans une coquille vide. Le lui tend. Il l'attrape et le lèche.

– C'est salé…

– C'est comme la mer. Dis, on ira à la mer ?

Il promet que oui. Pas plus tard que demain. Ou après-demain. Lui prend la main. Elle voudrait qu'il ne la lâche plus.

Elle a bien fait de mettre sa robe rouge.

– Je veux bien que tu habites chez moi mais je veux pas te voir pleurer… Ça me déprime. Quand on habite chez moi, on est gai.

Bonnie Mailer fronce le sourcil devant la glace de sa coiffeuse et s'arrache trois poils. La pince à épiler en l'air, elle s'écarte pour juger de l'effet.

– Tu restes là à ruminer. C'est pas bon ça. Si j'étais toi… Bonnie Mailer sait tout. A réponse à tout. A mis sa vie en fiches pour ne plus avoir à penser. L'amour, c'est ça. La réussite, c'est ça. La mousse au chocolat, c'est ça. Dispose d'un amant à Londres, d'un à Paris, de plusieurs à New York. « Tout est une question d'organisation », répète-t-elle. Bonnie Mailer est très organisée. Quand elle parle des hommes, on dirait une race à part. Un croisement entre prix Nobel, rupin et gamin en barboteuse dont le rôle est de venir la chercher en limousine, de discourir sur le Nicaragua ou l'avenir du golf et de brandir son zizi quand l'heure du coït a sonné. Elle ne dit jamais Tom, Jim ou Paul, mais « hommes ». Avec une moue acide qui les relègue au rang d'article de supermarché. Entre la télé et le four à micro-ondes. Gadget qui simplifie la vie à condition de savoir le faire marcher. Un objet qu'elle plante là pour décorer ses dîners ou son lit. Comme la pile de coussins enrubannés qui encombrent son king size bed. D'ailleurs, Bonnie Mailer baise comme un coussin. Je l'ai surprise un soir.

Je m'étais levée pour faire pipi et elle avait oublié de fermer la porte de sa chambre. Tout enfanfreluchée, molle et répandue pendant que l'homme, le pantalon sur les mollets, l'aplatissait sous lui. Rebondissait. Malaxait le chiffon. Se frottait sur le carré de peau découvert. Tentait de s'enfoncer dans cette chair anonyme prêtée quelques minutes. Il s'escrimait à ramener les bras pendants, les jambes pendantes autour de son corps à lui. Un coussin, je vous dis.

Mais c'est son visage à elle qui en disait long. Tourné sur le côté, le regard absent, à peine crispé, comme si ce qui se passait en dessous ne la regardait pas. Voire la dégoûtait. Un mauvais moment à passer pour remercier Jim ou Paul de la limousine, de la prestation parfaite pendant la soirée et des coups d'œil envieux lâchés par les copines.

– Écoute… Tu veux que je t'organise un dîner à la maison ? Tu rencontrerais des gens. Tiens, Allan… tu te souviens d'Allan ? Il est seul, en ce moment. Toutes les filles lui courent après. Je le vois ce soir justement et je vais l'inviter… Ce soir, elle préside un gala offert par Kriskie, l'aliment royal pour félins et canins, en l'honneur des écrivains de l'Europe de l'Est privés de plume et de parole. Cinq cents dollars le droit de s'asseoir sur une chaise en velours rouge et d'écouter, la fourchette en argent hésitant entre la pince de homard et les grains de caviar, les descriptions glaçantes des prisons roumaines ou bulgares. D'une main, elle pose les rouleaux chauffants, de l'autre, elle sort robes et manteaux de soirée qu'elle jette sur son lit. Allonge le trait d'un œil, poudre le nez, baisse le décolleté, accroche une barrette, enfile des bagues, inspecte des collants, répond au téléphone, allume la télé, s'arrête un instant à l'annonce des dernières négociations américano-soviétiques, la mine soudain grave et concernée de ceux à qui l'argent donne le droit de juger, de s'immiscer entre les grands de ce monde.

– Nous avons tort de négocier avec les Russes… Je mets ça ou ça ?

Je pointe le doigt vers un fourreau noir de chez Balenciaga. La fermeture crisse, les cheveux tombent bouclés, la poudre claque le nez, la laque siffle, le parfum pschiitte. Elle est prête. Attrape la pochette en satin noir, la cape noire, fronce une dernière fois le sourcil dans la glace, regarde l'heure et décroche l'interphone pour demander à Walter de lui trouver un taxi.

– Ciao, ciao… Ne reste pas là à rien faire. Tu sors ce soir ? Je fais signe que non. Elle soupire, exaspérée.

– T'as quelque chose à manger ?

Je dis que non.

– T'as le téléphone et le menu du Chinois sur le frigo. Appelle-le et commande. Mais ne reste pas sans rien faire ! Bouge-toi un peu !

Je dis que oui.

Elle m'envoie un baiser du bout de ses doigts manucurés et disparaît.

Bouger…

J'arrête pas.

Je sillonne la ville de haut en bas. Uptown. Downtown. East, West, East, West. Upper East Side et Hell's Kitchen. Et un arrêt semelle tous les huit jours. J'essaie de faire mon trou entre le quadrillage des rues et des avenues. De retrouver le goût du yaourt à la banane. Difficile dans cette ville où aucune halte n'est prévue : pas de bistrots, pas de squares, pas de bancs publics. Ça pourrait ralentir la circulation du dollar. Même pas le loisir de s'abandonner un instant dans un autre regard, de recevoir un clin d'œil complice. Les gens n'ont pas le temps. Ils courent.

En haut de la ville, dans les beaux quartiers, celui des affaires, ils se ressemblent tous : propres, bien repassés, pas un cheveu ni une dent qui dépasse. Au début, on les trouve beaux. On renifle en les croisant une odeur prospère et rassurante de savon. Ils marchent d'un jarret assuré. Sans la moindre hésitation. Par groupes. Selon le sexe. Avec la même démarche. Sans taille. Des bouteilles de lait. S'engouffrent dans des halls de banque ou de multinationale. Se saluent, avenants. Ressortent en agitant leur petite valise. Se congratulent en s'appelant par leur petit nom. Hi, Jim ! Hi, Paul ! Hi, Stevie ! Un vrai peuple de gagnants. Plein de ronds, et pas un sou d'état d'âme. Et puis au bout d'un moment, devant tant d'uniformité, le soupçon naît. Pas un vieux dans cette foule-là. Ni un bébé. Ni même un ventre en promontoire. Que de la peau jeune et bien tendue. Des nez retroussés, des sourires qui s'ouvrent et se ferment comme des portes d'ascenseur, des visages roses et lisses. Ils ne sont pas humains ces gens-là. Sont synthétiques. Vidés d'humeur qui file des rougeurs, des points noirs, des caries, des pifs irisés, des cernes bleuâtres, des pieds qui traînent, des pores qui transpirent, des pellicules qui saupoudrent. Clean, clean, clean. Les Noirs se remarquent à peine, blanchis qu'ils sont par leur vie d'employés appliqués dans leurs tours climatisées. Faut descendre tout en bas ou remonter tout en haut de la ville pour trouver la différence. La mamma italienne qui chauffe ses bourrelets au soleil, les cuisses écartées sur sa chaise en plastique posée sur le trottoir ; la tireuse de cartes qui attend le client sous un énorme portrait de la Vierge ou de Marilyn ; ou encore le Cubain maigrelet, affalé sur le capot d'une voiture aux chromes plantureux. La vie en tricot de corps et vergetures, en food stamps et jurons de misère. L'existence avant que le dollar la fige en une apparence uniforme. Avec plein de petites fissures suintantes de vie comme des histoires à raconter.

Et, moi, je guette la faille où je pourrais me glisser. Retrouver le goût du vrai. L'odeur de pizza ou de sueur, la dégaine lourde du flic dans le métro ou titubante du paumé qui rase les murs en délirant. Les yeux bleus usés de cette petite vieille sur la ligne numéro 6 qui se mouche avec la poignée de son sac en plastique. Je croise son regard délavé, m'y arrime, espère de toutes mes forces compatir, me lever, lui tendre un billet, mais reste le cul sur la banquette, impuissante et désolée. Je m'en fiche. C'est pas mon problème. Elle n'avait qu'à pas être si confiante. Qu'à faire fondre un peu de méchanceté dans ses yeux bleus si bons, si doux. Indécents. Tout glisse sur la coquille de mon deuil douillet que je dorlote comme une poupée. Peut-être qu'il est trop tard ? Qu'il m'a embarquée avec lui, là-bas, de l'autre côté ? C'est pour ça qu'il souriait dans son cercueil… Il n'avait pas dit son dernier mot. Si ça se trouve, il est là, pas loin, dans les rues de New York. Il marche, il marche, et on se loupe. Il demande son chemin en agitant les mains et personne ne le comprend. Quels crétins, ces Américains, peste-t-il, avec leur brillantine et leur tronche pasteurisée ! Tous les mêmes en plus !

Je crois l'apercevoir. Je m'arrête net devant une silhouette trop grande, trop maigre, qui tient son imperméable sur le bras et avance à grands pas. Je recule, effrayée. M'adosse contre le mur.

Papa ?

Je cours derrière lui mais m'arrête juste avant de le toucher. Papa ? T'es revenu ?

Je tends la main et vais pour la poser sur sa veste en tweed. Hésite. Me réfugie, essoufflée, dans une encoignure de porte. Repars. Mais l'homme a disparu.

Raté.

C'est toujours la même histoire. Tu avançais à grands pas et je m'accrochais à tes basques. Avec la trouille d'être virée à chaque coin de rue. Et je l'étais. Chaque fois. Je tendais les bras, je réclamais, mais tu haussais les épaules en te dégageant. Tu disais que je dramatisais. Que je t'étouffais avec mon amour trop grand. Que j'étais comme toutes les femmes. Collante.

JE NE SUIS PAS COMME LES AUTRES FEMMES.

C'est pas vrai.

Je courais m'enfermer dans la salle de bains. Je m'agrippais au lavabo face à la glace. JE NE SUIS PAS COMME LES AUTRES FEMMES. JE NE SUIS PAS COMME LES AUTRES FEMMES, je répétais en scrutant la glace. JE NE SUIS PAS COMME LES AUTRES FEMMES. J'essayais de savoir qui j'étais. Dur à dire. Je restais là à attendre. Mais rien ne venait. J'abandonnais. Et pourtant, quand tu me regardais, je savais. Personne ne me regardait comme toi. Quand t'avais le temps.

À la fin, sur ton lit d'hôpital, on a eu tout le temps. Tu ne risquais plus de m'échapper. Il fallait que tu t'expliques. Que tu ne partes pas en étant quitte. Parce que sinon, moi derrière, j'étais encore perdante.

D'abord tu n'as pas répondu. T'as rigolé. Mais j'ai continué jusqu'à ce que tu capitules. Et tu as parlé. Sans faire le fier ni le bon apôtre. Tu as lâché les vérités une à une.

À ce moment-là, l'interphone grésille.

Je ne bouge pas. Je suis à Paris. Avec mon papa. À l'hôpital Ambroise-Paré. Ne pas déranger.

Il grésille encore.

Ça doit être Walter qui a un paquet pour Bonnie. Un manteau de vison qui sort de chez le fourreur ou un bout de moquette blanche pour la salle de bains. Le manteau de vison pour Bonnie, c'est comme l'adresse. Ça la pose. La moquette blanche aussi. Parce que le blanc, c'est salissant. Ça demande à être nettoyé tout le temps. Et qu'il en faut, des ronds, pour que le blanc reste blanc. Je vais pas quitter le chevet de Papa pour un bout de moquette ou de fourrure. Mais Walter persiste. Il sait que je suis là. Il va répéter à Bonnie que je n'ai pas voulu ouvrir.

– Y a un monsieur dans l'entrée qui demande Miss Mailer. Je vous l'envoie, dit Walter.

Manquait plus que ça.

Qui c'est cet emmerdeur qui interrompt mon dialogue avec l'au-delà ? Un maniaque avec un long couteau dissimulé sous son imper ? Il m'appuie contre le mur, me retrousse, me viole, me découpe en petits morceaux… Ou un racoleur de secte qui va me fourguer des prospectus sur Dieu. À tous les coups je finis à la une du *New York Post*.

– Vous le connaissez ? je demande à Walter, mine de rien.

– En tous les cas, c'est un beau monsieur. Il est en smoking et il sourit. Je vous l'envoie…

Je défais les trois verrous d'en haut et les deux d'en bas. Entrouvre la porte, prête à la refermer aussi sec.

C'est Allan. Il s'excuse de me déranger. Je bougonne que ce n'est rien et qu'il entre.

Il entre.

Il entre et se laisse tomber dans un des canapés blancs.

Et là j'ouvre les yeux.

Je les écarquille même tout grands.

Je vois.

Si je n'étais pas bien polie, bien éduquée par des années de « Ça se fait pas, c'est pas correct », je me précipiterais contre lui, m'accrocherais à sa ceinture et enfoncerais mon nez dans sa clavicule. M'agripperais à son cou et lui demanderais : « Alors maintenant, on va où ? » En lui mangeant la bouche, les dents, le nez, les joues, en fouillant dans son cou, dans ses oreilles, me repaissant de cette évidence : c'est lui.

C'est lui.

C'est cet homme-là que je cherchais comme une enragée. Vers lui que je me suis levée, ce soir de misère à Paris. Contre lui que je piquais des colères, agacée de ne pas le trouver, soupçonnant tout le monde de me l'avoir piqué.

J'avais rendez-vous et je ne le savais pas.

Je m'appuie contre la porte, essoufflée. C'est bien le mec le plus beau que j'aie jamais vu. Tellement beau que j'en perds le sifflet. Grand, brun, longues jambes qui lui cognent le menton quand il s'assied, longues mains qu'il passe dans des cheveux épais et noirs, et un sourire… Un vrai sourire d'humain qui balance chaleur et amour. Pas anonyme. Qui dit : « Comment ça va ? » vraiment. À moi et pas à la galerie. À partir de ce moment-là, je suis frappée d'incapacité. Une épave. Je fais un effort pour coordonner bras, jambes, tête et refermer les verrous dans le bon sens. Il a perdu son carton pour cette fichue soirée et il ne sait plus où elle a lieu. Ce n'est pas que ça l'enchante mais il a promis à Bonnie de l'accompagner. Je me ressaisis. Je réponds que Bonnie est partie, il y a dix minutes, et que je n'ai aucune idée de l'adresse en question. Il a l'air rudement embêté. Je lui propose d'aller fouiner sur la coiffeuse de Bonnie au cas où… Il en profite pour se servir un verre. À l'aise. C'est le genre de type qui doit être à l'aise partout, je me dis, en cherchant entre les tubes de rouge à lèvres et de rimmel. Quand on est beau comme ça, la vie est facile. On entre quelque part, on dit bonjour et les gens vous aiment tout de suite. Ils vous offrent un verre, leur femme, leur fille et une promotion. Je reviens, bredouille, dans le salon. M'arrête devant la glace en pied à côté de la cuisine, fais mine de regarder si rien ne brûle sur le gaz et en profite pour m'inspecter. Rentre le ventre, redresse les épaules, tapote mes cheveux pour bien les mettre en valeur, vérifie que je n'ai rien entre deux dents. Un bout de salade ou des éclats de noisettes. Respire mon haleine dans la paume de la main.

Il téléphone. Il rit. Ses longs doigts jouent avec le fil, et je le contemple, en arrêt. Comme le chien Kid devant le frigo quand six heures ont sonné et qu'approche l'heure de la pâtée. Je n'arrive pas à détacher mes yeux de lui. Je me dis que, si je trouve un détail qui ruine ce bel ensemble, je reprendrai consistance. Récupérerai mon identité qui se débine à toute allure. Sais pas, moi. Une chaussette trop courte, une gourmette tape-à-l'œil ou un gonflant de brushing. Les Américains, ils se brushent tous les matins. Ils alignent les petites fioles sur leurs étagères pour bomber et lustrer les cheveux. Et une petite brosse ronde aussi pour les rouler bien corrects. Mais là, je ne vois rien. C'est à peine si j'entends ce qu'il me dit. Il a réussi à joindre Nelly Machin qui lui a donné l'adresse. Il grimace en souriant. Ajoute qu'il a sûrement fait exprès de le perdre, ce foutu carton. Il s'étire, me fait un clin d'œil complice. J'ai envie qu'il défasse son nœud de smok et reste là. Il dit qu'on s'est déjà rencontrés. Oui, c'est exact, à une soirée chez lui, il y a quatre ans. C'est même à cette occasion que j'ai fait la connaissance de Bonnie Mailer. Il regarde sa montre.

Je ne veux pas qu'il parte.

– Tu la connais depuis longtemps, Bonnie ? je lui demande, histoire de prolonger son séjour sur le canapé.

– Oh ! là ! là ! Depuis des siècles !

Ils habitaient le même immeuble minable en face de Columbia. Il étudiait le droit et les affaires. Il n'avait pas un rond. Il sent bon. Il a les ongles transparents. Des cheveux noirs brillants comme sur les étiquettes de shampooing. Une touffe de poils bruns qui sort de la manchette et boucle sur le poignet. Il allait dîner tous les soirs chez Ray's Pizza où Bonnie faisait réchauffer les parts à un dollar et débarrassait les tables. Elle arrivait de l'Ohio et parlait avec un accent épouvantable. Il corrigeait ses intonations et, en échange, elle lui offrait en douce un milk-shake framboise.

– C'était pas le même genre de fille qu'aujourd'hui. Elle était boulotte, rouquine et savait rien de la vie. Elle devait avoir dix-huit ans et voulait conquérir New York. Elle était prête à tout…

– Savais pas… je murmure, ébahie, en croisant les chevilles pour m'empêcher de foncer contre lui.

– Lui dis pas. Elle serait furieuse. Moi je serais plutôt fier mais elle… Quand je veux la faire rager, je lui glisse « Ohio » dans l'oreille et elle vire au rouge. Elle se voit déjà dans le Greyhound la ramenant chez ses parents. Les pieds dans des sabots et une tripotée de gosses accrochés à son tablier !

Il rit, et ça fait des vagues jusqu'à moi. Des ondes chaudes qui m'éclaboussent. Me redonnent l'appétit du bonheur, cette confiance douce en une vie pas triste et simple, si simple. Cette croyance absurde qui me vient de lui. De mon papa. Il y croyait, lui, au bonheur. Aux petits bonheurs au jour le jour. Pas au bonheur organisé. Avec maire, enfants et tout le tintouin. Parce que, alors, il était nettement plus sceptique.

– Et ses maris, ils étaient comment ?

– Vieux mais riches. Très riches !

– C'est elle qui est partie ou c'est eux ?

Je l'occupe avec mes questions. Il ne le sait pas, mais, à cette minute précise, on ne fait plus qu'un, lui et moi. Il est foutu. On griffonne en sanglotant nos noms sur le registre du maire et nos témoins font buvard avec leur manche. J'ai sa feuille de paie dans la poche et un bébé dans le ventre. J'oublie le chagrin que je traîne comme un chien gras, aveugle et têtu depuis des mois. Je file un coup de pied au clebs. N'a qu'à crever. Chacun pour soi. Je retrouve l'impatience amoureuse qui me frénétise, me fait dresser des plans pour circonvenir l'ennemi. Le goût de faire la guerre. J'enchaîne les pirouettes. Gaie et légère. Comme avant.

– Le premier, il est mort. Une embolie en plein conseil d'administration… Le second l'a plaquée pour une jeunesse. Elle ne t'a jamais raconté ? Ça a été terrible. Elle l'adorait. Depuis, dès qu'une histoire devient trop sérieuse, elle arrête… avant de souffrir. C'est sa théorie.

Il repose son verre et dit qu'il doit filer.

T'iras pas loin, mon vieux, je te rattraperai.

Je le raccompagne jusqu'à la porte, réservée et accorte. Il me dit au revoir, emploie les formules d'usage : « It was nice to see you again », etc. Rien de très personnel qui laisse espérer une entrevue prochaine.

Il a à peine claqué la porte que les pointes acérées de mes sagaies fléchissent. Le doute me fond dessus. Je file me planter devant la glace.

Qu'est-ce qu'il a vu, lui ?

Je regarde la fille dans la glace et ne vois rien.

Ferme les yeux un long moment et les rouvre brusquement.

Qu'est-ce que tu vois là ?

Pas grand-chose. Une fausse blonde avec un caleçon gris et un tee-shirt.

Fais un effort, ma vieille. C'est important. Tu le veux, cet homme ?

OUI. OUI. OUI.

Je referme les yeux, attends un peu plus longtemps, me force à oublier que c'est moi qui regarde moi. Les rouvre. Vite. Une réaction à chaud sur la fille d'en face.

Bof !…

Bof quoi ? Elle est jolie ou tarte ?

Sais pas.

M'enfin, fais un effort.

Pas mal… grande, mince, mais c'est sa tête que je distingue pas bien.

319

Mais c'est important, la tête, c'est là où transparaît l'âme. Et c'est ça qui fait la vraie beauté. Tu le sais bien !

C'est tout flou.

Alors quoi, t'as pas d'âme ?

Si, si, j'en ai une. Mais pas ce soir.

Chaque fois, c'est pareil. Quand ma vie est en jeu, mon âme se fait la malle.

J'ouvre la porte du freezer qui fume et prends une glace. Une vraie que j'ai achetée au delicatessen à côté. Bourrée de calories, de crème, de noisettes, de chocolat pas dégraissé et de sucre pas sacchariné. Peut-être que j'ai pas d'âme après tout ? Une bien balaise qui traverse gros grains et tempêtes. La mienne, c'est du polystyrène expansé. Elle s'effrite dès que je lui mets la main dessus.

Le pot froid sur le ventre, la cuillère plongeant à la recherche des morceaux de chocolat ou de nougatine enchâssés dans la vanille, je réfléchis. Cet homme-là, je le veux. Il est à moi. Je l'ai reconnu. S'il me prend dans ses bras, j'arrête de pleurer aussi sec. De discuter le bout de gras avec l'au-delà. Je saute à pieds joints dans la vie. Là, j'entends une voix. Outre-Atlantique. Celle de Pimpin qui hurle. Quoi ? C'est ça ? Tu pars là-bas pour a-na-ly-ser et la seule solution que tu trouves, c'est l'immersion dans l'amour béat. Bravo, ma vieille. Bravo. Beau boulot. Tout de suite la facilité. Tu me dégoûtes. Je te parle plus, tiens.

C'est le problème avec Pimpin : si on la contrarie, elle se met en colère. On risque alors d'être relégué au rang des crétins et chassé loin de sa vue. Pour faute de goût et mauvaise analyse de la situation.

J'en ai rien à foutre de Pimpin. Je me repais de mon rêve de midinette et me trémousse en tutu rose devant mon Prince charmant.

Mais elle ne me lâche pas facilement. Et qu'est-ce que c'est cette histoire de Prince charmant ?

Eh ben... quand j'étais petite, pour m'endormir ou quand ça criait trop autour de moi, je me racontais des histoires. De belles histoires où j'étais très malheureuse au début mais qui finissaient toujours très, très, très bien. Il y avait celle du Prince charmant. Il m'attendait quelque part dans le monde près d'un réverbère en battant la semelle et en regardant sa montre. Toutes les filles en étaient échevelées, et quand je me pointais enfin, après avoir bravé mille dangers, je devais me battre pour qu'il me reconnaisse. Mais je finissais toujours par l'emporter. Il était beau et fort et brun. Tout comme Allan, quoi. C'est tout. Alors j'ai pensé que c'était peut-être Papa qui me l'envoyait. Pour me consoler.

« Ben voyons... dit la râleuse longue distance, mets ton père dans le coup. Ça t'arrange. »

Ouais... elle a pas tort.

Je reprends de la glace. Repars traquer la croûte chocolatée jusqu'à ce que le bord de la cuillère ne heurte plus que les parois en carton, rapportant comme seul butin quelques gouttes de crème glacée qui coulent le long de mon poignet. Elle a pas tort...

Mais si j'ai envie des flonflons de l'amour, moi ! De battre la campagne et de me siphonner l'entendement ! C'est mon droit, non ? Chacun sa tare. Elle, c'est des bouteilles et des bouteilles de Jibi. Moi, c'est les mecs. Et de préférence le Mec charmant.

Je le rencontre souvent sous un vieux réverbère. Je le hèle. Je l'alpague. Je m'incruste. Je disparais en lui. Deviens au choix : nunuche, désabusée, porteuse de colis piégé ou fragile. N'importe quoi pour qu'il me hisse dans ses bras. M'étreigne contre les écrous de son armure. Me brandisse comme un étendard. Me protège contre tous les bandits de la forêt. N'importe quoi... Jusqu'à ce que j'aperçoive une faille, un défaut, une faiblesse, et hurle à l'imposture. Exige le remboursement.

C'est pas le bon ! J'ai été flouée sur la marchandise ! Je dégaine mon poignard et trucide le félon sur-le-champ. Mais ça ne me décourage pas pour autant.

Je me dis qu'un jour…

Un jour, je rencontrerai le bon et je l'épouserai…

Pas étonnant que je ne la trouve pas mon âme. Je passe mon temps à la brader contre des princes charmants bidons ! Je me vautre, écœurée par trop de crème glacée, sur le dessus-de-lit de Bonnie au milieu des coussins en dentelle brodés délicatement de dictons brutaux : « I've said No and it's final », « No guts no glory ».

Va m'en falloir, des tripes, pour démêler tout ça…

Il lui semble qu'elle l'attend toujours.

L'homme.

Pourtant il a sa place. Son nom sur la sonnette. Son fauteuil, son cendrier, sa TSF, ses disques. Le dimanche matin, il traîne dans l'appartement, pieds nus, la veste de pyjama ouverte, le bol de café au lait dans une main et la Gitane dans l'autre. Il met un disque, esquisse un pas de danse, puis deux, trois, et son corps emplit le salon. Cachito-cachito-cachito-mio. Ses longues jambes se plient, ses épaules avancent, ses bras s'étirent. Il ferme les yeux. Il danse. Il chante, la bouche en avant, en faisant des grosses lèvres comme le nègre sur la pochette du disque. Accroupie dans l'entrée, la petite fille le suit des yeux. Il la passe tout le temps, cette chanson. Elle n'ose pas le déranger. Il est beau. Il est beau. Le bonheur : le regarder danser. De loin. Lui laisser toute la place autour pour qu'il danse et danse encore. Elle remue doucement les bras et les poignets et entre dans sa danse. De loin.

– Il bouge comme un nègre, dit Maman qui surgit avec la lessiveuse.

Les manches retroussées sur les bras, elle pose sa bassine et s'essuie le front.

– Tous les dimanches, c'est pareil. Il fait le nègre et moi je fais la bonne.

Le regard noir suit l'homme. Hostile. La petite fille aperçoit le rond mouillé de la lessiveuse sur la moquette

323

lavande, les bras aux grosses veines bleues, le front couvert de sueur, et l'homme devient tout maigre dans son pyjama.

– Tu veux que je te dise ce qu'on est ? dit le regard noir. Tu veux que je te dise ? Une famille du samedi soir, voilà ce qu'on est. À cause de lui… Regarde-le bien et dis-toi que c'est à cause de lui qu'on en est là et que, bientôt, s'il continue, on sera sous les ponts avec les clochards. Une famille du samedi soir, rien de moins, rien de plus. Et moi je m'use pendant qu'il fait le beau ! Mais, un jour, ça va s'arrêter. Je te le promets. Il le sait pas. S'il croit que je vais faire la bonne longtemps ! Il se trompe…

Elle ricane.

Il danse. Il ferme les yeux, remue doucement, enlace une partenaire imaginaire.

Il danse.

La petite fille tend la main vers la lessiveuse pour aider sa mère, mais celle-ci la repousse, d'un geste las.

– T'as appris tes leçons ? Tu les sais par cœur ? Demande-lui de te les faire réciter… s'il en est encore capable !

Elle empoigne la lessiveuse et s'éloigne en parlant toute seule. Elle parle souvent toute seule. Elle dit sa colère à mi-voix, et la petite fille a l'impression qu'elle dérange. Qu'elle est de trop entre sa colère et elle. Que la colère est bien plus chaude, bien plus douce que sa présence à elle.

Elle s'approche de l'homme et lui tend son recueil des fables de La Fontaine. Il prend le livre, le retourne, l'examine et le jette en riant sur la moquette.

– Encore de la morale ! On ne t'apprend que ça à l'école ! Viens, ma fille, je vais te lire quelque chose de plus beau, quelque chose de magique.

Elle sait ce qu'il va lui lire. Elle n'a pas besoin de regarder quel livre il choisit sur l'étagère. Toujours il lui lit le même. Toujours il lit « Le bateau maboul ». Il la prend contre lui dans le grand fauteuil en bois, la cale contre sa poitrine et ouvre le livre de poèmes.

– Tu vas voir, ma reine, comme c'est beau. J'y comprends rien mais c'est beau… Écoute les mots ! Écoute !

Son bras se referme sur elle. Ses doigts longs et fins reposent sur son ventre et tiennent le livre. Il appuie son autre main contre sa joue à elle et commence à lire. Le front dans la veste de son pyjama, elle écoute. La musique des mots qu'il fait danser comme Cachitocachitocachitomio. Elle n'essaie pas de saisir le sens de l'histoire. C'est trop compliqué. Elle ferme les yeux et écoute. Enclose dans la prison de ses bras, elle vogue. Plus rien n'existe que ses bras à lui qui la séparent du reste du monde, sa voix à lui qui traîne sur les sons voluptueux et doux, l'odeur de sa peau qui s'échappe de la veste ouverte, la main qui pèse sur sa joue. Elle se recroqueville et elle écoute. Il chante. Sa voix module, glisse, dévale. Il s'arrête à certains mots, lance la tête en arrière et reste ainsi, songeur, à les répéter.

– Écoute, ma fille, écoute les mots. Écoute comme ils sont beaux… « Dix nuits sans regretter l'œil niais des falots… L'œil niais des falots… Plus douce qu'aux enfants la chair des pommes sures… La chair des pommes sures… Fermentent les rousseurs amères de l'amour… Les rousseurs amères de l'amour. »

Rien que lui et elle enfermés dans les mots. Elle enfonce la tête dans la veste de pyjama et prie pour que « Le bateau maboul » jamais ne s'arrête.

Jamais, s'il vous plaît.

Jamais.

Encore des mots et des mots, encore sa main sur ma joue, ses doigts, et le bord froid du livre sur mon ventre. Encore lui et moi enfermés. Tous les deux tout seuls. Lui et moi. Lui et moi et le bonheur doux et chaud. La peur qui s'en va. L'école qui s'en va. La colère de la mère qui s'en va. Les cris et la colère.

Encore.

Elle le supplie.

– Ferme les yeux toi aussi pour que ça dure toujours…

Il ferme les yeux et la serre encore plus fort.

– Promets que ça durera toujours…

– Je promets.

Il a l'air grave. Elle vérifie qu'il garde les yeux bien fermés et se laisse aller, les paupières closes, contre l'odeur de Cologne qui monte de la veste du pyjama.

– Mon papa… elle soupire en remontant ses genoux contre son menton pour être encore plus petite dans ses bras. Mon papa, tu sais, à l'école, y a une fille qui a des protège-cahiers orange et vert et je voudrais les mêmes, mais…

Mais la mère est debout près du fauteuil. Elle tient le livre de fables. Elle l'exhibe comme une preuve accablante. Elle crie qu'elle en a assez. Que ça ne peut plus continuer.

Ils rouvrent les yeux et s'arrête la musique. Le chaud et la sécurité. Le bonheur si léger et si fort qu'elle voulait l'attraper et le garder enfermé dans sa main. À l'abri dans le pyjama, protégée par l'accoudoir du fauteuil, la petite fille les regarde s'affronter. L'homme et le regard noir. L'homme la maintient contre lui comme un bouclier. Son poing dur serré contre son ventre.

Il crie.

Qu'on lui foute la paix, merde ! Il travaille toute la semaine, elle peut bien bosser le dimanche et pas faire chier avec sa lessiveuse et sa bonne conscience !

Le regard noir tombe sur la petite fille et l'accuse. La petite fille se souvient de la lessiveuse, du rond sur la moquette.

Elle a honte. Elle est mauvaise.

Elle referme les yeux et compte. 23, 24, 25, 26, 27, 28, 29, 30… Elle a peur. Elle ne sait plus qui a tort. Qui a raison. Est-ce mal d'être si bien contre le pyjama le dimanche matin ? L'homme lui parle. Il ignore le regard noir. Il lui parle à elle. Tout contre son oreille. Ce qu'elle aime, ta mère, c'est le pognon. Je n'aurai jamais assez de pognon pour elle… La mère dit que c'est trop facile de monter la petite fille contre elle. C'est ça, monte-la contre moi, monte-la contre moi. Elle dit aussi qu'elle en a marre de vivre avec un raté. Que toutes ses amies ont des machines à laver pendant qu'elle s'esquinte les mains dans la bassine.

Alors l'homme se lève. Il hurle. Il hurle qu'il ne la supporte plus avec ses exigences sans fin, ses rêves de petite-bourgeoise et son envie de machine à laver. Il arrache la petite fille de sa veste de pyjama et elle tombe sur la moquette.

L'homme et le regard noir ne font plus attention à elle. Les injures se heurtent au-dessus de sa tête. L'homme lance un cendrier contre le mur. Casse un disque. La mère lève les bras pour se protéger et pleure. Sans le regarder. Tout doucement. Comme lorsqu'elle parle à sa colère.

La petite fille ne pleure pas : cela ne servirait à rien. Elle se retire à quatre pattes sur la moquette. Se ramasse dans un coin de l'entrée où le petit frère, attiré par les cris, la rejoint. Se serre contre elle. Demande pourquoi ils crient et cassent des cendriers.

C'est toujours à cause du pognon.

Le petit frère ne comprend pas.

C'est quoi le pognon ?

Elle lui explique que ce n'est pas grave. Ça leur arrive tout le temps, aux parents. Ça doit être comme ça pour tous les parents.

L'homme passe devant eux. Il décroche son manteau dans l'entrée, enfile ses pieds nus dans des chaussures qu'il ne prend même pas la peine de lacer et marmonne des gros mots. Putain de putain de putain de bordel de merde !

La porte claque. Il est parti.

Il reviendra.

Elle l'attend.

Le regard noir lui dit qu'il ne vaut rien. Qu'elle ne doit pas perdre son temps avec un homme comme lui. C'est un bon à rien. Il va gâcher ta vie comme il a gâché la mienne. Le mariage, c'est une loterie. Tous les hommes sont des bons à rien. Elle entend ce que dit le regard noir mais ne peut s'empêcher d'être tendue vers la porte.

Il va revenir.

Elle l'attend.

Elle l'attend.

Il lui semble qu'elle l'attend toujours.

Le lendemain matin, Allan appelle. Pour m'inviter à dîner. « À huit heures ce soir chez Bonnie », il dit. Et puis il ajoute : « Si t'es libre. »

Je ne réponds pas tout de suite. Ce n'est pas que je consulte mon agenda mais je me soupçonne de berlue. Je l'ai quitté, la veille, anonyme et poli, escorte ensmo-kinée de Bonnie, et voilà qu'il me propose une collation en tête à tête. Je me demande si j'hallucine pas. C'est tout à fait possible vu mon état. On peut tout redouter d'une fille qui use ses semelles pour retrouver le goût du yaourt à la banane, apostrophe Dieu dans les églises, surprend son papa décédé en pleine rue et fouille les miroirs à la recherche de son âme.

Pour en avoir le cœur net, il n'y a qu'une solution : me heurter à la réalité. Voir si je suis dedans ou dehors. Je n'hésite pas une seconde. Je prends mon élan et balance mon pied droit, sans chaussette ni pantoufle, mon pied nu et chaud contre l'angle de la table en marbre du télé-phone. Sans lésiner sur l'impact.

C'est immédiat. Une décharge électrique me fend le corps en deux. Une gégène époustouflante. Je pousse un hurlement et lâche le combiné. Me cramponne à mon cœur de peur qu'il ne me lâche. Court-circuité. Il bat partout, mon cœur, après. Dans l'oreille, dans la jambe, dans les côtes, dans l'orteil. Il sait plus où il en est. Ma jambe droite bouillonne et menace d'exploser. La peau du petit doigt de pied se fend, éclate, et le sang coule sur la moquette blanche. Je constate tout ça et je me dis, folle de joie, ivre de bonheur, que je ne rêve pas. JE NE RÊVE PAS. Il m'invite à dîner. CE SOIR ! LUI ET MOI ! CE SOIR ! Il m'a vue, alors ! Il m'a vue ! Ce n'est pas anodin d'appeler comme ça. À huit heures du matin. Ce n'est pas anodin. Ça cache quelque chose. Il avait peur de me louper s'il appelait plus tard. C'est vrai, quoi. Et puis, si ça se trouve, il m'aime…

Il m'aime…

Je berce mon pied ensanglanté contre moi, me prosterne, remercie Dieu de tant de bonté. Merci, mon Dieu, merci, Vous que j'insulte à longueur de journée, que je prends à partie pour un oui, pour un non, que je charge de tous les péchés du monde, que j'accuse au moindre pépin, Vous n'êtes vraiment pas rancunier. Vraiment un type formidable… Comme on en rencontre peu !

– Hey ? What's happening there ?

C'est la voix d'Allan qui sort du combiné projeté à terre.

– Je viens de me cogner le pied sur la table en marbre de Bonnie… j'hulule, le souffle coupé, la bouche arrondie.

– What… What… croasse la voix sur la moquette.

Je répète en ajustant le combiné contre l'oreille.

– Va vite te mettre le pied dans de la glace sinon tu pourras plus enfiler une chaussure pendant quinze jours ! Et laisse tremper une bonne demi-heure ! Et mets une bande bien serrée après…

Il s'occupe de moi ! Soigne mon pied par correspondance ! Berce mon cœur affolé ! Enfile le bonnet de brancardier ! Je redeviens toute petite et remets mon sort entre ses mains. Ferme les yeux et savoure. Encore des ordres… Encore… J'ai envie de lui obéir. De lui appartenir. De devenir porte-clefs et me suspendre à sa ceinture.

– Allan... je lâche dans un souffle.

– Oui.

– Allan...

– Oui ?

Mais je me ravise. Trop d'empressement pourrait lui paraître suspect.

– C'est OK pour ce soir.

– T'es sûre que ça ira ?

J'expire oui, oui. Je ne peux pas en dire davantage. Je palpite de douleur et de bonheur, affalée sur la moquette.

C'est après que je constate la catastrophe.

Je viens de raccrocher d'une main, je tiens mon pied ensanglanté de l'autre, respire en dilatant les bronches pour atténuer la douleur quand j'aperçois la tache. L'énorme tache de sang rouge, épaisse, avec, en surface, des petites bulles marron qui coagulent, enserrant chaque fil de la moquette blanche. L'imprégnant. Pénétrant la fibre, la soulevant délicatement, déposant son petit lot de caillots rubis sombre bien au fond. Puis passant à la suivante. Avec chaque fois des petites bulles allègres qui viennent crever à la surface, mission accomplie.

Bonnie ! Bonnie Mailer !

Je suis virée. Obligée de m'installer au YWCA de Lexington et 51. Avec la Bible dans le tiroir de la table de nuit et le tête-à-tête avec Job. Les douches collectives, les pieds glissant sur les cafards et les bouts de savon gluants dans le bac grisâtre. Les toilettes avec papier qui gratte. Le refuge de tous les paumés du monde qui veulent se donner la main. Je connais. J'y ai habité deux semaines quand j'étais en panne de logement. Là-dessus, j'entends Bonnie Mailer bouger dans sa chambre. J'attrape un *New York Post*. M'enveloppe le pied. Enfile une chaussette. Puis une autre. Emmaillote l'autre pied pour faire comme si de rien n'était. Et mon cerveau turbote. D'abord, planquer la souillure. Puis la détacher patiemment. Dès que Bonnie aura tourné les talons. Sinon je suis bonne pour lui payer un nouveau lé de moquette. Déjà, lors de mon dernier séjour, j'avais cassé l'oreille de sa statuette maya en entrebâillant l'espagnolette. Il m'avait fallu dévaler tout en bas de la ville, le maya sous le bras et l'oreille dans un sac en plastique. Trois cents dollars la greffe ! Et le petit vieux qui devait opérer rechignait, en plus ! Du boulot de chirurgien plastique ! Qui rimait à rien ! affirmait-il. Reviendrait plus cher que la statuette ! Et pourquoi j'en achetais pas une autre à ma copine ? Elle n'y verrait que du feu. On en trouve à la pelle, des statuettes mayas, sur Canal Street. Je peux pas, je lui répondais, c'est sentimental. Elle l'a rapporté de Palenque, son maya aux larges oreilles ! Lors de son voyage de noces. Après avoir gravi main dans la main avec Ronald la grande pyramide, vous savez, celle jonchée de boîtes de Coca et de Kleenex. Elle le reniflera si je lui rapporte un maya qui sent le neuf. Non, je vous assure, je suis acculée. Ah ben dis donc, il avait conclu, écœuré, ça vous coûte cher les sentiments, à vous ! Je saisis un livre d'art bien épais et le pose sur la tache de sang. Me relève en boitant, claudique jusqu'à la cuisine pour préparer le petit déjeuner de Bonnie. Un café sans sucre, un toast beurré extra-mince, et je pousse la porte de sa chambre avec mon plateau.

Cette nuit, elle est rentrée avec Martin. J'ai fait celle qui dormait pour ne pas les gêner. Quand j'entre dans sa chambre, Martin n'est plus là. Ils se quittent toujours après avoir fait l'amour. Pour être en forme au bureau le lendemain. Bonnie sourit en grimaçant, aperçoit le plateau, demande l'heure. Je tire les rideaux et viens m'asseoir sur le lit. Je n'ai même pas le temps d'ouvrir la bouche qu'elle attaque le récit de la soirée de la veille. Une grande réussite pour les boulettes Kriskies. Ils étaient tous là. Tout ce que New York compte de politiciens médiatisés et d'exilés décoratifs, de poètes et poétesses, de stars et starlettes, banquiers et banquettes, rombières et rouflaquettes. Un succès sur toute la ligne. Le président des boulettes lui-même l'a félicitée à la fin de la soirée. Elle était assise à la même table que Brooke Shields. Elle se demande si elle ne devrait pas éclaircir ses cheveux de légers fils blonds. Comme Brooke.

– Tu ne trouves pas, hein ? Qu'est-ce que t'en dis ? Qu'est-ce que tu ferais, toi ? Peut-être que je devrais les éclaircir un peu… T'en penses quoi ?

Elle appelle son coiffeur sans attendre ma réponse. Je sens que ça l'irrite que je n'aie pas d'opinion. Elle a dû y réfléchir toute la nuit. Tout le temps où Martin l'aplatissait, elle turlupinait ça dans sa jolie petite tête soigneusement mise de côté. « Est-ce que je les éclaircis, mes cheveux, ou pas ? » Alors je donne mon avis : moi, je la trouve très bien comme ça. Après, elle ressemblera à toutes les blondes qu'on croise dans la rue.

Mais ce n'est pas du tout ce qu'elle voulait entendre. Elle me fusille du regard. Et je lis dans le canon braqué sur moi que je ne remplis pas mon rôle de parente pauvre qui se doit d'applaudir à toutes les initiatives de la main qui la nourrit. De quel droit est-ce que je donne un avis contraire, moi qui suis logée, chauffée, blanchie à ses frais ? Hein ? J'ai oublié les règles du jeu. Je suis là pour la rassurer. L'encourager dans sa lutte contre les ravages de l'âge. C'est une jeune tenace, Bonnie Mailer.

Je me tripote le pied, embêtée, et réprime un hurlement de douleur.

– Allô, Pierre… couine-t-elle.

Pierre, c'est son coiffeur. Elle lui rend visite tous les deux jours et emprunte pour lui parler une voix de petite fille soumise.

– Hier soir, j'ai dîné avec Brooke Shields et… oui, tu vois sa couleur ? et je me demandais… oui, c'est ça. Tu crois vraiment ? Ça m'irait, tu crois ? T'en es sûr ? Oh ! Pierre, ça va être formidable !

Elle étreint le téléphone, les cils embués. Et j'éprouve soudain une convulsion de sympathie pour Bonnie qui trime si dur pour rester belle. C'est du boulot après tout ! Un sacré boulot ! S'agit pas de relâcher la surveillance une seconde ni de céder à la tentation de se faire plaisir. D'avaler net une tablette de chocolat ou un pot de crème fraîche. Parce que le plaisir, on s'y fait vite, et il en faut de plus en plus, de carrés ou de petits pots, pour être rassasié. Vaut mieux y renoncer une bonne fois pour toutes. Avaler sans moufter les yaourts allégés, les Coca à la saccharine, les branches de céleri et les bâtonnets de carottes. Apprendre aussi à sourire les yeux grands ouverts. Pour éviter les petites rides. Une surveillance constante. Un boulot à temps complet. Et puis, le plus dur, ne jamais relâcher l'attention ! Un moment de laisser-aller, de plaisir, et l'âge vous saisit à la gorge ! Ce que je ne comprends pas bien chez Bonnie Mailer, c'est pourquoi elle se donne tout ce mal. C'est pas pour les hommes, ça c'est sûr. Pour faire rager ses copines ? Pour elle ? Peut-être pour les deux après tout…

– Qui appelait ce matin, si tôt ? elle demande après avoir noté sur son calepin le rendez-vous avec Pierre.

– Euh… C'était Allan. Je dîne avec lui ce soir.

Je fais des pointes dans mes chaussettes, ravie de la surprise que je lui balance de si bonne heure.

– Ah, tu vois… Quand tu m'écoutes… Ça va te faire le plus grand bien…

Elle se rengorge. Elle biche. Elle a raison. Et puis surtout, elle m'aime de lui donner raison. Elle me couve d'un regard maternel et tendre. Et je suis saisie d'une reconnaissance doucereuse pour Bonnie la pourvoyeuse. Faux-cul et dévouée envers celle qui sert si bien mes intérêts. Prête à lui apporter une autre tasse de café, à aller chercher le journal sur le paillasson, à le lui déplier. À lui faire couler son bain. À lui affûter le rasoir quotidien pour poils superflus, à déployer son peignoir. À vanter la fermeté de son ventre, de ses seins, de ses cuisses…

– Alors il a appelé. C'est bien. D'ailleurs Allan est quelqu'un de très bien…

Je fais écho. Rejoins le chœur des femelles estourbies par la grâce, la beauté, la mâle assurance de cet homme. La classe aussi ! Parce que, des beaux, y en a à la pelle ici. Surtout ceux importés de la côte Ouest. Y en a à la pelle mais mieux vaut éviter l'œil parce qu'alors là on frise le veau. Le niveau zéro de la beauté où l'âme s'est tirée depuis longtemps, dégoûtée par les conversations. Pas un pouce de place dans tous ces muscles pour y loger une idée. Notez que, faut être honnête, réussir à être beau dans la tête et dans la peau, c'est vertigineux comme efforts. Allan, je ne sais pas pourquoi, une petite voix me souffle qu'il a bon partout.

– On a parlé de toi, hier soir pendant le dîner…

Elle dit, en déchiquetant délicatement le bord dentelé de son toast extra-léger et en savourant une gorgée de café.

– Je lui ai demandé de te sortir un peu. Pour que t'arrêtes de te morfondre…

Quoi !

Il m'invite à dîner parce que Bonnie Mailer le lui a demandé ! Il s'immole en boy-scout toujours prêt et inscrit sa BA sur son carnet à bons prédécoupés pour le paradis ! Et moi qui entamais la gigue de la sylphide à l'idée de l'avoir enjôlé ! Qui immolais mon pied en sacrifice ! Offrais ma douleur à l'Escroc ! Me pliais devant Sa trop grande bonté et Son fair-play !

Sois gentil, qu'elle a dû lui souffler entre un sourire sans plis aux poètes échappés des geôles totalitaires et un coup d'œil sur le Régé Color de Brooke Shields, elle va pas bien. Sors-la un soir. Ça la distraira. Et puis qu'est-ce que ça te coûte, hein ? Tu feras d'une pierre deux coups. Une bonne action et un cours de français. Je suis sûre que tu l'as oublié, ton français. Ha ! ha ! ha ! T'es fantastique, Bonnie ! a répondu le boy-scout toujours prêt, aux dents blanches, aux muscles bandés, aux larges épaules prêtes à protéger l'humanité souffrante et rachitique. Jamais vu quelqu'un qui a l'esprit aussi pratique. Tu sais que tu es gentille en plus ! Si, si, je t'assure. Tu es carrément gentille. Généreuse, même. Sensible à la souffrance de ta pauvre copine. Et elle de protester, ravie qu'on lui accorde un début d'âme. D'en rajouter dans le détail horrible pour montrer qu'elle compatit, de lui refiler un bout d'agonie de mon papa à l'hôpital Ambroise-Paré. Dix centimètres de tube dans le nez, un râle émis par le poumon gauche. C'est horrible, tu sais, le cancer du poumon. On ne meurt pas, on étouffe. On suffoque. On recrache sa vie petit à petit. Il a dû souffrir terriblement. Et elle à son chevet forcément… Vraiment pas mal ces mèches blondes. Vraiment pas mal. Demain, j'appelle Pierre. Et puis elle ne voit personne ici. Personne. D'accord. Je l'invite, il a rétorqué pour couper court à l'hôpital et au goutte-à-goutte. Quoique le français, entre nous, on se demande à quoi ça peut encore servir. T'as pas une Japonaise en pension ?

Ha ! ha ! ha !

Il me fait la charité. Il s'offre à trimbaler une estropiée du cœur et du pied pour les beaux yeux de Mme Kriskies. En souvenir de Ray's Pizza et de Columbia University. Je sens mon sang battre à toute vitesse dans mon orteil et contemple ma chaussette. Je fais la grimace et m'apitoie sur moi-même à m'en rendre malade. Si Bonnie ne trônait pas devant moi, dans son lit, je me jetterais au fond des coussins et pleurerais à m'en vider l'âme. Ça coulerait de partout et je rendrais le monde entier responsable. Remonterais jusqu'au plus haut de la hiérarchie, réclamerais, parce que c'est pas normal que je n'aie que du malheur.

Ça doit être une leçon de Papa, là-haut. Ou de Dieu. Ils sont de mèche tous les deux. Ça m'apprendra à faire relâche de deuil aussi vite. Une petite entourloupe pour m'encourager à poursuivre sur la seule voie digne de moi ; celle de la douleur et de l'effort. Parce que sans effort on n'arrive à rien. Et, moi, j'ai cru une seconde que, pfft ! ça y était. Ni vu ni connu. Je me débarrassais de mes oripeaux noirs et plongeais dans le carnet rose. Bien trop facile, ma vieille. Si le monde tournait comme ça, où irait-on ? Hein ? Comment on les tiendrait, les hommes, après ? Ils réclameraient tout. Un petit carré de douceur, un autre et encore un autre, et ils empochent la tablette comme un droit acquis. Non ! Non ! C'est pas comme ça que ça marche… Faut souffrir. Enfin, tu le sais bien.

Ils me sermonnent tous les deux en se poussant du coude sous la large toge blanche. Mais tu ne peux pas t'empêcher d'y croire, il ajoute, mon papa qui fait du zèle pour se faire bien voir. C'est ça ton problème. Et j'avais beau te décourager, tu t'entêtais. Tu t'entêtais à espérer. À espérer que j'allais revenir et rester. Pour toujours… Tu veux que je te dise ? Tu vaux pas mieux que ce naïf de Job finalement. Vous êtes à ranger dans le même casier tous les deux. On vous entourloupe ni vu ni connu. Victimes consentantes à condition qu'on ne vous empêche pas de croire. À l'Amour… Tu te racontes des histoires, ma fille. Tu t'es toujours raconté des histoires.

Toujours…

Les troncs des arbres glissent le long de la voiture et bruissent comme un jupon de soie troussé. Les bornes kilométriques défilent et la petite fille les compte en criant.

– 24, 25, 26, continue, tu vas battre ton record !

Elle et l'homme. Lancés dans une course folle. Sur la route nationale 7 que la Panhard avale. Un même profil, une même bouche ouverte qui crie à l'approche des bornes. L'homme a les mains crispées sur le volant. Elle a les siennes écrasées sur son siège. Un seul regard. Une seule jubilation. Plus vite ! Plus vite ! Les mêmes pommettes brillantes et la même rigole de sueur qui coule sous le bras. De temps en temps, un regard à la dérobée. Comme pour vérifier qu'ils sont bien à l'unisson. Même s'ils le savent depuis longtemps. Ils s'épient dans les glaces, les vitrines, les flaques d'eau. Ils ne s'en cachent pas. Ils guettent le reflet de l'autre, le reflet jumeau qui rassure, puis relèvent la tête et crient qu'ils sont pareils. Pareils. Pareils.

Ma fille !

Mon papa !

L'homme et la petite fille.

Ils se récitent leurs incantations.

– Je t'aime, ma reine, je t'aime, tu es ma vie, mon souffle, mon sang, petit ventre rond.

– Je voudrais que la route ne s'arrête jamais.

– Jamais rien ne nous séparera. Ni un homme ni une femme ni un train ni un océan. Jamais rien.

Les arbres et les bornes s'effacent et ils montent ensemble dans le ciel.

Rien que tous les deux.

Elle ne sait pas où ils vont.

Il met le doigt sur sa bouche. Surprise. Surprise.

Tous les deux sur la route blanche.

Tous les deux tout à l'heure à la station-service. Elle grattant sur le pare-brise les mouchechics écrasées, lui accroupi devant les pneus, chantonnant : « La vie, la vie, c'est fantaschic. » Tu veux des bonbons, ma fille, tu veux des bonbons ? Tiens, je t'offre toute la boutiche. À la menthe. À la régliche. Au tutti-fruttiche.

– Et qu'est-ce que tu veux encore, ma fille, mon amour, ma beauté ?

– Je veux que tu me fasses Oncle Picsou qui compte ses sous.

– Oncle Picsou qui compte ses sous ? Un jeu d'enfant, ma fille, ma beauté, mon amour. Un jeu d'enfant.

Il fait claquer ses souliers, casse ses coudes, casse ses genoux et se dandine. En caquetant. En balançant son derrière.

La station-service brille. La voiture brille. Le pompiste applaudit et leur fait un signe avec son chiffon quand ils démarrent et elle lui répond, joyeuse.

Propriétaire.

De la Panhard, de la nationale, des platanes, de l'homme, du monde entier. Elle ouvre tout grands les bras et pousse des cris de joie.

En avant ! En avant ! Encore ! Plus vite !

Les arbres se plient. Les bornes se courbent. Pas n'importe quels arbres. Pas n'importe quelles bornes. Petits cailloux blancs qu'elle sème dans sa mémoire.

– Le jour où je mourrai, je veux que tu meures avec moi, il dit en appuyant très fort sur le volant. Juré ?

Elle tend la main. Elle jure.

Il dit :

– Attends, attends.

Il ralentit, ouvre la portière et crache. Bien fort. Bien loin.

Elle n'a plus peur de rien.

Plus vite ! Plus vite !

– C'est quoi mourir ? elle demande.

Il ne sait pas. Il lui racontera quand ça lui arrivera. Il double les voitures. Il klaxonne et elle applaudit. Elle se retourne pour voir la trace des escargots derrière. Puis se colle contre lui et l'embrasse fort, fort. L'élastique de sa culotte la serre à la taille. Faudrait qu'elle s'écarte pour le détendre un peu mais elle n'ose pas. Elle se gratte vite d'une main et revient se coller contre lui.

– Quand on arrivera je leur dirai à tous quelle équipe formidable on fait tous les deux !

– Quand on arrivera où ? elle demande en baissant la tête.

– Tu verras… Une grande maison pleine de gens. Tu vas bien t'amuser. Il faudra être gentille.

– Ah !…

Elle ne sera plus seule avec lui. On va le lui prendre.

Le jour devient gris et les arbres noirs. Elle oublie une borne puis deux. La fatigue lui pique les yeux. Mais elle reste tendue à côté de lui. Elle s'accroche à son coude. Pose la tête sur son bras. Respire l'odeur de sa veste. Elle veut qu'il batte son record. Qu'il soit le plus rapide du monde. Qu'il les écrase tous au concours de vitesse. Elle invente des bornes. Il appuie sur l'accélérateur. Les arbres font comme un rideau le long de la voiture. Elle ferme les yeux.

Plus vite, plus vite.

Soudain il ralentit. Il dégage son bras. Il se rajuste et tourne le rétroviseur vers lui. Passe sa main dans ses cheveux. Ses doigts resserrent la cravate.

– Dix nuits sans regretter l'œil niais des falots…

Elle murmure les mots tout bas. Pour conjurer la peur qui l'envahit. Toujours la même peur. Qui la saisit et la pince. La vide de son sang, de sa joie, lui retire son sceptre de reine du monde. La laisse sur le carreau, ratatinée, inutile. Toute petite. Elle n'est pas de taille à lutter. Elle le sait. Elle répète les mots, les mots magiques.

– L'œil niais des falots… La chair des pommes sures…

Mais il n'écoute pas. Il prend une petite route. Une autre petite route. La campagne et les ombres remplacent les arbres et les néons des stations-service.

L'homme s'arrête. Se penche sur une carte qu'il déplie.

Il allume son briquet et elle souffle sur la flamme.

Pour jouer.

Pour qu'il rie avec elle et chasse la peur.

– Arrête. Ce n'est pas drôle. On est suffisamment en retard comme ça.

Éjectée en une phrase.

Étrangère.

Son cœur s'emballe : le danger est tout près. La peur la plaque sur le siège, lui cloue les mains et les jambes. La peur qui rend la bouche sèche et muette, qui creuse dans le ventre, qui coupe les jambes. La tête lui tourne. Elle ne sait plus où elle est. Elle regarde l'homme pour s'accrocher à lui. Pour qu'il la rassure. Qu'il voie qu'elle l'aime tant. Mais il ne la voit plus.

Il gare la voiture devant un portail de maison. Sort. Appuie sur le klaxon. Une dame vient ouvrir. Elle aperçoit ses pieds dans le rayon des phares. Des ongles rouges dans des sandales noires, très hautes. Des pieds qui se soulèvent pour être à la hauteur de l'homme. Qui redescendent et se soulèvent encore. Qui tournent sur eux-mêmes. Se replient sous la robe. Une robe noire fendue jusqu'à la cuisse. Avec les mains de l'homme qui la chiffonnent. Elle met les phares en plein et la femme apparaît tout entière. Elle peut la voir, maintenant. Le coude levé pour protéger les yeux. Le cou tendu pour apercevoir qui est dans la voiture. La bouche rouge et ronde.

Et l'homme qui les présente. L'une à l'autre. Fier. Propriétaire.

Ma fille…

Elle, assise bien droite, prête à recevoir le coup.

Les mains moites qui glissent sur le siège et le dos qui se courbe. La nuque docile. Gentille. Bien gentille.

Prête à entendre le nom de l'autre.

Elle a froid. Le portail est laid. Écaillé. Rouillé. Une rose pend, brisée. Elle a envie de pleurer. Ce n'est pas son rôle de pleurer. Il se mettrait en colère. Il s'éloigne-rait. Son rôle à elle, c'est de lui permettre de rejoindre les talons noirs en toute impunité.

Les talons noirs de Mme Lériney.

Alors, forcément, elle s'annonçait mal cette soirée avec Allan. D'abord y avait mon pied. Qui me lancinait tout embobiné dans une grosse chaussette blanche. Me faisait la démarche pataude. M'interdisait non seulement l'escarpin gracieux ou le mocassin étroit, mais la tennis mince ou la botte en pointe. Il ne me restait plus que la savate. L'épaisse savate avachie, pas vraiment sexy, celle que je trimbale en cas d'intempéries et dont je bourre les contreforts de bas de laine chauds et épais. Sans parler des mains ! Une catastrophe ! Rouges, râpées, les doigts pelucheux, striés de mille petites crevasses roses, les ongles anémiques et creux. Bonnie avait à peine terminé son bain chaud et sa pomponnette devant la coiffeuse que je filais au drugstore du coin acquérir le détachant miracle qui fait du blanc avec du sang. Quinze dollars quatre-vingt-quinze cents le flacon. Moins cher que l'oreille du maya mais tout de même pas donné pour du liquide ammoniaqué. Armée de la fiole précieuse et d'un chiffon blanc, j'ai failli m'asphyxier en détachant. Le liquide immonde attaquait mes doigts, me rongeait la peau, m'emplissait les narines, me poussant au bord de l'écœurement, de la nausée, du vertige, avec perte de gravitation et canapés qui tournent. Mais bon, ça marchait. Et ça marchait même si bien qu'apparut en place du sang une tache encore plus blanche que le reste. Il fallut que je réfléchisse un bon moment pour savoir comment j'allais l'égaliser. La salir judicieusement pour que ça fasse blanc un peu sale et pas blanc éclatant. Un casse-tête de ménagère experte. Je tripotais un chiffon, me grattais la peau jusqu'au sang, épluchais la cuticule des ongles quand j'eus une idée de génie. J'ai maquillé la carpette. Avec un peu de fond de teint. Parce que, dans les moquettes, les crèmes, ça pénètre ! Ça m'a bien fait marrer, cette histoire. J'étais là assise, ivre de vapeurs suspectes, à rigoler autour de la tache qui peu à peu s'ivoirisait, se fondait avec le reste. J'en ai presque oublié l'heure et le rendez-vous avec Allan. Pour tout dire, j'étais un peu pompette.

C'est la clef dans la porte qui m'a rappelée à l'ordre. Bonnie rentrait. Gaie comme une pinsonnette. Finissant une phrase en direction de Walter, m'adressant un large sourire qui se figea aussitôt en moue réprobatrice quand elle aperçut mon caleçon et mes chaussettes.

– T'es pas prête ? Il est sept heures et demie. Allan sera là dans une demi-heure et t'es pas prête…

Je file à la salle de bains. Mais elle ne me lâche pas et me rejoint. S'assied sur la cuvette des WC et enchaîne :

– Comment tu t'habilles ce soir ?

J'en ai pas la moindre idée.

– Tu veux que je te prête quelque chose ?

À travers le rideau de la douche, je bougonne pour la tenir à distance et me mets à gamberger. J'ai un problème avec les fringues. Les fringues de femme. Ce sont mes ennemies personnelles. Elles passent leur temps à me poser des pièges. Défroques étincelantes qui s'éteignent sur moi comme des étoiles filantes. Je les convoite dans les vitrines, les pages des magazines. Elles me font de l'œil. M'appâtent. Je les achète, subjuguée. Les dispose tels des monarques dans mes penderies, les reluque, les imagine descendant des escaliers, se posant sur des cana-pés, s'alanguissant dans des bras inconnus… sans moi.

Mort-nées dans mes placards.

J'arrive pas à me faufiler dans des tailleurs pincés, des robes échancrées, des jupes fendues. La vraie élégance, à ce qu'il paraît, c'est de dominer ses atours. De les regarder de haut. De les traiter en subalternes gracieux mais congédiables sur-le-champ. Moi, c'est le contraire, ce sont eux qui me toisent, qui me congédient, qui pouffent derrière mon dos. Toute nue, oui. En jean, oui, oui. Hissée sur des talons, pas question. Je ne peux pas.

Un fantôme qui sort des placards et m'interdis de me transformer en femme.

Pourtant j'essaie. J'en achète, des tenues de rêve ! J'arrête pas, même. Le nez collé dans mes penderies, je les caresse. Les apprivoise. Les défais tout doucement de leurs cintres. Les étale sur le lit. Les flatte. Et là ça commence… Elles me regardent. Je vous jure. Elles me houspillent, me disent : « Mais tu vas être ridicule ! Tu t'es regardée dans une glace ! Tu ne seras jamais à la hauteur ! »

À la hauteur de quoi ?

À la hauteur de qui ?

Hein ? je vous le demande un peu.

Quelquefois, je leur résiste. Je les force à se poser sur moi et à y passer toute la soirée. Je me bouche les oreilles. Me colle les coudes au corps pour qu'elles ne se tirent pas. Cramponnée à ma décision d'être femme.

Mais souvent, je renonce.

Enfile un jean, un tee-shirt et leur fais un pied de nez.

De toute façon, ce soir, je n'ai pas le choix, avec mes savates. C'est le caleçon et rien d'autre. Et puis, je ne vais pas me mettre en frais pour une soirée placée sous le signe de la charité.

– Alors ? pianote Bonnie agacée par mon mutisme.

– Sais pas. Je réfléchis. C'est pas évident avec mon pied… J'ai loupé un trottoir et voilà le résultat !

J'exhibe mon orteil pour qu'elle comprenne. Qu'elle ait tous les éléments en main et fonce tout droit à la même conclusion que moi. Elle considère mon petit doigt de pied, dégoûtée, et conclut comme une grande qu'en effet c'est pas évident. À partir de là, je ne l'intéresse plus. Elle se retire de la cuvette et me laisse tranquille.

Et quand Allan sonne, c'est en talons plats, caleçon gris, long cardigan gris et pardessus d'homme que je m'apprête à l'accueillir. Pas de cul, pas de seins, pas de cambrure provocante. Planquée. Tranquille. Presque souriante.

Mon âme est là. Mais dans quel état ! Elle ne s'est pas cassée puisque cette soirée compte pour du beurre, mais elle n'en mène pas large. Elle ballonne, elle s'affole, menaçant à chaque instant de disparaître en emportant mes derniers effets. Je tente de la calmer, compte intérieurement 24, 25, 26, 27… et baisse les yeux sur mes ongles ravagés, mon pied estropié et ma tenue pas vraiment à la hauteur.

Lui, il m'a à peine vue entrer dans le salon. Il s'est assis avec Bonnie dans un grand canapé blanc, un verre à la main. J'ai tout de suite envie de fermer les yeux et de me jeter contre lui. De m'accrocher à sa ceinture et de lui demander : « Alors, on va où ? » Je me retiens. Cours jusqu'à l'autre canapé blanc et croise les jambes. Les bloque même. Pour qu'elles arrêtent de me jouer des tours. Bonnie frappe un bouton sur sa chaîne compacte. Comme ça. En passant. Un peu de musique pour teinter l'atmosphère.

Et moi, je le regarde, mine de rien.

Il parle. Derrière son verre. Derrière son sourire. Ses cheveux noirs épais brillent, ses longs doigts serrent le verre, ses longues jambes… Je les désire, ses jambes. Contre moi. Je les imagine toutes nues emmêlées aux miennes. Je les renifle, les lâche plus. Remonte jusqu'au

346

torse, enfonce mon nez dedans, guigne la bouche, la langue…

Il ne fait pas attention à moi et ça m'arrange bien. Laisse-moi. Donne-moi le temps. Le temps de me remplir les yeux. De rêver que je suis contre toi et que je me perds dans ta bouche.

Je les regarde de loin. Bonnie et Allan. Je les entends à peine. Je m'en fiche, je me dis, c'est le meilleur moment de la soirée. Parce que, après, il va falloir faire semblant. Donner la réplique. Et je ne pourrai plus rêver.

Il m'a parlé finalement. Il a tourné la tête vers moi et j'ai senti son odeur. Une odeur de peau bien propre mélangée à une eau de toilette fraîche et légère qui dansait sous mon nez. Du citron, du santal et de la lavande peut-être. J'étais si étourdie que j'ai décidé de ne plus respirer et j'ai demandé un verre de scotch. Pour y plonger le nez. Heureusement que Bonnie faisait la conversation. Riait à gorge déployée. Je ne comprenais pas pourquoi elle riait si fort. À tous propos. Comme une ponctuation obligée. Qui prouve que tout va très bien et qu'elle est en bonne santé. Heureuse de vivre. Elle riait. Ha ! ha ! ha ! Et je riais aussi. Ha ! ha ! ha ! Moins bien qu'elle. Avec un temps de retard. Je l'entendais, mon rire. J'étais gênée tellement il sonnait bête. Il me semblait venir d'une autre. D'une autre que je déteste, toujours la même, celle qui s'entretient avec Bonnie Mailer. Comme si, avec Bonnie, je ne pouvais être que celle-là : celle qui rit bêtement et qui débite des sornettes. J'ai arrêté de rire et j'ai fixé mes pieds. Quel rapport existait-il entre la sotte qui rit bêtement et l'autre, la vraie ? Quand est-ce que j'arriverais à être moi-même pour de bon ? Inutile d'essayer avec Bonnie Mailer, je me suis dit. Elle n'y comprendrait rien.

Je me suis sentie encore plus malheureuse.

À un moment, Bonnie a regardé l'heure et nous a dit de filer. J'ai failli lui demander de venir avec nous. Puisque cette soirée comptait pour du beurre. Et puis je me suis dit qu'elle serait furieuse. C'était pas ce qu'elle avait prévu. Elle nous a poussés vers la porte et nous a souhaité une bonne soirée. Le téléphone a sonné. Elle a abrégé les adieux.

– Ciao ! Ciao ! elle a crié en refermant la porte.

Walter n'a rien dit. Mais il m'a regardée passer avec satisfaction et fierté. Il a levé le pouce dans le dos d'Allan pour me féliciter d'une si belle escorte. Je me suis demandé si Walter aussi faisait partie du complot. Si je lui inspirais de la pitié. À ce moment-là, mon regard est tombé sur ma savate hideuse et je me suis trouvée carrément minable. Ça m'a rendue furieuse et j'ai détesté le monde entier. C'est toujours pareil : je veux bien souffrir, mais dans le plus strict incognito. Je ne supporte pas la pitié malveillante et doucereuse. J'ai eu envie de tourner les talons, de boucler mes sacs et d'aller prendre une chambre au YWCA avec Job dans le tiroir. Mais, à ce moment précis, Allan m'a demandé si ça m'ennuyait de marcher. Il aime bien déambuler la nuit dans les rues. J'ai mis ma colère de côté et j'ai dit non.

C'est vrai, c'est ce que je préfère à New York : marcher la nuit. Quand les jarrets tendus dans les Nike se reposent et que les banquiers ont débranché leur ordinateur. Errent dans les rues les laissés-pour-compte, les broyés par la machine, les vagabonds ou les dingues en liberté qui poursuivent dans des flaques sales et luisantes leur monologue halluciné. Seules les sirènes des ambulances ne se donnent pas de répit et hurlent, affairées, dans tous les sens. C'est l'heure où s'animent les caniveaux, où les Macadam Cow-boy boivent des bières en évoquant le bon vieux temps. Le temps où ils croyaient encore y arriver. Où ils étaient encore assez nigauds pour gober le rêve américain.

– T'as déjà été à Moscou ? je demande à Allan.

Il dit que non.

– À Moscou aussi, il y a des gratte-ciel. Les mêmes qu'ici. Enfin, je veux dire, que les vieux ici…

– Ils ont dû être construits à la même époque alors.

– Ouais, sûrement.

– Pas par les mêmes gens…

Il ajoute, pour bien marquer la différence entre son pays et l'autre. Entre le monde libre et le goulag.

– Sauf que quelquefois je me demande si c'est pas justement les mêmes gens…

Je dis bien fort pour qu'il entende.

C'est plus fort que moi. Je sens bien alors qu'il recule. Qu'il se contracte. Il ralentit et me regarde. Et, moi, j'enchaîne sans perdre une minute.

– Ben oui… Là-bas, c'est le communisme qui rend les gens misérables, ici, c'est le blé. Le blé qui commande tout. Tu gagnes du blé ou tu crèves. T'es au Parti et tu te la coules douce ou t'y es pas et tu trimes. Mais au bout du compte, hein ? C'est du pareil au même.

Je lui rends la monnaie de sa pièce. Je leur rends à tous la monnaie. Ils n'ont qu'à pas me faire l'aumône. Et alors, saisie d'une véritable frénésie, je continue, très fière :

– Il y a même des moments où je me dis que je vais finir communiste en vivant ici…

– Pourquoi ? il demande, estomaqué. Tu n'aimes pas l'Amérique ?

– Je ne l'aime plus. Je l'aimais beaucoup avant.

– Avant quoi ?

– Avant…

Quand Hollywood nous balançait son rêve et ses grands espaces, Jimmy Stewart et Frank Capra, des belles causes à défendre, des faibles à chérir, des étoiles à découvrir.

– Tu savais, j'enchaîne, que le fils Hemingway a vendu le nom de son père à une société qui fabrique des tenues de safari et des gros calibres ? Tu savais ça ?

– Non… Ça te choque ?

– Pas toi ?

– Alors pourquoi es-tu venue ici ?

– Parce qu'ici t'as pas le temps de penser et moi j'en avais marre de penser. On fait que ça en France : on pense et on en devient tout mou, tout bête. On tourne en rond et on se croit très intelligent en plus ! Tu veux que je te dise : on finit par prendre des vessies pour des lanternes tellement on se croit intelligent !

– Dis donc, qu'il reprend, ragaillardi, tu n'aimes rien, toi ? Tu critiques tout. Tu es bien française.

– Peut-être. Mais je me raconte pas d'histoires au moins. Ici, vous allez à toute allure, vous pétez d'énergie, mais vous en faites rien de bien, de votre énergie. Rien que des dollars. Et y en a marre du dollar ! C'est vrai quoi ! Vous pensez qu'à ça ! Vous vivez que pour ça !

Il accélère le pas, et j'ai du mal à le suivre. Je traîne la patte dans ma savate. Je trébuche même sur un trottoir pour essayer de rester à sa hauteur et bouscule mon orteil qui hurle de douleur. Je ralentis, le souffle coupé, et retiens mes larmes. Il n'a rien vu. Il avance. Il va tout droit au restaurant. Il s'appelle Chatfield's, le restaurant. Je le connais déjà. Les Nikées viennent s'y reposer quelques heures, après le boulot. Le temps de grignoter des olives vertes et des pickles. De boire une Margarita. De loucher sur le voisin pour voir s'il ne ferait pas l'affaire. Le temps d'une nuit. Pour se frotter un peu la peau avant de retomber dans la cadence du bureau. L'intérieur est rose bonbon ; le chef, français bien sûr ; la carte des vins, variée. Des boiseries raffinées, des gravures anglaises et des lumières tamisées. Le patron se limaçonne devant sa secrétaire, le jeune cadre devant sa chef de marketing qui, elle, se masse les mollets sous la table en se demandant si l'aventure en vaut la chandelle.

Au bar se regroupent les amazones. Aux aguets. Les yeux rétrécis sur l'entrée du couple que nous formons, Allan et moi. Prêtes à soupeser leurs chances contre les miennes, à harponner le mâle, à se le disputer sous mon nez. Je leur jette un regard qui se veut triomphant, mais bute, misérable, contre leurs hauts talons, leurs gorges enchâssées dans des toilettes qui pendent à mes cintres.

Je ne suis pas à la hauteur.

Allan parlemente avec la serveuse pour obtenir la table qu'il désire et non celle qu'on lui a réservée dans un coin près des cabinets. Normalement, on devrait attendre. Piétiner au bar avec tout le monde avant qu'on s'intéresse à nous. Mais devant la haute taille d'Allan, sa dégaine, son aplomb, la serveuse se laisse convaincre. Et nous en attribue une autre en minaudant.

On s'assied. On étudie le menu. Lui surtout. Il a l'air de vouloir vraiment se donner du mal pour que cette soirée soit une fête.

– Tu n'as rien contre la nourriture américaine ? il me demande en me dédiant un de ses sourires qui fait des vagues. Surtout qu'ici elle n'est pas vraiment américaine…

Ses longs doigts aux ongles transparents feuillettent la carte des vins et j'ai le cœur qui bat si fort que je n'ai même plus la force de choisir moi-même.

– Commande pour moi.

Il lève les yeux, étonné.

– Commande pour moi. J'ai pas envie de m'en occuper… Je veux lui voler encore un peu de beauté. Pendant qu'il tient les yeux baissés sur la carte. Lui tirer le portrait. Pour plus tard.

– T'es une drôle de fille, tu sais.

Il me regarde comme s'il n'était pas en service commandé. Je ne veux pas savoir ce qu'il entend par drôle de fille. Je retiens ce qui m'arrange : je suis spéciale. Je croise les jambes sous la table et ramène mes savates. J'ai envie de tout lui dire alors. Parce que c'est important et qu'il ne s'en doute pas. Il croit que c'est une soirée comme les autres. Mais il ne sait pas. Je voudrais arrêter d'être en colère, tout le temps. C'est fatigant. Poser les armes et lui raconter. Que je sais que Bonnie a tout manigancé et que ça me rebute. Que, la première fois que je l'ai vu, j'ai voulu le revoir d'urgence. Que j'aime ses poignets, ses coudes, son sourire, et je m'en fiche pas mal que tout ça soit américain. Que si je vilipende l'Amérique d'aujourd'hui, c'est que je l'ai trop aimée avant. Que j'aime quand il me regarde avec des yeux qui écoutent. Qui me disent que je suis unique.

Unique.

Il me regarde avec ses yeux qui écoutent. Il attend que je parle. Et je vais lui dire. Mais un type s'installe au piano et me coupe la chique. Il attaque un de ces vieux classiques qui font fondre dans les chaumières, du genre « Quand je vois tes yeux, je n'ai plus besoin d'allumer la lumière », et Allan m'abandonne pour rejoindre la musique. Il ne hausse pas les épaules quand le type pianote la mélodie idiote, dégoise les mots idiots. Il prend un air de connaisseur et se dilate d'aise, se coule dans le fauteuil en peluche rose, caresse les accoudoirs et discute pinard avec le sommelier qui lui recommande une bonne bouteille. Je laisse tomber les confidences. Je me ressaisis. Je ne vais pas me jeter dans ses bras, quand même !

Un jour, l'homme vint dans sa chambre et lui dit qu'il partait.

Pour de bon.

Il ne pouvait plus vivre avec le regard noir.

C'était une histoire de grandes personnes.

Mais, elle, il l'aimait et l'aimerait toujours. Elle resterait la seule femme de sa vie. Il ne se remarierait jamais.

Jamais il n'aurait d'autre enfant.

Jamais d'autre petite fille.

Il l'avait prise dans ses bras et la tenait contre lui. Assis sur le dessus-de-lit écossais de sa chambre. La bouche contre sa joue, il disait que c'était comme ça, l'amour, on commence et on arrête un jour. Elle lui demanda si c'était toujours comme ça : on se lève et on part ?

Toujours ?

Toujours ?

Comme un film qui s'arrête et recommence, et si on reste plusieurs séances on peut avoir sans arrêt la fin et le début, la fin et le début et toujours la même histoire. Sauf que, les acteurs, ils ne savent pas qu'ils jouent toujours la même histoire et que, leur film, on l'a déjà vu cent fois. Eux, ils y croient et ils le jouent comme à la première séance.

Il rit et la serra encore plus fort contre lui.

Elle crut qu'elle avait gagné.

Il avait terminé son histoire avec le regard noir mais, elle, elle n'était pas concernée. Elle allait pouvoir rester avec lui à la séance suivante et à toutes les autres. Il n'y avait que le regard noir qui quittait la salle.

Elle courut jusqu'à la penderie et sortit la robe jaune et vert qu'il lui avait achetée l'autre jour aux Galeries Lafayette. C'était son coup favori quand il avait touché du pognon. Il l'emmenait aux Galeries ou au Printemps, il se mettait près d'une caisse avec son chéquier ouvert et il lui disait : « Vas-y, prends ce qui te plaît. Moi je paie. » Elle courait d'un rayon à l'autre et attrapait tout ce qui lui plaisait. En vrac. Un gros tas de robes roses, bleues, vertes avec des dessins multicolores, des raies violettes, des ronds tournesol, des carreaux chocolat. Du rouge sur du bleu, du bleu sur du vert, du vert sur de l'orange. Et des rubans assortis pour mettre dans les cheveux, des nœuds de velours, de satin, des barrettes dorées, argentées. Et les chaussures, dis, les chaussures ? Des rouges et des bleu roi, pourquoi pas ? Il disait oui, oui. Il disait encore, encore, tout ce que tu veux. Et il payait.

Il faisait semblant de fermer les yeux en signant le chèque tellement la somme était grosse, mais il payait. Il demandait : « Pourquoi tu ne gardes pas tout sur toi ? » Elle hochait la tête et reprenait ses robes. Filait dans la cabine enfiler la plus belle, renversait la tête, ébouriffait les cheveux, accrochait un nœud et ressortait en marchant comme une princesse. Il était accoudé à la caisse. Son regard la suivait. Un regard qui rayonnait de fierté. Il se penchait vers la vendeuse et il lui disait : « Vous avez vu ma fille ? C'est une fille formidable. Attendez qu'elle grandisse et vous verrez la fille formidable qu'elle sera. Rien ne lui résistera… » Elle faisait semblant de ne pas écouter mais elle n'entendait que ça. Elle avançait délicatement entre les robes et les rayons et elle se répétait : Je suis une fille formidable. Je suis une fille formidable et rien ne me résistera. Et puis elle inclinait légèrement la tête pour remercier la vendeuse et repartait suspendue au bras de son papa.

Elle enfila la robe jaune et vert, renversa la tête, se brossa les cheveux et lui tendit le bras. Pour être jolie pour partir. Tous les deux. Ensemble. Comme il ne bougeait pas, elle sauta d'un pied sur l'autre et fit tourner la robe au-dessus de ses cuisses, tourna, tourna, tourna dans la chambre, tourna à en avoir le vertige, à mélanger le vert et le jaune, les carreaux et les ronds, à voir le dessus-de-lit écossais partout en large bannière, en papier sur les murs, en peinture au plafond, tourna à en perdre l'équilibre et à tomber dans ses bras. « T'as vu comme je tourne si je veux ? »

Elle se vantait.

Pour qu'il ne pense pas qu'elle sera un poids pour lui dans sa nouvelle vie. Sûrement pas. Elle se débrouillera toute seule.

Il la regardait sans parler. Immobile. Il ne souriait plus.

Il a peur que je sois un poids. Que je pleure, que je réclame. Que je sois triste et lourde.

Elle fit une pirouette, deux pirouettes, la grande roue, et retomba sur ses pieds. Puis elle imita le clown. La bouche en large grimace, le nez rond et rouge, les yeux écarquillés, les mains plantées sur les hanches, les pieds en éventail avec de grosses godasses jaunes et des lacets noirs.

Tu ne ris toujours pas, Jamie ?

Non, il ne riait pas.

Il restait là, immobile, à la regarder. Ou plutôt non : il avait bien les yeux grands ouverts, mais elle avait l'impression que son regard était transparent. Il lui passait à travers le corps mais ne la voyait pas.

Peut-être qu'il s'ennuyait ?

Elle joua l'Italienne. Les doigts en bouquets vert, blanc, rouge, les coudes en équerre. Récita les mots qu'il lui avait appris. Prego signor… ti voglio bene. Molto bene. Moltissimo.

Il ne bougeait toujours pas.

Elle commença à être inquiète. Quelque chose clochait. Parce que sinon ça fait longtemps qu'il aurait applaudi et serait entré dans son jeu. Aurait fait mine de l'enlever et salut, salut la compagnie on se tire tous les deux ! Salut le petit frère, salut le regard noir ! C'est pas nous, c'est l'amour qui veut ça. En route pour la prochaine séance. Et ils auraient pouffé de rire en sortant.

Elle n'avait plus assez de forces pour continuer à faire le clown alors elle cambra son dos et tendit ses fesses. Mit le doigt sur le menton et lui posa une question muette. Tu m'emmènes, hein ? Tu m'emmènes avec toi ?

Il fallait qu'elle soit sûre, elle ne pouvait plus attendre.

Tu m'emmènes, dis ?

Il se laissa tomber contre la robe jaune et vert. Colla son visage contre ses jambes. Il balbutiait des mots d'amour et elle lui tapotait les cheveux. Doucement, doucement. Il ne fallait pas qu'il pleure puisqu'ils allaient sortir tous les deux et monter dans la voiture, la Panhard garée au bas des marches qui l'attendait comme un carrosse.

Il secoua la tête.

Ce n'est pas possible.

Elle doit rester avec le regard noir. C'est la règle.

La règle.

Mais il viendra la voir, souvent, souvent. Il a droit à des visites.

Des visites.

Ses jambes tremblèrent. Elle ne bougea pas. Si elle se mettait à pleurer comme lui, c'est sûr qu'il partirait. Il ne le supporterait pas.

Quand ? Quand ? Quand par exemple la prochaine fois ?

Quand la première visite ?

Bientôt.

Bientôt…

Il dénouait ses bras lentement, lentement. Elle le sentait qui se retirait doucement en glissant sur la moquette. En glissant les mains le long de la robe. En la tenant à bout de bras. En ne la tenant plus du tout. Il s'éloignait en lui faisant croire qu'il ne s'en allait pas tout à fait. Elle ouvrit la bouche et fit une grosse bulle avec les larmes qui roulaient dans le fond de sa gorge, mais elle se retint. Elle avait peut-être encore une chance qu'il revienne sur sa décision.

Si elle était charmante.

On ne sait jamais. Il se dirait qu'elle était si charmante, si compréhensive, si adorable qu'il ne pouvait, en aucun cas, la laisser là.

Elle se força à sourire.

Il parut soulagé.

Il lui dit qu'il était content qu'elle prenne les choses en grande personne. Content de voir qu'elle était raisonnable. Il lui avoua même en souriant qu'un moment il avait eu peur, peur que ça ne tourne au drame. Parce que les drames, il en avait eu sa ration. Il fit un signe comme quoi, en effet, il en avait par-dessus la tête. Mais, grâce à elle, il était rassuré. Elle était bien sa fille, son amour, sa princesse. Il se releva complètement, épousseta son pantalon, se passa la main dans les cheveux et lui déposa un gros baiser sur la joue. Un baiser de bonne compagnie, de copain joyeux. « Toi et moi on est de la même race, ma fille. »

Elle hocha la tête et le regarda partir.

Son regard fit le tour de la chambre écossaise. Puis vint se poser sur la robe jaune et vert. Elle eut envie de l'arracher de sa peau, de la déchirer. Elle ne servait à rien, cette robe, puisqu'elle n'avait pas suffi à retenir l'homme.

Elle la fit glisser par terre, l'envoya sous l'armoire d'un coup de pied et alla s'enrouler dans le dessus-de-lit écossais. Inerte. Même plus la force de crier. L'impression que plus rien n'était réel autour d'elle. Elle toucha l'oreiller, la couverture, le dessus-de-lit.

Tout était blanc. Les couleurs étaient parties. Les draps, blancs. Les posters sur le mur, blancs. Son bureau, blanc. Son tigre en peluche, blanc. Et les arbres à travers la fenêtre. Et la cour de l'immeuble. Et le ciel. Blancs.

Tout blanc.

Elle se mit à cheval sur l'oreiller et l'étreignit très fort entre ses jambes.

Ce n'était pas possible. Il allait revenir. Il y avait une erreur.

Il revenait toujours.

Peut-être qu'à la prochaine visite…

Maman devait savoir la date de la prochaine visite.

Maman était au salon. Avec le petit frère.

Le salon aussi était blanc.

Maman et le petit frère étaient blancs.

Chacun dans son coin. Chacun prenant son air. Muets. Immobiles. Presque soulagés. Écoutant le silence. Le regard noir faisait le tour de la pièce. Établissait l'état des lieux. D'un nouveau lieu. Il ne dessinait plus de triangle furieux. Il se posait, mélancolique, étonné, presque craintif sur le lampadaire, puis sur le divan, puis sur le tourne-disques. Le petit frère gardait les yeux par terre. Il avait décidé de ne plus poser de questions.

Ils étaient tous les deux, blancs et immobiles.

Elle pensa à l'homme.

C'était normal qu'il soit parti.

Tout ce blanc…

Il allait revenir, c'est tout.

Il ne pourrait pas vivre sans elle.

Oui, c'est ça, il reviendrait.

Elle lui manquerait trop.

Elle s'assit dans le salon blanc à côté du petit frère et de la mère et elle commença à attendre.

Les visites avaient lieu un dimanche après-midi sur deux. C'était la règle.

Ce jour-là, la mère les lavait, les habillait, les coiffait, mettait un peu de sent-bon derrière l'oreille. Répétant : « Il va voir comme je vous tiens bien, comme je m'occupe bien de vous. Il va voir. » Puis elle les posait sur le petit banc dans l'entrée et ils n'avaient plus le droit de bouger jusqu'à ce que l'homme sonne.

Deux petits coups brefs. Dring, dring, c'est moi, je viens vous chercher. Alors ils sautaient du banc et ils le suivaient. Au restaurant d'abord. Ils mangeaient du hachis parmentier, de la choucroute et des éclairs au chocolat géants. Puis ils allaient au cinéma permanent de l'avenue de l'Opéra voir des dessins animés avec Titi et Gros Minet. Ou au jardin d'Acclimatation. Ils faisaient des tours de voiture électrique et mangeaient de la guimauve, de la barbe à papa. Ou même, quand il faisait beau, ils montaient dans les barques en bois du lac du bois de Boulogne et ramaient. C'était toujours à peu près le même programme. Mais ça leur convenait. Ils tenaient chacun l'homme par une main. Bien fort. Au cinéma ou au jardin d'Acclimatation. Et donnaient de leurs nouvelles et des nouvelles de l'école. Des colombes en cage dans la classe du petit frère ou du professeur de maths de la petite fille. Il était important de ne rien oublier.

Parce que les visites avaient lieu un dimanche sur deux et que, si on oubliait quelque chose, il fallait attendre quinze jours pour se rattraper. On avait toutes les chances entre-temps d'oublier. On perdait le fil et l'homme peu à peu s'éloignait.

C'était le danger. Pas prévu par la règle.

La petite fille l'avait repéré tout de suite ce danger.

Cela nécessitait une vigilance de chaque instant, sinon l'homme s'éloignait et perdait ses couleurs. Devenait tout blanc lui aussi.

Il fallait faire attention ces dimanches après-midi. Ne pas se laisser distraire par Titi et Gros Minet, le petit frère dans la barque qui faisait gicler de l'eau sur le costume de l'homme, la guimauve qui glissait molle et verte sur son crochet, la voiture électrique qui tombait en panne sur le bord de la piste. Sinon elle rentrait à la maison, insatisfaite et triste.

En manque de confidences à l'homme.

En manque de regards d'amour et de connivence.

Et il fallait attendre quinze jours pour reprendre la discussion là où on l'avait laissée.

À condition bien sûr que…

Parce qu'il y avait d'autres dimanches.

Les dimanches où la mère les lavait, les habillait, les coiffait, leur mettait un peu de sent-bon derrière l'oreille, reculait, les regardait, satisfaite, et leur disait de ne plus quitter le banc de l'entrée. Qu'ils faisaient plaisir à voir. Sages et bien propres. Que l'homme n'allait pas manquer de le remarquer et de constater qu'elle se débrouillait très bien sans lui.

Ils restaient là, sans bouger. Les pieds ballants dans le vide, les épaules un peu voûtées. Ils attendaient les deux coups de sonnette. Dring, dring. Avec leur raie bien propre, leurs beaux habits et le sent-bon qui s'évaporait petit à petit.

Ils attendaient.

Ils attendaient.

Ils n'osaient pas se regarder de peur de lire dans les yeux de l'autre la peur. La même peur que le dimanche d'avant. Ils essayaient d'oublier, de ne pas y penser, mais depuis le matin ils savaient. Ils n'avaient pas osé le dire au regard noir quand elle frottait derrière les oreilles, les genoux et sous les ongles et entre les doigts de pied. Frottait et frottait avec le gant de toilette et la brosse à ongles. Frottait avec la serviette. Frottait dans les cheveux.

Il allait venir, non, non, il allait venir, ils se répétaient sans se regarder.

Le petit frère gigotait un peu sur le banc.

La petite fille lissait les plis de sa robe et relevait les deux nattes qui pesaient dans le dos.

Ils attendaient.

La mère passait et repassait et soupirait : « Si c'est pas une honte… »

Ils attendaient.

Le soir tombait.

La mère leur disait d'aller se déshabiller.

Le petit frère descendait du banc sans parler.

Blanc.

La petite fille s'enfermait à clef dans la chambre pour pleurer et lançait les oreillers contre le mur. Des plaques de colère sur tout le visage.

Le lendemain, l'homme téléphonait. La mère criait au téléphone. La petite fille criait au téléphone. Le petit frère refusait de parler au téléphone.

La visite suivante, il arrivait à l'heure avec des cadeaux, des excuses, des mots d'amour. Il redoublait d'éclairs au chocolat, d'esquimaux glacés, de tours en voiture électrique.

Mais le dimanche d'après, quand ils s'asseyaient sur le petit banc de l'entrée, leur cœur se mettait à battre. Et la peur tournait autour d'eux. La peur qui allait avec l'homme. Elle leur rentrait dans tout le corps. Ils attendaient. Sans oser se toucher de peur d'entendre le cœur de l'autre battre trop fort.

Ils attendaient.

Et puis vint un dimanche, après plusieurs dimanches, où l'homme leur apprit qu'il allait se remarier.

Parce qu'il allait avoir un enfant.

Un autre enfant.

Après ce dimanche-là, ils refusèrent de voir l'homme et l'autre femme et l'enfant.

Refusèrent de monter sur le banc.

Refusèrent les visites.

Et la règle.

Les cadeaux que l'homme envoyait.

Les petits mots que l'autre femme écrivait.

Les photos du nouvel enfant qui apprenait à marcher sur les planches de la plage.

Un garçon.

Le petit frère décida qu'il en avait fini avec l'homme.

La petite fille déclara que c'était trop facile, qu'il ne s'en tirerait pas comme ça. Solennelle, devant le regard noir et le petit frère, elle déclara la guerre à l'homme.

Le pianiste incline la tête sur le côté pour se donner l'air inspiré, balance les épaules au-dessus des touches blanches avec un sourire niais. Allan, après avoir longuement étudié la carte des vins, a choisi un bordeaux dont il me promet monts et merveilles. Un cru spécial qui, paraît-il, a une racine au soleil et une racine à l'ombre. Un truc comme ça. Il fait une drôle de grimace en en dégustant une gorgée. On dirait un cul de poule ou un tic nerveux. Le garçon attend, respectueux, que le verdict tombe, et, devant les yeux clos de bonheur et le petit mouvement encourageant de menton d'Allan, il nous sert enfin.

– Enjoy your wine.

Il dit. En reposant la bouteille sur un petit guéridon.

Le serveur apporte des crabes mous. Des soft shell crabs.

– Enjoy your meal, qu'il lance avec un grand sourire.

– C'est délicieux, tu vas voir, explique Allan. Y a qu'en Amérique qu'on mange ça. On attrape les crabes quand ils s'apprêtent à changer de carapace, qu'ils sont tout nus, qu'ils s'ébrouent, à l'abri, sous les rochers et on les zigouille. Net. Y a une saison pour ça. Elle dure pas longtemps. Alors faut se dépêcher.

Je regarde le crabe mou dans mon assiette et j'ai envie de pleurer. C'est une petite bête formidable, le crabe. Je l'ai étudié, autrefois. Toto soulevait les rochers et moi je zieutais le sable pour repérer le crabe planqué. Après on lui construisait un château et on l'observait. Un livre sur les crustacés à la main. D'abord, le crabe, il a un cœur. Un qui bat à toute allure quand il repère une crabesse. Et puis il a du sang bleu. Et un cerveau ! C'est pas n'importe qui, les crabes. Je veux bien manger du crabe dur, du crabe qui se défend avec ses pinces tranchantes, mais du crabe tout nu…

Le pianiste entame une autre mélodie crétine et Allan mâche en cadence. Succulent, dit-il. Et puis sans efforts, hein ? Pas besoin de le décortiquer pour goûter un petit peu de chair. Là tu manges tout. Tu ne laisses rien dans ton assiette…

— Tu aimes ? il demande.

— Je sais pas, je dis en promenant mon crabe d'un bord à l'autre de l'assiette, en le cachant sous une feuille de salade cuite ou une rondelle de navet confit.

En plus, je pense à mon orteil. Il lui ressemble étrangement, au crabe mou. Ça finit de m'écœurer. Pour donner le change, je fais la conversation. Pose les questions d'usage pour montrer à Allan que je m'intéresse à lui. Je lui demande à quoi il occupe son temps. Il fait de l'import-export. Par exemple, il achète des collants en France et les revend aux États-Unis. Des collants bon marché pour grandes surfaces. Les collants, ça me connaît. J'arrête pas d'en acheter parce qu'ils filent tout le temps. Alors je lui pose plein de questions sur le pourquoi et le comment de son affaire. Il a l'air très satisfait. Il gagne beaucoup d'argent. Quelquefois jusqu'à vingt mille dollars dans la matinée. Forcément, il passe beaucoup de temps au téléphone. Le nerf des affaires ! Mais il est indépendant. Il est son propre patron. Il peut partir faire du bateau dans le Maine quand il veut. Et c'est un avantage pas négligeable. Il ne supporte pas très bien la hiérarchie. Là, je suis bien d'accord avec lui.

Alors il me demande ce que je fais. Rien. Si j'aime rien faire. Non. Et pourquoi je me tourne les pouces en ce moment ? J'ai failli à nouveau lui faire mes confidences. Lui raconter Papa et ses dix-huit mois à l'hôpital. Et puis j'ai vraiment pensé à Papa et j'ai plus eu envie de parler. De faire la danse du ventre avec mon chagrin. J'ai dit n'importe quoi à la place. Je m'écoutais parler et je n'en revenais pas de ce que je débitais. Des trucs idiots à me donner envie de me retourner aussi sec et de supprimer la crétine qui récitait ces sornettes. Je parlais de l'écriture qui ne se commande pas, de l'inspiration qui patati-patata, de la magie des mots blablabla et de la solitude de l'écrivain tintin. Que des imbécillités ! J'avais honte. Tellement honte que je me suis bouché les oreilles pour ne pas écouter ce que disait la crétine.

Et je suis partie ailleurs.

Là où c'est doux et chaud.

Dans une chambre d'hôpital.

Au chevet de mon papa.

Il ne se plaint pas. Il a décidé de lutter contre sa maladie. Il a même décidé de gagner. Pas comme un héros. En bon Français moyen. Ou en petit enfant qui se croit immortel. Qui ne peut pas croire qu'il va mourir. Il feuillette le catalogue de la Sécurité sociale pour trouver des maisons de santé où il peut se faire chimiothéraper et rembourser à la fois. Dresse des plans, concocte des stratégies, multiplie les attaques en changeant d'angle. Il n'a pas vraiment tort. Condamné à deux mois de survie par le docteur Connard, il tient bon dix-huit mois. Trois semaines avant de mourir, il nous invite Toto et moi au restaurant et dessine sur la nappe tachée de sauce tomate le costume qu'il se fera faire à sa sortie d'hôpital. Parce que, les vieux costards, il flotte dedans. Il devient le boute-en-train du huitième étage. Se fait livrer du sauternes et du foie gras pour Noël. Lorgne les infirmières.

Commente leur cul. En parle en salivant à la fille qui refait son lit.

– Ah, l'amour ! mademoiselle…

– C'est dégueulasse, monsieur, croyez-moi, c'est dégueulasse, l'amour…

– Seulement quand c'est bien fait, mademoiselle.

Les internes se retrouvent le soir au pied de son lit. Ils lui racontent leurs problèmes de boulot et de fiancée. Il écoute. Sort son chapelet. Sérieux comme un vieux pape. Il a retrouvé la foi de son enfance.

Il ne veut pas de larmes.

Des fleurs et du pinard.

Un rasoir électrique et un pyjama toujours propre.

Le journal et sa radio.

Son eau de toilette et des mots croisés.

Il ne supporte pas les malades qui se plaignent, repoussent leur plateau en geignant, houspillent les infirmières. Il dit qu'elles font un boulot remarquable et pour pas un rond, en plus ! D'autres fois, je sais qu'il sait. Quand il lâche que ce n'est pas grave après tout. Qu'il n'a aucun regret. La mort fait peur aux gens qui n'ont pas vécu, qui ont économisé. Mais la mort quand on en a bien profité, hein ? Il signe des chèques à tout propos. Pour un village d'enfants ou le frère de la petite infirmière blonde qui est musicien et qui a pas un rond. De sa main gauche malhabile, il trace une pauvre signature brisée. Il veut se débarrasser de son pognon. De sa retraite de quatre sous. Je n'arrive pas à être triste quand je suis assise dans sa chambre blanche. Je le tiens par la main. Je le coiffe. Je le rase. Je lui coupe les ongles. Je n'ai pas de rivale. Il est divorcé de partout. Sa troisième femme ne veut plus en entendre parler. Lui non plus d'ailleurs. Il me l'a bien spécifié. Quand, un jour, elle finit par téléphoner pour prendre de ses nouvelles, il lui raccroche au nez. Il dit qu'il ne veut pas de pitié. Alors elle n'insiste pas. Elle dit simplement qu'elle fait ça pour être en paix avec sa conscience de chrétienne et que tout ce qu'elle a enduré avec lui, elle l'offre à Dieu pour le repos de son âme. Il hausse les épaules. Descend un bon coup de pinard et fait siffler l'air entre ses dents. « Son âme… Son cul… Son Dieu… Sa retraite… »

Maman, non plus, ne vient pas. Elle a du ressentiment. Une petite visite, une seule avant qu'il meure, je la supplie. Il crie ton nom dans ses rêves. Non, non, elle répète en secouant la tête. Il m'en a trop fait voir. Et ça, je n'oublierai jamais. Il a foutu ma vie en l'air. Mes plus belles années.

Alors je reste seule avec lui. Et je suis bien contente.

De temps en temps, il lance très fort, et sa voix résonne à cet étage de malades prostrés qui avancent en faisant chuchoter leurs pantoufles, il crie comme s'il voulait se prouver qu'il est bien vivant :

– MA FILLE !

Et je lui réponds sur le même ton avec la même force :

– MON PAPA !

On écoute les mots qui vibrent. Nous rassurent. Ces mots qui me donnaient tous les courages quand j'étais petite. Je ne veux pas que MA FILLE lave la vaisselle ni qu'elle passe la serpillière ! MA FILLE est une reine. MA FILLE est première en classe. MA FILLE les rendra tous fous. Vous avez vu MA FILLE… Des fois, il dit qu'il en a marre. Qu'il veut aller voir dehors ce qui se passe. Il rabat les couvertures et essaie de se lever. Mais il tombe. Et on doit s'y mettre à deux ou trois pour ramasser ce grand corps d'un mètre quatre-vingt-dix qui n'a plus que des os mais veut encore profiter. On le recouche. Il fait la grimace. Il dit alors que c'est fini. C'est vraiment la fin s'il ne peut plus aller voir dehors.

Comme avant.

– Tu te rappelles, ma fille, les petites serveuses que j'embarquais à la fin des dîners…

367

Il se rappelle et il fanfaronne. Son œil bleu brille sur l'oreiller blanc, sa grande bouche sourit et il tend la main vers ses souvenirs. Vers un mât de cocagne à souvenirs qu'il secoue et secoue…

Et moi, assise près de lui, j'oublie tout.

Les colères qui me rejetaient, paralysée, contre le mur. Ses mots d'amour qui fauchaient ma rage. J'oublie la guerre. Œil pour œil, dent pour dent. Le couteau que j'aiguisais patiemment pour le lui planter dans le dos, le jour où c'est lui qui aurait besoin de moi. Parce qu'il a bien fini par arriver ce jour-là. Pouce ! qu'il a dit en me tendant les bras. Pouce avec toi. S'il te plaît… Ce jour-là, je lui ai ri au nez. Mais tu rêves, mon vieux ! Tu rêves ! C'est à mon tour d'être jeune et de bouffer la vie par tous les bouts. D'embarquer des garçons et de rentrer au petit matin ! Et je vais pas m'embarrasser d'un vieux papa alcolo et volage. Non, mais qu'est-ce que tu crois ? Chacun pour soi.

Je l'ai planté là. Et il est allé vieillir tout seul, dans un pauvre deux-pièces, à fumer des Gitanes à la chaîne et à boire du Vieux Papes. En tête à tête avec la télé et son cendrier qui débordait. Personne ne savait que je l'aimais tant.

Même pas moi.

Allongé sur son lit d'hôpital, je l'ai vu. Et c'était comme si, tout à coup, il rattrapait son destin et se le taillait à sa mesure. Lui qui, toute sa vie, lui avait couru après…

Il me donnait des instructions pour son enterrement. Le bois du cercueil, clair et bon marché, sans ferrures ni fioritures. L'inscription sur la dalle funéraire : « Que Votre Volonté soit faite. » « En vouvoyant Dieu, ma fille, j'y tiens… On a pas bu des coups ensemble, Lui et moi ! » Sa place au cimetière de Saint-Crépin, le village de son enfance, au pied des montagnes. Le montant de l'assurance vie qu'il avait prise pour ses enfants. Un dernier pied de nez à ceux qui le disaient irresponsable : il nous laissait du pognon ! Ha ! ha ! ha ! Et un paquet, en plus, qu'il disait en se gondolant de rire. Et en se gourant parce qu'il avait foiré ses calculs. Il ne me laissait pas grand-chose peut-être, mais il m'avait légué un truc qui n'a pas de prix et qui s'appelle l'appétit. L'appétit de vivre, de manger, de baiser sans être rongée par la culpabilité et le regard noir des autres.

La maladie nous avait forcés à jeter les masques. On ne pouvait plus tricher : la mort l'attendait au tournant.

C'était ma dernière chance de comprendre qui j'étais. D'où je venais. Si seulement j'avais le courage de l'affronter. De lui demander des comptes et la vérité. Le courage de ne pas tricher et de prononcer les bons mots. De ne pas me laisser aller dans le cocon de la maladie, le pas feutré des infirmières qui rentrent et sortent sans qu'on les entende, le bruit métallique des chariots à pansements qui brinquebalent dans les couloirs…

Le courage de ne rien respecter.

Comme il me l'avait si bien enseigné quand j'étais petite.

À son chevet tout me revenait en mémoire. J'avais sept ans et je regardais les talons noirs tournoyer dans les phares. Je la détestais. Je détestais la robe fendue, les ongles rouges. Je détestais le vieux portail, le petit jardin, leur Frégate verte, leur clébard. On était devenus amis avec les Lériney. Les deux familles avaient fini par sympathiser. Ce qui arrangeait bien les affaires de mon père. Je pinçais au sang la fille aînée des Lériney et déculottais le petit garçon dans les cabinets en le laissant tout nu en plein hiver. Maman me faisait les gros yeux, me privait de dessert, mais je tenais bon. Quand on m'apprit que Mme Lériney avait été renversée par un poids lourd en allant faire ses courses au supermarché, ça ne me fit ni chaud ni froid. J'allai aussitôt mettre un cierge à l'Escroc pour le remercier de me rendre mon papa à moi toute seule. Un dimanche de Pâques, j'avais dix ans, nous passions les vacances chez ma grand-mère dans les Basses-Alpes. Elle avait insisté pour qu'on cache des œufs en chocolat dans le jardin. Pour amuser les petits cousins. On était tous là à la queue leu leu, marchant en canard, s'exclamant devant un papier qui luisait, une touffe d'herbe, une motte de terre en forme d'œuf, nous dandinant du derrière, poussant des « Oh ! » et des « Ah ! », fouillant la terre de nos doigts quand, soudain, j'en ai eu marre et j'ai quitté la file aux canards. Je me suis relevée, j'ai tiré sur ma jupe et je suis allée faire un tour du côté du terrain à pétanque. Y avait personne. C'était l'heure du pastis. Quand j'ai entendu un rire de femme qui provenait de la tonnelle, là où on se reposait quand il faisait trop chaud. En buvant des panachés. J'ai écarté doucement la haie et j'ai glissé un œil. C'était mon père. Avec une cliente de l'hôtel des Sources. Une Autrichienne qui collait au cul de Maman depuis qu'elle était arrivée. Pour se reposer soi-disant. Elle avait perdu son mari et elle était très faible. Il lui prenait des vapeurs. Il faut être gentille avec elle, elle est très secouée, disait Maman qui l'invitait tout le temps à venir en excursion avec nous. Dans quel état ils étaient ! Tout rouges et débraillés. À travers la haie de roses et d'aubépine, Papa a dû m'apercevoir parce qu'il s'est rajusté et lui a fait signe de filer.

« Fissa. » Qu'il a dit. Je me rappelle. C'est la première fois que j'ai entendu ce mot-là. Je l'ai tout de suite aimé. Fissa… Comme « fichu », qui me faisait rigoler : elle a noué un fichu sur la tête et elle est sortie. Ouaf ! ouaf ! ouaf !

Il est venu me trouver. Il a marché à côté de moi. Sans poser son bras comme d'habitude. Ce jour-là, je lui ai demandé, douce et patiente. Comme l'élève qui veut comprendre.

– Pourquoi tu pars et tu reviens, tu pars et tu reviens, et Maman ne dit rien, pourquoi ?

– Parce que c'est comme ça, ma fille. Dis-toi que si ta mère me supporte, c'est qu'elle y trouve son compte. N'oublie jamais ça : ça l'arrange. Sinon elle partirait. Pourquoi elle ne part pas, ta mère ? Pourquoi ? Oh ! Elle te donnerait sûrement de fausses raisons si tu lui demandais. Parce que les vraies lui font honte ou peur, mais rappelle-toi plus tard, rappelle-toi : elle y trouve son compte. Et, quand elle n'y trouvera plus son compte, elle partira. Et elle aura raison.

On a marché encore un moment. Il devait continuer à réfléchir tout seul parce que, tout à coup, il s'est accroupi devant moi, il m'a prise par les épaules et il a ajouté, comme si c'était la chose la plus sérieuse du monde qu'il me disait là, comme s'il fallait que je m'en souvienne toute ma vie :

– Jamais porter les péchés des autres, ma fille, jamais, tu entends ? Leurs péchés de trouille, de lâcheté qu'ils renvoient sur toi pour que tu leur ressembles. Tu comprends ?

Je ne comprenais pas. Je retenais les mots en me disant que, un jour, je comprendrais.

– Chacun a ses raisons, tu sais, pour se supporter, mais personne ne dit vraiment la vérité… On se joue du violon, on prend des airs de martyr, on s'attribue le beau rôle en plastronnant mais au fond… c'est pas propre. Faut pas te faire d'illusion. Chacun pour soi. Chacun défend son petit intérêt…

Et puis, il a continué tout bas, pour lui :

– Ça ne peut plus durer comme ça… Ça ne peut plus durer comme ça…

Je me souviens très bien parce que c'est juste après, de retour à Paris, qu'il nous a annoncé qu'il partait. Elle m'était restée en tête, cette phrase-là…

371

C'est à l'hôpital qu'elle m'est revenue. Après la radio du docteur Connard, après les premiers jours où je bloquais mes larmes avec les doigts et faisais des grimaces mondaines le dos bien droit contre la chaise, les pieds bien rangés, les genoux serrés. Je me suis juré de le poursuivre, de lui poser des questions, de le forcer à me rendre ce qui me revenait de plein droit : moi.

Moi sans lui.

Sans lui.

J'ai compris aussi qu'il n'était pas trop tard et qu'on pouvait se payer une nouvelle histoire d'amour, tous les deux. Sans qu'il joue le héros et moi la princesse. Une histoire d'amour où je l'aimais pour lui. Pour ses kils de rouge et le cul des infirmières, son chapelet et les chèques distribués, sa main inerte et ses yeux rigolards.

Il m'a appris à aimer.

In extremis.

Et puis il s'est tiré.

Et je me suis retrouvée encore une fois toute seule. Avec le manque de lui. Le manque qui me rend sourde, aveugle, méchante. Qui a dit que la douleur sanctifiait ? La douleur, ça me rend mauvaise, moi. Impuissante.

J'ai dû dire ce mot tout haut parce que, celui-là, je l'entends. Prononcé par l'autre. La fille du blablabla. Je quitte le chevet de Papa et me retrouve nez à nez avec mon crabe mou. Et Allan.

– Et tu ne peux plus écrire ? demande Allan.

– Non. Plus rien. Même pas un article de journal…

Il me demande si je veux un dessert. Un pecan pie. Je fais oui de la tête. Mais c'est par politesse. La tarte à la noix de pecan, je ne supporte pas. Ça colle aux dents, c'est écœurant et on prend un kilo par bouchée.

Le garçon apporte deux pecan pies. Nous souhaite bon appétit :

– Enjoy your pie…

Et je recommence le même manège qu'avec le crabe mou : je découpe la tarte et planque les morceaux sous la crème chantilly.

Même le café, il passe pas. De l'eau colorée qui a le goût de tisane. De toute façon, la soirée était foutue d'avance. On n'est pas à égalité. Alors je ne vois vraiment pas pourquoi j'essaierais de parler vrai. Je remercie et ajoute que le dîner était excellent.

Autant mentir à tout bout de champ.

Il regarde l'addition. Sort ses cartes de crédit. Une collection de cartes de crédit. Il en a pour tout : l'essence, le supermarché, le téléphone, le parking, son club de sport, Bloomingdales... Il en jette une toute dorée. Sans faire attention. Je me demande s'il va prendre l'addition pour se faire rembourser. Mais il la laisse. Un bon point pour lui, je me dis. Il m'invite. Il ne me fait pas passer sur ses frais généraux. Avec les collants.

On se lève. On traverse la salle. Et j'ai à nouveau envie de me jeter contre lui. C'est énervant, cette manie. Mais je me retiens encore. Je me dis que ça viendrait comme un cheveu sur la soupe si je me pendais à son cou. Je rougis. Il le voit. Je rougis encore plus fort. Essaie de prendre un air détaché mais sens bien que je suis cramoisie. Que je transpire aux racines. Je déteste ça. J'ai l'air de quoi, hein ? Encore un coup de mon âme. Je joue la forte, la pas concernée, et, vlan ! une bouffée de chaleur et je vire au rubicond.

Après on est sortis dans la rue. Et c'était à nouveau la nuit.

– Reste là, je vais arrêter un taxi.

J'obéis. Pourtant je suis la championne pour trouver un taxi dans Manhattan. Je circule à l'aise, sachant repérer les bonnes artères et les croisements propices à l'arrêt du véhicule convoité. Mais j'obéis. Je le regarde s'élancer au milieu de la chaussée et héler le taxi jaune.

A-t-il une petite amie ?

Les taxis passent devant nous sans s'arrêter.

– À cette heure-ci, ils se méfient, explique Allan.

La nuit est calme, douce, déserte. On se croirait dans une forêt quand les arbres craquent, que le vent se faufile dans les branches, que les hiboux s'appellent d'une cime à l'autre et qu'on avance, un peu effrayé, dans l'obscurité. On marche à pas feutrés. En pensant aux loups et aux renards. Aux brigands peut-être embusqués. En s'invectivant et en se traitant de lavette. Le vent glisse le long des murs, les gratte-ciel balancent leur ombre à nos pieds, des papiers volent et se plaquent contre la poutrelle d'un feu avant de repartir se coller ailleurs. Des couvercles de poubelles roulent dans le caniveau. Un homme, les poings enfoncés dans les poches, le col de son pardessus relevé, traverse la rue en diagonale. Shoote dans une canette qui va heurter une poubelle métallique. Puis disparaît au coin d'un building. Au loin on entend un klaxon et le bruit d'une plaque de fonte sur laquelle roule une voiture.

Du bord du trottoir, je crie à Allan :

– Dis, pourquoi elle est verte, la statue de la Liberté ?

Un taxi vient se garer devant nous. Il m'ouvre la porte et je m'engouffre.

– C'est vrai, ça. Pourquoi elle est verte, la statue de la Liberté ?

Le taxi démarre et Allan lance au chauffeur nos deux adresses. La mienne d'abord, puis la sienne sur Central Park West.

– Figure-toi que je ne me suis jamais posé la question.

Il s'est installé au fond de la banquette. Loin de moi. Loin. Il a du mal à caser ses longues jambes et essaie plusieurs positions avant d'en trouver une qui le satisfasse.

– Je déteste ces taxis avec une séparation entre chauffeur et client. Je me sens piégé là-dedans.

– Parce que, à Paris, sa réplique, elle est pas verte, elle est grise.

– C'est possible…

Il me regarde en souriant.

– T'es un drôle d'animal tout de même… Je t'ai bien regardée pendant le dîner et…

Il n'a pas le temps de finir sa phrase que le taxi fait une embardée qui nous projette, front en avant, contre la vitre de séparation. Contre les étiquettes jaunes qui interdisent de fumer, de manger dans la voiture et de payer avec de gros billets. Allan s'est aussitôt porté vers moi et me protège de son bras, la main sur ma tête…

Le même bras.

La même main. Posée sur le sommet du crâne.

Le même poignet couvert de poils bruns.

Les mêmes doigts longs et minces.

Les mêmes ongles transparents et lisses.

La même odeur d'eau de toilette qui part de la joue et remonte derrière l'oreille.

La même chaleur…

Le même sentiment de bonheur clos, aveugle, buté.

Pareil. Pareil.

Je ferme les yeux et reste collée contre lui. Collée à ce bras, à cette main. Je fais semblant d'avoir mal, d'avoir peur pendant qu'il apostrophe rudement le chauffeur. Ce dernier répond en grognant que ce n'est pas sa faute. Fucking hole in this fucking street, fucking city with this fucking Mayor. Il a voulu éviter un trou. Parce que lui, sa voiture, il en est propriétaire et il a pas envie de la casser. Ça fait trois fois qu'il change les amortisseurs ; le moyen de faire des recettes avec toutes ces dépenses ! Le nez dans le cou d'Allan, je supplie le chauffeur d'allonger sa liste d'insultes, de l'étendre au système fédéral, aux impôts, au gouverneur, au Capitole, à la Chambre des députés, au Sénat… Rien que lui et moi, enfermés à l'arrière d'un taxi new-yorkais. J'enfonce la

375

tête dans sa veste et prie pour que le chauffeur rebon-
disse dans d'autres trous, que sa guimbarde se casse,
qu'elle heurte une mine et explose pour que toujours,
toujours il me garde contre lui. Lui et moi. Lui et moi.

– Ça va ? me demande Allan en défaisant bras et main
et en se calant contre le dossier de la banquette.

Je hoche la tête, incapable d'articuler un mot. Y a
plus de place dans ma gorge.

– Ces types sont fous ! T'es sûre que ça va ?

Pareil.

Pareil.

Dix nuits sans regretter l'œil niais des falots. L'œil
niais des falots. Plus douce qu'aux enfants la chair des
pommes sures. La chair des pommes sures. Fermentent
les rousseurs amères de l'amour. Les rousseurs amères
de l'amour. Écoute les mots, ma fille, écoute comme ils
sont beaux…

Pourquoi il a enlevé son bras et sa main ? Pourquoi il
est reparti à l'autre bout de la banquette ?

Est-ce qu'il a une petite amie ?

On se tait.

Je frissonne et me renfrogne dans mon coin de taxi.

Le numéro des rues défile. On se rapproche de chez
Bonnie. Il nous reste peu de temps. La radio fait une
pub pour des avocats. Et si j'en prenais un pour
défendre ma cause ? Ils le recommandent bien dans la
pub. « Si quoi que ce soit vous arrive à vous ou à votre
famille, si vous vous sentez lésé, exploité, mal protégé,
si vous ne connaissez pas vos droits, faites AVOCATS sur
le cadran de votre téléphone et un homme vous défen-
dra. Il viendra même vous voir chez vous. Gratuitement. Et souvenez-vous, faites AVOCATS sur le cadran
de votre téléphone… » Je regarde par la fenêtre. Je
pourrais l'accuser de cruauté mentale. De ne pas me
regarder. De me faire la charité… Nous remontons la
Soixante-Douzième Rue. Je reconnais ces carrefours,

ces feux, ces chaussées où je tourne en rond depuis mon arrivée. Devant l'entrée de l'immeuble de Bonnie, le taxi s'immobilise. Allan descend pour me raccompagner jusqu'à la porte. J'ai enfoncé mes poings dans mes poches et le regarde par en dessous. Têtue. Muette.

Je ne veux pas qu'il s'en aille.

Il dit qu'il va s'en aller. Qu'il est tard.

Je ne veux pas.

Je donne des coups de talon dans le bitume et laboure mes poches de mes poings fermés. Les yeux arrimés au trottoir. Oppressée. Sans voix. Incapable de contrôler la douleur qui me déchire à l'idée qu'il va s'éloigner, remonter dans le taxi et traverser le parc pour retrouver son lit. Emmène-moi avec toi, emmène-moi avec toi, s'il te plaît. Ne pars pas. S'il te plaît. Pas ce soir. Pas ce soir. Je rythme ma demande muette de mes savates mais il ne m'entend pas.

Il est tout près de moi. Nous nous faisons face.

La même dégaine, les mêmes épaules qui me bouchent toute la rue, la même odeur de frais si je m'approche de plus près.

Pareil. Pareil.

Je ne veux pas qu'il parte.

Il regarde sa montre.

Je veux qu'il me parle.

Il demeure muet.

Je veux qu'il m'enlève.

Il reste immobile.

Je tends les bras vers lui.

Il ne bouge pas.

Les ramène contre moi comme si de rien n'était.

Il ne sait pas à quel point je suis résolue.

J'oscille sur mes talons, me balance et bascule vers son corps.

Sans le regarder. La tête baissée, la bouche gonflée, les yeux toujours accrochés à la pointe de mes souliers.

Le front tendu prêt à heurter sa poitrine, à lui donner des coups de bélier, à le défoncer jusqu'à ce qu'il comprenne et me prenne. Prends-moi, prends-moi, supplie la petite voix.

Je me balance encore, me rapproche.

Il ne dit rien.

Il me laisse me balancer en silence. Vers lui. Dans la nuit de Madison Avenue. La nuit douce et menaçante de la forêt. Alors je tombe contre lui. Les yeux fermés pour ne pas voir son visage s'il me repoussait, s'il me remettait à ma place. Les mains le long du corps, à l'aveuglette, je tombe. Il ouvre ses bras et reçoit mon corps contre le sien. M'enferme contre lui et me berce doucement, la bouche dans mes cheveux. Il ne dit rien. Il me tient et me berce. Comme pour m'apaiser.

On reste là, sur le trottoir. Moi, les poings plaqués dans les poches. Pétrifiée. N'osant bouger de peur de m'être trompée. Je ne sais pas à quoi pense l'homme qui m'étreint. L'homme muet et lointain qui a ouvert les bras pour me recevoir. Je ne veux plus le quitter. Plus jamais. Ma place est ici. Je le sais. Je pose les armes. Ce n'est pas seulement ta bouche que je veux ni tes jambes entre mes jambes ni ta poitrine qui m'écrase mais l'abri doux et sûr que tu dessines en me prenant contre toi. Le reste, la volupté, on verra après. Elle me paraît légère, facile à gagner, superflue même à côté de la paix que je goûte.

Mais le chauffeur de taxi klaxonne et Allan se redresse. On lui coûte des ronds, au cab driver, à poireauter de la sorte. Sans même un petit spectacle cochon pour se rincer l'œil. Allan remet ses mains dans ses poches et s'écarte.

Il a une petite amie...

C'était pas prévu par Bonnie, cette fin-là. Il doit être bien embarrassé avec cette fille sur les bras. Cette fille qui ne dit pas un mot pour enchaîner, pour passer de son rêve à la réalité. Qui prolonge le silence pour se donner une dernière chance. Il se gratte la gorge. Cherche une transition. Lance quelques mots au chauffeur pour le faire patienter.

– Et ton pied, ça va comment ?

Je m'en fous de mon pied.

Mais j'ai compris. Il n'a rien à faire de moi. Rien à faire du tout. Il a rendu service à Bonnie, un point c'est tout. J'ai la gorge qui se noue et encore envie de pleurer. Le rêve est fini. On rentre à la maison. Chacun chez soi. Lui avec sa bonne conscience. Moi avec mon orteil estropié.

– Ça va, ça va…

Il laisse échapper un soupir de soulagement. Il se dit que je suis à nouveau raisonnable.

– It was nice to see you. I hope to see you again…

De pire en pire. Il sort les formules d'usage. On vous écrira. On a bien reçu votre demande mais pour le moment il n'y a pas d'emploi pour vous. C'est ce que je traduis. Furieuse et désespérée.

– Je suis désolée, je lui dis, désolée de t'avoir fait perdre ton temps.

Mais non, mais non. Il proteste, bien élevé. Ce fut un plaisir pour moi de te revoir depuis cette soirée il y a, il y a quoi ? Quatre ans déjà… Comme le temps passe vite ! N'est-ce pas ? Il dit, tout en lançant des regards vers le taxi, en calculant combien de temps ça va lui prendre avant d'atteindre la porte jaune, de se tirer de ce bout de trottoir avec cette folle qui maintenant en plus fait la gueule.

– Parce que le temps, hein ? c'est de l'argent… C'est ce qu'on t'a appris quand t'étais petit…

Il ne répond pas. Il regarde à droite, à gauche. Cherche une relation à héler. Ou une petite vieille à secourir. N'importe quoi pour se sortir de ce guêpier. Mais il est une heure du matin et les rues sont vides. Il n'ose pas déguerpir. Il est trop bien élevé.

S'il croit que je vais lui faciliter la tâche. Faire comme lui et débiter des civilités ! Parler du temps qui file, de la météo et du poulet aux hormones. Au contraire, j'attaque, j'attaque. Je porte l'estocade finale. En le regardant bien droit dans les yeux.

– Hé ! tu sais pourquoi elle est verte, la statue de la Liberté ?

Non, il ne sait toujours pas, et il s'en fiche, pour tout dire. Complètement. Il regarde sa montre.

– Eh bien, moi, je sais… Elle est verte comme le dollar. C'est normal, non… Tu crois pas ?

Là, il est carrément ennuyé. Il sent venir la scène et ne songe qu'à se barrer. Il regrette vraiment d'avoir écouté Bonnie. Se fait le serment de ne plus jamais, jamais rendre service. Va pour me tendre la main pour couper court mais c'est moi qui la lui étreins, la première, le bras tendu, bien raide.

– Merci beaucoup pour tout. C'était très gentil de te dévouer comme ça… Et dis à Bonnie que c'est pas la peine de recommencer. J'aime pas qu'on me fasse l'aumône, moi ! Je peux me démerder toute seule. Suis habituée depuis que je suis toute petite. C'est vrai, quoi, personne m'a jamais fait la charité et c'est pas toi qui vas commencer. Salut !

Je ravale les larmes qui me noient la gorge, tourne les talons et le laisse planté sur le trottoir. Passe sous le nez de Walter le doorman qui roupille en équilibre sur sa chaise de veilleur de nuit, la casquette sur le nez. Bataille contre les verrous de la porte d'entrée et vais me jeter, en gros sanglots, sur mon oreiller.

Glisse dans mes draps de veuve.

Tourne et retourne dans mon lit-canapé.

Maudis la soufflerie du fast-food qui ronfle dans la cour.

Me relève.

Glisse dans la cuisine en quête d'ice-cream qui panse les chagrins.

Aperçois Bonnie par la porte entrouverte.

La télé marche toujours et elle s'est endormie.

David Letterman interviouve Diane Keaton qui gigote sur son siège en faisant des mines de petite fille, s'enroule dans les manches de son pull, les franges de son bonnet, le revers de ses chaussettes. Elle ne parle pas, elle glousse, et louche sur les issues de secours du studio. Bonnie dort, la tête en arrière, la bouche ouverte, la main encore crispée sur son journal. Ses lunettes ont glissé dans son décolleté. Sa peau luit, grasse de crème nourrissante. Je lui enlève doucement son journal, ses lunettes. Lui remets la tête à plat sur l'oreiller. Arrange ses cheveux autour. Elle proteste un peu mais se laisse faire. Elle a l'air perdu quand elle dort. Elle soupire. Une ombre passe sur son visage qui se contracte. Son front se plisse et elle prononce des mots incompréhensibles. J'ai soudain envie dc la protéger, de la rassurer. Je suis là, Bonnie Mailer, je suis là. Arrête de faire des cauchemars. Dors tranquille…

J'éteins la lumière de la télé et celle de la lampe. Et pars sur la pointe des pieds. Dans la cuisine, j'ouvre la porte du freezer. Choisis une glace de ma collection personnelle. Une Hägen-Das au chocolate chocolate chips. Il va falloir que je me réapprovisionne, je me fais la remarque, parce que, avec tous ces événements, je n'arrête pas de dévorer. Je reviens me coucher et racle le pot dans le noir.

Le lendemain matin, Bonnie rapplique à mon chevet. L'œil aux aguets. La mine aiguisée de la mère maquerelle qui veut savoir comment a marché la soirée. J'ai la bouche pâteuse. Ce doit être la glace chocolate chocolate chips. Plus la tablette de chocolat et le pot de peanut butter que j'ai ouvert dans la nuit. J'arrivais pas à dormir.

– Alors ? me demande Bonnie, frétillante dans son déshabillé du matin, sa tasse de thé à la main.

Je fais attention. Je fuis l'explication grondeuse. Je réponds que tout s'est bien passé. Que je n'attends plus qu'une chose : qu'il rappelle.

– Ha ! ha ! elle se rengorge en buvant une petite gorgée et en se tapotant le plastron. Mais encore ?

Je raconte. N'importe quoi. La plus belle soirée du monde. Avec le plus bel homme du monde. Et les meilleurs crabes mous du monde. J'en fais tant et tant que je ne suis pas sûre qu'elle ne se doute pas de quelque chose. Elle louche sur les restes de mon festin nocturne. Mais elle ne bronche pas. Qu'est-ce qu'on pourrait en dire ? Elle ne comprendrait pas et ça prendrait trop de temps à expliquer. Autant rester chacune dans son monde.

– Il a une petite amie, Allan ? je demande en étirant mon pied et mon orteil enflé tout au bout des draps.

– Il vient de rompre avec Amy…

– Ah !… Y a longtemps ?

– Six mois peut-être…

– Ah !… Mais depuis ?

– Je ne sais pas. Mais quand je lui ai demandé de sortir avec toi, il n'a pas hésité une seconde… Il a sauté sur l'occasion. Et ça, crois-en mon expérience, je me trompe pas. À mon avis, il n'attendait que ça !

Et alors, à ce moment-là, se produit un miracle. Un vrai miracle. Tellement miraculeux que je me redresse, éberluée, sur mes oreillers, traversée d'un doute horrible. J'ai envie d'approcher ma main du visage de Bonnie pour toucher du doigt cet événement stupéfiant : Bonnie me sourit tendrement. Un vrai sourire qui se réjouit du bonheur de l'autre. Qui rayonne d'amour.

— Tu le penses vraiment ? je demande pour m'assurer que je ne rêve pas.

— Comme je te le dis. Il n'attendait que ça. J'en suis sûre. Je l'ai juste un peu poussé… Il n'a pas l'air, Allan, mais il n'est pas aussi sûr de lui qu'il y paraît. Et puis, à New York, tu connais les femmes. Toujours prêtes à se jeter sur le premier mâle qui passe. Alors il se méfie…

Et elle me sourit à nouveau. Compréhensive. Sereine et douce. La Vierge Marie penchée sur l'Enfant Jésus qui lui grignote le sein. Elle me sourit du fond du cœur. Me tapote l'épaule et murmure :

— Tu vas voir. Ça va marcher…

Le téléphone grésille dans la cuisine, elle regarde sa montre et disparaît en criant :

— Mon Dieu ! Quelle heure est-il ? Mais je suis affreusement en retard !

Je m'effondre sur les oreillers et m'insulte. Sans aucun ménagement. Je me traite de tous les noms. Pourquoi est-ce que je n'ai jamais, jamais remarqué le vrai sourire de Bonnie Mailer ?

Pourquoi ?

Pourquoi j'ai pas compris que la moquette blanche et l'adresse qui pose, c'est sa manière à elle de s'en sortir. Qu'elle est venue à New York pour se tailler une place au soleil et qu'elle est obligée de faire comme les autres : de s'orga-ni-ser. Blondir, bondir, maigrir, porter un morceau de vison, avoir plusieurs amants, un compte en banque bien rempli et le teint frais le matin au bureau. Épouser un type riche, s'éclaircir les cheveux comme Brooke Shields. Alors seulement elle peut souffler et se dire : « J'ai tout bon : les cheveux, le sourire, la moquette, l'adresse, le compte en banque, les amants,

les yaourts maigres, je suis une vraie New-Yorkaise. »
Mais, si elle a le malheur de laisser pousser ses racines,
de prendre des kilos de plaisir, de baiser toute la nuit à
en perdre le souffle et d'être flapie le matin au conseil
d'administration des boulettes Kriskies, on ne la loupe
pas. Y en a une autre derrière la porte, avec la jupe
gabardine, la taille bouteille de lait, le brushing car-
tonné, les escarpins vernis et le jabot en nœud-nœud,
toute prête à s'asseoir sur le fond encore chaud de sa
chaise.

Et bien pire… quand elle décide d'épouser l'homme
qu'elle aime, quand elle prend ce risque insensé, le prix
à payer est terrible. Un vrai mariage d'amour pourtant.
La preuve : la photo est toujours là, posée sur la coiffeuse. Bonnie y sourit vraiment. Toute petite accrochée
au bras du bel homme argenté. Une vraie communiante
en dentelle blanche. Qui se confesse. Lui murmure à
l'oreille qu'elle vient de l'Ohio et que des fois encore,
quand elle est fatiguée, elle parle avec l'accent. Que
son père a le cou rouge et une salopette usée. Qu'elle
ne manque pas un épisode de « Dallas ». Que l'eau de
sa peau s'évapore. Qu'elle tremble de manquer de dollars sur son compte à la Citibank. Qu'elle voudrait un
enfant de lui… Elle lui offre son âme et toutes ses
failles. Et lui ? Qu'est-ce qu'il fait en remerciement ? Il
prend la poudre d'escampette avec une jeunette lisse et
ferme comme un caoutchouc.

Il plaque Bonnie. Après lui avoir volé son fond de
vérité. Elle se retrouve dévalisée. De ses souvenirs
d'enfance et de son tablier de serveuse plouc. Tous ses
trésors qu'elle ne dévoilait à personne. Parce que c'est
trop dangereux. Parce qu'un jour ou l'autre on vous les
jette à la tête. Hé, dis donc, Bonnie la plouquette, sers-
moi un Sundae bien frappé !

Plus jamais, elle décide.

Plus jamais l'émotion qui vous fait tendre le cou, palpitante. La vérité qui vous déshabille. Elle décide de vivre à l'abri. En pilote automatique.

Et si elle avait pas le choix ?

Si c'était la grande ville qui faisait ça ?

Qui vous interdit de dormir sur vos deux oreilles. Vous oblige à avoir l'œil toujours à l'affût. Et puis il faut qu'elle reste à la hauteur, Bonnie. Parce qu'il n'y a pas qu'elle en jeu. Il y a ses vieux. Ses vieux dans l'Ohio. Qui achètent le journal au drugstore de la rue principale et montrent les photos de New York à l'épicier en disant : « C'est là qu'elle habite, Bonnie... C'est là qu'elle a réussi. » Qui clignent de l'œil et font bruisser leurs doigts pour que l'épicier comprenne qu'elle a vraiment réussi. Et qu'il leur allonge leur feuille de crédit. Elle sert à ça aussi, Bonnie. Quand elle leur envoie ces grandes lettres où elle dit que tout va bien. Très bien. Avec des photos à l'appui. Où elle figure en très élégante compagnie. Des photos à exhiber au drugstore de la rue principale. Et un chèque à glisser sur le comptoir, en douce. On efface tout et on recommence. Tant qu'y a Bonnie, là-bas... Dans la grande ville...

Je pense aux vieux de Bonnie. Et à Bonnie.

Et je m'invective.

Alors quoi, faut que les gens crèvent pour que je me mette à les aimer ?

C'est ça, hein ?

Qu'ils crèvent pour que je les voie pour de vrai ?

Et Allan ?

Il doit me prendre pour une folle. Une hystérique. Une communiste.

J'ai tout gâché.

Je gâche toujours tout. C'est plus fort que moi. Un ordre qui vient d'ailleurs et me rend mauvaise. Alors je décide de lui écrire. Pour effacer le mauvais goût d'hier soir. En gros, j'écris qu'en ce moment je ne vais pas

385

fort. Que c'est pas de sa faute. Que je mélange tout. Que ça va sûrement s'arranger et que, alors, je lui ferai signe. Et s'il n'a pas trop les chocottes, on pourrait se revoir. Et ce soir-là, promis, je lui foutrai la paix avec la statue de la Liberté et le fils d'Hemingway.

C'est bien plus compliqué, ce que je voudrais lui écrire. Mais bon...

Je ne peux pas lui dire, à Allan. Les vraies explications, elles viendront plus tard. Si je dois le revoir.

N'empêche... j'ai drôlement envie de le revoir.

Je gribouille « Je t'aime, Allan » sur tous mes billets verts. Mes petits dollars. En français. Et je vais les dépenser. En ice-creams. Au delicatessen du coin. Au rez-de-chaussée de Bloomingdales. Chez Rizzoli. À Tower Records. En tranches de pizza chez Ray Barri Pizza. Enjoy your day with a Ray Barri Pizza. J'inonde la ville de mes déclarations d'amour à un dollar et j'imagine...

J'imagine Allan, les pieds sur la table, dans son bureau, en train de commander au téléphone des cartons et des cartons de collants et de payer le coursier qui lui livre son sandwich du déjeuner et son verre de Coke glacé. Il lui tend un billet de vingt dollars. Tout en continuant de discuter pourcentage avec le client qui ne veut pas lâcher. Le coursier, empêtré dans son ciré, son casque, son énorme besace en cuir qui déborde de plis, rend la monnaie en petites coupures d'un dollar toutes froissées. Allan remercie d'un geste de la tête, s'empare des billets, soulève une fesse sur son fauteuil italien, est sur le point de fourguer les billets dans sa poche quand, distrait, il jette un œil sur Vieux Washington et reste coi. Au bic noir, juste au-dessus du pif aquilin de Vieux George, tournicote un petit serpentin qui dit : « Je t'aime, Allan. »

En français.

Il tourne et retourne le billet.

Revient, perplexe, au pif de Washington.

Dit au coursier que oui, il peut téléphoner, mais sur l'autre poste.

Perd dix pour cent de commission avec le client rapace.

Comprend qui a écrit le serpentin qui pend au bout du nez de Washington.

Raccroche.

Attaque un ongle et se demande ce qu'il va faire.

Elle est un peu timbrée cette fille, quand même, il récapitule.

Elle porte des caleçons de garçon, peut pas piffer la statue de la Liberté et graffitise les billets verts.

Où mets-je les pieds ?

Il sourit, dit salut au coursier qui s'en va en heurtant le battant de la porte de son gros sac en cuir.

Se passe la main sur le visage.

Se redresse sur le fauteuil italien.

Ouvre son sandwich plastifié et mord dedans.

Avale une gorgée de Coke glacé.

Il prend un quarter dans sa poche. L'envoie en l'air. Pile, j'appelle. Face, j'appelle pas.

Face…

Il recommence. Il l'a mal lancé…

Face.

Encore une dernière fois…

Face.

Il balance le quarter à la poubelle.

Reprend une gorgée de Coca. Mord dans le sandwich au salami.

Regarde le serpentin sur le nez de Vieux George. Elle est timbrée, cette fille…

C'est une drôle de fille. Un drôle d'animal… Après tout, je ne risque rien. Je suis grand… Il tire le téléphone vers lui, compose le numéro de Bonnie, hésite. Raccroche. Après Amy, je m'étais bien promis de renoncer

aux cinglées… Encore une qui me laissera pas tranquille… Qui voudra toujours aller voir derrière. Elle a
bien une tête à aller voir derrière, celle-là…

J'aime bien sa tête…

Il recommence. Laisse sonner la sonnerie plusieurs
fois.

Entend une voix qui dit « Allô ».

Rit doucement.

Allô, c'est rigolo…

– Si tu m'emmènes sur ta moto comme Maryse, je ferai tout ce que tu voudras…

Monter sur la moto de Gérard, c'est le rêve de toutes les filles de La Fresquière. Il fait chaud. L'eau de la fontaine sur la place coule en un mince filet qu'un souffle d'air de temps en temps fait dévier. Grand-père, Grand-mère, les oncles et les tantes, les cousins et les cousines, Maman et le petit frère font la sieste. La petite fille a attendu sur le banc, devant le garage, que Gérard revienne de Barcelo avec sa moto. Un problème d'embrayage, qu'il a dit ce matin en partant.

Le soleil lui tape dans l'œil, tape sur le guidon, tape sur le réservoir, tape sur la mèche grasse qui barre le front de Gérard.

Gérard rigole et se redresse sur sa moto.

– J'irai même dans ta chambre, si tu veux…

Elle n'a pas baissé les yeux pour dire ça. Elle l'a regardé bien droit et s'est rapprochée jusqu'à sentir le guidon froid rentrer dans son ventre. Après, elle a posé ses bras de chaque côté du guidon et a attendu la réponse. Comme les vamps au ciné.

Alors là, Gérard ne rigole plus. Il regarde la petite fille. Il regarde le bout de ses bottes. Il demande :

– Mais t'as quel âge ?

– Douze ans. Treize dans quatre mois…

Il éclate de rire et la toise.

– T'es pas intéressante, alors !

Il appuie sur la pédale et fait pétarader la moto.

– Reviens me voir quand tu seras intéressante !

Dimanche, il y a bal. Dans le garage. Elle lui montrera qu'elle est intéressante.

Dimanche, il y a bal. Gérard danse avec Maryse. La petite fille se serre contre la chemise rose d'un apprenti charcutier de Marseille qui est monté pour le week-end. Pour le bal. Elle ne voit pas sa tête. Elle n'aperçoit que les bras épais qui la serrent, le ventre fort qui l'oppresse, les poils du torse qui lui chatouillent le nez.

– On va dans la grange ? il dit.

Ils se renversent dans le foin. Il dit qu'il s'appelle Lucien. Et lui demande quel est son petit nom à elle. Elle ne répond pas. Il défait les boutons de son chemisier. Elle n'a pas peur. Il a enlevé le chemisier et la regarde. Puis il se détourne, lui dit de se rhabiller. Elle ne comprend pas. Elle l'agrippe. Il se dégage. Se relève. Enlève la paille sur le pantalon noir, la chemise rose. Elle court vers lui, torse nu. Se colle contre lui. Il la repousse violemment. Elle tombe sur le sol et pousse un cri. Se frotte les coudes, les genoux.

– T'es pas un peu fou ?

– C'est toi qu'es folle ! T'as quel âge ? Tu veux me faire arrêter ou quoi ? Allez, viens, on retourne au bal.

Ils sont à peine rentrés dans la salle de bal qu'il la plante là sans rien dire. Elle reste seule. Sur une chaise. Avec les cousins, les cousines et le petit frère qui font tapisserie. Elle les méprise. Ils ne savent rien faire d'autre que des arcs et des flèches, des barrages et des bêtises. Elle s'évente un moment puis s'agite sur sa chaise.

– Pas intéressant ici… Je rentre à la maison !

Un jour, elle sera grande et ils verront !

Un jour, elle a seize ans.

Son cousin, l'aîné, fait du vélo. Il s'entraîne pour la course du *Dauphiné libéré*. Il a un copain, André, avec qui il monte les cols, graisse les pédaliers, discute petit et grand braquet. Un soir d'été, le cousin et André s'arrêtent à La Fresquière. Il pleut. Ils ont le visage encadré par le capuchon de leur anorak et des gouttes de pluie qui scintillent au bout du nez. Ils sont fatigués. Ils ont faim. Ils veulent de la soupe et dormir.

Grand-mère pousse la soupière vers elle et lui demande de servir.

Elle les sert. Elle regarde André et rougit. Elle est brûlante. Ils ne se disent pas un mot. Il parle en s'adressant aux autres mais toujours son regard revient sur elle. Elle est prête à mourir pour lui. Elle n'ose pas lever les yeux, et, quand elle les lève, il la guette. Sans parler. Elle rougit. Il est beau. Il est grand. Il a des yeux noirs qui brillent. Des joues toutes rouges et des cheveux humides.

Le cousin dit que ce n'est pas tout, qu'ils vont se coucher parce que demain matin, à six heures, l'entraînement reprend. Il faut franchir le barrage de Serre-Ponçon.

Le lendemain à six heures, elle se lève, entrebâille les volets et les regarde s'éloigner. André pédale la tête en arrière. Il la cherche des yeux. Mais elle se renfonce dans l'encoignure pour qu'il ne la voie pas.

Toute l'année, ils s'écrivent.

Des lettres dinguos. Il veut l'épouser. Elle baise la lettre et la porte sous son pull. Refuse d'aller danser. Les garçons qui l'approchent la dégoûtent. Elle se lave les dents chaque fois qu'ils la serrent de trop près et essaient de l'embrasser.

Elle l'attend.

Elle dort les bras croisés sur la poitrine pour que son âme ne s'envole pas vers un autre que lui. Pour elle, il est prêt à tout. À travailler d'arrache-pied, à avoir son bac, à faire une grande école, à construire des usines, des ponts, des barrages qui tous porteront son nom. Son nom à elle.

Encore, encore, elle lui écrit.

Il aura une mention très bien. Il rentrera le premier à Polytechnique. Et le jour du bal de l'X, dans le foyer de l'Opéra, ils valseront. Elle et lui. Monsieur et madame. Pour la vie.

Elle baise la lettre.

Pour la vie.

Jusqu'à la mort.

Elle se couche dans son lit. Elle l'attend.

Les bras croisés sur sa poitrine.

Demain, il franchira le col de Vars.

Demain, il sera à La Fresquière. Elle se serrera contre lui et le suivra. N'importe où. Calme, apaisée. Silencieuse.

Si anxieuse qu'elle saute hors du lit et va vérifier dans la glace si elle est bien jolie. Si tout est en place pour son arrivée à lui. Elle se recouche, croise les bras sur son âme une dernière fois. Le soleil se lève à travers les volets. Il va arriver. Elle s'endort, heureuse.

Il pose son vélo et la regarde.

C'est leur secret. Personne ne le connaît. Ni la grand-mère, ni le cousin, ni la maman, ni le petit frère. Le cousin raconte, les petits posent des questions. Oui, oui, répond André en emmêlant son regard au sien. En serrant ses doigts sur le guidon. En la brûlant des yeux. Séparés par les autres qui s'agitent. Qui posent des questions. Mention très bien au bac ! Mais c'est admirable ! L'École polytechnique ! Mais c'est formidable ! Oh ! la ! la ! disent en chœur les tantes et les oncles, le grand-père et la grand-mère, la maman et les cousins. Cet André, alors ! Quel garçon exceptionnel !

Le petit frère la regarde et dit qu'elle est toute chaude. Toute rouge. Pourquoi elle est rouge comme ça ? Elle est toute rouge-eu ! Elle est toute rouge-eu ! Crétin ! Imbécile ! Elle le pince au sang et essuie ses mains moites sur son short. Recule encore un peu pour que plus personne ne fasse attention à elle.

À eux.

Ferme les yeux.

Il est là.

Il la regarde.

Par-dessus les autres. Loin. Derrière son guidon. Derrière ses cheveux noirs. Derrière les exclamations des oncles et des tantes.

La soupe est brûlante. Elle dit qu'elle veut servir.

Le servir.

La tête baissée sur la louche qui vide la soupe dans son assiette.

Elle se rassied. Il cherche sa main sous la table. Elle l'évite et pose ses deux mains sur la nappe. Il avance un genou contre le sien et regarde ailleurs. Elle lui donne son genou, plaque sa cuisse contre la sienne et détourne la tête.

Elle l'écoute parler. Des cols, de la montagne, de Paris, de l'École. De son goût pour l'effort, le travail. Heureuse. Silencieuse.

C'est l'heure de se coucher. Les garçons ont dressé une tente dans la grange. Grand-père dit que c'est une bonne idée. Grand-mère redoute les vipères dans le foin frais. Les petits bâillent. Les oncles et les tantes jouent au bridge. Maman boit sa tisane d'hysope. Elle se retire sans le regarder, lui. « Mais embrasse André ! Embrasse André ! », scande un oncle en frappant la nappe de son manche de couteau. Elle détale et claque la porte de la salle à manger. Les oncles rient. « À cet âge, qu'on est bête quand même ! On a de ces pudeurs ! »

Elle court vers sa chambre.

Il la rejoint. Dans le couloir.

Il coupe la lumière et l'attire contre lui.

Il l'embrasse.

Sans un mot.

Les deux mains posées sur le mur, son corps plaqué contre le sien. Sa bouche qui mange sa bouche et sa bouche à elle qui se laisse manger. Sa bouche qui descend dans son cou, ses mains qui l'empoignent, et elle toute molle, toute molle… qui se répand contre lui, enfonce ses mains dans lui, un genou entre ses jambes, son ventre dans le sien.

Abandonnée.

Muette et muet.

À l'écoute du même souffle dans leur bouche, de la même langue, du même plaisir qui monte, monte, monte. Il se tord au-dessus d'elle, il veut la dévorer. Elle se tord en dessous de lui. Tend son cou, ses lèvres, ses seins.

Et puis des pas…

Le cousin cherche André, il l'appelle.

– Je vais lui dire, il faut qu'il nous aide ! Je veux dormir avec toi cette nuit. Il n'y a que lui qui peut nous aider…

– Non ! Non ! supplie-t-elle en lui enfonçant la main dans la bouche.

– Pourquoi ?

– Non ! Il ne faut pas qu'il sache…

– Je vais lui dire…

– Non ! Je t'en supplie !

Elle l'attire dans la chambre et referme la porte. À clef. S'agrippe à lui. L'entraîne sur le lit. Touche sa peau. Veut sa peau nue contre sa peau nue. Le déshabille. Se déshabille. La main toujours sur sa bouche pour qu'il ne parle pas. Ne dise pas. Ils entendent les pas du cousin qui s'éloignent. Sa voix qui crie « André » à l'étage au-dessus. Il soupire. Il s'étend sur elle. Il est chaud et lourd.

Elle l'aime. Elle n'aime que lui. Elle l'étreint, muette et désespérée. L'enserre fort dans ses bras de peur qu'il ne lui échappe. Frissonne à l'idée qu'il va repartir. Il va repartir, c'est sûr. Il a sûrement été déçu quand il l'a revue. Elle n'est pas aussi brillante que les autres filles qu'il voit dans l'année. Pas aussi intelligente. Alors il va partir. Il ne dit rien parce qu'il ne veut pas lui faire de peine mais elle n'est pas à la hauteur. Alors quand le reverra-t-elle ? Quand ?

Elle frissonne et se renverse. Prête à pleurer. Renverse la gorge en arrière pour qu'il ait encore plus de peau à baiser. Il la serre contre lui et chuchote dans son cou.

– Je t'aime ! Oh ! Je t'aime ! Je n'aimerai jamais personne d'autre. Tu es ma femme ! Tu es mon amour ! Tu es tout pour moi !

Elle se raidit. Serre les dents. Le repousse des deux bras. Le repousse si fort qu'il tombe. Elle se rejette en arrière. Ramène le drap sur ses épaules. Lui tourne le dos.

Étrangère. La haine au bord des lèvres. Elle grince entre ses dents :

– Va-t'en ! Va-t'en ! Je te déteste ! Je veux plus jamais te voir ! Plus jamais !

Et, comme il ne comprend pas et essaie de la reprendre dans ses bras, elle le repousse encore plus fort. Pouffe de rire à le voir stupide, la bouche ouverte, tout nu, la peau irritée par ses baisers, les marques blanches du polo sur ses bras bronzés.

– Mais t'es laid ! T'es laid… Et regarde, regarde, t'avais gardé tes chaussettes !

Elle éclate de rire, saute du lit, lui jette un à un ses vêtements pour qu'il se rhabille. Ouvre la porte toute grande.

– Va-t'en ou je dis à tout le monde que t'as voulu me violer !

Elle le pousse, nu, sur le palier où il se rhabille en quatrième vitesse. Mais pas assez vite pour que le cousin ne le surprenne pas.

– Ben ça… André !

– Oui, elle dit, il est culotté ton copain… Allez, dégagez tous les deux ! J'ai sommeil, moi !

Et elle referme la porte. Soulagée. Elle l'a échappé belle. Quelle tronche de crétin ! Et dire qu'il voulait l'épouser ! La garder pour lui tout seul ! Non, mais, pour qui il se prend celui-là ? Mais quelle bêtise, cette histoire ! Qu'est-ce qui m'a pris de croire à tout ça ? D'imaginer que je pourrais vivre avec cet imbécile aux joues rouges et à la tronche de premier de la classe !

Elle se laisse tomber sur le lit et soupire. Elle a mal au ventre. Elle a mal au ventre toute la nuit. Court de son lit aux cabinets. S'endort enfin quand le soleil filtre à travers les volets.

Le lendemain, au petit déjeuner, il est triste.

Et blanc.

Il parle à peine. Il l'évite.

Qu'est-ce qu'il est beau ! elle se dit en rajoutant du miel sur sa tartine. Qu'est-ce qu'il est beau quand il est triste ! Et puis si mystérieux ! Elle se met à trembler et trempe la tartine dans son café au lait.

Elle ne veut plus qu'il parte.

Il parle de reprendre la route, mais les oncles et les tantes insistent. Pas si vite ! Il doit rester encore un peu !

– Non ! Non ! il répond en l'évitant toujours. J'ai des trucs à faire. Du travail qui m'attend. Il faut que je prépare mes affaires alors il vaudrait mieux que… D'ailleurs, je vais aller m'assurer que mon vélo est en état et, après le déjeuner, je m'en irai…

– Oh ! font les oncles et les tantes déçus, en secouant la tête. Alors on va vous préparer un bon repas.

Il s'éloigne et part rejoindre le cousin près de son vélo.

Elle le regarde partir.

Elle aime quand il est triste. Qu'il ne la regarde pas. Qu'il s'éloigne sur la route. Elle court vers lui, l'attrape par le bras. Lui demande pardon. Dit qu'elle est folle. Qu'il peut la punir si tel est son plaisir mais surtout, surtout, qu'il la garde avec lui. Il résiste, la repousse. Elle s'accroche, il résiste encore, va pour lui donner un coup qui l'enverrait valser mais elle colle sa bouche à sa bouche et il ralentit le pas. Elle s'agrippe en suppliant :

– Me laisse pas, me laisse pas… Garde-moi. Garde-moi…

Il ne répond toujours pas mais ses pas hésitent.

Elle se pend à son bras et pèse sur lui de tout son poids.

– Je t'aime, tu sais, je t'aime.

Il hausse les épaules et lui demande d'arrêter de dire des bêtises.

Elle tremble. Ce n'est pas des bêtises. C'était plus fort qu'elle, hier. Elle-même ne comprend pas. Elle ne recommencera pas. C'est promis.

Ils passent devant la grange, devant la tente. Elle a glissé son bras autour de sa taille et il n'a rien dit. Elle marche du même pas que lui.

– Tu me crois pas ? elle dit en relevant la tête et en le regardant droit dans les yeux.

Il ne répond pas. Il a toujours l'air triste et mystérieux.

Alors elle l'attire vers la tente. Dans la grange. S'étend sur le tapis de sol, remonte sa robe et lui tend les bras.

– Viens…

Il la regarde. Il n'ose pas. Il reste debout et elle aperçoit ses longues jambes puis son nez. Ses joues rouges. C'est tout. Elle se redresse, lui prend la main et la pose sur son ventre. Son ventre nu.

Il s'agenouille près d'elle et ferme les yeux.

Se laisse tomber à ses côtés. Encore plus près.

Elle l'attrape dans ses bras et le serre à l'étouffer.

– Oh ! pardon, pardon… Je ferai tout ce que tu voudras. Tu me crois ?

Il ne répond ni oui ni non. Elle prend sa main et tout doucement la glisse entre ses jambes. Il hésite. Puis ses doigts effleurent l'intérieur de ses cuisses. S'enhardissent. La caressent.

Elle dit oui, oui et ferme les yeux.

Mais avant, juste avant qu'il s'allonge sur elle, elle met sa bouche contre son oreille et supplie :

– Ne parle pas, s'il te plaît, ne parle pas…

Le lendemain, j'ai posté ma lettre à Allan.

Je serais bien allée la glisser moi-même dans sa boîte afin d'être sûre qu'elle lui parvienne mais je me suis dit que trop de zèle risquait d'irriter l'Escroc. Je l'ai donc portée humblement à la poste sur la Troisième Avenue et la Cinquante-Troisième Rue puis j'ai pris le métro. Je suis descendue avec l'express tout en bas de la ville. Jusqu'à Canal Street.

J'avais décidé d'aller consulter Rita.

Sur la banquette, en face de moi, un couple s'embrassait. Elle, blonde, fraîche, rieuse, petit nez retroussé, dents bien alignées, cheveux vitaminés. Lui, brun, sain, musclé machine, sourire plein de vide. De ces beautés standardisées qui, dans les publicités, vantent les mérites du chouimegomme ou du Coca. Des beautés hygiéniques, vidées d'âme et de sens, qui plaisent à tout le monde et peuvent servir à vendre, au choix, des maisons de maçon, du dentifrice, ou la dernière complainte d'un vieux crooner gominé. Ils m'énervaient à se mastiquer la bouche sous mon nez. Pour nous rappeler à nous autres, pauvres transportés, que la romance dans cette ville ne se trouve pas sous le sabot d'un cheval. Et quand on l'a dénichée autant se pousser du col et l'afficher. Je bisquais ferme et monologuais intérieur. Je pensai un instant changer de wagon mais je réfléchis et, pfft ! je me dis, t'énerve pas. T'es pas sûre de retrouver une place assise dans le wagon d'à côté et puis tu n'es pas la seule à hurler à l'amour ! Dans cette ville, buter dans un homme libre relève de la statistique. Le séduire, de la prouesse balistique. Le garder, de la formule cabalistique.

J'en sais quelque chose : j'ai habité ici. Après que mon père m'eut demandé en mâchant sa pizza d'écrire un livre « sérieux », j'ai réfléchi et j'ai choisi l'exil. J'ai dû penser à Hemingway, Miller, Gertrude Stein et Scott Fitzgerald. Je me suis trouvée tout d'un coup très romantique. Ça m'a emporté l'âme et je les ai imités. En sens inverse.

Un jour, c'était au tout début de mon exil, il me vint la fantaisie de soulever le vantail de ma fenêtre et de lancer quelques propos aimables à mon vis-à-vis de voisin – à peu près soixante centimètres – que j'observais chaque jour ahaner sur sa planche à dessin pendant que moi-même je besognais mon Olivetti en me prenant pour Flannery et en suivant le conseil de Nick, scotché sur le mur blanc : « Ne dites pas, montrez. » Bref, à force de voir mon voisin crayonner par-delà mes carreaux, j'eus l'idée de le convier à un petit déjeuner tardif, appelé « brunch » par les indigènes. Il eut l'air fort embarrassé et je dus m'y reprendre à plusieurs fois avant qu'il consente à me rejoindre du bout des fesses autour de deux œufs « sunny-side up » et de french toasts.

Apprenant mon statut d'étrangère dans la ville, il me confessa le pourquoi de son embarras. Mon invitation relevait de la plus grande hardiesse, extrêmement courante hélas ! chez les femmes de cette cité qui ne reculent devant aucune ruse pour enfourner un mâle dans leur lit. Et lui, célibataire ni inverti ni drogué, ne savait plus où se réfugier pour échapper à l'hallali. Force lui était donc d'ouvrir l'œil, de ne point s'attarder en rentrant du journal, de verrouiller sa porte à triple tour et de ne manger ses œufs qu'en bonne compagnie. Ce jour-là, je reçus un véritable cours sur les rapports des deux sexes à New York. Je ne revis d'ailleurs jamais mon vis-à-vis. Peut-être crut-il que mon invitation naïve était un stratagème pour m'introduire dans sa vie...

Mais la suite de mes aventures américaines ne fit que confirmer ses pessimistes prédictions. Je rencontrai Terry dans un autobus. Un soir de cohue. Serrée de tous côtés, cramponnée à ma poignée en cuir, je me sentis soudain déséquilibrée : une sacoche d'étudiant (la sienne en l'occurrence) venait de verser dans ma sacoche Bloomingdales. Il s'excusa. Je l'excusai. Il se présenta. Je me présentai. Ma nationalité française parut l'intéresser et il s'enquit de ma culture avec une exquise bien-veillance.

Terry avait une voix bien placée, un savoir kilomé-trique, des joues cireuses, des yeux bleus de poupée, de longs cils et des ongles bien soignés. Il ne portait jamais de manteau. Il était contre. Il étudiait à Columbia University la coutume du potlatch chez les Indiens migrateurs. En vue d'une thèse de doctorat. On se revit. Au cinéma, où il m'emmenait voir des films gutturaux de sociologues chevronnés et chevrotants. Au concert, où je luttais contre la monotonie des harmonies de John Cage. Au musée d'Art moderne, où il m'apprit la diffé-rence entre un Jasper Johns et un Rauschenberg. Dans des cafés en bas de la ville, où il m'expliquait sans relâche le rôle du potlatch dans les civilisations primi-tives. Je frissonnais sous sa prunelle bleu glacier. Ses propos étaient empreints de sévérité et il dissertait avec l'affectueuse condescendance du prof pour l'élève un peu niais. Je n'osais le toucher, de peur de rompre l'enchantement livresque dans lequel il m'avait plongée, mais attendais, attendais et écoutais. Enfin, au bout de quinze cafés, cinq cinémas et trois concerts, il se résolut un soir à m'embrasser puis à se glisser dans mon lit.

Je n'en revenais pas. Cela me parut même irréel, pour tout dire.

Sur le point de m'enlacer, ses deux bras blancs brillant dans la nuit, ses lèvres si convoitées se rapprochant de mon oreille, une odeur de chair ferme flattant mes narines soumises, il marqua une pause, s'appuya sur un coude et me dit qu'il voulait que les choses soient bien claires avant de se laisser aller à des transports où l'esprit, il faut le reconnaître, perdait de son emprise : il avait une petite amie. Depuis quatre ans précisément. Il m'énonça son âge, sa religion, son métier. La qualité des poèmes qu'elle écrivait sur des cahiers cartonnés. Et l'excellence des brownies qu'elle lui cuisait chaque dimanche matin en écoutant le grand Schubert sur sa minichaîne. Il ajouta qu'il l'aimait tendrement et que Violet était son nom. Il existait entre eux une convention qui stipulait une certaine liberté de part et d'autre, et je devais à cette annexe au contrat le fait de me trouver là, dévêtue, à ses côtés. Il attendit que j'acquiesce de la tête pour montrer que j'avais bien compris quelle place me revenait dans sa vie puis il s'allongea sur moi et me fit l'amour avec le sérieux et l'attention qu'il prodiguait à tout ce qu'il entreprenait.

Déconcertée par cette mise au point tardive, je ne ressentis rien. Absolument rien. Pas le moindre frisson ni le plus léger abandon, et pus, à loisir et les yeux mi-clos, étudier sa physionomie dans le plaisir. Il me lutinait avec tout le zèle et la technique que le vingtième siècle et sa documentation abondante offrent aux amants consciencieux. Aucune zone érogène n'échappa à son érudition. Aucune technique ne lui était inconnue, et il exécuta chaque variante avec la même virtuosité, le cœur plein d'allant, le rein ondulant, l'allure cadencée et la langue précise. Je n'eus même pas besoin de simuler et de battre des poignets, affolée, sur ma couche : il était trop occupé à ne rien oublier, trop soucieux de m'éplucher de A jusqu'à Z pour remarquer mon absence. Enfin, ayant conclu par un léger effleurement de mon zygomatique droit, il eut un petit sourire qui signifiait « Alors, heureuse ? » et se retira aussi délicatement qu'il s'était introduit. Je récupérai mon corps. Le tâtai pour vérifier qu'il m'avait bien tout rendu. Puis regardai Terry.

Que s'est-il passé au juste ? me dis-je.

Je viens de faire l'amour. Avec cet homme assis au bout de mon lit. Qui enfile ses chaussettes, rentre sa chemise dans son pantalon, se lisse les cheveux. Cet homme est mon amant.

Ah bon ?…

Terry comment ?

Terry où ?

Je ne sais pas. Je ne sais rien de lui. Presque tout de sa petite amie et tout, tout, tout sur le potlatch et les Indiens transporteurs de teepees.

Je ne devais pas en apprendre davantage.

Ce soir-là, après un dernier baiser très doux, il me quitta. Pour toujours. Sans laisser de traces. Même pas un cheveu sur l'oreiller à faire analyser. J'attendis en vain un coup de fil. Une lettre. Un pneu. Un faire-part d'hôpital. Un entrefilet dans le *New York Post*. Je remis sérieusement en question ma libido. Reniflai mon haleine. Examinai un par un tous mes défauts physiques et conclus que je n'étais pas à la hauteur. Violet, elle, devait avoir tout bon.

Deux ans plus tard, de passage à New York, alors que je faisais la queue chez Dean et Deluca, un assortiment de fromages français dans les bras, j'aperçois un homme de profil aux joues cireuses, aux yeux bleus ombrés de longs cils, qui ramasse sa monnaie de ses doigts aux ongles soignés. Il se retourne, me demande pardon car son sac à provisions vient de heurter mon sac à provisions. Je l'excuse. Souris. Repousse mon sac, mes

403

fromages. Lui tends une main amicale. Prête à me rappeler à son bon souvenir. Sans rancune. Pleine de curiosité pour le déroulement de son éducation et de sa romance avec Violet.

Il était déjà parti…

Mon regard revient se poser sur les deux cannibales du baiser et je pense à Allan : a-t-il une petite amie ?

Rita me dira.

Rita sait tout parce que Rita « voit ». Elle tire les cartes dans une échoppe au rez-de-chaussée de mon dernier domicile new-yorkais. À Forsythe Street. Là où j'habitais quand je m'escrimais à écrire un livre « sérieux ». J'essayais de savoir ce qu'il entendait par « sérieux ». C'était pas évident. Il citait des noms. Toujours les mêmes. Chateaubriand, Émile Zola, José Maria de Heredia, Jean Valjean. « Mais c'est pas un écrivain, Jean Valjean », je m'écriais, ravie d'avoir marqué un point. « Tu vois qui je veux dire, il répondait en balayant mon objection. Et puis tu vas te ruiner en téléphone pour pas grand-chose… » Je raccrochais, au bord des larmes. Allais me planter devant la glace. Me trouvais moche. Inutile. À la douzaine…

Pimpin, devant mon désarroi, me cita une phrase de Montesquieu qui disait grosso modo : « La gravité est le bouclier du sot. » Je ne me suis pas gênée pour la lui envoyer. Soigneusement calligraphiée. Par recommandé express. Il n'a pas moufté.

Mais c'était trop tard. Il avait semé le doute dans mon esprit. Je regardais mon livre, le second, celui que j'étais en train d'écrire, et je me disais : C'est pas un livre sérieux. Je l'écris trop facilement. C'est louche. Je me posais des questions qui m'égaraient encore davantage. Par exemple : Est-ce que Chateaubriand écrivait comme il causait ? Oui. Sûrement. Et comme il n'avait pas la télé et toutes ces conneries pour lui faire fourcher la langue, il causait sérieux. Et il écrivait sérieux. Il n'avait que ça à faire : du sérieux. D'ailleurs, la France se prenait très au sérieux en ce temps-là. Et lui, dans son grand château de Combourg, il collait à son époque. Et quand il allait prendre le thé avec sa copine Récamier, ils devaient tous les deux emprunter des mots châtiés, de belles tournures et se faire mille grâces de conversation. Un vrai régal. Un chapelet de subordonnées, un envol de subjonctifs et de descriptions romantiques.

Et Paul Valéry, plus proche de nous ? Alors là, ça se complique. Disait-il à son pote : « Je vais prendre un repos de quelques instants », ou : « Je vais piquer un petit roupillon ? » À mon avis, il disait « roupillon ».

IL LE DISAIT MAIS IL NE L'ÉCRIVAIT PAS.

Parce qu'il voulait faire sérieux.

Et moi, j'étais là, le cul entre deux chaises. Écrire comme je parle ou écrire comme on parlait il y a deux cents ans… Décrire un lit à baldaquin dix pages durant ou filer droit à l'émoi de la petite bonne qui se fait renverser par le fils du patron ?

Dans le cours de Nick, les étudiants ne se posaient pas toutes ces questions. Eux, leur critère, c'était l'émotion. Et l'émotion… Il suffisait de regarder la tronche des élèves une fois que vous aviez fini de lire tout haut votre texte pour savoir si vous aviez bon ou faux. Et souvent Nick, tassé sur ses pompes avachies, nous répétait : « Oubliez le "comment", pensez plutôt au "quoi". » J'étais extrêmement perplexe et j'écrivais de moins en moins, perdue dans ce dilemme insoluble. Le temps passait, je réfléchissais, et mes économies fondaient. Au début de mon séjour, je sous-louais dans les quartiers chics puis, le franc reculant devant le dollar, je m'étais repliée dans les beaucoup moins chics. Jusqu'à échouer dans ce studio assez minable sur Forsythe Street en face d'un parc qu'occupaient les clochards et qu'arpentaient les petites putes.

J'avais été obligée de changer de dégaine. De passer inaperçue. Vieux jean, vieille parka, vieilles baskets. Les cheveux dans les yeux, les yeux dans les épaules, les épaules frôlant les murs, les doigts crispés sur de la menue monnaie, prête à la donner au premier venu qui me la demanderait avec un peu d'insistance. Et la pointe d'un couteau.

Pas de doorman dans ma petite maison de trois étages. Ni d'interphone : on m'appelait de la rue et je balançais les clefs par la fenêtre. Dans un gant ou dans une chaussette. Il s'agissait de bien viser et de ne pas les envoyer dans les poubelles sur les escaliers. Pas de WC privés non plus. Je partageais les commodités avec un peintre quinquagénaire tout le temps constipé et une jeune immigrée polonaise qui habitaient sur le même palier.

Elle s'appelait Katya et faisait partie de ces gens qui pensent avoir une vision du monde car ils possèdent deux ou trois idées fixes qu'ils répètent à tout propos. Elle m'horripilait mais j'avais besoin d'elle : elle connaissait le voisinage et m'aidait à lutter contre les cafards. C'est elle qui m'indiqua les « motels à cafards ». Des boîtes en carton de la taille d'une grosse boîte d'allumettes, coquettes et pimpantes à l'extérieur, tapissées d'une infâme glu à l'intérieur. L'insecte était supposé y entrer et y périr empêtré. « They check in, they never check out », disait la publicité. La publicité ne mentait pas mais les cafards pénétraient rarement dans les motels. Pas bêtes : ils se méfiaient de ces petites boîtes à l'enseigne alléchante, et ne s'y pointaient que les gagas, les dépressifs et les distraits. Un pourcentage infiniment petit chez le cafard, espèce robuste par excellence, qui survit à tout même à la bombe atomique.

J'avais survécu.

Très bien.

Je finis même par aimer ce quartier.

Ses habitants. Les messes en espagnol et orgue électrique qui me tiraient hors du lit trois fois par semaine, les mères qui harcelaient leur progéniture, le ventre lâché dans leur tablier, les gamins qui faisaient gicler les bouches d'incendie et se déhanchaient devant d'énormes transistors qu'ils arrivaient à peine à soulever, les clochards qui poussaient leurs caddies débordant de bouteilles consignées et de cartons, les putes qui tiraient sur leurs joints ou, quand les affaires prospéraient, se faisaient des lignes de coke sur le capot des épaves abandonnées dans la rue sous l'œil indifférent des flics qui patrouillaient. On se lançait des « Hi ! Sweetie, how are you today ? Fine and you ? Fine, thank you ». Je me voûtais un peu, elles faisaient éclater leur soutien-gorge et le soir, vers minuit, quand à court de cigarettes je descendais à La Bodega en bas de chez moi, je les retrouvais. Entre deux passes, appuyées d'une hanche sur le comptoir, elles posaient du vernis rouge sur leurs bas filés, s'écaillaient un ongle, mâchaient leurs gommes et discutaient de leurs clients. Pour la plupart des petits Blancs en costume et cravate serrée qui profitaient d'un battement entre deux rendez-vous d'affaires pour se payer une tranche de sexe sale. Ce que leurs femmes blanches, parfumées et manucurées, leur refusaient. Pour les « blow-jobs » elles préféraient les Américains. Mais pour le reste elles étaient bien plus à l'aise avec les ethniques.

« Les Américains, c'est propre dans le callbar et tordu dans la tête », résumait Maria Cruz, une petite Portoricaine de dix-huit ans, baraquée, moulée dans un jean serré et des bottes en vynile rose à talons pointus. Maria Cruz jouait les chefs de file. « Des boutonnés, j'te dis, des boutonnés ! C'est nous qu'on les déboutonne ici à grands coups de langue. »

Ses copines se marraient. Maria Cruz donnait une grande claque sur le comptoir et offrait un café à la

407

ronde. Maria Cruz était une vedette. Elle s'était enfuie de chez elle, dans le Spanish Harlem, à l'âge de quinze ans. Avait rejoint une des bandes de gosses qui pullulent dans le Bronx, vivent de chapardage, descendent dans les beaux quartiers commettre leurs larcins puis remontent se partager le butin. Un soir, Maria Cruz n'était pas remontée. Elle avait traîné sur la Cinquième Avenue, les mains dans son blouson piqué sur Broadway. Avait épié les limousines qui ramenaient les belles robes et les smokings devant des immeubles avec portiers engalonnés. Elle s'était promis qu'un jour elle poserait ses fesses dans ces voitures rembourrées. Elle s'était sentie toute légère après cette promesse. Comme si elle avait déjà changé de statut social. Avait glissé un escabeau sous ses pieds et pris de l'altitude. « Faut jouer à faire comme si… S'entraîner à être une autre. Plus forte. Comme ça, le jour où ça t'arrive, t'es prête. Pas étonnée. Tout à fait à la hauteur de la situation. Et puis, en jouant à faire comme si, tu apprends l'audace… Et quand t'as l'audace… »

Elle avait rêvé ce soir-là, Maria Cruz. Son seul soir de liberté. Elle avait fait comme si. Comme si elle était miss Maria Cruz. La fameuse miss Maria Cruz. La célèbre coiffeuse-esthéticienne qui a son institut sur Madison Avenue. Trois étages de petites cabines bleu ciel, une moquette gris clair… non, bleu ciel… bleu ciel aussi la moquette et les portes soulignées d'un léger filet gris avec, sur chacune d'elles, le nom de l'esthéticienne écrit en lettres d'argent. Toute légère, portée par son rêve, elle descendait la Cinquième Avenue. Heureuse de ne plus être en bande, de n'entendre résonner que le bruit de ses bottes à elle, de ses talons pointus sur le macadam. Vers deux heures du matin, elle s'était allongée sur une marche d'escalier d'une de ces petites maisons riches de l'Upper East Side et s'était assoupie en choisissant les rideaux de son institut, l'uniforme des esthéticiennes, des réceptionnistes, des coiffeuses, en établissant les tarifs, la grille des salaires, les heures d'ouverture. Le lendemain, pour se payer un café et deux œufs au plat, elle avait suivi un homme. « Ma première passe : deux dollars soixante-quinze ! Ah ! on peut dire que j'ai réussi depuis : j'ai fait monter les prix. Et pis j'habite Manhattan. Pas dans les quartiers chics, mais ça viendra… Quand je prendrai ma retraite avec José, que j'aurai mis de l'argent de côté et que je pourrai me le payer, mon institut… »

Je l'aurais écoutée toute la nuit, Maria Cruz. S'il n'y avait pas eu José qui la surveillait. José et les autres. Planqués dans de longues voitures, ils tournaient autour du parc. Maria Cruz avalait son café à toute allure, ajustait son collant, lissait sa mini-jupe en skaï, faisait gonfler ses joues comme un vieux pro de la trompette et repartait au turbin, suivie bientôt de toutes ses copines.

Il y avait une autre raison pour laquelle je descendais à La Bodega la nuit : c'était Rita. Elle souffrait d'insomnie et tirait les cartes sur le comptoir. Elle était dans un sale état à l'époque, Rita. Elle essayait de maigrir et ça ne lui réussissait pas. Elle était malade des nerfs, passait ses nuits à La Bodega, juchée sur un tabouret à roulettes, et se déplaçait en donnant des coups de reins. Elle était si faible qu'elle avait tout à portée de la main : ses cartes, son café, ses bâtonnets de carottes, son tofu à zéro pour cent, ses cigarettes, ses Kleenex et son blush. Quelquefois, le propriétaire de La Bodega lui laissait garder le magasin toute la nuit. Ce n'était pas une très bonne idée. Parce que, à cause de son régime, Rita n'arrivait pas à se concentrer. Par exemple, vous lui demandiez du salami en tranches et elle vous donnait une cartouche de Salem. On n'osait rien dire parce qu'elle nous tirait les cartes gratis. Et, pour les visions, elle était toujours très forte. Le régime ne l'affaiblissait pas. Bien au contraire : il affûtait ses flashes. « Y a pas à dire, pontifiait Katya, la nourriture alourdit l'esprit. Mens sana in corpore sano... Savent pas se nourrir, ici. Ils ne mangent que des conserves qui leur polluent la tête. »

Katya voulait savoir si elle réussirait un jour, si elle habiterait uptown avec les riches et les nantis... et moi si j'arriverais à écrire un livre « sérieux ». Rita ne comprenait pas ce que j'entendais par là. Et, comme je ne pouvais pas lui expliquer, on n'était pas très avancées toutes les deux. La réponse des cartes demeurait obscure. En échange, elle me prédisait des romances et des amants, des ruptures et des avions. Un homme brun, deux hommes bruns, trois hommes bruns et... le grand amour. Je frétillais derrière le comptoir. Quand ? Quand ? Le grand amour ?

Les dates, elle les voyait pas.

Rita, elle va me dire pour Allan.

Tout. S'il rappelle demain dans la soirée ou si j'ai le temps d'attaquer l'*Iliade* et l'*Odyssée*.

Je descends à Canal Street, longe le quartier chinois, remonte vers l'est. Passe à Mott Street devant la chinese laundry où je portais mes sacs de linge sale. Avec le proprio on se parlait en agitant les doigts. Il ne connaissait pas un mot d'anglais. Traverse Bowery à toute allure. Et tombe sur Forsythe Street.

La boutique de Rita est toujours là. Les affaires doivent marcher. Elle s'est payé une nouvelle enseigne. Une belle main avec les lignes dessinées en vert et rouge et un jeu de cartes peint en doré. « Rita Morena, fortune teller. » Je pousse la porte et Rita lève la tête de son magazine. Pousse un cri et se dandine jusqu'à moi.

Rita, elle marche pas, elle se dandine. Tellement elle a de lard à déplacer. Des kilos de lard qui la freinent quand elle avance, la font pencher un coup à droite, un coup à gauche en une masse menaçante. Quand elle se lève, c'est tous les loukoums de l'Orient qui ondulent jusqu'à moi. J'avais oublié qu'elle était si grosse.

Elle ne veut plus maigrir. Elle affirme que sa graisse la protège. Que, sans ce rempart gélatineux, elle serait livrée au monde. Sans défense. Elle sait ce qu'elle dit : elle a essayé. Effarée, qu'elle était. Au bord de la panique parce que les gens, soudain, lui parlaient de très près. La frôlaient. Et ce n'était pas supportable. Le médecin ne l'avait pas prévenue des vicissitudes de la vie des maigres : toujours convoitées, toujours demandées, tirées à hue et à dia. Rita avait compris très tôt que le monde était hostile. « Quand mes parents m'ont offert un toaster pour jouer dans mon bain », disait-elle en riant. Aujourd'hui, avec ses pneumatiques à la taille, aux cuisses, aux mollets, elle ne craint rien. Elle domine la situation. Elle m'enlace, me soulève de terre, m'embrasse, me repose par terre et gigote de joie en me pinçant au sang. Ouais ! T'es là ! C'est super ! Deux ans sans nouvelles ! Mais qu'est-ce qui t'est arrivé !

– Attends, attends, ne dis rien, j'ai un flash... Tu vas rencontrer un homme. Ici à New York. Je le vois... Il est grand, il est beau. Il va tomber fou amoureux de toi... Si, si... Je le vois. Je vois des avions, des avions... Un mariage... Un étranger, un homme brun, et toi tu porteras un chemisier vert dans une grande fête... Oui, c'est ça... Et un palmier dans un coin...

Je m'agrippe à son cou, je l'embrasse. Encore, encore des flashes. Mais elle se rassied, épuisée. Fin du flash.

– Et après ?

– Ça va marcher... Je le sens. Ça va marcher. Vous allez vous marier et...

– T'es sûre ? T'es sûre que tu te goures pas ?

Elle se vexe. Replie son double menton. Ne me regarde plus. Se raccordéonne sur sa chaise.

– Excuse-moi, c'est l'émotion... Tu comprends, j'en ai rencontré un comme celui que tu vois et j'ose pas y croire. Surtout que c'est plutôt mal emmanché... Je l'ai déjà envoyé bouler...

– Il reviendra, il reviendra… Mais raconte-moi encore. Ton papa ? Il est mort, hein ?

Je fais oui de la tête et j'ai la gorge qui se noue. Ça me fait un effet terrible quand j'entends résonner ces mots tout haut. C'est comme si c'était officiel. Qu'il n'y avait plus rien à faire. Je frissonne et me ratatine comme une petite vieille frileuse.

– Et t'es triste… Très triste ?

Ben oui…

– Mais faut croire en Dieu, tu sais. Faut croire qu'Il est là-haut et qu'Il te regarde.

Je secoue la tête, butée. Il n'en est pas question.

– Mais si… Mais si… Il faut que tu pries la Sainte Vierge.

Elle me montre du doigt la Vierge en plastique qui trône sur une étagère au-dessus de sa tête, un coude sur la radio, l'autre sur le ventilateur.

– Elle comprend tout, elle. Et s'il est parti, ton papa, c'est qu'il avait fini son temps sur terre…

– J'y crois pas, Rita. J'y crois pas. J'arrive pas. Quand il est mort et qu'il y avait toute sa famille qui priait autour de son lit, j'étais pâle d'envie, tu sais. Je les regardais et je voulais prier comme eux. De toutes mes forces, j'avais envie de croire. Parce que, alors, c'était plus triste du tout qu'il soit mort. J'irai le retrouver, un jour…

Je dis et je pleure.

Rita se lève, se dandine jusqu'au frigo et sort une glace. Une Health Bar Crunch ice-cream.

– Tu la connais, celle-là ? Elle est toute nouvelle…

Je hoquette « oui ». Je les connais toutes. En trois semaines, j'ai rattrapé tout mon retard. Elle pose la glace avec deux cuillères sur la table et se laisse tomber sur le pouf.

– Allez, allez… Je vais te faire le grand jeu, tu vas voir.

– Attends, attends, donne-moi des nouvelles des autres avant… Katya. Maria Cruz. Et le vieux peintre tout le temps constipé ?

– Oh ! lui… il a pas changé ! Il est toujours là.

Elle bat les cartes. Un jeu spécial qu'elle s'est confectionné en lamé doré et en forme de cœur.

– Et Katya ?

– Elle est repartie en Pologne. Elle a fait que des bêtises. Elle avait plus le droit de rester, alors elle s'est mariée. Pour avoir ses papiers. Avec un escroc. Un spécialiste du mariage avec des étrangères. Il en était à son huitième mariage et, chaque fois, il palpait deux mille dollars… Ils l'ont arrêté. Il l'a dénoncée. Ils sont bien plus durs maintenant. Ils font subir des interrogatoires et des contre-interrogatoires aux jeunes mariés pour bien vérifier qu'ils vivent ensemble. Ils lui ont demandé où était l'interrupteur de la chambre à coucher et si son mari mettait un pyjama. Elle a été incapable de répondre… Ils l'ont emmenée à l'aéroport… Entre deux flics…

Rita hausse les épaules. Je l'imite pour bien montrer la vanité de tout ça.

– Elle m'a écrit. De Varsovie. Ses parents s'étaient ruinés pour qu'elle vienne vivre ici…

Elle me fait couper les cartes, les dispose sur la table, repousse le pot de glace.

– Et Maria Cruz ?

Là, ce doit être grave parce qu'elle s'immobilise, le jeu en l'air, avant de me répondre. Et puis elle le repose et attrape la glace. La trifouille avec le bout de sa cuillère.

– Qu'est-ce que tu veux que je te dise ? Depuis que t'es partie, on n'a eu que des malheurs, ici… Et c'est pas fini. Je le sens bien…

Je la laisse suçoter une ou deux bouchées de crème glacée puis reviens à la charge, doucement. Je l'aimais bien, moi, Maria Cruz. Pas vraiment belle, mais éclatante,

avec des gencives roses qui brillaient dans sa bouche…
ses cheveux, on aurait dit une perruque tellement ils
étaient raides et tirés… Du crin noir et lustré. Elle me
faisait entrer dans un monde inconnu. De plain-pied avec
la réalité. Je l'écoutais, j'apprenais, et c'était comme si
j'en savais plus sur moi. Je me sentais exister intensément.
Je pouvais presque toucher mon âme. Ça me fait toujours
cet effet-là quand j'apprends… Un jour, je lui avais
demandé comment elle faisait pour sucer tous ces types
qu'elle ne connaissait pas et qui, si ça se trouve, ne se
lavaient même pas avant de venir la trouver. Elle m'avait
regardée de haut, presque méchante, et elle avait rétorqué :
« Hé, dis donc, comment tu fais, toi, pour rester des heures
entières assise devant ta machine à écrire ? Hein ?
Comment tu fais ? C'est pas un boulot de bonne femme,
ça ! C'est un boulot de mec ! C'est vrai quoi ! Faut avoir
des couilles pour écrire, une grosse paire de couilles ! »
Ses mains avaient soupesé une énorme paire de couilles
imaginaires et toutes ses copines avaient rigolé. J'avais
piqué du nez dans mon café et plus jamais je ne lui avais
parlé de son boulot. Je m'étais contentée de l'écouter.

— Elle s'est mise à la coke puis au cheval… C'est son
mec qui l'y a poussée. Pour qu'elle travaille plus. Elle
avait des idées de grandeur, qu'il disait. Elle voulait
s'émanciper. Alors couic… Maintenant il la tient et,
quand il l'aura bien essorée, il la jettera. Elle est pas
belle à voir, tu sais… Il la fait travailler uptown pour
qu'elle ne voie plus ses copines… Allez, concentre-toi.
Pose-moi une question…

— Mais t'as rien pu faire ?

— Qu'est-ce que tu voulais que je fasse ? Hein ? J'étais
pas de taille à lutter contre lui, moi. Et puis elle l'a bien
voulu aussi. Je l'avais prévenue. J'avais vu dans les
cartes ce qui lui pendait au nez. Mais elle se croyait la
plus forte…

Elle se laisse aller contre le mur. Comme si elle était très lasse. La joie de me revoir est passée et maintenant ce sont tous les petits soucis, les soucis qui vous mangent la tête, vous cisaillent l'humeur au jour le jour qui lui reviennent.

– T'as vu le quartier là-bas, dans les avenues A, B, C, D ? Je lui fais signe que non. Je suis descendue en métro à Canal.

– Il change à toute allure. Ils sont en train de tout rénover. Un de ces jours va falloir que je déménage. Ils expulsent à tour de bras. Les avenues A, B, C, D… Tu te souviens ? Personne ne voulait y habiter. Eh bien maintenant la mairie a décidé d'y mettre son nez et les promoteurs fourmillent. Ils retapent les vieux taudis et les revendent à prix d'or. Y a plus un artiste qui peut vivre ici… Ou alors il faut qu'il réussisse, et vite ! Moi ça va être mon tour un jour ou l'autre ! Et j'irai où ? Toute ma vie est ici…

Sa bouche tombe et dessine une drôle de moue.

– Mais les cartes ? Qu'est-ce qu'elles disent les cartes pour toi ?

Elle hausse les épaules. Les cartes, à elle, elles lui disent rien. Mais sa tête lui rabâche qu'il faut qu'elle se prépare à s'installer ailleurs. À Brooklyn ou dans le Queens.

– Allez, on va voir où il est, ton papa ? Hein ? Tu veux ?

Quand on a eu fini les cartes et le pot de crème glacée, il faisait nuit et j'étais aussi triste que Rita. Malgré la bonne nouvelle de l'homme brun que les cartes avaient confirmée. Mais je me demandais si je pouvais faire confiance aux visions de Rita. Parce qu'elle m'avait affirmé aussi que Papa était au Ciel. À côté de Dieu. Mon œil, je lui ai dit. Je le vois comme je te vois, elle m'a dit. Calme et serein et le regard posé sur toi.

– Je te crois pas.

– Il faut me croire et en attendant il faut prier…

– Ah, non alors ! Pas question !

– Et pourquoi ?

– Parce que j'y crois pas… Et puis pourquoi Il ne fait pas un effort, Lui, pendant qu'Il y est. Un tout petit miracle, par exemple, pour que je me mette à croire. Tiens, qu'Allan appelle demain… C'est pas compliqué, ça.

– Ce serait trop facile…

– Ben voilà. C'est toujours pareil. C'est à nous de prendre tous les risques, d'encaisser tous les coups pendant que, Lui, Il se les roule, tranquille…

On en reparlera, elle m'a dit, Rita, d'une petite voix douce. On en reparlera.

Je la connaissais, cette voix. C'est celle des évangélistes qui font du porte-à-porte pour vous vendre du boniment de Dieu. Qui veulent vous attirer dans leurs filets. Lorsqu'ils sentent que vous vous raidissez, ils lâchent du lest et laissent tomber. Juste un instant. Pour mieux vous ferrer ensuite.

On est sorties ensemble. Rita m'a accompagnée. Un bout de chemin. On est remontées vers les avenues A, B, C, D. Ghetto en bas de la ville, avec ses petites maisons de brique rouge délabrées et noircies par les incendies, rongées par la rouille. Plantées dans des terrains vagues envahis de mauvaises herbes, de carcasses de voitures brûlées, d'ordures abandonnées. Quartier autrefois jeté en aumône aux sans-fric, boudé par la municipalité qui ne s'était même pas donné la peine de baptiser les rues.

– Et c'est ce quartier-là qu'ils sont en train de récupérer ? j'ai demandé à Rita.

Elle a hoché la tête en s'appuyant sur mon bras et en soufflant un peu.

– C'est déjà fait. Regarde, il y a des flics partout. On peut se promener tranquillement maintenant, alors qu'avant…

Elle avait raison. Des flics étaient postés à chaque coin de rue, la ceinture alourdie par les menottes, le flingue, la matraque en cuir et le talkie-walkie. Le petit doigt sur la gâchette, prêts à abattre l'ombre tremblante qui tente de se faufiler jusqu'à son dealer ou le clodo innocent qui change de place pour ronfler. Rita a continué à m'expliquer. La mairie a réussi son coup, elle m'a dit, bientôt il n'y aura plus une seringue de drogué, plus une godasse de clochard, plus un petit cul qui tapine. Les rues seront prêtes à accueillir leurs nouveaux propriétaires : des costumes trois-pièces et leurs petites femmes aérobiquées. Il n'y aura plus dans la ville un seul mètre carré pas rentabilisé. J'ai pensé à la statue de la Liberté. À ce qu'elle signifiait avant et maintenant... Elle s'exhibe toujours à Staten Island, le flambeau tendu, la toge plissée tergal, le sourire aux lèvres : «Welcome au pays de la Justice et de l'Égalité.» Avant on pouvait encore y croire, tandis que maintenant le dollar fait la loi, le gros écrase le petit, les promoteurs virent Rita. Mais elle reste figée sur son socle, adulée comme le Veau d'or par tous ceux que son sourire berne, indifférente.

On a continué un moment en silence avec Rita et puis on s'est séparées. Elle est repartie en se dandinant vers sa boutique. J'ai pris l'autobus pour retourner uptown dans le monde de Bonnie Mailer.

Il faisait complètement nuit.

Dans l'autobus je me suis dit que s'il m'avait assis à côté de l'Escroc, mon papa, c'était que la porte du paradis était vraiment ouverte à tout le monde. À deux battants, même. Avec un type devant qui fait la retape. Parce que, quand même, fallait pas charrier...

Elle ne comprenait pas.

Elle ne comprenait pas ce qui se passait avec les garçons.

C'était toujours la même histoire. Elle les aimait quand ils étaient loin. Muets. Mais dès qu'ils se rapprochaient, c'était terrible. Le pire, c'est quand ils disaient : « Je t'aime. » Alors là… Elle avait du mal à se contenir. Elle courait aux cabinets où elle se vidait en pleurant. En se posant plein de questions. Assise sur la lunette, en regardant ses pieds et le jean tombé de chaque côté.

Elle ne voulait pas cette haine.

Elle voulait qu'on l'aime. De toutes ses forces. Elle s'endormait en rêvant à un mari, des enfants, un toit de chaume et du Van Houten le matin au petit déjeuner. C'est ça que tu veux. Alors fais un effort, ma vieille. Elle s'exhortait en regardant ses pieds. Domine-toi. C'est quand même pas une injure, « Je t'aime ». Quand même pas une infamie qu'on remette sa vie entre tes mains… Qu'on te dise que tu es le bout du monde.

Des fois elle y arrivait.

Un jour, une semaine.

Elle écoutait, en serrant les mâchoires, l'autre lui dire et redire son amour, faire des projets, s'attendrir sur des bébés. Choisir l'étage, la toile cirée, le quartier, la marque de la télé. Elle patientait. Elle patientait. Elle maîtrisait son corps qui se raidissait. Se laissait embrasser. Répétait les gestes de l'amour, les mots de l'amour, mais elle ne sentait rien. Plus rien. Elle faisait de son mieux pour ressentir quelque chose : elle se disait qu'il ne l'aimait pas, qu'il mentait, qu'il allait la quitter, la battre, la livrer au premier venu. L'homme cessait alors d'être familier, reculait de trois pas, devenait un étranger, et le sang chaud recommençait à bouillir dans ses veines...

Mais ça ne marchait pas toujours. Il la regardait avec trop d'amour... Disait trop de mots. Elle ne voulait pas abandonner si vite. Elle se répétait que c'était juste un moment à passer, après ça irait mieux...

Après j'accepterai. Les mots d'amour et les projets. Sans ricaner.

Elle patientait.

Et puis, un beau jour, sous un prétexte ou un autre, elle s'éloignait et ne revenait plus jamais.

Plus jamais.

Débarrassée.

Elle gambadait. Allégée d'un poids insupportable.

Il rappelait. Il suppliait. Explique-moi, explique-moi. Qu'est-ce que j'ai fait ?

Comment pouvait-elle lui expliquer ?

C'était plus fort qu'elle. Désolée...

Parce qu'elle était sincèrement désolée.

C'était pas du chiqué.

Elle partait le retrouver, lui. Au Royal Villiers où ils se donnaient rendez-vous pour manger des huîtres. C'était sur sa ligne de métro.

Elle racontait.

C'est un pauvre type. C'est de sa faute, qu'il lui disait. Une fille comme toi... Il croyait qu'il allait te garder pour lui tout seul ! Quel imbécile franchement, mais quel imbécile ! Il a cru que tu l'aimais ! Que tu n'aimerais que lui ! Non mais il est fou ce mec-là ! Et il t'a dit « Je t'aime » ! Mais il a rien compris à l'amour ! Tu veux

419

que je te dise : il est mal parti dans la vie… Tu les zigouilles tous, ma fille. Tu les zigouilles tous, mais c'est comme ça que ça doit être. L'amour, c'est une histoire de zigouillage. C'est tout.

Ah !… elle lui disait.

Elle était triste tout à coup.

Une histoire de zigouillage…

Elle se frottait les yeux. Elle se frottait les mains. Elle avait envie de se débarbouiller.

Mais elle était bien forcée de reconnaître qu'il avait raison.

Et quand ce n'était pas elle qui les zigouillait, c'était lui. Il venait les massacrer. Chez elle. Sans prévenir. Deux petits coups de sonnette très brefs, et le carnage commençait. Il les bousculait, les insultait, leur demandait : « Et pourquoi vous voyez ma fille ? Hein ? Pourquoi ? Vous ne répondez pas ? Pourquoi ne répondez-vous pas ? Vous voulez savoir pourquoi ? Parce que, ma fille, vous ne la voyez que pour la baiser. Rien que pour ça. Pour la baiser. Vous ne l'aimez pas. Vous ne savez pas ce que c'est que d'aimer ma fille… » Le garçon se tortillait, gêné. Il lui ordonnait de le regarder dans les yeux, bien droit dans les yeux comme un type correct qui n'a rien à se reprocher… et, comme l'autre ne savait plus comment se tenir, comment se défendre, il lui laissait un dernier instant de répit, un dernier instant où il pouvait se croire sauvé, libéré, et puis, juste quand il commençait à souffler, à relever la tête, à sourire, un sourire presque de connivence, alors là il prenait son souffle et se mettait à crier. À crier. Il hurlait, ses yeux sortaient de leur orbite, ses veines saillaient, il était rouge, il était blanc, il montrait le poing. Il avait de la salive qui lui coulait de chaque côté de la bouche et des plaques rouges sur tout le visage. Le jeune homme reculait, s'excusait, disait que c'était un malentendu, prenait son imper et partait. En lui faisant un petit signe à elle. Comme ça. On se téléphone. On se revoit.

Souvent elle ne le revoyait pas.

Quelquefois aussi le jeune homme ne partait pas. Il restait planté là.

Ça rendait l'homme encore plus furieux. Il s'agitait encore plus. Faisait tourner ses bras et ses mains dans tous les sens. Il se mettait à bégayer. Il donnait des coups de pied dans la porte, des coups de poing dans le canapé. Et il scandait : « Pour la baiser… pour la baiser. Vous baisez ma fille, monsieur, et c'est tout ce que vous savez faire. »

Alors il fallait se mettre à plusieurs pour le sortir.

Parce qu'elle n'en pouvait plus, elle.

Elle faisait claquer la porte et elle se réfugiait dans sa chambre. Se plaquait contre le mur. Avec les mains sur les oreilles, les genoux repliés sous le menton, les yeux fermés, les dents serrées. Elle ne voulait plus voir, plus entendre, plus savoir. Mais l'homme continuait à gueuler.

Elle l'entendait. À chaque palier.

Il s'arrêtait, se retournait, prenait sa respiration et gueulait : « Pour la baiser… pour la baiser… c'est tout ce que vous savez faire… la baiser… ma petite fille. » Et tout l'immeuble l'entendait. Des portes s'ouvraient et des têtes criaient : « Assez ! assez ! Vous savez l'heure qu'il est ? » Il leur faisait un bras d'honneur et il repartait.

Jusqu'au prochain palier…

Et elle, dans sa chambre, toute seule avec son amant, écroulée sur ses talons, collée contre le mur, elle lui criait comme s'il pouvait encore l'entendre : « Mais je ne t'appartiens pas ! Fous-moi la paix ! Je ne t'appartiens pas ! Je n'appartiens à personne ! Foutez-moi la paix, tous ! Foutez-moi la paix ! »

Dans sa chambre, avec son amant qui ne comprenait pas, qui n'y comprenait plus rien, qui se demandait s'il lui fallait partir ou rester, se justifier ou oublier, la consoler ou lui demander des explications. Qui tripotait son col de chemise. Se levait brusquement. Restait debout les bras ballants. Se rasseyait sur le lit. Et la regardait bizarrement. Elle se mettait à aboyer : « Arrête de me regarder comme ça ! Arrête ! Tu m'as jamais vue ! Tu veux ma photo ! Dis plutôt ce que t'as dans la tête ! Ose un peu pour voir ! » Il ne disait rien, et elle se remettait les mains sur les oreilles parce qu'elle l'entendait encore. Elle l'entendait encore dans l'escalier. Il ne s'arrêtera jamais. Jamais, elle pensait en se collant contre le mur. Comme pour disparaître dans le mur. Pour ne plus exister. Pour lui échapper une bonne fois pour toutes.

Et quand, après avoir gueulé à chaque palier, s'être retourné et avoir gueulé encore, avoir pissé dans la rue entre deux voitures et avoir montré le poing vers son étage, s'être reboutonné en les maudissant tous, tous ces hommes qui n'étaient bons qu'à ça, qu'à la baiser, qu'à lui voler sa petite fille, sa petite fille… Oh ! ma petite fille à moi, il pleurait dans la rue affalé sur le capot d'une voiture… quand finalement il s'éloignait, quand la concierge avait refermé ses volets et rapporté la nouvelle à ses filles, et les gros mots et le monsieur qui pissait dans la rue, elle ôtait ses mains de ses oreilles, elle essuyait ses yeux, sa bouche, et elle se retournait vers son amant.

Elle ne le reconnaissait plus.

Il était tout blanc.

Tout blanc.

Tout petit.

Il avait rétréci.

Inconsistant. Ridicule même.

Qu'est-ce qu'il foutait là ? Qu'est-ce qu'elle avait bien pu lui trouver, à celui-là ?

Il essayait de la prendre dans ses bras.

Elle hurlait qu'il la lâche. Que surtout il ne la touche pas. Surtout pas. Il la dégoûtait. C'était dégoûtant cette envie qu'il avait d'elle.

Sale. Sale.

Elle lui criait de se tirer.

Elle ne voulait plus le voir.

Elle en avait marre. Marre qu'on lui colle à la peau. Qu'on réclame un bout d'elle comme si c'était un dû. Mais je lui dois rien à celui-là ! Pas plus qu'à un autre, d'ailleurs. Je leur dois rien. Je les déteste. Ils me dégoûtent. Je hais leurs mains, leurs bouches, leurs envies de mecs... Alors qu'il se casse lui aussi et qu'elle ne le voie plus. Elle le poussait vers la porte. Elle lui refermait la porte au nez. C'est ça ! Bon débarras !

Elle voulait la paix. De l'espace. De l'air.

Elle étouffait. Elle arrachait son pull, son chemisier. Les envoyait à l'autre bout de la pièce. Arrachait son jean. S'enroulait dans le dessus-de-lit. Toute nue. Toute nue. Elle se couchait étranglée de larmes. J'y arriverai jamais. Jamais. C'est toujours pareil. Elle se répétait en pleurant.

Alors elle se promettait de ne plus jamais, jamais le revoir, lui qui faisait tout pour la bousiller depuis qu'elle était petite. Avec application. Comment bousiller sa petite fille pour que plus jamais, plus jamais elle ne puisse aimer un autre homme que son petit papa ? Comment bien utiliser son pouvoir de papa tout puissant pour qu'elle ait envie d'aimer de toutes ses forces, de tout son ventre, mais que toujours, toujours ce soit le fiasco et qu'elle revienne vers son petit papa chéri ?

Qui l'attendait.

Parce qu'il était seul lui aussi. Il avait beau se marier, faire des enfants à droite, à gauche, il se retrouvait sans compagnie. Il disait que c'était normal, il attendait sa fille. Aucune femme au monde n'arrivait à la cheville de sa fille. Il préférait encore rester seul.

Elle se forçait à se rappeler tous les mauvais coups qu'il lui avait faits. Toutes ses trahisons. Elle concoctait des plans de vengeance. Ne plus le voir. Le faire payer.

Elle tenait bon.

En comptant les jours, les semaines.

Puis en ne les comptant presque plus.

Comment va ton père ? Oh, il va très bien. Ça fait longtemps que je ne l'ai pas vu, vous savez, parce que lui et moi c'est comme ci, comme ça. Elle ne se forçait pas quand elle disait ça. Elle le claironnait d'une petite voix heureuse. Une nouvelle petite voix. Légère, légère. Une voix de petite fille qui n'a plus de papa à porter. Elle se demandait même comment elle avait pu l'aimer si fort. C'est parce que j'étais petite, sans défense, qu'il faisait de moi ce qu'il voulait. Aujourd'hui, ça ne prendrait plus. Aujourd'hui, je suis balaise. Il ne m'impressionne plus. C'est à peine si je me rappelle qu'il existe, tiens… Je vis très bien sans lui. Il ne me manque pas le moins du monde. Alors là… Pas le moins du monde ! Et moi qui croyais que, sans lui, j'étais perdue. Elle paradait, alerte. Elle brandissait sa nouvelle liberté comme un étendard. Elle plastronnait même…

C'est à peine si elle remarquait quand le manque revenait. Sournois et souterrain. Enfoui tout au fond d'elle. Comme une petite bouche qui happait l'air et l'appelait.

Qui l'appelait, lui.

Une petite bouche vorace et têtue. Qui pleurait et réclamait. Papa, mon papa, mon petit papa. T'es où, là ? Tu fais quoi ? Où tu les balances, tes grands bras, tes grandes jambes ? Avec qui tu discutes le bout de gras ? À qui tu les racontes, tes bêtises, en te croyant le plus intelligent du monde ? Elle étouffait la petite voix.

L'étouffait en galopant vite, vite dans la ville. Le plus vite possible. À tour de bras, à tour de jambes, à tour de

mots. Elle se mettait à parler comme un moulin.
N'importe quoi. À n'importe qui. Répétant bien haut et
bien fort que c'était fini. Fini. Elle l'étouffait, la petite
voix sous les oreillers, quand la nuit venait. Elle se tournait et se retournait dans le lit. Répétait à voix haute :
« Rappelle-toi : c'est un salaud, un salaud. Oublie-le.
Oublie-le », mais c'était trop tard : il lui manquait. Elle
le sentait. Son corps ne lui obéissait plus. Sa main
empoignait le téléphone et il fallait qu'elle l'arrête juste
à temps... Ses yeux le cherchaient partout dans la rue.
Ses jambes la rapprochaient de chez lui...
   Sans arrêt, il fallait qu'elle surveille son corps.
   Elle prenait un nouvel amant. Elle se serrait contre
lui. Le suppliait de la serrer encore plus fort. De la
faire rentrer en lui pour que jamais, jamais elle ne se
déprenne de lui. Elle lui tirait les cheveux, elle le mordait. Je n'aime que toi. Pour toujours. Que toi. Que toi.
Emmène-moi avec toi. Loin. Loin. Elle devenait folle,
enragée. Elle s'encastrait dans lui fort, si fort pour y
laisser son empreinte. Pour qu'il ne reparte pas sans
elle le lendemain. Parce qu'elle se méfiait toujours de
ça : qu'il reparte et qu'il la laisse. Il ne comprenait pas.
Il la raisonnait. Il disait qu'elle l'étouffait à le serrer
comme ça. Alors elle accrochait ses doigts, enfonçait
ses ongles, écrasait ses lèvres, pressait ses jambes, frottait son sexe sur le sien, arrimée à ses hanches, elle
frottait, frottait, imprimait sa peau sur la sienne. Lui
donnait tout le plaisir qu'elle savait donner. La bouche
sur sa peau, toute sa peau. Courtisane, pute, esclave.
Tout le plaisir. Pour lui. Pour qu'il ne reparte pas. Ses
jambes dans ses jambes. Pas me laisser, pas me laisser.
Emmène-moi avec toi. Emmène-moi avec toi. Il riait
de sa violence. Elle le suppliait de lui dire qu'il
l'aimait. Qu'il l'aimait plus fort que tout. Parce que,
s'il ne l'aimait pas, elle n'était plus rien. Plus rien du
tout. S'il ne lui donnait pas la force de son amour, elle

ne pouvait plus rien contre l'autre... Il haussait les épaules. Il ne comprenait pas. Elle n'était pas un peu exaltée comme fille ?

Elle le poursuivait. Ne lui laissait pas un instant de répit. Réclamait.

Il restait.

Elle avait gagné. Elle se promenait à son bras, éclatante de fierté. Propriétaire. Souveraine. Reconnue.

Il se laissait faire.

Elle le suivait partout de peur que... de peur que... Une peur déchirante et délicieuse. Une peur qui la transportait comme un conte de fées, la faisait galoper comme une folle, trébucher jusqu'à lui et se raccrocher, rassurée, essoufflée. La nuit, elle rentrait dans lui, la tête dans ses bras, la bouche sur sa poitrine, les yeux fermés sur ce corps d'homme qui ne parlait pas, ne la retenait pas, qui était grand ouvert. Ce corps dur, carré, large, qui lorsqu'elle le tenait à pleines mains la remplissait de bien-être. Elle n'avait pas besoin des mots. Ou plutôt si. Elle répétait toujours les mêmes. Comme une chanson qu'on chante à l'enfant pour l'endormir, le rassurer. Ces mots-là, elle les chantonnait dans sa poitrine, les dents sur sa peau, les ongles dans ses épaules, dans ses hanches, comme une phrase magique, dans la chaleur de sa peau. Je t'aime, je t'aime, je t'aime. Je t'aime, je t'aime, quand il la prenait en bas du lit, sur le plancher en bois, contre la porte, dans la voiture, partout. Je t'aime, je t'aime, je t'aime, je t'aime, je t'aime. Prends-moi, prends tout de moi, emmène-moi, meurs-moi. Les yeux fermés, les mots aveugles.

Il la regardait.

Elle devait être folle pour tenir à lui comme ça.

Pour le tenir comme ça.

Je t'aime, je t'aime, je t'aime. Elle continuait à psalmodier jusqu'à ce qu'elle soit repue. Pleine. Pleine de son amour pour lui. Pleine de lui. Pleine de la force qu'il lui donnait à la serrer comme ça, de la force qu'elle sentait monter en elle quand il s'abandonnait, qu'il laissait tomber les bras et la tête et les lèvres sur elle. Qu'il se cassait. Qu'il se rendait. Elle pénétrait sous sa peau avec ses mots, avec ses ongles, avec ses dents. Elle lui remontait dans la tête, elle faisait le vide de tout ce qui n'était pas elle, elle aspirait sa force, ses entrailles, ses bras, ses jambes. Il ne disait rien mais il l'emmenait avec lui. Partout. Elle se suspendait à lui. Elle était la reine du monde. Elle n'avait plus peur de le revoir.

L'autre.

Elle se disait même qu'elle était assez balaise. Que ça ne lui ferait ni chaud ni froid. Elle n'était plus seule pour l'affronter maintenant…

Elle pouvait tout aussi bien le voir.

Pour tester, qu'elle clamait.

Parce qu'elle en mourait d'envie, en vérité.

Mais il lui fallait un alibi.

Elle cherchait une excuse, un prétexte. Elle voulait avoir une bonne raison pour l'appeler. Elle cherchait, elle cherchait, et la petite voix continuait à réclamer au fond du ventre. Elle était pressée, la petite voix, elle ne voulait plus attendre. Elle ne pouvait plus. Elle disait : Rien ne t'empêche maintenant. T'es costaud. T'as plus peur. Attends, attends, elle lui disait, je vais bien trouver quelque chose. Quelque chose qui tienne debout parce que, tu comprends, je ne veux pas avoir l'air de lui courir après… Alors ça, pas question ! Mais je vais trouver, t'en fais pas… Elle se retenait encore un peu, mais, lui, il devait sentir qu'elle faiblissait. Que la petite voix le réclamait. Parce que pas longtemps après, un beau jour, il sonnait.

Deux petits coups brefs, très brefs. Dring, dring, c'est moi. Il sonnait. Il ouvrait les bras.

– MA FILLE !

– MON PAPA !

427

Ils se précipitaient l'un contre l'autre, ils s'entrecho-
quaient, il la faisait tourner, tourner et gueulait : ma
beauté, mon amour, mon amour de fille. On va pas se
disputer pour un mec, toi et moi, hein ? Ça n'en vaut pas
la peine ! Mais qu'est-ce que c'est qu'un mec, hein ?
Qu'est-ce que c'est, je te le demande ? Je peux t'en parler, moi qui ai eu toutes les bonnes femmes du monde.
Ma reine, ma beauté, allez, va t'habiller. On va aller
manger des huîtres tous les deux. On va célébrer ça avec
un petit coup de muscadet. Un bon petit blanc sec de
derrière les fagots. Allez, fais-toi belle et on y va...

Ils y allaient. Bras dessus, bras dessous.

Il frimait en entrant dans le restaurant. Il frimait en
commandant le vin. Il frimait en payant. Il l'avait récupérée. Et à la fin du repas, quand ils étaient tous les deux
un peu gris, un peu assoupis, il se penchait vers elle et,
la bouche dans son oreille, la bouche si près de son
oreille qu'elle frissonnait et s'écartait, qu'elle lui disait :
Arrête, Papa, arrête, ça me met mal à l'aise quand tu me
serres comme ça, il demandait, l'œil bleu et lourd :

– Alors, ton nouveau jules, il s'appelle comment,
hein, dis-moi ? Parce que je suppose qu'il y en a un
nouveau, hein, depuis le petit morveux que j'ai sorti la
dernière fois ?

– Non, Papa. Non. Laisse-moi. J'ai pas envie.

– Pourquoi ? Il est pas terrible non plus, celui-là ?

– Arrête, Papa. Arrête. Tu sais comment ça va finir...

– Mais j'ai rien dit. Tu vois, tu prends tout mal. On
peut même pas plaisanter avec toi. T'as pas le sens de
l'humour. C'est terrible, ça ! La fille de ta mère, tiens,
je peux pas mieux dire !

– Je t'en supplie, Papa, recommence pas, s'il te plaît,
s'il te plaît...

Elle le suppliait en le regardant dans les yeux. Mais
c'était plus fort que lui. Il aspirait une huître, une autre,
un verre de blanc et il reprenait :

– Allez, dis-moi à quoi il ressemble… Qu'est-ce qu'il fait, hein ? Qu'est-ce qu'il fait ? Mais pourquoi ? Tu as honte de lui ? Hein ? T'as honte de lui ?

– Papa, je t'en supplie, dis. Arrête. Arrête.

– Bon, d'accord, j'arrête. Mais si je le croise par hasard dans la rue… Hein, j'aurais l'air de quoi si je le croise et que je le reconnais pas ?

Elle baissait la tête et demeurait muette. Il apercevait les doigts crispés sur le bord de la table, le regard rivé au bord de la table, les bras raides qui tenaient le bord de la table… Alors seulement il renonçait.

– Ah ! mais si on peut plus se marrer, toi et moi ! Même pas savoir un petit nom… Allez, bois un coup, ma fille, et on oublie ça…

Elle se forçait à sourire. Se forçait à lever son verre avec lui. Se forçait à parler d'autre chose. Se disait qu'il était comme ça, elle ne le changerait pas. Elle était grande maintenant, il fallait l'accepter comme il était… Mais elle avait la haine dans le ventre, la haine dans la bouche, la haine dans tout son corps qui se retenait pour ne pas trembler, pour ne rien montrer. Elle le détaillait et elle le trouvait horrible. Repoussant, presque. Son long nez, sa grande bouche, ses poches sous les yeux, ses dents toutes déchaussées… Dégoûtant, cet amour pour elle qui n'en finissait pas de dégouliner, de l'engluer, de la bousiller ! Elle le haïssait en silence.

Il n'y avait pas de solution. Pas de solution…

Alors elle renfonçait la haine. La haine et le désespoir aussi. Jamais elle ne s'en sortirait. Jamais. Lui vivant, jamais. Il finirait toujours par la rattraper. Elle finirait toujours par se laisser faire. Elle n'était pas de taille à lutter contre lui. Elle mangeait ses huîtres et ils parlaient de choses et d'autres. Il parlait de ses affaires à lui, de ses chantiers, de ses collègues, comment il les avait mouchés. Elle ne l'écoutait plus. Elle faisait semblant. Elle regardait l'heure. Elle calculait combien de temps encore il lui faudrait attendre avant de retrouver l'autre. L'autre qui l'attendait à la maison. Elle souriait, heureuse. Il l'attendait à la maison. Il la prendrait dans ses bras et il lui dirait qu'il l'aimait, qu'il n'aimait qu'elle. Et elle oublierait tout…

Elle arriverait à le lui faire dire. Elle y arriverait. Il fallait qu'il lui dise. Qu'il l'aimait parce que, sinon, elle n'était rien.

Elle n'était rien.

Le lendemain du jour où j'avais consulté Rita, je suis allée acheter un chemisier vert. Chez Charivari. Sur Colombus et 72. Un magasin chic et cher qui ne vend que des articles français ou italiens. Pour mettre toutes les chances de mon côté. J'en ai trouvé un, tout ce qu'il y a de plus attirant. Long, droit, en soie, d'un vert chaud, sombre. Idéal pour poireauter sous un palmier en attendant le Prince charmant qui ne va pas tarder. J'avais décidé d'ignorer le prix jusqu'à ce que je sois dans la rue. De peur de faiblir. Une fois dehors, j'ai jeté un œil sur le reçu de ma carte de crédit et je me suis félicitée d'avoir signé les yeux fermés. Si je continuais à le dilapider de la sorte, mon pécule n'allait pas tarder à fondre. Mais bon… Avec un truc au rabais je risquais de ne pas être à la hauteur. Après, je n'avais plus qu'à attendre. Qu'Allan lise ma lettre et qu'il appelle. Ou qu'il tombe nez à nez avec George Washington et son pif graffité. Cela risquait de prendre du temps, et je ne suis pas très douée pour attendre. Est-ce qu'il a une petite amie ?

J'ai oublié de demander à Rita ! Et, par téléphone, les flashes ne marchent pas. Ou leur qualité est douteuse. Je m'efforçais à tout prix d'être patiente. De ne pas m'échauffer en attendant sa réponse. J'ai beaucoup d'estime pour les gens patients. À mes yeux, ce sont les vrais sages d'aujourd'hui. Des presque saints. Il faut garder son âme bien groupée pour atteindre l'état de patience. Cela m'arrive. Très rarement, faut être honnête. Quand l'issue m'est à peu près indifférente. J'ai l'impression alors de mettre la main sur mon âme. De la sentir palpiter entre mes doigts. C'est moi qui décide, le monde m'appartient et j'y ai ma place retenue. S'infiltre alors en moi un détachement quasi oriental. La sagesse punaisée au coin des lèvres, le regard énigmatique et la démarche aérienne, je baguenaude, sereine.

Pour m'exhorter à attendre en bon ordre, j'ai descendu Colombus Avenue. Autour de moi, ce n'était que fébrilité, gros mots, encombrements et coups de klaxon. Un placard publicitaire vantait « la boisson la plus rapide du monde ». Un autre, les mérites d'un médicament qui coupe court aux malaises car « aujourd'hui, on n'a plus le temps d'être malade ». Moi, je faisais exprès de le prendre, mon temps. De ralentir le pas, mon chemisier porte-bonheur sous le bras. J'étais bien la seule à musarder de la sorte. En Amérique, ça ne se fait pas. Ou alors on vous demande vos papiers. En Amérique, il faut réussir. Frénétiquement. On appelle ça « to make it ». N'importe quel plouc qui débarque à Grand Central avec trois quarters en poche s'exclame en baisant le quai : « I am going to make it », puis part roupiller sur un banc en spéculant sur ses chances de réussite.

Dans la rue, on s'étourdirait à compter les marchands ambulants qui viennent de baiser le quai. Sur une planche et deux tréteaux, ils vendent n'importe quoi. Des passe-montagnes, des cerfs-volants ou des parapluies. La marchandise n'a pas grand intérêt. C'est le principe du « make it » qui compte. Et le principe est simple. Vous attrapez un tour de reins en déchargeant un camion de morues au Fish Market et vous gagnez cinq dollars. Avec ces cinq dollars, vous achetez deux passe-montagnes au prix de gros, vous guettez un soir de blizzard et vous disposez vos cagoules sur le trottoir.

Dix dollars pièce. Faites le bilan : vous avez gagné quinze dollars. Vous achetez alors huit nouveaux passe-montagnes (vous négociez le prix avec le vendeur, en l'assurant que les affaires marchent et que, bientôt, c'est par centaines que vous les achèterez, ses passe-montagnes de merde), vous disposez artistiquement vos bonnets et vous les revendez douze dollars pièce. Un vent glacé accroche des stalactites au nez de vos clients qui s'arrachent votre marchandise, pestent contre les intempéries et les prévisions de la météo. À la fin de la semaine, vous avez gagné une coquette somme. Que vous réinvestissez aussitôt. Dans un lot de passe-montagnes importés de Corée. Ils grattent un peu mais c'est pas grave. Vous n'êtes pas un spécialiste de l'eczéma. Ni chargé du service après-vente. Vous vous retrouvez alors face à un sérieux problème : vous ne pouvez plus vous en tirer tout seul. Vous ne faites ni une ni deux, vous louez une petite boutique que vous baptisez « Chaud dedans » et vous y installez votre stock. Vous engagez une vendeuse et deux tricoteuses – de préférence vietnamiennes, elles prennent moins de place – que vous faites accroupir dans l'arrière-boutique. Il vous vient alors la brillante idée de fabriquer des moufles, des chaussettes et des écharpes assorties. Vous imprimez des mots très chics sur votre camelote, du genre « Paris, New York, Forever, Nevermore, Oh ! là ! là ! », et vous la vendez plus cher. En devanture vous collez la photo d'une star qui s'est arrêtée un jour devant votre boutique pendant que son chien pissait. Vous demandez à la vendeuse de s'habiller plus court et aux Vietnamiennes de se pousser un peu car désormais elles seront quatre. La bise méchante souffle toujours derrière les carreaux et vous vous lancez dans le collant de laine fantaisie. Avec des prénoms en surimpression. Et le mot « chéri ». Le succès est immédiat. Votre local trop petit. Vous louez la boutique d'à côté. En un rien de temps, les commandes arrivent de tous les coins du pays. Des journalistes viennent photographier vos articles, sautillent en prenant des notes et s'exclament : « Diviiine, diviiine ! » Ils veulent une paire gratuite pour leur fille aînée. Vous la monnayez contre une seconde parution à l'œil. Vous empilez une ou deux Vietnamiennes en sus. Vous les choisissez de plus en plus menues. Ça vous pose un vrai problème. Vous les entreposez au sous-sol. Elles ont le droit de sortir respirer toutes les deux heures, mais le temps des pauses est retenu sur leur salaire. Vous vous payez une camionnette avec un livreur pour les commandes des grands magasins. Vous vous achetez une maison à Southampton et vous vous plaignez des bouchons du week-end. Surtout l'été, c'est in-cro-ya-ble ! Vous dites aux Vietnamiennes qu'elles ont bien de la chance de ne pas connaître cet enfer et que les plages publiques de New York sont bien plus accessibles que ces foutues plages chics soi-disant non polluées. Même si elles n'y vont jamais, à la mer, parce que, le weekend, il faut bien que la boutique tourne… Mais comme elles n'ont pas leurs papiers, elles sont bien obligées d'être d'accord avec vous. Et de se serrer encore davantage dans la cave. Sinon, vous leur faites comprendre avec un sourire adorable que vous les dénoncerez et qu'elles retourneront vite fait sur leur bateau d'origine. Mais si, au contraire, elles sourient et abattent deux fois plus d'ouvrage sans monter respirer une seule fois, elles pourront, elles aussi, caresser l'espoir d'ouvrir une boutique de passe-montagnes. Ou de pagnes. En un mot : elles réussiront. C'est pour ça qu'elles sont ici, non ? C'est ça, l'Amérique, vous expliquez en déchiquetant un cigare et en recrachant la fumée dans leur réduit de quatre mètres carrés. Dans ce seul but que les gens rappliquent de tous les coins du monde.

Comment a-t-il fait fortune, Allan ? Est-ce qu'il entasse des Vietnamiennes en sous-sol ? Ou est-ce son papa qui s'est chargé de la sale besogne ? Un type qui fait de l'import-export de collants. Quelle drôle d'idée ! Une fille qui se verrouille les chevilles pour ne pas plonger contre lui dès qu'elle l'aperçoit, quelle drôle de fille ! C'est vrai, quoi... Je titubais de détresse, me glucidais de désespoir quand Allan est apparu, et, hop ! mon deuil est devenu aussi léger qu'un voile de crêpe noir retroussé sur un canotier.

Il a suffi d'un poignet avec des poils bruns...

D'ongles bombés, transparents...

D'une main posée sur ma tête...

D'un sourire tout blanc...

D'un poitrail d'homme qui plastronne et prend toute la place...

De grandes jambes qui lui cognent le menton dans un taxi qui dérape...

C'est ainsi : mes histoires d'amour ne tiennent souvent qu'à des petits détails. Insignifiants et légers. Un signal qui se met à clignoter au-dessus de la tête d'un homme et m'intime l'ordre de le suivre. Il a suffi qu'Allan me regarde, qu'il m'emmène dîner un soir chez Chatfield's pour que je me ragoûte aussitôt et que le monde reprenne ses couleurs. Que je saute à pieds joints dedans.

Dans la vie. Tout sonne juste. Je participe à tout. Si j'étends le bras, j'attrape un morceau de vie comme un bout de barbe à papa et je le mâche... Sans ce morceau de barbe à papa, la vie n'est rien. Ça ne vaut pas le coup d'être vivant.

Tandis que là...

Je ne suis plus en colère. Je déambule. J'observe. Je m'intéresse. Je regarde chaque passant comme s'il était un livre ouvert où je m'instruirais. Et chacun, soudain, prend du relief. Existe. M'apporte une information qui satisfait ma curiosité, m'ancre encore plus dans la réalité. Je sais pourquoi ce bonhomme-là ferme sa chemise sous le menton. Pourquoi celle-ci porte ses affreuses Nike aux pieds. À quelle heure et après quelle beuverie s'est couché ce mal réveillé qui froisse un journal près du kiosque. Je leur invente des histoires. Je les connais. Je ne suis plus jamais seule. J'appartiens au mouvement universel. Mon cœur vibrionne d'amour pour tous ces inconnus. J'ai envie de les embrasser. De les remercier de me sauter aux yeux avec leur vie en bandoulière. Je pourrais écrire une page sur chacun d'eux. Une histoire originale et forte. Comme Flannery avec le pépé retraité et le géranium. Je pense une seconde à m'acheter un carnet à spirales et à consigner tout ça par écrit attablée devant un milk-shake dans une cafétéria. Mais l'ivresse du dehors est plus forte, et je continue de marcher…

Même moi, je me saute aux yeux. Me saisis en plein vol. Me prends en flagrant délit. Je repense à toutes les fois où je me suis élancée contre un homme. Je me force à les évoquer parce que, si j'écoutais la crétine qui pérore en moi, je prétendrais qu'avec Allan, c'est la première fois. Je me parerais d'une amnésie dégoûtante. J'affirmerais mordicus que jamais, jamais, avant lui je n'ai ressenti ce trouble exquis, ce transport de l'âme et des reins réunis, cet abandon allègre, cette soumission suspecte et délicieuse… Ce n'est pas la première fois. C'est même une répétition assez navrante.

Acte 1 : Entrée sur scène du héros. Je le vois, je rougis, je pâlis à sa vue. JE LE VEUX. URGENT. Il ne me regarde pas. Je dépéris. Je déploie des tactiques de Sioux, construis des pièges sophistiqués pour qu'il tombe dans mes filets.

Acte 2 : Il m'aperçoit enfin. Je n'en reviens pas, me prosterne à ses pieds, lui jure amour torride et fidélité. C'est le plus beau, le plus intelligent, le plus… Je tremble à l'idée de le perdre. De ne pas être assez belle dans mon miroir. Tremble qu'une autre passe par là et me le pique. N'ose lever les yeux vers lui de peur qu'il ait déjà disparu. Mets le paquet pour paraître à mon avantage et m'épuise en stratagèmes de guerrière.

Acte 3 : Bonheur ! Il m'a vue ! Pour de bon ! Il se penche sur moi, me ramasse et m'étreint. J'ai la voix et les socquettes de la petite fille, m'endors dans ses bras et remets ma vie entre ses mains. Je serai boulangère s'il est boulanger et petite mitronne s'il est petit mitron. Acte qui dure selon la personnalité de l'élu entre deux jours et six mois et pendant lequel le spectateur accablé est libre d'aller aux toilettes, de fumer une cigarette ou de lire le *Journal officiel*.

Acte 4 : Il se déclare. Il m'aime, met un genou à terre et m'offre une rivière. Je me fige, me hérisse. C'est quoi ces rabâcheries ? C'est pas la règle du jeu, ça ? Faut pas qu'il m'aime. Ça casse tout. Faut qu'il reste loin. Ténébreux et indifférent. Je le déteste. Je le méprise. Regarde ailleurs, un autre que lui. Il se rembrunit. Je ris. C'est pas grave, je suis comme ça. Va falloir t'y faire. Je n'aime que les absents. Il s'y fait. Souffre en silence. M'exaspère.

Acte 5 : La mise à mort. Subite et foudroyante. Un ordre qui vient de je ne sais où et m'ordonne de trancher le cou à l'amant répandu à mes pieds. Ordre qui transforme mes plus belles romances en massacre à la tronçonneuse. Personne n'y échappe. Même pas moi qui reste sur le carreau, hébétée, les doigts rougis, répandue sur la dépouille exsangue de mon amour. Je l'aime. Il n'aime que lui. Que ferais-je sans lui ? Mais pourquoi je l'ai tué ? Plus fort que toi, dit une petite voix.

Chaque fois c'est pareil.

Remarque bien, je monologue in petto, que, cette fois-ci, j'ai une chance. Une chance de sauter les quatrième et cinquième actes.

Peut-être…

C'est maintenant que je vais pouvoir vérifier si…

Si l'au-delà existe et s'il y siège bien, comme le prétend Rita. Quand il est mort, j'ai glissé une lettre dans son cercueil. Une lettre où je lui répétais que je l'aimais. Pour qu'il n'oublie pas et qu'il ait de la lecture. Et puis j'ai fait un pas en arrière, j'ai regardé le cercueil bien en face et je lui ai demandé d'exaucer deux prières. Deux petites suppliques de rien du tout. Des cacahuètes à côté de l'immense chagrin que me causait la vue de son couffin rembourré…

Premièrement : me libérer du cauchemar. Celui que je fais depuis que je suis toute petite : un homme se glisse la nuit dans ma chambre pour me liquider. Il s'approche, s'approche encore, sort un grand couteau de sa poche, va pour me découper… Il va me tuer, c'est sûr. Je vais mourir… Je pousse un hurlement et… me réveille. Trempée. Le cœur millevolté. Les bras glacés. J'allume, je vérifie : il n'y a personne… Je me lève pour en avoir le cœur net. Fouille derrière les rideaux, derrière la porte, sous le lit. Éternue. Me recouche, essoufflée. Garde les yeux grands ouverts dans le noir. Je ne veux plus ça, j'ai dit devant le cercueil, et, si tu as un peu de poids là-haut, dispense-moi de ce mauvais rêve. Et puis aussi, deuxième supplique, tâche de repérer un type bien et de me l'envoyer fissa. Mon petit papa chéri. S'il te plaît. Tu connais mes goûts : un peu comme toi, quoi, grand, brun, flegmatique et qui m'en fasse voir de toutes les couleurs. Un avec qui faire la guerre. Et la paix. La guerre. Et encore la paix. Un qui ne se rende jamais…

– Vous savez, moi, je n'ai aimé que des hommes cruels, m'avait déclaré Louise Brooks. Les hommes gentils, c'est triste, mais on ne les aime pas. On les aime beaucoup mais sans plus. Vous connaissez une femme qui a perdu la tête pour un gentil garçon ? Moi non.

J'étais assise dans sa chambre, dans son petit deux pièces de Rochester, et je ne pouvais plus m'arracher à cette chaise tricotée plastique, à ce chevet de lit où elle reposait toute droite dans sa nuisette rose, les cheveux tirés en arrière en une queue de cheval poivre et sel. Le seul homme auquel elle se soit jamais attachée était un homme cruel. Elle prononçait « cruel » avec gourmandise, nostalgie, les yeux plissés en un fin sourire d'éternelle reconnaissance. Elle ressemblait alors à un ex-voto animé où l'on aurait gravé en lettres dorées : « Merci mon amour de m'avoir tant fait souffrir. »

– Un homme cruel est léger, riche, infiniment mystérieux… Imprévisible. Il vous fait passer par toutes les couleurs de l'arc-en-ciel et on s'étonne de découvrir chaque fois de nouvelles souffrances, de nouveaux délices de souffrance et d'amour. Alors qu'on finit par en vouloir à un homme à qui on peut toujours faire confiance… Mais vous aussi vous aimez les hommes cruels, n'est-ce pas ? Vous n'aimez pas qu'ils vous approchent ?

J'avais hoché la tête.

Hélas ! les hommes cruels ne courent pas les rues. Pour être cruel, il faut être oisif. Gamberger sans fin les petites ruses qui vont égratigner puis saigner l'autre à blanc, le forcer à attendre, à supplier, à se rendre, lui instiller le poison sous la peau même et l'enchaîner à vous pour l'éternité.

Et voilà. Je salive. Je frétille. Je suis prête encore une fois à croire à l'amour.

J'ai retrouvé mon corps. Mes yeux voient, mes oreilles entendent, mon nez renifle, et je regarde, j'écoute, je respire avec étonnement. Ça remarche. J'ai retrouvé le goût. Le goût de l'autre. Envie de toucher de la peau nue, de coller mes lèvres sur des lèvres chaudes, d'étreindre un corps d'homme contre moi. Un vrai corps d'homme avec des poils, des muscles, une langue qui fourraille, des dents qui déchiquettent, des bras qui écrasent, une bite…

Bite. BITE ? BITE !

Je viens de penser « bite » !

Je freine net et, stupéfaite, dévisage dans la vitrine de B. Dalton la fille qui a articulé ce mot de la nuit, horizontal et lourd.

Elle est en face de moi. Elle me sourit. La bouche large et voluptueuse. L'œil plutôt gentil et entraînant. Rouge la bouche, noir l'œil. Moulés les seins, la taille, les cuisses, dans un jean de bonne confection. Je l'avais perdue de vue, celle-là ! Je me rapproche, colle le nez contre la vitre, scrute la diseuse de gros mots. Hé, dis donc, je lui dis, t'es revenue ! Enchantée de te retrouver. Elle jaillit de la vitre et m'emboîte le pas. Nous repartons bras dessus, bras dessous. Ça fait un moment que je ne l'avais pas vue ! Je l'avais même complètement oubliée.

La démone…

Retirée des affaires depuis un moment déjà ! Comme effarée par le cortège de la maladie et de la mort. Pas vraiment copine avec l'hôpital, l'église, l'enterrement, le prêtre, le deuil et le chagrin. Écœurée par la petite fille à la guimauve qui prenait toute la place et réclamait son papa en geignant. Mais là, soudain… elle s'est réveillée, la démone. S'est ébrouée dans tout mon corps. A rué. Donné des coups de sabot. Fait tourner le sang à toute biture. Elle voulait sortir pour voir dehors.

La tête me tourne. Je suis bien contente de la retrouver parce que, avec elle, je me sens exister. Je touche du doigt la réalité.

Une autre réalité…

Qui me fait peur.

Me fait envie…

Me fait honte.

Me fait plaisir.

Beaucoup plaisir, même.

La vie revient, ma vieille, et tu vas en profiter, me siffle à l'oreille la démone. Aie confiiiance. Aie confiiiance.

Tu vas voir comme elle est bonne, la vie, quand tu vas jusqu'au bout de ta petite folie portative. Regarde tous ces hommes qui passent. Ce grand, là, avec ses épaules de vitrier et sa mèche noire. Et cet autre, là ? et celui-là, t'as vu ? Comme ce doit être bon de rouler sous lui, qu'il te tripote, te léchouille, te mignote ! Il y a des millions et des millions d'hommes sur terre, et forcément il y en a un pour toi.

Tu crois ? je soupire.

Mais je veux pas de n'importe quel homme, moi ! tape du pied la guimauve. Je veux le Prince charmant. Et, justement, on a rendez-vous sous un palmier à minuit.

Taratata, réplique la démone. Tu me fais marrer avec tes histoires de Prince charmant. Un homme, ça sert à quoi, hein ? Dis-moi, la guimauve ?

Un homme, c'est comme dans un rêve, papillote la guimauve en se trémoussant dans sa robe en dentelle. Je veux qu'il me construise un toit, me chauffe la nuit, me fasse danser au clair de lune, m'engrosse le ventre, m'emmène au cinéma, mette son bras autour de mon cou et me paie un esquimau. Je veux aussi qu'il rentre tous les soirs à la même heure. Qu'il ferme les volets, me raconte sa journée et éteigne la lumière en murmurant : « Je t'aime et je t'aimerai toujours. Tu es la femme de ma vie. »

Ouaf ! ouaf ! s'exclame la démone en se tenant les côtes. Du bidon tout ça ! Un homme, ça se roule dans un lit et on s'y frotte toute nue. On se lèche, on se fricote, on s'affriande de plaisir, on se noue, on se dénoue, on a peur, on tremble, on crie, on supplie, on tend la peau du dos pour se faire battre, on ouvre les cuisses pour se faire manger et on le mord à l'épaule pour y enfouir son plaisir. On dit « Oui, oui », on hurle « Non, non ». On se traîne à écorche-cul. Hé, la guimauve ! C'est ça, un homme !

441

Et l'âme, qu'elle réplique la guimauve, hein ? Qu'est-ce que tu en fais, de l'âme et de la beauté intérieure ? Par exemple, dis-moi ? J'en vois pas le moindre bout dans ton programme. Alors là, la démone, j'arrive plus à la tenir. Elle se roule par terre sur Broadway, elle s'étrangle, elle tire la langue, frappe des sabots, martèle le bitume de ses cornes. Fait une java d'enfer et crache des flammes. Elle n'en peut plus.

Mais elle est partout où tu la mets, l'âme ! Elle ne crèche pas seulement dans le Prince charmant et les gants blancs, sainte Thérèse de Lisieux et les santons, le pavillon plein d'enfants et la Renault garée devant ! Y a même rien de mieux pour la perdre, ton âme, que de la gaver de bons sentiments ! Elle est toute molle après. Et sans goût. Du flan qui a fondu. Alors que si tu la saisis et la mets sur le grill, que tu l'assaisonnes à tous les péchés de l'enfer, tu vas en apprendre, des choses sur toi, ma pauvre guimauve ! Même que tu ne pourras plus dormir tellement tu seras secouée ! T'oseras plus te mirer dans la glace ! Hé ! la guimauve, tu connais le meilleur moyen de la rencontrer, ton âme ? Non ? Tu sais pas ? Eh bien, c'est en passant par le cul. Si, si, ma vieille, LE CUL. LE CUL. Le cul, J'TE DIS ! Une bonne empoignade toutes défenses baissées et tu te retrouves nez à nez avec ton âme. Tu n'es plus jamais la même ! Tu te dis : « C'est moi, ça ? Ce ragoût noir de désirs lubriques ? C'est la même que celle d'hier soir qui se tortillonnait devant son Prince charmant ? » Tu détournes la tête, effarée. Mais tu en as appris, des choses ! Pas toujours belles, bien sûr. Des que tu aurais préféré ignorer. Qui te réveillent la nuit et te font galoper le cœur. C'est pour ça que la plupart des gens se méfient de moi. Ils ont peur de la démone ! Ils me ligotent, ils me bâillonnent. Ils m'enferment dans une boîte et verrouillent le couvercle. Ils ont autre chose à penser, qu'ils disent comme excuse en plastronnant, l'air important. Ils se raccrochent à tout ce qui peut les rassurer : aux enfants en tablier qui vont à l'école, au crédit sur quinze ans, aux tiers provisionnels, aux dossiers bien rangés, aux factures payées, à la maison de campagne, à la carrière, à leur notoriété… Et pendant ce temps, moi, je pourris dans ma boîte. Je m'agite comme une folle au fond du bocal. Je leur cause bien du souci, note ! Un petit cancer par-ci, une tumeur par-là, des aigreurs d'estomac, des ulcères, des maux de tête, des sueurs froides, des tics, des bégaiements, des hernies qui s'étranglent, des plaques qui grattent, des abcès qui suppurent, des zonas qui flambent, des pattes qui s'enrayent, des hanches qui se déboîtent, des poumons qui crachent, des rates qui dégorgent… Je fournicote, je ramifie, je bile noir, je bourgeonne, je baudruche, je ballonne, je racle tout mon fiel et le distille dans leurs veines, je me venge mais ne sors toujours pas de ma boîte. J'étouffe. Je moisis. Je guette la faille où je vais pouvoir me faufiler et reprendre du service. Comme aujourd'hui. Sur Broadway. Ha ! ha ! T'avais cru que tu m'avais fait la peau, la guimauve ? T'avais cru ça ? T'avais tout faux. Il a suffi que je lui souffle « bite » à l'oreille pour que son sang s'échauffe et qu'elle reprenne goût à la vie. Pour que la salive lui coule entre les lèvres et que l'envie revienne… Ce goût que tu essayais de lui édulcorer, vieille guimauve. C'est raté. Regarde comme elle se requinque. Comme elle redresse les épaules, bombine du torse, mouille entre les jambes, louche sur le mâle… Envie de n'importe qui. Du premier quidam qui passe par là avec ses couilles ballantes. Tu t'en remets pas, vieille guimauve… Allez, viens, elle me lance, la démone, en guise de clôture de discours. Viens, je vais te la montrer, ton âme. Comme avant. Au bon vieux temps. Tu te rappelles ? C'était bon, hein ? Souviens-toi, elle me siffle à l'oreille. Cet homme brun qui te donnait tant de plaisir que tu ne mangeais plus, ne dormais plus, que les journées et les nuits s'écoulaient à t'user la peau contre la sienne, à mélanger vos deux sueurs, à faire couler des pleurs, à hurler des merci… Tu disais « Oui, oui » quand il refermait ses doigts bruns autour de ton cou. Qu'il serrait, serrait encore. Qu'il te faisait jurer de n'être qu'à lui ou sinon… Oui, oui, tu haletais, oui. Ça m'est égal, tout m'est égal. Tout m'est égal tant que tu me prendras, m'enfourcheras, m'écarteras les jambes et les cuisses, m'éperonneras et me feras gémir.

Tu te rappelles ?

L'homme brun…

L'homme brun…

Le temps figé par des doigts agiles et doux qui faisaient gicler le plaisir de chaque millimètre de peau… la nuque qui ployait, qui disait oui, qui disait encore, qui disait comme tu veux… les larmes qui sourdaient comme pure source étonnée, son ventre brun sur ma peau blanche, cette chambre d'hôtel où j'acceptais de mourir, où j'acceptais de n'être plus personne que cette glaise amoureuse et soumise…

Tu te rappelles, hein ?

Tu te rappelles ?

Comme tu tremblais quand il disait « attends, arrête, tais-toi », qu'il donnait des ordres qui te mettaient à genoux, rampante, qu'il glissait sa main et… Comme tu titubais quand vous sortiez de la chambre pour prendre l'air après des jours et des jours dans des draps froissés, à boire des théières de thé vert sucré et à écraser des cornes de gazelle sur vos peaux énervées par les baisers…

Par les coups…

Tu te rappelles, dis ? Allez, viens, suis-moi…

Je me rappelle et je la suis. Je descends dans la ville. Je chaloupe sur Broadway. Passe Colombus Circle. Passe encore la Cinquante-Septième. Arrive dans Times

Square. C'est l'heure des théâtres. Des music-halls. Les taxis klaxonnent comme des fous dans les rues avoisinantes, tentent de s'engouffrer dans Broadway et s'agglutinent en un gros nœud jaune qui bourdonne.

L'homme brun…

La dernière fois, quand sans rien dire il m'avait empoignée, m'avait appuyée, jupe retroussée, contre le carrelage froid et blanc des chiottes de La Mamounia. Je gémissais en roulant de la nuque, en le serrant entre mes bras, entre mes cuisses. Enroulée autour de lui comme un vieux lierre accrocheur. C'était bon… C'était bon… Je ronronne au pâle soleil d'hiver et lève le nez vers les publicités géantes au néon. J'ai la bouche sèche et les genoux qui cognent. Je m'arrête pour boire un Coca et achète le journal. Pour savoir où je pourrais aller. Ce soir. Pour rencontrer un homme à enfourcher.

J'aime pas les bars. Trop évidents. Et les types accoudés devant leur bière… On peut rien imaginer avec ceux-là : ils sont là pour servir de halte, un soir. C'est écrit sur leur visage : « Bite à saisir », dès qu'on pousse la porte. La fête est finie avant d'avoir commencé.

J'aime pas la rue. Trop pouilleuse. Surtout ce quartier-là. Avec ces cinémas pornos et ces petits mecs qui vous reluquent en mâchant un chewing-gum et en crachant de longs jets de salive pour prouver qu'ils sont des hommes. Le regard lourd et propriétaire, la jambe repliée contre le mur en béton. Prêts à vous mettre la main au cul et à vous faire monter dans un de ces hôtels minables. À vous baiser sans imagination. Mécaniquement. Avec des gros mots qu'ils répètent pour se faire bander et qui vous cassent les oreilles comme un disque rayé.

Du silence. Du silence. Pas parler. Pas parler.

On parle tout le temps. Ça suffit comme ça, non ?

Le Coca est si froid que j'ai mal aux dents. Le *New York Post* signale un concert au Bottom Line. Tout en

445

bas de la ville. Avec un vieux de la vieille. Bo Didley, qu'il s'appelle. Le Bottom Line, c'est un endroit bien. Pas un de ces endroits bidons pour aérobiquées ou Nikées.

Quand j'arrive, c'est encore la première partie. Un orchestre de country. La chanteuse a une choucroute Marie-Antoinette et de gros seins à la Dolly Parton. Des faux cils, aussi, et tout le tintouin des poupées sexy. Elle suce le micro, et les hommes tapent sur leurs cuisses. Des joints circulent, et je commande une bière. Ça va bien. Même très bien. La guimauve s'éloigne, écœurée. Elle est pas d'accord. Je le sais. Elle dit que c'est dangereux, ce genre de bar. Surtout dans une ville comme New York avec tous ces cinglés qui circulent en liberté. Elle est pas d'accord mais je sais qu'elle s'en toquera si je lui ramène un cinglé. C'est comme toutes les filles sucrées, elles aiment bien quand c'est risqué mais elles n'osent pas faire le premier pas. Elles, ce qu'elles veulent, c'est profiter en douce sans perdre la face.

Dans la salle, des types se sont mis à danser. Avec des filles en jean aux fesses plates. Pas bandantes, les filles. Elles se donnent un mal fou pour garder le rythme. Je commande une deuxième bière. Une serveuse blonde, débordée, qui dévisse sa tête dans tous les sens et porte un tablier à deux poches, me la pose sous le nez. Je souris. Je connais le coup du tablier à deux poches. Une pour les pourboires, l'autre pour encaisser le juste prix. C'est Katya, la Polonaise, qui me l'avait appris. Un jour où je l'avais remplacée au pied levé dans la caféteria où elle travaillait sur Canal Street. Le temps qu'elle se débarrasse d'une mauvaise grippe. Le patron me zieutait tout le temps, de peur que je ne confonde les poches et détourne ses bénéfices. Il veillait au grain, M. Stanislas. Et ses serveuses trimaient dur entre le comptoir et la salle.

Je bois à la santé de Katya.

C'est en levant mon verre que je l'aperçois. Tapi derrière un pilier. Pas vraiment beau. Un blouson de cuir noir, des cheveux noirs retenus en queue de cheval, des yeux noirs et le menton posé dans la main. Nonchalant. Absent. Il regarde les gens danser dans la salle. Les filles aux fesses plates qui se trémoussent. Et puis il me regarde.

Ça dure un moment.

À la fin, je baisse les yeux.

Et, dans mon corps, ça se met à tourbillonner. Comme du sang frais. Dans les joues, sous les cheveux, dans les cuisses, entre les jambes. Une vraie centrifugeuse. Mon cœur bat partout. J'ai même un petit nerf qui vibre au bord de la paupière. Mes mains sont moites, je les essuie sur mon jean. La serveuse aux deux poches m'apporte une autre bière. Elle me fait signe que c'est le monsieur derrière le pilier qui me l'offre. J'agite la main pour remercier et esquisse un petit sourire niais. Un sourire de coquette honorée, alors il détourne la tête et je m'insulte. Qu'est-ce qu'il fait là, ce sourire mécanique ? C'est pas l'endroit ni le moment…

Et puis le vieux Bo Didley entre en scène. Il tient sa guitare serrée contre lui et son corps s'ébranle. Comme un poteau qui swingue. J'ai l'impression qu'il ne bouge pas tellement il est massif. Lourd. Puissant. Et pourtant il frissonne de partout. Des ondulations dans tout le corps, des trémoussements dans les épaules. Dans les reins, dans les genoux. Mince alors ! Tout le monde s'est arrêté de boire et de danser. Même le type derrière son pilier. Il a posé sa bière et il fixe la scène où Bo Didley et sa guitare swinguent. Je me dis que je l'ai perdu. Qu'il est venu là pour écouter Bo Didley. Qu'il n'a aucune envie de se lever une fille. Il m'a envoyé une bière comme ça, pour tuer le temps, mais maintenant que le Vieux est là il ne me regarde plus. J'ai comme un énorme creux dans le ventre. Un creux de douleur, de désir. De plaisir aigu à l'idée qu'il m'abandonne. Il me rejette et je le veux de toutes mes forces. Prête à ramper jusqu'à son siège. Mais je me dégonfle. Et je reste sur ma chaise à siroter ma bière. La guimauve en profite pour reprendre du service. Elle dit que c'est bien fait. On ne se jette pas à la tête des hommes qu'on ne connaît pas. Et puis il y a Allan. Je l'ai déjà oublié, celui-là ? Si je succombe devant le premier venu, je ne le mérite pas et le Bon Dieu, là-haut, il ne manquera pas de me le rappeler. Et de me le faire payer. Je peux en faire mon deuil, de ma belle romance. Je dis rien. Je pense qu'elle a raison. J'essaie vainement de discuter, de soutenir qu'Allan, c'est différent. Allan, c'est du sérieux, du pour de bon, tandis que, l'homme à la queue de cheval, il ne sert qu'au plaisir. Un soir. En passant. Elle ne veut rien entendre, la guimauve. Elle demeure intraitable. Alors je l'écoute et me lève, me dirige vers la sortie. En traînant les pieds. Je vais au vestiaire où j'ai laissé mon manteau et mon chemisier vert dans sa poche en papier. Très lentement, pour lui laisser encore le temps de se retourner et de me rattraper. Mais il ne quitte pas la scène des yeux. Je détaille ses cheveux noirs, ses larges épaules, son cou fort et droit, et je n'arrive pas à partir. Je marche à reculons vers la porte. J'entends même plus la musique tellement je découpe son dos, sa nuque, ses épaules. Je heurte un couple qui danse. Je m'excuse.

Mais il n'a rien à voir là-dedans, Allan ! éructe la démone en tapant des sabots. Il n'en saura rien, d'abord. Arrête de te laisser estourbir par cette sucrée qui a peur de tout et recule au moindre danger. Et puis ce n'est pas du sentiment que je t'offre là. Tu le sais bien ! C'est du plaisir, et du meilleur encore ! De celui qui n'engage à rien, justement ! Avec un inconnu. Baiser avec un inconnu !

Il faut croire que je n'attends que ça : une intervention de la démone, parce que je ne fais ni une ni deux, je tourne les talons et vais me placer juste derrière lui. Contre le pilier. En serrant mon chemisier contre moi. Il doit sentir ma présence parce qu'il se laisse aller dans sa chaise. Tout contre le dossier. Il remue des hanches, des épaules, se balance un peu en arrière et lance un bras vers moi. Sans cesser de regarder le vieux Bo Didley. Il étend un bras et m'attrape. M'attire sur lui et me fait asseoir sur ses genoux. Sans rien dire. Sans me regarder. Il continue d'écouter la musique avec sa botte qui martèle le sol, son genou qui me soulève, en cadence, et moi je n'écoute plus rien. Je suis sourde. Je ne vois plus rien. J'ai sa main sur ma cuisse et j'ai envie qu'il l'enfonce entre mes jambes.

C'est dur d'attendre.

J'attends.

Il me tend sa chope de bière. Je lui fais signe que non, j'ai assez bu, mais il appuie la chope contre ma bouche et je bois. La bière coule un peu au coin des lèvres et il l'essuie, délicatement, avec un doigt. Son bras se resserre autour de moi et je me serre contre lui.

Quand Bo Didley s'est incliné pour la dernière fois, que les lumières se sont rallumées, l'homme à la queue de cheval m'a emmenée. J'ai pas demandé où. De toute façon, il ne parlait pas et moi non plus. On a marché un moment le long de Washington Square. Il avançait sans me regarder et je le suivais. À n'importe quel moment, je pouvais tourner à gauche, tourner à droite, le semer, et il n'aurait pas fait un geste pour me rattraper. Il gardait les mains dans les poches de sa veste et je serrais les miennes. Je n'étais pas vraiment rassurée. J'avais même la trouille. Une drôle de trouille qui ne m'empêchait pas d'avancer mais qui, au contraire, me poussait à aller voir.

Il s'est arrêté devant un hôtel assez minable. Avec une lumière verte au néon à l'entrée. Un peu comme mon chemisier. Il devait occuper une chambre là parce qu'il possédait la clef de la porte d'entrée. Et celle de la porte du bas. J'enregistrais tous les détails pour m'empêcher de penser. M'empêcher de me dire que je suivais un étranger. Un type que je ne connaissais pas. Ramassé dans un bar, derrière un pilier. On est montés dans l'ascenseur. Il me tenait par le cou. Pour me faire entrer ou sortir de l'ascenseur. Pour me faire marcher le long d'un couloir. Tous les dix mètres, il y avait une ampoule. Une sur deux était pétée. Je sais parce que je les ai comptées…

Il a poussé une porte avec la pointe de ses bottes et je suis entrée dans une chambre. Il me tenait toujours par le cou. Comme s'il voulait me forcer à regarder. Sa chambre. Une chambre d'hôtel qui n'avait plus de couleurs tellement de gens y étaient passés. Il y avait même un chemin tracé sur la moquette, de la porte au frigo, du frigo au lit. Un frigo entrouvert qui servait de placard pour ranger des affaires. Des chaussettes et des caleçons dépassaient du tiroir à légumes. Et j'ai eu la trouille. Une trouille terrible. La guimauve hurlait que j'étais folle. T'as pas vu les films sur les cinglés à New York qui découpent les femmes à la tronçonneuse après les avoir baisées ? Tu lis pas le *New York Post* ?

Si, justement…

Je me demande si je vais mourir. Je me demande s'il a un couteau planqué sous l'oreiller et s'il va me l'appuyer sur la gorge… Je me demande si c'est un cauchemar et si je vais me réveiller.

J'ouvre la bouche pour crier. Pour hurler au secours mais aucun son ne sort.

Il me pousse sur le lit. Si fort que je me renverse en arrière. J'essaie encore une fois de crier, j'ouvre la bouche mais rien ne sort. Que de l'air.

Il dit :

– J'aime pas les jeans.

Je fais un geste pour me redresser. Pour filer. J'ai peur, j'ai trop peur. Il faut que je parte, cet homme va me tuer, je le sais.

Il dit :

— Bouge pas. Je t'interdis de bouger !

Et me frappe sur la bouche. Je retombe en arrière et je n'ose plus bouger. Je le regarde, les yeux écarquillés. Je me demande quand il va sortir son couteau et me le planter dans la gorge.

Il s'est rapproché et commence à me déshabiller. Comme une poupée.

Il veut pas que je bouge.

Il me le dit. Très fort.

— TU BOUGES PAS. T'AS COMPRIS. TU TE LAISSES FAIRE. T'ES LÀ POUR ÇA. TU M'OBÉIS. TU M'ENTENDS ? TU M'OBÉIS ET TU PARLES PAS. T'AS COMPRIS ? JE VEUX PAS T'ENTENDRE.

Je fais oui de la tête. Submergée par une émotion, une émotion étrange qui me rend molle et bébé chiffon.

Et, soudain, je n'ai plus la trouille.

D'où vient cette émotion qui me supprime la trouille ? Qui fait de cette chambre minable un royaume ? Et de moi cette poupée molle qui hoche la tête, prête à obéir ?

C'est quoi, cette émotion-là ?

Ses mains soulèvent mon tee-shirt. Ses doigts caressent mes seins.

S'attardent sur le bout de mes seins.

Il sourit :

— T'AS PEUR, HEIN ?

Pincent le bout de mes seins. Si fort que je tombe à genoux devant lui. Je crie. J'ai mal.

Il me dit :

— JE VEUX QUE TU CRIES ENCORE. C'EST POUR ÇA QUE TU M'AS SUIVI… TU VAS CRIER ENCORE.

J'ai plus de tee-shirt. J'ai plus de jean. Je suis nue, à genoux, devant ce type. Il donne un coup de pied dans

451

la penderie, en face du lit, libérant la porte qui s'ouvre, et il dit :

– REGARDE-TOI.

Je ne veux pas. C'est une autre. Ce n'est pas moi. Je baisse la tête. Sa main droite agrippe mes cheveux et me force à relever la tête, à me regarder. Je vois la fille dans la glace : elle a encore ses chaussettes et elle est agenouillée.

Elle me vient d'où, cette émotion qui me courbe devant cet inconnu, toute nue ? Sans plus de volonté. Mouillée. Niée. Sur la moquette, il y a des roses fanées. Des roses qui baissent la tête et forment comme une ronde. Je tends un doigt et dessine une rose à la tête baissée.

Il reprend le bout de mes seins et les écrase entre ses doigts. Je m'écroule à ses pieds. M'enroule à ses bottes. Me mords les lèvres pour ne pas crier, me tords les mains de douleur mais ne proteste pas.

– T'AS MAL, HEIN ? C'EST POUR ÇA QUE TU M'AS SUIVI. DIS-MOI MERCI.

Je baisse la tête et je le remercie. À voix basse. Comme si je faisais une prière. Il peut me faire n'importe quoi, je trouverai ça normal. Faites de moi ce que vous voulez.

Pourquoi ? À quelle douleur délicieuse, à quel plaisir jamais avoué me renvoie cet inconnu dans cette chambre minable ? Il est toujours debout, et la pointe de ses boots écarte mes genoux. S'enfonce entre mes cuisses. Sa main droite me renverse. Il dit qu'il me regarde de haut et que je ressemble de plus en plus à une poupée. Et qu'est-ce qu'on en fait, des poupées ? il demande en agitant le bout de ses bottes entre mes cuisses. En appuyant sur mon sexe.

On s'en sert.

On s'en sert pour se faire plaisir.

C'EST POUR ÇA QUE T'ES LÀ. POUR MON PLAISIR À MOI.

La pointe de sa botte se pose sur mon ventre nu et sa main empoigne mes cheveux. Me hisse jusqu'à sa ceinture. Appuie ma bouche sur la boucle de son ceinturon. Il descend son jean. Ses mains enserrent mon cou, plaquent ma bouche. Il regarde dans la glace et il raconte qu'il voit une fille ramassée dans un bar, une inconnue en somme, à genoux. Il y en a plein, à New York, des suceuses à la petite semaine, des baiseuses, des vicieuses, des laborieuses qui en crèvent de leur air convenable, de leur chemisier à nœud-nœud, de leur ensemble en gabardine, de leur nine to five, de leur commuting, et qui viennent se faire soulever à la sauvette dans des bars, le soir. Je ne vaux pas mieux qu'elles. Je ne suce pas mieux qu'elles. Il ajoute que, si je lui fais mal avec mes dents, il me battra. Il m'attachera et il me battra.

IL A TOUT CE QU'IL FAUT DANS L'ARMOIRE.

Il dit que je peux m'attendre à ce qu'il me fasse mal. Très mal. Mais que je dois le laisser faire, n'est-ce pas ? N'EST-CE PAS ?

I'M GOING TO TIE YOU UP AND I'LL BEAT YOU.

Encore des mots, encore.

Encore des menaces, encore.

Encore du danger. Du danger…

Encore la peur. La peur qui rôde dans cette chambre et me donne à lui. Mes mains caressent ses cuisses, ses fesses, les empoignent, les écartent. Je suis là pour lui faire plaisir. Pour lui obéir. Je lève les yeux vers lui et rencontre son regard.

Un regard plein d'amour.

Il me regarde comme s'il m'aimait. Ses mains caressent mes cheveux doucement.

J'avais raison de ne pas avoir peur…

Le lendemain matin, au petit déjeuner, dans la cuisine de Bonnie Mailer, la démone et la guimauve s'empoignent dur. Chacune défend son bout de gras et reproche à l'autre de me mener en bateau.

Elle ne vivra rien avec toi, persifle la démone. Tu vas me la transformer en pot-au-feu, en mémère à confiture, en fontaine de lait à bébés, en voyage organisé.

Et toi, t'as vu où tu la traînes ? Dans un hôtel minable downtown aux pieds d'un mec à bottes ? Tu trouves cela plus exaltant, peut-être ? Et encore, t'as de la chance qu'elle revienne intacte parce que, un de ces jours, elle va y rester, dans l'hôtel borgne... Transpercée d'un coup de poignard.

Oui mais au moins elle vit, elle respire à pleins poumons, elle s'explore, elle explose...

Et ça la mène où, hein, dis-le-moi ? Comment se réveille-t-elle le lendemain ? Tu crois qu'elle est heureuse ? Honteuse, qu'elle est, je te le jure.

Pas si honteuse que ça, je t'assure. La peau pleine de plaisir, les jambes molles... Elle aime ça. Elle aime ça. Elle a besoin de souffrir, besoin d'avoir peur, besoin de la douleur.

C'est faux, réplique la guimauve. Elle est heureuse dans les bras d'Allan. Elle attend qu'il rappelle. Elle tremble qu'il l'oublie... Demande-lui. Demande-lui. Ça, c'est de l'émotion propre. De l'émotion comme il faut. Ça peut même finir par un mariage si tu t'en mêles pas.

Un mariage ! Tu ne penses qu'à ça. Depuis qu'elle est toute petite tu lui rabâches ce refrain. Un mari, des enfants, traderidera. Tu me barbes, la guimauve. Tu geins tout le temps. Nian-nian-nian-nian. Tu me la raccornis, me la plies en quatre, me la glisses dans une enveloppe bordée de noir... Moi, au milieu, j'en mène pas large.

Je ne sais plus qui je suis.

Où j'en suis.

Je tourne ma petite cuillère dans mon bol de café et je les entends s'époumoner. Je suis trop hébétée pour suivre l'une ou l'autre. Ma vie va singulièrement se compliquer si la démone s'installe. Chaque fois que j'ai fait un bout de chemin avec elle, je suis passée par de drôles d'états. Des hauts vertigineux où j'ai l'impression que mon âme sort de mon corps, rejoint mon essence, mon principe même. Je me refais le coup de la sainte Trinité, trois dans Une, et j'éclate de bonheur d'être ainsi réunie. Unifiée. Pacifiée. Je n'ai plus à choisir, à faire semblant, à paraître correcte et tout. Je peux téter mon pouce comme un bébé, rouler dans la fange et ensorceler. C'est pas difficile : je peux tout. J'ose tout. Mais faut presque toujours que ça passe par le cul, mes hauts et mes bas. J'ai l'extase extrêmement libidineuse. Même si, le lendemain, je meurs de honte. Je n'ose plus me regarder dans une glace. Je me jure de ne plus recommencer. J'en veux à mort à celui qui m'a emmenée si haut, si fort. Je file, tête baissée, retrouver une dignité perdue.

Comme ce matin…

J'ai quitté l'hôtel de Washington Square à l'aube. Repoussé un bras qui pesait sur moi, enfilé à toute allure mon jean et poussé la porte. Sans oublier d'emporter le chemisier du Prince charmant.

Une fois dehors, je me suis assise sur un des bancs de Washington Square et j'ai regardé les écureuils courir le long des troncs. Il y en avait tellement que je finissais par ne plus les trouver attendrissants. Pour tout dire, à force de les voir grouiller sur les pelouses pelées du square, je leur trouvais même une tronche de rat. Après tout, ils appartiennent à la même famille… Et ils rongent les mêmes glands avec leurs petites dents de devant, pointues, voraces, précises. Leurs petites pattes s'agrippent à leur proie, leurs yeux vifs et malins repèrent le butin, leur estomac résiste aux déchets qu'ils ingurgitent à fond les quenottes.

Mais qu'est-ce qui m'a pris ? je me suis demandé en suivant des yeux les écureuils qui fourgonnaient à leurs affaires. Qu'est-ce qui m'a pris ? Qui je suis pour de bon dans tout ça ? Les étudiants se pressaient vers les portes de l'université, des cahiers sous les bras. Je les enviais. Les murs rouges en brique de NYU avalaient des flots et des flots de jeunes gens pressés, bien éduqués. Depuis des mois, je me tenais. Convenable. Murée dans ma douleur. Protégée par le souvenir d'un mort. Ointe de dignité. Je faisais même l'unanimité. La douleur m'intégrait, me rendait honorable, fréquentable. Et puis voilà que j'envoyais tout promener… Que je devenais cette autre. Rampant dans une chambre d'hôtel minable pour quémander un plaisir inavouable, un plaisir qui me renvoyait à l'émotion, l'émotion pure… L'émotion originelle que des années et des années de polissage, de vie en société, n'arrivaient pas à effacer.

Alors, ça sert à quoi qu'il soit mort ?

S'il n'emporte pas la douleur avec lui. La douleur dont je ne peux me passer, la douleur qu'il m'a instillée goutte à goutte. Je lui avais pourtant bien demandé de m'en débarrasser.

Mais qu'est-ce qu'il fout là-haut ?

Je ne m'en sortirai jamais. Ce sera toujours la même chose. Toujours, toujours. Il ne me lâchera pas. Il me suivra. En ricanant. Et jamais, jamais un autre homme ne fera l'affaire… Parce qu'il n'y a que lui qui sait ce dont j'ai besoin. Ma petite ration de douleur… Y a que lui pour me la mesurer, me la concocter, me la distiller, me la faire payer cher. Très cher.

Les jours passaient. Je n'avais toujours pas de nouvelles d'Allan. Je savais que c'était une erreur d'attendre qu'il appelle. Je le savais. Mais qu'est-ce que j'y pouvais ?

Bien sûr, j'y pensais. À sortir. À traîner. À retrouver l'homme à la queue de cheval. J'y pensais. Je n'y allais pas. Je n'avais pas le choix.

La douleur était là. Près du téléphone, à attendre.

Il faisait froid. De plus en plus froid. À la télévision, le journaliste présentait la météo avec un bonnet, une écharpe, et faisait mine de réchauffer ses doigts engourdis en leur soufflant dessus. Le présentateur des nouvelles locales annonçait des catastrophes qui battaient tous les records. Des petits vieux cryogénisés, des bébés refroidis net dans leur berceau, des voitures transportant de jeunes parturientes renversées dans la neige, des secours qui n'arrivaient pas, des ponts soulevés par les rivières en crue, des chaussées fendillées par le gel, des canalisations éventrées... Ed Koch, le maire de New York, emmitouflé dans son col de fourrure, affirmait qu'il était urgent d'agir, que des mesures seraient prises sans tarder. Son administration allait se mettre en quatre. Cinquante-deux lits seraient offerts aux sans-abri et trois cent vingt-deux repas distribués midi et soir. Interrogés par les journalistes, les candidats aux largesses municipales soufflaient de la vapeur et disaient, des glaçons plein la bouche, qu'ils avaient faim, qu'ils avaient froid, qu'ils en avaient marre de faire la queue sur Bowery. Que le bouillon qu'on leur servait était transparent, ainsi que les manteaux qu'on leur distribuait gratuitement. Que, tous les hivers, ils entendaient les mêmes promesses, que la Ville ne faisait rien. LA VILLE NE FAIT RIEN ! hurlait maire Koch dans le micro du reporter, ÇA C'EST LE PLUS FORT ! Et il sortait de sa poche un papier officiel gribouillé de chiffres. LA VILLE NE FAIT QUE ÇA : PENSER À SES PAUVRES. À SES VIEUX. À SES NÉCESSITEUX ! LA VILLE OUBLIE LE PROFIT AU PROFIT DE SES PAUVRES ! LA VILLE SOUFFRE POUR SES SANS-ABRI ! Il gesticulait et secouait son bonnet en fourrure sur le perron de sa grande maison aux colonnes blanches.

J'écoutais, allongée sur le grand lit de Bonnie Mailer, en me gavant de bananes et de cookies au chocolat. Je pensais aux avenues A, B, C, D. Il charriait, le maire ! C'est un coriace, ça c'est sûr. Un type implacable. Comme tous les hommes politiques. Il serre la main des pauvres devant la caméra mais dans son for intérieur il doit penser que c'est bien de leur faute s'ils se retrouvent à grelotter dans le froid, autour des braseros pourris de Bowery, parce que, en Amérique, si on veut, on s'en sort. À tous les coups. Alors les pauvres, c'est des gens qui ne veulent pas s'en sortir, et lui, ces gens-là, il s'en fiche comme de son premier col en fourrure. On pouvait lire tout ça dans son regard pendant qu'il serrait du bout de ses gants fourrés les doigts des sans-abri agglutinés sous les dix mille watts de la caméra.

C'est quoi, la vie sexuelle du maire ? je me demandais en l'observant. Néant. Poussières. Sauve qui peut derrière les rideaux. Il est toujours tout seul sur son vaste perron à colonnes blanches. Il doit pas aimer le sexe, lui. Il aime le pouvoir. Et quand on baise bien avec quelqu'un, c'est son pouvoir qu'on met en jeu au risque de le perdre.

Et Allan n'appelait pas.

Ma lettre n'avait pas suffi à le dérider. Il se méfiait. Il avait dû la parcourir et la poser sur son bureau au milieu des factures et des bons de commande. Demander à sa secrétaire de lui sortir le dossier «bas à varices made in Clermont-Ferrand» et le poser sur ma lettre. Elle risquait d'y rester un moment, sous la pile, parce que, petit à petit, d'autres dossiers s'y ajouteraient. Et il l'oublierait, ma lettre. Il ne me faisait pas confiance. Il préférait garder ses distances.

Il ne me restait plus qu'à m'apitoyer sur moi-même. Et je ne m'en privais pas. Je versais toutes les larmes de mon corps en engloutissant des bananes et des cookies au chocolat. Ma gorge s'étranglait de sanglots étouffés par les morceaux d'aliments, et je me soulageais en injuriant maire Koch à la télévision. Je m'abrutissais complètement. Je ne sortais plus du tout. Je demandais à Bonnie des nouvelles de l'extérieur. Comment sont habillés les gens ? Est-ce qu'ils marchent pliés en deux ? J'avais remarqué ça. Surtout aux coins des rues où le blizzard donne des coups de rasoir. Le seul moyen de survivre est de se courber comme un boomerang pour renvoyer le froid à perpète. Pour qu'il ne vous fende pas la tête. Bonnie Mailer soupirait. Elle n'aimait pas me voir prostrée. Elle tournicotait et me jetait des regards nettement désapprobateurs. Elle poursuivait cependant une idée fixe : m'organiser des dîners. Pour que je sorte de mon marasme et collisionne un mâle intéressant. Je ne voulais pas la contrarier mais j'avais posé une condition : qu'elle invite tous les hommes SAUF ALLAN. Ça suffisait comme ça. J'avais mon quant-à-moi. J'attendrai qu'il extirpe ma lettre de sous la pile et compose mon numéro. Bonnie n'arrêtait pas. Elle me présentait ses relations. Des hommes charmants, des grincheux, des riches, des célèbres, des divorcés sans enfants, des bilingues, tous bien mis, certains grisonnants avec nœud papillon, d'autres noirs de jais et barbus, d'autres enfin juvéniles et entreprenants. Je jouais l'ingénue. Souriais. Répondais aux questions, m'exclamais, questionnais, m'intéressais à Wall Street, aux blue chips, à l'immobilier, aux joint-ventures, aux démocrates, aux républicains, au Sida, au Nicaragua, à Israël, aux bonsaïs, aux vins californiens, à l'exportation du coulommiers, au mobilier de bureau, etc. J'écoutais, appliquée, leurs tortillages et faisais mine de réfléchir. Opinais. Encourageais.

Mais le cœur n'y était pas.

Je laissais la crétine de service pérorer à ma place et repartais rêver à l'absent.

Pourquoi n'appelle-t-il pas ?

A-t-il une petite amie ?

S'endort-il en la tenant serrée contre lui ou seul dans son coin de lit ? Lui pose-t-il la main sur le crâne quand le taxi dérape ? Porte-t-il un bas ou un haut de pyjama ? Embrasse-t-il les lèvres retroussées ou à plat ?

Un soir, lassée de conjecturer en vain, je téléphonai à Rita. Je voulais des détails sur les circonstances de la rencontre sous le palmier. Elle me dit de garder espoir. Elle était formelle : ce n'était qu'une question de patience et longueur de temps.

J'avais réveillé de vieux fantômes en revenant à Forsythe Street. Quelques jours après ma visite, elle avait reçu une lettre de Katya et un coup de fil de Maria Cruz. Qu'est-ce que je pensais de ça ? N'était-ce pas une formidable coïncidence ? Une chaîne d'amour qui se reconstituait ? C'est dans l'amour de son prochain qu'on trouve son salut. Aimez-vous les uns les autres. Il faut garder l'espoir, il faut garder l'espoir, répétait-elle en bonne évangéliste qui ploie sous le poids des documents à distribuer de porte en porte. Et l'espoir est en toi. Rappelle-toi. Jésus a dit : « Si vous matérialisez ce qui est en vous, ce qui est en vous vous sauvera. Si vous ne matérialisez pas ce qui est en vous, ce que vous ne matérialisez pas vous détruira. » Je ne voyais pas bien le rapport mais je me taisais de peur de l'offenser et d'enrayer ses flashes, qui, somme toute, m'étaient plutôt favorables.

J'appris ainsi que Katya allait se marier. Avec un Américano-Polonais de Chicago rencontré à Varsovie. Elle réalisait enfin son rêve : vivre légalement aux États-Unis. Mais il lui fallait auparavant obtenir le divorce de son premier mari qui croupissait en prison. Maria Cruz demandait à me voir. Elle travaillait maintenant près des docks. José l'avait installée dans un studio. Elle n'avait plus la force d'arpenter la rue comme avant. Ses gambettes ne la portaient plus. Si je voulais passer la voir un soir… Mais il vaudrait mieux que j'y aille accompagnée, ajouta Rita, parce que les docks la nuit… Elle me donna quand même l'adresse.

Je regardais mon chemisier vert qui pendait sur un cintre. Il m'arrivait de le mettre et d'aller m'asseoir sous le yucca, pas loin de l'espagnolette et de la statuette maya.

J'attendais.

J'attendais que le téléphone sonne.

Je n'y croyais pas vraiment mais ça me donnait un but pour l'après-midi. Je me demandais si toute cette histoire n'était pas une erreur, une gigantesque erreur, mais je me disais que s'il y avait une chance, même infime, je voulais la saisir.

J'attendais.

J'attendais.

Et cette attente prenait toute la place. Je perdais le fil de la réalité. Je n'osais même pas m'occuper à autre chose de peur d'être distraite et de ne pas entendre la sonnerie du téléphone. Je ne sers qu'à ça : à attendre. Posée sous mon yucca. Chose curieuse : plus je l'attends, plus je l'aime. Alors que si d'aventure je piétine au bureau de la poste, j'en viens à détester le préposé et lui aboie au nez quand mon tour est venu de faire peser ma lettre pour l'étranger.

Bonnie Mailer soupirait que je devrais me changer les idées. Je n'avais pas envie de me changer les idées. Ça me convenait d'être triste. De pleurer sur mon sort. De me dire que j'étais tombée sur un homme vraiment coriace.

Cruel.

À cette pensée, l'air se raréfiait dans mes poumons et la lame d'un couteau me tranchait le ventre. Je redoublais de sanglots qui coulaient sur mon chemisier vert en faisant des taches. Je regardais la tache s'élargir et je pleurais encore plus. Mon chemisier était foutu avant même d'avoir été amorti.

La démone s'était assoupie. Repue. Depuis la nuit à l'hôtel avec l'inconnu, elle n'avait plus réapparu. Lâchement je m'en félicitais. Elle m'accordait un répit. Je pouvais me consacrer à l'entretien de mon chagrin. La guimauve se taisait. Elle gardait un œil sur moi mais n'intervenait plus. Il n'y avait plus que la crétine qui babillait en société. Celle-là ne me dérangeait point. Sauf quand elle débitait trop de sornettes. Elle me servait de bouclier contre l'extérieur et me laissait vagabonder à ma guise.

J'avais la paix.

Mais je n'étais pas plus avancée pour cela.

J'attendais.

J'attendais.

J'écrivais à Toto. Je lui demandais des nouvelles de sa verrue. J'écrivais à Pimpin. Nos pantoufleries me manquaient, et je réitérais ma proposition de l'épouser. Je m'enquérais du chien Kid, de sa cataracte, de son appétit, de la cohabitation avec les trois chats. Je lui racontais l'histoire d'Allan et comment, une fois de plus, je me retrouvais transformée en porte-clefs. Elle me répondit en m'encourageant à épistoler : c'est ainsi que Herbert Selby Junior avait, paraît-il, découvert le goût d'écrire. Peut-être, ajoutait-elle, finaude, que toi aussi ça t'aidera. Et puis au moins ça t'occupera.

Je noircissais des pages et des pages pour que le goût me revienne. À la fin j'étais tellement fourbue que je ne me relisais plus. Et je jetais tout. Ou je brûlais les feuillets dans l'évier de la cuisine. Je me pris pour un écrivain maudit et ça me requinqua quelques instants. Dans « écrivain maudit », il y a « écrivain »… Puis je m'en allais rognonner sous mon yucca : qui ça empêche de dormir, le fait que je ne puisse plus écrire ? Personne. Personne. Tout le monde se fiche que je sois devenue un gâte-papier. Alors ?

Bref, je n'étais plus grand-chose à mes yeux.

Je rejoignais Job écroulé sur sa carpette avec la vermine qui lui mange la tête et pas la moindre miette à se mettre sous la dent. Dieu m'avait mise au piquet. Il n'avait pas supporté que je lui manque de respect.

Je me nourrissais très mal. Du cottage cheese en pagaille, des salades de fruits toutes préparées dans des emballages transparents avec deux fraises appétissantes sur le dessus et du melon sans goût en dessous, des After Eight et des glaces chocolatées. Mon corps ne m'intéressait plus du tout.

Et Bonnie Mailer tournait et virait en soufflant que c'était un gâchis.

Qu'il fallait me sortir de là à tout prix. Je ne la contrariais pas. Ce que je ne voulais surtout pas, c'est qu'elle me console, qu'elle soit douce et tendre avec moi. Ça me déprimait encore plus.

J'attendais.

J'attendais.

Un soir, elle rentre avec une proposition formidable : Et si on allait à une grande fête à l'Area, hein ? Une

463

fête donnée par une agence de publicité pour remercier ses clients de leur fidélité. Qu'est-ce que j'en pense ?

Franchement ?

Pas grand-chose. J'attends que le téléphone sonne, un point c'est tout. Et puis, c'est l'heure des nouvelles locales et je veux savoir où en est le froid. Vérifier encore une fois qu'il y a plus malheureux que moi. Mais Bonnie Mailer ne renonce pas facilement. Les obstacles, c'est son pain quotidien. Mon refus ne l'impressionne pas et elle commence à faire des plans pour savoir comment je vais m'habiller et tout ci et tout ça. Là, je l'arrête immédiatement. Si j'y vais, et c'est pas encore décidé, je m'enroulerai dans une écharpe qui fera office de mini-jupe. Les frais s'arrêteront là. Je n'ai pas l'humeur à me pomponner. C'est à prendre ou à laisser.

Je lis dans son œil qu'elle est catastrophée. Elle se demande si ça vaut encore le coup de me produire attifée de la sorte. Elle hésite. Puis, anodine, s'enquiert :

– Et c'est tout ?

– Non. Des collants de laine, mon chemisier vert, une grosse ceinture et des talons plats.

Elle soupire, effondrée.

– Mais pourquoi ?

– Parce que ça me plaît. Que je me sens bien comme ça. Que je n'ai pas envie de me déguiser en proie sexuelle pour trois peigne-culs de publicitaires…

J'ai l'impression de parler à ma mère : j'avais dix-huit ans et elle voulait m'envoyer danser chez les riches pour que je rencontre un mari. « Un quoi ? », je demandais, hallucinée. « Sais pas, bredouillait Maman, prise en flagrant délit de mère maquerelle. Un jeune homme bien, quoi, avec lequel tu converseras, vêtue de ta plus belle robe de fête, et qui, ensuite, demandera à te revoir. » Bonnie Mailer, c'est pareil : à tous les coups elle me cache quelque chose. Elle a un jeune homme riche sous le coude et elle ne sait comment me le présenter.

En fine tapinoise, je l'observe. Que mijote-t-elle ? Va-t-elle avoir le courage de s'afficher avec moi ? Je la sens hésitante. Réticente. Mais il est trop tard et elle laisse tomber, désabusée :

– Après tout, c'est de toi qu'il s'agit. Et si tu tiens absolument à t'exhiber ainsi... À décourager les gens...

Je la prive de romance. Je la punis. Sa manie, à Bonnie Mailer, c'est de me refiler un béguin qu'elle pourrait vivre en copropriété. Histoire d'avoir le cœur qui bat par procuration. Sans se mutiler le sentiment. Elle essaie alors de m'appâter en ouvrant grandes ses penderies, en jetant sur son lit des tenues affriolantes, mais je m'entournicote dans mon écharpe, me faufile dans mon chemisier vert, glisse dans mes collants sans prêter attention à son manège.

Ce n'est que bien plus tard que je compris pourquoi l'écharpe enroulée en pagne ne servait pas du tout ses plans...

Il neige dru sur New York. Un brouillard épais encotonne la ville et décapite les gratte-ciel. On n'y voit pas plus haut que le deuxième étage et, pour un peu, je me croirais dans un petit village de Bavière. Manquent les traîneaux à clochettes, Heidi et son abruti de grand-père. La neige rétrécit les rues, adoucit les angles, emmitoufle les voitures, étouffe les bruits. Je me sens soudain en confiance, prête à chanter « Douce nuit, sainte nuit... » le nez dans la litière du petit Jésus.

Ce n'est pas l'avis du chauffeur de taxi : il s'échauffe, parle tout haut et commente chacune de ses manœuvres. Alors là, je vais déborder sur la gauche pour le doubler et essayer de le coincer avant le feu sinon je serai obligé de m'effacer et ça ne me dit rien qui vaille parce que, avec cette saleté de chaussée glissante… À moins que je ne le serre sur ma droite pour l'obliger à me laisser la place. Non, mais qu'est-ce qu'il fait ce taxi-là ! Il est fou ! Encore un enculé de chauffeur importé d'Haïti ou d'ailleurs… Un gâcheur de métier. Les jeunes d'ici, ils veulent plus faire le taxi ! Ils rêvent d'être avocats… Pour dix ingénieurs dans ce pays, on fabrique cent avocats ! Bonnie Mailer me fait signe qu'il est fada et visse son index sur sa tempe. Il doit la voir dans son rétroviseur car il se retourne aussitôt et, avec un grand sourire, lui lance :

– Vous pensez que je suis cinglé parce que je parle tout seul, hein, c'est ça ?

Nous protestons poliment. Mais non ! Mais non ! Pas du tout ! Pensez donc ! C'est un tic qu'a ma copine. Elle se gratte la tempe aux feux rouges.

Faut se méfier dans cette ville, une susceptibilité froissée, et, hop ! le vexé dégaine et vous foudroie sur place. Y a qu'à lire le *New York Post*. C'est rempli de cadavres morts gratuitement.

– Je parle tout seul parce que c'est le seul moyen d'éviter l'ulcère dans ce putain de métier. Si je gardais tout ça en moi, ça ferait longtemps que je serais à l'hôpital ! Vous avez vu celui-là ? Il roule à tombeau ouvert et les rues sont verglacées… Mais vas-y, mon petit vieux, vas-y, fonces-y tout droit, au service des urgences, et tu verras la note !

Nous, on fonce tout droit à l'Area. En bas de la ville. Bonnie n'y met jamais les pieds, d'habitude, dans ces quartiers-là. L'Area. Un vaste entrepôt où les bouchers, autrefois, entreposaient leurs veaux sans tête, leurs carcasses de bœufs sanguinolentes, les abats ficelés et les poulets égorgés. Aujourd'hui, les noctambules de New York s'y agitent en paquets serrés, après s'être traînés aux baskets du portier pour avoir le droit d'entrer.

Ce soir, comme tous les soirs, un troupeau de personnages bigarrés et bizarres attend que Tony daigne poser un doigt intronisateur sur leur chef courbé. Foule androgyne parée de ses plus beaux atours où l'élégance se marque aussi bien par les savantes déchirures au rasoir d'un jean noir que par la crinière vert et rose dressée sur un crâne nu ou l'ample veste italienne déstructurée. Meute compacte et soumise, sur le qui-vive, qui guette sans broncher le privilège d'être remarquée, sent le cuir et l'eau de toilette bon marché. On n'attend pas longtemps avec Bonnie Mailer : elle brandit son invitation et fend la foule en grimaçant.

À l'intérieur, c'est la cohue du vendredi soir. Des projecteurs éclairent au hasard un angelot vivant figé en statue qui pisse dans une vasque argentée à l'aide d'un tuyau dissimulé sous sa jupette, un Noir ruisselant hissé sur un podium, un jeune éphèbe déguisé en papillon suspendu au plafond, en tutu rose, et la masse noire de tous ceux qui, mécaniques, lancent bras et âme au ciel de ce vacarme menaçant. La musique assourdissante nous réduit au silence et nous progressons coudes au corps. Mon écharpe ne détonne pas ici. C'est Bonnie qui a l'air déplacé avec sa tenue à étiquettes.

« Tu m'attends là ? Je vais faire un tour… » Elle me parle comme à une petite cousine de province qu'on sort pour la première fois en ville et à qui on demande de faire le piquet près des cabinets. Je hoche la tête et la regarde s'éloigner, se frayant un chemin, repoussant d'un air exaspéré tous les malotrus qui lui barrent la route. Je m'appuie sur une colonne blanche et contemple l'assistance. Elle a tout faux, Bonnie Mailer. C'est ici que je me sens chez moi. Bien plus que dans les quartiers huppés du haut de la ville. L'Area, le Palladium, les nuits de New York et ses protagonistes, les toilettes où on se bouscule pour attraper un bout de miroir pendant que des dos penchés sur la cuvette des chiottes remontent une ligne de coke, un billet d'un dollar roulé dans la narine, ou se refilent des doses d'héroïne dans de petits papiers pliés en quatre. On n'utilise pas des mots distingués ici, de belles phrases emperlousées, mais, au moins, je ne suis pas intimidée. Je ne fais pas semblant. Je préfère les conversations des fêlés. Des sans-vocabulaire. Ça tient souvent pas debout mais il y a toujours un bout de vérité qui dépasse. Qu'on attrape au vol et qui fait gamberger.

Je me redresse sur la colonne et m'étire.

– Si j'étais pas aussi pété, je vous ferais l'amour.

Je le distingue mal mais il ressemble à la foule. Ses cheveux brillants et roux, sa peau blanche et ses sourcils en bataille lui donnent un air de gamin monté en graine trop vite. On dirait Lucky Luke tombé de sa jument.

Il tire sur son joint et me le tend. Je refuse poliment.

– C'est bien, votre tenue. Ça vient d'où ?

– C'est fait maison.

– Ah !… Vous êtes pas américaine, vous !

– Non. Française.

Je le clame au porte-voix. Plus fort que moi. Telle une majorette, j'arbore le drapeau national à tour de bras dans ce pays où chaque façade affiche sa bannière étoilée, où l'on entonne l'hymne national à la moindre occasion, la main sur le cœur et la mine grave.

– Vous êtes française du Nord ou du Sud ?

– De Paris.

– C'est au nord ou au sud ?

– Plutôt au nord…

Doit même pas savoir où se trouve la France. Au mieux, si c'est un fin lettré, à deux pas de l'Allemagne.

– Et vous habitez où, ici ? Au nord ou au sud ?

– Plutôt au nord…

– Vous connaissez Voltaire ?

Je ne connais que lui. Pas plus tard que ce matin, nous devisions au téléphone. Il rit, et son visage se plisse, avalant ses yeux et ses sourcils dans un tremblement jurassique. Il tète son joint qui lui brûle les doigts. Le spot tourbillonnant vient l'éclairer un instant. Il est tout de noir vêtu et encore plus roux que je l'imaginais.

– Moi, je connais bien les écrivains parce que j'écris… et vous, qu'est-ce que vous faites ?

J'écris aussi. Enfin…

– Et vous écrivez quoi en ce moment ?

– Une plaquette sur mes états d'âme et sur l'Amérique…

– L'Amérique du Nord ou du Sud ?

C'est un obsédé de la boussole ! Je cherche un moyen de me débarrasser de ce sécotineur géographe quand une main se fiche dans mon épaule et me ramène trois pas en arrière. Je heurte un buste d'homme, me retourne, lève le nez et reconnais Allan. Respire Allan. M'abîme dans la vision d'Allan. Bloque genoux et mollets pour garder contenance devant Allan. Je n'ai pas le temps de dire un mot que l'écrivain se présente :

– Hi ! My name is Michael…

Allan tend le bras et s'exécute. Je ne suis pas mécontente qu'il me trouve en galante compagnie plutôt que ratatinée sous mon yucca à racler mes pots de crème glacée en scrutant le téléphone. Pour un peu, je ferais même la fière. Le lutin roux continue de pérorer sur le Nord et le Sud, Fitzgerald et Faulkner, le fried chicken et la Big Apple. Allan broie les glaçons de sa vodka entre ses dents et je peux entendre le bruit de ses mâchoires qui concassent la glace.

– Vous savez où on peut boire ici ? demande-t-il soudain à Michael.

– Oui. Juste derrière, répond le rouquin lettré en faisant des signes d'auto-stoppeur en détresse en direction du bar.

– Vous ne voudriez pas aller chercher un verre à cette charmante demoiselle qui se dessèche à vous écouter ?

– Euh… Oui. Si vous voulez…

Il se tourne vers moi et me demande ce que je veux boire. Un tonic, je lui réponds, en lui tendant un billet de dix dollars. Il l'empoche et fait signe qu'il revient tout de suite, qu'on l'attende bien sagement : il a un truc passionnant à nous révéler sur Abraham Lincoln et la case de l'oncle Tom. Mais Allan m'a déjà entraînée à l'autre bout de la salle. À grands pas dans la foule. Sa carrure de bûcheron lui ouvre le chemin. Il me remorque d'une main ferme, et je ressens l'allégresse un peu niaise du colis pris en charge. Pour un peu, je ferais la nique à toutes les filles de l'assistance. Vous avez vu qui je me dégotte, moi, avec une simple écharpe nouée autour des reins ? C'est pas consigné dans vos livres de recettes, ce moyen de séduire ? C'est le style, ça, pauvres plouquettes, et le style, il en faut, des années et des années de civilisation, avant d'en hériter.

Allan tranche sur cette foule unisexe et maquillée de mode. Il domine la salle de son menton carré, et ses yeux rétrécis se font pépins de raisins. Il cherche un coin où poser son butin. Je me surprends à l'observer comme si je ne le connaissais pas. Un regard de servante espiègle qui note pour la première fois le nez interrompu en bec d'aigle, les pommettes un peu trop plates, les mâchoires prêtes à dévorer et la chevelure trop lissée sur les côtés. Je résiste à l'envie de lui donner une bourrade de copine à qui on ne la fait pas, mais il se retourne pour vérifier que je le suis de près et le charme agit à nouveau. Balaie mes défenses : je retombe en état de guimauve. Pour me reprendre aussitôt, furibarde. Ce n'est pas parce qu'un conquistador me harponne par le bras que je dois me métamorphoser en mendiante honorée d'être regardée !

– On va où ? je demande en esquivant deux malabars qui, menton contre menton, discutent fermement.

Il ne répond pas et continue de me remorquer.

– Dis, tu fais exprès de te coiffer comme ça ou c'est bon pour les affaires ?

Il s'arrête et me toise. Ses yeux m'épluchent avec irritation et leur lueur devient presque méchante. On se mesure.

– Non… parce que je connais des gens qui trouvent ça très joli, les cheveux bien ramenés en arrière avec un peu de brillantine dessus. C'est un style, c'est tout… Suffit de le savoir… J'en connais même qui…

Il a repris son parcours de combattant et se faufile à l'esquive comme un joueur de rugby qui veut à tout prix poser son ballon entre les deux poteaux. Ballottée derrière lui, le bras tendu, je rebondis dans la foule. J'ai envie de le lâcher mais il me tient si fort que je ne peux me déprendre. Et puis ça lui ferait trop plaisir que je crie : « Pouce ! arrête, je suis fatiguée. » Il me toiserait avec régal. C'est incontestable : cet homme est mon plus cher ennemi. Je l'irrite. Il m'en veut, il s'en veut de m'en vouloir, et dans ses mâchoires crispées, dans sa main qui broie la mienne, dans ses regards exaspérés je lis les preuves les plus éclatantes de son désir. S'il pouvait me traîner par les cheveux, m'estourbir contre le premier pilier et me consommer toute cabossée, il ne s'en priverait pas.

J'aperçois le mot « Toilettes » qui clignote et crie à la pause-pipi. J'ai besoin de reprendre souffle, de me masser le bras et le poignet, de défriper mon écharpe, de revoir mon visage, de vérifier qu'il n'a pas changé, qu'il est prêt pour l'assaut.

– Je t'attends ici, grogne Allan en désignant un fauteuil en rotin sous une haie de plantes vertes.

Dans les toilettes pour femmes, il y a des hommes. Deux rastas rajustent leur embrouillamini de nattes sous des bonnets de laine puis échangent des pilules qu'ils comptent gravement. Un blanc-bec mal en point s'ébroue sous le robinet d'eau froide, soutenu par sa copine. Un grand Noir travesti en Marilyn caresse son corps devant la glace.

Immobile.

Immense.

En équilibre sur des talons dorés, la perruque platine et le regard caché derrière de lourdes lunettes noires. Ses mains épaisses et larges montent et descendent sur sa poitrine plate, charbonneuse, aux poils crépus, aux muscles bandés, effleurent les hanches, effacent le sexe qu'on devine gonflé sous la robe fourreau, appuient sur les cuisses dures, les fesses plates. L'épaule avance en un geste de séduction dérisoire. Il oscille. Perdu dans une danse solitaire et douloureuse. Seul, face à la glace. À la recherche d'une identité impossible. Ses bras rudes ont l'air d'avoir déchargé le dernier camion de Howard Street. Sa peau couverte de fond de teint rose craquelle par endroits. Ses lèvres boursouflées par le rouge écarlate murmurent des mots d'amour. « Baby, baby, I love you, baby ». Et ses longs cils battent, alourdis par la colle. Personne ne le dérange ni d'un regard ni d'un sourire, et des filles babillent d'une voix criarde en se maquillant près de lui. Parlent de leur « date », se contorsionnent, s'empruntent leur rouge et font des plans pour le dimanche suivant.

Je n'arrive pas à détacher mes yeux de lui. Qui est-il, lui, dans sa tête ? Marilyn ou nègre blanchi ? Débardeur ou poupée Barbie ? Petite fille paumée ou armoire à glace balafrée ? Combien sont-ils à vivre sous son toit ?

Je me regarde dans la glace.

C'est comme moi…

Mais moi je trompe mon monde : je ne me travestis pas. Je garde toujours les mêmes apparences pour la crétine, la guimauve, la démone, la petite fille ou l'assassine. C'est toujours la même bouche qui parle. Les mêmes jambes qui s'ouvrent ou se ferment. La même voix qui supplie ou commande. Les mêmes mains qui caressent ou poignardent. Aux autres de s'y retrouver.

Moi, je m'y perds.

Où est-elle passée, la vraie ?

De temps en temps, elle apparaît. Quand je ne m'y attends pas. Elle pousse la porte, dit « Hello ! », s'assied en tailleur en face de moi. On se retrouve nez à nez. Et je la reconnais. Le bonheur me saisit à la gorge. Je suis la reine du monde. Personne ne peut me piquer mon trône, mes cailloux, mon sceptre d'Ottokar. D'ailleurs, je n'ai besoin de personne quand je lui mets la main dessus. J'ai l'éternité pour moi. J'existe. Je remplis la pièce. J'éprouve la sensation étrange d'adhérer à moi-même. Aux milliers de petits détails qui font que je suis moi. Unique au monde. Un petit bijou ciselé d'or fin, de pierres véritables. Je n'ai pas besoin du regard des autres. J'ai la conviction d'exister. Chaque chose est à sa place. Je sais exactement où je suis. Qui je suis. Pourquoi je suis là. Où je vais.

J'ai tout mon temps.

Sauf qu'elle reste jamais longtemps. Au moindre faux mouvement, à la plus petite bavure, à la première intonation un peu fausse, à l'esquisse d'un sourire paresseux, fabriqué, elle s'éclipse. Il faut travailler dur pour la mériter. Refuser la facilité. Ne rien se laisser passer. Ne pas faire semblant. S'arrêter net dans le chapelet de mensonges flatteurs, dans la moue de petite fille qui se fait roupou charmour, dans la mou li enjolivour. Révenir à la réalité, à la vérité, et ne plus la lâcher jusqu'à ce qu'elle vous permette d'accéder à la vérité unique : soi-même. Je ne veux pas passer à côté de moi. Sinon je serais obligée de me mentir pour continuer à vivre.

Alors, côte à côte avec le Noir travesti sur ses chaussures dorées, les deux mains appuyées sur le lavabo et le nez dans la glace, je me fais un serment solennel, celui de ne plus rien trafiquer. De coller au plus près de ma vérité. De coïncider avec moi-même. Je me regarde droit dans la glace : ça ne va pas être facile, je me préviens. Va falloir renoncer à des automatismes. À des facilités. Ne pas dévier d'un millimètre de la bonne route. Être intransigeante.

Oui mais si, au bout, il y a une terre neuve à explorer...

La fille en face a l'air d'accord pour essayer.

Allan m'attend. Assis sur son fauteuil en rotin. Emboîté dans un maintien distant. Il me tend un verre et je le vide doucement, reprenant mes forces, devinant que je ne dois rien attendre de lui dans cette épreuve de vérité décidée avec moi-même. Il ne sera certainement pas mon copain ni le confident sur lequel je reposerai, lourde et encombrée. Celui qui vous débarrasse une à une de vos affres, s'ôtant par là même le pouvoir de vous séduire et de vous emporter.

– Ça te rassure de te faire draguer par des minables comme ce petit rouquin ?

Je ne dis rien et m'assieds sur l'accoudoir de son fauteuil. Sous la haie de verdure. Repousse une palme qui me rentre dans l'œil. Il ne bouge pas d'un pouce. Ne fait pas mine de se lever pour me céder la place.

– Il t'en faut combien par soir pour que tu te sentes bien ?

– Et toi, avoue ! C'est encore un coup de Bonnie Mailer, cette soirée ! Vous vous êtes consultés, cette fois-ci, ou elle a agi toute seule ?

– J'ai su que tu étais là quand j'ai vu Bonnie au bar. Mais, si ça peut te rassurer, je ne suis pas tout seul...

– Ah !...

C'est tout ce que je peux répondre parce que la douleur me tord le ventre, me coupe le souffle. Ça y est, je me dis, il a une petite amie et je vais faire sa connaissance. Je l'imagine aussitôt. Belle, très belle, intelligente, un doctorat sous le bras, une cuillère en argent dans la bouche, enchâssée dans une robe fourreau, de longs cheveux brillants qui rebondissent dans les doigts, un velouté de peau à damner les vendeuses hautaines de Bloomingdales… un petit nez exquis, des dents… Des dents blanches éclatantes, bien rangées, bien tenues. Des pieds menus dans des escarpins très fins à talons hauts. Elle ne marche pas, elle ondule. Elle n'éclate pas de rire, elle sourit finement. Elle a les ongles vernis. Bref, elle a tout bon. J'ai tout faux. Et je suis foutue !

– Et elle est où, ta copine ? je demande en voûtant les épaules, en me grattant le front, faisant naître un bubon.

– Elle doit me rejoindre vers onze heures et demie.

– Ah !…

Il est dix heures.

Qu'est-ce que je fais ? je me demande en me balançant sur l'accoudoir. D'ordinaire, qu'est-ce que je ferais ?

Je filerais, c'est sûr. J'irais noyer mon chagrin dans les bras d'un autre. N'importe quel autre. Ou dans les glucides chocolatés d'une crème glacée. Ou, s'il s'agit d'un soir de pleine lune, je me jetterais contre lui. Pour le forcer à me voir. Le forcer à m'emporter. Je jouerais le jeu. Le jeu en cinq actes que je connais par cœur. Mais je me rappelle le serment fait devant la glace et je me retiens. J'écoute l'« autre ». L'autre qui prend tout son temps et qui a confiance en elle. Qui ne se laisse pas terrasser par ses mauvaises habitudes, ses vieux fantômes. Qui va son petit bonhomme de chemin.

Je décide de ne pas me jeter contre lui.

Je laisse faire la vie.

Je laisse aux arbres le temps de pousser, aux petits oiseaux le temps de chanter, au flash de Rita le temps de se réaliser, à Allan le temps de me regarder de plus près.

J'ai une sale habitude : je ne prends jamais le temps.

Même quand la mort rôdait autour de Papa, je m'impatientais. Il m'arrivait quelquefois de me surprendre à me dire : « vite, vite, qu'il meure » pour qu'on en finisse. Pour que je voie ce que ça me ferait, la mort… j'avais jamais connu ça et je voulais savoir.

Ma tête éclate, et je la renverse en arrière. Le souvenir est trop fort. Le souvenir de cette chambre d'hôpital où j'attendais la mort en tapant du pied sous le lit métallique et blanc. Dis, Papa ? Quand est-ce que tu vas mourir ? Depuis le temps qu'on en parle ? Vite, vite, vite…

Je me déteste. Je déteste mon impatience.

Je ferme les yeux pour ne pas pleurer.

Pour qu'il ne me voie pas pleurer. Il serait capable de s'imaginer que c'est à cause de lui. Ou il s'apitoierait. Et ce serait encore pire.

Je bloque les larmes, rouvre les yeux. Le regarde à nouveau. Le désir ardent que j'ai de lui me le rend presque irréel. J'ai envie de le pincer pour qu'il hurle et réintègre le règne humain.

Nous nous taisons.

Il a une petite amie. Il part avec elle en week-end et l'embrasse sur les lèvres.

Dans le cou…

Sur ses seins parfaits.

Entre les jambes et elle crie…

Il n'y a pas de place pour moi. Pas de baiser pour moi.

Il faut que je pense à autre chose.

Et si je rentrais à Paris ?

À Paris, il y a Machin. Ce serait bien, ça. Que Machin m'aime. Il est beau, il a le bras long, il a une voiture avec un macaron, il me voit quand il a le temps. Vite fait. Oui, mais il me couvre de cadeaux. Et de lettres d'amour. Je peux les relire quand il n'est pas là. Elles sont drôlement bien, ses lettres.

Bien mieux que lui, pour tout dire.

J'avais complètement oublié Machin...

Je balance mon pied de gauche à droite. Ronge mon frein. Observe le va-et-vient entre les toilettes et la salle. Mordille une branche de palmier qui me chatouille le nez. Allan a fini de manger ses glaçons. S'étire au fond de son fauteuil. Manque me déséquilibrer. Se tourne vers moi et articule :

– Je déteste cet endroit. On va manger une pizza ?

Sa voiture est une Cadillac. Avec des sièges en cuir rouge. Des banquettes si larges qu'on pourrait y coucher deux sans-abri et tout leur fourbi. Je me suis assise et j'ai commencé à tripoter les boutons de la radio. Pour tuer le temps. Me donner une contenance. J'avais bien envie d'ouvrir la boîte à gants et de vérifier s'il s'y trouvait un poudrier ou un tube de rouge qui traînaient. J'ai pas osé. J'ai respiré profondément l'air du sol au plafond sans détecter le moindre relent de parfum. Rien de rien.

Alors je me suis laissée aller contre le dossier. J'aurais aimé mettre les pieds sur le tableau de bord mais je me suis retenue. C'était tentant parce qu'on était vraiment au large. Sans mentir, il y avait bien un mètre et demi entre nous.

Il a pris une cassette au hasard. C'était de la musique country. Ray Charles et Willie Nelson qui chantaient *Les Sept Anges espagnols* en duo. C'était plutôt beau. Je veux dire : tout l'ensemble était plutôt beau. La neige dans les rues, les gratte-ciel ratiboisés, l'homme qui conduisait et la voix des deux vieux qui chantaient *Les Sept Anges espagnols* en canon. J'avais plus rien à ajouter et je me suis tue.

Lui aussi se taisait.

On a roulé. On remontait vers le haut de la ville et je me demandais où on allait. Je brûlais d'envie de lui demander s'il serait de retour pour son rendez-vous de onze heures et demie, mais je m'en gardais bien. Des fois qu'il ait oublié et que l'autre fille se casse le nez ! Rien ne pouvait me faire plus plaisir. Je la détestais d'avance, celle-là, et de l'imaginer en train de se ronger les sangs en attendant Allan m'emplissait d'un bonheur frôlant la lévitation. En même temps, je n'étais pas sûre qu'il l'ait vraiment oubliée et ça me faisait comme un petit pincement douloureux au creux du ventre chaque fois que je le regardais et que je l'imaginais penché sur elle barbouillée de rouge à lèvres, juchée sur de hauts talons. Elle devait être terriblement lascive comme fille…

Ça faisait un bon moment qu'on ne parlait plus. C'était comme si on voulait aller tout droit à l'essentiel mais qu'on ne lui avait pas encore mis la main dessus.

Alors, en attendant, on se taisait.

Il conduisait très prudemment. Sans s'énerver. Sans klaxonner. Il démarrait tout doucement au feu vert. S'arrêtait quand le feu était orange. Laissait passer les piétons qui s'aventuraient hors des clous. Prenait tout son temps pour tourner son volant. Il ne regardait jamais dans ma direction. Il chantonnait et regardait droit devant lui. On est arrivés sur Union Square et il a pris Madison Avenue. Je me suis fait la réflexion qu'on remontait drôlement haut dans la ville et que, à tous les coups, il allait rater son rendez-vous.

Peut-être fait-il partie de ces gens qui ne peuvent manger leur pizza que dans un seul endroit ?

Pour calmer mon impatience je me suis mise à jouer avec les panneaux lumineux. Un jeu comme un autre que je pratique depuis que je suis toute petite. J'interprète les affiches publicitaires pour qu'elles collent avec mon histoire à moi. Par exemple, à l'angle de la Vingt-Quatrième et de Madison, il y avait une publicité pour une marque de café où Rhett Butler renversait Scarlett au-dessus d'une tasse brûlante, et le slogan en dessous disait : « Partout où ce nectar brûle, vous brûlez aussi. » J'ai fait ni une ni deux, j'ai décidé que Scarlett, c'était moi, Rhett, c'était lui. Le café, c'était l'autre fille qui brûlait de l'étreindre mais qui allait être drôlement refroidie quand elle ne le verrait pas se pointer. Je trouvais que ça se tenait comme interprétation. Je fus soudain remplie d'une intense satisfaction, d'une sérénité à toute épreuve, d'un élancement de bonheur aigu comme un point de côté, et je lui lançai à la dérobade un regard malicieux qu'il ne surprit point. Il ne le savait pas mais dorénavant il m'appartenait. Je ne voyais pas très bien comment il pouvait s'en sortir. Surtout maintenant que j'avais tout mon temps.

À la hauteur de la Cinquante-Neuvième, il a tourné à gauche et il a filé tout droit vers Central Park Ouest. On ne parlait toujours pas. Le problème, c'est qu'au moment où j'ouvrirais la bouche il faudrait que ce soit drôlement intelligent ou original, ce que je dirais, parce que, après tant de silence, le moindre mot pèserait des kilos et des kilos. Mais enfin, je prenais le risque...

Il semblait beaucoup aimer *Les Sept Anges espagnols* : il n'arrêtait pas de repasser la chanson. Je me demandai si ça lui rappelait des souvenirs puis je ne me demandai plus rien du tout.

Je finis par ne plus parler, ne plus penser. Juste me laisser aller dans la nuit contre le dossier de la banquette rouge, comme quand on est petite, qu'on rentre tard le soir en voiture avec ses parents et que le monde entier tient entre la nuque du papa, la nuque de la maman et la banquette arrière où on est assise. Dehors les voitures doublent, klaxonnent, se rabattent en prenant des risques terribles, mais on s'en fiche. On éprouve une douce impression de réconfort, de sécurité qui nous fait dodeliner de la tête à l'abri du mauvais coup. J'étais dans cet état d'esprit-là. Je me suis même mise à fredonner *Les Sept Anges espagnols*. Je finissais par connaître le refrain par cœur. On avait beau ne pas parler, il se passait plein de choses entre nous. Le silence devenait de plus en plus dense et on pouvait presque entendre nos confidences. Comme ça, l'air de rien. Lui, les deux mains sur le volant. Moi, la tête renversée en arrière. Les tensions tombaient une à une et je les entendais s'affaisser comme des boules de neige dans un champ. Ça faisait un bruit sec et sourd, et à chaque boule qui s'écrasait je pensais : Tiens, là il me déteste un peu moins ! Il me regarde d'un autre œil. Il se dit que, après tout, je ne suis pas si horripilante. Qu'il m'a peut-être mal jugée... Il s'attendait à ce que je jacasse ou que je fasse la tronche à cause de sa petite amie. Il est surpris. Je m'en fiche pas mal, de sa petite amie. Je ne suis plus du tout jalouse. Je la plains. Parce que, un silence de cette qualité-là, elle n'en a sûrement jamais partagé avec lui.

On est arrivés à Amsterdam Avenue. Il a continué de monter, monter. On est passés devant Columbia University et il n'a pas ralenti. Il n'a même pas jeté un coup d'œil sur le campus endormi. Il a continué à rouler tout doucement, appuyé contre la portière, le regard perdu dans la nuit. On se dirigeait tout droit vers les Cloîtres, à ce train-là.

Devant les Cloîtres, il s'est garé. Il a coupé le contact et il a poussé un soupir. Et puis il a étendu ses bras sur la banquette et s'est mis à soliloquer :

– Quand j'étais petit, le dimanche après-midi, mes parents m'emmenaient ici et me racontaient des histoires de preux chevaliers, de rois et de reines, de cathédrales, de gisants, de dame à la licorne. Quand on rentrait chez nous, ils allumaient la radio pour écouter leur feuilleton mais moi j'allais dans ma chambre pour continuer mes histoires de preux chevaliers… Chaque fois que je suis allé en Europe, c'était pour visiter des cathédrales, des églises romanes. Je suis imbattable en églises romanes, en tapisserie de Bayeux, en châteaux forts…

Moi, quand j'étais petite, le dimanche après-midi avec Toto, on regardait Rintintin à la télé et on criait : « You-ou, Rintintin ! » toute la soirée en se poursuivant en pyjama dans le long couloir de l'appartement. On voulait tous les deux être Rusty parce que Rintintin se tapait tout le boulot et que Maman clamait en passant devant la télé : « Ce Rusty, quel petit garçon charmant ! Et obéissant avec ça ! » Rusty nous apparaissait comme le comble du chouchou, du combinard qui n'en fout pas une rame et ramasse tous les lauriers. Je le lui dis. Il rit. Et puis, ça recommence : on ne se dit plus rien du tout.

J'ose pas regarder l'heure mais j'en meurs d'envie.

Alors je fais comme lui, appuyé contre la portière gauche : je regarde les cloîtres en silence. Appuyée contre la portière droite. Le nez et la bouche collés sur la vitre froide, je joue à les faire glisser de haut en bas sans dévier d'un millimètre. La vitre glacée a un goût chimique de produit à nettoyer. Mais je ne renonce pas pour autant à tracer une trajectoire parfaite. Après, j'ai les lèvres gourdes et endormies. Comme chez le dentiste. C'est bien de prendre son temps, mais qu'est-ce qu'on en perd, du temps, en le prenant ! Et puis bon… L'endroit est assez sinistre quand il n'y a pas de cars de touristes pour remplir les parkings en béton. À quoi il pense, lui ? À la fille qui l'attend ? À ses dimanches de petit garçon ? À ses carnets de commande ?

Il a allumé une cigarette et il regarde droit devant lui. Songeur. Il ne prend pas la peine de mettre la cendre dans le cendrier, et je me demande quand elle va tomber sur sa veste. Je suis sur le point de le lui faire remarquer quand je me reprends : c'est son problème après tout. Alors, très lentement, il pose la cigarette à moitié consumée dans le cendrier et la cendre tombe juste dedans. Il est vraiment très habile. Puis il allume le contact et démarre.

C'est en redescendant à travers Central Park qu'il se tourne vers moi et me lance comme ça, comme une banale invitation à aller prendre un verre :

– Tu retournes avec moi à l'Area ou tu rentres chez Bonnie ?

J'en ai le souffle coupé. J'en oublie toutes mes bonnes résolutions, le serment devant la glace, la promesse de prendre mon temps, de laisser aller la vie, de l'observer comme si de rien n'était, et j'explose :

– C'est ça ! Pour tenir la chandelle entre toi et ta petite amie ! Merci beaucoup, j'aime encore mieux retourner chez Bonnie… Non, mais pour qui tu te prends ? Tu te trouves si irrésistible que ça pour me proposer de jouer les hallebardières, les figurantes du treizième rang ! Et puis quoi encore, va falloir que j'applaudisse quand elle va te sauter dans les bras !

Il me regarde, amusé, et reste silencieux. Ce silence achève de me mettre les nerfs en pelote et je reprends de plus belle :

– À quoi je sers, moi ? Je vais te dire un truc, une bonne fois pour toutes : je déteste les types qui jouent les mystérieux pour cacher leur indigence chronique… Les types qui se croient très fort parce qu'ils ne l'ouvrent pas. Qui me font croire qu'ils vont m'offrir une pizza et me plantent devant des ruines nulles en versant une larme sur leur enfance ! Parce que ce soir, ce n'est pas moi qui suis venue te chercher, hein ? C'est toi. Moi j'étais peinarde à parler littérature avec un jeune homme tout ce qu'il y a de plus attentionné, et, hop ! Monsieur se pointe et fait son exigeant ! Propose une balade au clair de lune avec pizza à l'appui… Et finalement : ni pizza ni clair de lune, rien qu'un pauvre tête-à-tête avec des ruines qui sont à peine plus vieilles que la HLM de ma banlieue, des ruines en kit, des ruines en toc, qui ne peuvent berner que vous autres, pauvres amerloques, incultes, ignares, qui prenez le Titien pour une teinture de cheveux et Versailles pour une marque de voiture ! Et puis je regrette bien de t'avoir écrit cette lettre parce que tu ne la mérites pas ! T'es un rustre ! Un plouc ! Un insensible du cœur ! Un raté de la sensibilité ! Et j'espère bien, j'espère bien ne plus jamais entendre parler de toi…

Il est toujours appuyé contre la vitre et il tire sur sa cigarette dont la cendre s'allonge, s'allonge. Il ne dit mot. Il attend que je poursuive. C'est qu'il n'a pas compris. Ou qu'il s'en fiche. Je n'ai plus rien à perdre et je balance mon solde :

– Je rentre chez moi et je ne veux plus jamais, mais alors plus jamais te voir, et ma lettre, tu peux la prendre, la déchirer et considérer que c'est une erreur de jeunesse ! D'ailleurs je l'ai écrite dans un moment d'égarement, un moment de dénigrement de moi-même. Ça arrive à tout le monde de se traîner plus bas que terre… Alors tu l'oublies, tu m'oublies et tu pars sauter ta souris ripolinée façon présentoir de Bloomingdales ! Voilà, c'est tout. Et si ça t'ennuie de me reconduire chez Bonnie, tu me le dis tout de suite et je pars à pied…

Son petit sourire narquois devient franchement amusé :

– À pied toute seule à cette heure-ci ? Dans le parc ?

– Ben, qu'est-ce que tu crois ? Que j'ai la trouille ?

Juste. Je meurs de trouille. Je suis consumée de terreur et j'espère bien qu'il aura la galanterie de me déposer devant chez Bonnie même si je continue à l'injurier. Parce que, avec tout ce qu'on raconte sur Central Park la nuit, je préfère encore tenir la chandelle entre sa ravissante et lui plutôt que d'y risquer le petit doigt de pied.

– Oui… parce que moi, tu vois, je n'irais pas me promener tout seul la nuit dans Central Park. C'est très dangereux, tu sais, le parc…

– Pas plus dangereux que le bois de Boulogne ! Non, mais faut toujours que vous ayez le record du monde du « plus », vous ! C'est vrai, vous êtes lassants avec vos records… Tiens, je vais te dire un truc franchement : je vous déteste tous en bloc, les amerloques, et toi en particulier !

– Si je te suis aussi insupportable que ça…

Il ouvre largement la porte de sa Cadillac et m'invite à descendre. Je le regarde, médusée. Il ferait ça, vraiment ! Il me lâcherait dans la gueule des loups ! Ce n'est plus de la cruauté, c'est de la non-assistance à personne en danger !

J'hésite. Je balance. Entre mon honneur et ma sécurité. Douloureux dilemme. Qu'est-ce que je préfère ? Rentrer la tête haute au risque de me faire détrousser au détour du premier buisson épineux ? Ou l'honneur en berne mais le corps bien au chaud dans sa voiture de mafioso ?

Je me tâte.

Pendant tout ce temps, il me contemple, la main sur la portière.

– Tu vois, finalement, j'aime mieux quand tu es en colère que quand tu fais semblant d'avoir tout bien en main comme tout à l'heure…

Je le regarde, tente de le foudroyer mais, partagée entre la trouille de descendre et l'envie de rester, mon regard dérape et perd en intensité.

J'ai trop peur dans le noir.

J'ai trop peur dans le parc.

Il paraît que même les patrouilles de flics ne s'y aventurent plus. Que des bandes de gamins vous guettent et vous sautent sur le rab, n'abandonnant sur place que vos restes blanchis et nettoyés...

Mais je pose quand même un pied au-dehors en priant tous les saints de tous les ciels qu'il me rattrape par le bras, me traite de folle furieuse et m'enfourne dans sa conduite intérieure. Je pose le second pied. Avance une main, m'appuie, vais pour me redresser. Prends tout mon temps... Insiste auprès du Seigneur et de Ses saints, vite, vite, faites quelque chose sinon c'est par petits bouts qu'on me rapatriera en France.

À ce moment-là deux bras me saisissent et me tirent en arrière. Ma tête molle, mon nez et ma bouche glacés tombent sur sa chemise blanche. Il relève mon visage et le prend entre ses doigts. Il me tient dans sa main. Repousse mes cheveux, passe ses doigts sur mes yeux, me traite de folle furieuse, de bourrique têtue, de mangeuse d'escargots à la noix, d'emmerdeuse tricolore, m'enferme dans ses bras et se penche sur moi. Je me laisse faire. Laisse faire la main qui soulève mon menton et dirige ma bouche vers la sienne. Laisse s'approcher ses lèvres qui doucement viennent se poser sur les miennes et les baisent, léchant le petit goût de vitre froide ammoniaquée. Ouvrant ma bouche encore fermée à petits coups de lèvres douces et chaudes. Une bouche qui me picore lentement, entrouvre mes lèvres, desserre mes dents. Une bouche savante et forte qui m'impose sa volonté. Ma nuque docile se laisse aller sur son épaule. Je soupire. Il se redresse, me regarde, sourit. Je me raidis, prête au pire. J'attends une nouvelle ruse. Mais il me regarde seulement, sourit encore et reprend le cours de son baiser lentement, lentement, comme s'il avait tout son temps. Je me coule contre lui sur la banquette de la Cadillac rouge et savoure.

Savoure le temps avec lui...

À onze heures et quart, il me dépose devant chez Bonnie. Me souhaite bonne nuit. Je ne dis rien. Je fais le tour de la voiture en titubant, telle Soubirous après avoir discuté le coup avec la Vierge. J'ai une boule dans la gorge qui m'empêche de parler. Je suis sur le point de heurter la porte vitrée du hall lorsque je l'entends m'appeler. Je me retourne. Il est sorti de la voiture, appuyé contre la portière. Il me fait signe d'avancer.

Je trébuche jusqu'à lui.

– Qu'est-ce que tu fais demain soir ? il dit.

– …

– Tu veux qu'on se voie ?

Je hoche la tête. La boule bloque toujours au fond de la gorge.

– Sept heures et demie chez Bonnie ?

– D'accord.

Il a un sourire étrange et me regarde des pieds à la tête. Je ne sais plus comment me tenir. Que faire de mes mains, de mes bras, quelle contenance afficher. Je piétine, mouline sur place. Cherche une formule de politesse pour dire au revoir et merci et à demain et… je m'empêtre dans une jolie phrase que je voudrais bien tournée. Il sourit et ne fait rien pour m'aider à conclure. Remonte dans sa voiture et démarre. Me fait un dernier geste du bras en déboîtant. Un sourire qui laisse transparaître une victoire, sous-entend que je suis plus facile à amadouer qu'il n'y paraît. Qu'un long baiser dans le parc la nuit a suffi à ce que je ressemble aux autres, à toutes les autres. À celle-là même qu'il va retrouver par exemple…

JE NE SUIS PAS COMME TOUTES LES AUTRES.

JE NE SUIS PAS COMME TOUTES LES AUTRES.

Je lance de toutes mes forces mon sac contre la portière. Il fait semblant de se protéger de son bras et décampe. Je n'ai plus qu'à ramasser mon poudrier, mes clefs, mes papiers sur le trottoir. Le doorman de nuit dort sur sa chaise dans l'entrée. Il n'a rien vu. Je fulmine. À quatre pattes sur le trottoir, je cherche à récupérer mes affaires avec le plus de dignité possible et prie pour qu'il ne m'aperçoive pas de loin dans son rétroviseur. La guerre est déclarée. J'ai tout mon temps pour la gagner.

Une scène étrange m'attend chez Bonnie Mailer.

Je trouve Bonnie, vêtue de son petit tailleur à étiquettes, accroupie dans le salon face à un emballage posé sur la table basse en verre. Un emballage blanc en polystyrène, identique à ceux qui protègent d'ordinaire les crèmes glacées. Ce n'est pas le genre de Bonnie Mailer de butiner l'entremets à minuit sonné.

Elle contemple fixement l'emballage et tient à la main une lettre qu'elle consulte de temps à autre. Comme s'il fallait un mode d'emploi pour manger une glace !

À peine m'a-t-elle entendue entrer.

Je toussote. Elle relève la tête, sursaute, s'empare de la boîte, la pose sur ses genoux. Puis pousse un cri et la rejette sur la table. La boîte heurte un paquet de revues luxueuses aux couvertures glacées avant de tomber sur la moquette blanche.

– Bonnie, mais… qu'est-ce qui se passe ? je lui demande en m'approchant.

– Surtout n'y touche pas ! N'y touche pas ! hurle-t-elle en montrant du doigt le paquet.

– Qu'est-ce que c'est ?

Je me penche et observe. Au fond des quatre parois blanches, bien nichée, une boîte métallique repose. De taille petite. Avec un anneau pour soulever le couvercle. Un anneau chromé tout simple.

– Ah ! je fais. C'est une glace ?

Bonnie hausse les épaules. Son rimmel a coulé sur ses joues barbouillées. Le maquillage fait des plaques ocre et rouges sur le front et les joues. Elle fixe sans bouger la boîte mystérieuse. Hypnotisée.

J'aperçois alors, sur la table, le papier marron de l'emballage. Il est couvert de timbres et porte plusieurs tampons postaux : Nevada, Californie, Nouveau-Mexique, Ohio, Virginie, Connecticut. Drôle d'itinéraire pour une crème glacée !

– C'est un cadeau ?

– Tu parles d'un cadeau ! dit-elle en secouant la tête comme pour chasser un mauvais rêve.

– C'est une bombe ?

J'essaie de détendre l'atmosphère mais n'y réussis guère. Bonnie a le sourcil froncé et la moue amère.

– Écoute, je n'ai pas envie de rire ! me lance-t-elle avec un regard noir. Et tu pourrais avoir un peu plus de tact !

– Ah, bon !…

L'affaire est donc grave si je dois user de tact face à un emballage en polystyrène expansé. Bonnie pousse la boîte du pied avec répulsion. Elle voudrait bien la remettre sur la table mais répugne à la prendre en main. Je me propose de l'aider, me baisse, attrape l'objet et le pose au-dessus des revues. Quand je me relève, Bonnie me regarde, et sa bouche se tort en une grimace de dégoût.

– Ça vient d'où ? je m'enquiers avec l'accent de la sollicitude la moins feinte.

– De la morgue de Las Vegas.

– Quoi ? je hurle en faisant un bond de côté.

Elle répète comme pour s'en convaincre elle-même :

– De la morgue de Las Vegas. Regarde les tampons…

Je m'empare du papier d'emballage, déchiffre l'enchevêtrement de hiéroglyphes, de cercles noirs, et constate qu'elle a raison. Le premier tampon signale bien « Las Vegas » et à l'encre noire, en travers de la marge, le nom d'une entreprise funéraire ouverte vingt-quatre heures sur vingt-quatre qui parle quatre langues et accepte les cartes de crédit. Qui plus est, l'adresse et le nom du destinataire sont raturés plusieurs fois et portent la mention « N'habite plus ici ».

– Et après ?

– Eh bien, après, il a été un peu partout, je suppose, avant d'atterrir ici. C'est Walter qui l'a réceptionné. Il me l'a donné quand je suis rentrée de l'Area. Tu te rends compte ? Non, mais quelle histoire !

Elle doit être très, très perturbée par son coffret macabre car elle ne me demande pas de nouvelles d'Allan et moi.

Je me touche les lèvres. Il m'a embrassée…

Il m'a embrassée…

Il a pris tout son temps. Les lèvres retroussées et gourmandes. Ses doigts me maintenant fermement le menton. Sa bouche me goûtant. Me léchant. Me découvrant. Me dégustant… Et les sept anges espagnols chantaient, chantaient. Sept parrains célestes qui nous exhortaient à coups de trompettes cuivrées, nous envoyant la bénédiction de l'Escroc. Cette soirée est étrange. Je vais finir par croire que je l'ai rêvée.

Nous restons toutes les deux, le nez baissé sur le paquet. Bonnie reprend la lettre et la relit.

– Ça alors ! Même dans mes pires extravagances je n'aurais pu imaginer ça ! Et c'est sur moi que ça tombe !

– Je t'assure, Bonnie, j'aimerais bien comprendre…

Elle serre la lettre contre son sein comme si, à distance, je pouvais en percer le secret.

– Je ne sais pas si je dois te mettre au courant. C'est une affaire de famille après tout. Et d'un goût tellement détestable…

Je regarde à nouveau la petite boîte métallique, me demandant quel mystère elle peut bien receler.

– Tu veux que je te laisse toute seule ?

C'est vrai, quoi : j'habite chez elle. Elle n'a plus d'intimité. Plus d'espace pour s'isoler et spéculer. Régler ses comptes avec l'emballage ou pleurer tout son saoul.

– Tu veux que j'aille dormir dans ta chambre, et tu restes là bien tranquille à faire le point ?

– Oh, non ! Ne me laisse pas seule avec… ça, elle supplie en me prenant le bras. Non ! Non ! C'est très bien que tu sois là. Très bien ! J'ai si peur… Si tu savais ce que j'ai peur !

Elle frissonne. Je lui passe un bras autour des épaules et la frictionne. Elle se laisse aller quelques instants puis se replonge dans la lecture de la lettre. Je décide de ne pas la brusquer. Et d'attendre.

Elle a les lèvres pincées, les yeux rétrécis sur la lettre, elle tremble un peu en lisant.

– Tu veux que je te serve un whisky ?

Je ne sais pas pourquoi j'ai dit ça. Ce doit être nerveux. Ou à force de voir des films noirs où un détective impassible calme les nerfs de l'héroïne avec du vieux malt. Je n'ai jamais vu Bonnie Mailer boire une goutte de whisky.

– Oui, un bien tassé. Avec de la glace.

Je file à la cuisine, découvre une bouteille de scotch derrière des dizaines de Perrier et lui sers une large rasade dans un grand verre. Quand je reviens, je pousse un cri : elle s'est évanouie. Elle gît sur le canapé, les bras abandonnés le long du corps, la tête en arrière et la bouche béante. Je me précipite sur elle et crie : «Bonnie ! Bonnie ! » Elle sursaute, me regarde comme un zombie. S'empare du verre et le vide d'un trait.

– T'en veux un autre ?

– Non merci. Il faut que je garde la tête froide…

Je décide de me servir aussi un whisky, repars vers la cuisine en gardant un œil sur elle, attrape un verre en me contorsionnant sur le pas de la porte pour ne pas la

491

perdre de vue et reviens avec la bouteille sous le bras. Bonnie la saisit et boit une large rasade à même le goulot.

– Excuse-moi, fait-elle en s'essuyant la bouche. C'est horrible, je ne sens plus mon corps. Je crois qu'il va me lâcher…

Je la reprends dans mes bras, reprends le cours de mes frictions, ouvre le col de son tailleur, dégrafe la jupe, défais la bride de ses escarpins, l'allonge sur le canapé. Nous restons toutes les deux côte à côte à mâchonner notre scotch. Plus loin, sur le rebord de la fenêtre, le maya nous regarde de son œil torve. Son oreille est drôlement bien recollée. On n'y voit que du feu.

Bonnie a reposé son verre sur la table, s'est redressée et se frotte les mains l'une contre l'autre. Comme lady Macbeth. C'est si terrible que ça ? j'ai envie de lui demander.

– C'est Ronald, lâche-t-elle en montrant la petite boîte métallique dans l'emballage pour glaces.

– Quoi ?

– Ronald, mon second mari…

Je la dévisage, bouche bée. Puis je contemple l'emballage avec sa petite boîte en acier.

– Tu veux dire un canular de Ronald ?

– Non. Ce sont ses cendres. Il est mort à Las Vegas au Caesar's Palace dans le lit d'une poule qu'il avait draguée… Je le hais ! Je le hais ! dit-elle en mordant le bord de son verre. Une prostituée notoire ! Une salope qui ne fait ça que pour l'argent ! Alors que, moi, je l'aimais tant… Le salaud !

Je ne comprends pas très bien comment les cendres, Ronald, la prostituée se sont ligués pour que cette petite boîte échoue chez Bonnie, mais je ne pipe mot. Je regarde Bonnie qui garde les poings crispés et a du mal à respirer.

– Le salaud ! Le salaud ! Il portait son testament sur lui quand les pompiers l'ont trouvé. Ils ont lu et… Tu sais ce qu'il veut ! Il veut être incinéré et que ses cendres soient dispersées au large de l'Océan. Parce que, soi-disant, il avait le pied marin. Le pied marin ! Une excuse pour courir les filles ! Oh ! et puis… lis la lettre après tout !

Dans la lettre, l'avocat de Ronald explique en effet, en utilisant des termes très juridiques, que son client a trouvé la mort dans des circonstances douteuses, que son désir était d'être incinéré puis que ses cendres soient répandues, en présence de cinq témoins adultes et blancs, au-dessus de l'Océan par a) sa mère, b) sa sœur, ou, si ni l'une ni l'autre n'étaient disponibles, par c) sa veuve, à condition que celle-ci soit surveillée de près au moment de la dispersion vu l'état fragile de ses nerfs. La mère et la sœur ayant refusé de présider à la cérémonie, l'avocat se résigne donc à remettre les restes de son client à Bonnie Mailer afin que la volonté du défunt soit respectée. Et, précise-t-il dans un post-scriptum, il profite de l'occasion pour joindre le montant de ses honoraires. Démesurés, il faut l'avouer ! Pas étonnant, je me dis, que la famille se soit défilée !

– Mais vous étiez divorcés ? je demande à Bonnie.

Elle hésite puis finit par répondre que non. Elle ne s'y était jamais résolue de peur de décevoir ses parents.

Tu comprends, pour eux, le fait que je sois mariée… c'était si important que j'ai pas eu le cœur de…

– Alors t'es sa veuve. Y a pas de doute…

– Oui, mais qu'est-ce que je vais en faire, moi, de cette boîte ?

– Je sais pas. Tu pourrais aller sur les quais. Justement j'ai une copine qui habite pas loin… Ou à Southampton la prochaine fois que tu y pars en week-end ? Ou te rendre en bateau au pied de la statue de la Liberté et…

493

– Je ne dépenserai pas un sou pour ce salaud ! Mourir dans les bras d'une prostituée ! C'est grotesque ! Mais qu'est-ce que je vais faire, moi ? Hein ? Qu'est-ce que je vais faire ? Elle se ressert une rasade de whisky et je l'imite. Je dois dire que je suis un peu désemparée. Comment se comporter quand on a les restes carbonisés de son ex-mari à gérer, que ses cendres sont encore toutes chaudes du stupre de Las Vegas et qu'on est toute seule dans la vie ?

– Tu n'as pas un caveau familial où tu pourrais le déposer en douce ? Il est pas très encombrant…

Bonnie fait signe que non.

– Et puis, ajoute-t-elle, ça ne résoudrait rien, il a bien spécifié qu'il voulait être éparpillé au bord de l'eau… Je risque d'avoir l'avocat sur le dos si je n'obtempère pas. Ou, mieux encore, un procès de la mère et de la sœur ! Encore heureux qu'il ne me demande pas de réciter des prières ou de lui jouer une symphonie avec orchestre au complet ! Mais qu'est-ce que je vais faire ? Qu'est-ce que je vais faire ?

Elle tombe à genoux devant l'emballage, se prosterne devant la boîte et oscille sur ses talons en bourdonnant sa colère. Sa jupe est remontée jusqu'à mi-cuisses et son collant a filé.

– Et les cinq témoins ? Il va falloir les trouver, les cinq témoins ! Je n'oserai jamais déranger mes amis… Que vont-ils penser ? C'est un coup à démolir ma réputation ! Et les boulettes Kriskies ! Mon Dieu, les boulettes Kriskies ! Pourvu que personne ne l'apprenne. Jure-moi que tu n'en parleras à personne… Personne. Ils se moqueraient tous de moi. Jure-le-moi.

Je jure en étendant le bras. Elle vérifie que je ne tremble pas ni ne croise les doigts derrière mon dos puis, rassérénée, reprend le cours de ses lamentations :

– Et pourquoi moi ? Tu en connais beaucoup, de filles, qui héritent des cendres polluées de leur ex-mari ? Honnêtement, non. Mais le fait est là : il est minuit et nous avons un macchabée lyophilisé sur les bras.

– Ça prend vraiment pas beaucoup de place, je constate en regardant à nouveau la petite boîte métallique. On est peu de chose quand même !

– Tu peux pas comparer, répond Bonnie, pratique. Il s'agit de cendres, pas de chair fraîche !

Je pense au grand cercueil de Papa, à son costume du dimanche, à ses belles pompes, au chapelet glissé entre ses mains croisées. Au grand trou dans le cimetière de Saint-Crépin, au pied des montagnes. Il devait bien faire deux mètres sur deux, le trou. Ils étaient quatre hommes du pays à porter le cercueil. On a chanté le chant de la promesse des scouts en le glissant dans le grand trou noir. Le soleil brillait. Toto me tenait la main en la serrant très fort. Il avait les larmes aux yeux à cause de cette foutue chanson de scouts. « Hé, c'est pas possible, il grommelait, ils veulent nous faire chialer à tout prix avec cette chanson… » Moi, j'avais cessé de pleurer, touchée par la beauté paisible et solennelle du cimetière, du chant et des participants. Même que j'ai pas été loin de rejoindre Job sur sa carpette à ce moment précis et de refiler mon âme à Dieu.

– Il était grand ? je demande.

– Oui. Et costaud. Et des yeux ! Tu sais, comme ceux du jaguar attiré par l'eau de la source ! Avec du vert et du doré ! C'était un bel homme… Mon Dieu ! Qu'est-ce que je l'ai aimé ! Mais qu'est-ce que je l'ai aimé ! J'ai cru devenir folle quand il est parti !

Bonnie a le nez qui brille, le bord des paupières rougi, de longues traînées de rimmel noires sur les joues, et elle renifle doucement dans son verre. Elle a l'air toute défaite.

– Tu préférerais quoi, toi : être incinérée ou enterrée ? je demande.

– Je n'y ai jamais réfléchi.

495

Moi si. Mais je n'arrive pas à me décider, et cela me ferait du bien d'en débattre avec elle. Rares sont les occasions où l'on peut parler de la mort comme ça, mine de rien, un verre à la main. C'est un sujet que les gens évitent, d'ordinaire. Ils arrivent même à se croire immortels tellement ils consacrent peu de temps à la question.

– Non, mais... tu préférerais quoi ?

– Est-ce qu'il est vraiment indispensable que je te réponde là, sur-le-champ ? Tu es incroyable quand même ! Tu ne respectes rien !

– Quelquefois je me dis que c'est peut-être mieux d'être incinéré, comme ça on est sûr d'être bien mort, de ne pas se réveiller après, quand les festivités sont terminées et que les croque-morts ont jeté leurs dernières pelletées... Il paraît qu'un grand nombre de gens se réveillent et tambourinent dans leur cercueil, tout seuls dans le noir, pour qu'on leur ouvre. Tu te rends compte ? Ils meurent très lentement d'asphyxie dans d'horribles souffrances en se retournant dans leur tombe parce que, avec les kilos et les kilos de terre qu'on leur a balancés, ils n'ont aucune chance d'être entendus... Et puis l'air peu à peu se raréfie, il ne reste plus que du gaz carbonique et...

Bonnie Mailer me lance un regard exaspéré.

– Es-tu vraiment obligée de me raconter ça maintenant ? Non, c'est vrai. Elle a raison. Je manque sûrement de tact. Mais cette petite boîte me fait un drôle d'effet. Je trouve le cercueil plus humain, plus accueillant, plus rassurant. Moins expéditif, pour tout dire. Cela dit, le résultat est le même : on retombe en poussière dans les deux cas. Mais que deviennent les vers dans tout ça ? Est-ce qu'ils mangent les cendres ? Je n'ose poser la question à Bonnie Mailer de peur qu'elle ne tombe par terre, pour de bon cette fois.

– Tu sais, j'ajoute pour m'excuser, il est mort d'une belle mort. Mourir en faisant l'amour… c'est le rêve de beaucoup. J'aurais pas dû dire ça parce que, alors, je perds le contrôle de la situation. J'ai prononcé la phrase qu'il ne fallait surtout pas articuler. Faire l'amour ! Avec une autre ! Tant que ces mots n'étaient pas dits à haute et intelligible voix, Ronald n'était qu'un petit tas de cendres, un tout petit tas de cendres, assez pitoyable, dans une boîte métallique, froide et lisse, qu'on pouvait insulter, accaparer, réchauffer sur son sein en le berçant d'insultes. Mais, dès que j'eus prononcé les mots terribles, c'est comme si un esprit malin avait jailli de la boîte en brandissant un sexe énorme, menaçant, gorgé de sperme et de sang, dirigé tout droit sur Bonnie Mailer. À partir de ce moment-là, je ne peux qu'assister, impuissante, à la suite des opérations.

Ce que je vois est terrible.

Bonnie se dresse sur son séant, s'empare de l'emballage pour crème glacée, essaie d'en extirper le réceptacle à cendres, attrape brutalement l'anneau du couvercle, tente de dégager l'urne funéraire de son carcan, tire, s'escrime, jure, se casse un ongle, jure encore plus fort, insulte l'employé de l'office crématoire qui a calculé au plus juste les dimensions du paquet, vitupère l'avocat qui a le culot de joindre sa note d'honoraires sans même un mot de condoléances, relève sa jupe, serre le paquet entre ses genoux, tire, tire encore sur l'anneau, s'époumone, s'essouffle, miaule en accompagnant de la voix les progrès de désengagement de la boîte puis, après une dernière traction brutale qui lui démet presque l'épaule, réussit enfin à dégager la précieuse boîte, et se dirige tout droit vers la salle de bains.

Je la suis, anxieuse.

Que va-t-elle faire des cendres de son défunt mari ? Les verser dans un joli pot transparent pour les contempler à loisir en se lavant les dents ? Ou les mélanger à ses crèmes de beauté et s'en oindre l'épiderme soir et matin en espérant qu'elles pénètrent jusqu'à son âme ?

Ce serait très romantique, je me dis.

Ou peut-être conserver l'urne sur le rebord de la baignoire et s'entretenir avec elle en trempant dans un grand bain moussant ? Maintenant que son mari est mort, va-t-il enfin devenir ce confident, cet ami sûr et cher sur lequel se reposer, à qui se confier sans arrière-pensée ? Rien de tout ça.

Elle relève d'un coup d'ongle le couvercle des toilettes, fait claquer la lunette, dégoupille l'urne métallique et vide tout de go le contenu dans les toilettes. Je pousse un cri, essaie de la retenir en étendant le bras. La boîte lui échappe et finit de se répandre sur la moquette blanche immaculée de la salle de bains. Le sol est jonché de cendres. Elles volettent entre la cuvette et nous, mouchettent l'air de mille papillons gris, se déposent tel un duvet charbonneux sur la blancheur parfaite de la salle carrelée. On se croirait dans une de ces boules en plastique qui, si on les agite, déclenchent une tempête de neige. Au milieu de la boule, Bonnie et moi, agenouillées, barbouillées, mangeons les cendres, respirons les cendres, éternuons les cendres de ce cher Ronnie. Bonnie crache, suffoque, s'époussette puis soudain, prenant conscience de l'aérienne présence de son époux chéri, se répand sur le sol et se met à sangloter :

– Ronnie, Ronnie, où es-tu ? Ronnie, parle-moi ! Ronnie, pourquoi m'as-tu fait ça à moi ? Pourquoi ? Pourquoi ?

Je tente de la relever, de l'asseoir sur le seul siège disponible dans la salle de bains : celui des toilettes. Elle pousse un cri, se cambre violemment et retombe en tas misérable sur la moquette.

– Et pourquoi m'avoir mise en troisième position après ta mère et ta sœur ? Je comptais donc si peu pour toi ?

– C'était pour ne pas te déranger, Bonnie. Il se doutait bien que ce n'était pas une mission agréable à remplir, alors il a préféré que ce soit quelqu'un de sa famille… Il voulait que tu gardes une belle image de lui. Il ne voulait pas que tu le voies réduit à… ça.

Je dis, en montrant les traces de charbon sur la moquette, les murs, les verres à dents, les savonnettes et les essuie-mains. Elle relève vers moi un visage noir de rimmel, hachuré de cendres. Un visage de petit ramoneur.

– Tu penses vraiment ce que tu dis ?

– Oui, je réponds en la regardant dans les yeux.

– Tu penses vraiment qu'il m'a aimée un peu ? Un tout petit peu ? Et que, même dans le lit de cette pute, il m'aimait encore un peu ?

Je n'ai jamais dit ça mais j'opine vigoureusement du chef.

– C'est vrai ? Jure-le-moi sur la tête de ton père ! Qu'il aille directement en Enfer si tu mens.

Là, je ne prends pas grand risque. Parce que, Papa, il a bien une chance sur deux de s'y trouver déjà, en Enfer, à mon avis. Mais quand même elle exagère ! Mélanger les macchabées de la sorte ! J'hésite un instant puis finis par tendre une main molle et jurer.

– Et puis, tu sais, j'ajoute faux-jetonne, ce n'est pas parce que les gens vous quittent qu'ils ne vous aiment plus. Il était tout simplement pas fait pour avoir une relation durable, Ronald. La preuve : il finit dans les bras d'une pute ! C'est pas la démonstration éclatante de son instabilité, ça ? De son incapacité à vivre en couple ? De son mépris pour l'état civil et ses pompes ? Il ne t'a pas menti quand il t'a quittée. La preuve : il a été logique jusqu'au bout. Il est mort dépravé. Barbotant dans le péché. Aurais-tu préféré qu'il se remarie, achète une maison à crédit et ponde des enfants qui s'ébattraient joyeusement sur le gazon entre la piscine en plastique et la broche à barbecue ? Franchement, Bonnie, réfléchis bien…

Elle secoue faiblement la tête.

– Tu vois… Il a été honnête. Tu peux être fière de lui. Et je peux même t'assurer d'une chose : c'est que pas un moment il n'a cessé de penser à toi puisqu'il t'a couchée sur son testament. Tu étais partout avec lui…

Bonnie relève la tête et murmure que oui, sûrement, j'ai raison. Elle l'a condamné trop vite et peut-être que si elle avait été plus tolérante, si elle avait fermé les yeux sur ses incartades, écouté les grands cris de son âme qui attendait le Salut, c'est dans ses bras à elle qu'il serait mort. Ou même qu'il ne serait pas mort, après tout… Avec ses jérémiades perpétuelles, sa jalousie incessante, n'a-t-elle pas précipité son funeste destin ?

Alors, là, je proteste :

– Il ne faut pas tout mélanger, je dis à Bonnie. Tu n'y es pour rien, dans sa mort. Chacun est responsable de son sort.

– Si, si, c'est ma faute. Je l'ai tué par mon incompréhension, mon conformisme, ma rigidité. Il était si beau… si beau… Il avait des yeux de jaguar, des yeux verts cerclés d'or… dit-elle encore secouée de frissons amoureux sur la moquette maculée.

Elle se redresse soudain et file vers sa chambre. Prend le cadre argenté qui trône sur sa coiffeuse, berce la photo de leurs noces contre son cœur et demande pardon à Ronald d'avoir douté de son amour, pardon de n'avoir pas su deviner l'intégrité de sa démarche, pardon enfin d'avoir précipité son âme dans le trépas puis dans les cabinets. Pardon, pardon, sanglote-t-elle au désespoir en étreignant la relique de leurs amours.

Puis elle s'interrompt et demande, comme illuminée :

– Mais j'ai pas tiré la chasse ? Hein ? J'ai pas tiré la chasse ? Non. En effet.

500

– Alors il n'est pas trop tard ? Il n'est pas trop tard. Je peux tout réparer…

Elle se précipite à la salle de bains, se penche sur ce qui a failli être la dernière demeure de Ronald, contemple la flaque grisâtre où flottent à la surface quelques bulles filandreuses, charbonneuses, file à la cuisine, revient avec une louche et une bouteille de Perrier vide et entreprend de transvaser les restes liquides de son défunt mari en récitant des mots d'amour et des formules d'excuses.

– Tu verras, mon chéri, on ne se quittera plus. Plus jamais, je te le promets… À partir de maintenant on va vivre tous les deux en parfaite communion de pensée et d'amour. Je ferai exactement tout ce qui te plaira. Tu n'auras plus à te plaindre de moi…

Appuyée au montant de la porte de la salle de bains, j'assiste, ahurie, à cette ultime mise en bière : Bonnie recueillant des décilitres de cendres liquides, les mettant en bouteille et pleurant à chaudes larmes. Je me demande ce qu'elle va faire de sa bouteille de Perrier… et ne peux m'empêcher de penser que Ronald avait vu juste : on ne peut pas faire confiance aux nerfs de Bonnie Mailer. En moins d'un quart d'heure, il a été extrait brutalement de sa dernière demeure, précipité dans la cuvette des toilettes, éparpillé sur la moquette, abreuvé d'injures puis de baisers, récupéré à la louche et embouteillé. Et ce n'est pas fini, je me dis…

C'était arrivé comme ça.

Elle s'était mise à parler avec l'homme.

Et elle avait tout pardonné.

Elle s'en foutait.

Elle s'en foutait pas mal qu'il ait dit et fait n'importe quoi, et insisté en plus. En s'en vantant. En se frappant le poitrail. C'était son papa. Et il n'y avait rien à faire à ça. Elle avait eu beau se rebeller, essayer de le chasser, l'affubler des adjectifs les plus infâmes, il s'en sortait toujours.

Normal : c'était son papa.

Et contre un papa, on ne peut rien.

Contre un papa qui vous a dit et redit que vous étiez la plus belle, la plus forte, la reine du quatrième étage des Galeries Lafayette, la première obligée en classe, contre un papa comme ça on est obligé de baisser les bras. C'était ça qu'elle comprenait maintenant. Maintenant qu'il faiblissait, que ses forces diminuaient.

Alors elle avait posé des questions et des questions.

Pour savoir avant qu'il parte.

Pour que tout soit bien clair, bien rangé dans sa tête.

Et il avait répondu. À toutes ses questions.

Même aux plus anciennes qui revenaient la tarauder. Des questions qu'elle n'avait jamais articulées parce qu'elle n'avait pas droit à la parole. Elle les avait gardées dans sa tête comme des petits cailloux blancs.

Parmi toutes ces questions, il y en avait une qui lui brûlait les lèvres. Pourtant elle connaissait la réponse. Depuis longtemps.

Elle la connaissait par cœur, la réponse. Mais il fallait qu'elle l'entende de sa bouche à lui. Parce que, alors, tout le reste deviendrait réel. Toute son enfance lui serait rendue. Ses souvenirs se mettraient bien en place dans l'album. Il fallait que ce soit lui qui le lui dise. Sinon elle conserverait toujours un doute.

Et elle n'était même pas sûre qu'une seule fois suffirait. Peut-être faudrait-il qu'il le lui dise et dise et dise encore avant que les mots s'impriment dans sa mémoire.

Alors un jour, un jour où elle se tenait en silence à son chevet à l'hôpital Ambroise-Paré, sans rien dire, sans oser le déranger, rien qu'à être là et à attendre qu'il ait faim, qu'il ait soif, qu'il ait envie de parler, un jour la question était sortie comme une bulle de ses lèvres et elle avait demandé :

– Mme Lériney, c'était ta maîtresse, hein ?

Il avait dit oui. Comme ça. En refermant son journal et en jetant un coup d'œil sur les prévisions météo en dernière page. Comme si ça lui importait, la météo du jour...

– Mais tu l'aimais, dis, tu l'aimais ?

Même pas, il avait dit en mouillant son doigt pour décoller les pages précédentes. Il était flatté. Très flatté. Parce que Mme Lériney était la femme de son patron. Et belle, en plus ! Tous les gars la reluquaient. Mais c'est lui qui l'avait eue... Un soir, dans un parking, il avait embrassé sa nuque brune et elle s'était laissé faire. Elle avait courbé la tête. Et c'était comme s'il prenait sa revanche sur Lériney et tous les autres petits chefs qui n'arrêtaient pas de l'asticoter.

– Mais alors pourquoi ? Pourquoi ? Parce que ça a duré longtemps, quand même !

– Parce que je suis un zéro, ma fille. J'ai toujours été un zéro sur ces coups-là et sur beaucoup d'autres, tu sais… Ah, non ! Elle se rebiffait. C'est pas possible : il ne pouvait pas être un zéro, c'était son papa. Le plus beau papa du monde. Le plus élégant. Le plus grand. Le plus charmant, le plus…

– Tsst ! tsst ! J'étais rien de tout ça. Je faisais semblant d'avoir les bonnes apparences… C'est tout. Pour épater la galerie. Pour t'épater, toi. Tu étais ma petite fille, tu comprends ? Avec toi, je me sentais grand et fort. Les autres, ils m'intimidaient. Mais c'est bien plus simple que ça, la vérité… C'est toujours plus simple, d'ailleurs. J'étais un zéro. Je peux te le dire maintenant… maintenant que t'es grande…

Elle tenait sa main molle entre ses doigts, elle le regardait et soudain tout s'éclairait : elle avait aimé à la folie un homme comme les autres. Rien de plus, rien de moins. Elle l'avait transformé en héros. Elle l'avait tellement pris au sérieux qu'elle n'avait pas pu croire un seul instant qu'il pouvait être nul, parfois…

Tout ce qui venait de lui était parfait. Devait être parfait.

Elle lui avait demandé l'impossible.

Elle avait demandé à tous les autres hommes l'impossible.

À cause d'un héros qui n'existait pas.

Mon papa…

Mon papa nul…

Ça lui était complètement égal…

Quelle importance ?

Pourquoi attendre de l'autre qu'il soit parfait, toujours ?

Qu'il soit à la hauteur.

À la hauteur de quoi ?

C'est pas une compétition, l'amour.

L'important, c'est qu'il l'ait aimée.

Et il l'avait aimée.

À sa manière.

MA FILLE par-ci, MA FILLE par-là. MA FILLE NE PAS-SERA PAS LA SERPILLIÈRE. MA FILLE LES AURA TOUS. VOUS AVEZ VU MA FILLE… T'ES BELLE, MA FILLE. T'ES UNE FILLE FORMIDABLE.

MA FILLE…

MA FILLE…

Et le reste ?

Le reste…

Ça tenait pas le coup.

C'était des hauts et des bas. Comme dans toutes les histoires d'amour.

Et sa haine avait fondu.

Elle s'était mise à l'aimer, lui.

Et tous les hommes.

Tous les pauvres et les démunis. Les patibulaires, les tricheurs, les menteurs, les petits, les tordus, les vantards, les vains, les avares, tous ceux qui bombent le torse pour garder les bonnes apparences. Elle les comprenait. Ils avaient chacun des circonstances atténuantes.

Seule avec lui dans cette lumière dorée d'été qui commençait à percer dans la chambre, elle avait eu envie de tous les prendre dans ses bras et de les bercer contre elle.

Elle avait le cœur grand tout à coup.

Maintenant il pouvait partir.

Elle ne lui en voulait plus.

Elle ne leur en voulait plus.

Elle s'était réconciliée.

Avec lui.

Avec tous les autres.

Et maintenant, à l'heure où elle comprenait ça, il fallait qu'il parte.

Maintenant qu'ils avaient fait la paix…

505

Il partirait.

Mais il partirait sans souffrir. Elle s'en faisait la promesse. Sans souffrir. Sans s'étouffer dans d'atroces suffocations, comme le prédisaient les médecins en blouse blanche en prenant un air de connivence savante. Quelquefois ils perdent la tête tellement ils souffrent, et il faut les attacher... Non. Il partirait doucement. Sur la pointe des pieds.

Elle était prête maintenant.

C'était elle la grande, lui le petit. Elle allait s'occuper de tout. Elle lui avait fait cette promesse ce jour-là.

Et elle l'avait tenue.

Sans broncher.

Même quand il disait : « T'es rouge, ma fille, poudre-toi le nez », ou : « Tu te laisses aller, tu te laisses aller. C'est quoi, cette immonde jupe plissée ? » Ou encore : « T'as mes kils de rouge ? T'as oublié ? Mais t'as pas de tête, ma pauvre fille ! »

Il devenait violent. Il pestait, il jurait.

Elle ne disait rien.

Elle l'aimait et ça lui suffisait.

Elle n'attendait plus rien en retour.

L'attente était terminée.

Elle voulait construire autour de lui des montagnes et des mers pour lui changer les idées. Des bistrots pour se désaltérer. Faire onduler des petits culs de femmes...

Et surtout qu'il ne souffre pas.

Surtout pas.

Parce qu'elle voyait bien que la maladie gagnait du terrain et qu'un jour il ne pourrait plus serrer les dents et faire le brave.

Un soir...

Un soir, elle était passée.

Après un dîner avec des crétins qui parlaient fort, qui savaient tout, lançaient des chiffres et des statistiques en l'air, rattrapaient des bénéfices, tiraient des conclusions…

Un soir… elle avait fait un crochet par l'hôpital.

Il devait être minuit. Elle avait pris l'ascenseur jusqu'au huitième étage et avait avancé dans le grand couloir blanc, sur le lino vert marbré, jusqu'à sa chambre. Tout était calme, si calme qu'elle aurait pu croire qu'ils étaient tous morts à l'étage.

Elle avait poussé la porte tout doucement pour ne pas le réveiller.

D'abord, elle avait cru s'être trompée de chambre : de chaque côté du lit, on avait posé des barreaux. Ce n'était plus un lit mais une cage. Puis elle l'avait aperçu entre les barreaux : recroquevillé comme un petit bébé, il roulait d'un bord à l'autre en se frappant la tête contre les montants en acier. Il geignait. Il étouffait. Il renversait la tête en arrière, tétait l'air entre ses lèvres en serrant ses poings et poussait des tout petits cris aigus.

Un tout petit bébé qui a mal et remue pour chasser la douleur. Qui suce l'air entre ses dents, roule, roule contre les barreaux, se cogne la tête, cherche ses poings pour les mordre, gémit, gémit…

Elle avait regardé, interdite, ce grand corps plié en huit et avait couru, couru jusqu'au bureau de l'infirmière de nuit qui tricotait en jetant des coups d'œil sur le patron posé bien à plat devant elle. Ses lèvres remuaient et comptaient les mailles, ses doigts mêlaient, agiles, les fils de couleur qui glissaient entre les aiguilles.

— Vous avez vu mon père ? Vous l'avez vu ? lui avait-elle dit en saisissant entre ses doigts le bord froid du bureau. Il faut faire quelque chose. Il faut pas le laisser comme ça !

— J'ai mis les montants pour qu'il ne tombe pas.

— Mais je vous parle pas de ça… Je vous dis qu'il a mal. IL A MAL ! Vous l'entendez pas gémir ?

Elle secouait la table, se retenait au bord froid de la table pour ne pas massacrer l'infirmière, son tricot, retourner les aiguilles contre cette poitrine placide qui se soulevait régulièrement sans montrer la moindre émotion, les yeux collés aux indications chiffrées de son patron. «Non, non», disait-elle, elle ne l'entendait pas. Et, à part les barreaux, elle ne voyait pas ce qu'elle pouvait faire. Faut attendre le médecin demain. Elle, elle ne fait qu'appliquer les ordres. Elle n'est pas apte à prendre des décisions d'ordre médical.

Elle avait regardé l'infirmière froncer les sourcils pour suivre un changement de laine et avait demandé l'autorisation de téléphoner au médecin qui s'occupait de son père. Il lui avait donné son numéro personnel au cas où justement…

– À cette heure-ci, vous êtes folle !

Non, elle n'était pas folle mais elle allait sûrement le devenir si elle ne faisait pas quelque chose, tout de suite, pour atténuer les souffrances de son père.

– Vous êtes folle, vous êtes folle ! disait l'infirmière en tenant son chandail d'une main et en bloquant ses aiguilles sous les aisselles. Je vous interdis de téléphoner !

– Si vous m'interdisez, je vais téléphoner plus loin dans la cabine à pièces…

Elle avait attrapé le téléphone et avait composé le numéro du médecin. Elle l'avait réveillé. Avait bafouillé des excuses au sujet de l'heure tardive. L'avait supplié de donner de la morphine à son père. Encore plus de morphine. Le double, le triple…

– Mais je ne peux pas, je ne peux pas, disait le médecin, il en est déjà au maximum, si je force la dose, c'est la fin… et je ne suis pas là pour donner la mort !

Elle l'implorait. N'importe quoi, n'importe quoi pour qu'il reprenne sa taille d'homme et arrête de se cogner contre les barreaux. N'importe quoi, s'il vous plaît, docteur…

– Mais je ne peux pas, je ne peux pas, si je vous obéis, il est foutu. Vous comprenez ça ? Il est foutu !

– Je m'en fiche, elle avait dit, je m'en fiche. De toute façon, vous savez très bien qu'il est foutu. Vous n'en parlez jamais mais vous le savez. Même si vous prétendez le contraire. C'est une question de jours, alors pourquoi le prolonger pour qu'il souffre ? Hein ? Pourquoi ?

– Parce que je suis médecin et que vous ne pouvez pas me demander ça…

– Je vous signe un papier, si vous voulez. Je vous le signe là en présence de l'infirmière. Vous direz que je vous ai fait un chantage, que j'ai menacé de sauter par la fenêtre, je sais pas moi… S'il vous plaît ? S'il vous plaît, docteur ? Je ne veux pas qu'il souffre comme ça. Je ne veux pas…

Il était muet au bout du fil, le docteur. Il ne savait pas quoi dire.

– Je vous signe un papier. Là, devant l'infirmière. Elle pourra témoigner. Elle dira même que je l'ai brutalisée… Je vous le signe. Vous n'êtes plus responsable de rien du tout. Vous vous lavez les mains. S'il vous plaît, oh ! s'il vous plaît, docteur… Pourquoi le prolonger de quelques jours pour qu'il souffre comme ça ? C'est pas humain, c'est pas digne, ça sert à quoi, cette souffrance ? Au nom de quoi ? Vous savez, vous, qu'il est foutu, qu'il s'est bien battu mais qu'il a perdu. Vous le savez. Vous en êtes convaincu. Alors pourquoi faire semblant ?

Il ne disait toujours rien. Ou il répétait : « Ce que vous me demandez est impossible, je suis là pour donner la vie, la vie… »

– Mais c'est pas la vie ça ! C'est la mort déjà ! Il est tout petit ! On dirait un bébé ! Il geint comme un bébé, tète comme un bébé, enrage comme un bébé ! Il ne jure

même plus, ne frappe plus, n'essaie plus de se lever…
Oh ! s'il vous plaît ! Venez voir vous-même si vous ne
me croyez pas. Venez l'écouter. Vous ne tiendrez pas
longtemps, vous direz oui, vous direz oui à tout… S'il
vous plaît, docteur, s'il vous plaît…

Elle l'implorait. Elle était prête à tout. Il savait qu'elle
était prête à tout.

Il était resté encore un long moment silencieux.

L'infirmière ne tricotait plus. Elle écoutait le silence
du docteur. Elle écoutait si fort que ses index blanchis-
saient sur les aiguilles à tricoter.

Puis il avait soufflé :

– Passez-moi l'infirmière…

L'infirmière avait posé son ouvrage et pris l'appareil.
Elle avait dit : « Oui, oui… bon, bon, mais je ne suis
pas d'accord, docteur. Mais alors pas d'accord du tout.
Alors on est là pour quoi, nous ? Hein ? Vous pouvez
me le dire ? »

Et puis elle n'avait plus rien dit.

Elle avait écouté en triturant les bords de son chandail et avait marmonné : « Bon… bon… »

Elle avait raccroché, s'était levée, avait pris un trousseau de clefs qu'elle gardait bien à l'abri, sous son
chandail, avait ouvert l'armoire à médicaments et s'était
emparée de petites ampoules de morphine. Et puis elle
s'était dirigée vers la chambre.

Elle avait suivi l'infirmière. Sans rien dire. Elle voyait
bien que tous les gestes de l'infirmière étaient saccadés,
raccourcis, comme si elle voulait à tout prix exprimer sa
réprobation. L'infirmière avait rajouté de la morphine
dans le goutte-à-goutte.

Sans la regarder.

Sans le regarder.

Elle avait vérifié que le goutte-à-goutte fonctionnait
bien. Que le sparadrap était toujours en place. Elle avait
ajouté qu'il n'en avait plus pour longtemps et qu'elle

ferait mieux de rester là puisque c'est « ça » qu'elle voulait. En prononçant ces derniers mots, sa bouche s'était déformée en une grimace méprisante.

Elle avait alors demandé à l'infirmière combien de temps exactement il faudrait à la morphine pour agir, pour qu'il n'ait plus mal.

– Oh ! elle avait dit, ce sera rapide.

Elle était partie en tenant les bords de son gilet bien serrés sur sa poitrine.

Elle s'était assise à côté de lui et avait attendu.

Elle attendait.

Elle attendait.

Petit à petit, dans le grand lit à barreaux, il s'était détendu. Il avait repris sa taille. Son grand corps s'était apaisé, déplié. Ses lèvres s'étaient desserrées. Il avait respiré. Doucement. Elle devinait plus qu'elle n'entendait son souffle, et c'est à peine si sa poitrine se soulevait sous les draps. Elle avait enlevé les barreaux de chaque côté du lit. Elle l'avait peigné, avait passé de l'eau de toilette sur son visage, lui avait caressé le visage doucement, doucement jusqu'à ce qu'il ne grimace plus, qu'il se détende, reprenne sa forme d'antan. Lui avait parlé comme à un petit enfant : « Tu vas voir, c'est fini, c'est fini. Personne te fera plus jamais mal. Je suis là… T'en fais pas. C'était cette crétine d'infirmière qui n'avait rien compris, mais le docteur est intervenu et il m'a promis que tu n'aurais plus jamais mal… » Elle lui avait ramené les mains sur les draps. Avait caressé ses longs doigts, si fins, aux ongles transparents, bombés. Lui avait encore effleuré la joue, l'avait embrassé et était restée là tout contre lui dans la nuit.

Seuls tous les deux.

Lui qui dormait comme un petit enfant. Qui respirait calmement.

Elle qui le veillait. Qui le caressait et lui racontait…

La nuit. La nuit d'été. Si calme, si douce, si paisible.

Et demain, tu verras, c'est le 13 juillet. Les pétards vont éclater, les feux d'artifice péter, les guinguettes se déhancher, les bouchons de pinard sauter... Tout ce que tu aimes, mon papa, tout ce que tu aimes. Une belle fête en ton honneur. C'est pas une date idéale pour se tirer, ça ? Avec les bals musettes qui trompettent, les flon-flons, les confettis, les belles bleues, les belles vertes, les robes légères et les filles toutes chaudes en dessous...

Dis, mon papa ? Qu'est-ce que tu penses de ça ?

C'est pas fantaschic, ça ?

Elle était restée là.

À attendre avec lui.

Il n'était plus l'homme.

Il était son papa.

Son petit papa qui s'en allait peinard comme un grand pendant qu'elle lui racontait les bals et les fêtes du 13 juillet.

Le lendemain soir, j'étais dans mes petits souliers. Je regardais la pendule gris acier de Bonnie Mailer, la petite aiguille sur le sept, la grande s'approchant de la demie, et je me demandais si Allan allait sonner. Toute la journée, je m'étais préparée au pire. « Il ne va pas venir, il ne va pas venir, je me répétais, pour calmer la douleur qui me mordait le ventre. Il ne va pas venir… » C'est obligé. Quand on désire quelque chose de toutes ses forces, l'empêchement se pointe toujours. J'osais à peine bouger de peur de déclencher une catastrophe qui, cette fois-ci, c'était sûr, l'empêcherait de venir. Je restais terrée dans l'appartement à supplier le temps de passer, à entendre mon cœur galoper au fur et à mesure que les aiguilles progressaient. Je ne prenais aucun risque : ni ne me lavais les cheveux ni ne me rehaussais la mine. Surtout, ne pas me faire remarquer. Je me disais que, si je me pelotonnais dans mon coin, l'Escroc là-haut m'oublierait et Allan parviendrait jusqu'à moi. Sans embûche ni malédiction céleste. Je ne serais pas mise en quarantaine, tel Moïse à la frontière de la Terre promise, puni d'avoir désiré si fort son lopin de terre. Faut faire attention avec l'Escroc : Il est assez tatillon sur les bonnes manières. Il n'y a que Lui qui vaille le coup d'être attendu. Si je faisais la maligne, si je m'ornais, me colifichais, me maquillais comme une fille de Babylone, celles justement qu'il ne peut pas piffer, qu'Il stigmatise à longueur d'Ancien Testament, les Bethsabée, les Dalila, je déclencherais Son courroux et Il me priverait de l'homme que j'attendais tant.

J'affichais donc mine de rien. Mine de ce n'est pas important après tout qu'il se pointe ou pas. J'ai autre chose à faire dans la vie qu'à attendre un vendeur de collants et de bas fantaisie : du papier à noircir, Flannery à savourer, mon âme à examiner, le rez-de-chaussée de Bloomingdales à dévaliser, un macchabée embouteillé à gérer.

La bouteille de Perrier trônait sur la coiffeuse de Bonnie, et je ne pouvais pénétrer dans la chambre sans me sentir mal à l'aise. Épiée. Raillée. Comme si les yeux verts cerclés d'or se gobergeaient de mon embarras. Le liquide s'était séparé en deux et les cendres flottaient à la surface, formant un agglomérat grisâtre et grumeleux de sinistre effet.

Le matin même, Bonnie avait bondi hors du lit, fraîche et lisse, et s'était comportée comme à l'accoutumée. C'était comme si la veille elle s'était octroyée un moment d'émotion, quelques minutes de laisser-aller avant de réintégrer son statut de Nikée. Comme si elle savait exactement jusqu'où aller pour ne pas se mettre en danger. Réveil, toasts fins beurrés, lecture du *New York Times*, douche, poudrage de nez, tailleur de dame et : « Ciao, ciao, à ce soir. Je rentrerai tard, j'ai un conseil d'administration. » À peine si son regard avait effleuré la dernière demeure de Ronald.

Elle m'abandonnait avec la bouteille de Perrier.

Et le maya à l'oreille recollée qui me fixait sans relâche. Celui-là… Je regrettais de plus en plus de lui avoir sauvé la mise !

Enfin, c'est ce que je gambergeais, emmitonnée dans mon peignoir de bain, gobelottant mon café au lait. Il faut reconnaître que l'atmosphère de l'appartement n'était pas précisément gaie et n'inclinait pas à l'optimisme. Toute la journée je traînassais dans le deux pièces sur cour à attendre que le téléphone ne sonne pas. Je voulais, si déception il devait y avoir, recevoir le coup en pleine poitrine. Comme un brave petit soldat de première ligne. Souffrir tout de suite pour en finir au plus vite.

Au fur et à mesure que les heures passaient, l'espoir grandissait et ma joie se précisait. Il me prenait des envies de gambiller sur la moquette blanche et d'entraîner le maya dans une danse folle. Et quand, à sept heures vingt-cinq, après un rapide décompte, je déclarai que c'était quasiment gagné, je courus à la salle de bains me griffonner un maquillage de dernière heure.

À sept heures et demie, j'étais fin prête.

Les mains jointes, les genoux bien collés, les cuisses et les mollets appliqués contre le canapé. Le chemisier vert qui débordait en deux longs pans sur un caleçon gris. Du sent-bon derrière l'oreille, du brillant sur les lèvres, du rehausse-mine sur les pommettes.

À sept heures quarante, on sonne.

Je prends mon temps pour aller décrocher l'interphone. Compte mes pas. Un, deux, trois, quatre, cinq, six... Décroche, décoince ma glotte, énonce un « Allô » bien posé pendant que Walter nasille à mon oreille que le beau monsieur est là, qu'il doit déjà être à ma porte car il n'a pas eu la patience de poireauter au bureau pendant que lui, Walter, doorman de son métier, faisait l'annonce. À quoi sert-il alors ? Et pourquoi se casser la tête pour assurer la sécurité du building si les règles les plus élémentaires ne sont pas respectées ? Je compatis et excuse le beau monsieur afin d'éviter que la prochaine fois il ne l'envoie promener. Il raccroche en gromelant qu'une belle figure ne permet pas tous les excès, que ce n'est pas parce qu'on porte une pochette en soie qu'on est au-dessus des lois.

On carillonne à ma porte. Posément, je repose l'interphone et, toujours en comptant mes pas, un, deux, trois, quatre, cinq, six, sept, huit, je me dirige vers la porte d'entrée. Défais les trois verrous d'en haut, les deux verrous d'en bas, l'air de rien du tout, l'air d'ouvrir à l'ami qui frappe à la porte, au doorman qui apporte le courrier, au teinturier qui livre vos manteaux de fourrure après les grandes chaleurs de l'été, au plombier de l'immeuble avec sa mallette en cuir et sa clé à molette, j'ouvre et m'écrie :

– Allan ! Quelle bonne surprise ! Mais c'était ce soir ? Tu es sûr ?

C'est lui. Il est là. Il est sept heures quarante-trois et il est debout devant moi. En chair et en os. Mais la trouille a été si forte toute la journée que ce n'est plus la passion que je sens pousser comme une grande fleur entre nous, mais cette trouille même qui prend toute la place, me déchire les tripes, fond mes mains aux verrous, faisant fusionner l'acier et la chair. La peur qu'il s'en aille, qu'il ne fasse que passer, qu'il jette un coup d'œil et décide qu'il s'est trompé… La peur qui palpite en petites gouttes fines sur mes tempes, dans les paumes de mes mains, et m'empêche de respirer. Me fait battre le sang dans les joues, le cou, dessinant de grandes plaques rouges.

Je le hais.

Je le hais d'être là. D'avoir sonné. D'avoir songé à m'inviter. Il y a des myriades de filles à Manhattan qui ne demandent que ça… Pourquoi moi ? Pourquoi ? Pourquoi me mettre dans tous mes états ?

Heureusement, la crétine arrive à la rescousse, m'enjoint de laisser tomber, de me pousser de là pour qu'elle s'y mette, de la regarder faire. D'en prendre de la graine. Elle sait comment on tortillonne l'homme, la crétine, elle a lu tous les conseils des plus grands magazines, et elle lance aussitôt, en dégageant une hanche de la porte, des « Nice to see you. How sweet of you ! How nice ! » à la pelle pour combler le vide. Elle arbore un air détaché d'escarmoucheuse blasée qui en a vu d'autres et à qui on ne la fait pas. Soulagée, je m'abrite derrière elle et réussis à refermer les verrous sans me couvrir de ridicule.

Il me regarde, surpris. C'est qui celle-là ? semble dire son regard noir. Où est donc passée la fille qui se pâmait dans mes bras hier soir ? Celle dont la vertu cascadait à gros soupirs ? Qui se laissait, toute molle, rouler des patins dans l'obscurité sans même résister un tantinet ? Celle que je malaxais comme de la pâte à modeler, sur la bouche de laquelle je posais des lèvres délicatement retroussées pour mieux la picorer ? Celle qui préférait se faire trucider en plein parc plutôt que jouer les utilités ? C'est pas cette grande bringue-là qui joue les mondaines et les sophistiquées…

Il encaisse. Se laisse tomber sur un des canapés pendant que je chois, un, deux, trois, négligemment dans celui d'en face. Puis je propose, sur le même ton que Bonnie Mailer quand elle sert ses hôtes :

– Champagne ou whisky ?

Je croise et décroise les jambes. Suis à la lettre les directives de la crétine qui coquette, sûre de sa séduction.

– J'ai pas soif, grommelle-t-il.

Moi, je vais me servir une petite coupe, je dis pour mettre un point d'harmonie à cette mise en scène si réussie.

Et de me lever très nonchalamment du canapé blanc, tout en demandant, exquise :

– Vraiment, sans regret ?

À ce moment-là, le téléphone sonne. C'est Walter qui grésille que j'ai mal raccroché l'interphone, demande si le monsieur est bien arrivé, si je suis en sécurité.

517

– Oh, mon chéri ! je m'exclame. Comme c'est gentil de m'appeler. Où es-tu ? À Paris ! Et tu arrives quand ? Non ! Mais c'est formidable ! Au Plaza ? Oui, c'est très bien, et puis ce n'est pas loin de là où j'habite… parfait. Bon, alors je t'attends. Au revoir, mon chéri ! T'es un amooour d'avoir appelé…

Je raccroche et file me réfugier à la cuisine. Voilà, s'il veut partir, il a le dossier en main. Je plaide coupable. D'ailleurs, tout m'accuse. Je suis odieuse. Petite peste qui croit faire preuve de finauderie, couarde à qui l'amour fait battre la chamade. C'est un fait. C'est une évidence. Ce n'est pas le destin qui est contre moi, qui se rit de mes élans, mais moi qui le provoque, le prends en main, détruisant d'un coup toutes mes chances de romance. C'est ma faute, c'est ma faute, c'est ma très grande faute. Et, si je suis victime, je n'ai qu'à m'en prendre à moi. Au moins je saurai pourquoi il se débine, je ne resterai pas là à me scruter le fond de l'âme en quête d'une explication filandreuse. Et peu flatteuse.

Quand je reviens, l'homme a l'air sombre. Il a défait sa cravate et inspecte ses ongles comme s'il étudiait le dossier le plus captivant du monde.

– Bonne journée ? je demande, appliquée, en recroisant les jambes.

– Non. Plutôt mauvaise. J'ai un ballot de tee-shirts en provenance de Corée bloqué à Kennedy. Cent mille tee-shirts ! Ils ne veulent rien savoir…

– Ah ! parce que tu importes des tee-shirts aussi ? dit la crétine en faisant la moue.

– Oui. Et des machines-outils, des stéréos, des magnétoscopes, des camemberts et des bougies si tu veux tout savoir… Il s'emporte. Fait craquer les phalanges de ses doigts noués. Une fois, deux fois… Soupire en regardant de côté et jette un regard exaspéré sur le salon blanc de Bonnie Mailer.

– Oh ! Il n'y a pas de sot métier… j'accorde, magnanime.

Il relève la tête brusquement et demande s'il n'y a pas une cigarette dans ce foutu appartement.

– Si, devant toi… et le briquet est là…

Je désigne un briquet de table en argent massif. Il prend une Dunhill à bout doré, l'allume, et se laisse retomber dans le canapé en tirant sur sa cigarette comme un gamin enfermé dans les toilettes à l'heure de la récré.

– Et franchement, ajoute-t-il, je me demandais si tu ne m'en voudrais pas trop si on remettait notre petite sortie à un autre soir, parce que je suis vraiment vanné…

Je le savais.

Je le savais.

J'attendais le coup mais pensais qu'à force de prendre les devants, de me fourbir l'âme, de me piétiner l'amour-propre, le choc serait moins rude.

– Ah !…

– Oui. Je n'ai qu'une envie : me glisser entre mes draps.

– Ah !…

– Ça ne t'ennuie pas trop ?

– Mais non, mais non… À te parler franchement, moi-même, je ne rêve que d'une chose : un plateau-repas, et me planter devant la télé… J'ai eu une journée épuisante ! J'ai pas arrêté de courir à droite, à gauche.

Je parle, je parle, et la douleur s'estompe. Ma peine devient légère. Presque douce à savourer. Adorée comme une friandise convoitée. Une vieille blessure que je lèche, appliquée et gourmande. C'est plus tard que la douleur surgira. Comme ça. Tout d'un coup. Je me démaquillerai devant la glace de la salle de bains, les larmes gicleront et je serai impuissante à les retenir. Je m'appuierai sur le bord du lavabo et les laisserai couler. Je repeindrai la vie en noir charbon et philosopherai à tout berzingue : l'amour, c'est de la merde, c'est une invention pour nous faire tenir le coup la vie durant, une carotte pour nous faire oublier le bâton, un verre de Coca glacé pour nous faire avaler la pilule... Mais pour le moment, ça va. Rien que la poitrine nouée comme une cocotte en papier.

Je me relève en pirouette, lui demande s'il n'a pas changé d'avis et ne veut pas boire quelque chose avant de partir. Il dit que oui, puisque j'insiste... il prendra volontiers une coupe de champagne, me décroche un large sourire et défais un peu plus sa cravate.

Face à la fenêtre de la cuisine, je respire, respire, me masse le thorax, secoue la tête, cheveux en bas, me tamponne le visage avec du Sopalin, prends un glaçon, me le passe sur la nuque, dans le dos, sous les aisselles, sous les seins, sur les tempes. Thalassothérapie express et redressement de l'âme. Je respire encore une fois, me glaçonne les joues et le front, grimace à mon ange gardien qu'il ne perd rien pour attendre, que j'ai un message pas piqué des hannetons pour son Patron... et repars vers le salon.

Je tends son verre à Allan avec un sourire que je veux ample et coulé mais qui grippe aux commissures. Il me remercie en m'envoyant un petit baiser de la main.

– T'es vraiment sympa, comme fille...

C'est facile d'envoyer de l'amour de loin. Avec un grand sourire. Un sourire parfait d'Américain qui brasse des milliers de dollars tous les matins, des dollars gagnés sur le dos des petites Vietnamiennes rivées à leur métier à tisser pour un bol de riz blanc et un nid d'hirondelle. Ça coûte du blé, un sourire comme ça. Des dents blanches, bien rangées, un teint hâlé... par la lampe du club, à tous les coups. Facile le sourire, facile le teint, facile les yeux, facile les cheveux... Tout est facile chez lui. Facile de dindonner de pauvres filles comme moi. De les emparadiser à coups de baisers puis de les larguer sur le bord de la route.

Il boit, le nez dans sa coupe. Personne ne parle. C'est étrange. C'est louche même.

Il se lève et se rapproche, la coupe à la main.

Se baisse jusqu'à moi.

Trinque avec moi, accroupi.

Je trinque.

Il me considère sérieusement comme s'il s'attendait à ce que je fasse une déclaration. Je demeure muette et grignote les bulles qui viennent crever à la surface du verre. C'est un autre jeu qu'il me plaît de pratiquer quand l'embarras me monte au front et que je ne sais comment me dégager d'une mauvaise situation : l'extermination des petits globules de gaz carbonique.

Il se relève mais reste planté devant moi. J'ai le nez dans ses genoux, sur le pli impeccable de son costume bleu sombre. Me dévisse le cou pour l'apercevoir là-haut, tout là-haut.

– Pourquoi tu joues des jeux toujours ? il demande. Pourquoi tu fais semblant ?

– Je ne comprends pas de quoi tu parles...

Mes doigts roulent les petites peluches blanches du canapé. Des petits boudins blancs qui noircissent à force de les tripoter et que j'aligne en file indienne.

– Tu sais très bien de quoi je parle. De ta fausse voix, de ta fausse gaieté, de ta fausse journée, du faux coup de fil de tout à l'heure...

– Je ne vois vraiment pas à...

Quand j'aurai dix petits boudins, je me tresserai un collier... ou je jouerai à la marchande.

– T'as peur de quoi ?

Il reprend en s'inclinant vers moi.

– Dis-le-moi, il demande tout doucement.

Un collier que je teindrai en indigo, en safran, en bistre...

– Je ne comprends rien...

– Dis-le-moi...

Il me souffle la fumée de sa cigarette dans les yeux et je me détourne.

– Dis-le-moi… Dis-le.

Je secoue la tête, butée. C'est ça ! Et puis quoi encore ? Il veut les clefs de mon âme et mon code secret ! Je le connais, le truc de la vérité. On part bravement pour la dire dans un grand élan de générosité et puis, je ne sais pas ce qui se passe, le mec en face comprend tout de travers et se tire. Ou allonge une drôle de mine. Pourtant on a essayé d'employer les bons mots mais… On doit pas parler la même langue : le message est brouillé. Ou l'autre en face n'entend que ce qu'il savait déjà. Ce qui l'arrangeait. Et tous les mots qu'on croit livrer avec naïveté et tréfonds de l'âme sont interprétés comme autant de preuves qu'on est tordue, obsédée, accro ou zinzine. Je me suis déjà fait avoir plusieurs fois à ce petit jeu-là. Pas question ! C'est pas si facile que ça, cette histoire de vérité !

– Tu veux faire quoi, là, je rétorque, psychanalyse sauvage ?

Il aspire une autre bouffée et me la renvoie en plein visage. Sans essayer de faire comme si c'était un accident.

– Menteuse ! Tu n'es qu'une menteuse ! Une bluffeuse. Dis : « Je suis une menteuse », dis-le ou on ne se revoit plus…

– Oh, non !…

J'ai crié. Ça m'a échappé. Et je me mords la langue.

– Tu vois bien que tu mens.

– …

– J'en ai marre de ce petit jeu…

– Je le dis.

– Tu dis quoi ?

– Que je suis une menteuse, une tricheuse, une bluffeuse…

Là. Tu es content, maintenant… Mais c'est même pas ça ! C'est plus compliqué que ça ! J'ai la trouille, là. La trouille ! Toute la journée j'ai traîné avec la peur au ventre. La peur que tu ne viennes pas, que tu te décommandes, que tu m'oublies dans ce deux pièces où je ne supporte plus de tourner en rond à t'attendre ! Comment veux-tu que je sois normale après ça ? Hein ? Après des journées entières passées nez à nez avec le maya sous le yucca et la soufflerie du fast-food dans la cour ? Comment veux-tu ? Tu me prends, tu me jettes, tu m'embrasses, tu files en retrouver une autre ! Comment je m'y retrouve, moi ?

Il se laisse tomber près de moi et son regard m'écoute vraiment. Et, soudain, il se passe quelque chose que je n'avais pas prévu. Je puise dans ce regard la force de continuer, d'aller jusqu'au bout de mon discours. De prendre une fois encore, une dernière fois après je la boucle, le risque de dire MA vérité. Je vire la crétine et ses artifices bidon de séduction et je m'en vais bras dessus, bras dessous avec l'autre, la seule qui m'intéresse, celle qui me file un moteur dans les jarrets, réconcilie tous mes petits bouts éparpillés et me fait unité intérieure. Elle vient juste de me rejoindre, elle est là, elle me sourit, elle m'encourage, et je ne veux plus la lâcher. Tant pis ! J'arrête de faire joujou : il saura tout.

– Et qu'est-ce que je suis censée faire ce soir quand, enfin, tu sonnes ? Quand je meurs d'envie de sauter dans tes bras ? Hein ? Qu'est-ce qu'on fait dans ce cas-là ? Quand on n'a plus sa tête, plus sa raison, plus son mode d'emploi. On se raccroche au savoir-vivre. On fait semblant. On fait comme si… Comme si de rien n'était. Comme si l'émotion était gelée. Parce que c'est le seul moyen de sauver sa peau. Depuis que je te connais, j'ai envie de m'accrocher à ton cou et de ne plus te lâcher ! Le moyen de vivre avec cette envie-là… Le moyen d'être civilisée ! Et si je ne mens pas, comme tu dis, si je te saute dessus, qu'est-ce que tu fais, toi ? TU PRENDS LA FUITE… Vrai ou faux ?

C'est moi maintenant qui le tiens par la barbichette. Moi qui le poursuis en brandissant la vérité comme une bible. Pendant tout mon monologue je l'ai bien regardé, j'ai épié la manière dont il m'écoutait et j'ai compris pourquoi je me laissais aller de la sorte : cet homme-là est vrai. Et fort. Je peux tout lui raconter : la démone, la guimauve, la crétine, la petite fille, il ne sera pas offusqué. Bien au contraire… Il les mettra bout à bout et me reconstituera. Me remerciera de n'être pas simplette. À une seule voix. Une seule vie. Me dira que c'est ça qui me rend unique, aimable, séduisante… Cette découverte m'enivre. Je comprends pourquoi, depuis le premier soir, je sais que c'est lui. Je tiens le fil de l'énigme : il peut tout prendre à bras-le-corps. Tout encaisser. Tout transformer en minerais précieux. Faire jaillir de l'or de ce qui m'effraie quelquefois. Il n'a pas peur.

Cet homme-là est fait pour moi.

La tête me tourne et j'attends.

J'attends.

J'attends.

Je joue quitte ou double. Il est ému ou il ne l'est pas. Il me croit ou il ne me croit pas. Il a écouté mes mots ou entendu les siens. Pour le moment, il me regarde. Sans rien dire. Sa pochette en soie fait deux oreilles de lapin dans sa poche. Ses cheveux bruns rebiquent un peu dans le col. Il rembobine mes derniers mots. Pèse le pour et le contre. Doit se demander si je mens encore. Qui a parlé ? Où est la vraie ? Écoute le silence qui, une fois de plus, s'épaissit entre nous. Cogne ses dents blanches contre le bord de son verre.

Tient mon sort entre ses mains.

J'attends.

J'attends.

Peut-être exige-t-il que j'aille encore plus loin ? Que je lui livre un bon kilo de chair comme preuve supplémentaire de ma sincérité ? Que je lui narre l'incident de l'homme à la queue de cheval...

Je me tords les mains. Non, ça je ne pourrais pas.

Me repens d'avoir tant parlé et si violemment. Tout n'est pas rose avec la vérité, je le savais, je le savais. On ne peut pas s'y fier : elle change avec chaque individu. Je le savais pourtant...

Je le savais. Mais c'est plus fort que moi. Chaque fois je crie « Banco » et balance mon fonds de commerce sur le tapis vert. Pour qu'on sache bien qui je suis. Qu'il n'y ait pas de malentendu.

Je n'ose même plus lever les yeux sur le croupier. Oh ! Ç'aurait été plus facile de laisser faire la crétine, c'est sûr... Alors je conclus, piteuse :

– Mais je parle trop... je vais encore te paraître hystérique. C'est toujours comme ça. C'est de ta faute aussi... T'as le don de me mettre dans tous mes états...

Il me considère gravement. Ses yeux ne me lâchent pas. Sa cigarette se consume entre ses doigts. La cendre ne va pas tarder à tomber sur la moquette blanche. Le maya va le remarquer et ira cafter auprès de Bonnie Mailer.

– J'aime quand t'es comme ça, il dit. J'aime pas quand tu joues la mondaine... Les jeux, c'est drôle un moment. Mais s'il n'y a que ça, c'est pas intéressant... La ville est pleine de filles qui font semblant, qui se retiennent, qui masquent leurs émotions tellement elles ont peur de souffrir. Tu sais ça ? Tu le sais... Tu veux pas leur ressembler ? Hein, dis-moi...

Je fais non de la tête.

– Suis pas une Nikée... je dis pour résumer.

Et comme il me regarde, étonné :

– Tu sais, ces filles qui vont au bureau en baskets avec leur tailleur en gabardine et leurs émotions bien en main...

Il sourit et appuie son front contre le mien.

– Non. Tu n'es pas une Nikée mais quelquefois tu te réfugies sous les jupes des Nikées…

– Je hais les Nikées…

– Moi aussi.

Il pose sa bouche sur ma bouche, m'embrasse et m'embrasse encore. Comme hier soir dans la Cadillac. Avant qu'il n'aille rejoindre l'autre fille qui…

Je me raidis. Me dégage.

– Ta cendre de cigarette va tomber sur la moquette et Bonnie…

– Tu penses à quoi, là ?

– À ta cigarette…

– Menteuse…

– …

– Tu vois, c'est plus fort que toi !

– À la fille d'hier soir, que tu as embrassée juste après moi…

Il met sa main sur ma bouche, et sa cendre s'effrite sur la moquette. Il pose sa cigarette, pose son verre, m'enlève le mien, me soulève dans ses bras et se dirige vers la chambre de Bonnie.

– Mais Bonnie ? je demande, tout étonnée de me retrouver contre lui.

– Elle a un conseil d'administration. Elle rentrera tard…

Il passe devant la glace à côté de la cuisine et je vole un instantané de notre couple. Moi toute petite, lui si grand. Moi qui réclame des millions de baisers, des tonnes d'amour, débit, débit, j'ai une longue note à lui présenter… Je me laisse aller contre la pochette aux oreilles de lapin. Légère. Heureuse, heureuse. D'avoir parlé. D'avoir osé. D'être choisie pour ce que je suis. De ne pas avoir à faire semblant. Mes jambes pendent. Mes bras pendent. Ma tête roule contre sa poitrine. Je respire une odeur d'eau de toilette. Je ferme les yeux. Les rouvre quand il est prêt à me poser sur le lit.

Les rouvre et aperçois la bouteille de Perrier.

Je me raccroche à son cou et murmure tout bas :

– Non. Pas là. Pas là.

– Mais pourquoi ?

– Pas là. Avec lui.

Je dis, montrant la bouteille de Perrier du menton.

Allan fait le tour de la chambre, cherchant l'intrus.

– Qui ça, lui ?

– Lui, là. Dans la bouteille.

– Dans la bouteille !

Il me lâche d'un coup et me regarde, inquiet.

– Dans cette bouteille, écoute-moi bien, je t'en prie… Dans cette bouteille il y a Ronald, le mari de Bonnie… Enfin, ce qu'il en reste, et je ne peux pas dans ces conditions…

– Le mari de Bonnie ! Ronald Bauer !

– Oui. Elle a reçu ses cendres par la poste hier et… enfin je t'expliquerai, mais en tout cas il est là. Dans la bouteille. Et avec lui dans la pièce, je peux pas…

– Attends. Explique-moi.

Il a fallu que je lui explique tout.

Au début il a cru que je lui mentais, que c'était encore un truc pour faire l'intéressante, mais très vite, quand je suis allée chercher dans la poubelle le papier kraft et les tampons de la poste faisant foi, il m'a crue et s'est mis à rire, à rire, à rire… Je ne pouvais plus l'arrêter. Il a voulu tout vérifier : l'emballage pour crème glacée, celui chromé avec la boucle, le cachet de l'entreprise ouverte vingt-quatre heures sur vingt-quatre et qui accepte les cartes de crédit. Il riait, il riait. De temps en temps il s'arrêtait pour dire : « Vieux Ronnie… Ça alors ! », et il repartait de plus belle.

Alors, forcément, on a oublié de s'allonger sur le lit et de s'embrasser. On a remis ça à plus tard.

C'est bizarre : depuis ce soir-là j'ai eu le sentiment que, avec lui, j'aurais tout mon temps.

Tout mon temps...

Bonnie Mailer est formelle : pas question de choisir les cinq témoins parmi ses amis. Elle a sué sang et peau pour s'établir une réputation de première qualité et n'entend pas la ruiner à cause d'une lubie testamentaire de son ex-mari. L'ennui, c'est que, les amis d'Allan appartenant grosso modo au même milieu que ceux de Bonnie, une aventure comme celle-là, une aventure peu banale, il faut le reconnaître, ne manquerait pas de s'ébruiter, provoquant railleries et fourcheries de langues. Il ne reste donc plus qu'un seul recours : mes amis à moi. À condition que je les choisisse obscurs et éloignés…

Deux ou trois témoins, selon la manière dont on interprète les termes de la lettre de l'avocat. Ronald exigeait cinq témoins de race blanche. Bonnie, Allan et moi, cela fait trois… Mais si Bonnie doit se cantonner au rôle de veuve, tout est à reconsidérer.

Je pense aussitôt à Rita.

Qui pense à Maria Cruz.

Qui propose José…

Le tour est joué.

On choisit la date : un dimanche après-midi. Jour où on chambole en famille, où le chiffre d'affaires de Maria Cruz tourne au ralenti, où les Nikés se tapent des brunchs à Soho, loin des quais par nous convoités.

Je n'ai révélé à personne le vrai métier de Maria Cruz, de peur que Bonnie ne la récuse comme témoin.

Au téléphone, Rita me demande qui s'occupe de la musique et des fleurs. Bonnie hausse les épaules et fait claquer son ongle entre ses dents. Je traduis «Que dalle» et transmets à Rita. Très choquée, cette dernière argumente. Un départ de ce monde doit se passer en harmonie, sinon l'âme, telle une chauve-souris réveillée en plein jour, se cogne dans tous les coins, s'égare dans les limbes et n'a guère de chance d'être aspirée vers la Lumière éternelle.

– Elle sait comment il est mort ? demande Bonnie, excédée, quand j'ai raccroché.

– Non, dis-je, piteuse.

Je n'ai pas jugé opportun de mettre Rita au courant des circonstances un tantinet sulfureuses de la mort de Ronald.

– Et pour la bouteille de Perrier, elle est au courant ?

– Vaguement... Écoute, j'ai pris des gants : Rita est extrêmement religieuse... il ne faut pas la choquer.

– Mais qu'est-ce que t'as dit alors ?

– J'ai pas dit bouteille, j'ai pas dit pute, j'ai pas dit repêchage dans les toilettes, j'ai pas dit Las Vegas... mais circonstances originales, voilà tout !

– Manquait plus que ça ! soupire Bonnie. Une assemblée de bigots...

Elle commence à m'irriter ferme. Si mes amis ne lui agréent pas, elle n'a qu'à composer son cortège elle-même ! Envoyer des bristols gravés à ses amis rupins et coincés du bas. Ah ! On est loin de la veuve éplorée, maculée de cendres, qui sanglotait près de la cuvette des chiottes. La vie a repris ses droits et sa mémoire s'est effacée comme une ardoise magique. Ronald n'est plus un amant chéri, mais un problème à régler au plus vite et sans chichis.

Heureusement, l'arrivée d'Allan fait diversion. Il sonne, dring, dring, et chacune retrouve son maintien. Bonnie se mue en veuve décente, se tamponne le nez et parle à voix basse. Quant à moi, je prends eau de toutes parts et me retiens pour ne pas pédaler jusqu'à son cou.

Dring, dring je vous emmène aux funérailles et vous allez voir ce que vous allez voir, semble dire son sourire plein de dents blanches, carnassières, éclatantes. Ses cheveux brillent, ses yeux brillent, sa peau brille. S'il n'était pas brun et tout humain, je lui collerais un rond doré au-dessus de la tête, une planche à scier, et il pourrait faire Jésus parmi nous. C'est par milliers que les disciples lâcheraient leurs filets pour le suivre. La Cadillac rouge se gare devant l'échoppe de Rita, rameutant tous les gamins du quartier qui matent les phares, la stéréo et l'intérieur cuir. Bonnie fronce le nez en lisant l'enseigne « Fortune teller… ».

– C'est une voyante, ton amie… Manquait plus que ça !

Pour la cérémonie, Rita arbore un splendide bibi. Un feutre orange et jaune, ceint d'un ruban marron et d'un bouquet de plumes de faisan. Elle a mis une robe en lainage marron glacé, aux poignets en piqué blanc, et des gants en dentelle. Et par-dessus tout : un manteau houppelande garni d'une fourrure bon marché qui sent un peu la naphtaline et la poudre de riz. Enfin, elle tient dans ses bras une gerbe de grands lis blancs mouchetés qu'elle caresse les yeux mi-clos, penchée sur les pages de son missel.

Après avoir fermé sa boutique à clef et affiché un écriteau disant qu'elle est absente pour l'après-midi, elle s'engouffre dans la Cadillac sur la banquette avant. Je monte à l'arrière.

– Bonjour, lance-t-elle à la ronde pendant que Bonnie abrite son exaspération entre ses mains. Quelle belle journée pour rendre une âme à Dieu !

– Mais c'est un phénomène de foire ! marmonne Bonnie entre ses doigts. T'aurais pu me prévenir quand même ! T'as de ces amis !

Je passe outre et fais les présentations. Lorsque j'arrive à Allan, Rita ferme les yeux et, après deux ou trois rotations du cou, lance :

– C'est lui, c'est lui. J'ai un flash… Dieu vous bénisse, mes enfants… Vous en aurez deux, d'ailleurs…

– Deux quoi ? demande Allan.

Je donne un coup dans l'épaule de Rita pour qu'elle se taise.

– Elle dit qu'on aura besoin de deux témoins supplémentaires… elle est un peu voyante et elle a entendu Ronnie lui dire qu'il en fallait deux autres, sinon ça ne marcherait pas…

– On fera avec ce qu'on a, assène Bonnie. On va pas ramasser tous les cinglés du voisinage pour faire plaisir à un avocat pourri de Las Vegas…

– Mais de qui parlez-vous ? interroge Rita en tournant son bibi vers Bonnie.

– Je parle de ce que je connais, conclut, à peine aimable, Bonnie Mailer.

La Cadillac glisse vers les docks. Pour couper court à tout dérapage de conversation, je commente le paysage et monopolise la parole. Je mets bout à bout des banalités : à mon avis, et ça n'engage que moi, c'est un jour idéal pour des funérailles. Ni pluie, ni grêle, ni neige. Ni trop chaud, ni trop froid. Tous les New-Yorkais ont dû quitter la ville, et nous ne devrions pas souffrir d'embouteillages. Je signale les immeubles intéressants, discute de l'architecture de la ville, de la compétition entre les stars de la truelle, les Peï, les Philip Johnson and Co… de la voracité des promoteurs qui dynamitent des immeubles de quarante étages pour en reconstruire d'autres de soixante et plus… du mauvais état des chaussées qui, lorsqu'il pleut, se transforment en vastes piscines que les camions traversent à vive allure, faisant rejaillir des gerbes d'eau sur des piétons vociférants et dégoulinants… du danger de se promener le nez en l'air dans cette ville de piétons ventre à terre… Et pourquoi tous les gratte-ciel importants portent-ils un nom qui rappelle l'argent ? Hein ? Vous, les New-Yorkais, comment expliquez-vous cela ? Le Rockefeller Center ? Le Citibank Building ? Le World Trade Center ? Le Chrysler Building ? C'est que du fric érigé en briques, ça.

Je parlote, je m'embarbouille, un œil sur les plumes de faisan de l'une et la mine blême de l'autre, jusqu'à ce qu'on atteigne l'immeuble de José et Maria Cruz. M'éclipse avec Allan, pas fâchée de quitter l'ambiance tendue de la voiture, amusée à l'idée du face-à-face entre Rita et Bonnie.

Dans l'ascenseur, il me serre contre lui, glisse un genou entre mes cuisses et me plaque contre la paroi. Je m'assois à califourchon sur sa jambe, laisse tomber mon sac à ses pieds, soupire d'aise, noue mes bras autour de son cou et lui rends son baiser. Son genou avance rudement entre mes jambes, m'ouvre les cuisses, les force, les fourraille pendant que sa bouche m'embrasse lentement, à petits coups redoublés et doux. Je gémis, troublée par sa douceur et sa brutalité. M'accroche à son cou et murmure :

– Encore, encore, oh ! c'est bon…

Il plaque sa main sur ma bouche :

– Pas parler ! m'ordonne-t-il. Pas parler !

Sa voix rude me rappelle à l'ordre, et un désir brûlant et violent roulé dans mon corps. Encore des ordres, encore… Et sa main sur ma bouche qui me bâillonne. Me meurtrit. Ses doigts qui pénètrent dans ma bouche et ébranlent mes dents, fouillent la bouche, me forcent… Je referme mes jambes sur sa cuisse et renverse la tête en arrière comme dans l'eau tiède d'un bain. Sa bouche dérape sur mon cou, glisse jusqu'à mes seins. Je me tends et mords les lèvres pour ne pas gémir…

533

Les portes de l'ascenseur s'ouvrent sur un couple d'hommes qui sourient en nous apercevant. Allan me repose à terre. Poupée chiffe molle sans plus de genoux ni de volonté. Ramasse mon sac et me pousse en avant. Je me rajuste et nous filons dans le couloir à la recherche du numéro 1805, le numéro du studio de Maria Cruz.

– Qu'est-ce qu'elle fait, ta copine ? demande Allan en enfonçant les mains dans ses poches et en s'appuyant contre l'encadrement de la porte.

– Euh ! Je ne suis pas sûre… Je crois qu'elle termine une thèse sur le potlatch…

– Le quoi ?

– Je t'expliquerai…

Maria Cruz se tient devant nous.

Une autre Maria Cruz.

Une Maria Cruz partie loin, loin.

Maria Cruz qui plisse les yeux pour me reconnaître et sourit faiblement. Un sourire douloureux qui lui arrache les lèvres. Une Maria Cruz émaciée. Si maigre, si écorchée qu'elle paraît élancée dans une jupe noire, un tricot noir, de longues jambes nerveuses montées sur des talons épais. Des mèches brunes mi-longues encadrent un visage sombre, des joues creuses, des cernes mauves où deux yeux noirs, liquides, semblent rêver à un autre monde. Des paupières mi-closes qu'elle soulève gravement, pesamment, posant sur nous un regard de somnambule. Plus aucune trace d'enfance. D'appétit. Mais un regard tourné vers l'intérieur. Un regard qui me voit à peine, qui dit :

– Bonjour, comment ça va, je suis contente de te voir… C'est qui, lui ?

– Un ami…

Un ami ? Elle éclate de rire. Ses mains frissonnent sur ses hanches moulées.

– Comme si ça existait, les amis !

Un rire méchant qui en dit plus sur sa vie que toutes les lamentations de Rita. Elle penche un peu la tête de côté, et son rire se brise aussi vite qu'il avait jailli. Elle aspire une bouffée de cigarette et tousse. Ses doigts sont jaunes de nicotine et enflés aux jointures. Rouges et enflés...

Maria Cruz... Maria Cruz... Je ne la reconnais pas. Je tends la main vers elle pour lui faire une caresse mais elle se retire comme dégoûtée. Puis paraît s'excuser. Hausse les épaules.

– C'est toi, elle dit, c'est toi... ça me semble si loin...

Puis son regard me quitte et accroche celui d'Allan. S'arrime dans celui d'Allan et devient solide. D'encre noire, il se métamorphose en deux petits morceaux de charbon. Comme si elle voyait enfin. Se solidifiait des pieds à la tête. Se raccrochait à une force inconnue. Sa bouche se retrousse, rouge. Elle tapote ses mèches, ses joues. Ses hanches se balancent en avant et sa poitrine se bombe. Elle redevient belle. D'une beauté pathétique et lourde. Une beauté qui s'offre comme une dernière chance.

De sa voix rauque, elle ajoute :

– Je suis prête... Dans une minute...

Elle ne nous invite pas à entrer, et nous attendons sur le pas de la porte. Je me demande si c'est une bonne idée de rassembler tant de gens différents pour ces funérailles. Imagine les présentations avec Bonnie... Me dis que peut-être il ne sera pas nécessaire d'emmener José... Parce que José et Bonnie Mailer, honnêtement... Me dis et redis tant de choses que, brusquement, je réalise que je suis seule. Il n'y a plus personne à côté de moi. Si Allan était avec moi, je ne penserais pas à tout ça. Je me blottirais contre lui et me chaufferais les doigts sous sa veste en attendant que Maria Cruz ait fait son raccord de rouge et remonté ses bas...

Seule.

Abandonnée…

Je me retourne vers Allan. Regarde Allan.

Il est là.

Mais pas avec moi…

Il est loin.

Loin…

Loin derrière…

Derrière…

Tendu vers Maria Cruz, vers l'apparition prochaine de Maria Cruz, attendant qu'elle revienne, qu'elle s'encadre dans la porte pour s'en repaître. Je le tire par la manche mais il repousse ma main doucement, distraitement. Je le dérange. Ses yeux ne quittent plus la petite entrée du studio de Maria Cruz. La douleur jaillit en moi et j'ai les larmes aux yeux. Je frissonne et colle ma main à ma bouche pour ne pas pleurer. Pas pleurer. Tout mon visage se tire, et la vieille douleur s'épanouit au fond de moi. Fait son rond, creuse sa place, s'étale, se vautre, mord le ventre pour aller encore plus profond, pour agrandir son rond. Ronronne d'aise pendant que je lutte pour qu'il ne voie rien. Plaque ma main sur ma bouche pour ne pas me vider là, sur le pas de sa porte…

Je pleurerai après.

Après…

C'est comme un mauvais rêve. Maria Cruz ferme sa porte à clef, prend le bras d'Allan. Allan passe son bras sous le sien. Elle se colle presque contre lui. Moi, je marche lentement derrière. Très lentement. Mes pieds butent dans le tapis, butent dans les marches, butent contre les barreaux de la cage d'escalier comme si j'avais du mal à marcher. On descend à l'étage en dessous pour prendre José. José ne vient pas. Il hausse les épaules quand Maria Cruz lui demande de faire le cinquième à des funérailles. Elle insiste. Il explose : « Non mais tu m'as regardé ! J'ai autre chose à faire, moi ! Je

536

vais à une réception, cet après-midi ! Chez le maire ! Une garden-party ! Allez traîner sur les quais tout seuls, bande de paumés ! », et il claque la porte de son studio. Maria Cruz balance un coup de pied dans la porte et le traite d'enculé, de fils d'enculée, de roi des enculés. Et puis elle hausse les épaules, se rajuste et reprend le bras d'Allan. Allan demande à Maria Cruz qui est cet homme, elle répond que c'est un copain. Moi j'ai envie de hurler que c'est pas vrai, c'est son mac. Et elle est pute ! PUTE ! Il tournait autour d'elle en voiture quand je l'ai connue. Elle suçait les mecs pour dix dollars vite fait dans le parc de Forsythe Street. Et elle sniffait de la coke sur le capot des voitures, et elle portait des bottes en vinyle rouge, et elle faisait claquer l'élastique de son soutien-gorge, et elle préférait les ethniques aux Américains... parce que les amerloques, c'est propre dans le calbar et tordu dans la tête, voilà ce qu'elle disait à l'époque, Maria Cruz... Et elle travaillait jour et nuit pour remplir le bas de laine de José... mais ma bouche est sèche et ma langue couverte de cailloux et mes bras lourds, lourds, et mes jambes comme deux piliers d'autoroute, et je ne peux pas m'empêcher de les regarder et de me dire que c'est pas juste, c'est pas juste, et de traîner les pieds en donnant des coups dans tout ce qui dépasse...

Alors pour ne pas pleurer je me suis mise à compter, à compter à en perdre le souffle, à compter en français, à compter en anglais pour arrêter les larmes dans mes yeux, pour bloquer les sanglots dans la gorge, pour faire taire cette douleur qui montait dans le ventre. J'ai failli attraper un point de côté tellement je comptais vite, tellement j'oubliais de respirer entre les chiffres...

Dans la voiture il règne un silence à couper au couteau. Bonnie tapote de ses ongles laqués le bouchon de la bouteille de Perrier qui dépasse de son sac Vuitton et consulte sa montre toutes les minutes et demie. Rita garde le menton droit et réprobateur sous son feutre à plumes de faisan. Ses bras enserrent les lis blancs mouchetés et ses doigts tiennent fermement son missel. La voiture s'arrête un peu plus loin le long d'un dock et on sort tous très vite comme si on avait huit ans et envie de faire pipi. On se poste au bord de l'eau. Une eau marronnasse où flottent des bouteilles en plastique, des vieilles godasses, des emballages de boîtes de lessive, des Tampax…

– C'est pas la mer, je marmonne en regardant l'eau sale, c'est l'Hudson River.

– Et alors ! rugit Bonnie, l'Hudson rejoint bien la mer à un moment !

Elle a sorti sa bouteille de Perrier et ordonne aux témoins de se mettre en rang d'oignons.

– Tous côte à côte ! aboie-t-elle. C'est pour la photo, je veux la preuve pour l'avocat…

On obéit. Bonnie prend une première photo puis tend l'appareil à Allan, qui la remplace. Je suis sûre que sur la photo je ferme les yeux. Et que Maria Cruz couve Allan du regard. Puis Bonnie arrête un passant et lui demande de nous tirer le portrait en groupe. Tous les cinq collés les uns contre les autres, un peu gênés d'être là mais pleins de bonne volonté. Bonnie, l'œil perçant, fixe l'homme, prête à le poursuivre s'il fait mine de se sauver avec l'appareil. Une pluie fine s'est mise à tomber avec un drôle de soleil derrière. Un soleil qui fait péter toutes les couleurs des vieilles baraques en briques rouges, aux solives noircies, aux fenêtres déglinguées. Les rayons tapent dans les carreaux sales et les font briller. On lève les bras devant nous pour se protéger du soleil et Bonnie glapit qu'on se tienne correctement au moins un instant, si c'est pas trop nous demander. Alors on n'a plus bougé. Et puis on a cligné des yeux et tordu la bouche, et elle a renoncé à nous faire tenir tranquilles.

Pendant que Bonnie rembobine son film, Rita me tire par la manche et me demande à quoi sert la bouteille de Perrier que Bonnie agite en aboyant ses ordres. Je suis au pied du mur : il faut bien que je lui dise. Rita n'en croit pas ses oreilles. J'ajoute que c'est une nouvelle manière de conserver les cendres des défunts mise au point par une entreprise funéraire de Las Vegas : les morts, décédés de mort naturelle, sont embouteillés gratuitement par Perrier, et c'est pour ça qu'on fait des photos. Rita lève les yeux au ciel et serre son missel contre ses seins.

– Tu sais où ça nous amène, le progrès ? Tu le sais ? Tout droit au pratique. Et au plastique…

On attend tous à la queue leu leu, le long du quai, les prochaines directives de Bonnie Mailer. Tous alignés sur les docks en bois pourri. Le nez au vent dans la direction des mouettes qui gueulent, passent et repassent, réclament à manger. Pourquoi on ne fait pas comme les autres touristes ? Pourquoi on leur balance pas des morceaux de pain et du pop-corn ? Qu'est-ce qu'on attend ? Elles se décarcassent pour nous mitonner un joli ballet aérien et nous on reste là, les bras ballants, avec une bouteille d'eau dans les bras à se tirer le portrait en veux-tu en voilà ! Elles nous frôlent en piaillant, nous engueulent ferme pendant qu'on attend sous la pluie, le vent. Des sales bêtes…

Puis Bonnie tend l'appareil photo à Allan, dévisse la bouteille de ses longs doigts aux ongles rouge sang. Des doigts de tortionnaire distinguée et froide, je pense en la regardant officier. Elle crie à Allan, bravant le vent qui lui rabat les cheveux dans le visage :

– Tu es prêt ? Gros plan sur moi en train de déverser ! Et qu'on voie bien la mer derrière…

– C'est pas la mer, je marmonne encore, c'est l'Hudson River.

– C'est complètement raté, ces funérailles, me glisse Rita. Elle n'a aucun sens du divin, ton amie… Pas l'ombre d'une âme dans ce joli corps de poupée Barbie ! C'est une matérialiste. À tous les coups. Elle pue le fric à plein nez…

Je proteste. Bonnie Mailer, c'est ma copine. Rita est libre de ne pas l'aimer, mais quand même… Chacun ses défauts, non ? Moi je lui ai déjà entraperçu un bout d'âme, à Bonnie. Une âme pleine de générosité et de tendresse. Bien sûr, à ce moment précis, ce n'est pas évident, mais c'est qu'aujourd'hui elle a une mission à remplir et, si elle commence à s'apitoyer, elle risque de perdre le fil. De tout faire dans le désordre et d'indisposer l'avocat. Mais Rita hausse les épaules et me coupe la chique.

– Une honte, je te dis ! Pas un sou d'émotion. Je vais t'arranger, ça, moi tu vas voir…

Elle tire un petit magnéto de sa poche et appuie sur Play. Met le son à plein tube. On entend le début d'un chant funèbre un peu éraillé et puis on n'entend plus rien à cause des voitures qui roulent à toute allure sur la Douzième Avenue qui longe les docks. Alors Rita reprend à pleine voix les mots du cantique pieux et s'époumone face à la rivière en jetant les lis mouchetés un à un pendant que Bonnie achève de vider la bouteille de Perrier.

Et verse une larme.

Une larme discrète qu'elle écrase d'un doigt preste.

Alors je saute sur l'occasion : je peux pleurer en toute impunité. J'ai un excellent alibi : un macchabée qui se tire ailleurs, vers sa dernière demeure. Allan conclura à une attaque d'émotion.

Une fois toutes les cendres versées dans la rivière, Bonnie se retrouve désemparée, la bouteille vide à la main. Elle a l'air bien embêté. Elle la balance un moment dans le vent pendant que Rita finit de psalmodier ses prières chantées. Elle ne sait pas quoi en faire. Elle nous regarde l'un après l'autre comme si elle attendait un avis, un conseil muet, mais chacun est bien trop occupé par ses propres affaires pour pouvoir être vraiment utile. Alors elle semble se décider, ferme les yeux et lance la bouteille à l'eau. Ça fait Floc. Et puis Glouglou. Des remous, et c'est tout. On se penche pardessus le quai. On approche les pieds tout près du bord et on aperçoit la bouteille qui disparaît dans l'eau marron sale de l'Hudson.

Un drôle d'hommage funèbre.

Une drôle de cérémonie.

Après, Bonnie nous fait signer un papier en tant que témoins officiels.

– On sait jamais, qu'elle dit en faisant allusion à l'avocat, ces gens-là sont toujours prêts à vous attaquer si vous n'obéissez pas strictement à leurs consignes.

Elle nous remercie l'un après l'autre et se fend même d'une petite bise à chacun.

– Tu vois, je signale à Rita qui ne sait plus sur quel pied danser. Elle a une âme. Pas faite comme tout le monde, mais une âme quand même…

Après on s'est tous dirigés vers la voiture.

J'étais toujours dans mon sale rêve.

Je me sentais terriblement lasse. Et vieille. Comme si toute ma vie passée, présente et à venir m'avait roulé dessus et m'attendait au bout de la route. Si fatiguée que je ne savais plus comment avancer. Je mettais un pied devant l'autre, mais même ça me paraissait un tour de force. Je butais dans tout ce qui traînait, et Dieu sait qu'il y en a, des trucs pourris qui jonchent les quais. J'ai recommencé à fixer mes pieds. Je ne les lâchais plus des yeux, comme ça je ne risquais pas d'apercevoir Allan et Maria Cruz.

Mes pieds étaient bien plus rassurants. Ça me faisait trop mal de me dire que j'allais les surprendre en plein échange d'amour. Je l'imaginais, elle le frôlant, ondulante dans sa jupe noire et ses chaussures à hauts talons, et lui, ému par son odeur, sa bouche de chienne, l'expérience qui lui sort par tous les pores de la peau.

On est remontés en voiture. Rita s'est installée devant. Elle n'était pas d'accord et elle tenait à le dire. Des funérailles sans liturgie ! On pouvait craindre le pire. Il allait rôder un long moment, ce défunt en bouteille. Plus jamais elle ne boirait du Perrier.

Bonnie se taisait et consultait sa montre.

Je continuais à contempler mes pieds.

On s'est arrêtés devant chez Rita. Rita est descendue sans mot dire. Allan s'est retourné vers Bonnie et moi avec un grand sourire, un sourire qui a ranimé la bête au fond du ventre, la bête qui a déplié toutes ses écailles, agité ses sonnettes…

– Je vous ramène ? il a proposé.

Bonnie a désigné du menton Maria Cruz qui ne disait rien. Qui regardait par la fenêtre, le coude nonchalamment posé sur le rebord de la portière.

Allan a dit qu'il la déposerait après nous.

C'est pas logique, j'ai hurlé au fond de moi. Pas logique du tout. Elle habite près des quais, Maria Cruz, c'est elle qu'il faut déposer en premier. C'est elle dont il faut se débarrasser au plus vite… Mais j'ai rien dit. J'ai baissé la tête.

Bonnie s'en est aperçue. Elle a dit : « Ah, bon !… » et m'a regardée comme une pauvre chose.

C'est ce regard-là qui a tout déclenché. C'était trop pour moi. Je me suis redressée et j'ai dit que je voulais descendre. Avec Rita.

C'était prévu comme ça. Entre elle et moi. Depuis longtemps. J'ai regardé personne et je suis descendue. À tout berzingue. Rita m'a prise par le bras et a dit que, bien sûr, on avait décidé de finir l'après-midi ensemble.

On se tenait toutes les deux sur le trottoir de Forsythe Street et on agitait le bras en direction des occupants de la voiture. J'ai levé les yeux vers Allan. Il faisait une drôle de tête, ça je dois le reconnaître. J'ai eu une sorte de joie mauvaise au fond de moi et j'ai même trouvé la force de lui faire un grand sourire en lui disant au revoir.

Après, quand la voiture s'est éloignée, j'ai baissé la tête, et toutes les larmes sont tombées d'un coup. Une vraie fontaine. Et j'ai plus eu qu'une envie : m'enfoncer dans les cent vingt kilos de plis et de gras de Rita et pleurer, pleurer sans jamais plus m'arrêter…

J'ai dû verser toutes les larmes que j'avais dans le corps parce que, tout à coup, l'eau des larmes s'est arrêtée de couler. Plus une seule goutte à répandre sur mon malheur. J'ai eu beau secouer la tête une fois, deux fois, trois fois. Me repasser au ralenti la rencontre d'Allan et de Maria Cruz : les yeux de Maria Cruz solidifiés en petits bouts charbonneux, ceux d'Allan braqués sur sa hanche moulée dans un tricot noir, creuser et gratter la plaie, l'élargir en y enfonçant le couteau du souvenir…

J'ai bien insisté.

En vain.

J'avais plus une seule goutte d'eau en réserve.

Alors j'ai regardé mes pieds. Longuement. Et j'ai trouvé ça exagéré, toutes ces larmes. Ridicule même. J'ai tout trouvé ridicule : la mise en bouteille de Ronald, les funérailles au bord des docks, la rencontre de Maria Cruz et d'Allan, la grande douleur qui m'avait coupée en deux, les lis blancs couchés dans les bras de Rita et le regard plein de commisération méprisante de Bonnie quand elle avait découvert mon infortune. Pauvre fille, je pouvais lire dans ses yeux, pauvre fille victime de l'amour.

Victime de l'amour. C'est moi, ça ? je me suis dit, la tête en bas, le regard vissé à mes godasses. Je me suis forcée à faire le point. Ou plutôt j'ai entendu une petite voix au fond de moi. C'est elle, pour être honnête, qui faisait le point. Une petite nouvelle à la langue bien pendue. Et violente avec ça ! Elle cherchait pas à me ménager. « Non mais tu t'es vue ? T'arrêtes pas de pleurnicher, de chialer sur ton sort, tes petites amours, tes petites souffrances, tes petites envies ! Tu te repais de douleur passée, de blessures que tu rouvres à petits coups de canif pour qu'elles soient encore plus délicieuses ! T'en as pas marre de répéter toujours la même chose, de te vautrer toujours dans la même douleur ? T'as pas envie de changer un peu ? Ça te bousille l'entendement, cette répétition imbécile. Parce que, si tu raisonnes un brin, qu'est-ce qu'il t'a fait, Allan ? Hein ? Rien du tout. Il s'est juste intéressé à une autre fille. Parce qu'elle est pittoresque, Maria Cruz… Si ça se trouve, à cette heure-ci, il lui fait parler de sa vie et la réconforte. Et alors ? C'est interdit ? Et même s'il la frôle de plus près, est-ce que ça te regarde ? Vous êtes pas mariés ! Il t'a rien promis ! Il te connaît à peine et chaque fois que tu le vois tu lui fais une scène ! Tu sautes sur le premier prétexte pour t'inventer un abandon, une trahison. Comme s'il t'appartenait. Comme si ta vie dépendait de lui. Mais c'est faux, ma petite vieille. Ta vie, elle t'appartient à toi. Et il est temps que tu lui trouves un sens en dehors de l'homme adoré. Tu oublies qui tu es. Tu oublies que tu n'as besoin de personne, au fond. De personne. Tu te débrouilles très bien toute seule. Tu sais très bien vivre toute seule. Mais dès qu'un homme se pointe, un homme qui t'intéresse un peu, tu mets de côté la balaise, l'indépendante, pour retomber en enfance. Tu t'y précipites avec délectation. Tu deviens petite fille qui geint, qui tape du pied parce qu'on la regarde pas assez. Mais c'est fini, ça. C'était il y a belle lurette, l'histoire de la petite fille… Alors, pourquoi la ramener sur le tapis chaque fois que tu tombes en amour, hein ? »

C'est vrai, je me suis dit, en observant le macadam éclaté en grosses fentes noires farcies de moisissure verdâtre devant l'échoppe de Rita. Je me débrouille très bien toute seule. Je me fais même plutôt confiance. En règle générale. Je peux compter sur moi. Sauf lorsqu'un homme passe à l'horizon… Là, je perds la boule. Pourquoi ?

Elle avait raison, la petite nouvelle : j'allais pas passer ma vie à radoter. Ça devenait franchement insupportable. J'allais finir idiote si je continuais. Fallait que j'arrête, que j'explore autre chose. Que je pense à autrui.

Et alors… j'ai relevé la tête et j'ai regardé le ciel. Le ciel bleu glacier des beaux jours de New York. Le haut des immeubles en briques rouges de Forsythe Street. Les vieux réservoirs d'eau moulés dans des fûts de bois noir sur le toit des immeubles. Les escaliers en fer rouillé accrochés comme des parenthèses aux murs des maisons. Les enseignes au néon où manquent plusieurs lettres qui pendent, lamentables, au bout de leurs fils électriques. Les tricots de corps et les slips qui sèchent suspendus au-dessus des terrains vagues… Et j'ai été débarrassée d'un grand poids.

Je me suis sentie allégée.

Ragaillardie.

Je me suis vue d'un autre œil.

J'ai vu Allan d'un autre œil.

Oh ! Il était toujours aussi beau, j'avais toujours autant envie de lui, de me pendre à son cou, de m'installer dans ses bras et de lui demander : « Et maintenant, on va où ? » De ce côté-là, faut être honnête, rien n'avait changé. Mais il n'était plus aussi urgent.

J'avais le temps.

J'ai regardé tout autour de moi et je me suis mouchée dans les pans de ma chemise verte. J'avais pas de Kleenex.

Rita m'a poussée dans sa boutique et on a sorti toutes les glaces du freezer. Toutes les Hägen-Das, les Ben and Jerry, les Natural Ice-Creams qu'elle conservait précieusement sur l'étagère supérieure de son freezer pour s'offrir un festin les soirs de cafard. Certaines à moitié pleines, d'autres toutes neuves, à la surface lisse et crémeuse. On les a alignées sur la table, au milieu de son bazar de cartomancienne. On a retroussé nos manches, sorti les petites cuillères, et on a commencé à les déguster. Un vrai régal.

Rita s'est dandinée jusqu'à son placard pour prendre des paquets de cookies Famous Amos au chocolat, au café, à la noix de pecan. Elle les a disposés sur une petite assiette blanche avec le bord tout festonné et est revenue en clignant de l'œil. Elle a posé les cookies devant moi et m'a donné l'ordre du menton d'attaquer.

Elle me surveillait. Je voyais bien qu'elle était soulagée de voir avec quel appétit je mangeais.

– Je te fais un petit jeu ? a-t-elle dit en poussant les glaces et en sortant ses cartes.

– Merci, t'es gentille… C'est pas la peine. Je vais bien. C'est même bizarre ce que je me sens bien. Tu veux que je te dise un truc ? Je m'en fiche complètement d'Allan. Mais alors complètement…

Rita a soulevé un de ses sourcils dessinés au crayon marron, la cuillère pleine de glace en l'air. À l'évidence, elle ne me croyait pas.

– Tiens, ce soir on va fêter ça. On va aller chez Syracusa se bourrer de pâtes et de chianti…

– C'est parfait, a dit Rita en baissant le trait de son sourcil. Comme ça je ne me change pas, je garde ma belle robe… Et mon chapeau. Tu crois que je peux garder mon chapeau ou ça fait trop habillé ?

J'ai éclaté de rire. Je ne pouvais plus m'arrêter. J'imaginais une petite fille qui fait bien attention à ne pas salir sa belle robe du dimanche, qui reste empruntée, les bras raides, loin du corps, et qui refuse toutes les sucreries pour ne pas faire de taches sur ses volants, ses rubans. Qui picore du bout des lèvres pour que son chef ne branle pas et que l'équilibre des plumes de faisan ne soit pas dérangé. Rita aussi riait. Et elle montrait sa belle robe en riant de plus en plus. Elle suffoquait, rougissait, menaçait de s'étouffer, et je lui tapais dans le dos en me renversant sur ma chaise.

– C'est nerveux. Ça doit être le contrecoup des funérailles, a hoqueté Rita.

– Non, tu sais ce que c'est, d'habitude, le contrecoup des enterrements ?

Elle a fait signe que non.

– On baise, ma vieille. On a terriblement envie de baiser, et le premier qui passe, on l'attrape et, hop ! on se l'enfourche… C'est la mort qui veut ça. T'y peux rien.

Rita m'a fait les gros yeux en regardant la Vierge en plastique sur son étagère et a multiplié les signes de croix.

– Je veux pas que tu parles comme ça chez moi…

Je me suis excusée pour lui faire plaisir. Elle a paru soulagée.

Puis, revenant au sujet qui la tracassait :

– Comment ça tu t'en fiches, d'Allan ?

– Oui, je m'en fiche. Il peut sauter toutes les filles qu'il veut… Rappeler dans dix jours, m'oublier, revenir… ça ne va pas m'empêcher de respirer !

– …

– Parce que, au bout du bout du compte, tu sais quoi ? C'est moi qui l'aurai… j'en suis sûre. Et tu sais pourquoi ? Tout simplement parce je suis une fille formidable. Je l'avais oublié avec toutes ces histoires. Je me traînais plus bas que terre. Je ne misais pas un sou sur moi. Eh bien, c'est fini ! Je suis quelqu'un de formidable, et il finira bien par s'en apercevoir.

Rita m'écoutait bouche bée. J'aurais pu la dessiner à cet instant précis tellement l'étonnement la figeait. Une grosse bouille ronde avec la bouche qui tombait en une moue étonnée, des yeux écarquillés, blancs comme des pastilles Vichy. Une bouille de Bécassine endimanchée.

– Alors, voilà, je suis pas pressée. C'est tout. Je vais attendre patiemment qu'il s'en rende compte. Arrêter de me mettre marteau en tête et, tu verras, on se retrouvera lui et moi... J'en suis sûre. Une prémonition... J'ai fait le tour de la question. J'ai souffert tout mon saoul d'avance et maintenant je vais profiter. Vivre, vivre, arrêter de me confire en attente douloureuse... Fini, la souffrance. Fini !

J'ouvre tout grands les bras, soulagée de ne plus avoir ce poids sur la poitrine. Je suis redevenue intelligente. C'est fou ce qu'on peut être intelligente après coup, parce que, sur le moment, on est plutôt nouille...

Rita me dévisage longuement. Je lis dans son regard qu'elle n'en croit pas un mot mais qu'elle veut bien m'encourager sur cette voie-là.

Ce que je ne lui ai pas raconté à Rita, parce que ça ne la regardait pas, et puis c'est trop compliqué à expliquer, c'est que sur les quais, là-bas, j'avais vécu mon dernier abandon. L'enterrement de Papa n'a pas eu lieu à Saint-Crépin au pied des montagnes mais aujourd'hui, sur les quais de New York. C'est pas Ronald que j'ai largué dans la bouteille de Perrier mais mon petit papa chéri...

Fini, tout ça. Fini.

C'est pas la vie de vivre dans un rétroviseur. La vie, faut aller la chercher où elle se trouve. En avant. Et pas faire le tri. Tout prendre. Avec appétit. Sans rougir. La démone, la guimauve, la petite fille, la crétine...

Le droit d'être crétine si je veux.

Si ça me plaît, à moi...

D'être crétine.

549

Ou démone. De traîner dans des chambres d'hôtel avec des inconnus à queue de cheval.

Ou midinette. De m'enrouler autour du cou d'Allan. De manger des glaces en jouant à « Trash or Smash » sur MTV. De regarder « Dallas ». De me précipiter sur *People Magazine* chez le dentiste pour lire la vie des vedettes. Je vois pas pourquoi je me priverais. Toutes celles-là, c'est moi aussi.

Je suis quelqu'un de formidable.

Et de pas formidable.

Ça dépend des fois.

J'étais tellement contente d'avoir réuni toutes mes petites personnes en une seule qui tenait debout, de nous avoir toutes mises dans le même sac, que j'ai envoyé des baisers à la Vierge en plastique. Je lui ai promis de ne plus jamais traiter son fils d'Escroc mais de m'adresser à lui avec déférence. J'envoyais des baisers à tout le monde. Même au présentateur du journal quand Rita a allumé la télé pour écouter les nouvelles locales. Et, quand il a parlé de la petite réception qui avait eu lieu l'après-midi chez le maire, on était toutes les deux la bouche pleine à écouter. On a aperçu José dans la foule de la réception, puis José en gros plan, et enfin José qui recevait l'accolade et les félicitations du maire pour son rôle de bienfaiteur dans l'assainissement des avenues A, B, C, D. Et puis a suivi tout un baratin : comment il avait, par amour pour sa ville, par amour pour l'Amérique, décidé de nettoyer ces bas quartiers pourris, ce repaire de drogués et de femmes de mauvaise vie, afin d'y reconstruire des beaux immeubles avec doorman et tente qui s'avance sur le macadam. On a vu alors José se bomber de fierté, remercier le maire, la main sur le cœur, et parler de son patriotisme, de sa fierté d'être américain… On a failli la recracher, notre crème glacée. On était vraiment écœurées ! Il faisait le fier sur l'écran, le maquereau de la petite Maria Cruz. La main sur la poitrine, il évoquait l'Amérique de ses parents, la belle Amérique propre et blanche des pionniers, l'Amérique qui croit en la famille, au travail, à la réussite, à la Justice, et ajoutait que c'est en souvenir de ses ancêtres qu'il avait entrepris son programme de reconversion des taudis. C'est pour sa maman qu'il démolissait à tour de bras, expropriait, défonçait, reconstruisait, sa maman qui sur son lit de mort serrait le rosaire entre ses doigts glacés et suppliait son fils d'être fidèle au pays qui les avait recueillis alors que, petits immigrés sans un rond, ils avaient demandé l'asile. « Et maintenant, Maman, déclara-t-il face à la caméra, tu peux être fière de moi. »

On s'est étranglées net. Assommées de stupeur. Jusqu'à ce que le bulletin soit interrompu par une pub pour Préparation H., celle qu'on trouve dans tous les drugstores pour cinq dollars quatre-vingt-dix-neuf seulement et qui, étalée de main de maître, fait disparaître les hémorroïdes en trente secondes. Rita s'est levée de sa chaise et s'est dirigée vers la télé.

— Tu savais qu'il était cul et chemise avec le maire, José ?

Elle ne m'a pas répondu. Elle s'est plantée devant le poste les mains sur les hanches et l'a insulté.

— La fierté de ses ancêtres, mon cul ! Sa maman sur son lit de mort, bullshit ! Ça me dégoûte, ce sentimentalisme véreux, tu veux que je te dise, ça me dégoûte ! Qu'il les laisse reposer en paix, ses ancêtres, ou je vais leur crucher le morceau, moi ! et quand je pense que ce pays marche à cette camelote, que c'est à cause de truands comme lui que…

Elle s'étouffait de rage. Elle était vraiment hors d'elle. Encore plus essoufflée et rouge qu'après avoir marché trois blocks. Elle a changé de chaîne et c'était pas mieux : on est tombées sur Jerry Falwell et un de ses prêches télévisés pour remplir ses caisses et se construire des palaces aux frais de ses ouailles crédules.

Le soir, nous sommes quand même allées dîner chez Syracusa. On a commandé des antipasti assortis, des pâtes au saumon et aux langoustines et des sabayons. Un petit chianti. On avait le nez rouge tellement on a bu et on a mangé. On n'a pas arrêté de trinquer à la santé de la fille formidable que j'étais.

On est rentrées à pied jusqu'à Forsythe Street. La nuit était calme. Il n'y avait pas un chat dans les rues. On entendait juste les sirènes des pompiers ou des ambulances qui pimponnaient au secours des victimes. J'avais des projets plein la tête et j'ai commencé à en parler à Rita. Il m'était venu une phrase pendant le dîner. Comme ça. Une phrase pour commencer le roman que je n'arrivais pas à écrire depuis que Papa était mort. Elle était venue sans crier gare. Pendant que je regardais le miroir tacheté derrière le bar du restaurant. J'avais revu la glace de mon appartement parisien, l'autobus 80, les portes qui soufflaient pom-pschitt et la fille écroulée sur son grand lit, avec son gros chagrin. La fille qui décidait de partir pour New York. Pour oublier. Repartir de zéro.

J'avais le début de mon livre. Et, quand on a la première phrase, on est sauvé, j'ai expliqué à Rita. Tu comprends, on a la petite musique et on peut se mettre à écrire à condition de faire bien attention à ne pas la perdre, la petite musique. C'est du boulot mais, si on y arrive, on est les rois du pétrole. Elle m'a demandé de lui dire ma première phrase. Je l'ai fait lambiner. Ce serait pour plus tard. Je voulais pas la lâcher tout de suite, ma phrase. Par superstition. Des fois qu'elle tienne pas le coup.

Rita a haussé les épaules. Alors pour se venger elle m'a demandé :

– C'est un livre sérieux ?

Très sérieux, je lui ai dit.

– Sérieux comme un vieux pape…

Et j'ai recommencé à rire.

Et puis je lui ai demandé si elle avait une machine à écrire chez elle parce que je commencerais bien tout de suite. Je me voyais glisser des feuilles de papier dans le rouleau et frapper de toutes mes forces sur le clavier jusqu'à ce que la machine recule contre le mur, qu'elle se débine sur la table, qu'elle file à droite, qu'elle file à gauche, que ça fasse des trous dans le papier, que les touches s'emmêlent en bouquets et qu'il faille les démêler avec les doigts. Rita a dit qu'une cliente lui en avait laissé une en gage parce qu'elle n'avait pas de liquide pour lui payer ses visions. Elle n'était jamais revenue la chercher. On a recommencé à rire. Et on est rentrées chez elle en se tenant les côtes et pendant ce temps la première phrase de mon livre se déroulait dans ma tête comme un long ruban et, plus elle se déroulait, plus j'avais hâte d'arriver pour m'asseoir à ma table et commencer à taper. Je voulais pas la perdre, ma première phrase, mais j'avais du mal à faire avancer Rita qui s'accrochait à mon bras et me ralentissait terriblement.

Je regardais le ciel. Le haut des gratte-ciel. Les nuages violets sur la pointe des immeubles. L'éclairage vert, blanc, rouge de l'Empire State Building. Je sentais Rita qui s'alourdissait. On avait trop mangé, ça c'était sûr.

Et pourtant je me sentais légère, si légère…

Ma première phrase flottait dans ma tête. Et derrière elle des paquets d'émotion, de souffrance et d'amour, d'abandons et de baisers. Des paquets de souvenirs enfoncés au plus profond de moi et qui me revenaient par bouffées. Papa, mon petit papa, mon papa d'amour… Tu me manques. Oh ! comme tu me manques ! Bien sûr, tu n'as pas été parfait. Ça, c'est sûr. Tu as même souvent été carrément en dessous de tout. Mais on pardonne tout à ses parents quand ils sont fiers de vous. C'est pas moi qui ai trouvé ça mais John Le Carré, qui avait un père pas piqué des hannetons, lui aussi. Mais un père fier de lui. Comme le mien. « Ma fille ! Mon papa ! », j'ai articulé tout bas dans la nuit calme et douce. Avec ta façon de m'aimer tout de travers, tu m'as quand même filé un bon bout de territoire. Un bon bout de terrain où j'ai appris à me tenir debout. À résister à tout. À tes colères, à tes tempêtes et à celles de la vie. J'ai souri dans la nuit. J'avais le cœur dans un étau tellement j'étais émue. Et c'était comme si de là-haut une grande main aux ongles bombés et lisses se posait sur moi et me caressait le crâne.

J'ai eu soudain très envie d'être à Paris, en face de Pimpin. À elle, je la lui soufflerais, ma première phrase. Je n'aurais pas peur que le charme se tire. Je savais très bien tout ce que je lui dirais à Pimpin si elle était là avec ses pulls en shetland étriqués, ses lunettes marron dégueulasses et son œil attentif derrière ses mèches rousses. Voilà, écoute ce que je viens de découvrir et qui m'a redonné goût à la vie : à partir d'aujourd'hui, je vais vivre à mon compte. Balancer mes vieilles peurs, mes mécanismes rouillés, toujours les mêmes, qui remontent mes histoires de cœur pour jouer toujours la même histoire. L'histoire de la pauvre petite fille abandonnée. Tu avais raison de te mettre en colère quand il me disait : « Quand je mourrai, tu mourras avec moi. » T'avais raison, Pimpin. Eh bien, je ne suis pas morte avec lui. Je suis vivante, ma vieille. Bien vivante. Avec toutes mes contradictions.

Et j'ai trouvé ma première phrase.

Ma première phrase de livre…

Bien sûr, ça n'a pas été aussi facile que je le croyais dans l'euphorie de l'après-dîner chez Syracusa. Cette nuit-là, je ne me suis pas couchée. J'entendais Rita qui dormait sur son canapé, juste en dessous de la Vierge en plastique. Elle ronflait et faisait un vacarme épouvantable. Encore plus de bruit que les touches de la machine à écrire. Elle arrivait même à me déconcentrer. J'attrapais le rythme de son ronflement et j'en oubliais ma petite musique.

J'ai décidé de retourner vivre chez Bonnie Mailer.

Pour ne plus entendre la soufflerie du fast-food dans la cour, j'ai acheté tous les enregistrements de Glenn Gould sur cassettes et je me les passais sans discontinuer, encouragée dans ma tâche par les ahanements du maître sur son piano. J'avais trouvé ma première phrase. J'avais même écrit une dizaine de feuillets mais depuis je séchais. Je tournais en rond autour de ma machine et rien ne venait. Je ne savais pas comment raconter mon histoire, celle de Papa, New York, Allan. Les difficultés s'annonçaient serrées mais ne me rebutaient pas. Je restais des heures et des heures dans le deux pièces sombre de Bonnie à attendre que le nœud se défasse dans ma tête et que la lumière soit. Des heures et des heures pelotonnée sur un des canapés blancs, pas loin du maya et du yucca, à chercher des mots vrais à écrire sur ma feuille de papier. Des heures à marcher dans les rues en attendant que l'émotion s'affine, se précise, s'incarne dans des mots. Des mots à moi. Pas aux autres. Aux Chateaubriand et compagnie. Ça me coûtait du temps. Des nerfs. De la patience. De l'endurance. Pour m'encourager, je me répétais la phrase de Jules Renard : « Il n'y a pas de génie. Il n'y a que des bœufs qui travaillent dix-huit heures par jour. » J'étais un bœuf qui ruminait dans les rues de New York.

Autour de moi, les gens préparaient Noël. Les badauds se pressaient contre les vitrines des grands magasins sur Fifth Avenue et s'exclamaient en tapant dans leurs moufles devant les chars du Père Noël, les cerfs aux bois poudrés, les petites maisons en pain d'épice, les automates en pourpoint et crinolines grimaçant des sourires… Je me haussais sur la pointe des pieds pour attraper un bout de spectacle mais n'apercevais que le bonnet rouge du Père Noël et quelques cimes enneigées. Sur les trottoirs, austères et obstinés, les chœurs de l'Armée du Salut chantaient des cantiques de Noël qui me foutaient le cafard. Noël, loin de chez soi, c'est pas Noël, je rognonnais enfoncée dans mon duffle-coat, le nez gouttant de froid. Sur la patinoire du Rockefeller Center, au pied du gigantesque sapin illuminé, des couples tournaient en se tenant la main et en riant lorsqu'ils faisaient une chute. Je les détestais d'être main dans la main. Une petite vieille en tutu doré dansait seule, au milieu de la patinoire. Elle se hissait sur des pointes dérisoires et s'alanguissait en révérences maniérées. Tout le monde semblait la connaître. Quelques-uns se fendaient d'applaudissements, d'autres ricanaient et se poussaient du coude en la montrant. Elle, murée dans son rêve, les yeux rutilants de maquillage et vides de vie, s'inclinait en tremblant à la fin de chaque morceau pour recueillir les hommages et les sifflets.

J'étais seule. Et être seule à Noël, ça pèse dix fois plus lourd qu'en temps normal. Il y a même des gens qui ne s'en relèvent pas. Mais je ne voulais pas me laisser abattre. Je voyais toutes les petites familles déambuler avec leur arbre de Noël et leurs mines réjouies. Je n'avais pas de famille. J'achetai un arbre. J'allai jusqu'à la Septième Avenue pour en trouver un, pas trop gros, pas trop petit, avec de vraies aiguilles. Pas en plastique. Mais je ne trouvai pas de taxi qui accepte de nous prendre, mon arbre et moi, et dus le traîner jusqu'à Madison et 72. Quand Bonnie vit l'arbre, elle fronça le nez et le donna à Walter.

Je repris mes marches.

Je marchais avec un petit carnet broché dans ma poche et, dès que surgissait l'idée, le mot précis, je le griffonnais, haletante, radieuse, appuyée contre le mur du métro ou le cul calé sur une chaise de coffee-shop à boire du mauvais café, à grignoter un bagel. La mine triomphante et hilare. Pour un mot. Un tout petit mot... Je vivais avec des mots. Aucun homme ne pouvait me rendre aussi heureuse que l'instant magique où survenait le mot juste. L'émotion juste.

Je me fichais pas mal que ce soit sérieux ou pas, j'écrivais des mots. J'en jetais beaucoup aussi. Il m'arrivait d'écrire pendant toute une matinée, de sortir manger une salade chez Forty Carrots, de retrouver ma copine, la Noire, toujours aussi brutale et inconsciente de l'adoration que je lui portais. Je l'examinais et m'entraînais à la décrire au plus près, à rendre le boudiné de la blouse à fleurettes, l'élasticité des jarrets, la rotation du poignet et, par-dessus tout, le sourire, plein de dents fausses et de bienveillance fabriquée, fatiguée. Je commandais un frozen yoghourt à la banane et l'imaginais dans un trois pièces de Queens avec des lardons porteurs de planches de skate-board et descendeurs de litres de Coca. Je la voyais dans le métro, suspendue aux lanières de cuir, à moitié endormie, tendant un cou de poulet résigné aux soubresauts de la rame, aux bousculades de la foule de six heures, avec ses courses dans deux sachets en plastique accrochés aux poignets. Je devais pas beaucoup me tromper. Je lui souriais. Elle croisait mon sourire mais ne l'interceptait pas. Il allait s'écraser dans le décor où quelqu'un d'autre l'arrêtait et me regardait, étonné. Elle avait pas le temps, ma copine. Le crayon sur l'oreille, dissimulé sous ses cheveux raidis par le brushing, la nuque inclinée vers le client, la jambe prête à cavaler de l'autre côté du comptoir, elle était pas là pour ramasser des sourires mais des pourboires. Fallait que je m'y fasse…

Après, je rentrais chez Bonnie, je relisais et je déchirais tout. « Nul, nul, nul, je criais toute seule face au maya à l'œil torve. Ma pauvre fille ! C'est nul, tout ça. Convenu, fabriqué, sans tripes. Ah ! t'as cru que ce serait facile parce que tu tenais ta première phrase… » La vie m'avait fait un clin d'œil comme une entraîneuse en me balançant gratos mon début et depuis elle me le faisait payer cher. Mais je ne renonçais pas. Je lisais et relisais mes dix premiers feuillets comme une balançoire pour me donner de l'élan et continuer.

Il m'en fallait, de l'élan, pour passer au-dessus des petites contrariétés, des contrariétés de rien du tout mais qui me bloquaient pour toute la journée. Le frigo à remplir à la demande de Bonnie, un appel de France, une lettre à poster, et je m'immobilisais. L'esprit envahi par cette tâche anodine, minuscule, mais qui prenait toute la place. La journée était foutue. Et moi foutue pour la journée…

Quand ce n'était pas Farah Diba, la nouvelle femme de ménage engagée par Bonnie, qui me racontait sa vie pendant des heures. Comment, à cause de l'ayatollah, elle avait quitté Téhéran où elle était prof à l'université pour se retrouver à New York à faire des ménages pour survivre. Elle contemplait ses belles mains d'intellectuelle usées par les détergents et elle pleurait, assise sur l'aspirateur... Les larmes coulaient, mécaniques, de ses grands yeux tristes, et elle se tenait si droite sur son Hoover qu'elle ressemblait à l'impératrice déchue. Je faisais semblant de compatir. J'essayais de la consoler. De lui donner de l'espoir afin qu'on passe à autre chose et que je puisse travailler, mais je ne devais pas être très efficace car, chaque fois, elle recommençait sa litanie. Je ne savais pas comment la faire taire... Je n'osais pas. Pendant ce temps-là, mes mots se barraient. Quand je me rasseyais devant ma machine, l'oreille pleine de ses doléances, j'avais à mon tour envie de pleurer parce que rien ne venait. Je lui en voulais. Je la détestais. Il me prenait des envies de lapidation sommaire, de bastonnade sanglante. Puis je me disais que j'étais un monstre, que ses problèmes étaient autrement plus importants que les miens. Que l'Amérique était remplie de gens comme elle qui se raccrochent à la statue de la Liberté dans l'espoir de se refaire une nouvelle vie. Des gens avec de vrais malheurs. J'étouffais de culpabilité. Je ne savais plus où donner de la tête. Alors je sortais me promener.

Tout était bon pour me distraire.

Une phrase dans le *New York Times* qui mentionnait M. Allan Smith... et mon esprit bifurquait sur Allan, mon ventre se vidait à nouveau, se remplissait du mal d'Allan, de son absence, de son indifférence. J'étais foutue. Foutue. Les mots ne m'arrimaient plus. Je me repliais sur la douleur et restais coite. Paralysée.

Avec Allan aussi ce n'était pas aussi facile que je l'avais cru.

Les gens qui réussissent à s'aimer du premier coup, je me demande comment ils font.

À mon avis, ce doit être bidon.

C'est vraiment dur de se comprendre, de s'ajuster, au début. Chacun plaque sur l'autre son petit rêve misérable de bonheur en espérant que le miracle va prendre. Que les deux rêves ne feront plus qu'un. Ainsi surgissent les malentendus. On prend un mot pour un autre, un baiser pour un autre, un silence pour une communion. Charlatanisme de contes de fées ! Il n'y a rien de plus dur que les débuts : deux silences qui s'accordent, deux baisers qui veulent dire la même chose ou même deux soupirs à l'unisson. En fait, tout ça part dans toutes les directions mais on se persuade du contraire. On croit qu'on se promène la main dans la main quand on tire à hue et à dia chacun de son côté. Quand, moi, je croyais vivre le début d'une grande aventure, Allan, lui, se voyait pris dans le pétrin d'une liaison pour la vie. Quand il m'embrassait dans la Cadillac, il se payait un bon moment sur fond de musique country alors que moi je dessinais des arbres généalogiques, fondais une dynastie à partir de nos deux prénoms enlacés, choisissais ma résidence principale et les prénoms de nos bébés.

Il fallait donc que je le rassure.

Que je lui fasse comprendre que j'avais largué mon conte de fées et que j'étais prête à affronter la réalité, sa réalité à lui. Je vaquais donc à mes affaires. À mon livre. À mes études. Je me souvins des cours de Nick. J'essayai de retrouver sa trace à la New School. Il n'enseignait plus. Je m'inscrivis donc à Columbia. À des cours de littérature américaine. Je remplaçais une passion par une autre. Cette dernière au moins m'appartenait. Personne ne pouvait me la piquer. Quelquefois, quand je descendais Broadway à pied en revenant de l'université, je m'adressais à Allan. Je l'apostrophais tout haut comme les autres zinzins de la ville. Je lui disais : « Hé ! pauvre pomme, je peux vivre sans toi, tu sais. Bien sûr, ce n'est pas aussi gai que si t'étais là, à mes côtés, et que je te racontais le dernier livre de Ring Lardner que Joe, mon copain de classe, m'a filé. Ça te ferait du bien de lire Ring Lardner au lieu de croupir parmi tes collants et tes stocks de tee-shirts coréens. Ça t'ouvrirait la tête. J'ai plein de choses à t'apporter, moi. D'accord, je suis un peu collante et gnangnan quand je tombe en amour et, toi, tu ne vois que ça. Mais donne-moi une chance, une petite chance, et je te prouve le contraire… »

Il devait rudement se méfier, parce qu'il ne m'octroyait pas la moindre chance de repêchage. Il faisait le sourd. Le muet. Bonnie n'organisait plus de dîner de prétendants. Elle vivait en coup de vent et c'est à peine si je l'apercevais le matin au petit déjeuner. J'avais perdu la face à ses yeux. Je n'étais plus très intéressante. Elle recommença à me parler comme si j'étais une sous-développée, tout juste bonne à tenir le crachoir à Farah Diba sur son aspirateur. Et, si elle voyait encore Allan, elle devait éviter de mentionner mon nom. Il fallut très vite que je me rende à l'évidence : si je voulais que nos destins se croisent à nouveau, je devais mettre la main à la pâte.

Un soir, donc, je partis rôder dans son quartier. Je m'étais construit un alibi en béton. Columbia n'était pas loin et je m'en revenais de mes cours lorsque, oh ! divine surprise ! j'avais buté sur lui. Il m'en fallut, des tours et des tours de pâté de maisons, avant que je l'aperçoive. Je me demandai même, à un moment, s'il n'avait pas déménagé. J'avais beau guetter tous les bus M 5 qui déversaient leur flot de passagers, scruter la sortie du métro, détailler les grands bruns que je croisais, aucune trace d'Allan. Je tournai, tournai et tournai encore. Les magasins avaient allumé leurs enseignes au néon, les taxis se faisaient prendre d'assaut, les restaurants finissaient leur premier service… et toujours pas d'Allan à l'horizon. Je remis donc mon expédition au lendemain et pénétrai chez le Coréen à l'angle de sa rue. Achetai des cookies, une salade toute préparée et une bouteille d'eau d'Évian. Me mis dans la queue avec tout le monde. Payai l'homme derrière sa caisse, qui baragouinait l'anglais comme s'il avait débarqué la veille et cachait la méthode Assimil sous le comptoir. Sortis avec mes provisions, empêtrée dans la petite monnaie qu'il m'avait rendue, et l'aperçus. Il venait vers moi. Il ne m'avait pas vue et avançait à grands pas en direction du Coréen, son journal sous le bras. Toujours aussi grand, aussi beau, aussi essentiel à mes yeux. Toujours la même émotion qui me faisait trembler les genoux et perdre tous mes moyens. Je fus prise de panique. Plus très sûre de savoir me retenir, de pouvoir jouer les détachées, de ne pas tout mélanger. Je virevoltai, fis tomber ma salade et ma monnaie, et c'est ainsi qu'il me remarqua. M'interpella plusieurs fois sans que je me retourne. Je détalai. Tête baissée pour ne pas entendre mon nom qu'il criait en pleine rue.

Il dut être surpris car il me courut après, m'attrapa par le bras, me tendit ma salade et m'invita à prendre un café chez Zabar.

– Tu sais, un bon café comme à Paris…

Je bredouillai « Oui » et le suivis.

Ce soir-là, il était libre comme l'air. On prit un café. Puis on alla dîner au café Luxembourg. J'avais l'air fin avec mes emplettes dans mon petit sac à provisions. Je les abandonnai dans les toilettes du restaurant. Il me demanda ce que je devenais. Je lui parlai de Joe et de Ring Lardner. C'est surtout Ring Lardner qui me redonna confiance en moi. Il ne le connaissait pas.

– Vous autres, Américains, vous êtes complètement ignares quand il s'agit de votre littérature. S'il n'y avait pas les petits Français pour mettre le doigt sur Faulkner, Fante ou Miller, vous seriez encore en train de lire la Bible !

Il sourit et ajouta que, heureusement, eux, ils étaient là, pour les écrire, ces livres, parce que la littérature française pour le moment, c'était pas fameux, fameux. Je le laissai dire. Toute la soirée, on parla bouquins. Il avait une théorie sur la littérature française : on était trop éloignés de nos ancêtres, les Gaulois. De la terre, des sangliers sauvages, du houx, des druides, des légendes de fond de bois. On n'avait plus la nostalgie de la nature, et, quand il n'y a plus de rapport avec la nature, l'homme est perdu. Et puis, notre histoire s'embourgeoisait. Plus de drame national comme les guerres de Religion ou la Révolution. Bref, on ne s'agitait plus beaucoup. On écrivait en robe de chambre dans des salons parisiens, la plume sur le nombril. On perdait la vraie vie de vue. Il était au courant. Il lisait *Le Monde* quelquefois et puis il avait été sur place se faire une idée.

– C'est l'avantage des collants, je voyage…

Drôle de type, je me dis. Qui vend du bas de laine, traîne dans les églises romanes et étudie les mœurs littéraires. Difficile à étiqueter. Je me laissai aller à une minute de rêverie, observai ses yeux, son sourire, me sentis ramollir et me repris. Me remis dans la conversation. In extremis.

… Tandis qu'eux, les amerloques, ils ont tout un passé bien frais derrière eux. Avec des histoires de massacres de Sioux et de guerre civile. De culpabilité et de sang. Il vénérait spécialement les Indiens. Il me parla longuement de Técumsé, le dernier grand chef pownie dont j'ignorais tout. Et du massacre de Wounded Knee en 1890. Il ajouta même que s'il avait, un jour, un fils, il l'appellerait Técumsé. Je me retins pour ne pas soupirer de joie et lui proposer de le lui faire sur-le-champ, ce petit garçon au nom si fier. Il m'emmena au Regency revoir *La Splendeur des Amberson*. Je fis bien attention à ce que nos genoux ne se heurtent pas, à ce que ma voix jamais ne minaude, et gardai les coudes collés aux accoudoirs. Je refusai même le pot de pop-corn de peur que nos doigts ne s'effleurent en plongeant à la recherche du grain huileux…

À minuit, je lui tendis la main pour lui dire au revoir. J'ajoutai un petit baratin où je déclarai que c'était très bien comme ça, qu'on devrait rester copains, qu'il y aurait beaucoup moins d'histoires.

– C'est vrai. Je suis bien mieux en copine qu'en petite amie, je lançai avec un grand sourire. Tu vas voir, je peux être une amie remarquable. La prochaine fois, je t'apporterai *Haircut*, le livre de Ring Lardner…

J'étais sincère. Heureuse. J'avais passé une bonne soirée. Il avait l'air heureux aussi. Il proposa de me raccompagner quelques blocks à pied, la nuit était si belle. J'acquiesçai. Nous marchâmes en silence le long du parc puis je regardai ma montre et lui dis qu'il fallait que je rentre. J'allais étendre le bras pour héler un taxi lorsqu'il me retint par la manche de mon manteau, m'attira à lui et m'embrassa. À m'en couper le souffle.

Je m'écarte, surprise. Le regarde, mais il met la main sur mes yeux, me reprend contre lui et murmure :

– Juste pour la nuit, d'accord. Rien d'autre. D'accord ?

Je ferme les yeux contre la paume de sa main et dis Oui. Oui, je m'en fiche. Vas-y pour le plaisir. Je suis d'accord.

Intimidée mais d'accord.

Son appartement est immense. Immensément vide. Des murs blancs, des tableaux posés un peu partout à même le sol. Des dossiers. Des livres, des albums d'expos, des disques. Toute la collection de Billie Holiday. Il y flotte encore l'odeur du neuf, l'odeur de la colle, du bois et du parquet qu'on vient de vitrifier. Il n'y a pas de rideau, et une enseigne de néon pour les pellicules Fuji illumine la grande pièce par intermittence. Il jette les clefs sur un meuble, me rattrape dans la grande pièce où je me suis aventurée et me pousse dans sa chambre, jusqu'à son lit, me renverse et s'étend sur moi. Lourd.

Sans un mot, il m'embrasse. Me bâillonne avec sa bouche comme pour m'empêcher de parler. Je ne risque pas de parler. Je suis bien trop étonnée. Bien trop apeurée. Il me déshabille d'une main et me maintient de l'autre sur le lit. Comme si j'allais lui échapper. Il se soulève sur un coude pour défaire son pantalon, le fait glisser le long de ses jambes, fait glisser son caleçon, défait sa chemise et me maintient toujours contre lui. Je ne vois pas ses yeux. J'ai l'impression qu'il évite mon regard. Du désir, rien que du désir, semblent dire tous ses gestes. Il me serre contre lui, m'ouvre les jambes d'un coup sec et dur et me prend. Je suis sa prisonnière. Une prisonnière dont il dispose à son gré. Écrasée contre lui, suspendue à son cou, je me laisse faire. Il pèse sur moi de toutes ses forces. M'écartèle les bras, les jambes, puis se ramasse au-dessus de moi et ne forme plus qu'une boule de désir, une houle frémissante sous laquelle j'ahane. Je perds le souffle. Je me perds. Submergée par une force qui m'emporte, me dépossède, me donne envie de m'offrir, de tout donner de moi. Mais je me reprends : du désir, rien que du désir, rien que du désir.

Il est loin, si loin…

J'ose à peine le caresser du doigt de peur de l'effaroucher. Qu'il voie là un signe de possession. Je me retiens et m'accroche à son cou de plus belle pour surtout pas me laisser aller à un geste personnalisé de tendresse. J'oublie qui il est. J'oublie qu'il est cet homme que j'attends depuis si longtemps. Cet homme qui me fait trembler chaque fois qu'il sonne à ma porte.

Je baise avec un inconnu.

Il me mord, me pétrit de ses doigts longs et forts, je me tords, je l'agrippe, je refuse de crier, les dents serrées et les doigts enfoncés dans son dos. En silence. Il plaque son corps si fort contre le mien que je suis projetée contre la tête du lit, puis ses mains s'arriment aux barreaux et il m'immobilise sur le matelas à m'en faire mal. Ses hanches me meurtrissent, ses coudes se fichent dans mes bras, sa poitrine râpe mes seins. Comme s'il voulait m'effacer de la terre. Je le laisse faire, étonnée par tant de violence contenue. Et quand, dans un ultime arc-boutement, il laisse échapper un râle et retombe à mes côtés, je me dis que la guerre, pour ce soir, est finie... que j'ai marqué un point même si tout son corps se refuse et refuse brutalement de me faire de la place.

Et quand, après, il me demande d'aller dormir dans la chambre à côté, je ne dis rien non plus. Je ramasse mes affaires et vais dormir à côté.

Notre première nuit.

Il y en eut d'autres. Toujours aussi brutales. Toujours aussi muettes. Et toujours je ramassais mes affaires et rentrais dormir chez Bonnie.

Sans rien dire.

Je marchais quelques minutes, seule dans la nuit new-yorkaise, curieusement légère et gaie. Avec le sentiment que j'avais ouvert une faille dans la forteresse et que la faille s'élargissait. Confiante, sereine. J'avais tout mon temps. Ce qui le contrariait, je crois, c'était que je ne reste pas finir la nuit chez lui, dans la chambre d'à côté. Il maugréait dans son demi-sommeil qu'il n'aimait pas me savoir seule dans les rues si tard. « Ce n'est pas ton problème, c'est le mien », je lui murmurais doucement, la bouche contre son oreille, avant de fermer la porte.

Je savais que ça allait vite devenir le sien, que, peu à peu, je creusais ma place à ses côtés, qu'il allait penser à moi, dans les rues la nuit, hélant un taxi, risquant de faire une mauvaise rencontre. Il ne me déplaisait pas qu'il se fasse du souci. Je jouais sur le vieux sentiment de culpabilité de l'homme anglo-saxon blanc et bien élevé.

On se voyait de plus en plus. Il me parlait de plus en plus. Mais je n'en tirais pas avantage. Au contraire. J'écoutais et ne commentais pas. Je l'apprivoisais. Je voulais qu'il comprenne qu'il pouvait me faire confiance. Je n'étais pas une ennemie. Je connaissais trop la peur de l'homme blanc envers la femme blanche. La peur viscérale de l'homme américain. «Tough cookies», c'est comme ça qu'ils appellent les femmes quand ils sont entre eux, tard dans les bars, la nuit, et qu'ils murmurent leurs défaites. Cette peur qui les transforme en fugueurs, une fois leur affaire faite.

Aussi, le jour où, négligemment, il me jeta un double de son trousseau de clefs et me proposa de venir vivre chez lui…

– Mais attention, en copine, parce que tu seras mieux chez moi que chez Bonnie pour écrire, et puis tu es plus près de Columbia, mais ça ne change rien entre nous, d'accord ?

J'opinai de la tête. J'étais toujours d'accord. Je transportai mes petites affaires, ma machine à écrire, mes bandes de Glenn Gould. Je fis bien attention à ne pas prendre trop de place, mais continuai mon siège, patiente et obstinée, l'humeur toujours égale. Même quand ses autres petites amies téléphonaient et que je décrochais. Je prenais le message, promettais qu'il rappellerait d'une voix presque amicale. On vivait dans le même appartement mais on ne vivait pas ensemble.

– I don't want to be involved, me répétait-il à la fin de chaque nouvelle confidence. L'amour, c'est une histoire de femmes pour vous couper les couilles. Au début, elles vous aiment parce que vous êtes un homme, un vrai, et après elles vous reprochent d'être un infect mâle. Je ne comprends rien aux femmes…

Il y avait cru, deux fois au moins, et chaque fois il s'était retrouvé fait.

– Comme un rat. Elles t'aiment pour ce que tu es et, très vite, elles te haïssent pour ce que tu es. Et toi tu ne comprends rien. Tu es toujours le même et elles te détestent. Et si tu cherches à comprendre tu es encore plus foutu parce que, alors, elles te méprisent.

J'écoutais.

J'écoutais et je n'étais pas loin de me retrouver dans ces femmes-là. Combien de fois, moi aussi, avais-je supplié un homme de m'aimer pour ensuite le rejeter parce que, justement, il m'aimait ?

Combien de fois avais-je abandonné un homme pour les raisons précises pour lesquelles je l'avais adoré ? Un homme meurtri qui ne comprenait pas, qui ne pouvait pas comprendre puisque, moi non plus, je ne comprenais pas. C'est cela que je voulais éclaircir. Cette haine soudaine de l'homme que j'avais séduit et à qui je reprochais justement tout ce qui m'avait séduit en lui. Cette haine viscérale qui me retournait les boyaux et me laissait pantelante, vomissante presque, me haïssant moi avec lui.

Écœurée. Fatiguée.

Je l'écoutais parler de ces femmes qu'il avait aimées et je frissonnais. Qu'avions-nous donc en commun pour nous conduire ainsi ?

On ne se donnait jamais rendez-vous. Certains soirs, il rentrait. D'autres, il ne rentrait pas. Certains soirs, on dormait ensemble, d'autres, j'entendais le bruit des clefs dans la serrure, ses pas dans le couloir, la chute des clefs sur la commode de l'entrée, puis le tintement de la monnaie qu'il vidait de ses poches pour la poser sur sa table de nuit, et enfin le choc de ses chaussures sur le parquet. Ensuite il devait s'allonger sur son lit, finir de lire son journal car il se passait un moment avant que s'ébranlent les tuyauteries de la salle de bains. Quelquefois, ses pas allaient jusqu'à la cuisine. Il devait se servir un scotch, j'entendais tintinnabuler les glaçons dans le verre. Il allumait la chaîne et la voix sourde de Billie Holiday déchirait la nuit. «The difficult I do it right now, the impossible will take a little while.» Je frissonnais et prenais ces paroles pour moi. Le difficile, c'était maintenant : ne pas courir me blottir contre lui, ne pas réclamer tout de suite de l'amour. Tous les deux seuls dans la nuit, séparés par une si mince cloison…

Et l'impossible…

L'impossible, c'était tout le reste. Pouvoir l'aimer sans le détruire, sans le torturer. C'était apprendre à aimer. Et ça, c'était sûr, ça prendrait du temps.

Je restais dans mon queen size bed, les mains nouées sur le ventre, les genoux remontés contre le menton, enroulée sur mon envie de lui, brûlant d'envie d'aller le retrouver et de lui murmurer, juste avant qu'il s'endorme : «N'aie pas peur. Je t'aime et je ne te ferai pas de mal.» Mais j'en étais pas sûre. Les filles continuaient de téléphoner, mégères déguisées en mendiantes. Sauf Maria Cruz. Jamais je ne reconnus sa voix à l'autre bout du fil. Je répondais. Délicieuse et précise. Je prenais les messages, marquais les numéros de téléphone, notais les doléances de celle qu'il avait oubliée après un week-end ou d'une autre qui rappelait pour la troisième fois et n'obtenait pas de réponse. Je sentais bien que je les énervais. Elles se demandaient ce que je faisais là et combien de temps je resterais. Combien de temps je supporterais leurs intrusions. Elles attendaient que je craque, que je lui fasse une scène. J'avais décidé de ne pas craquer.

C'était sa vie. À lui de décider.

Même Bonnie s'étonnait de ma résistance et voulut en avoir le cœur net. Elle appela un soir et proposa qu'on se retrouve plus tard à un vernissage downtown. Un de ces peintres inconnus la veille et célèbres le lendemain qui éclatent des télés barbouillées de ketchup et les exposent sous toutes leurs faces. Des files de télés bousillées et maculées devant lesquelles les critiques se recueillent pour en deviner le message.

Bonnie avait encore maigri et elle en était fière : « J'arrête pas de me lever en réunion pour leur montrer ma nouvelle ligne, m'annonça-t-elle triomphalement. Ce que je peux être bête ! » Je ris avec elle. Je vis dans son œil que j'étais remontée dans son estime, qu'elle me considérait à nouveau comme une copine. Une égale. Allan avait dû parler de moi.

S'il parle de moi, je me dis, c'est que je le préoccupe…

Ça me rassurait.

Parce qu'il y avait aussi des moments où je doutais de moi. De la fille formidable que j'allais devenir. J'avais l'impression de tourner autour de lui fermé comme un coffre-fort. Et alors me revenait ma vieille peur de l'abandon.

Un soir, alors que nous dînions chez Raoul's, que, échauffés par une bonne bouteille de bordeaux, nous nous laissions aller, que j'avais posé ma main sur la sienne que très doucement je caressais, geste ô combien plus téméraire que le fait de coucher avec lui un soir sur deux, il me dit qu'il a un service à me demander. Mon cœur ne fait qu'un bond. Je me porte garante de tous les services à lui rendre. Je vais lui prouver que je suis là en cas de coup dur, que je l'aime assez pour être toujours à ses côtés et que pour moi rien n'est impossible. Je ne lui dis pas tout ça, mais c'est ce que je pense en effleurant avec tendresse les phalanges de sa main gauche posée sur la nappe à carreaux. Il veut une preuve que je l'aime vraiment, pour de bon, plus que tout au monde y compris moi-même ? Je suis prête.

– Voilà. J'ai une copine, tu sais, celle qui habite à Boston… Celle que je vois irrégulièrement parce qu'elle est mariée…

– Oui, oui. Priscilla… La grande blonde très jolie…

Très jolie Priscilla. Un jour où il rangeait de vieux albums, il m'avait montré une photo d'elle. Elle ne me fait pas peur : elle habite Boston, est mariée et mère de trois enfants.

– Oui, Priscilla. On s'est revus récemment et… elle a décidé de divorcer et… enfin, elle va venir passer une semaine à New York pour le jour de l'an et j'aimerais mieux que tu ne sois pas là parce que, tu comprends…

J'ai compris. Je suis KO. À bout de souffle, mais j'ai compris. J'ai failli m'arrêter net de lui caresser la main, mais je me suis dit que je me trahirais. Alors je continue, je me force à garder une pression douce et amicale de mes doigts sur le dos de sa main et j'ajoute d'une voix tout aussi amicale et douce que ce n'est pas un problème, j'irai m'installer chez Bonnie.

Ou ailleurs. Histoire qu'il se demande où, justement.

Je dois si bien masquer ma déception et ma douleur qu'il s'enhardit et se met à me parler de Priscilla. Ils ont passé un week-end délicieux juste avant qu'il me rencontre chez Bonnie Mailer et ont décidé de laisser passer trois mois avant de se revoir. Trois mois pour vérifier que leur passion tient bon. Et manifestement elle a tenu bon car elle a rappelé et lui a annoncé qu'elle venait à New York commencer la nouvelle année à ses côtés.

– C'était vraiment merveilleux, ce week-end, tu sais… C'est une fille exceptionnelle. Je connais sa maison, son mari, ses enfants, et c'est tout ce que j'aime. Tout ce dont j'ai besoin. Elle travaille, en plus, elle est indépendante. Elle est sortie première du conservatoire de musique de…

Je n'écoute plus. Je fais semblant. La vieille douleur que je connais bien vient de se réveiller au creux de moi. Plus de goût à rien. Je hoche la tête et intérieurement je compte 4, 5, 6, 7, 8, 9 pour ne pas hurler et ruiner tous mes efforts des semaines passées. Tout entière repliée sur moi en attendant que ça passe. J'ai l'habitude, je sais que ça va passer. J'attends, recroquevillée. Coupée du monde extérieur, sourde et aveugle aux autres. À lui d'abord, aux bruits d'assiettes, aux serveurs qui courent d'une table à l'autre les pommettes rouges et le front perlant de sueur. Je les regarde et m'étonne qu'ils continuent à s'agiter de la sorte quand tout en moi s'est figé. C'est ça alors, l'amour ? Un éternel recommencement. Toujours la vieille douleur qui n'attend qu'un signe pour se déplier et me ronger les entrailles. La peur, la douleur et la rage. La rage d'être impuissante et de subir encore. Pourquoi ? Mais pourquoi ? C'est toujours pareil, même quand je décide de changer de conduite, de m'en sortir… C'est alors que j'entends tonner la démone. Ah ! elle s'en paye une tranche, celle-là. Elle se régale. Se bidonne. Se fout de mes efforts pour devenir une fille formidable. « Ce n'est pas pour toi, cette vie-là. Je te l'ai déjà dit cent fois, t'es pas faite pour un seul homme. T'es faite pour le désir qui traîne partout, qui te prend à la gorge et te rend chienne… Arrête de te raconter des histoires. Regarde ce que tu fais depuis des semaines pour lui plaire. Tu vis comme une nonne. Tu repousses toutes les occases de plaisir. Et le résultat ! Il est beau, le résultat ! Retour à la case départ. Tu te fais coiffer au poteau par une bourgeoise prof de trombone flanquée de trois mômes ! Ha ! ha ! ha ! c'est bien fait pour toi, ma vieille. Tu crois qu'on peut changer comme ça parce qu'on a décidé et tu te retrouves marron. Marron ! Et cocue ! »

Je me bouche les oreilles et continue à compter pour ne pas me trahir, pleurer, crier qu'il me regarde, que je l'aime, moi, pourquoi il ne veut pas de moi ? C'est pas juste !

– … avec son mari, ils vivent séparés depuis un moment déjà et elle est arrivée à lui faire comprendre qu'il faut qu'ils se séparent pour de bon…

23, 24, 25, 26, elle me bat sur le fil cette abrutie de Priscilla avec son cornet à piston, ses trois enfants et son intérieur qui sent bon le pecan pie, l'encaustique et les petits rideaux à fleurs. 27, 28, 29, 30, 31, 32, 33, je m'en fiche. Je vais m'envoyer en l'air et plus jamais, plus jamais je laisserai tout tomber pour devenir la fille formidable d'un seul homme. 34, 35, 36, 37, 38, 39, mais qu'est-ce qui m'a pris d'agir de la sorte !

La sauce de la blanquette maison se fige dans mon assiette en une gelée blanchâtre. Je bois verre sur verre pour me faire tourner la tête et endormir la douleur dans le ventre. Je ne suis plus rien. Finita. Balayée en quelques phrases. Remise à zéro. Je réussis cependant à sauver la face. J'abandonne le massage de ses phalanges pour une cigarette. Alibi parfait. Prétexte m'être goinfrée de sucreries l'après-midi pour ne pas finir mon assiette et accélère le repas afin de me retrouver en paix dans mon lit et pleurer tout mon saoul.

Je ne m'en prive pas. Je pleure, pleure à en tordre les draps. En silence, les doigts dans la bouche, recroquevillée tout près de lui, séparée par une mince cloison du lit où il repose, béat, ravi d'avoir trouvé une amie si sympa qui lui sert à la fois de maîtresse, de confidente et de psy pour le même prix. Je me mets même à faire le décompte de tous les petits plats que je lui ai cuisinés, des livres d'art que je lui ai achetés chez Rizzoli, des cachemires de chez Brooks, des disques de chez Sam Goody, et je m'endors en comptant les sommes folles que j'ai investies.

Le lendemain, après qu'il fut parti pour son bureau, je me suis levée, les yeux rouges et gonflés – « On ne doit pas pleurer après trente ans, les tissus sont foutus », répétait Bonnie Mailer – et j'ai fait mes bagages.

Direction Forsythe Street, chez Rita la voyante.

Elle était en train de faire les cartes à une starlette désespérée que son mec faisait chanter en menaçant de vendre au *New York Post* tout un jeu de photos porno qu'elle a faites à ses débuts, quand elle crevait la faim. Or, elle vient tout juste de signer un contrat mirifique avec Walt Disney Production. Rita essayait de l'apaiser en lui parlant de Dieu et du neuf de pique qui, oiseau de malheur, n'apparaît pas une seule fois dans son jeu.

– Il n'ira pas jusqu'au bout, je vous assure. Je ne vois aucun obstacle à votre carrière. Aucun. C'est une menace, rien de plus. Dieu vous protège. Priez-vous Dieu de temps en temps ?

La starlette renifle que non et tente de récupérer le verre de contact qui est tombé dans son mouchoir. Elle n'a pas le temps. Elle court les auditions, Broadway, les publicités, les photos de mode. Comment pourrait-elle, en plus, trouver le temps pour Dieu ? Et merde, où est passé ce foutu verre de contact ? Au prix que ça coûte !

– Dieu est partout… Et, si vous y pensiez davantage, vous ne vous mettriez pas dans de telles situations.

La starlette promet à Rita de Lui consacrer plus de temps à condition que les photos ne paraissent pas. « Et que je retrouve ce foutu verre », je l'entends marmonner les yeux rivés au carré de mouchoir blanc. Rita l'arrête tout de suite et lui dit que ces marchés-là ne prennent pas avec Dieu. Ce n'est pas un tiède, Lui là-haut. C'est tout ou rien. La starlette bougonne, tripotant les boutons de son manteau de viscose rose avec des petits mickeys imprimés.

– De toute façon, vous êtes protégée…

– Par Dieu ?

– Non. Par un homme âgé.

– C'est mon papa, affirme-t-elle dans un large sourire confiant.

La manière dont elle dit « mon papa » me fait fondre en larmes et agonir le ciel d'insultes. Qu'est-ce qu'il fout, mon papa, là-haut ? Pourquoi il me protège pas, lui ? Toute sa vie, il m'a laissée tomber et, aujourd'hui qu'il est pote avec l'Escroc, il n'en profite même pas pour se rattraper !

Je vais sangloter derrière le rideau qui sépare la vie professionnelle de la vie privée de Rita, ouvre le freezer et sors une glace. Rita me trouve le nez dans le carton glacé en train de pleurer à gros bouillons.

– Ça y est. Tu recommences. Qu'est-ce qui s'est passé cette fois-ci ?

– Allan a une fiancée, une sérieuse qui joue de la clarinette… Il veut l'épouser et adopter ses trois enfants. C'est foutu. Foutu !

Rita hausse les épaules.

– Mais puisque je t'ai vu un grand bonheur. Sois patiente. Laisse-le venir à toi. Vous êtes toutes les mêmes, pressées comme des fusées !

– Mais c'est Allan que je veux ! Pas un autre !

– On dirait une petite fille de quatre ans… Mouche ton nez.

– Et ta glace est dégueulasse ! Elle est salée !

– C'est pas ma glace qui est salée, c'est toi qui arrêtes pas de chialer dedans !

Je me suis installée à Forsythe Street, chez Rita. J'écoutais ses clients raconter leur vie derrière le rideau tiré. J'en ai appris de belles. Des tombereaux de merde qu'ils venaient déverser chez Rita, les clients ! Je comprenais qu'elle se réfugie au pied de sa Vierge en plastique. Que des histoires de cul, de blé, de vengeance, d'œil pour œil dent pour dent. Des patrons qui traficotent dans les caisses, se shootent à la cocaïne, ont peur de se faire prendre le nez dans la poudre, la main dans les comptes. Des femmes qui trompent leur mari, veulent divorcer mais réclament une pension alimentaire juteuse pour entretenir l'amant oisif et désargenté. Des enfants qui poussent leurs vieux à signer des testaments iniques avant de les enfermer dans des pensions miteuses. Des vieilles maîtresses abandonnées qui concoctent des vengeances terribles à base de cheveux coupés à la pleine lune et de vitriol. J'en avais la nausée derrière mon rideau mais je restais à les écouter, fascinée par les torrents de vilenies qui dévalaient dans la boutique de Rita la voyante.

Rita sortait de ses séances désemparée. Découragée. Épuisée. Elle s'étendait sur son divan et battait l'air de son éventail chinois décoré de paons aux queues irisées. Je lui cuisinais des gratins dauphinois – elle n'aimait que ce qui était consistant –, des mousses au chocolat, des gnocchis, des poulets fermiers que j'allais chercher sur la Première Avenue et la Cinquantième Rue, chez un boucher nommé Fritz qui fournit les meilleures volailles de la ville. C'était son plat favori. Avec des petites pommes de terre rissolées dans le jus du poulet. Elle s'en léchait les doigts longtemps après. Je m'activais aux fourneaux pour ne pas entendre la démone qui n'arrêtait pas de me relancer. De me pousser à sortir de la boutique le soir pour aller traîner au Palladium ou au Bottom Line ou au Wine Bar. N'importe où pour faire des rencontres, me susurrait-elle à l'oreille. Des rencontres avec de beaux mâles qui ne demandent que ça…

Entre la démone qui me tarabustait et la guimauve qui s'échinait aux fourneaux en sanglotant, j'avais du mal à ne pas perdre de vue la fille formidable que je m'étais promis d'être.

Pourtant je tenais bon.

Je me disais que, si ce n'était pas pour Allan, je serais une fille formidable pour un autre. Si je calais au premier obstacle, je ne pourrais plus me regarder en face. « The difficult I do it right now, the impossible will take a little while. »

Rita m'encourageait en me faisant des jeux qui, tous, annonçaient l'arrivée d'un homme et le triomphe de l'amour. Je n'avais donc plus qu'à attendre.

En cuisinant. En reprenant mes dix feuillets.

La recherche du mot juste.

Mes cours à Columbia.

Nous avons passé le réveillon de Noël, Rita et moi, en tête à tête. Un poulet de Noël avec des pommes de terre rissolées façon Noël. C'était pas très gai. Et celui du nouvel an devant la télé. 6, 5, 4, 3, 2, 1... s'époumonait le présentateur : une nouvelle année commençait. HAPPY NEW YEAR ! Rita me sauta dessus et me promit une hotte de bonnes choses. Je pensais à Allan et à sa cymbaliste. À leur réveillon... Happy New Year klaxonnaient les voitures dans la rue. Les gens s'embrassaient. Se congratulaient. Une mauvaise année était passée. Vive la prochaine ! Et ils chantaient « ce n'est qu'un au revoir... » en s'attrapant le cou à travers les vitres baissées des voitures. Rita entonna aussitôt la ritournelle. Je lui répondis en français. Je ne connaissais pas les paroles en anglais. Je chantai en pensant à Papa, à son dernier réveillon avec des huîtres, du sauternes, du champagne et un gros cigare... Je me fis un petit plaisir et versai encore quelques larmes, histoire de ne pas perdre cette délicieuse habitude qui me tenait bien chaud. Je n'en finissais plus d'être triste et mal et désespérée.

Un soir, pourtant...

Joe, celui qui m'avait fait lire Ring Lardner, m'invita à aller écouter Dizzy Gillespie dans une boîte en bas de la ville. Au Seventh Avenue South. Une boîte clean, dans le genre jazz branché. On but des vodkas-tonic toute la soirée. Il me parla littérature, grandes espérances et petits profits. Je me dis que c'était peut-être lui, l'Homme que j'attendais. À tout hasard, j'avais mis mon chemisier vert. J'en avais marre d'être seule. Tellement marre. Je voulais juste pouvoir partager avec quelqu'un. Oh ! n'importe quoi : un programme de télé niais ou un poulet fermier !

Je posai la tête sur son épaule et je fermai les yeux.

Je les rouvris chez lui. Il mit un disque de Gillepsie. Je remis ma tête sur son épaule. Lui abandonnai mes mains, ma bouche, mes seins, mes jambes. Ça m'était égal. Je voulais juste qu'on m'aime. Je pensai à Allan qui devait s'envoyer en l'air avec sa contrebassiste. Je laissai Joe m'entraîner dans sa chambre, s'allonger sur moi, me dévorer avec passion.

Je n'étais pas là.

La démone s'arrachait les tifs. Elle me rabâchait à l'oreille de me bouger un peu, d'y mettre de l'entrain. Que ce n'est pas comme ça que j'y arriverai… J'arriverai à quoi ? je lui demandai pendant que Joe attaquait le sein gauche. Je n'arrive à rien, tu vois bien… Ma vie est un gâchis épouvantable dès qu'il s'agit des hommes.

Au petit matin, je repoussai Joe qui dormait sur moi, en travers du lit. Je récupérai à tâtons mes chaussettes, ma minijupe et mon duffle-coat. Effaçai d'un bout de drap le rimmel qui avait coulé. Je pris un taxi et me faufilai dans mon lit avant que Rita se réveille.

J'avais tout faux. C'est le dernier truc que je me suis dit avant de plonger dans le sommeil. Et puis si… je décidai de rentrer à Paris. De retrouver mon appart, mes copains, Kid le chien, les a-na-ly-ses de Pimpin, Toto et sa verrue. Eux, au moins, ils m'aiment, je les aime, et c'est bien plus intéressant que d'errer dans cette ville de tarés où les gens ont peur de l'amour.

Le lendemain, Allan appelait. Il me cherchait partout depuis deux jours. Bonnie avait fini par lui dire d'aller faire un tour chez Rita. Il avait trouvé son numéro dans les pages jaunes de l'annuaire. Il voulait me voir de toute urgence. Qu'est-ce que je faisais dans la demi-heure qui suivait ? Rien, j'ai dit. Alors j'arrive, il a dit.

Nous nous sommes mariés un mois plus tard. Ça s'est passé tout naturellement. Un soir, Allan est rentré avec un gros bouquet de fleurs, des roses blanches avec le bord des pétales tout mordoré. Il a mis un genou à terre et il m'a demandé : « Veux-tu m'épouser ? » J'ai pas réfléchi une seconde ; j'ai répondu « Oui ».

Oui pour me marier.

Oui pour épouser un crétin d'Américain.

Oui pour dire « Oui » le plus longtemps possible au même homme, au même lit.

Oui pour tout.

J'étais émerveillée.

Il a trouvé que je disais « Oui » trop vite, que je devrais réfléchir. Peut-être allais-je m'ennuyer avec lui ? Après tout, il n'était qu'un vendeur de collants et de tee-shirts, américain de surcroît, vieux garçon un fou de base-ball... Est-ce que je connais quelque chose au base-ball ? Et puis il n'aime pas Glenn Gould et moi je l'écoute tout le temps...

– Pourquoi ? tu n'aimes pas Glenn Gould ? j'ai demandé, ébahie.

C'était certainement la première fois que je rencontrais quelqu'un qui ne se pâmait pas devant le célèbre pianiste et sa chaise trouée.

579

– Je n'aime pas sa façon de jouer. Trop sèche, trop métallique, et puis il s'approprie la musique. Il m'empêche de rêver…

– Mais alors… tout le temps où je l'écoutais et que tu ne disais rien… ?

Tout le temps où je me tenais à carreau pour ne pas être trop envahissante, je l'irritais avec Glenn Gould, mais il ne disait rien parce que…

Il m'aimait. Il m'aimait mais il ne le savait pas.

Je n'en revenais pas.

C'était comme si un rêve se réalisait.

Il m'aimait et me demandait de l'épouser.

J'avais un drôle de sentiment. Comme si j'avais bouclé la boucle. C'était mystérieux mais c'était ça : j'avais bouclé la boucle.

On s'est mariés à la va-vite.

Au City Hall, tout en bas de la ville dans le quartier des affaires. On a rempli une fiche avec les noms et prénoms de nos pères et mères, notre adresse, notre profession, nos mariages et nos divorces précédents. Ça, c'était le plus facile. C'était la première fois pour nous deux. Autour de nous, il y avait d'autres couples, des Noirs, des Portoricains, des Mexicains, des Asiatiques qui n'arrivaient pas à écrire les mots anglais dans les cases des formulaires. On les a aidés en se regardant par-dessus nos Bic pendant qu'on inscrivait les noms et prénoms d'Aranjuez, d'Ho Chin ou de Baranga. On avait du trop-plein de bonheur. Il fallait qu'on partage.

Puis on a fait la queue et on est arrivés devant une dame planquée derrière un guichet avec une grille. C'était l'heure du déjeuner. D'une main elle tenait un énorme hamburger, de l'autre elle a pris nos fiches et machinalement nous a demandé de jurer que c'était la vérité :

– Levez la main et dites : « Je le jure. »

On a juré. Elle a lâché son hamburger, s'est essuyé la main sur sa blouse et a ajouté en avalant une gorgée de Diet Coke :

– Dix dollars.

Allan a donné dix dollars et on est repartis chercher un juge. Pour entériner notre union. Le chauffeur de taxi a dit que c'était pas pressé, qu'on avait dix jours pour régulariser, qu'on ferait mieux de réfléchir. « C'est tout réfléchi », on lui a dit en se tenant la main très fort. Il a haussé les épaules et nous a ramenés chez nous en ajoutant qu'on était bien bêtes, que le mariage, c'était un truc à se gâcher la vie, qu'il en savait quelque chose et qu'on ferait mieux de l'écouter.

Allan a trouvé le nom d'un juge dans l'annuaire. Le juge Charette, d'origine française. De Vendée. Mais il y avait très longtemps qu'il n'était plus français, quatre ou cinq générations au moins, et il prononçait son nom « Charretz ». On a convenu de se retrouver le lendemain dans l'appartement d'Allan. « Avec vos témoins », a spécifié le juge juste avant de raccrocher.

Le lendemain, je portais mon chemisier vert et une mini-jupe blanche. Allan arborait une cravate pour faire sérieux et s'était peigné les cheveux bien soigneusement sur les côtés. Rita était mon témoin et Bonnie Mailer celui d'Allan. Parce que, après tout, c'est grâce à elle qu'on s'était rencontrés. Le juge a enlevé son manteau et a demandé s'il pouvait utiliser les toilettes. Après, il est revenu, nous a demandé de nous tenir très droits au milieu de la pièce avec chacun notre témoin, il a ouvert un vieux livre et s'est mis à réciter des phrases en vieil anglais à toute allure. J'ai dit : « I do » sans savoir à quoi au juste. Mais je m'en fichais. Je regardais Allan, très sérieux, qui disait aussi : « I do », et je ne m'en faisais pas. Après le juge a marqué une pause : il attendait qu'on échange les alliances. On n'avait pas pensé aux alliances. Le juge a haussé les épaules et a repris son petit discours.

Dans le grand salon vide, on avait disposé du champagne de France, des sandwiches sur une table basse et Billie Holiday sur le tourne-disques. Après que le juge eut fini son baratin, on a bu le champagne, on a porté des toasts à notre bonheur et tout le toutim, on a mangé les sandwiches. On a parlé de la Vendée même si le juge ne se souvenait plus où c'était exactement. Il cherchait des mots de français à dire pour me faire plaisir mais il n'y réussissait pas et souriait bêtement en faisant des blancs dans la conversation. J'ai téléphoné à Toto, à Pimpin. Toto a dit « Bravo » et a demandé quand il verrait la tronche de mon mari. Ça m'a fait drôle d'entendre parler de mon « mari », et j'ai cherché du regard dans la pièce quelqu'un qui réponde au signalement… Pimpin a réfléchi un long moment puis elle a dit : « Attends, je vais te lire une phrase que je viens de trouver dans un livre et qui te va comme un gant. » Elle a posé le combiné et est revenue plus tard en me lisant une citation d'un dénommé Onetti qui disait que « rien de ce qui est important ne peut être pensé ». C'est tout ce que j'ai retenu. Le reste était trop compliqué. Et j'avais pas la tête à ça. Elle a ajouté qu'elle m'enverrait la phrase complète par télégramme à condition que la crétine des PTT ne déforme pas la pensée d'Onetti, écrivain argentin. Allan a appelé sa famille dans le Wyoming. Enfin, ce qu'il en restait, parce qu'elle était éparpillée un peu partout. Tout le monde nous a félicités.

Rita m'a offert un nécessaire de femme d'intérieur avec plumeau, gants ouatinés pour sortir les plats du four, une poire à jus pour arroser le poulet et des cuillères spéciales pour découper les pamplemousses, des petites cuillères dentelées au bout. Bonnie nous a demandé où on partait en voyage de noces. Allan a ri : il n'avait pas pensé au voyage de noces. Rita a maugréé :

un mariage sans alliances ni voyage de noces, c'était pas un mariage sérieux. Le juge a répondu qu'il était bien de son avis. Et puis il a roté, très poliment derrière sa main, a posé son verre, nous a serré la main et est sorti droit comme un homme de loi. J'ai demandé à Allan si c'était gratuit, la cérémonie. Il a répondu que oui mais il avait quand même fait un chèque pour la chorale du quartier et un autre pour les pompiers. C'était la coutume. Au bout d'un moment, nos invités sont partis et on s'est retrouvés tous les deux. J'avais envie qu'on aille se coucher tout de suite mais Allan a dit pas question. Il avait une idée derrière la tête.

On a pris un taxi. Pour pouvoir s'embrasser tout le temps du trajet. Le taxi a remonté Park Avenue, a tourné sur la Cinquième Avenue et s'est garé à l'angle de la Cinquante-Septième Rue. Juste à côté de Tiffany. J'ai aussitôt pensé à Truman Capote et à Audrey Hepburn. Pendant qu'Allan payait, le chauffeur a dit qu'il aimait bien prendre des jeunes mariés parce que chaque fois il recevait un bon pourboire.

Allan lui a donné un bon pourboire, et on est descendus. Je ne le lâchai pas d'une semelle. J'avais peur tout à coup de le perdre. Je repensais au *New York Post* et à tous ces zinzins qui traînent dans les rues, un revolver dans la poche, prêts à flinguer le premier couple irradiant de bonheur qu'ils rencontrent. On va nous descendre, je me disais, on irradie trop de bonheur.

C'est trop beau, tout ça.

C'est comme un rêve, et les rêves, c'est pas fait pour durer. On se réveille un jour et le réveil est cruel. À tous les coups, on va nous descendre, et, hop ! on se retrouve à la une du *New York Post*. « Stabbed in full honey moon. » Ou un titre comme ça.

Je me suis mise à dévisager tous les zinzins autour de nous. Et Dieu sait qu'il y en a, en liberté dans les rues de New York ! Je me suis fait une raison, je me suis dit que j'avais eu au moins un mois de bonheur et que, ça, c'était pas négligeable.

Depuis le coup de fil d'Allan chez Rita, je nageais dans le bonheur. Je ne touchais plus terre. Je me pinçonnais les bras pour me prouver que je ne rêvais pas.

Il était accouru une demi-heure après avoir raccroché. M'avait serrée dans ses bras à m'étouffer, sous le regard attendri de Rita qui remerciait la Sainte Vierge, les doigts croisés, les yeux au ciel, dévidant toutes les prières qu'elle connaissait. Il me serrait, il me serrait, il me demandait de ne plus jamais repartir. Avec la pianiste, ç'avait été horrible. Dès qu'il l'avait aperçue à La Guardia, il s'était demandé ce qu'elle était venue faire là et pourquoi il avait accepté. Il ne savait plus comment lui faire comprendre qu'il fallait qu'elle décanille, qu'il ne pouvait plus la supporter dans ces murs où j'avais laissé mon odeur, mon dentifrice, une chaussette dépareillée et tous les beaux livres d'art qu'il n'arrêtait pas de feuilleter en marmonnant que j'étais une fille formidable. Priscilla avait déjà tout décidé : son divorce, leur installation, son emménagement à New York avec les trois enfants. Les trois enfants ! Son mari ne ferait aucune difficulté. Il attendrait un an avant de divorcer afin de vérifier que la romance de sa femme tenait le coup. Puis, au bout d'un an, ils se sépareraient, après avoir convenu d'une pension alimentaire décente. Il ne restait plus qu'à trouver une bonne école pour les trois enfants. Les trois enfants ! Une école ! Le mari au courant ! Allan ne savait plus où donner de la tête. Il avait prétexté une rage de dents pour dormir à côté, dans MON lit où les draps n'avaient pas été changés. Dans mon odeur.

Mon odeur… Il avait tourné et retourné dans le lit, battant les draps à la recherche de mon corps, étreignant l'oreiller, se traitant d'abruti, d'imbécile, de plus grand crétin que l'Amérique ait produit, d'aveugle bâté, de niais en pied, puis replongeait, le nez dans les oreillers, pris d'une envie furieuse de me faire l'amour. De me faire vraiment l'amour. Pas à la va-vite comme avant. Il inventait des scènes, des positions, des caresses, et se tordait de douleur à l'idée qu'il m'avait peut-être perdue. À jamais.

Je l'écoutais, enfouie contre lui, les yeux fermés, et je lui demandais : « Encore, encore de l'amour, encore… »

Il me caressait les cheveux, m'embrassait les paupières, me tapotait le crâne pour vérifier que j'étais bien là, et reprenait. Le lendemain, ils avaient pris le petit déjeuner en silence. Priscilla avait feuilleté *New York Magazine* et établi une liste des films, des expositions qu'elle voulait voir, des concerts auxquels elle voulait assister. Il s'était retrouvé, assis, dans une salle obscure du côté du Lincoln Center devant un film français.

– C'est moi qui l'avais choisi pour entendre ta langue, me souvenir de ton accent, mais c'est tout ce que j'ai retenu… Je ne sais même plus le titre…

Le soir suivant, il avait dû s'exécuter et dormir avec elle. Il était à court d'excuses.

– Dans notre lit ? j'ai demandé, employant pour la première fois un possessif.

– Dans notre lit, il a répondu. Tu imagines…

J'avais pas vraiment envie d'imaginer.

Le lendemain, il avait inventé un marché urgent à saisir du côté de Nairobi et était parti.

– Elle n'a pas été dupe. Elle m'a regardé comme un gamin pris la main dans le sac et m'a dit « Adieu ». L'air très triste. J'aurais préféré qu'elle me fasse une scène…

Il s'était installé à l'hôtel jusqu'à ce qu'elle s'en aille.

De l'hôtel, il lui avait écrit une grande lettre où il expliquait tout. Enfin, presque tout : qu'elle allait trop vite en besogne, qu'il ne se sentait pas capable de s'occuper des trois enfants et d'elle. Des trois enfants surtout parce que, elle, à son avis, elle n'avait pas besoin de lui, elle était assez grande pour faire face à la vie. Et, lui, il avait désespérément envie d'être utile à quelqu'un.

– C'est d'ailleurs mon problème avec les femmes, m'avoua-t-il sa bouche contre mes cheveux, elles sont bien trop organisées pour moi. Je ne demande pas mieux que de les aimer, les protéger, mais leur emploi du temps est trop chargé…

Il a souri, s'est écarté un instant puis m'a reprise, en m'écrasant dans ses bras.

Priscilla avait fait ses bagages, très digne. Elle avait tout bien rangé, détartré la cafetière, disposé des anémones dans un vase et laissé un petit mot qui disait : « Too bad ! » Elle avait vraiment de la classe, cette fille, j'ai pensé. De l'humour et de la classe. Je l'aurais bien prise comme amie. J'en manquais cruellement ici…

Allan avait réveillonné, tout seul, dans sa grande pièce à moitié vide. À regarder clignoter l'enseigne Fuji. Il voulait être sûr de lui avant de partir à ma recherche. Puis il avait appelé Bonnie. Elle l'avait traité de fou, de sans-logique. Elle ne comprenait plus rien à notre histoire. Elle lui avait conseillé d'aller voir du côté de chez Rita.

On eut alors notre première nuit d'amour. Une vraie nuit où il me fit l'amour à moi spécialement. Comme s'il ne m'avait jamais renversée avant. En faisant attention à toutes les parties de mon corps, me laissant toute la place, me regardant dans les yeux tout le temps pour ne pas en perdre une miette. On fit l'amour sur le plancher du salon, dans la chambre, dans un coin de la salle de bains. Surtout dans le coin de la salle de bains. Le rideau de la douche nous tombait dessus, on respirait l'odeur de la savonnette, du shampooing, de l'Ajax en poudre. Il disait qu'il voulait me mélanger à toutes les odeurs de la maison. Il n'arrêtait pas de me parler pour rattraper le temps où il était interdit de parler de peur de s'engager trop avant. Il commença à le faire doucement, comme étonné de se laisser aller aux confidences, mais je le serrai contre moi pour l'encourager et il n'arrêta plus de se raconter. Je m'en fichais complètement des femmes avant moi. J'avais compris que j'étais la seule désormais. Mais ce que je ne voulais pas, c'était lui raconter mes amours à moi. J'avais trop peur de le blesser. Peur qu'il ne se reprenne, qu'il ne se méfie, et puis, pour être honnête, je n'étais pas sûre d'être guérie de mon syndrome d'assassine à la tronçonneuse. Je ne mentionnai pas non plus ma nuit avec Joe. Cela lui aurait donné trop d'importance. Je me disais qu'un jour, peut-être, je lui dirais tout. Je le ferais doucement, quand il aurait appris à me connaître, à savoir qui j'étais vraiment, ce qui était important et ce qui ne l'était pas. Pour le moment, j'étais heureuse de l'écouter parler et je n'avais pas l'impression de lui mentir. Comme je me sentais un peu pingre en confidences, je lui racontai l'histoire des billets d'un dollar où je lui avais griffonné un message d'amour.

– Juste au-dessus du pif de George Washington…

Le seul truc qu'il n'arrivait pas à dire, c'était des mots d'amour ou des « Je t'aime ». Ça ne passait pas. Il me prévint. Il ne voulait pas me faire de peine. Mais je m'en fichais pas mal. Alors il m'appelait « Coin de salle de bains » ou « Bicyclette ». N'importe quoi pour remplacer. Et ça marchait.

Je n'avais plus la trouille.

Je n'avais plus peur qu'il prenne la fuite.

Il était là. Il faisait attention à moi. Rien qu'à moi. Je me baladais dans la rue accrochée à son bras comme un porte-clefs triomphant et je narguais toutes les autres. Je leur jetais des regards insolents. Je ne pouvais pas m'en empêcher, cela aussi faisait partie de mon bonheur tout neuf.

Je n'en revenais pas.

Plus je le regardais, plus je l'aimais. J'étais vraiment malade d'amour. Je ne pouvais plus rien avaler tellement j'étais remplie de lui.

On se retrouvait à n'importe quelle heure de la journée pour s'embrasser dans les parkings, dans les garages, au rez-de-chaussée de Bloomingdales, dans les stations de métro entre deux rendez-vous. On laissait passer la bonne station et il était en retard.

Je lui présentai la serveuse de Forty Carrots dont je m'étais toquée, et il comprit tout de suite pourquoi. Il la vit exactement comme je la voyais. Je me suis dit alors que j'avais enfin compris ce que c'était que l'amour : voir du même œil, avec la même délectation, une quinquagénaire noire en blouse rose et aux mollets tendus, être envoûté par sa manière de lâcher « Hi ! Honey ! », lui inventer la même vie dans le métro le soir ou dans son trois pièces à Queens. Je rayonnais de bonheur en avalant mon frozen yoghourt à la banane et j'en commandais aussitôt un autre.

On partait en week-end et on ne sortait pas de la chambre. On s'apprenait par cœur du bout des doigts, du bout des lèvres. On vidait nos mémoires l'une dans l'autre.

On arrivait enfin à coïncider l'un avec l'autre.

Quelquefois, quand je reposais dans ses bras, j'ouvrais un œil et j'apercevais ses poignets, ses mains, ses longs doigts, ses ongles bombés, transparents, et j'avais le cœur qui partait à toute allure. À cause de Papa. Je me disais que ce grand amour-là n'était pas tout neuf, tout innocent, il venait d'ailleurs. C'était peut-être pour ça qu'il était si fort. Et puis je refermais les yeux et ne pensais plus à rien du tout. Qu'à lui. À nous.

J'arrêtais pas de me précipiter contre lui. De me pendre à son cou, de lui coller aux basques. Je ne m'en lassais pas.

Et il ne s'en formalisait pas.

Je ne demandais rien d'autre que de rester collée à lui, le plus longtemps possible. Qu'il ne me lâche pas. C'est tout ce que je voulais de lui, de la vie. Pas de plan. Ni de programme. Je vivais au jour le jour. Je savourais ma vie de porte-clefs.

Et puis, un jour, il est rentré et il m'a demandé : « Veux-tu m'épouser ? »

Je me rappelle très bien. J'étais assise en tailleur sur un tabouret dans le coin bar du salon, le dos appuyé contre le frigo, et je lisais une nouvelle de Flannery. Ou plutôt je la relisais pour la dixième fois tellement je la trouvais bien. Aussi bien que celle du géranium. J'étais même capable, chaque fois, d'oublier comment elle finissait tellement c'était bien écrit. Chaque fois j'y croyais, je me disais qu'ils n'allaient pas tous se faire flinguer par le tueur fou, échappé du pénitencier. J'étais comme la grand-mère : je ne voulais pas croire à la tragédie. Jusqu'au bout j'ergotais avec elle, je discutais avec le tueur fou pour ne pas entendre les coups de feu dans le bois où les deux acolytes liquidaient le reste de la famille. C'était une femme formidable, la grand-mère, et je ne voulais pas croire qu'elle mourrait à la fin.

Le tueur fou qui va nous descendre maintenant devant Tiffany...

C'est sûr.

Je me blottis encore un peu plus contre Allan, l'étreins de toutes mes forces, ferme les yeux, prête à rendre l'âme.

Il me pousse à l'intérieur de Tiffany. On entre. Il me tient par la main et me guide au milieu des vendeurs cravatés, niais et supérieurs parce qu'ils vendent du luxe. Ils me reluquent des pieds à la tête, surtout les pieds avec mes pompes plates et mes socquettes. Les clientes, ici, portent des escarpins en croco et des sacs assortis. Elles ont des diams incrustés à chaque phalange avec la peau qui boudine autour et sont harnachées de vison de l'épaule au talon. Pas besoin de balayer le soir dans le grand magasin, les ourlets des visons ont tout nettoyé.

Moi je frime dans mon duffle-coat et arbore le plus beau mec du monde à mon bras. Sûr qu'ils le matent et se demandent ce qu'il fabrique avec une gonzesse comme moi ! Je leur fais la nique et me gonfle de fierté. J'ai pas d'alliance mais on est mariés. Et pour la vie.

Au milieu du magasin, sous le grand lustre à cristal qui fait ding, ding si on tend l'oreille, il m'arrête et me dit :

– Choisis. Prends ce que tu veux.

– Ce que je veux ?

Il dit « Oui » avec les yeux et à ce moment-là ces yeux rayonnent de bonheur, clignotent de mille mots d'amour, ceux qu'il ne sait pas dire. « Je t'aime. Je suis fou de toi et je suis prêt à faire des folies pour toi. Vas-y. Dévalise le magasin et je vendrais des millions de collants et de tee-shirts pour payer la note. »

Et alors j'oublie le tueur fou. Le zinzin dans la foule, mais une autre peur surgit. Une vieille peur que je connais bien et qui me cloue sur place. Me coupe les jambes et le souffle. Me court-circuite raide, la bouche en rond, horrifiée : ce n'est pas le zinzin qui va nous tuer, c'est moi, la zinzine. Moi et ma haine du bonheur, de l'amour. Je reconnais la vague dans mon corps, la vague qui vient des talons et me révulse. Je regarde encore Allan, m'accroche à ses yeux et supplie en silence : Emmène-moi loin d'ici, arrête, arrête, reprends tes mots et tes cadeaux, ou tout est fini. Je tremble. Je transpire. Je cherche un siège des yeux pour me poser, en espérant que la vague va passer et m'épargner. Je repousse le couteau qui va poignarder mon beau mari tout neuf. Je le repousse de toutes mes forces. Fallait pas qu'il m'emmène dans ce magasin. Fallait pas qu'il me dise avec les yeux qu'il est fou de moi. Je ne peux pas.

Tu sais, je ne peux pas. Ce n'est pas de ma faute. Ça m'arrangeait bien que tu ne saches pas dire les mots d'amour. Je ne les supporte pas non plus.

J'ai des rigoles de sueur qui coulent dans le cou. Qui me graissent les cheveux. Qui collent mes vêtements à ma peau. J'arrête de respirer. Je me scelle au premier comptoir, les mains moites, les genoux tremblants. Je vacille, m'agrippe à son bras. Résiste de toutes mes forces. Résiste encore. Enfonce les talons dans le sol. Supplie la vague de s'éloigner, le couteau de déraper. Puis faiblis. Sens un début de haine monter. Détourne les yeux pour ne pas voir Allan qui se rétrécit, qui devient tout blanc, ne pas le trouver ridicule avec sa grande déclaration : « Vas-y. Prends ce que tu veux. Je suis là. » Mais c'est ridicule… Et puis, on m'a déjà fait ce coup-là.

Il m'a déjà fait ce coup-là.

L'autre.

L'autre homme. Mon papa…

Pour mieux se tirer après.

C'est le même coup qui se prépare. Il va me payer le magasin et se tirer après.

J'en suis sûre.

Je tiens le comptoir à pleines mains et fais semblant de me concentrer sur les pierres qu'exhibe fièrement le vendeur larbin : pièces uniques, taille unique, dessin fait maison, modèle exceptionnel… Je me force à écouter ses mots pour oublier les miens. Pour arrêter la petite mécanique dans ma tête. La mécanique du massacre. Je noie mes yeux dans le saphir, mouille mes lèvres devant l'émeraude, lèche l'eau vert et bleu du diamant, attends, attends, retiens ma respiration et supplie l'Autre là-haut, le vieil Escroc, d'intervenir bien vite pour que je ne dégaine pas ma tronçonneuse. Je le supplie comme jamais. Suis prête à m'agenouiller en plein magasin avec mon duffle-coat et mes pompes plates pour

591

repartir comme je suis arrivée : heureuse et amoureuse. Oh ! Arrêter cette répétition ! Apprendre à aimer pour de bon !... S'il Vous plaît, Vous qui pouvez tout, laissez-le-moi. Laissez-le-moi et je remets mon sort entre Vos mains…

Mais soudain une autre voix surgit. « Tu as peur parce qu'on t'a déjà fait le coup, hein ? me susurre la fille formidable. C'est ça que tu redoutes ? Dis-le. Mais ce n'est plus le même, pauvre idiote. Il est mort. Il est mort. C'est fini. C'est le passé. Tu prétends que tu l'as liquidé et t'arrêtes pas de le ramener sur le devant de la scène. Accepte. Accepte qu'on t'aime. Tente le coup. Arrête d'avoir la trouille. La trouille au ventre tout le temps dès que les choses deviennent sérieuses. La trouille d'aimer, la trouille qu'on t'aime, la trouille qu'on t'abandonne. »

J'écoute la petite voix et j'attends.

J'attends.

Allan me tire par le bras, demande à voir des colliers, des bagues, des boucles d'oreilles. Me montre d'un large geste les comptoirs avec les larbins qui s'inclinent, synchronisés. Deux Nikées envisonnées discutent le coup au comptoir devant un diamant gros comme une poire. Elles n'ont pas d'homme pour le leur offrir, elles. Tandis que, moi, j'en ai un dont je ne veux pas…

Dont je ne veux plus. Tout à coup.

J'avance, cramponnée à son bras, m'arrime à une autre vitrine, au baratin d'un autre vendeur. Accroche les yeux au velours bleu des présentoirs, aux manchettes blanches qui virevoltent. Je veux encore y croire. Je veux que le couteau s'éloigne.

J'ouvre et je ferme les yeux.

Je ne veux pas assister au massacre. Je vais partir, prendre mes jambes à mon cou et me débiner. Je dégage mon bras, rajuste mon duffle-coat, repère la sortie au fond à gauche. Sortie de secours. Il faut que je m'en aille, que je sorte d'ici. Peut-être que, si je réussis à fuir, on pourra se retrouver. Après. Quand j'aurai repris mes esprits.

Peut-être que…

« Mais tu étais heureuse tout ce temps avec lui, serine la petite voix. Tu avais commencé quelque chose. Tu avais commencé à te faire confiance, à te séparer de l'autre. Alors quoi ? Tu flanches au premier obstacle. Bravo, ma fille ! Bravo. Ah ! Tu peux être fière ! Tu pignes pour qu'on t'aime et tu t'esquives au premier geste d'amour. Tu lui en veux de t'aimer, d'être tombé dans tes pièges, d'avoir mis un genou à terre et de t'avoir demandée en mariage. Mais tu en crevais d'envie. Tu trouvais que ce n'était que justice vu que tu étais une fille formidable. »

Je ne suis pas une fille formidable. C'est des histoires, tout ça. Des histoires que je me raconte pour me remonter le moral. Tout ça est bidon, on va se planter, je le sais. J'y crois pas. Je meurs d'envie d'y croire mais je n'y crois pas.

« Eh bien, tente le coup ! Rien qu'une fois. Le temps que ça dure, et tu verras. Mais au moins tu auras avancé. T'auras fait un petit pas en avant. Sinon tu finiras ta vie comme un rond-de-cuir qui tremble de prendre des risques. Prends le risque d'aimer, d'une autre manière, d'un autre amour… »

Le risque d'aimer d'une autre manière…

Les mots explosent dans ma tête.

Ce n'est pas toujours pareil, l'amour. Ce n'est pas ce qu'il m'avait dit alors…

Dans la chambre écossaise, quand il est parti…

Il disait que c'était comme ça, l'amour, on commence et on s'arrête un jour. Toujours, toujours.

Elle lui avait demandé si c'était toujours comme ça : on se lève et on part. Toujours ? Toujours ? Comme un film qui s'arrête et recommence, et si on reste plusieurs séances on peut avoir sans arrêt le début et la fin, la fin et le début, et toujours la même histoire. Sauf que, les acteurs, ils ne savent pas qu'ils jouent toujours la même histoire et que, leur film, on l'a déjà vu cent fois. Eux, ils y croient et ils le jouent comme à la première séance.

Il avait ri et il l'avait serrée très fort.

Elle était la plus forte. Elle avait tout compris, sa petite fille.

Elle avait compris ce que c'était que l'amour.

Et, aujourd'hui, une autre voix, une petite voix, à l'intérieur, me disait que ce pouvait être autre chose. Qu'il fallait tenter l'aventure parce que sinon je deviendrais un vieux film à répétition.

Tenter l'aventure…

Une aventure nouvelle.

À moi.

Avec mes héros et mes héroïnes.

Je sens l'étau qui se desserre. Je respire. Rouvre les yeux.

Regarde le vendeur qui sourit, qui nous observe tous les deux, ravi d'être le témoin d'une belle histoire d'amour.

Mon histoire d'amour.

Quelle qu'elle soit. Même si elle tourne court…

Je prends le risque.

Je l'abandonne encore une fois, lui, l'homme qui m'avait appris l'amour. À sa façon.

Mon papa. Je te laisse, là, sur le comptoir de Tiffany. Avec les Nikées, les vendeurs gominés et les bijoux chics.

J'arrête pas de t'abandonner ces temps-ci.

Mon papa que j'aime.

Mes yeux s'embuent de larmes. Je défais mon dufflecoat.

J'ai chaud.

– Je vais tourner de l'œil, je dis à Allan. C'est trop d'émotions pour moi aujourd'hui.

Trop d'émotions…

Viens, on se tire.

Il dit :

– C'est pas grave, Coin de salle de bains. On reviendra plus tard. On va sortir prendre l'air.

On est allés au Plaza. Au salon de thé du Plaza. J'ai enfourné deux éclairs au chocolat, bu le contenu d'une théière entière. On n'a pas dit un mot. Mais s'il faut s'expliquer dans des occasions comme ça, c'est qu'on ne s'aime pas vraiment. Qu'on ne parle pas de la même chose. Et moi je savais qu'on parlait de la même chose et qu'on n'avait pas besoin des mots puisqu'au premier coup d'œil chez Forty Carrots il avait compris ma fascination muette pour la serveuse, qu'il l'avait vue dans le métro avec ses sacs en plastique aux poignets et assaillie dans son trois pièces du Queens par ses infâmes lardons… Je l'avais pas rêvé, ça. J'avais encore le goût du frozen yoghourt dans la bouche.

On est restés un bon moment assis sur les fauteuils en velours rouge du salon de thé du Plaza. Sans parler. Je gardais toujours la tête baissée de peur de la relever et de le voir tout petit, tout blanc, tout tassé. Ridicule. J'ai fini de grignoter les miettes des éclairs du bout de mes doigts mouillés et, petit à petit, j'ai senti la vague s'éloigner. J'avais gardé la tête hors de l'eau.

J'étais sauvée…

J'ai fermé les yeux et je les ai rouverts. Plusieurs fois. Pour vérifier que c'était pour de vrai. J'ai regardé le bonheur d'Allan, le bonheur qui lui sortait par les oreilles, le nez, la bouche, qui formait comme un halo autour de sa tête, et la pointe du couteau s'est écartée. L'a épargné.

J'ai soufflé. J'ai poussé un énorme soupir.

Je venais de me donner une chance de bonheur. J'avais compris une chose : ce n'était pas gagné. Le tueur fou rôdait encore. Il pouvait surgir n'importe où, n'importe quand. Il n'avait pas renoncé. Il me laissait un sursis. Mais j'étais bien déterminée à le combattre. Je ne me laisserais plus mener par le bout du nez. J'étais avertie maintenant. J'en avais compris, des choses et des choses. Ce n'était pas en vain que j'avais décidé de devenir une fille formidable et de mettre un peu d'ordre dans ma vie.

Alors j'ai pris Allan par le bras et nous sommes retournés chez Tiffany. Pas n'importe où. Vers le comptoir du fond. Tout au fond. J'ai passé les rivières, les diams, les gouttes d'émeraudes montées en boucles d'oreilles, les rubis, les saphirs, les colliers de perles pêchées au fond des mers du Sud par des petits hommes tout maigres qui crèvent la dalle, et je suis allée tout droit au fond du magasin. Vers un petit rayon qui ne payait pas de mine. Avec un vendeur qui avait l'air d'être au rabais. En punition dans ce coin en plein courant d'air.

Là j'ai reluqué attentivement le comptoir où elles reposaient toutes : les minces, les grosses, les ciselées, les toutes plates, les avec des chichis, les sans-chichis. Je les ai regardées sous toutes les coutures en observant mes doigts, en les posant à plat sur la vitre du comptoir, et j'en ai choisi une.

Une grosse alliance, bien large, sans fioritures.

Je l'ai montrée des yeux à Allan.

Il l'a examinée comme un gros caillou qui allait engloutir toutes ses économies. Il l'a retournée plusieurs fois. A cligné de l'œil. A glissé le doigt à l'intérieur, l'a explorée soigneusement, a pris un air entendu puis l'a rendue au vendeur en disant que c'était d'accord.

À une condition…

Qu'il fasse graver à l'intérieur : « Je t'aime, Bicyclette. »

Il a fallu répéter plusieurs fois parce que le vendeur ne saisissait pas très bien. Il a même fallu écrire la phrase en lettres majuscules sur une feuille de papier blanc. Et il a bien dû la lire et la relire au moins trois fois avant de nous regarder bizarrement et de déglutir que ça ne devrait pas poser de problèmes.

– Très bien, a dit Allan. Et quand pourrons-nous revenir la prendre ?

– Dans une semaine, a-t-il répondu, très professionnel.

Avant de repartir, Allan a choisi une alliance pour lui : toute fine et sans inscription. Il n'y avait pas la place.

On est retournés à la maison. On s'est couchés dans le grand lit. Je me suis serrée très fort contre Allan, j'ai mis le nez dans son cou, j'ai respiré à petits coups et je me suis endormie aussitôt. Je n'avais plus de forces.

Le lendemain matin, on a été réveillés par un coup de téléphone d'ATT. C'était une demoiselle qui venait de recevoir un télégramme de France et qui ne comprenait goutte à ce qui était écrit. Peut-être pourrions-nous reconstituer le message si elle nous l'épelait lettre par lettre ? Allan s'est redressé dans le lit, a attrapé un crayon et un morceau du *New York Times* de la veille, a répété les lettres les unes après les autres, et, par-dessus son épaule, j'ai pu lire : « Rien de ce qui est important ne peut être pensé. Tout l'important doit être traîné inconsciemment avec soi comme une ombre. Onetti. Bonne chance à tous les deux. Pimpin. »

UNE SI BELLE IMAGE

« Le destin, c'est le caractère. »

Novalis

Le 25 novembre 1963, devant un parterre de chefs d'État, de têtes couronnées et de personnalités de toutes nationalités, sans oublier les millions de téléspectateurs rivés à leur poste, Jacqueline Bouvier Kennedy fut élevée au rang de mythe.

Ce n'était pas un jour de pardon pour la veuve du Président. Depuis l'instant terrible où elle avait reçu la tête ensanglantée de son mari sur son tailleur Chanel rose, elle n'avait qu'une idée : montrer à la terre entière « ce qu'ils avaient fait ». Quelle que fût l'identité des assassins, elle ne voulait pas que ce crime horrible pût s'effacer un jour de la mémoire universelle ; puisque le destin de John Fitzgerald Kennedy s'était brusquement arrêté à Dallas, à l'angle d'Elm Street et de Houston Street, elle allait, elle, se charger de poursuivre le cours de l'Histoire et le faire entrer dans la légende qui lui avait été refusée de son vivant.

Ce jour-là, elle mit l'Amérique en position de pénitente stupéfaite, torturée par le remords, glacée par l'effroi. Elle voulut que le pays se traîne trois pas derrière le cercueil de son Président comme une épouse soumise. Elle voulut que le monde entier se tienne à ses côtés et lui donne raison.

Ce n'était pas un jour de pardon.

Ni de communion.

Ni de réconciliation.

C'était un jour de défi.

C'était le jour du sacre d'un homme dont on aurait peut-être oublié, avec le temps, le rôle et l'image. Et par là même, le jour du sacre de sa femme, veuve souveraine, et de ses deux enfants.

Ce jour-là, et pour longtemps encore, tous ceux qui n'étaient pas des Kennedy sont devenus des nains.

La mise en scène raffinée et cruelle voulue par Jacqueline Kennedy eut pour effet de mettre tous ceux qui y avaient assisté dans leur tort. Comme une héroïne de Racine, elle acceptait son sort mais en rejetait la faute sur les autres, tous les autres, qui, dans sa douleur, devenaient des ennemis.

La tendresse infinie qu'elle montra ce jour-là envers ses deux enfants, tendresse qu'elle afficha et souligna même, elle qui détestait exhiber le moindre bout de sentiment en public, n'était-elle pas une manière de proclamer : « Regardez ce que vous avez fait. Regardez ce que vous avez fait d'une famille en plein bonheur, en plein espoir, d'une famille qui incarnait le rêve de toute l'humanité » ?

Ce jour-là, elle s'est construit, toute seule, un piédestal. Ce jour-là, tous les témoins le rapportent, embarrassés, elle était radieuse.

Et le monde entier, du plouc américain de l'Idaho affalé au comptoir de son coffee-shop dans Main Street au maharadjah las et compassé, réfugié dans son palais des mille et une nuits du Cachemire, se sentit infiniment coupable et redevable envers cette femme si digne, si émouvante, envers son mari, ce héros tombé en héros sous les balles de conspirateurs odieux, et envers ses deux petits enfants qui saluaient la dépouille d'un père adoré.

Combien d'entre vous qui lisez ces lignes en ce moment ont pleuré en regardant à la télévision la lente et gracieuse marche de Jackie derrière le cercueil de son mari ? Combien d'entre vous ont été bouleversés devant Caroline, à genoux, baisant le drapeau américain qui recouvrait le cercueil de son père et le salut, coude cassé, de John junior dans son petit manteau de lainage bleu ? Pendant combien de temps encore, ces images sont-elles revenues flotter et se superposer, mêlant vos joies et vos peines à sa douleur à elle ?

Et pourtant…

Ces funérailles étaient un masque, un gigantesque vêtement d'apparat jeté sur le désordre, le véritable désordre intérieur de la vie de John, de la vie de Jackie, de la vie même des Kennedy. Une mise en scène somptueuse et théâtrale pour faire oublier le reste, tout le reste.

Plus tard, des années plus tard, on apprendrait que, lors de l'autopsie du corps du Président, on avait découvert les ravages non seulement de la maladie d'Addison dont il souffrait, mais aussi de maladies vénériennes, résultat de sa vie sexuelle plutôt errante.

On apprendrait que Rose Kennedy ne pensait qu'à deux choses en venant à l'enterrement de son fils : à sa tenue vestimentaire et aux bas noirs réglementaires en cas de deuil. Elle avait si peur que ses filles et belles-filles aient oublié ce détail si important qu'elle était arrivée à Washington avec une valise de bas noirs à distribuer, au cas où…

On apprendrait que, la veille des funérailles, pendant que Jackie, réfugiée dans sa chambre, dressait l'interminable liste de tout ce qu'elle avait à faire, le clan Kennedy rassemblé à la Maison-Blanche chahutait, buvait, se soûlait, racontait des blagues.

On apprendrait aussi que ces mêmes Kennedy auraient bien relégué Jackie au rang de potiche mais qu'elle ne s'était pas laissé faire. Puisque la vie de John lui avait échappé, sa mort lui appartenait. C'est ainsi qu'elle décida de tout, reçut elle-même les chefs d'État présents, parla de stratégie nucléaire avec Mikoïan, de l'avenir du monde avec de Gaulle, et plaça le nouveau président Lyndon Johnson loin derrière dans le cortège officiel, afin que lui et ses amis texans ne troublent pas l'élégance de la procession. Elle avait l'œil sur tout : sur la longueur et la qualité du voile noir qu'elle voulait porter et qu'il fallut chercher dans toute la ville, comme sur les peintures qui ornaient le mur du salon ovale jaune où elle allait recevoir le général de Gaulle. Des tableaux de Cézanne en ornaient les murs ; elle demanda qu'ils soient remplacés par des peintures américaines de Bennet et Cartwright.

On apprendrait enfin qu'Aristote Onassis, pendant tout ce temps, résidait en secret à la Maison-Blanche et soutenait Jackie.

On apprendrait bien d'autres choses encore, mais jamais de la bouche même de Jacqueline. Toute sa vie, Jacqueline Bouvier Kennedy Onassis voulut qu'on ne connaisse d'elle que son image. Le vêtement, la pompe et la pourpre. Toute son énergie, elle l'emploiera à entretenir cette image si parfaite, si belle, si lisse qu'elle surveillait attentivement, découpant les photos, les articles parus sur elle, se constituant d'énormes albums qu'elle feuilletait. Rien ne devait transparaître de son intimité sans son approbation. Parce qu'elle avait compris que son siècle allait être un grand dévoreur d'images, elle refusa obstinément de se laisser prendre au piège et de devenir un objet. Elle refusa de se laisser consommer. Elle contrôla tout. Elle se rongeait les ongles et ne voulait pas que ça se sache ? Elle portait en toute occasion des gants longs, moyens ou courts assortis à ses tenues. Ses cheveux frisaient à la moindre ondée ? Elle lança la mode des petits chapeaux qui aplatissent les racines et empêchent la vrille capillaire. Elle avait des pieds larges, osseux et lourds ? Elle ne chaussa que des escarpins bas qui dissimulaient son 42. Elle fumait trois paquets de cigarettes par jour ? Elle faisait tenir son mégot par un tiers dès qu'un photographe était en vue. Sans parler bien sûr de toutes les aspérités de son caractère, de toutes les blessures reçues, certaines tels de petits coups de poignard, d'autres si profondes, si brûlantes, si déchirantes, qu'elle dissimulerait, toujours, derrière un large sourire, deux grands yeux noirs écarquillés, comme figés, et une voix de petite fille implorante.

Mais elle était si belle et ses vêtements d'illusion étaient si beaux que le monde entier, invité à la regarder dès son enfance, se noierait dans l'image, cette si belle image…

Si, dans la vie de Jacqueline Kennedy, l'ordonnance régna en grande maîtresse, c'était bien pour cacher le tumulte de son monde intérieur. Cet ordre intérieur, cette force qui vous permet de vous tenir droit dans la vie. D'avancer, d'avancer jusqu'au bout de vous-mêmes, pour finir par être fidèle à cette haute idée de vous que vous portiez mais que jamais, jamais vous ne croyiez pouvoir atteindre, faute de courage, de ténacité, de confiance en soi, mais surtout, surtout faute d'amour.

Cet ordre-là, chez Jackie, avait été massacré dès son enfance…

Chapitre 1

Jacqueline Bouvier vint au monde le 28 juillet 1929, avec six semaines de retard. Ce n'était plus une naissance, c'était un événement. Jackie n'est pas née : elle a fait son entrée dans le monde. Et, comme les rois et les reines, les princes et les princesses, elle s'est fait attendre.

Cela contraria beaucoup sa mère, qui ne savait plus du tout comment maîtriser son emploi du temps. Il faut dire que Janet Lee Bouvier était une femme énergique et très organisée. Si elle attendait sereinement, en semaine, à New York, que le bébé daigne arriver, quand approchait le week-end, elle ne savait pas si elle devait suivre son mari dans leur maison de campagne à East Hampton ou rester en ville où se trouvait son médecin accoucheur. La tentation de fuir la chaleur moite et étouffante de la ville était chaque fois la plus forte, si bien qu'au bout de six semaines, quand le bébé se décida enfin à paraître, Janet et John Vernou Bouvier III, son époux, se trouvaient loin de New York et du médecin prévu. C'est donc à l'hôpital de Southampton qu'un dimanche après-midi Janet Lee Bouvier donna le jour à une ravissante petite fille de trois kilos six cent trente grammes, aux grands yeux noirs très écartés. On l'appela Jacqueline en l'honneur de son père Jack[1] et de ses ancêtres français.

---

1. Le diminutif de John, en américain, est Jack. C'est ainsi que John Bouvier est devenu Jack Bouvier puis Black Jack. Et que, plus tard, John Kennedy sera à son tour appelé Jack.

Âgé de 38 ans, John Bouvier, un agent de change, était plus connu sous le nom de Black Jack. Janet Lee Bouvier avait 22 ans et Jacqueline était son premier enfant. Vu de l'extérieur, les Bouvier formaient un couple parfait. Riches, beaux, éduqués, élégants, ils faisaient l'envie de tous et vivaient dans un luxe de bon aloi au milieu d'un ballet de jardiniers, de chauffeurs et de domestiques en livrée. Janet, petite, brune et fine, voulait à tout prix faire oublier que ses grands-parents étaient de pauvres paysans irlandais qui avaient fui la famine. Son père, qui ne payait pas de mine, s'était échiné très honnêtement et avait fait fortune. Mais les Lee étaient considérés, dans la bonne société new-yorkaise, comme des nouveaux riches, ce qui faisait abominablement souffrir Janet, qui s'était mis en tête de faire un beau mariage. L'ascension et la position sociale seraient l'obsession de toute sa vie. Et comme, en ce temps-là, une jeune fille de bonne famille ne pouvait espérer progresser dans la vie qu'à travers son mari, il lui fallait choisir le bon parti. Janet Lee ne parlait jamais sentiment, mais stratégie.

La famille Bouvier fut donc la première marche de son avancée impitoyable. Dans son livre sur Jackie[1], David Heymann raconte comment John Vernou Bouvier III se vantait d'être le rejeton de toute une lignée d'aristocrates français dont l'histoire avait été dûment retracée par le grand-père dans une plaquette intitulée « Nos ancêtres », publiée à compte d'auteur, que toute la famille étudiait religieusement. Il s'y inventait des châteaux de famille, des batailles, des duels sous des remparts séculaires, des ducs et des duchesses, des alliances avec les rois de

1. *Jackie. Un mythe américain. Jacqueline Kennedy Onassis*, Robert Laffont, Paris. Le lecteur trouvera, p. 793, la liste des ouvrages où figurent la plupart des épisodes de la vie de Jacky Kennedy que j'évoque. Je leur dois, en particulier, de pouvoir citer, dans le cours du texte, les propos tenus par les témoins ou les acteurs de ces épisodes.

France, là où il n'y avait en réalité qu'un pauvre quincaillier nécessiteux de Grenoble et sa femme. Poussés par le besoin, les Bouvier avaient quitté le sol français pour s'installer en Amérique. Néanmoins, « Nos ancêtres » restait la Bible des Bouvier qui y croyaient dur comme fer et se servaient de leurs nobles origines pour justifier une arrogance, de grands airs et surtout la liberté de faire ce que bon leur semblait et de se situer au-dessus des lois régissant les pauvres manants.

Janet apportait donc l'argent tout frais de son père, Jack les blasons usurpés de ses ancêtres. Elle y trouvait une situation, et lui un portefeuille. Ce mariage avait d'ailleurs surpris tout le monde. Le père de Jackie était en effet connu pour être un coureur de jupons effréné. On pensait même qu'il ne se marierait jamais tant sa consommation de femmes était considérable. Grand, costaud, carré, avec des cheveux noirs abondamment gominés, des yeux bleus écartés, une ligne de moustache, un teint mat foncé, il séduisait à tour de bras et se vantait de pouvoir épuiser quatre à cinq femmes par nuit. Ce qui l'intéressait, avant tout, c'était de conquérir. De faire baisser les yeux de sa proie. Dès qu'il avait lu l'acquiescement frémissant dans les yeux de la belle, il la renversait prestement avant de passer à la suivante, laissant d'innombrables malheureuses sanglotant dans son sillage. Les femmes étaient d'ailleurs le seul terrain où il excellait. Il avait fui avec application la Première Guerre mondiale jusqu'à ce que la conscription le rattrape. Il fut envoyé en Caroline comme sous-lieutenant dans les transmissions. Là-bas, comme il l'écrivit à un ami, il écumait « les bars et les bordels enfumés et bruyants, en attendant que cette sale petite guerre se termine ». Au moins, il ne se prenait pas pour un héros. Ni pour un homme d'affaires. Il négociait quelques contrats entre deux rendez-vous galants, accumulait les dettes, mais trouvait toujours de nouveaux naïfs à charmer et à plumer sans jamais faire le moindre geste pour les rembourser. Son ambition affichée était de devenir très riche et de prendre sa retraite avant 40 ans, dans le Midi de la France, sur un yacht entouré de belles filles ! « Ne faites jamais rien pour rien », proclamait-il, cynique.

Bref, cette union semblait compromise depuis le premier jour. En pleine lune de miel, sur le bateau qui l'emmenait avec sa jeune épouse en Europe, Black Jack flirta avec une passagère et Janet, furieuse, brisa le miroir à trumeaux de leur suite nuptiale.

Comme beaucoup de grands séducteurs, Jack Bouvier tombe amoureux fou de sa fille. Rien n'est jamais assez beau pour celle qu'il ne se lasse pas de contempler et d'encenser. « Ma beauté », « ma plus que belle », « mon tout le plus beau du monde », lui murmure-t-il en la tenant, toute petite, dans sa large main. La petite fille se remplit de ces mots d'amour, elle se redresse pour paraître encore plus grande, plus belle, plus essentielle à cet homme devant qui toutes les femmes tremblent et qui choisit de s'incliner devant elle. Car les petites filles devinent toujours la séduction d'un père. Et elles en sont fières. Il leur suffit d'un balbutiement pour réduire à néant des hordes de rivales. Les petites filles de séducteurs ne prennent jamais le parti des autres femmes, ni de leur mère. Elles sont si contentes d'être l'élue, l'unique…

Janet hausse les épaules et trouve tous ces mots d'amour déplacés. Presque grossiers. Un père ne parle pas d'amour à sa fille. Il se tient raide et droit et contemple son enfant de haut. Avec affection, certes, mais sans jamais le montrer. Les mots d'amour, les câlins sont le fait des gens de basse extraction ou des romans à l'eau de rose qu'on lit en cachette, l'aprèsmidi dans sa chambre. Un père digne de ce nom ne doit pas se laisser aller à des comportements aussi vulgaires.

Il doit apprendre à sa fille l'application, la modestie, les bonnes manières, l'obéissance et à se tenir le dos bien droit.

Black Jack n'écoute pas et se rapproche un peu plus près encore des grands yeux écarquillés de sa fille pour y couler de nouveaux mots d'amour. « Tu seras reine, ma beauté, ma Princesse, ma toute belle, tu seras reine du monde, et les plus grands viendront te rendre hommage. Et sais-tu pourquoi ? Parce que tu es la plus belle, la plus intelligente, la plus envoûtante des femmes que j'aie jamais connue... »

Ce qui ne l'empêche pas, une fois le bébé reposé dans son berceau, de déclarer à sa femme que, ce soir, il ne dînera pas à la maison car il a du travail et ne rentrera probablement que très tard. Il lisse ses cheveux noirs, vérifie l'ordonnance de son beau costume en gabardine blanche, ajuste sa cravate, son gilet, sa pochette, dépose un baiser distrait sur le front tout aussi distrait de son épouse et sort.

Janet n'est pas dupe. Mais elle ne veut rien savoir. Tant que les apparences sont respectées, tant que les incartades de Black Jack restent circonscrites à son club, ses amis, ses cercles de jeu, elle ferme les yeux. Janet est une femme pratique. Elle a fait un mariage de convenance et elle le sait. Elle ne croit pas au Prince charmant, elle croit aux belles maisons, aux rideaux épais et cossus, aux domestiques stylés, aux guéridons supportant de larges bouquets de fleurs, aux cendriers bien astiqués, aux livres alignés dans leur reliure de cuir, aux dîners aux chandelles avec des convives puissants, riches et bien nés. L'existence, pour Janet Bouvier, se limite à ce qui se voit. Hors les apparences, point de salut. Elle-même, d'ailleurs, est parfaite, toujours élégamment vêtue, coiffée, maquillée. Pas un cheveu qui ne dépasse ou de rouge à lèvres qui bave. Pas de rougeur subite ou d'intonations haut perchées. Elle connaît les règles du grand monde, elle les enseignera à sa fille. Elle lui dictera les belles manières, à cheval ou à table, la maîtrise de soi, le respect de l'étiquette. Elle la conduira chez les bons dentistes, les meilleurs professeurs de danse, l'inscrira dans d'excellentes écoles et surveillera ses fréquentations afin que, le temps passant, elle épouse le mari qui conviendra à toutes ses espérances à elle.

En attendant, la petite Jackie a une nurse anglaise, des barboteuses à smocks, des landaus bien suspendus, une chambre pleine de jouets, de poupées et d'animaux en peluche provenant des meilleures adresses. Elle a de bonnes joues rondes, de grands yeux noirs qui regardent bien droit et qui rient, d'épais cheveux frisés retenus par un ruban. Elle grandit dans un superbe duplex sur Park Avenue, entourée de nombreux domestiques. C'est le grand-père Lee, le père de Janet, qui pourvoit en partie à ce luxe, mais Janet ferme les yeux, pour l'instant. Elle est trop heureuse d'avoir réalisé son rêve : faire partie du gratin new-yorkais et mener grand train.

À 2 ans, à l'occasion de son anniversaire, Jacqueline Bouvier fait son entrée dans le monde et reçoit ses amis. Un journaliste de l'*East Hampton Star* couvre l'événement et écrit « qu'elle s'est montrée une hôtesse tout à fait charmante ». Un mois plus tard, on parle encore d'elle dans la presse alors qu'elle présente son scotch-terrier Hootchie lors d'une exposition canine. Son père, au premier rang, rayonne de fierté et l'applaudit à tout rompre. Jackie, s'appuyant sur cet amour fou, se sent pousser des ailes. Elle se sait aimée et ne doute de rien. Surtout pas d'elle.

Sa sœur Caroline Lee[1] naît le 3 mars 1933. On l'appellera vite Lee, comme on a surnommé Jacqueline, Jackie. Elle n'aime pas ce diminutif qu'elle trouve masculin, et,

---

1. Aux États-Unis, on peut donner un nom de famille – en l'occurrence, celui de la famille Lee – comme deuxième prénom.

toute sa vie, demandera, en vain, qu'on l'appelle Jac-
line. C'est tellement plus joli que Jackie ! Un jour, alors
qu'elle a 4 ans et demi et se promène dans Central Park
en compagnie de Lee et de sa nounou, elle s'égare. Un
policier la retrouve et lui demande si elle est perdue. Elle
le regarde avec fermeté et le somme : « Allez donc chercher ma petite sœur et ma nurse ; ce sont elles qui sont
perdues ! »

Les photos de Jackie, à cet âge, montrent une petite
fille altière, au sourire éclatant, dont les yeux brillants
regardent bien en face et qui a l'air de dire : « À nous
deux la vie ! » Une petite fille vorace, gourmande, qui
n'a peur de rien et domine son monde.

Persuadée qu'elle est exceptionnelle, elle dit haut et fort
ce qu'elle pense et en est très fière. Elle ne se donne pas
le moindre mal pour faire des compliments, par exemple.
Ou pour dire des mensonges qui flattent et font plaisir.
Elle peut même se révéler blessante à force d'assener la
vérité. Elle n'a ni la douceur ni la tendresse de sa petite
sœur, Lee. Dans l'immeuble où elles habitent, il y a un
garçon d'ascenseur qui s'appelle Ernest, dont les cheveux
se dressent en toupet blond sur le sommet du crâne. Une
sorte de Tintin américain. Les deux filles rient beaucoup
d'Ernest quand elles sont seules dans leur chambre. Elles
dessinent des Ernest plus ridicules les uns que les autres,
avec des crânes pointus et tout jaunes. Un matin, en pénétrant dans l'ascenseur, Lee dit à Ernest : « Comme tu es
beau, Ernest, aujourd'hui ! Comme tu es bien coiffé ! »
Ernest se rengorge, jette un coup d'œil admiratif à sa
houppe blonde dans le reflet de la porte acajou et va pour
appuyer sur le bouton de l'ascenseur lorsque Jackie inter-
vient et ajoute : « Comment peux-tu dire ça, Lee ? Ce
n'est pas vrai. Tu sais très bien qu'Ernest ressemble à un
coq. »

À l'école, elle n'est pas plus disciplinée. Elle s'ennuie
à mourir et ne le cache pas. Elle a toujours terminé avant

tout le monde et, ne sachant que faire, embête les autres élèves. Elle aime apprendre et déteste attendre. À la maison, elle se réfugie dans les livres et dévore *Le Magicien d'Oz*, *Le Petit Lord Fauntleroy* et *Winnie l'ourson*. Quand elle a fini ses livres d'enfants, elle prend un escabeau et attrape un des jolis livres reliés. Un jour, elle a 6 ans, sa mère la surprend en train de lire des nouvelles de Tchekhov. Étonnée, elle lui demande si elle saisit le sens de tous les mots. « Oui, répond Jackie, sauf "sage-femme". »

La directrice de l'école a beau reconnaître que la petite Jacqueline est très en avance pour son âge et très douée, elle se plaint néanmoins de son manque de docilité. Comme Jacqueline a la passion des chevaux, la directrice la convoque et lui explique que le plus beau cheval du monde, s'il n'est pas dressé, restera une bourrique toute sa vie. C'est un langage que Jackie comprend, et elle promet de faire des efforts.

Sa mère l'a hissée sur le dos d'un poney à l'âge d'un an. Elle est souvent en tenue d'équitation, tirée à quatre épingles sous sa bombe. Elle fait travailler ses chevaux pendant des heures pour les concours d'équitation. Ces jours-là, toute la famille est présente. Et plus il y a de monde pour l'admirer, plus elle est contente. Ce qu'elle veut, c'est gagner. S'il lui arrive de perdre, c'est un drame. Mais si elle tombe, elle ne dit rien et remonte immédiatement en selle. Certains trouvent qu'elle a du courage. Elle ne se pose même pas la question. Sa mère l'a élevée comme ça. Dans la compétition. Ne jamais pleurer, ne jamais rien montrer, serrer les dents et recommencer jusqu'à ce qu'elle soit la première. Janet ne supporte pas les débordements d'émotion. Évidemment, cette attitude ne lui permet pas d'avoir beaucoup d'amies. Pour avoir des amies, il faut partager, faire attention à l'autre, ne pas l'écraser de sa supériorité. La petite Jacqueline n'est pas très douée pour ça. Elle n'est heureuse que lorsqu'elle gagne et bat tous les autres enfants.

Le cheval est aussi un refuge quand ses parents se disputent. Et ils se disputent de plus en plus souvent. Le krach boursier du 24 octobre 1929 est passé par là. Les affaires de Black Jack vacillent. Il a fait des placements hasardeux, des spéculations malchanceuses. Et en plus, il joue. Ses besoins d'argent vont croissant et il emprunte de plus en plus à son beau-père, qui n'a guère d'estime pour ce gendre dispendieux. Janet Bouvier l'apprend. Elle se moque d'être trompée mais elle ne veut pas que son niveau de vie baisse. Elle pressent que si Black Jack continue à dilapider l'argent, elle va vite se retrouver ruinée, avec ses deux filles. Elle déteste cette perspective. Elle a pris goût au luxe. Elle ne jette pas l'argent par les fenêtres mais apprécie l'aisance. Black Jack, de son côté, se comporte en enfant gâté. Stephen Birmingham, dans son livre sur Jackie[1], trace un portrait très pertinent de John Bouvier : quand tout va bien, que l'argent des autres entre à flots dans sa bourse, il se montre charmant, généreux, plein d'humour et d'attentions. Mais quand les temps deviennent plus durs, qu'il est obligé de compter, de faire attention, il ne comprend plus. Il est déboussolé, déprimé. Il s'en prend aux autres. Il devient violent. C'est un enfant qui refuse la réalité.

Entre les deux époux, les disputes éclatent en pleine nuit et Jacqueline se faufile dans le couloir. Elle écoute les cris de son père et les reproches de sa mère. Elle entend parler d'avocats, d'argent, de maîtresses, de dettes de jeu, de train de vie. Elle entend son père traiter sa mère de snobinarde, d'arriviste, de petite parvenue irlandaise, et elle déteste son père. Elle entend sa mère traiter son père de minable, de Don Juan de quatre sous,

---

1. *Jacqueline Bouvier Kennedy Onassis*, Grosset and Dunlap Inc., New York.

et elle déteste sa mère. Leurs disputes font trembler les murs. Elle a très peur. Elle imagine des choses horribles, des bris d'objets, des coups, une bagarre, un meurtre en pleine nuit… Sa sœur, Lee, dort paisiblement dans sa chambre, mais Jackie est obligée de se boucher les oreilles pour ne plus entendre ses parents. Elle s'endort contre la porte de leur chambre, après avoir épuisé toutes les prières qu'elle connaît. De plus en plus, elle se bouche les oreilles et se coupe du monde réel. Elle s'invente des histoires où elle est la Reine du cirque, où elle épouse le trapéziste le plus beau, le plus brillant, le plus courageux, celui dont toutes les autres écuyères sont amoureuses. Elle grimpe dans les arbres pour être seule et s'absorbe dans des feuilletons sans fin qu'elle invente pour se rassurer. À la fois princesse et garçon manqué, elle rêve de s'enfuir de la maison avec sa couronne et de parcourir l'univers comme une aventurière. Elle rêve aussi du Prince charmant qui viendra l'enlever sur son cheval blanc, l'installera dans une grande maison où ils seront heureux et auront beaucoup d'enfants. Elle imagine la maison, la décore, passe un temps fou à décider où seront le salon, la salle à manger, la chambre, la salle de jeux des enfants, choisit la couleur des rideaux, du canapé, dispose des lampes, organise de brillantes réceptions où tout le monde s'extasie devant ce couple si beau, qui s'aime si fort. Tout cela la rassure et l'angoisse disparaît. Dans la rue, en allant à l'école, elle repère des maisons qui servent de décor à ses histoires. Elle attend chaque soir avec impatience pour reprendre son rêve.

Elle se raconte des histoires pour ne pas écouter les potins qui commencent à circuler dans leur petit cercle d'amis. On parle de plus en plus souvent et ouvertement des disputes des époux Bouvier. Les autres enfants saisissent des bouts de conversations chuchotées entre leurs parents et asticotent Jackie, trop contents de pouvoir rabattre le caquet de cette prétentieuse qui gagne toutes les coupes, les bat au tennis, dirige leurs jeux, à qui il faut toujours obéir. Jacqueline a 7 ans. Elle ne bronche pas, joue les parfaites indifférentes, mais se réfugie de plus en plus dans son monde imaginaire et dans ses livres. Elle lit tout ce qui lui tombe sous les yeux.

Quand elle redescend sur terre, c'est pour affronter de nouvelles épreuves. Un jour, alors qu'elle se trouve seule dans l'appartement avec sa nounou de toujours, Bertha Newey, sa grand-mère Lee, la mère de Janet, vient lui rendre visite. Que se passe-t-il réellement entre la grand-mère et sa petite-fille ? Jackie est-elle maussade, bougonne, ne montre-t-elle pas assez d'empressement à répondre à sa grand-mère ? Ou lui lâche-t-elle, comme elle en a le secret, une de ses répliques insolentes ? Toujours est-il que la grand-mère estime que Jackie lui a mal répondu. Elle tend le bras pour lui donner une gifle, mais la brave Bertha s'interpose et c'est elle qui reçoit le coup. Stupéfaite, Bertha, sans réfléchir, soufflette la grand-mère qui repart, indignée, et exige de sa fille qu'elle renvoie sur-le-champ cette domestique qui oublie son rang. Jackie aura beau supplier, pleurer, promettre tous les sacrifices du monde, Janet se montre inflexible, et Bertha doit faire ses bagages. C'est un coup terrible pour Jackie. Bertha était la seule personne rassurante dans le grand appartement que sa mère déserte de plus en plus. Car Janet panique. Elle se met à boire, à sortir avec n'importe qui. Elle ne supporte pas de voir son univers se lézarder, tout le bel ordre qu'elle avait mis en place menacé par la faute de son mari.

Pendant quatre ans, les Bouvier vont parler divorce, se menacer mutuellement d'avocats, se séparer plusieurs fois sans jamais arriver à se décider pour de bon. L'atmosphère dans le grand duplex de Park Avenue devient vite irrespirable. Si la petite Lee, beaucoup plus jeune, ne paraît pas touchée, il n'en est pas de même pour Jackie. Elle voit tout, elle entend tout. Elle ne comprend pas tout, mais elle imagine le pire. Elle irrite sa mère par son air sombre, ses réactions brusques, violentes. Elle l'irrite parce qu'elle prend toujours la défense de son père. Jackie ressemble physiquement à Black Jack. Et il n'est pas rare que Janet corrige sa fille pour une raison ou pour une autre. Elle ne le sait pas elle-même. C'est plus fort qu'elle, la gifle part. Alors Jackie se rebiffe et menace de rejoindre Black Jack.

Un jour, alors que sa mère est absente, Jackie se rue sur le Bottin pour trouver le numéro de téléphone de l'hôtel de son père : elle veut aller vivre avec lui. Mais quand elle le retrouve, elle n'ose rien dire. Elle ne trouve pas les mots. Elle commence tout de suite par lui demander quand il va repartir. Parce qu'il repart toujours et qu'elle ne sait jamais quand elle le reverra. C'est une petite fille si anxieuse que, chaque fois qu'elle est avec son père, elle insiste pour faire les mêmes choses que le week-end précédent. Black Jack plaisante, rit et demande à Jackie si elle ne veut pas changer, pour une fois. Jackie secoue la tête et répond que non. Elle veut tout pareil que la dernière fois. Seule la routine la rassure.

Quand ses parents sont séparés, que Black Jack vit à l'hôtel, Jackie ne voit son père que le samedi et le dimanche. Elle vit dans l'attente de ces deux jours. Malgré ses ennuis d'argent, Black Jack entend bien éblouir ses filles à chaque sortie. Rien n'est trop beau pour elles. Il les emmène au zoo du Bronx, sur le champ de courses où il les présente à tous les jockeys. Ou dans les magasins de la Cinquième Avenue qu'ils dévalisent ; Black Jack s'accoude près de la caisse et dit à ses filles : « Allez-y, achetez tout ce que vous voulez, je veux que vous soyez belles, mes filles, mes beautés, mes amours ! » Jackie et Lee gambadent dans les rayons et entassent par terre tout ce qu'elles veulent acheter. Black Jack éclate de rire et applaudit. Ensuite, c'est le cinéma, puis ils vont manger des glaces ou ils assistent à des compétitions d'aviron ou à des matchs de base-ball. Ses filles adorent les chiens, mais Janet a exilé tous les animaux dans la maison de campagne. Il s'arrange avec un magasin pour en emprunter le temps d'un dimanche. Tous les trois, ils s'amusent à repérer les cabots les plus tristes, les plus miteux, ceux dont personne ne veut ; ils rient sous cape devant la mine déconfite du propriétaire qui ne comprend pas, et hop ! direction Central Park. Le week-end, c'est la fête… et quelquefois, c'est la fête en semaine. Un vendredi matin, Black Jack emmène ses deux filles à la Bourse où il a réservé la galerie des invités rien que pour elles. Auparavant, il a chauffé la salle, expliquant à quel point ses petites filles sont belles, adorables, intelligentes. Lorsqu'elles apparaissent, surplombant les cours de la Bourse et les hommes pressés, c'est un chahut inoubliable. La salle explose en applaudissements et Jackie et Lee, telles deux altesses royales, saluent au balcon, font des révérences, agitent la main. Jackie est enchantée. Elle rayonne de joie. Et son père exulte !

Jackie s'amuse avec son père. Il adore raconter des histoires, celles de son enfance à lui ; il exhorte Jackie à écrire ses histoires à elle. Il la pousse surtout à ne pas être comme les autres. Quand il parle, Jackie n'a plus peur. Elle a confiance en elle. Elle a confiance en lui. Elle le croit quand il dit que jamais, jamais il ne les abandonnera. Qu'il se battra jusqu'au bout pour les garder. Elle l'écoute, rassurée. Elle s'entend si bien avec lui ! Bien mieux qu'avec sa mère pour qui tout doit être rangé, étiqueté, « normal ». Et puis, il a toujours cette manière de la regarder, de lui couler des mots d'amour rien qu'en posant ses yeux dans les siens. Alors elle se sent si importante, si aimée que plus rien ne lui fait peur.

Elle sait bien qu'elle est sa préférée, elle a compté dans sa chambre d'hôtel, au Westbury : il y a plus de photos d'elle que de Lee... Elle est un peu jalouse de sa sœur qui est plus gracieuse, plus fine, plus facile qu'elle. Plus tard, elle confessera : « Lee était toujours la plus jolie, je suppose que j'étais censée être la plus intelligente. » Et en même temps, la réelle affection qui unit les deux petites filles (et qui ne se démentira jamais par la suite) l'aide à survivre dans le bourbier familial.

Jackie aura raison pendant quatre ans. Les Bouvier ne vont pas divorcer tout de suite. Janet hésite, et Black Jack, désespéré à l'idée de perdre ses filles, lui promet toujours qu'il va s'amender, qu'il n'aime qu'elle, qu'il ne peut vivre sans elle. Il la supplie de reprendre la vie commune. Janet sera tentée plusieurs fois. À cette époque, on ne divorce pas à la légère. C'est un scandale. On négocie plutôt des séparations pour sauver les apparences. Si Janet a le courage de fermer les yeux sur l'inconduite de son mari, de ne rien dire, elle n'a pas encore celui d'affronter la société et de partir. Elle réagit à sa manière à elle, refuse d'apparaître en public avec lui, lui fait des scènes entre quatre murs. Mais, devant les autres, elle ne montre rien, fait comme si de rien n'était.

Alors les Bouvier se retrouvent et se séparent, partent en voyages de réconciliation qui finissent en orages. C'est une photo parue dans la presse qui rendra Janet folle de rage et la conduira pour la première fois chez un avocat. Publiée dans le *New York Daily News*, on y voit Janet, au premier plan, en tenue d'équitation, hissée sur une barrière et, juste derrière, Jack Bouvier tenant tendrement la main d'une dame. Légende de la photo : « Ménage à trois. » Le scandale éclate au grand jour. Janet ne peut plus prétendre qu'elle ignore tout de l'inconduite de son époux. Mais l'époux est coriace. Il ne veut perdre ni ses filles ni l'argent des Lee. Il revient à la charge. Par des mots. Parce que, dans les faits, il continuera exactement comme par le passé à accumuler les dettes et les conquêtes. Lorsque, enfin, devenue la risée de tous et poussée par son père qui refuse de continuer à entretenir un gendre irresponsable, Janet se résigne à demander le divorce, elle n'aura aucun mal à prouver qu'il la trompe.

Le 16 janvier 1940, le *New York Daily News* publie un nouvel article provocant : « Un agent de change de la haute société assigné en divorce. » Suit toute une liste des adultères commis par Jack Bouvier et relevés par le détective privé que Janet a mis sur ses traces. L'article fera sensation et sera repris par toute la presse, de New York à Los Angeles, jetant la famille Bouvier en pâture au public.

Le 22 juillet 1940, à Reno, dans le Nevada, Janet Lee Bouvier obtient enfin le divorce. Ce qui n'a jamais été une belle histoire d'amour prend fin. La jeune divorcée se retrouve, seule, avec ses deux filles de 11 et 7 ans et une pension alimentaire de mille dollars par mois. Si le conte de fées de Janet Bouvier est à recommencer, la petite Jackie, elle, ne croit plus du tout aux fées.

Sur les photos de cette époque, les yeux noirs de Jackie ne sourient plus. Ils ne regardent plus le monde en face. Ils sont éteints, comme morts, et le regard qui filtre est celui d'une petite fille méfiante, triste, renfermée.

Elle a accompagné Janet à Reno. Elle a entendu de la bouche même de sa mère que cette fois, c'est sûr, le divorce est prononcé, qu'elle verra son père un week-end sur deux et un mois par an, comme les hommes de loi l'ont arrêté. Elle n'a rien dit. N'a pas cillé, pas pleuré. Elle est trop petite pour décider, pour choisir d'aller vivre avec son père. Elle ressent une grande injustice. Les adultes ont résolu son sort sans lui en parler. Elle a été une balle de ping-pong qu'ils se sont renvoyée jusqu'à ce qu'elle soit toute cabossée. Pour Jackie, c'est la fin de son monde. Ce qu'elle redoutait depuis quatre ans est arrivé. C'est la dernière fois qu'elle souffre autant. Elle ne prendra plus jamais le risque d'aimer. Cela fait trop mal. C'est trop risqué. Trop dangereux. Elle a fait confiance à son père. Elle a cru tous les mots d'amour qu'il lui murmurait et pas un n'était vrai puisqu'il part, qu'il l'abandonne.

De ce jour-là, Jackie ne pensera plus qu'à une chose : sauver sa vie, ne plus jamais, jamais la remettre entre les mains d'autrui, et surtout ne plus faire confiance aux autres.

Cette petite fille de 11 ans se retire de la vie. Elle s'enferme dans son monde intérieur, un monde où elle ne craint rien, où elle ne laisse entrer personne. Elle fait semblant que la vie continue. Elle lui prête son concours. Mais de loin, en spectatrice.

Elle va devenir la Princesse au petit pois. Un mot de travers, un regard noir, un haussement d'épaules, le plus léger signe d'abandon la précipiteront dans le plus grand désarroi, le plus grand désespoir, mais elle ne montrera rien et souffrira en silence. Elle retiendra sa souffrance et offrira une image d'elle forte, têtue, hautaine, seule armure capable de la protéger.

Chapitre 2

En apparence, Jacqueline n'a pas changé. Elle lit toujours autant, si ce n'est plus. Avec une nette préférence pour la littérature romantique, précise David Heymann. Elle engloutit l'œuvre complète de Byron et se délecte de ses poèmes. Elle suit avec application ses cours de danse classique et s'est constitué une bibliothèque exclusivement consacrée à la danse. Elle écoute de la musique, peint, écrit des poèmes, dessine. Achète des ouvrages sur l'aquarelle, la peinture à l'huile et le dessin. Tout ce qu'elle fait, elle le fait à fond. Avec rage même. Comme si elle cherchait à épuiser la colère qui est en elle. Elle ne colle pas un timbre, elle l'aplatit à coups de poing. Elle ne lit pas, elle dévore. Elle ne joue pas, elle régente les autres enfants.

Jackie a trop d'énergie pour se laisser aller ouvertement à la dépression, à la mélancolie. Elle continue à rafler les premiers prix, qu'il s'agisse d'un bal costumé ou d'un concours hippique. Elle n'a toujours pas d'amie proche et n'essaie pas de s'en faire. Elle préfère intriguer, fasciner les filles de son âge que de roucouler en vaines confidences ou piquer des fous rires imbéciles. L'intimité lui répugne. Elle se situe au-dessus du lot commun. Elle est peut-être une petite fille de divorcés montrée du doigt à l'école, et devant laquelle les adultes s'attendrissent en chuchotant « la pauvre enfant ! », mais elle est première en tout et ne ressemble à personne. Elle refuse cette pitié de mauvais aloi qu'elle sent sourdre dans les regards des gens « comme il faut ». Elle interdit qu'on la plaigne. Elle ne veut pas laisser filtrer la moindre peine.

Et puis, elle s'est vite rendu compte que, lorsqu'on tient la vie, les gens à distance, non seulement on souffre moins, mais en plus, on devient un être spécial. Différent. Et cette différence l'enchante. La rend importante. Les filles et les garçons de son âge, s'ils ne la trouvent pas follement sympathique, sont attirés par elle, et elle joue de cette attirance.

« Devinez à quelle chanson je pense ce matin ? » demande-t-elle un jour à un cercle d'enfants rassemblés autour d'elle. Ils passent toute la matinée, en rond, à tenter de déchiffrer les pensées de la Princesse qui refuse de se livrer.

Quand elle s'ennuie, elle grimpe dans les arbres avec un livre ou reprend son feuilleton de la Reine du cirque qui épouse le beau trapéziste. C'est son histoire à elle, et personne ne viendra la saccager.

Bien sûr, tout n'est pas aussi facile ni gratifiant. Il ne suffit pas de décider de ne plus rien ressentir pour que la vie cesse, soudain, comme par enchantement, de vous égratigner. Sous son habit emprunté de princesse lointaine, Jackie est une petite fille comme les autres. Elle a beau s'entraîner à garder ses distances, il lui arrive souvent d'être brusquement blessée par une remarque ou de ressentir un grand vide affectif. Black Jack lui manque, l'insouciance et la joie de vivre de son père, ses déclarations d'amour, ses apparitions magiques lui manquent. Il lui arrive de rentrer de l'école, de le chercher partout dans l'appartement, d'appeler « papa… papa… » puis de se laisser tomber sur une chaise et de se rappeler qu'il n'est plus là. Il est parti. Sans elle. Elle est prise de vertige. Elle ne peut pas vivre sans lui. Elle est trop fragile. Elle est lasse de faire semblant.

625

Alors Jackie voudrait redevenir une petite fille ordinaire, pouvoir pleurer, se réfugier dans des bras affectueux. Arrêter son jeu de belle indifférente et dire « Pouce ». Mais de quelque côté qu'elle se retourne, elle ne trouve personne pour la consoler. Sa mère ne connaît rien aux câlins, sa nounou est partie et sa petite sœur est trop jeune. Dans ces moments-là, l'absence d'une amie de cœur, d'une complice à qui tout raconter se fait cruellement sentir. Ce sont des moments de grand découragement, qui arrivent soudain, sans qu'elle sache très bien pourquoi. Des bouffées de désespoir qui la précipitent dans des abîmes de tristesse. Elle se sent alors terriblement seule, désemparée. Elle a l'impression qu'elle n'a plus rien à quoi se raccrocher et elle panique. Sa détresse s'exprime par de brusques sautes d'humeur auxquelles son entourage ne comprend rien. Elle non plus d'ailleurs. Elle en veut au monde entier sans savoir pourquoi. Elle s'affronte violemment avec sa mère puis s'enferme dans sa chambre et ne veut plus en sortir. Il faudrait une autre éducation pour qu'elle ose dire sa tristesse, qu'elle mette des mots, même maladroits, sur son malaise, qu'il devienne réel et qu'elle le dépasse, ou l'accepte. Mais on lui a appris exactement le contraire : ne jamais rien montrer. Alors Jackie se retire encore un peu plus du monde réel et dérive dans son monde imaginaire. Absente.

Il faudrait aussi une mère plus sensible, plus tendre, plus attentive que Janet. Mais pour Janet, ce qu'on ne dit pas n'existe pas, et c'est bien mieux comme ça. De la même manière que le désordre la met mal à l'aise, elle fuit obstinément l'affrontement, les colères, les grandes explications. Et puis, Janet a d'autres soucis en tête. Dans l'immédiat, elle doit joindre les deux bouts, et, ensuite, se remarier. Parce qu'une femme bien ne reste pas seule. Enfin, il faut qu'elle garde la tête haute dans la compétition terrible que lui livre Jack Bouvier pour emporter l'amour de ses filles.

Parce que entre Jack et Janet, maintenant, c'est la guerre et la haine. Et Janet n'a pas le beau rôle. Comme elle a la garde des enfants, c'est elle qui, toute la semaine, les harcèle pour qu'elles se tiennent bien à table, disent bonjour à la dame, ne s'affalent pas dans les fauteuils, aient de bonnes notes à l'école, boivent leur lait, se brossent les dents tous les soirs et se couchent à huit heures tapantes. C'est elle qui répète que la vie est plus difficile qu'avant, qu'on ne peut pas garder le poney en pension ni acheter la belle robe en vitrine, qu'il faut faire attention à l'argent. « On ne trouve pas l'argent sous le sabot d'un cheval », répète-t-elle tout le temps. Elle serine ses recommandations, elle surveille, elle ne laisse rien passer. Elle élève ses filles comme une surveillante de pension stricte. Mais elle sort de plus en plus, étourdie par le temps qui passe (elle a 34 ans) et le mari qui ne se présente pas. Elle boit toujours trop, se réveille tard, irascible. Crie pour un rien. Avale des somnifères pour dormir et des vitamines pour se revigorer.

Puis le week-end arrive, Jack Bouvier entre en scène. Et la fête commence ! Black Jack tire un à un ses feux d'artifice : promenades à cheval dans le parc, déjeuners dans des restaurants chics et chers, patin à glace au Rockefeller Center, théâtre avec visite des coulisses, cinéma et chahuts dans son appartement qu'il livre à ses filles sans leur demander ni de ranger, ni de se coucher à l'heure. Il les couvre de cadeaux, et à peine ont-elles formulé un souhait que papa l'exauce d'un coup de baguette.

Jack Bouvier est enchanté d'avoir ses deux petites filles à sa dévotion. C'est si facile de séduire des enfants ! Il se sent à l'aise avec elles, bien plus que dans le monde des grands, où les pauvres combines qu'il imagine pour gagner de l'argent prennent l'eau. Le samedi et le dimanche, il n'a plus besoin de faire semblant : il peut retomber dans l'enfance dont il n'est jamais sorti. Il s'amuse comme ses filles. Plus rien n'a d'importance. Il sait bien qu'il a depuis longtemps entamé son capital et que sa fortune fond au soleil de ses esbroufes. Mais, pour le moment, il refuse d'y penser. Il doit d'abord arracher ses enfants à l'emprise de son ex-femme.

Jack Bouvier marque ses filles de son sceau pour que personne, jamais, ne les lui reprenne. Cet homme, qui a tout raté, veut réussir sa dernière aventure et faire de Jackie et Lee ses deux créatures. Il invente une pièce de théâtre pour elles et les met en scène, chaque weekend. Stephen Birmingham raconte les mille et une stratégies de ce séducteur patenté pour éblouir ses deux petites filles, seules femmes devant lesquelles il ne fuit pas.

Il connaît les règles du charme et de la distinction. Il aime les riches vêtements, les tenues élégantes. Il leur enseigne qu'il ne suffit pas d'acheter de somptueuses robes, il faut encore savoir les rendre uniques, leur ajouter ce je-ne-sais-quoi qui les rendra inoubliables. Il les emmène devant les belles vitrines de la Cinquième Avenue et leur explique ce qui est chic et ce qui ne l'est pas. Il disserte sur un nœud, une ceinture, une coupe de manche, un boutonnage. Puis il les inspecte des pieds à la tête et déclare que leur mère n'a vraiment aucun goût. Mais il va arranger ça. Ce sont ensuite de folles équipées dans les magasins où Jackie et Lee écoutent, fascinées, les théories de leur père, le regardent décrocher des ensembles, des robes, les leur faire essayer, y ajouter un tout petit détail, un jupon, une échancrure, une broche, pour ensuite enlever l'achat qui les rend si belles, si différentes, le coucher dans du papier de soie, dans de grandes boîtes en carton gris et or.

Mais, enchaîne-t-il aussitôt, ce n'est pas tout d'avoir de belles robes, il faut en être dignes. Développer un style à soi. Une manière d'être qui rende les hommes fous et les autres femmes tristement banales. Et pour cela, ajoute-t-il, sûr de lui, en vieux routier de la séduction, soyez hautaines et froides. Inaccessibles. Parez-vous d'un sourire énigmatique, mystérieux. Le mystère affole les hommes, les précipite à vos pieds. Je le sais, moi, murmure-t-il, enjôleur. Faites-moi confiance…

Elles lui font plus que confiance : elles l'idolâtrent et il se repaît de cet amour infini qu'il lit dans leurs yeux. Il y cherche la confirmation que son rêve prend forme, que Jackie et Lee n'écoutent plus que lui, remettent leur sort de demain, d'après-demain entre ses mains. Lui livrent d'avance tous leurs amants, leurs fiancés et leurs maris.

Alors, rassuré, enivré, il reprend son prêche. Plus tard, quand vous serez grandes et que vous sortirez, il arrivera que, dans une soirée, vous repériez un homme. Un homme qui vous paraîtra le plus charmant, le plus séduisant, bref, qui vous plaira infiniment. Alors, surtout, surtout, ne lui laissez pas deviner votre trouble, ne vous jetez pas à son cou ; au contraire, ignorez-le. Passez à côté de lui suffisamment près pour qu'il vous remarque, qu'il vous détaille, mais dépassez-le sans même le regarder. Intriguez-le. Étonnez-le mais ne vous approchez pas de trop près. Et ne vous abandonnez pas. Même par la suite, s'il vous invite et que vous lui accordez l'immense privilège de vous accompagner un soir, maintenez-le à distance. Ne lui faites pas de confidences. Restez mystérieuses, lointaines, qu'il n'ait jamais l'impression de vous connaître, de vous posséder. Un homme rassasié est un homme qui s'enfuit déjà.

Par exemple, poursuit-il, porté par l'admiration muette des deux petites filles, savez-vous comment on entre dans une pièce remplie d'invités ? Non, non, font Jackie et Lee en secouant la tête, trop subjuguées pour pouvoir articuler un mot. Eh bien, reprend-il dans un souffle, il faut entrer en souriant, un large sourire automatique qui ne livre rien de votre âme, le menton levé, le regard droit devant, en ignorant toute l'assemblée comme si vous étiez seule au monde. Dédaignez les autres femmes, ne vous demandez pas si elles sont plus belles ou mieux habillées que vous. Répétez-vous que vous êtes la plus séduisante, tout en gardant votre air mystérieux, inaccessible, et alors…

Et alors ? demandent Jackie et Lee dans un murmure. Et alors tous les hommes n'auront d'yeux que pour vous et formeront un éventail autour de vous, comme autour de Scarlett O'Hara dans *Autant en emporte le vent*.

Jackie connaît Scarlett. Elle a lu et relu le roman de Margaret Mitchell. Elle rêve de miss O'Hara. D'ailleurs, son père ne ressemble-t-il pas étrangement à Rhett Butler ? Ne lui demande-t-on pas des autographes dans la rue en le prenant pour Clark Gable ?

Et voilà que son père dépose à ses pieds le mode d'emploi pour égaler la séduction de son héroïne préférée. Voilà qu'il communie avec elle dans la même ferveur. Puis, pour vérifier que la leçon a été bien comprise, il demande à Lee et à Jackie de l'illustrer, sur-le-champ. Jackie est la plus douée. Elle se lève et prend un air de belle indifférente, fait briller ses yeux, son sourire, module une voix de petite fille perdue. Avec une grâce, une assurance qui remplissent Jack Bouvier de joie, de fierté. « Ma fille, ma beauté, mon plus que tout, tu es une reine… », dit-il en s'abîmant dans une révérence de prince du sang.

On croirait assister, deux siècles plus tard, aux leçons raffinées et cruelles que donne l'habile Valmont à la petite Cécile Volanges. Mais n'oubliez pas : Jack Bouvier a des ancêtres français et, si ses armoiries sont fabriquées, un sang libertin coule dans ses veines. Il n'est pas loin du séduisant Valmont et lui aussi mourra de la perte de son seul amour : sa petite fille, Jacqueline.

Chaque week-end, Black Jack ajoute une petite touche ou un exercice pratique à son enseignement. Ils sont invités un dimanche à une réunion familiale ? Il fait répondre qu'il ne sait pas si ses filles et lui-même pourront se libérer ce jour-là. Ils sont si occupés ! Ils reçoivent tant d'invitations ! Puis, le jour dit, avec un retard calculé, marque suprême de distinction, ils font tous les trois leur entrée dans le petit cercle familial qui ne les attendait plus et applaudit à leur arrivée, les remercie d'être venus et s'agglutine autour d'eux. Jackie jette un regard émerveillé sur son père : il avait raison. Et cette découverte est comme le cadeau enchanté d'un Sésame qu'elle exercera avec un talent de plus en plus proche de la virtuosité. L'élève dépassera un jour son maître, mais il ne sera plus là pour assister au couronnement de sa fille.

C'est ainsi que la petite Jackie apprit à être double, parfaitement double. À toujours se montrer impassible et royale en société, même si elle était transie de peur ou de timidité. Le menton haut, souriante, droite, il lui suffisait de se rappeler les leçons de son père pour qu'on ne voie plus qu'elle et que le trac horrible qui l'envahissait, une minute auparavant, s'évanouisse.

C'est ainsi qu'elle perd peu à peu contact avec son vrai moi. Elle enfouit sa vérité, bien plus violente et compliquée. Elle ne ressemble pas à son apparence. Elle n'en a ni l'assurance ni l'indifférence. Elle emprunte la démarche d'un double qui lui est étranger, pratique parfois, mais qui l'empêche de se développer. Lorsque la vraie Jackie fait irruption, elle en est la première décontenancée. Elle ne comprend pas et chancelle au bord du gouffre, saisie de vertige, paniquée. Qui est-ce, celle-là ? D'où vient-elle ?

Hélas ! Le dimanche soir, il faut rentrer. Abandonner le monde enchanté de Jack Bouvier pour retrouver celui, plus terne et terre à terre, de Janet Lee. Janet qui, évidemment, ne décolère pas devant les cadeaux magnifiques que rapportent Jackie et Lee, les regarde se pavaner dans leurs habits de fête et doit subir le récit détaillé de ces deux jours merveilleux passés en compagnie de papa. Papa, lui, dit que… Papa, lui, trouve que… Chez papa, c'est formidable parce que… Avec papa, on peut faire ça…

Et quand elle les envoie se coucher, à huit heures précises, elle ne reçoit qu'un baiser protocolaire et sec, rempli de regrets, car le merveilleux week-end est déjà fini.

Comme tout enfant de divorcés, Jackie a vite compris qu'elle pouvait adoucir le règlement tatillon imposé par sa mère en vantant les mérites de la vie chez son père. Janet, furieuse, tient bon. Mais il lui arrive de céder, impuissante. Elle n'a pas assez d'argent ni de panache pour rivaliser avec son ex-mari. Elle s'incline en enrageant, en se promettant de prendre sa revanche. Elle passe sa colère sur ses filles. Particulièrement sur Jackie. Elle les frappe à coups de cintre ou de brosse à cheveux et recommande à leur gouvernante de leur donner une fessée chaque fois qu'elles mentionnent le nom de leur père. Si Jack Bouvier apprend à ses filles à être spéciales, uniques, à se faire remarquer, et surtout, surtout, à ne ressembler à personne, Janet rêve exactement du contraire. Elle déteste quand Jackie la prend de haut, la détaille en faisant la moue et trouve la vie de sa mère petite et étriquée. Elle tremble à l'idée qu'elle va perdre toute influence sur sa progéniture. Elle en veut de plus en plus à son ex-mari et se promet chaque dimanche soir de mettre un terme à son règne. En attendant, elle ronge son frein et endure les multiples réflexions que lui infligent ses deux adorables filles, qui entendent bien tirer parti de la situation.

Il faudra attendre deux ans, jusqu'en 1942, avant que le destin ne sourie enfin à Janet Lee, ex-Bouvier. En la personne de Hugh Dudley Auchincloss, qu'elle rencontre chez une amie et qui la demande en mariage. D'origine écossaise, Hugh Auchincloss est une personnalité en vue du Tout-Washington. Très fortuné, il a fondé sa propre banque d'affaires. Il possède des bateaux, des maisons, des chevaux, des tableaux, des serres, des Rolls Royce, des comptes en banque multispires. Il appartient aux clubs les plus fermés, il est invité à toutes les fêtes de Washington. Surtout il a l'air sérieux, bon, attentionné, bien élevé : toutes qualités qu'apprécie Janet. Bien sûr, il est un peu lourdaud, un peu ennuyeux, raconte sans arrêt les mêmes histoires pas drôles du tout. Un peu distrait, parfois : il lui arrive de plonger tout habillé dans la piscine. Il est aussi, sang écossais oblige, très pingre et montre une imagination sans pareille dès qu'il s'agit de faire des économies. En hiver, il interdit l'emploi des réfrigérateurs et autres congélateurs et recommande d'entreposer les denrées périssables à l'extérieur. Quand le temps se radoucit, il faut précipitamment tout rentrer et rebrancher les appareils…

Son seul vice réel est bien caché : c'est un collectionneur pornographe. Il possède toute une bibliothèque de livres, films, illustrations, diapositives sur les mille per versions sexuelles humaines. Il hante les magasins spécialisés à la recherche de documents rares et dépense des fortunes pour acquérir le cliché ou l'ouvrage qui manque à sa collection. Il lui arrive aussi de fréquenter les bordels de luxe. Mais c'est un homme très organisé, qui vit ses fantasmes d'un côté et sa vie familiale de l'autre, sans que jamais les deux n'interfèrent. Janet, de toute façon, ne veut rien savoir des éventuels défauts de son nouveau prétendant. Cet homme placide a déjà divorcé deux fois, est père de trois enfants, mais cela ne la dérange pas. Avec Jack Bouvier, elle a connu, du moins le pense-t-elle sincèrement, le pire. Elle est éblouie et n'en revient pas qu'il ait jeté les yeux sur une divorcée de 36 ans, lestée de deux enfants.

Autre avantage, il habite Washington. Ainsi, non seulement elle fait son bonheur, mais, en plus, elle éloigne ses filles de New York et de Jack Bouvier. Janet prend sa revanche sans en avoir l'air.

Pour Black Jack, ce remariage est une insulte personnelle, une vengeance mal déguisée : on lui enlève purement et simplement ses deux filles. Elles vont s'installer à Washington et il va perdre tout contrôle sur leurs vies. Il n'a pas tort. Au début, Jackie et Lee voient venir ce beau-père d'un œil méfiant. Mais elles vont très vite l'adopter. Il va devenir oncle Hughie, un gros nounours que son train de vie rend très sympathique. Les deux petites filles ont compris où était leur intérêt. Oncle Hughie possède deux superbes propriétés : Merrywood, à Washington, et Hammersmith Farm, à Newport. Merrywood est située au milieu d'un parc de vingt-trois hectares traversé par le Potomac, et comporte une piscine olympique, un court de badminton, deux écuries, des allées cavalières, un garage pour quatre voitures ; la maison elle-même comprend huit chambres à coucher et huit salles de bains, une immense cuisine, et des appartements pour les nombreux domestiques. Hammersmith Farm est encore plus grandiose : vingt-huit pièces, treize cheminées, un ascenseur intérieur. D'un côté, la mer ; de l'autre, des pelouses anglaises à perte de vue. Et bien sûr, des chevaux, des domestiques et des Rolls pour accommoder le tout. Hammersmith Farm, c'est la maison de vacances. Merrywood, la résidence principale. Dans chacune, Jackie s'est choisi une chambre somptueuse, un peu à l'écart, qu'elle décrit dans les longues lettres qu'elle adresse à son père. C'est maintenant une adolescente de 13 ans qui apprécie le raffinement de sa nouvelle vie. Elle a découvert le latin, matière dont elle est tombée « amoureuse », et s'absorbe dans des versions et des thèmes. Elle a découvert aussi les enfants d'oncle Hughie avec qui elle s'entend très bien. Elle a enfin l'impression de faire partie d'une famille, et, qui plus est, d'une famille harmonieuse. C'est nouveau pour elle et cela la rassure.

Black Jack écume chaque fois qu'il reçoit une lettre de Jackie. Il jure à haute voix contre son ex-femme, enchaîne les Martini, pique des colères, reste enfermé chez lui en caleçon et chaussettes, en maugréant contre le sort. Devient amer, méchant, et noie sa hargne dans toujours plus d'alcool. Il ne supporte pas que sa fille soit heureuse sans lui.

Ne pouvant étrangler Janet, il s'en prend au monde entier : aux Juifs, aux Irlandais, aux Italiens, aux Français. Tout cela se passe pendant la Seconde Guerre mondiale... Mais dans l'univers de Jack Bouvier, comme dans celui de Janet Auchincloss, la guerre est une péripétie qui se déroule dans un lointain théâtre et ne doit surtout pas déranger leurs vies !

Et Jackie, apparemment, est heureuse. Elle est toujours aussi réservée, solitaire, imprévisible. Elle passe des heures seule dans sa chambre à écrire des poèmes, à dessiner et à lire. Ou monte à cheval dans la campagne. Elle a hérité de la jument de sa mère, Danseuse, et part dans d'interminables promenades où elle galope, saute des haies, poursuit les renards, et rumine ses pensées.

Sa mère se montre toujours tatillonne et autoritaire, profitant de l'éloignement de Black Jack pour reprendre ses filles en main, imposer son ordre et ses idées. Cependant, elle est trop occupée pour être tout le temps présente. D'abord, il y a son mari envers lequel elle entend bien se montrer une épouse parfaite ; ensuite les deux propriétés qu'elle s'est mis en tête de redécorer pour en faire le cadre de vie d'une femme de la haute société. Cette tâche absorbe une grande partie de son temps. Elle arpente les pièces avec une décoratrice, passe des heures à chercher des tissus, des meubles, des lampes, des bibelots, obsédée par le moindre détail. Tout doit être parfait. Et d'un goût exquis. Ainsi, à Hammersmith Farm, une domestique est engagée à seule fin de vider les corbeilles à papier, qui ne doivent jamais déborder.

Jackie ne peut s'empêcher de comparer le luxe et le calme de sa nouvelle vie avec les excès de son père. L'été précédent, Black Jack lui a imposé la présence d'une de ses maîtresses avec laquelle il s'est affiché ouvertement, l'embrassant en public, se vautrant sur elle, faisant l'amour dans les endroits les plus saugrenus. Dans la maison qu'il a louée, ils partagent la même chambre. C'est la « créature » qui prépare les repas des deux petites filles. La « créature » encore qui monte devant dans la voiture. La « créature » qui les accompagne chaque fois qu'ils sont invités dans une soirée ou une excursion. La conduite de son père a mis Jackie atrocement mal à l'aise. Pétrifiée, elle n'a rien osé dire. Mais le comportement de ce père qu'elle adore, avec lequel elle se réjouissait de passer tout un mois, l'a affreusement blessée. Elle ne comprend pas. Elle se contente de détourner les yeux et refoule sa honte et ses larmes quand les adolescents de son âge lui demandent qui est cette dame. Pour la première fois de sa vie, elle a hâte de retourner dans l'univers aseptisé de sa mère. Ce sont des scènes auxquelles elle ne risque pas d'assister chez Janet et oncle Hughie.

En 1944, à 15 ans, Jackie est envoyée en pension à Farmington, une école très chic pour jeunes filles bien nées. Les professeurs y sont excellents, la discipline sévère et l'atmosphère étouffante. Toutes les élèves viennent de familles très riches et Jackie souffre de ne pas avoir autant d'argent qu'elles. En effet, son père ne lui envoie que cinquante dollars par mois et sa mère la limite à un budget très serré qu'oncle Hughie surveille de près. Toutes ces jeunes filles trouvent normal d'avoir leur cheval à l'école. Mais ni les parents de Jackie ni oncle Hughie n'acceptent de payer la pension de Danseuse. Jackie décide alors de faire du charme à son grand-père en lui envoyant croquis, poèmes et demandes de subventions. Le grand-père obtempère, et Jackie fait venir sa jument. Mais il lui manque une couverture pour son cheval. Dans une lettre à sa mère, elle mentionne négligemment qu'elle a été obligée d'en voler une, n'ayant pas assez d'argent pour l'acheter. Janet, horrifiée, envoie de l'argent par retour du courrier.

Jackie a donc appris. Appris à obtenir ce qu'elle veut par tous les moyens. Appris à se servir des autres. À tricher, à faire semblant, à tirer les ficelles. Cela ne lui est pas très difficile, depuis le temps qu'elle est elle-même manipulée par son père et sa mère.

Elle n'est pas la fille la plus populaire de l'école. Loin de là ! On l'a même surnommée Jacqueline Borgia tant elle peut se montrer dédaigneuse, autoritaire, froide. Ce n'est pas le genre de fille à qui l'on peut taper sur l'épaule ou emprunter un pull. Mais il lui arrive de surprendre tout le monde par ses crises de rébellion et d'anticonformisme. Elle fait alors carrément le clown. Ou bien, elle transgresse les règlements de l'école. Elle fume dans sa chambre, se maquille à outrance, se confectionne des coiffures extravagantes, renverse une tarte au chocolat sur les genoux d'un professeur qu'elle ne supporte pas, prend des poses lascives et provocantes devant l'objectif d'une camarade. Puis tout rentre dans l'ordre parfait du collège. Ses professeurs ne comprennent pas et s'étonnent : comment une élève si brillante peut-elle tout d'un coup se montrer si gamine, si lamentablement gamine ? Et pourquoi s'obstine-t-elle à garder cette voix de petite fille ? C'est déconcertant et irritant. Il serait temps que Jacqueline grandisse.

Fidèle à ses habitudes, Jackie est seule. Elle n'a aucune amie intime et s'intéresse exclusivement à ses cours, ses livres et son cheval. C'est quand même à Farmington qu'elle s'approchera au plus près d'une amitié en partageant la chambre de Nancy Tuckerman, avec qui elle restera liée toute sa vie. Mais si Nancy est admise dans l'intimité de Jackie, elle comprend très vite qu'il s'agit d'un privilège et s'attribue d'emblée l'emploi de suivante. Elle n'essaiera jamais de jouer un rôle de premier plan. Celui-ci revient tout naturellement à Jackie.

C'est dans cette école snob et prétentieuse que Jackie va faire ses gammes et s'imposer. C'est la première fois qu'elle vit en communauté et qu'elle peut mettre en pratique les principes de son père. Elle commence à façonner ce qui sera son style. Elle n'est pas la plus belle : ses mâchoires sont trop carrées, ses cheveux trop frisés, ses yeux trop écartés, ses bras couverts d'un duvet sombre, sa poitrine est trop plate, sa peau parsemée de grains de beauté. Mais elle *est*… Elle se pose et en impose. Les professeurs parlent de son intelligence, de sa grande culture, de son avidité à apprendre, de son intérêt pour tout ce qui est artistique et d'avant-garde. Elle entend tout cela mais n'en fait jamais étalage. Comme si cela allait de soi. De la distance, toujours de la distance ! Elle prend la vie avec tant de détachement qu'elle en devient royale. Certains la trouvent prétentieuse, d'autres fascinante. Tous, ils sont intimidés.

Elle se comporte de manière identique avec ses parents. Elle ne leur rend pas visite aussi souvent qu'elle le pourrait. Répond à leurs lettres par de petits mots griffonnés à la hâte. Et quand Black Jack se plaint, elle lui répond qu'elle a autre chose à faire : des révisions, des examens, des cours à préparer, des pièces de théâtre à répéter (elle s'est inscrite aux cours de l'école), un article à écrire pour le journal des élèves. Il hurle, menace de lui couper les vivres. Elle lui tient tête. Il crie qu'il ne la reconnaît plus, qu'on l'a changée, que c'est encore un coup de sa mère et de ce fichu Auchincloss. Elle ne cède pas. C'est elle, maintenant, qui décide qui elle voit, comment elle s'habille, ce qu'elle fait de son temps. Finie l'époque où ses parents se l'arrachaient et la modelaient selon leur bon plaisir, chacun leur tour. Et si l'on essaie de la forcer, elle peut devenir violente, agressive. Elle défend son espace de liberté, d'indépendance. Elle ne supporte aucun ordre, aucune intrusion dans sa vie personnelle. Cela ne veut pas dire qu'elle n'aime plus son père. Mais elle ne veut plus appartenir à personne.

Elle n'est pas du tout sentimentale, par exemple. Les garçons ne l'intéressent pas. Elle les trouve « boutonneux, maladroits et ennuyeux ». Programmés comme si toute leur vie était déjà tracée. Quel ennui ce serait de devenir la femme de l'un d'entre eux ! soupire-t-elle. Contrairement aux filles de son âge, l'amour n'est pas un sujet qui la passionne, et elle s'imagine très bien vivant toute une vie « sans amour et sans mari ». Comme une vieille fille ! se récrie, horrifiée, Nancy qui assiste à la pavane de son amie. Et pourquoi pas ? répond Jackie, les hommes ne sont pas tout dans la vie…

Elle a beau s'en défendre, le seul homme qui reste un modèle pour elle, celui dont elle espère la visite chaque samedi, c'est Black Jack. Et quand il arrive enfin, quand elle aperçoit sa haute silhouette, sa démarche triomphante et désinvolte, dans l'allée bordée de vieilles maisons et de grands chênes qui mène à l'école, chaque fois, le vieux charme opère à nouveau et son cœur se met à battre. Comme elle ne sait jamais à l'avance dans quel état il va être, elle se retient. Elle a appris à se maîtriser.

Elle ne se jette plus à son cou, elle ne le dévore plus des yeux. Elle l'observe et se rassure quand il est sobre et en forme. Elle ne s'emballe plus à ses mots d'amour. Elle se méfie trop. Elle lui envoie des piques, lui conseille de se faire soigner. Elle laisse l'enthousiasme à ses amies qui, elles, débordent d'affection pour Black Jack et se pâment au moindre compliment qu'il leur adresse. Il les charme, les envoûte, fait le pitre, joue les Don Juan, mais c'est sa fille qu'il veut séduire avant tout. Jackie, émue et amusée, le regarde dans son vieux numéro de Black Jack. Sa réserve fond et elle se laisse aller.

Jack Bouvier est de toutes les fêtes et répond toujours présent quand il s'agit d'applaudir sa fille. Il s'abonne au journal de l'école dont elle est rédactrice, assiste aux représentations de théâtre où elle fait l'actrice, et constate fièrement que ses leçons ont porté : Jackie sait marcher, bouger en scène et fait preuve d'une assurance qu'elle n'a pas toujours dans la vie. C'est une excellente comédienne.

Ce sont des après-midi enchantés pour Jack Bouvier qui vérifie, presque incrédule, qu'il exerce toujours le même ascendant sur sa fille. Pour Jackie, ce sont des après-midi à la fois magiques et angoissants. Lorsqu'il repart, elle ne sait plus qui elle est : la Jackie, aventurière et spéciale, que veut son père, ou la petite jeune fille bien élevée formée dans le corset étroit de l'éducation de sa mère et de Farmington ? C'est toujours après les visites de Black Jack qu'elle fait les quatre cents coups et scandalise ses professeurs.

À la fin de ses études, Jack Bouvier lira avec délices la légende écrite de la main de sa fille sous sa photo de classe : « Jacqueline Bouvier, 18 ans : volonté de réussir dans la vie et refus d'être une femme au foyer. »

Il se frottera les mains : Janet Auchincloss a perdu la partie. Sa fille ne sera jamais une femme ordinaire avec des aspirations ordinaires menant une vie ordinaire entourée de gens ordinaires. Le vieux sang flamboyant des Bouvier a eu raison du sang gagne-petit des Lee. Ses « Tu seras une reine, ma fille » ont fini par vaincre les aspirations si conformistes de son ex-femme.

Chapitre 3

Jack Bouvier s'est félicité un peu trop vite.

La même année, en 1947, Jackie demande à sa mère de lui organiser son entrée dans le monde. Janet Auchincloss, enchantée, s'exécute. Bien que Jackie se moque éperdument des conventions et des robes de bal, elle tient cependant à faire comme toutes les jeunes filles « normales » de bonne famille. Et c'est dans une ravissante robe de tulle blanche, avec décolleté bateau et jupe bouffante, qu'elle ouvre son premier bal. Elle est éblouissante. Et toujours si étrangement différente des autres beautés de la soirée. On la regarde, on se demande quel est ce petit je-ne-sais-quoi qui la rend si particulière, si brillante. Est-ce du charme, du charisme, un style ? Les mères s'inquiètent, les pères se redressent, leurs fils frétillent et leurs filles boudent. Jac-line, elle, virevolte, brille et pétille. Elle possède maintenant un humour ravageur et ne se prive pas de faire des remarques drôles et assassines. Quand on la complimente sur sa robe si ravissante, si originale, elle répond, amusée : « 59 dollars aux Puces de New York », et les mères qui se sont ruinées chez Dior ou Givenchy pour parer leur progéniture se regardent, indignées.

Jackie n'en a cure. Elle a repéré cette robe parce qu'elle n'avait pas les moyens de se faire habiller chez un grand couturier ; le décolleté bateau cache le manque d'imagination de sa poitrine et la jupe bouffante donne de la rondeur à son corps de garçon manqué. Jackie se fiche de la mode. Elle court dans la campagne, grimpe aux arbres, s'égratigne les genoux, porte toujours le même short. Elle sait à la perfection être double : sportive et raffinée, garçon manqué et élégante, star et secrète, sûre d'elle et timide, drôle et réservée. Comme s'il lui manquait un fil secret pour que tous ces extrêmes se rejoignent et fassent une personnalité.

Sa première soirée est une réussite totale. Elle est couronnée « débutante de l'année » par le chroniqueur mondain Igor Cassini, qui écrit : « C'est une brune magnifique qui a les traits classiques et délicats d'une porcelaine de Saxe. Elle a de l'aisance, une voix douce et de l'intelligence, ce que toute première débutante devrait avoir. Elle a des origines rigoureusement Old Guard… Pour l'instant, elle étudie à Vassar. »

Vassar, l'université la plus prestigieuse de la côte Est, exclusivement réservée aux jeunes filles. Elle y arrive, couronnée de son titre de débutante de l'année. Or ce qu'elle avait pris pour un jeu se met à lui peser. Les filles la jalousent. Les garçons la courtisent. Les chroniqueurs mondains l'assaillent, demandent des photos, des interviews. Jackie refuse, se retire dans sa chambre, dans ses livres mais demeure quand même une célébrité sur le campus. Ce qui la contrarie beaucoup. Car si elle a apprécié d'être couronnée, elle ne veut pas changer quoi que ce soit à son style de vie. Elle entend garder la même réserve, le même anonymat, la même liberté de faire absolument ce qu'il lui plaît. Elle veut bien qu'on la dévore des yeux un soir, ça l'amuse, ça la flatte, mais à condition de pouvoir disparaître ensuite dans son petit trou de souris. Être en vue constamment ne l'arrange pas du tout.

Être star ou ne pas l'être. Cette ambiguïté va poursuivre Jackie toute sa vie. Elle fait tout pour être regardée, remarquée, appréciée. Quand elle entre dans une pièce, on ne voit qu'elle. Elle le sait. Dans ses

« moments paillettes », elle ne doute de rien, elle s'aime enfin, le regard des autres la rassure. Et puis, brusquement, c'est la panique, elle n'a envie que d'une chose : que les douze coups de minuit retentissent, qu'elle retrouve ses haillons et sa citrouille et puisse s'enfuir le plus loin possible. Elle passera sa vie sur scène en rêvant d'être machiniste.

À Vassar, elle adopte un air de modestie de bon ton et tente de se faire oublier. Elle étouffe dans le carcan snob et coincé de l'université. Elle se réfugie dans les études et la littérature française. Les garçons s'agglutinent autour d'elle, mais pas un ne franchit le seuil de son intimité. « Quand on la raccompagnait, se souvient l'un de ses amis, elle disait au chauffeur de taxi : "N'arrêtez pas votre compteur, s'il vous plaît." On savait alors qu'on ne dépasserait pas la porte d'entrée. Encore heureux si on recevait un baiser sur la joue. » La sexualité est sûrement quelque chose qui effraie Jackie. Non qu'elle n'aime pas les hommes, mais elle a trop peur de s'abandonner. De devenir un objet. D'être dépendante du plaisir que lui donne un homme. Elle veut tout contrôler pour ne jamais souffrir. Les livres, les études sont moins dangereux. Elle sait qu'elle est intelligente et qu'elle domine son sujet. Elle rêve, d'ailleurs, d'être une nouvelle Mme Récamier ou Mme de Maintenon, d'avoir un salon où elle recevrait aussi bien des prix Nobel que des champions de natation. Tout l'intéresse. Quand elle écoute quelqu'un, elle a l'air si fasciné que le récitant se croit irrésistible. C'est alors qu'il étend une main, qu'il tente un baiser, et que… la belle s'envole. « Avec Jackie, on ne parvenait jamais à ses fins », se souvient l'un de ses chevaliers servants. Elle n'appartient à personne, à aucune bande, à aucun club. Elle butine. Elle se récite des vers de Baudelaire à haute voix, va danser le fox-trot au Plaza à New York, passe en coup de vent voir son père qui ronchonne de plus en plus et se plaint de ce qu'il ne la voie plus. Il lui donne même des conseils vertueux sur la manière dont une jeune fille doit se comporter avec les garçons. Jackie éclate de rire et lui rafraîchit la mémoire. Mais Black Jack tient dur comme fer à sa théorie : ne te donne jamais à un homme, sinon il te méprisera. Il voudrait que sa fille reste une vierge éternelle, que tout le monde adule mais que personne ne touche. Il préfère qu'elle se consacre à ses études. Justement, lui rétorque Jackie, mes études vont très bien, je suis au tableau d'honneur de Vassar et j'ai obtenu les meilleures notes dans les deux matières les plus ardues. Je peux te réciter *Antoine et Cléopâtre* de Shakespeare par cœur.

Jack Bouvier revient à la charge. Ce dont il rêve, c'est que Jackie s'installe à New York, près de lui, qu'elle se consacre à lui. Mais sa fille est un courant d'air et personne ne peut l'immobiliser.

Quand Jackie lui propose de refaire son appartement, il s'emporte. Elle lui rappelle sa mère avec sa manie de tout décorer. Sa vieille haine le reprend et Jackie perd ses moyens. Elle a de nouveau 7 ans et écoute ses parents se disputer dans leur chambre, la nuit. Alors elle devient violente elle aussi, hurle, trépigne, et ses visites se terminent sur une porte qui claque. Elle ne supporte plus l'amour exclusif de son père, sa mainmise sur elle. Qu'il la laisse tranquille ! Elle n'a besoin de personne. Elle veut être seule, seule, seule ! Après leurs disputes, elle pleure comme une enfant. Cet amour trop violent la déchire mais elle ne peut pas s'en passer.

Elle voit sa mère régulièrement, à Merrywood, où Janet Auchincloss continue de vivre son rêve de parvenue, sans se lasser de la petitesse de ses ambitions. Ce qui se passe dans le monde ne l'intéresse pas. C'est à peine si elle sait qu'il y a eu une guerre quelque part en Europe. Ou si elle le sait, c'est parce qu'elle l'a entendu dire. Ou que cela l'a dérangée à un moment ou à un autre. Sinon, elle continue inlassablement à décorer ses maisons, à organiser des thés, des réceptions, avec les mêmes gens si distingués, si comme il faut que Jackie en bâille d'ennui. Mais il y a oncle Hughie, qui est toujours bon et doux, et ses demi-frères et sœurs qu'elle aime beaucoup.

En juillet 1948, à 19 ans, Jackie s'embarque pour l'Europe avec des amies et un chaperon. Sept semaines de voyage harassant. Comme il est de coutume chez les Américains, on « fait l'Europe » comme on feuillette un catalogue : Londres, Paris, Zurich, Lucerne, Interlaken, Milan, Venise, Vérone et Rome, avant de regagner Paris et Le Havre. Elle traverse les musées et les paysages au pas de charge. À Londres, elle fait la queue, lors d'une garden-party à Buckingham Palace, pour serrer la main de Winston Churchill, qu'elle admire. Elle l'admire tant qu'elle se place dans la queue une seconde fois pour lui serrer la main à nouveau.

Jackie quitte l'Europe épuisée mais ravie. Elle se promet d'y revenir pour y passer plus de temps. L'occasion va se présenter très vite. À peine rentrée à Vassar, elle apprend qu'elle a l'opportunité de faire sa deuxième année d'études à l'étranger. Elle choisit la Sorbonne et Paris, pose sa candidature et attend.

Est-ce la France qui l'attire ? Ou la perspective de fuir Vassar qu'elle déteste ? Ou encore l'envie de s'éloigner le plus possible de la tension familiale ? Black Jack enchaîne les cures de désintoxication sans jamais cesser de boire. Il est ruiné et pesant pour sa fille. Un jour qu'elle choisit de porter une robe avec un collier de perles plutôt que la chaîne en or qu'il lui a offerte, il explose, arrache le collier qui se répand sur le sol et crie jusqu'à ce que Jackie accepte de mettre sa chaîne.

Quant à sa mère, elle surveille ses fréquentations et vit dans l'attente du « beau parti » que Jackie ne va pas manquer d'épouser. Son monde est de plus en plus étriqué et obsessionnel. Elle dirige une armée de vingt-cinq domestiques et passe derrière eux pour vérifier que rien ne traîne, que tout brille, qu'aucune faute de goût n'est commise. Tout doit être rangé, aligné, impeccable. Les portes des placards fermées, les bouteilles à moitié pleines jetées, les torchons immaculés, les fleurs ouvertes et les coussins des canapés joufflus. Elle exige que le sol de sa cuisine « soit aussi brillant que celui d'une salle de bal ». Jackie suffoque dans l'univers de sa mère, et elles n'arrêtent pas de se disputer.

Comment faire accepter à ses parents l'idée qu'elle va partir un an en France ? La tâche n'est pas aisée, mais Jackie est maligne. Pour sa mère, c'est facile ; il lui suffit de faire miroiter le côté snob de son entreprise : Paris, la France, la Sorbonne… et l'affaire est enlevée. Pour Black Jack, elle va employer la tactique du pire. Elle commence par lui annoncer qu'elle ne supporte plus Vassar, qu'elle veut arrêter ses études et devenir mannequin. Jack Bouvier bondit de colère. Mannequin, sa fille ? Pas question. Avec tout l'argent qu'il a englouti dans ses études ! Tout le soin qu'il a mis à en faire une princesse hautaine et cultivée ! Jackie le laisse fulminer un moment, puis suggère qu'elle pourrait peut-être abandonner cette idée et continuer ses études, mais… en France. Et son père d'accepter, soulagé.

D'après Jackie elle-même, cette année passée à Paris est la période la plus heureuse de sa vie. Elle commence par perfectionner son français lors d'un stage de six semaines à Grenoble, ville de son ancêtre quincaillier. Puis elle s'installe à Paris, dans une famille française, refusant d'aller vivre dans un foyer de jeunes filles américaines.

La comtesse Guyot de Renty, chez qui Jackie va habiter, occupe, avec ses deux filles, un grand appartement dans le 16ᵉ arrondissement et loue des chambres à des étudiantes. Tout de suite, Jackie se sent chez elle. D'abord, on l'appelle Jac-line. Ensuite elle s'entend très bien avec les Renty. Enfin, elle est totalement libre. Libre de faire ce qu'il lui plaît. De s'habiller comme elle veut, de rentrer à l'heure qu'elle veut, de voir qui elle veut. Personne n'est là pour lui siffler des remarques, la critiquer, exiger quoi que ce soit d'elle. Jac-line s'épanouit. Elle est, enfin, heureuse, gaie, insouciante.

Pourtant, la France de 1949 n'est pas une France prospère. Il y a encore des cartes d'alimentation pour le pain et la viande et, même si sa mère lui envoie des colis de sucre et de café, la profusion ne fait pas partie du quotidien. Il n'y a pas de chauffage central dans l'appartement, une seule salle de bains pour tout le monde, l'eau chaude est rare, le chauffe-eau trop vieux. Un jour, alors que Jacqueline prend son bain, il explose, brisant les vitres. Jackie ne se trouble pas.

Elle est si heureuse qu'elle se fait à tout. En hiver, elle travaille dans son lit, après avoir enfilé tous les pulls, châles, chaussettes qu'elle a emportés. Le matin, elle saute dans un pantalon, enfile un gros manteau et se rend à ses cours. Elle sillonne Paris à pied, en métro, visite inlassablement le Louvre, s'installe aux terrasses des cafés, assiste à des concerts, des opéras, des ballets. Elle profite et savoure. Elle parle à tout le monde, pose mille questions et ne se lasse pas d'apprendre. Elle a toujours cet air fasciné quand elle écoute qui transforme chaque interlocuteur en la personne la plus importante du monde. Elle a toujours aussi cette voix de petite fille qui étonne ou irrite. Elle séduit les hommes qui se disputent pour la sortir, l'emmener écouter du jazz, danser dans des boîtes de nuit. Elle hante le Flore, les Deux Magots ou la Coupole dans l'espoir d'apercevoir Sartre ou Camus. Et elle lit. Pendant des heures. Elle est toujours aussi mystérieuse et ne se laisse pas approcher facilement, même si elle est très facile à vivre. Aucun de ses chevaliers servants ne se vantera d'avoir été son amant. Et pourtant, elle est toujours accompagnée. Ce n'est pas qu'elle attende le Prince charmant, mais elle sait que le jour où elle sera prête, où cela vaudra vraiment le coup, elle s'abandonnera. Elle n'a pas peur des hommes. Au contraire, elle flirte avec eux, les enjôle, leur fait faire ce qu'elle veut. Pour le moment, elle n'a rencontré personne qu'elle juge assez important. Pour ne pas avoir l'air d'une oie blanche, elle évoque ses nombreux soupirants sans jamais citer de nom, ou parle avec détachement de « la chose ». Mais les gens avisés devinent qu'elle ment.

« Elle était secrète, pas superficielle mais difficile à cerner », se rappelle la comtesse de Renty. Très attirante mais toujours sur la défensive. Défense d'approcher de trop près…

À la fin de son année universitaire, elle part en voyage avec Claude de Renty, une des filles de la comtesse. Ensemble, elles explorent la France et parlent beaucoup. De tout, sauf des garçons. « Jacqueline là-dessus demeurait toujours vague. Elle était dotée d'une très grande force de caractère mais elle avait aussi ses faiblesses, qu'elle n'acceptait pas. Pas plus d'ailleurs que celles des autres. Si elle n'estimait pas ou n'admirait pas un homme, elle le laissait immédiatement tomber. » Si elle n'était pas à la hauteur des défis qu'elle se fixait, elle se vilipendait. Sa sévérité s'appliquait à tous, mais d'abord à elle-même.

De toute façon, elle préfère la compagnie des hommes âgés. Eux, au moins, ont quelque chose à raconter. Et puis, elle se sent en sécurité. C'est elle qui décide, et ils n'en reviennent pas qu'elle les ait élus comme chevalier servant.

L'année universitaire terminée, Jackie rentre aux États-Unis à regret. Elle aimerait bien rester mais…

Elle n'a pas la détermination d'Edith Wharton qui, ayant choisi de rester à Paris, déclarait : « Je préférerais crever sur place de faim ou de froid que de réintégrer nos anciennes maisons bien chauffées, nos bains brûlants, que d'affronter ce vide qui, là-bas, règne partout, le vide des gens et des lieux. » Jackie pressent ce vide ; elle sait ce qui l'attend en Amérique, elle sait qu'elle vient de vivre une année exceptionnelle dans une ville et une vie faites pour elle. Elle se moque pas mal du manque de confort, du rationnement, du froid. À Paris, elle apprend tous les jours un petit quelque chose qui la stimule et l'entraîne dans un autre monde. Si elle avait eu un peu plus confiance en elle, en ses dons qu'elle devinait, elle aurait suivi l'exemple d'Edith Wharton.

Elle rentre, mais refuse de retourner à Vassar. Trop snob, trop étouffante, trop limitée. Elle s'inscrit à l'université de Washington pour préparer un diplôme de littérature française. Elle se présente à un concours organisé par *Vogue* pour devenir journaliste. Le premier prix : un an de stage, six mois à Paris, six mois à New York. Les candidats doivent écrire quatre articles sur la mode, un portrait, la maquette d'un numéro de journal et un essai sur les morts célèbres qu'ils auraient aimé connaître. Jackie décide de gagner ce concours. Elle comprend très vite que, si elle l'emporte, c'est la solution à tous ses problèmes. Le prestige du journal lui servira de passeport pour vivre la vie qu'elle aime. Elle arrachera sa liberté sans que personne n'y trouve à redire.

Pendant des semaines, elle va travailler comme une enragée. « Jackie était tellement décidée à gagner qu'elle suivit un cours de dactylo à l'université George-Washington, raconte David Heymann, et passa un temps considérable sur son essai. Elle choisit Serge Diaghilev, Charles Baudelaire et Oscar Wilde comme les personnes qu'elle aurait aimé connaître. Son acharnement se révéla payant. Elle gagna le concours devant mille deux cent quatre-vingts candidats de deux cent vingt-cinq universités accréditées. »

Jackie est radieuse. Elle a gagné ! Elle est arrivée la première ! Elle qui, au fond, ne se trouve jamais assez... Assez brillante, assez intelligente, assez cultivée. Le monde lui appartient : elle sera écrivain. Ou journaliste. Elle voyagera. Rencontrera des gens illustres qui lui apprendront tout ce qu'elle a envie de savoir. Elle écrira, sera lue, entendue, reconnue. Elle va pouvoir, enfin, être libre. Gagner sa vie. Ne plus dépendre ni de son père, ni de sa mère, ni de son beau-père. Six mois à Paris, une nouvelle occasion de vivre dans ce pays où elle se sent si bien, où elle s'est fait une famille, des amis. Elle est convoquée dans les bureaux de *Vogue* à New York, présentée à l'équipe du journal, prise en photo, félicitée.

Et pourtant elle va refuser ce prix. Alors que c'est son rêve qui se réalise, au prix d'efforts exigeants, elle renonce.

Si elle reconnaît le succès de sa fille, sa mère a très vite senti le danger. Poussée par le bon vieil oncle Hughie, qui ne trouve pas « correct » que sa belle-fille vole de ses propres ailes, elle fait vite machine arrière. Elle a compris que, si Jackie partait à nouveau en France, elle allait la perdre. On lui enlèverait sa petite fille. Ou plutôt sa petite fille risquait de se plaire dans une nouvelle vie où elle, Janet Auchincloss, n'aurait plus sa place, son influence. Jacqueline Bouvier, si elle acceptait les propositions de *Vogue*, allait connaître une vie originale, pleine de risques aussi, mais totalement étrangère au monde de sa mère. Une vie qui ressemblerait plutôt à celle des Bouvier... Black Jack, lui, a applaudi à tout rompre à ce projet. N'y voyant lui aussi que son intérêt : à Paris, puis à New York, Jackie s'éloigne des Auchincloss et se rapproche de lui.

Alors, Janet va tout faire pour que Jackie refuse. Elle commence par lui dire qu'une jeune fille de bonne famille n'accepte pas de bourse – c'est bon pour les pauvres et les modestes –, qu'elle n'a pas besoin de ce stage, qu'elle doit laisser sa place à des élèves moins fortunées, plus méritantes. Et puis, devenir journaliste à *Vogue* ! Quel emploi futile pour une ancienne élève de Vassar ! Vivre seule à Paris, à son âge ! Elle a fermé les yeux quand il s'agissait de faire des études, mais la situation est différente. Et Jackie se laisse manœuvrer. Elle qui ne respecte pas sa mère, trouve sa vie vide et vaine, se range à son avis. Sa volonté va plier devant celle de sa mère et le qu'en-dira-t-on.

Elle a peur. Pas de partir pour un pays étranger ou d'exercer un métier qu'elle ne connaît pas. Au contraire, elle adore relever les défis, se prouver qu'elle est une conquérante. Elle aime épater le monde, se sacrer elle-même grande amazone. Non, c'est une peur secrète, souterraine, qui paralyse Jackie à ce moment précis de son histoire : celle de faire comme Jack Bouvier, de mener une vie non conforme aux normes et de finir tragiquement. Jackie est alors confrontée à un choix terrible : suivre la voie de son père – la France, un métier de saltimbanque, la liberté, la rupture avec son milieu familial, une certaine provocation –, ou celle de sa mère – la sécurité, le conformisme, la norme sociale. Elle hésite, balance, puis, paniquée à l'idée de ressembler à son père, elle écoute sa mère et refuse la proposition de *Vogue*.

Elle a 22 ans, elle est majeure. Elle est libre de faire ce qu'elle veut, et elle obéit à sa mère. Cette décision marque un tournant dans la vie de Jackie. En renonçant, elle laissera passer sa chance. La chance d'exister « à son compte » et non comme la fille ou la femme d'un autre.

Jackie a peur de ne pas être comme tout le monde. Placée face à une alternative cruciale, elle choisit d'être conforme, elle qui aime tant être différente. Mais cette différence a un prix. Il ne s'agit plus d'intriguer en robe de bal, par sa distance calculée ou ses répliques piquantes. On ne parle plus de paraître mais d'être. Cette différence-là conditionne toute une vie. Il ne faut pas oublier ce qu'était l'Amérique des années cinquante : le conformisme et le puritanisme y régnaient sans contestation possible. Une jeune fille ne travaillait pas : elle se mariait avec un petit jeune homme bien propre, faisait des enfants et soignait son mal de vivre en courant les thés, les parties de tennis et les soirées. Hors le mariage, point de salut. Jackie risque d'être montrée du doigt par la bonne société de Washington. Elle sait qu'elle va alimenter les potins autour des tasses de thé. Vous savez ce qui arrive à la fille de Janet Auchincloss ? vont murmurer les dames empesées de Washington. Imaginez-vous qu'elle part travailler ! Jour-na-liste ! En Europe ! Vous vous rendez compte : une jeune fille si bien ! Qui aurait cru ça de la fille de Janet !

On va parler d'elle. La dépecer sur la place publique. Jackie ne le supporte pas. Non par vanité, ni par peur de l'échec, mais parce qu'elle se rappelle soudain la petite fille qu'on montrait du doigt à l'école, quand ses parents divorçaient et qu'on parlait d'eux dans les journaux… Elle se sent incapable d'affronter cet opprobre public une seconde fois. Cette vieille peur d'enfant revient la hanter et la paralyse. Alors, elle renonce. Elle renonce à ce qu'elle aimait le plus en elle pour faire plaisir à l'ordre de sa mère, à l'ordre de ceux qui finissent toujours par avoir raison.

Ce choix, Jackie va le payer toute sa vie. Elle sait que, par son manque d'audace, ce jour-là, elle a raté un rendez-vous important avec elle-même. Elle va s'en vouloir. N'oubliera jamais vraiment cette occasion ratée. Se la reprochera violemment. Elle se méprisera pour ne pas avoir eu le courage de tout envoyer promener, et cette violence envers elle-même la portera à des colères, des dépressions, des moments d'abattement où elle s'absentera de sa propre vie puisqu'elle ne l'aura pas choisie. Elle éprouve, sans pouvoir l'analyser sur le moment, l'impression d'avoir été «roulée» par une réalité qu'elle ne respecte pas, une réalité qui se moque de ses désirs, de ses besoins, de ses espoirs, mais devant laquelle elle s'est inclinée. Elle s'en veut à elle, elle en veut aux autres de ce vide qu'elle n'arrivera pas à combler.

Pendant les années qui suivent, Jackie semble, par moments, «hors» d'elle-même. Comme si tout ce qui lui arrivait ne la concernait pas vraiment. Elle agit en somnambule. Certains témoins évoqueront ce côté mécanique, vide, figé qu'ils seront étonnés de trouver parfois chez elle. C'est parce qu'elle vit la vie d'une autre, d'une autre Jackie qui n'est pas celle qu'elle a choisie. Puis elle se reprend et elle est de nouveau drôle, éclatante, vive. Par habitude. Par facilité aussi. Comme on s'étourdit avec un verre d'alcool. Pour retomber, quand elle est seule, face à elle-même, dans une mélancolie dépressive qui la rend si malheureuse qu'elle peut devenir agressive, méchante, mesquine, pingre. Jackie sera toute sa vie sujette à ces sautes d'humeur. Son entourage se plaindra de cette instabilité.

Un jour qu'on demandait à John Kennedy de comparer son caractère à celui de sa femme, il dessina une ligne droite pour lui et une sinusoïdale pour elle.

Jackie ne reprendra plus jamais complètement pied. Il lui faudra attendre longtemps avant qu'une nouvelle occasion de retrouver le contrôle de sa vie se présente. Et cette seconde chance-là, elle ne la laissera pas passer.

Chapitre 4

En échange de son sacrifice, Janet, avec la générosité des vainqueurs qui ont terrassé leur adversaire, fait deux cadeaux à Jacqueline. Un voyage en Europe avec sa sœur Lee, durant l'été 1951, et, à son retour, une place de reporter dans un journal vieillot et conservateur, le *Times-Herald*. Jackie y est chargée de faire une petite interview et une photo par jour. C'est oncle Hughie qui a tout manigancé. Il a un ami qui connaît le rédacteur en chef du journal, Frank Waldrop, et qui lui aurait téléphoné en lui demandant : « Vous engagez toujours des jeunes filles ? J'ai une merveille pour vous. Elle a les yeux ronds, elle est intelligente et veut faire du journalisme. »

Jackie accepte.

Comme elle accepte aussi de se fiancer. Avec le premier venu. Il s'appelle John Husted, il est grand, beau, impeccable, courtois, et banquier. Il correspond exactement au genre d'homme qu'apprécie sa mère. En plus, il habite New York, ce qui fait plaisir à son père. Les fiançailles sont étranges : l'atmosphère est morose, et les deux fiancés au garde-à-vous. Pendant la réception, Jackie se contente de hocher la tête et de sourire en se tenant à distance de son futur époux. Elle a fait ce qu'on attendait d'elle, elle s'est trouvé un beau parti. Qu'on la laisse tranquille, maintenant !

Quant au fiancé, il n'en revient pas. Subjugué par l'intelligence et la beauté de Jackie, il ose à peine la toucher et pressent assez vite qu'il y a quelque chose d'anormal dans cette histoire. Mais, en homme bien élevé, il ne pose pas de questions. Ce seront les fiançailles les plus chastes du monde. Elle lui assure, de loin et par écrit, qu'elle l'aime à la folie. Mais quand il la retrouve, elle est parfaitement indifférente et le traite en camarade. Et s'il lui demande de fixer une date pour leur mariage, elle remet sans cesse à plus tard. Lorsque la mère de John, attendrie, propose à Jackie une photo de son fils quand il était bambin, Jackie lui rétorque sèchement que si elle a envie d'une photo de John elle la prendra elle-même.

Une amie insiste pour voir sa bague de fiançailles ; Jackie enlève ses gants, montre la bague qui scintille sur ses doigts verts et explique que c'est en développant elle-même ses photos que cette drôle de couleur est apparue. Puis elle enchaîne sur son nouveau métier, qu'elle décrit avec beaucoup plus d'enthousiasme que le diamant à son doigt.

Pour l'instant, c'est tout ce qui l'intéresse. Elle est chargée de poser des questions insolites à des gens connus ou anonymes et de les prendre en photo. Elle apprend donc à se servir d'un appareil et concocte des questions spirituelles et légères. De drôles de questions : « Les riches aiment-ils plus la vie que les pauvres ? », « Estimez-vous qu'une épouse doit laisser croire à son mari qu'il est plus intelligent qu'elle ? », « Si vous deviez être exécuté demain matin, que commanderiez-vous comme repas ? », « Les femmes sont-elles plus courageuses que les hommes chez le dentiste ? », « Comment repérez-vous un homme marié dans la rue ? », « Considérez-vous une épouse comme un luxe ou une nécessité ? », « Quelle est la First Lady que vous souhaiteriez être ? », « L'épouse d'un candidat doit-elle faire campagne avec son mari ? », « Si vous aviez rendez-vous avec Marilyn Monroe, de quoi parleriez-vous ? »…

À l'intérieur du journal, elle n'est pas très bien vue. Les méchantes langues disent que c'est une arriviste. Les autres font mine de s'apitoyer et la considèrent comme une pauvre petite fille riche, incapable de poser une question ou de prendre une photo. Entre eux, ils la traitent de pistonnée, de mondaine sans cervelle et de « même pas jolie ». Mais son rédacteur en chef l'apprécie et l'augmente. Jackie, elle, au bout d'un moment, tourne en rond. Elle s'ennuie au journal, elle s'ennuie avec le beau John Husted. Dès que sa mère a le dos tourné, elle organise des soirées à Merrywood, où elle n'invite que des hommes beaucoup plus âgés qu'elle. Elle leur fait raconter leur vie et leur pose une foule de questions sans jamais répondre aux leurs. Elle choisit de préférence des hommes de pouvoir, cultivés, divertissants, qui l'emmènent au théâtre, au cinéma. Elle visite avec eux des asiles psychiatriques pour observer les patients. Ses chevaliers servants n'osent pas rêver de l'embrasser mais répondent toujours présent quand elle appelle. Elle n'est pas du genre à s'arrêter devant un modeste fonctionnaire en manches de lustrine, aux ambitions limitées. Ce qu'elle désire avant tout, c'est admirer et apprendre. Et puis, elle déteste les hommes parfaits, elle les trouve ennuyeux. « Quand je regarde un mannequin homme, au bout de trois minutes, je m'ennuie. J'aime les hommes avec des nez bizarres, des oreilles écartées, des dents irrégulières, les hommes petits, les hommes maigres, les hommes gris. Ce que je demande avant tout, c'est l'intelligence. »

Un soir où son fiancé est venu la voir à Washington, alors qu'elle le raccompagne à l'aéroport, elle glisse sa bague de fiançailles dans la poche de son veston et s'en va. Sans explications. Il est trop poli pour en demander. Il ne la reverra plus.

Si elle a renvoyé John Husted, c'est parce que, depuis quelque temps, elle sort avec un homme très séduisant, un homme qui la fascine, avec lequel elle ne s'ennuie jamais et vers lequel elle se sent basculer. Il s'appelle John Kennedy, il a douze ans de plus qu'elle. Il est en pleine campagne pour se faire élire sénateur du Massachusetts. Il l'a draguée, par-dessus un plat d'asperges, à un dîner chez des amis, et lui a proposé un rendez-vous. Puis il l'a oubliée pendant six mois. Pour la rappeler et l'oublier encore. Jackie s'habitue à ces apparitions sporadiques. Elle ne se formalise pas de la désinvolture de John. Au contraire, elle se dit qu'elle a peut-être rencontré, enfin, quelqu'un à sa taille. Un être imprévisible, froid, et parfois cruel, charmeur et charismatique, devant lequel toutes les femmes se pâment. Personne ne regardait John Husted et lui ne regardait qu'elle. Quel ennui ! La gentillesse, la bonté ne sont pas des vertus à ses yeux.

Alors qu'avec John Kennedy elle respire l'odeur du danger, du risque, de l'imprévisible. Elle se dit même qu'elle va peut-être souffrir, mais c'est plus fort qu'elle. C'est lui qu'elle veut. Ses amis ont beau la prévenir qu'il est inconstant, invivable, égoïste, elle s'en fiche. Au contraire, elle se pique au jeu. Il est entouré de femmes qui rêvent de le conquérir ? Elle les éliminera toutes. Il ne montre aucun empressement à se ranger et à choisir une épouse ? Il l'épousera. Il est réputé infidèle, brutal avec les femmes, à la limite de la goujaterie ? Bientôt il n'aimera qu'elle et se traînera à ses pieds. Il ne faut jamais lancer un défi à Jackie : pour elle, « impossible n'est pas Bouvier ». Et puis, bizarrement, sous sa carapace de dure et d'indifférente, Jackie a un côté fleur bleue. Rappelez-vous la Reine du cirque et le beau trapéziste... N'ayant aucune expérience sentimentale, elle se bâtit tout un roman autour de John. Pour la première fois, elle va se laisser aller dans les bras d'un homme. Ils flirtent sur le siège arrière de la vieille décapotable de John, lequel entame une lutte acharnée contre le soutien-gorge de Jackie, qu'elle ne veut pas retirer : elle a honte de sa poitrine plate comme celle d'un garçon et bourre ses soutiens-gorge de coton.

John, lui, est impressionné par Jackie. Elle est belle, elle a de l'allure, elle est différente. Elle est drôle et affiche un humour anticonventionnel qui peut faire des ravages. Cultivée, elle s'intéresse à tout. Elle installe avec les gens une distance mystérieuse pour un homme habitué à ce que les femmes lui tombent tout énamourées dans les bras. Elle est catholique, lui aussi. Elle vient d'une excellente famille et fortunée. John apprendra plus tard que Jackie n'a pas d'argent à elle, et que le luxe qui l'a épaté à Merrywood provient tout droit du portefeuille d'oncle Hughie.

Chacun repère chez l'autre une faille identique : le besoin de solitude, d'un jardin secret où personne ne doit pénétrer. Ce sont deux solitaires déguisés en extravertis. Jackie comparait John et elle-même à des icebergs dont la plus grande partie est immergée.

Patiemment, elle va attendre qu'il lui propose le mariage. Et faire de son mieux pour l'encourager. Quand Jackie veut quelque chose, son énergie n'a pas de limites. Tous les moyens sont bons. Elle est prête à se déguiser en petite femme soumise, s'il le faut. Elle lui apporte son déjeuner au bureau pour qu'il n'ait pas à s'interrompre dans son travail, l'aide à écrire plusieurs articles, lui traduit des ouvrages spécialisés sur l'Indochine, fait ses emplettes, porte sa serviette quand il a mal au dos, l'accompagne à des dîners politiques, lui choisit ses vêtements, fait du bateau avec lui, va voir des westerns ou des films d'aventures, rédige les dissertations de son jeune frère, Ted Kennedy. Bref, elle s'emploie à se rendre indispensable sans paraître « trop intelligente », parce qu'il n'aime pas ça. Ni trop collante. Elle sait se faire désirer, n'est pas toujours libre quand il appelle, évoque le charme et l'intelligence des autres hommes qu'elle voit, fait mousser l'importance de son travail et son influence grandissante au *Times-Herald*.

Elle lui propose de l'interviewer pour son journal. Question : « Quel effet cela fait-il d'observer les huissiers (du Sénat) de très près ? » Réponse de John Kennedy : « J'ai souvent pensé que, pour le pays, il serait préférable que sénateurs et huissiers échangent leurs métiers. Si une telle loi était votée, je serais ravi de céder les rênes. »

Enfin, récompense suprême, elle est invitée dans la famille Kennedy à Hyannis Port. Jetée en pâture aux frères, sœurs, beaux-frères, belles-sœurs, qui tous débordent de vitalité, se moquent d'elle et de ses grands pieds, de ses airs de princesse – « Appeliez-moi Jac-line », leur demande Jackie. « Ah ! ah ! ça rime avec *queen* », rétorquent les sœurs de John –, de son inaptitude à jouer au foot ou aux charades où ils se bourrent de coups de coude dans les côtes tellement ils rient. « Rien que de les regarder m'épuise, ils se conduisent comme des gorilles échappés de leur cage, ils vont me tuer avant même que j'aie une chance de me marier », avoue Jackie à sa sœur Lee. Jac-line revient de ces week-ends fourbue, couverte de bosses et d'ecchymoses (ils lui briseront la cheville un jour en jouant au foot !), mais toujours amoureuse et… célibataire. La mère de John la contemple de haut. La première fois, elle l'a prise pour un garçon ! Jackie se venge en l'appelant « la Reine Mère » et refuse de s'incliner devant elle.

Le seul qui l'ait repérée et qui comprenne tout de suite quel parti en tirer, c'est le vieux Joe Kennedy, le patriarche, ébloui par la classe et l'élégance de la nouvelle petite amie de son fils. Il faut que John se marie, pense le vieux Joe. John a 36 ans, une carrière politique devant lui. Cette fille est parfaite, elle a de l'éducation, de la tenue, du cran. Elle parle français. De plus, elle est catholique ! Joe est séduit par Jackie qui le cajole, le taquine et lui répond du tac au tac. Elle lui envoie un jour un dessin représentant les enfants Kennedy sur la plage, contemplant le soleil. Dessous, elle a écrit, dans une bulle qui sort de la bouche des enfants : « Impossible de l'emporter, papa l'a déjà acheté ! » Le vieux Joe adore l'esprit de Jacqueline et il ne cesse de répéter : « Il faut que John l'épouse, il faut que John l'épouse ! » Il fait valoir ses arguments à son fils, qui l'écoute sans rien dire.

John lambine. Il a trois autres maîtresses à Washington et n'est pas pressé de se caser. Le 18 avril 1952, la sœur de Jackie, Lee, se marie. Elle avait d'abord songé à faire du cinéma mais a préféré épouser un héritier, Michael Canfield, fils du patron d'une prestigieuse maison d'édition. Lee est beaucoup moins compliquée que Jackie. Protégée par sa grande sœur et son jeune âge, elle n'a pas autant souffert du divorce de ses parents. Elle vit au jour le jour, savourant toutes les occasions qui se présentent. Ravissante, légère et gaie, elle adore tenir le devant de la scène. Elle souffrira, plus tard, de vivre dans l'ombre de sa célèbre sœur, mais n'en montrera jamais rien. Elle aime trop Jackie pour lui en vouloir. C'est la vie, pensera-t-elle en multipliant les soupirants, les mariages et les divorces. Mais toujours sans angoisse. Elles seront très proches, et Lee fut sûrement ce qui ressemble le plus à une amie intime, une confidente pour Jackie. Avec Lee, elle osait piquer des fous rires, faire le clown et dire n'importe quoi. Lee était toujours là quand Jackie l'appelait au secours.

Ce jour-là, Jackie est demoiselle d'honneur. C'est une épreuve terrible, pour elle qui est l'aînée, de devoir assister à ce mariage en vieille fille de 23 ans. D'autant qu'on ne cesse de lui demander : « Alors, ce John Kennedy, il n'a toujours pas fait sa demande ? » Elle se sent humiliée et répond en haussant les épaules : « Pensez-vous ! Il veut être Président ! Il n'y a que la politique qui l'intéresse ! »

C'est Black Jack qui conduit sa fille cadette à l'autel. Il se tient très bien pendant toute la cérémonie, mais ne peut s'empêcher de comparer l'aisance de la propriété des Auchincloss, Merrywood et son vaste domaine, avec son modeste appartement de New York. Janet est glaciale. Seul le bon oncle Hughie fait des efforts pour le mettre à l'aise. Malgré cela, le courant ne passe pas entre les deux hommes. Jack Bouvier a trop longtemps traité Auchincloss de « lourdaud obtus et mal élevé » pour enterrer facilement la hache de guerre.

Enfin, vers la mi-mai, poussé par son père qui lui serine que Jackie est une fille remarquable et qu'elle fera une épouse idéale pour un candidat à la présidence, John se décide. Un soir, dans sa voiture, en tripotant sa clé de contact et en maugréant entre ses dents, il lui demande si elle veut bien être son épouse. « Je n'en attendais pas moins de ta part », répond Jackie, ironique, cachant son émotion.

Elle exulte. Elle réalise enfin son rêve. Elle épouse le célibataire le plus convoité du pays. Riche, beau, célèbre et plein d'avenir. Jackie a envie de descendre de la voiture, de faire des cabrioles dans la rue, de hurler son bonheur à tous les voisins endormis, mais elle croise les bras sur sa robe et garde son maintien impeccable.

Elle a bien fait de ne rien laisser paraître, car il ajoute que, au cas où elle accepterait, il ne faudrait rien dire avant que ne sorte l'article du *Saturday Evening Post* qui a fait un portrait de lui : « Le Joyeux Célibataire du Sénat. » S'il ne veut pas décevoir ses fans, il doit rester libre encore quelque temps. On ne peut rêver d'une demande en mariage plus romantique !

Jackie ne se laisse pas démonter. Avec une indifférence calculée, elle répond qu'elle va réfléchir et qu'elle lui donnera sa réponse en revenant de reportage. Elle part en effet, envoyée par son journal, assister en Angleterre au couronnement d'Élisabeth II.

Un partout, pense-t-elle, enchantée. Elle déteste qu'on la traite comme une groupie. Il croyait qu'elle allait s'évanouir de plaisir et lui baiser les mains de reconnaissance ? Eh bien, elle va le faire trembler d'impatience.

En fait, l'émotion passée, la garde du soupirant abaissée et le but qu'elle s'était fixé atteint, Jackie se pose des questions. Plus du tout aussi sûre de vouloir être madame John Kennedy. Paniquée à l'idée de perdre son indépendance et de rentrer dans le clan Kennedy, où les femmes sont considérées comme des utilités qui servent à se reproduire ou à applaudir les hommes de la famille. Elle a peur aussi de la réputation de coureur de John. Et puis, elle n'a jamais tenu une maison. Elle ne sait pas faire cuire un œuf ou dresser une table. Elle n'aime que lire, seule dans sa chambre, ou galoper dans la campagne avec Danseuse. Elle devine que sa vie va changer radicalement, et elle n'est pas sûre que ce soit en bien. En épousant John, elle remet son sort à elle entre ses mains à lui. Est-ce une si bonne idée ? Il est brutal, elle est raffinée ; il aime sortir, voir des gens, parler de tout sans rien dire, elle aime rester à la maison, peindre des aquarelles et lire ou décortiquer une idée avec trois intellectuels ; il passe sa vie en famille, elle déteste la vie en groupe ; il est fou de politique, elle en bâille d'ennui... Loin de John, Jackie voit clair en lui. Et en elle. Elle pressent, mais sans vouloir approfondir, que cette chasse effrénée pour avoir John cache une autre quête : celle de la petite fille blessée qui veut cicatriser une vieille douleur. Elle se dit qu'elle mélange tout : John, Black Jack, ses angoisses, sa volonté de s'en sortir. Elle passe deux semaines à Londres et ses articles font la une du *Times-Herald*. John lui envoie un télégramme : « Articles excellents mais tu me manques. » Elle le rappelle, le cœur battant ; va-t-il enfin lui faire une déclaration en règle ? Se traîner à ses pieds ? Lui soupirer qu'il ne peut vivre sans elle ? Qu'il était un fou de la laisser partir ? Il lui demande de lui rapporter quelques livres dont il a besoin et se met à débiter une liste si impressionnante que Jackie sera obligée d'acheter une valise et de payer cent dollars d'excédent de bagages !

Toujours saisie par le doute, Jackie décide de se donner encore un peu de temps de réflexion et va passer deux semaines à Paris. Elle en arpente les rues, tourne et retourne le problème dans sa tête. Puis elle rentre à Washington, toujours incertaine. Pendant le voyage, elle se trouve assise à côté de Zsa-Zsa Gabor, une ancienne conquête de John, et l'assaille de questions, toutes plus futiles les unes que les autres : « Que faites-vous pour avoir une si belle peau ? », « Où avez-vous appris à vous maquiller ? », « Suivez-vous un régime ? ». La star, excédée, finit par prendre en horreur sa compagne de voyage. En fait, Jackie n'a qu'une angoisse : John sera-t-il à l'arrivée à Washington ? Sa vieille peur d'être abandonnée reprend le dessus. Et s'il n'était pas là ? Et s'il l'avait oubliée ? Elle parle pour ne rien dire, pour oublier son trac. Quand l'avion se pose à Washington, Zsa-Zsa Gabor sort la première et tombe dans les bras de John, qui attend Jackie. John étreint la belle Hongroise, la soulève de terre et la repose dès qu'il aperçoit Jackie. Celle-ci a tout vu. De loin. Tous ses doutes sont balayés. « Il est à moi. N'y touchez pas. Il m'a demandé d'être sa femme », a-t-elle envie de crier. Tout à coup possessive et jalouse, elle se précipite sur John. C'est plus fort qu'elle. Elle a 8 ans et ne veut pas que son père s'en aille. John présente alors les deux femmes l'une à l'autre. Zsa-Zsa, de son air supérieur, lui recommande de faire attention à la « gentille petite » et de ne pas la corrompre. « Mais c'est déjà fait », réplique Jackie dans un souffle.

Elle déteste que les femmes affichent une complicité avec celui qui n'appartient qu'à elle. Elle ne supporte pas qu'une sous-actrice de Hollywood la traite en oie blanche. Après tout, c'est elle qu'il a demandée en mariage ! Elle oublie ses doutes et ses angoisses, ses réserves tombent, et elle dit oui.

Ce mariage aurait dû être une épreuve initiatique pour Jackie. Elle aurait dû réfléchir et se dire qu'on n'épouse pas un homme pour se guérir d'un père. Jackie refuse de s'analyser. Elle préfère foncer en avant pour oublier. Ce n'est qu'à la fin de sa vie, quand elle aura la force d'aller parler à un psychothérapeute, qu'elle comprendra.

À 24 ans, elle est trop jeune.

Le reste fait partie de la légende. Jackie voulait un mariage dans l'intimité, John lance deux mille invitations et convie toute la presse. Quinze jours avant le mariage, il disparaît avec un copain et enterre sa vie de garçon sans discontinuer pendant deux semaines. La mère de Jackie siffle de rage et répète à sa fille que ce ne sont pas des manières : un fiancé ne doit pas déserter sa promise juste avant la cérémonie. Ce mariage est une mésalliance. Ces Kennedy ont mauvaise réputation. Ils sont mal éduqués et il n'y a que l'argent qui les intéresse. Ce sont de nouveaux riches, des parvenus, répète-t-elle à Jackie, ayant tout oublié de ses propres origines. On dit partout que le vieux Joe est un escroc infâme et que la meilleure société de Boston lui tourne le dos.

Le père de Jackie, s'il est malheureux à l'idée de perdre sa fille, a été séduit par son futur gendre. Les deux hommes ont tellement de points communs qu'ils se sont tout de suite bien entendus. Ils ont parlé de femmes, de politique, de sport, de leurs maux de dos et des traitements qui les soulagent. Jackie les a écoutés, émerveillée. « Ils sont de la même famille, la famille des hommes au sang chaud. » Elle ne s'inquiète pas à l'idée que l'homme qu'elle va épouser ressemble à son père. Elle l'idéalise tellement qu'elle s'en félicite. Jackie n'a jamais voulu faire descendre Black Jack du piédestal où elle l'avait placé, enfant. Elle raconte les pires turpitudes de son père en éclatant de rire. Black Jack est toujours un héros à ses yeux.

Jack Bouvier se prépare pour le mariage de sa fille. Il s'est mis au régime, fait de l'exercice, se fait masser, travaille son bronzage, court les tailleurs pour se trouver une tenue impeccable, une tenue qui transformera ce pauvre Hughie en balourd provincial. Il pousse même le raffinement jusqu'aux chaussettes et au caleçon qu'il repasse fébrilement. Il doit être un prince puisqu'il marie sa Princesse. Toute cette mise en scène cache au fond une grande inquiétude : cette fois encore, le mariage va se dérouler en territoire ennemi. Il va lui falloir rencontrer Janet et Hughie, assister à une cérémonie grandiose dont les Auchincloss, et non lui, paient la note. Janet lui a bien fait comprendre qu'il ne serait invité à aucune des réceptions qui précèdent le mariage, et que, s'il ne tenait qu'à elle, il n'aurait pas été invité du tout. Mais Jackie a insisté. Black Jack est triste. Il comptait tenir brillamment son rôle. Une fois de plus, la fête va tourner au règlement de comptes.

Black Jack ne conduisit pas sa fille à l'autel : on le trouva ivre mort dans sa chambre d'hôtel, le matin du mariage. Ce fut Hugh Auchincloss qui le remplaça, et Jackie dut se mordre les lèvres très fort pour ne pas pleurer. Ne rien montrer, ne jamais rien montrer. Black Jack se réveilla, furieux et humilié, quand tout était fini et les mariés envolés. Il rentra à New York, s'enferma dans son appartement et n'en sortit plus pendant des jours et des jours. Il ne répondait même pas au téléphone. Il passait ses journées assis dans son salon, rideaux tirés, à boire et à pleurer. Il ne pourrait plus jamais regarder sa fille en face. C'est une lettre de Jackie, écrite à Acapulco durant son voyage de noces, qui le sortit de son abattement. Une lettre pleine d'amour, de tendresse et de pardon. Elle ne lui en veut pas, elle l'aimera toujours et il sera à jamais son petit papa adoré. Elle comprend qu'il ait eu le trac. Elle savait qu'il serait mal à l'aise. Cette lettre requinque Jack Bouvier. Pour la première fois depuis des semaines, il tire les rideaux de son salon et s'habille.

Jackie fut très blessée par la désaffection de son père mais elle n'en montra rien. Elle apparut, sereine et éblouissante, devant les trois mille curieux qui se pressaient devant l'église pour apercevoir les jeunes mariés. Elle reçut les félicitations des invités pendant deux heures et demie sans défaillir.

Pendant le déjeuner qui suivit la cérémonie à l'église, John lui offrit en cadeau de mariage un bracelet en diamants qu'il laissa tomber négligemment sur ses genoux en passant près d'elle. Sans un mot, sans un baiser. Jackie le regarda, étonnée. Il fit un discours très drôle, expliquant qu'il avait épousé Jackie parce qu'elle devenait trop dangereuse en tant que journaliste. Elle lui porta un toast en répondant qu'elle espérait qu'il serait meilleur mari que prétendant. Pendant tout le temps qu'avait duré ce qu'on pouvait appeler sa cour, il ne lui avait pas envoyé une seule lettre d'amour, à part une pauvre carte postale des Bermudes où il avait griffonné une seule phrase : « Dommage que tu ne sois pas ici, Jack. »

Le ton était donné : il allait falloir compter avec elle. Elle ne se laisserait pas éclipser par son brillant mari. Enfin, les jeunes mariés se retirèrent et s'envolèrent pour Acapulco. Quand elle était petite et Reine du cirque, Jackie, en voyage avec ses parents, avait déclaré que c'est là et pas ailleurs qu'elle passerait son voyage de noces avec son beau trapéziste. Dans cette maison-là, avait-elle dit en montrant du doigt un palais rose. Et c'est dans cette maison rose-là que John emmena Jackie passer sa lune de miel.

Chapitre 5

Que savait Jackie de son nouveau mari ?

Pas grand-chose. Elle était tombée amoureuse d'une image qui ressemblait furieusement à son père. Mais son père, contrairement à John Kennedy, n'avait qu'un seul amour : sa fille. Il l'aimait mal, la traitait comme une somptueuse maîtresse, ne sut jamais réformer sa vie pour lui faire une vraie place, mais il l'aimait. Jackie le savait, et c'est à partir de cet amour fou qu'elle s'était construite. Son père fut sa rampe de lancement. C'est pour lui qu'elle voulut être parfaite, la première de la classe et un objet de désir pour les hommes. C'est grâce à l'amour de Black Jack qu'elle acquit cette force inébranlable, cette volonté qui lui permettait de mener sa vie comme elle l'entendait, et qui faisait dire à certains qu'elle était dure, avide, brutale. Rien ne devait lui résister. Elle savait exactement ce qu'elle ne voulait pas.

Mais elle ne savait pas ce qu'elle voulait. Elle réagissait mais n'agissait pas selon ses désirs. Parce qu'il lui avait manqué l'amour d'une mère qui, lui, donne l'identité, la foi profonde en soi, les racines de son être. Il aurait suffi qu'elle ait une mère aimante pour qu'elle soit une femme équilibrée, forte, attentive à son bien-être et à celui des autres. Mais sa mère la critiquait toujours. Sa fille, quoi qu'elle fasse, avait toujours tort. Elle trouvait ses robes trop courtes, ses cheveux trop fous, ses soupirants pas assez argentés ou mal nés. Elle ne parlait jamais à Jackie de ce qu'elle réussissait mais lui reprochait mille peccadilles. Autant elle était dure avec Jackie et Lee, autant elle pouvait se montrer tendre avec les enfants qu'elle eut de son mariage avec Auchincloss. Elle ne pardonna jamais à Jackie d'être la fille de son père. Quant au mariage de sa fille aînée avec le célibataire le plus convoité des États-Unis, cela la laissa complètement froide. Elle regretta le tapage fait autour de cette union et déclara que c'était une atteinte à sa vie privée. Quand on lui demandait des nouvelles de Jackie, elle répondait en agitant la main comme pour chasser une mouche : « Oh ! Jackie va très bien », et enchaînait en parlant de ses autres enfants.

John Kennedy, lui aussi, avait été privé de l'amour d'une mère. Dans son livre[1], Nigel Hamilton peint l'enfance et l'adolescence du futur Président avec des couleurs plutôt sombres.

Quand elle racontait la naissance de John, son deuxième enfant, Rose Kennedy se souvenait parfaitement du coût de l'obstétricien et de l'infirmière qui l'assistait, mais avouait qu'elle ne savait pas ce que le mot « fœtus » voulait dire. Rose faisait des enfants parce qu'une femme mariée, catholique, doit faire des enfants. Le plaisir n'avait rien à voir dans l'affaire. Le sexe était un devoir conjugal pénible, rendu encore plus pénible par la brutalité et le manque de chaleur de son époux ; le sexe était sale, dégoûtant. Et son résultat, les enfants, une corvée. Après la naissance de son troisième enfant, Rosemary, Rose, écœurée par les infidélités de Joe Kennedy, quitte le domicile conjugal. Elle abandonne mari et enfants et se réfugie chez son père. Au bout de trois semaines, le sens du devoir et les sermons paternels la ramènent chez elle. Mais elle prend vite en grippe toute sa maisonnée. Sans jamais rien en montrer, comme

1. *JFK. Reckless Youth*, Random House Inc., New York.

une bonne catholique stoïque et résignée : on doit aimer ses enfants, son mari, c'est écrit dans les Évangiles. Néanmoins, elle multiplie les voyages à l'étranger pour se tenir le plus loin possible de sa famille.

Le petit John a des problèmes de santé. À 3 ans, il est envoyé en sanatorium, où il passe trois mois. C'est un petit garçon adorable, drôle, stoïque. L'infirmière qui s'occupe de lui tombe sous son charme et, quand il part, supplie ses parents de pouvoir le suivre et lui servir de nounou.

Quand Rose parle de sa famille – elle a maintenant cinq enfants –, elle dit « mon entreprise ». Ce n'est pas une mère, c'est un manager. Elle a des dossiers pour chacun de ses enfants. Dans chaque dossier, une série de fiches où elle note leur poids, leur taille, leurs problèmes de santé. Elle les pèse, les mesure deux fois par mois. Elle est obsédée par leurs vêtements, vérifie à la fin de chaque journée que les ourlets tiennent, que les manches ne s'effilochent pas, que les cols sont bien droits ; et, surtout, surtout que les boutons sont tous en place. Les boutons sont pour elle une obsession. Elle dissimule sa désillusion conjugale et sa dépression chronique sous des apparences de discipline militaire. Jamais elle ne se penche pour faire un câlin, donner un baiser, consoler un gros chagrin, ni même effleurer une tête d'enfant. Elle fait son devoir, remplit ses fiches, réglemente, édicte des principes, mais elle n'a aucun contact physique avec ses garçons ou ses filles. Avec son mari, elle fait chambre à part. Elle accepte de remplir son devoir conjugal, mais, dès que Joe a fini, elle se tourne sur le côté et lui demande de regagner son lit. Tout ce qui est contact physique la dégoûte. Elle se couvre de parfums lourds pour oublier qu'elle a une odeur corporelle.

Joe se console très facilement, accumulant les maîtresses et faisant fortune en escroquant tout le monde. C'est l'homme d'affaires le plus louche de la côte Est. Il est rejeté par l'establishment qui refuse de recevoir cet être amoral et libidineux. Cela ne le dérange pas le moins du monde. Il continue à tripoter toutes les filles qu'il approche, allant même jusqu'à les caresser, la main dans la culotte, en plein restaurant. Rose Kennedy n'ignore rien de ses aventures et remet son sort entre les mains de Dieu.

Les enfants sont élevés par des gouvernantes qui changent tout le temps (elles sont sous-payées) et par un père qui, lorsqu'il est là, leur apprend une seule chose : la compétition. La vie est une jungle, explique-t-il, il n'y a que les plus costauds qui s'en sortent, et tous les moyens pour gagner sont bons, y compris les plus malhonnêtes. Quand il voit sa mère préparer ses valises pour un nouveau voyage, John (il a 5 ans) se poste près de la malle ouverte et lui lance : « Ah ! on peut dire que tu es une mère formidable, toi, toujours en train de partir et d'abandonner tes enfants ! »

Il se réfugie dans les livres. Il est passionné par l'Histoire. Continuellement malade et alité, la lecture devient le seul divertissement auquel il a droit. Il a un esprit ouvert, curieux de tout, et pose mille questions. Si Rose ne lui fait pas la lecture, elle filtre soigneusement tous les livres qui franchissent le seuil de sa maison. Tout ce qui est trop hardi, trop flamboyant est banni des bibliothèques. Un mot osé ou une question dérangeante entraînent une correction. « J'avais pris l'habitude d'avoir toujours un cintre à portée de main », se vantera-t-elle plus tard. Ce sont les seules occasions où Rose touche physiquement ses enfants.

Le petit John se réfugie de plus en plus dans ses rêves. Il arbore un air absent. Quand on lui demande de respecter des horaires, par exemple, il est toujours en retard. Rose le menace de l'exclure des déjeuners ou des excursions à la plage. Il hausse les épaules, indifférent. Tant pis ! semble-t-il dire. Il ne mangera pas ou restera à la maison. Il est toujours débraillé. Ses cheveux sont ébouriffés, sa chambre est sens dessus dessous. Il sort en pantoufles, fait sauter ses boutons et déchire ses pantalons. Il ne supporte pas les vêtements propres et repassés. Il n'est pas rare qu'il parte à l'école avec une chaussure rouge à un pied et une bleue à l'autre. Bref, il refuse la névrose de sa mère et se tient éloigné de la tension qui règne entre ses parents.

C'est une maison où l'on respire le ressentiment. Joe en veut à sa femme de sa frigidité. Rose hait les débordements sexuels de son mari et les lui fait payer de manière souterraine. Apparemment, elle est impeccable : mince, svelte, habillée chez les plus grands couturiers, couverte de bijoux. Elle a un sourire figé, glacial. Et, sous la glace, la haine bouillonne sans qu'elle l'exprime jamais.

Rose devient de plus en plus obsédée par les boutons, les boutonnières de ses enfants. C'est un moyen pour elle de contrôler la réalité. Les boutons la rassurent. Ils lui font oublier son mari et les éclats de ses sept enfants. Matin et soir, elle boutonne, déboutonne, compte les boutons manquants, les remplace, les recoud, part à la recherche du fil le plus solide possible. « Boutons, boutons, boutons », l'entend-on marmonner, seule dans la lingerie. Ce mot hante le petit John qui détale dès qu'elle approche. Et pourtant, des années plus tard, il affublera sa fille Caroline du surnom de Buttons. Boutons ! « Buttons, Buttons, où es-tu ? » l'entendra-t-on appeler dans les couloirs de la Maison-Blanche…

Après chaque accouchement, Rose part en voyage et engage une nouvelle nurse. Elle adore aller à Paris, où elle court les couturiers et les joailliers, achète les parfums les plus capiteux et les plus coûteux. Elle dépense des fortunes. C'est un moyen, explique-t-elle, de se venger de son mari : elle le fait payer pour ses infidélités. Chaque fois, devant ses valises ouvertes, John pleure abondamment. Jusqu'au jour où il comprend que plus il pleure, plus sa mère se renferme et l'ignore. Il se met à la détester mais n'en laisse rien paraître. Il se bouche le nez quand elle passe, il ne supporte pas l'odeur du parfum. Puisqu'elle ne l'aime pas, il va se tourner vers les autres. Ses professeurs l'adorent, les mères de ses petits copains le gâtent, il est le chef de sa bande. Et il fuit la maison.

Pendant ce temps, Joe Kennedy vit une aventure torride avec Gloria Swanson. Il est si fier d'être l'amant d'une star que, des années plus tard, il se vantera auprès de ses fils de ses performances au lit, donnant des détails précis sur l'anatomie de miss Swanson, décrivant longuement ses parties génitales et son insatiabilité sexuelle. « Il n'y avait que moi pour la satisfaire, et quand je l'ai laissée tomber elle n'a pas eu assez de ses deux yeux pour pleurer ! »

Bientôt, tout le monde est au courant de sa liaison hollywoodienne, et la famille Kennedy est mise en quarantaine. Les enfants ne sont plus invités et doivent jouer entre eux, conscients d'être des « moutons noirs ». En même temps, à la maison, l'absentéisme parental atteint des records. Joe réside la plupart du temps à Hollywood. Rose voyage de plus en plus loin, de plus en plus souvent, de plus en plus longtemps.

Les enfants sont mis en pension. John y débarque à l'âge de 12 ans, sans vêtements. Sa mère a oublié de faire sa valise. Il se sent seul, abandonné. Il réclame des pantalons. Ses frères et sœurs lui manquent. Chez lui, il a ses repères. C'est l'intello de la famille, ironique, sarcastique, toujours en retard, mal habillé, bagarreur et indépendant. En pension, il n'est qu'un petit garçon parmi les autres, à qui ses parents oublient de rendre visite. Alors il tombe malade et va se faire dorloter à l'infirmerie. « On s'était habitué à ce qu'il soit souvent malade, expliquera Rose, ce qui nous inquiétait, c'étaient ses mauvaises notes. » Une fois rétabli, il chahute. Il est incapable de se concentrer, en dépit de son Q.I. très élevé. Ses professeurs l'exhortent à travailler. John refuse de les écouter. Il ne veut pas qu'on l'encourage, il veut qu'on l'aime, qu'on lui témoigne tendresse et affection.

Lorsque son père lui rend enfin visite, il trouve, étonné, un adolescent de 16 ans, maigre, débraillé, frayant avec une bande de garnements qui se tiennent mal. Joe Kennedy est furieux et fait le tour des enseignants. John se plaindra que son père ait passé plus de temps à discuter avec ses professeurs qu'avec lui. Il retombe malade. Cette fois, c'est très grave. On diagnostique une leucémie. Toute l'école vient à son chevet. On murmure qu'il va peut-être mourir. Il devient un héros. Mais sa mère ne prend pas la peine de se déplacer : elle est à Miami, dans sa nouvelle propriété, et n'entend pas renoncer au soleil pour la santé fragile de son fils.

Cette nouvelle épreuve va fortifier John, le rendre encore plus individualiste, plus indépendant, cynique et drôle. Plus insolent aussi. Il décide de ne faire que ce qu'il lui plaît : étudier l'histoire, dévorer le *New York Times* auquel il s'est abonné et ses livres. Il voue un véritable culte à Winston Churchill, lit et relit *La Crise mondiale*, adossé à ses coussins. Il a une mémoire fantastique et apprend par cœur de longs articles pour l'entretenir et la développer. Il se moque de sa maladie et des docteurs qui se grattent la tête pour comprendre ce dont il souffre. « Et si jamais je n'avais rien du tout ? suggère-t-il à son copain Lem Billing dans une lettre, ça serait drôle, non ? Je passe des nuits entières à dévelop- per ce scénario… » Il souffre de crampes à l'estomac très douloureuses et on lui fait des lavements jusqu'à six fois par jour. « Bientôt je vais être propre comme un sifflet ! plaisante-t-il, l'eau ressort si claire qu'ils en boivent tous une tasse et se régalent. Mon derrière me regarde d'un sale œil ! »

Vers 17 ans, il commence à s'intéresser aux femmes. Comme il est souvent en observation dans les hôpitaux, il entreprend d'abord les infirmières. Elles le dorlotent, plaisantent avec lui, s'attardent à son chevet ; il est le chouchou de l'hôpital. Mais si elles se montrent trop tendres, il se rétracte sous ses draps. Il veut bien les trousser mais pas se faire câliner. Il ne supporte pas les effusions en public ; pour lui, le sexe doit être bref, brutal, sans détour inutile. Les femmes trop féminines, trop bien habillées et portant des parfums entêtants le dégoûtent. Il préfère clamer son mépris pour ces femelles avides de lui que laisser entrevoir sa sensibilité blessée.

Quand il rentre à la maison pour les vacances, il ne sait jamais dans quelle chambre il va s'installer. Avec des parents absents, des domestiques qui changent continuellement, des frères et sœurs (ils sont neuf maintenant) qui vont et viennent, il prend la dernière chambre libre. Comme à l'hôtel. Une chambre totalement impersonnelle où il ne peut rien accrocher au mur, ne sachant pas s'il va l'occuper la fois suivante. Sa mère est de plus en plus maniaque. Elle leur laisse des mots accrochés partout : « Ne portez pas de chaussettes blanches avec un costume habillé », « Jamais de chaussures marron avec un costume sombre », « Ne dites pas Salut mais Bonjour », « Respectez les heures des repas », « À table, laissez les dames se lever d'abord, les garçons devront suivre après », « Mangez votre poisson avec vos couverts à poisson », etc. Elle a si peur d'oublier quelque chose qu'elle épingle des mémos sur sa blouse ! John prend un malin plaisir à la ridiculiser et commet le plus de fautes de goût possible. Il en arrive même à se lever de table tel un diable pour atteindre avant Rose la porte de la salle à manger. Quand sa mère lui fait une réflexion, il s'excuse platement… et recommence le lendemain.

Quant à son père, il ne parle que compétition, combat pour la vie, mépris pour les pauvres et les faibles, les Noirs et les Juifs. Ou alors il s'étend sur les millions de dollars qu'il a mis de côté pour chaque enfant, à condition qu'ils soient les premiers partout. Comme dans ses affaires, il est complètement inconsistant. Il reproche à John une note de blanchisserie trop élevée puis glisse un billet de cinquante dollars sous chaque assiette, encourageant les enfants à venir les jouer avec lui au casino. Il les manipule en leur faisant miroiter un avenir brillant ou un gros billet de banque, selon son humeur. S'ils ne suivent pas, il devient violent, provoque des bagarres entre eux pour récompenser le plus fort, serre la main du vainqueur et insulte le vaincu. Au moment de la puberté, incapable d'avoir un véritable entretien avec ses garçons, il étale des magazines porno sur leur lit avec des planches en couleur sur l'anatomie féminine. Rose fulmine, les garçons pouffent de rire, Joe exulte. C'est sa manière à lui d'être complice avec ses fils. John se réfugie dans sa bande de copains. C'est en compagnie de l'un d'entre eux qu'il perdra sa virginité. Dans un bordel à Harlem où, pour trois dollars chacun, ils ont droit à une fille. Ils ressortent, effrayés, sûrs d'avoir attrapé une maladie vénérienne, et réveillent un médecin en pleine nuit pour qu'il les soigne. John fait les cent coups. Il ne supporte pas la discipline ; dès qu'il y a une bêtise à faire, il se porte candidat. Grâce à son charme et à son dynamisme, il est toujours chef de bande et excelle à diriger ses « hommes ».

Ses parents, ses professeurs lui font des reproches et mettent en avant la conduite de son frère aîné, Joe junior, qui est, lui, un exemple de conduite. Il reconnaît alors que « son frère étant celui qui a toujours bon partout, il est obligé de se différencier et de faire le clown. S'il n'était pas là à jouer les excellents, j'aurais peut-être eu une chance d'être meilleur ». Jusqu'à la mort de son frère, il souffrira de ce complexe. Il essaiera même, à 18 ans, de s'engager dans la Légion étrangère pour se démarquer totalement de Joe.

Il adore les histoires drôles et de préférence cochonnes. Il en connaît des dizaines, sa favorite étant celle de Mae West rencontrant le président Roosevelt : « Bonjour, madame, qui êtes-vous donc ? demande le Président. – Et vous, cher monsieur, qui êtes-vous donc ? répond Mae West. – Franklin Roosevelt… – Hé bien, si vous baisez aussi bien dans l'intimité que vous baisez le peuple américain, venez me voir à l'occasion… »

C'est sa manière à lui de réagir à l'avidité de pouvoir de son père, qui rêve d'entrer dans l'administration Roosevelt et n'y parvient pas. Son idole est François Ier, parce qu'il aimait la vie, les femmes et la guerre. « Mais il savait tenir les femmes à leur place et, exception faite de sa mère et de sa sœur, il ne leur laissa jamais occuper un rôle important, sauf à la fin de sa vie. Ambitieux, gâté, débordant de vitalité et de force physique, il était l'honneur et le héros de sa génération », écrit-il dans une composition. Il a 19 ans quand il écrit cet essai sur ce héros auquel il s'identifie.

À 20 ans, pendant l'été 1937, comme tout jeune homme de bonne famille, il part voyager en Europe. Il est ébloui par les cathédrales de France, découvre le fascisme, le socialisme, le communisme, tous ces « ismes » qui n'existent pas en Amérique. Il tente de se former une vision politique en lisant les journaux, les essais qui parlent de la situation politique en Europe. Il est troublé par l'Italie de Mussolini qu'il trouve propre et bien organisée. Il note que les gens ont l'air heureux. Intrigué par la Russie. Dégoûté par l'Allemagne et l'hitlérisme triomphant. Charmé par la culture française et l'histoire de France. Il lit Rousseau et en déduit qu'il a influencé Thomas Jefferson. Confiant dans l'armée française, il pronostique qu'il n'y aura pas de guerre entre la France et l'Allemagne, l'armée française étant supérieure à l'armée allemande ! Troublé de se trouver dans des pays catholiques, il va à la messe tous les dimanches. Et pourtant la religion l'ennuie. Il ne croit pas aux dogmes de l'Église, aux miracles de Jésus, à l'enseignement du Christ. Il aime bien être catholique parce que cela le rend différent des autres, dans un monde protestant. Mais s'investir dans la foi le barbe prodigieusement. « Je n'ai pas le temps pour ça ! » Il se sent parfaitement à l'aise en Angleterre, ce pays fait pour les élites, où les femmes arrivent en dernier dans les préoccupations des hommes après leur club, leurs copains, la chasse et la politique. « Il était très snob, se souvient un de ses bons amis, mais pas snob dans le sens où on l'entend. C'était un snobisme de goût. Il aimait les gens qui portaient beau, qui avaient de l'allure et détestait ceux qui se laissaient aller ou étaient trop familiers. Il voulait être fort, grand, courageux, exceptionnel. Il avait en horreur tout ce qui était ordinaire, banal, routinier, petit. Il voulait vivre intensément. Au fond, il n'était pas américain du tout dans le sens où il n'était pas américain moyen. »

Il a une bande d'amis envers lesquels il se montre loyal, fidèle, mais jamais tendre. « Il aurait fait n'importe quoi pour cacher ses émotions. Et pourtant il était chaleureux, parlait à tous, faisait rire tout le monde et était toujours là quand on avait besoin de lui. C'était le meilleur ami du monde. » Il veut bien donner, il ne veut pas être pris. Il pose mille questions à ses interlocuteurs, avide d'apprendre tout ce qu'ils savent. Longtemps après son voyage en Europe, il continue à se documenter sur Hitler et Mussolini, le capitalisme et le communisme, le nationalisme, le militarisme et le fonctionnement de la démocratie. Plus tard, dans ses années d'étudiant, il repartira découvrir l'Europe, la Russie, le Moyen-Orient et l'Amérique du Sud. Il veut tout connaître du monde qui l'entoure.

Son passage à Harvard ne laisse pas de grands souvenirs à ses professeurs. Souvent absent en raison de sa mauvaise santé, il n'arrive pas à se fondre dans le moule de l'enseignement universitaire. Quand la guerre éclate en Europe, il a 22 ans. Il comprend alors qu'il a surestimé l'armée française et se replonge dans ses bouquins pour comprendre.

Il a de multiples liaisons avec des filles belles, brillantes et sportives. Il semble les aimer, mais pas au point de perdre la tête. Les années passant, ses camarades le poussent à s'engager, à se fiancer. Il n'est pas décidé. Et même s'il est ému par une ou deux de ses conquêtes, il refuse de l'avouer, éclate de rire quand ses copains reçoivent des lettres d'amour et les lisent, le cœur battant. « C'est peut-être romantique pour toi, mais pour moi c'est de la merde », s'exclame-t-il. Une de ses petites copines, lucide, se souviendra plus tard : « Il était très calculateur en ce qui concerne son avenir. Il voulait que tout se passe selon ses désirs, y compris son mariage. Ce serait le mariage qu'il fallait avec la personne adéquate et qui pourrait se fondre dans ses plans de carrière. En attendant cette personne idéale, il n'était sérieux avec aucune fille. Il n'était tout simplement pas prêt pour le mariage. »

À ses amis, il parle des infidélités de son père, des cadeaux merveilleux qu'il rapportait à sa mère pour se faire pardonner. Son père a une influence très forte sur lui, et pas pour le meilleur. Il a légué à son fils son mépris des femmes et du foyer. John éclate de rire en expliquant qu'il préfère les seins des femmes à leur cerveau. Quand on lui demande de raconter une de ses idylles, il est très bref : zim, boum, paf ! au revoir, madame ! Sa méthode pour séduire est expéditive. « Je suis impatient, déclare-t-il un jour à une fille qu'il serre de très près. Tout ce dont j'ai envie, il faut que je l'aie. Voyez-vous, je n'ai pas le temps… »

La seule chose qui l'intéresse, c'est conquérir. L'instant précis où la proie convoitée se trouble, rougit, baisse les yeux et accepte un rendez-vous. Le moment où c'est lui qui impose sa volonté et fait plier la femme. Faire la cour l'ennuie, faire l'amour ne l'étonné plus ni le captive. Quant aux petits mots doux murmurés après... il est déjà parti ! Il ne se lassera jamais de la conquête, de ce moment enivrant où il devient le maître et prend le pouvoir. Cet amant rudimentaire est un hussard acharné. Il aime qu'on lui résiste et vaincre cette résistance. « J'aime la chasse, la poursuite mais pas l'hallali final... »

John est trop narcissique pour tomber amoureux. Il se scrute le nombril, surveille son poids, dépense des fortunes pour l'entretien de ses cheveux, jubile quand il a pris un kilo. Les apparences sont très importantes pour lui. Ses copains se moquent de son bronzage perpétuel et le traitent de gonzesse ; il répond que « ce n'est pas seulement que j'aime être bronzé mais ça me rassure ; ça me donne confiance en moi quand je me regarde dans une glace. J'ai l'impression alors d'être fort, en pleine santé, séduisant, irrésistible ».

Il n'est pas le macho redoutable qu'il prétend être. Il a installé cette façade de « vrai homme » pour faire oublier ses années de maladie, ses faiblesses, ses problèmes de santé dont il a honte et qu'il cache. Pour oublier aussi ses chagrins de petit garçon.

Privé d'amour maternel, il a un gouffre à combler et chaque femme doit payer pour l'indifférence de Rose. Il aura beau entasser les victimes, il ne parviendra jamais à remplir le vide. Et pourtant, c'est un rapide.

Robert Stack, dans son autobiographie[1], écrit : « J'ai connu la plupart des grandes stars de Hollywood et très peu ont eu autant de succès auprès des femmes que JFK,

1. *Straight Shooting.*

même avant qu'il ne pénétrât dans l'arène politique. Il lui suffisait de les regarder pour qu'elles trébuchent.» Et la liste des trébucheuses célèbres est longue : Hedy Lamarr, Susan Hayward, Joan Crawford, Lana Turner, Gene Tierney, etc.

La liaison avec Gene Tierney se termina très abruptement. Comme Gene était protestante et divorcée, il était hors de question que John l'épouse, bien qu'il eût 29 ans et l'âge de se ranger. Aussi préféra-t-il le lui avouer alors que leur relation durait déjà depuis deux ans.

«Tu sais, Gene, je ne pourrai jamais t'épouser.»

Elle ne répondit pas mais, à la fin du repas, elle se leva de table et lui dit très doucement : «Adieu, Jack…

– On dirait un adieu définitif, plaisanta-t-il.

– C'en est un.»

Elle ne le revit plus. Mais elle gardait un bon souvenir de lui. «Il n'était pas très romantique, c'est vrai, mais il savait prodiguer son temps et son intérêt. Il demandait tout le temps "qu'en penses-tu ?".» Phrase magique qui rassure les femmes sur leur intelligence !

John a un autre problème : c'est son complexe social. Les Kennedy, toute leur enfance, ont été mal vus à cause des activités suspectes de Joe Kennedy, de sa conduite scandaleuse et de ses nombreuses maîtresses. Ils ont été montrés du doigt, isolés, vilipendés. Et John, malgré son charme et la fortune de son père, n'arrive pas à impressionner les grandes familles. Il n'appartient pas aux clubs les plus chics, n'est pas invité aux soirées de débutantes. Face à cet ostracisme, il développera un esprit de revanche sociale. «Ils ne me regardent pas, eh bien ! je vais les forcer à me regarder ! Je vais devenir Président des États-Unis ou un truc dans ce genre pour qu'ils soient obligés d'être déférents avec moi !» Son ambition est partie de là et n'a fait que croître alors qu'il étudiait à Princeton, Harvard ou Stanford, dans des amphis peuplés de fils de famille.

Le 7 décembre 1941, les Japonais détruisent la flotte américaine à Pearl Harbor. Le 8 décembre, le président Roosevelt déclare la guerre au Japon. Le Congrès approuve cette décision à l'unanimité moins une voix. Le 11 décembre, Hitler déclare que l'Allemagne soutiendra le Japon contre l'Amérique. John Kennedy s'engage dans la Marine et part faire la guerre. Il en reviendra en héros, après que son bateau eut été torpillé par un destroyer japonais et qu'il eut sauvé dix de ses camarades dans le Pacifique sud, le 2 août 1943. Les dépêches tombent sur les télex des agences de presse célébrant le courage, le sang-froid et la bravoure de John Kennedy.

Le fils du milliardaire véreux, boutonné et manipulé dans sa famille, est devenu un homme. Quand il pense aux deux infortunés qui sont morts pendant l'attaque, il rumine son échec et en fait des cauchemars. Il écrit aux veuves, leur rend visite et ne les laissera jamais tomber. Il s'est révélé un chef responsable, attentionné. Pas une seule fois, il ne s'est montré arrogant ou vantard. Il a racheté la lâcheté de son père, lequel, lors de la Première Guerre mondiale, avait refusé de s'engager, en solide partisan de l'isolationnisme, avant de témoigner toute sa sympathie au régime de Hitler.

À la suite de son exploit, John a été grièvement blessé et rentre dans son pays pour se faire soigner. Son dos malade le fait atrocement souffrir : il faut l'opérer. Son mal au ventre le reprend, et les médecins diagnostiquent un ulcère du duodénum. Il est maigre comme un demi-clou, on devine ses mâchoires sous la peau tendue de son visage devenu jaune pour cause de malaria !

Le 13 août 1944, un télégramme arrive chez les Kennedy à Hyannis Port : il apprend à la famille que Joe Kennedy junior a été abattu lors d'une mission de reconnaissance aérienne. John est chez lui, ce jour-là. Il est assis sur les marches du porche avec ses frères et sœurs. C'est Joe Kennedy qui leur apprend la nouvelle, avant de les exhorter à aller faire du bateau, jouer au foot et se dépenser. Ils obéissent tous, sauf John qui demeure un long moment immobile et va faire quelques pas seul sur la plage. À 27 ans, il devient l'aîné, celui sur lequel reposent tous les espoirs de sa famille.

Chez les Kennedy, on ne pleure jamais. Le patriarche se réfugie dans sa chambre et n'en sort plus. John dans une petite église où il peut méditer. Plus tard, ils apprendront que Joe junior ne devait pas participer à cette dernière mission mais qu'il s'était porté volontaire pour prouver que le sang des Kennedy était celui des braves, pour que son père soit fier de lui, fier de ce fils dans lequel il plaçait toutes ses ambitions.

Maintenant c'est sur John que Joe Kennedy reporte ses rêves de grandeur. Mais John hésite. Il veut écrire. Il envoie ses articles à des journaux et attend d'être publié. Ses maladies répétées lui donnent à croire qu'il n'a pas longtemps à vivre, aussi veut-il profiter de la vie au maximum et faire ce qui lui plaît. Engagé comme journaliste, c'est en effectuant un reportage à San Francisco sur la naissance des Nations unies qu'il découvre son intérêt réel pour la politique. Il se retrouve au milieu d'hommes politiques et de diplomates et se met à frétiller. Ce sont ces hommes-là qui font l'Histoire et tiennent le destin du monde entre leurs mains. Il est surtout fasciné par Churchill qu'il suit en Angleterre alors que son héros est en pleine campagne de réélection. Il écoute, pose ses habituelles questions, fait des pronostics sur l'issue de cette élection, voyage dans tout le pays pour prendre le pouls des Anglais. Il est heureux ! Il a découvert la politique.

Cette nouvelle passion ne l'empêche pas de collectionner les conquêtes. Partout où il passe, les filles s'offrent, et il choisit. Il a 28 ans, il est célibataire, c'est un héros, séduisant et riche. Il adopte toujours la même attitude : enchanté d'être entouré de belles filles, mais indifférent. Il se prête mais ne se donne pas. Et il ne changera jamais. À la fin de sa vie, une amie très proche lui demandera : « As-tu jamais été amoureux ? » « Non », répondra-t-il. Puis après une longue pause : « Mais souvent intéressé… »

La guerre ne l'a pas changé. Elle ne lui a pas donné envie de poser ses bagages et de fonder une famille.

À 29 ans, John se présente à sa première élection à Boston, comme candidat démocrate au poste de député du 11e arrondissement. Sa campagne est totalement financée (et achetée) par son père. Alors que sa sœur, Eunice, a des doutes et demande au patriarche s'il croit en l'avenir de son fils, Joe Kennedy balaie la question de la main et répond : « En politique, ce n'est pas ce que vous êtes qui compte, c'est ce que les gens croient que vous êtes. » Et il annonce : « On va le vendre comme une lessive. » Pour ajouter, plus tard, une fois son fils élu : « Avec tout l'argent que j'ai investi, j'aurais pu faire élire mon chauffeur ! »

Si le père dépense des millions pour la carrière de son fils, John, lui, se montre plutôt avare. Il n'a jamais d'argent sur lui et emprunte à droite et à gauche sans jamais rembourser. Il développe la maladie des millionnaires qui redoutent que les gens ne voient en eux qu'un porte-monnaie. Il garde ses vêtements jusqu'à ce qu'ils soient usés et continue à se balader avec de vieilles tennis délavées, voire des pantoufles. Il devient désinvolte avec ses vieux copains, part en plein milieu d'un dîner parce qu'il s'ennuie ou leur pose des lapins. Est-ce la politique qui l'a changé ou l'intuition que sa vie ne sera pas longue et qu'il n'y a pas une seconde à perdre ? Il est continuellement malade, sort d'un hôpital pour entrer dans une clinique et ses médecins font des diagnostics qui se révèlent tous aussi faux les uns que les autres.

Ses amis ne le reconnaissent plus. « Je sentais que je l'avais perdu en tant que personne et qu'il faudrait que je me contente du fait qu'il avait été autrefois mon ami. Ou alors il fallait être à sa botte et ça il n'en était pas question ! » raconte l'un de ses proches. Il n'a plus une minute à perdre, il faut qu'il investisse le temps qu'il lui reste pour se frayer un chemin en politique. Même si, pour cela, il doit renoncer à son idéal d'honnêteté, de générosité et de fidélité à ses amis. L'important pour John, comme en amour, c'est de conquérir les électeurs. Une fois les suffrages en poche, il se détourne et chasse ailleurs. Il a de hautes ambitions. Il est le plus jeune député d'Amérique. Il est en train de devenir un homme politique avec lequel il va falloir compter. Il sait qu'il n'a pas d'idées fortes à vendre, mais qu'il est un excellent tacticien. Il fait tout « à l'instinct ». L'important est de gagner, de battre les autres candidats, de s'imposer pour l'élection suivante et, graduellement, de s'élever jusqu'à la magistrature suprême : la présidence des États-Unis.

Il a compris qu'il incarne un type nouveau de politicien, décontracté, souriant et charmant. Il séduit les foules en se mettant en scène, en abandonnant le style ampoulé des autres hommes politiques. On a l'impression qu'il est « vrai ». Il colle parfaitement à son époque, où l'image devient plus importante que le message. Il parle le langage de l'homme de la rue et vend des idées qui font rêver. En cela, il est parfaitement moderne.

Quand on lui demande comment il voit son avenir, il répond qu'il «restera député un moment et verra bien ensuite de quel côté le vent souffle». Il se verrait bien en sénateur, et puis pourquoi pas plus haut? Il a tant de confiance en lui, il a tant d'énergie, tant d'humour qu'il se persuade qu'il y arrivera.

À partir de ce moment-là, il va tout ignorer pour se consacrer à ce qui est le plus important pour lui: la conquête du pouvoir et des femmes. Des femmes pour les jeter après usage, le pouvoir pour rendre au nom de Kennedy son prestige et sa grandeur. Il se vengera de l'indifférence de sa mère avec les premières et réalisera l'ambition de son père avec le second.

Voilà l'homme que Jackie a épousé. Celui qu'elle a choisi parce qu'il ressemblait tant à ce père qu'elle a adoré. Avec John, elle s'en est persuadée, elle va vivre un conte de fées…

Chapitre 6

Si Jackie obtint la maison rose dont elle rêvait pour sa lune de miel, le conte de fées s'arrête là. John fuit les tête-à-tête, court les virées entre copains et les réceptions. Pire encore : il attire les femmes comme un ruban Scotch double face et Jackie le retrouve toujours au milieu d'un cercle de filles pâmées. Elle est bien obligée de constater que l'intimité romantique dont elle a rêvé ne figure pas au programme de John. Il répugne à être seul avec elle, et tous les moyens sont bons pour l'abandonner. Un jour qu'ils sont invités chez des amis de John, en plein voyage de noces, il la quitte sans rien dire et part voir un match de foot avec un copain. Elle est obligée de garder le sourire, de faire la conversation à son hôtesse sans rien montrer de sa déception et d'attendre qu'il revienne…

De retour à Washington, la situation empire. Ils n'ont pas de maison et habitent tantôt chez les Auchincloss, tantôt chez les Kennedy. Jackie ne supporte pas sa belle-mère, qu'elle trouve « écervelée et autoritaire ». Rose court dans la maison en éteignant toutes les lampes pour faire des économies, baisse les radiateurs, fait des marques sur les bouteilles pour que les domestiques ne la volent pas, refuse de chauffer sa piscine et va se baigner chez ses amies. Elle ignore sa nouvelle belle-fille ou lui lance des piques en permanence. Elle se moque de Jackie qui, lorsqu'elle fait pipi, laisse couler l'eau du bain pour qu'on ne l'entende pas, critique les longues douches qu'elle prend en arguant du prix de l'eau chaude et la relance sans cesse pour qu'elle participe aux jeux sportifs de ses enfants. Un jour que ces derniers se sont lancés dans une partie de foot échevelée et se livrent à de violentes mêlées, Rose entre dans le salon où Jackie est en train de lire et lui demande pourquoi elle ne sort pas prendre un peu d'exercice. « Il serait peut-être temps que quelqu'un dans cette famille exerce son cerveau plutôt que ses muscles ! » lui répond Jackie.

Jackie se venge, l'air de rien. Elle dort tard le matin, ce qui exaspère sa belle-mère, et refuse d'assister à certains déjeuners avec « des gens très importants », pour rester au lit et lire. Elle se moque de Rose et des aide-mémoire épinglés sur ses vêtements.

En revanche, avec le vieux Joe, c'est l'accord parfait. Avec elle, il évoque ses conquêtes. Elle aime la vitalité sexuelle de son beau-père qui lui rappelle son père. Il lui raconte en détail (et crûment) toutes ses liaisons, passées et présentes, car il continue à galoper derrière la première jupe qui bruisse. Il veut faire jeu égal avec ses fils. Être le premier, toujours et partout. Elle en rit avec lui. Mais elle le critique quand il s'en prend aux Juifs et aux Noirs, lui reproche d'avoir une vue simpliste des choses. Il n'y a pas les bons d'un côté et les méchants de l'autre. La vie est plus compliquée. Le gris, le trouble, les conflits intérieurs existent. Elle lui tient tête, il adore ça. Il aime quand elle le remet à sa place et déclare : « C'est la seule qui ait un peu de jugeote. » Ou lorsqu'elle le taquine sur son avarice. Par exemple, il n'a fait peindre que la façade de sa maison. « Les côtés et le dos, ce n'est pas la peine, personne ne les voit. » Il admire sa force, sa volonté de rester elle-même et de ne pas se faire dévorer par le clan. Ensemble, ils redeviennent gamins, se font des clins d'œil, pouffent ou se livrent à des batailles de côtelettes, bombardant les domestiques. Joe sera le seul à qui Jackie confiera ses désillusions conjugales.

Aux yeux de Jackie, les frères et sœurs de John sont des primates, de grands gorilles mal élevés et bruyants, cassant tout sur leur passage et ne respectant rien. Ils ne s'asseyent pas, ils s'effondrent sur leur siège ; ils ne jouent pas, ils s'étrillent ; ils ne parlent pas, ils hurlent ; un rien les fait éclater d'un rire strident, insupportable. Les filles regardent avec un léger mépris cette jeune belle-sœur qui se prend pour une femme, s'esclaffent dès que Jackie arrive avec une toilette neuve ou un cadeau raffiné pour John. Elles font comprendre à Jackie qu'elle n'appartient pas à leur monde. C'est vrai : Jackie méprise la compétition et le monde politique. Elle n'a jamais voté. Elle ne supporte pas les hommes qui entourent son mari et qu'elle appelle « les larbins de Jack ». Elle les considère comme des crétins qui le flattent et ne pensent qu'à profiter. Pour elle, John est au-dessus du lot. « C'est un idéaliste sans illusions », dit-elle de lui. John, lui, ne comprend pas qu'elle ne s'intéresse pas à sa passion. « Elle respire toutes les vapeurs politiques qui flottent autour de nous, mais n'a jamais l'air de les inhaler », remarque-t-il.

Il lui arrive parfois d'être maladroit avec elle en public. Un jour que la famille est réunie et qu'ils parlent, comme d'habitude, de politique, Jackie n'écoute plus et se retire dans son monde à elle. John est en train de se demander comment il va faire accepter l'image trop chic et trop française de sa femme à ses électeurs. Il se tourne vers elle et lui dit : « Le peuple américain n'est pas prêt pour comprendre quelqu'un comme toi, Jackie, et je ne sais pas comment on va faire. Je pense qu'il va falloir te faire passer d'une façon subliminale dans l'un de ces flashes télévisés de sorte que personne ne te remarque. » Jackie fond en larmes. Elle court dans sa

689

chambre et s'y enferme. John est désolé, mais incapable d'aller la chercher et de lui faire des excuses. C'est une amie commune qui ira consoler Jackie et la fera revenir à table.

Jackie déteste aussi la politique parce qu'elle lui prend son mari. Elle comprend très vite que c'est une rivale plus dangereuse que toutes les filles qu'il culbute et jette aussitôt. John est un courant d'air, toujours entre deux voyages, deux campagnes, deux séances de travail. Et ses moments de loisir, il les consacre à… parler politique. Elle aimerait qu'il passe du temps avec elle, discute de choses qu'elle aime, elle. Or elle est toujours frustrée. Elle vit dans l'attente d'une heure ou deux d'intimité comme, petite, elle vivait dans l'attente des week-ends passés avec son père. Et quand il arrive, enfin, qu'elle s'apprête à déguster « son » moment avec lui, « ce fichu téléphone sonne. Sans arrêt au point que nous n'arrivons même pas à dîner ensemble. Mais si je lui demande de ne pas répondre ou si j'essaie de décrocher la première, c'est la bagarre. Je lui dis bien que j'ai l'impression de vivre à l'hôtel mais il ne comprend pas. Il me regarde de cette manière bien à lui et se contente de dire "mais ça me convient très bien !" ». Jackie broie du noir. La vie avec John se révèle être un parcours du combattant. Elle est loin de la Reine du cirque et de son beau trapéziste. Il ne tient pas en place et continue à vivre comme un célibataire.

« Je ne crois pas qu'elle se doutait de ce qui l'attendait en épousant JFK, rapporte Truman Capote, un intime de la famille. Elle n'était pas préparée du tout à une inconduite aussi flagrante : il l'abandonnait en pleine soirée pour aller flirter avec une belle ! Elle ne s'attendait pas davantage à devenir la risée des femmes de son entourage qui savaient comme tout le monde ce qui se passait. Tous les Kennedy mâles se ressemblent : ils sont comme des chiens, ils ne peuvent pas voir une bouche d'incendie sans s'arrêter pour lever la patte ! »

Jackie découvre tout cela. Elle avait pensé naïvement que, s'il l'avait épousée, c'était parce qu'il était décidé à changer de vie. Qu'il aspirait au même idéal qu'elle : « Une vie de famille normale avec un mari qui rentre tous les soirs à cinq heures et qui passe le week-end avec moi et les enfants que j'espérais avoir. » Elle découvre aussi qu'il est si peu discret qu'il entraîne ses meilleurs amis dans ses débauches et que tout le monde est au courant avant elle. Elle a l'impression de porter en permanence dans le dos un grand panneau avec COCUE écrit dessus. Quand elle entre dans une soirée, les femmes la regardent avec une lueur de fausse pitié dans l'œil. Alors elle se redresse, les ignore et laisse dans son sillage un je-ne-sais-quoi de hautain et de glacial. Elle sait tout, joue les parfaites indifférentes. À l'intérieur, elle écume de rage.

Le premier choc passé, elle essaie de se faire une raison. Elle prend sur elle. Elle s'est entraînée, enfant, à ne rien laisser paraître de ses sentiments. Cela a dû lui coûter. Beaucoup verront dans cette tension perpétuelle l'explication de ses nombreuses fausses couches. Dès la première année de son mariage, elle perd un bébé. Son médecin la prévient que, si elle ne se détend pas, elle risque d'avoir du mal à garder un enfant. Elle sait qu'elle déçoit John qui rêve d'avoir une grande famille comme son père.

Mais lui non plus ne dit rien et se console en multipliant les aventures. « Vivre chaque jour comme si c'était le dernier », telle est sa devise. Il ne changera pas, c'est donc à elle de s'adapter. Elle décide de s'investir dans son rôle d'épouse, et de devenir la femme irréprochable de l'homme le plus convoité du monde. Ainsi aura-t-elle, peut-être, une chance qu'il la regarde et s'intéresse à elle. Jackie aime les défis. Ce n'est pas le genre de femme à se laisser abattre.

Puisqu'elle ne peut pas approfondir leur relation, elle va la décorer. Elle ne peut pas travailler, ni reprendre son ancien métier. John ne supporterait pas une femme indépendante, brillante, qui lui ferait de l'ombre. Elle se concentre sur les fenêtres à la française, les nuances de blanc cassé, le façonnage des rideaux, la hauteur des poufs, la qualité de la vaisselle, la forme des abat-jour, l'intensité des éclairages, le bois cérusé des bibliothèques, le dessin des tapis, la disposition des tableaux, l'alignement des photos dans leur cadre en argent. Et quand tout est parfait, elle recommence. Et plus tard, quand elle en aura les moyens, achètera maison sur maison. Maniaque, exigeante, l'ordonnance des détails l'apaise et l'empêche de penser à la direction que prend sa vie. Elle met sa personnalité sous scellés et décide d'être parfaite.

Elle y réussit, en apparence. Mais elle connaît aussi ces moments de violence terrible où elle se sent seule, niée, et où elle en veut au monde entier. Elle se regarde faire, s'écoute parler et se déteste : ce n'est pas elle, cette bourgeoise frénétique, cette caricature de femme du monde ! Comment en est-elle arrivée là ? Elle devient, alors, susceptible, odieuse, égoïste, rageuse comme une petite fille qui pique des caprices. Elle revit les trous noirs de son enfance et elle est incapable de les maîtriser. Elle perd le contrôle d'elle-même. Renvoie des domestiques sans motif, refuse de faire ce qu'on attend d'elle, reste couchée pendant de longues heures, se montre soudain altière et distante, décore et redécore inlassablement ses maisons et se venge en dépensant, dépensant sans compter. Bijoux, vêtements, chaussures, bas de soie, gants, pendulettes, tableaux, maisons, tout est bon pour la rassurer.

Et rien ne la rassurera, hormis ses enfants. Parce que Jackie, plus intelligente et torturée que sa mère, que le tourbillon d'une vie sociale suffit à occuper, n'est pas dupe. Elle sait qu'elle s'étourdit parce qu'elle n'a pas le courage de prendre son destin en main. Elle est prisonnière de ses peurs d'enfant. Sa violence ne débouche sur rien. Elle n'osera jamais partir, trahir ou se venger parce que ce sont des choses qui ne se font pas et que, plus tragiquement, elle ne se fait pas confiance. Elle a peur de vivre seule. Elle reste toujours la petite fille ballottée, manipulée par papa et maman, qui ne sait plus quoi penser et se retranche derrière une belle indifférence.

Elle possède aussi cet orgueil insensé de ne pas vouloir avouer qu'elle s'est trompée. Qu'elle a épousé un homme pour de mauvaises raisons et que, maintenant, elle le paie. Reconnaître son erreur, c'est donner raison à ceux qui l'ont prévenue et qu'elle a éconduits. Reconnaître son erreur, c'est se retrouver au ban de la société. Elle préfère rester et endurer, les dents serrées quand elle est seule, découvertes en un large sourire automatique quand elle est en société. Jackie est à la fois une dure et une tendre. Elle a appris à faire face à la douleur, à sauver sa peau, mais elle ne peut s'empêcher de vouloir être aimée.

C'est ainsi que, longtemps, on ignora tout du drame intime qu'elle vivait. Elle imposa une image de couple uni et de bonheur. Elle joua à la perfection le rôle d'une bonne petite bourgeoise (tout ce qu'elle détestait). Il lui arriva de prononcer des phrases que sa mère aurait pu lui souffler : « L'essentiel pour moi était de faire ce que voulait mon mari. Jamais il n'aurait pu ou voulu épouser une femme qui lui aurait disputé la vedette. » En trahissant sa nature profonde, elle réussit à apparaître sans faille, à faire de son mari un être exceptionnel. Ce fut sa volonté, sa création à elle seule.

Car John Kennedy, lui, ne prend aucune précaution. Il drague au vu et au su de tout le monde, rejoint des filles dans des hôtels, prend les noms des bonnes affaires que lui recommandent ses copains, les appelle, les convoque – plus tard, il leur donnera rendez-vous à la Maison-Blanche. Il s'est toujours comporté ainsi. Pourquoi changerait-il maintenant qu'il est marié ? Et puis, il n'est pas à l'aise avec une femme, coincé dans une maison. Il est enchanté de vivre chez ses parents ou ses beaux-parents parce qu'il n'a pas à affronter Jackie. Le dialogue n'est pas facile entre eux. Aucun des deux n'ose témoigner son amour à l'autre, parce que chacun se méfie des démonstrations d'affection. Ni l'un ni l'autre n'articule un reproche : on ne parle pas de ces choses-là. Alors Jackie souffre en silence, et John continue sa ronde sexuelle, bien conscient que cela ne le mène nulle part, mais incapable de se fixer. Si Jackie, au début de son mariage, paraît vulnérable, gauche, maladroite, obsédée par l'idée de faire bonne figure, John, lui, est toujours le gai luron d'antan qui cache sa frigidité affective sous un charme dévastateur.

Au début du printemps 1954, ils louent enfin une maison à eux, à Washington. Jackie respire. Même si John, toujours en déplacement, ne dort jamais plus de deux nuits de suite à la maison. Elle apprend les bonnes années du vin, lit des livres de cuisine (mais rate lamentablement ses recettes), choisit des cigares pour John (elle lui a fait découvrir le cigare pour continuer à consommer ses trois paquets de cigarettes par jour !) et ses costumes. « J'ai mis de l'ordre dans la vie de John, écrit-elle à une amie. Chez nous, la table est bonne et raffinée. Finies ses sorties le matin, chaussé d'un soulier noir et d'un soulier jaune. Ses habits sont repassés et il n'a plus à se ruer comme un fou à l'aéroport : je lui fais ses bagages. » Ses interventions ne se limitent pas au foyer. Elle suit les débats au Sénat, assiste aux discours de son mari, lit les pages politiques des journaux et répond aux lettres de ses électeurs. (Il est alors sénateur du Massachusetts.) Elle participe à des réunions politiques et aux thés des dames comme il faut de Washington. Toutes ces activités l'ennuient à mourir, mais elles font partie du statut de femme de sénateur. « Être à la table d'honneur, ne pas pouvoir fumer une cigarette, porter des bouquets ridicules à la boutonnière et écouter toutes ces vieilles badernes, ça me fait grimper aux murs ! Pauvre Jack ! »

Ce qui l'amuse davantage, c'est le cours d'histoire américaine auquel elle s'est inscrite à l'université de Georgetown. Elle ne veut pas passer pour une de ces femmes sans cervelle qui parlent confitures et travaux d'aiguille. Elle s'initie au bridge (parce que John y joue), entre à la Croix-Rouge des dames du Sénat et découvre l'art de faire des bandages. Elle apprend à son mari à parler en public, à se tenir sur une estrade, à respirer entre deux phrases. Elle se rappelle les conseils de son père et ses cours de théâtre à Farmington. Et John l'écoute, en élève appliqué.

Les circonstances ne vont pas tarder à montrer qu'elle est devenue, en effet, parfaite. Les problèmes de dos de John recommencent. Au début, il veut les ignorer et progresse en grimaçant à l'aide de béquilles. Puis il est obligé de se rendre à l'évidence : il ne peut plus marcher. Il est hospitalisé une première fois. Puis une seconde. Jackie se tient à son chevet et se révèle une infirmière courageuse. Son mari est ébahi. « Ma femme est une fille timide et silencieuse mais lorsque les choses tournent mal, elle sait se comporter. » John Kennedy a raison. Jackie est une petite fille fragile dans les détails de la vie quotidienne, mais quand la situation l'exige c'est une dure. C'est dans l'épreuve qu'elle se révèle. Elle parle d'une petite voix feutrée et douce, mais ses souhaits sont des ordres. Pendant les longs mois que dure la maladie de John, c'est elle qui prend les choses en main et lui tient la tête hors de l'eau. Il souffre, s'ennuie, tempête ? Elle le soigne jour et nuit et l'encourage. L'aide à s'alimenter. Elle l'a enfin pour elle toute seule. Il dépend d'elle. Comme un enfant. Allongé à plat sur le dos, Kennedy n'arrive pas à dormir, ni à lire. Jackie lui fait la lecture, lui suggère d'écrire un livre dès qu'il pourra se redresser. « Ce projet lui a sauvé la vie, dira Jackie, il l'a aidé à canaliser toute son énergie tout en le distrayant. »

Le livre s'appellera *Profiles in Courage* et sera un succès de librairie. Jackie y est pour beaucoup. Elle s'est chargée de la documentation, elle a pris des notes, l'a aidé à construire son plan, a lu et relu le manuscrit d'un œil critique. L'ouvrage obtient le prix Pulitzer, ce qui fait scandale. On murmure en effet que les chiffres de vente sont truqués par le père Kennedy qui fait acheter des milliers d'exemplaires pour propulser l'ouvrage en tête de la liste des best-sellers. Selon une autre rumeur, John ne serait pas l'auteur du livre. John prend un avocat pour se défendre et l'affaire est enterrée.

Après six mois d'immobilité, John retourne à son siège de sénateur. Il refuse de porter un corset, d'utiliser des béquilles ou une chaise roulante. Il souffre le martyre mais n'en montre rien. Il a une telle énergie qu'il apprivoise la douleur et finit par l'oublier. « Un jour que j'avais examiné John, raconte son médecin, Jackie me demanda s'il existait des piqûres qui supprimaient la douleur. Je répondis que oui, mais que cela supprimerait aussi toute sensation en dessous de la taille. Jackie fronça les sourcils et John dit en souriant : "Nous n'allons pas faire ça, hein, Jackie ?" »

Truman Capote se souvient très bien d'elle à cette époque. « Elle était à la fois naïve et fine mouche, beaucoup plus fine que la plupart des femmes d'hommes politiques. Elle ne supportait pas ces créatures. Elle brocardait leur manque de chic et leur dévotion aveugle à la carrière de leurs maris. "Quelles gourdes !" disait-elle. La supériorité de Jackie tenait à son éducation new-yorkaise, à sa fréquentation des meilleures écoles et à ses voyages à l'étranger. Elle avait plus de flair, de goût et d'imagination. Nous nous voyions au bar du Carlyle, où j'écoutais toutes ses histoires de famille. Le jour où elle avait emmené sa demi-sœur, Nina, acheter son premier soutien-gorge. La fois, où, des années plus tard, lors du mariage de Nina, elle était entrée tout habillée dans une baignoire vide pour une démonstration de douche vaginale. ("Il vaut mieux se servir de vinaigre, de vinaigre blanc, conseilla-t-elle. Et si on ne fait pas attention à la dilution, on peut se brûler.") Imaginez Eleanor Roosevelt, Bess Truman ou Mamie Eisenhower traiter du bel art de la douche vaginale ! »

C'était l'autre face de Jackie. Quand elle se sentait à l'aise, en confiance. Elle devient alors drôle, libérée, crue même. Elle va voir en cachette des films porno, mais se bagarre avec un photographe qui la surprend à la sortie d'un cinéma de New York.

Comme beaucoup de gens désabusés et malheureux, elle a un sens de l'humour aigu et ne se prive pas d'envoyer des piques à John. Il n'est pas habitué mais adore la façon dont sa femme l'épingle. Un jour qu'il assiste, en smoking blanc, à un cocktail donné en l'honneur du vieux Churchill, dont il essaie désespérément d'attirer l'attention, elle lui glisse à l'oreille en pointant le doigt sur sa veste blanche : « N'insiste pas, il doit te prendre pour un extra ! »

Un autre jour, alors qu'il est en train de lire allongé sur un canapé, elle le soupçonne de s'être assoupi et lui demande : « Tu dors ? – Non, pourquoi ? – Parce que je ne voyais plus ton doigt bouger… » Il éclate de rire. Il aime ce côté copain de Jackie, qui ne le dévore pas des yeux mais le bombarde de vannes. Il ne sait pas que c'est sa manière à elle de déguiser sa peine et sa frustration. Elle ne sait pas pleurer : elle va donc rire.

Début 56, Jackie est heureuse : elle attend un bébé. 1956 est aussi l'année où John Kennedy brigue, sur un coup de tête, la vice-présidence à la convention démocrate. Enceinte de sept mois, elle se retrouve propulsée dans la foule, en train de serrer des mains et de sourire à des centaines d'inconnus qui se pressent contre elle. Elle se trouve « timide et gauche ». Elle qui est allergique à toute familiarité, qui ne supporte pas qu'on l'approche de trop près, qu'on la touche ! Elle ravale son dégoût. Pour Jackie, toute personne qui tente d'envahir son intimité est un danger. Être près signifie qu'on va lui faire mal. C'est elle qui décide d'être familière avec les gens, elle qui accepte de réduire la distance, quand elle le veut avec qui elle veut. Elle peut donner des cours de douche vaginale avec un grand naturel à sa demi-sœur : elle sait que Nina Auchincloss ne lui fera pas de mal. Sinon, elle se retire dans sa tour d'ivoire. Un contact direct, un ordre aboyé, une manière cavalière de s'adresser à elle sont perçus comme une intrusion insupportable. Elle se cabre, se rebiffe et devient hostile. Elle préfère offrir des cadeaux somptueux qu'entrebâiller son cœur.

John échoue de peu et part aussitôt avec Ted se reposer sur la Côte d'Azur, où il retrouve son père. Il abandonne Jackie, enceinte de sept mois. Avec Ted, il loue un yacht sur lequel ils embarquent starlettes et conquêtes. C'est là qu'il apprendra, trois jours après la tragédie, que Jackie a accouché d'une petite fille mort-née. « Il était vaguement contrarié », racontera un témoin. Son frère Bob s'occupe de Jackie et de l'enterrement du bébé. John hésite à quitter sa croisière. Un copain l'y oblige. « Je te conseille de te magner le cul et d'aller rejoindre ta femme, si tu veux avoir une chance d'être un jour Président. »

Cette fois-ci, le ménage est en crise. Jackie s'est retrouvée seule pour tout assumer. Seule, furieuse et désespérée. Elle craint de ne plus jamais avoir d'enfant. Elle ne supporte plus les femmes Kennedy, ces «machines à faire des bébés». «Il suffit de la remonter pour qu'elle tombe enceinte», dit-elle au sujet d'Ethel, la femme de Bob. Elle déteste la politique. Elle déteste le clan Kennedy. Elle déteste son mari. Elle demande le divorce.

On raconte que le vieux Joe lui aurait proposé un million de dollars pour qu'elle reste. À quoi elle aurait rétorqué : «Pourquoi pas dix ?» Vrai ou faux ? Ce qui est sûr, c'est qu'elle posa ses conditions : ne plus subir la pression du clan Kennedy, vivre à part et avoir John pour elle toute seule les rares fois où il est à la maison. Il ne doit même pas répondre au téléphone pendant le dîner !

C'est avec Joe qu'elle traite. John et elle ne se parlent plus. Jackie trouve qu'il s'est comporté lamentablement en l'abandonnant. John, une fois de plus, bien que déçu et désenchanté, est incapable d'avoir un geste de tendresse envers Jackie. Elle s'enferme dans sa désillusion, il se replie sur lui-même. Il la regarde pleurer, demeure muet, n'arrive pas à la prendre dans ses bras. Il s'enfuit ou s'endort profondément. Il est paralysé face à la douleur de sa femme. Il n'a pas le mode d'emploi. On ne lui a jamais appris à avoir de la compassion, de la tendresse pour qui que ce soit ; il connaît les bourrades avec ses copains, les vannes, les beuveries, mais tout sentiment réel lui est étranger. C'est un infirme du cœur.

Pour oublier sa douleur, Jackie fait n'importe quoi. Elle boude des heures durant pour provoquer John. Elle choque délibérément sa belle-mère, passe son humeur sur le premier venu et déclare à la tribu qu'elle ne les supporte plus. «Vous autres Kennedy, vous ne pensez qu'à vous ! Qui d'entre vous a jamais pensé à mon bonheur ! »

Grâce à Joe Kennedy, le couple se réconcilie. Il leur achète une nouvelle maison à Washington et John donne carte blanche à sa femme pour la décorer. En mars 1957, Jackie tombe à nouveau enceinte. Elle décide cette fois de se ménager et de ne penser qu'au bébé.

Mais une nouvelle tragédie l'attend. Son père se meurt d'un cancer du foie. Bouleversée, elle se rend à son chevet à New York mais arrive trop tard. Black Jack est mort. Son dernier mot avant de mourir aura été « Jackie ». Il avait 70 ans et payait une vie d'excès. Jackie est torturée par le remords. Absorbée par ses problèmes, elle a négligé son père depuis qu'elle est mariée. Pour la ménager, on l'a tenue dans l'ignorance de la réalité. Elle n'a pas su que son père était malade. L'office funèbre sera célébré dans la cathédrale Saint-Patrick à New York, dans la plus stricte intimité. Jackie a choisi des paniers d'osier blancs remplis de fleurs multicolores. Avant qu'on ne referme le cercueil, elle glisse au poignet de son père une gourmette en or qu'il lui avait offerte.

« Dans l'assistance, il y avait sept ou huit anciennes belles de Jack Bouvier. Personne ne les avait prévenues : elles étaient venues d'elles-mêmes, raconte Edie Beale, la cousine de Jackie. Jackie ne versa pas une larme. Elle n'exprimait jamais rien. »

Caroline naît quatre mois après la mort de Black Jack, le 27 novembre 1957. Selon son père, elle paraît « aussi costaud qu'un lutteur japonais ». John est libéré par cette naissance si attendue. Il avait fini, quand même, par se demander s'il n'était pas le seul responsable des fausses couches de Jackie. Jackie resplendit. Elle a découvert qu'il n'y avait rien de plus beau au monde que de donner naissance à un enfant. Elle oublie son ressentiment envers John et se laisse aller à être heureuse. Elle a, enfin, un petit être à elle, qui ne la menace pas et qu'elle va pouvoir aimer sans craindre d'être trahie. Et surtout, elle va être utile. Les enfants lui donneront toujours envie d'aimer, de s'ouvrir aux autres et de donner. Ils lui procureront une identité. En ce 27 novembre 1957, elle est heureuse, généreuse et détendue. Elle offre en cadeau de Noël à son mari une sublime Jaguar blanche qu'il s'empresse de changer contre une Buick, parce qu'il la trouve trop tape-à-l'œil.

John est reparti en campagne : il brigue un second mandat de sénateur. Il désire que Jackie fasse campagne avec lui. Faire campagne signifie serrer des mains, se faire taper dans le dos, écouter les plaintes des électeurs et paraître totalement absorbée par leurs propos comme si l'on écoutait une conférence sur les pyramides de Louxor. C'est peu de dire que Jackie est une néophyte. Mais elle fait des efforts. Elle lance son style. Elle n'essaie pas de s'extasier sur le moindre bébé qu'on lui tend, ni de faire plaisir à tout le monde. Le public sent qu'elle ne triche pas et il aime ça. Lorsqu'elle accompagne John dans un meeting, il y a deux fois plus de monde. Ils veulent tous la voir. John se rend compte que sa femme est un atout politique. Elle parle italien, espagnol et français et peut s'adresser à toutes les minorités comme si elle était née dans leur quartier. L'image que donnent John et Jackie émeut les foules. Ce que les gens amassés sur leur passage ne savent pas, c'est que Jackie lit *À la recherche du temps perdu* ou les Mémoires du général de Gaulle en français, tapie dans la limousine de son mari, quand elle est lasse de faire semblant. Ils ignorent aussi que, bien souvent, quand John conduit et salue les foules de la main, elle glisse sous le tableau de bord pour ne pas être obligée d'en faire autant.

John découvre d'autres qualités de sa femme pendant cette campagne. Elle sait juger les gens, repère les tocards, conseille John et lui donne des coups de pied sous la table quand il s'emporte avec des journalistes qu'il devrait ménager. Elle a une excellente mémoire visuelle : une fois qu'on lui a présenté quelqu'un, elle ne l'oublie plus.

Leurs efforts sont récompensés : John Kennedy obtient un score éblouissant que tous les journaux s'empressent de répercuter. Jackie a eu raison de s'entraîner, car l'élection présidentielle approche et Joe Kennedy a décidé de lancer son fils dans la bataille contre Nixon. Quand on demande à John ce qu'il en pense, il répond, très sûr de lui : « Non seulement je vais me présenter, mais je vais gagner. »

C'est Joe Kennedy qui va tout orchestrer dans les coulisses. Joe qui, le premier, utilise les sondages, outils précieux pour mesurer la progression de son fils dans l'opinion publique. Joe qui convie Sinatra et le Tout-Hollywood pour donner du brillant à la candidature de

John. Joe qui achète un avion privé pour que son fils soit partout, qu'il multiplie les meetings. Joe encore, qui, réfugié dans son bunker, étudie les sondages, les scores des autres candidats et ajuste le tir.

Jackie fascine les foules. Un journaliste qui suit la campagne assiste, étonné, à « l'effet Jackie ». « Les gens se sont identifiés à la Princesse. Il était clair qu'ils voulaient Jackie. Ils avaient une lueur émerveillée dans le regard quand ils la voyaient. Ils étaient en quête d'une image aristocratique. » Jackie joue le jeu, mais elle n'est pas à l'aise. Elle s'éclipse dès qu'elle a fait son service minimal, développant ainsi un mystère qui la rend encore plus attirante et attendue. Elle n'essaie pas d'être populaire à tout prix. Elle admet publiquement qu'elle ne connaît pas grand-chose à la cuisine, que Caroline a une nurse, qu'il lui arrive de porter des robes de chez Givenchy ou Balenciaga, que d'ailleurs elle aime beaucoup les couturiers français, et que, si elle fait campagne aux côtés de son mari, c'est que c'est le seul moyen de le voir ! Pat Nixon, soudain, ressemble à une vieille ménagère défraîchie, avec sa permanente roulée serré, ses robes en acétate imprimé et sa poudre de riz blafarde.

Jackie a appris depuis sa dernière campagne. Appris à serrer des milliers de mains, à fendre la foule, à monter sur une estrade, à voyager avec trois robes, un fer à repasser et un collier de perles, à donner des interviews à la télévision et à parler dans les supermarchés. Sa curiosité naturelle la pousse à explorer l'Amérique profonde. Elle aime s'aventurer dans des petites églises pour parler de son mari avec les fidèles. David Heymann raconte qu'un jour elle s'aventure, seule, dans une église de Noirs et tarde à rentrer. John s'inquiète et va la chercher.

« Comment ça s'est passé, Jackie ?

– Très bien. J'ai rencontré le plus délicieux des prêtres de la plus délicieuse église noire et il m'a dit qu'il avait des problèmes d'argent. Alors je lui ai donné 200 dollars.

– C'est gentil, en effet… » Il marque une pause, puis s'écrie : « Nom de Dieu ! Ce n'était pas mon argent, au moins ? »

John est toujours aussi pingre et Jackie toujours aussi dépensière. « Elle me casse le cul avec ses dépenses ! » hurle-t-il. Mais rien ne peut empêcher Jackie de dilapider. Cela la rassure d'avoir des penderies qui débordent, une maison bien décorée, des gravures et des tableaux sur les murs. John, lui, s'en fiche complètement. Il ne voit que l'argent envolé, et c'est souvent Joe Kennedy qui paie les folies de Jackie.

Plus John approche de la candidature suprême, plus il court les filles. Les hommes des services secrets, qui désormais l'accompagnent partout, ne savent plus où donner de la tête. Son copain Sinatra est là qui lui arrange des parties fines entre deux meetings. Et surtout, surtout il a rencontré Marilyn ! Marilyn qui vient de se séparer d'Arthur Miller, de rompre avec Montand, et se cherche un nouveau Prince charmant. Marilyn qui avoue en roucoulant qu'elle fait du bien au dos de John. Elle est folle de lui, rêve d'être la femme du Président, de porter ses enfants, lui envoie des poèmes. Dès que Jackie boude un déplacement, Marilyn arrive en cachette et occupe la chambre de John. Les rumeurs d'une liaison parviennent aux oreilles de Jackie, qui décide de faire la grève et de ne plus paraître en public. Quand, plus tard, la plus voluptueuse des stars lui téléphonera et lui annoncera qu'elle est amoureuse de son mari, Jackie lui répondra qu'elle lui laissera sans problème la place et les obligations d'une First Lady.

Jackie ne se montre plus. Elle a une bonne excuse : elle est enceinte. Des émissaires sont envoyés pour la faire changer d'avis. Après de longues négociations, elle accepte, mais pour un nombre limité d'apparitions. Le soir du fameux débat télévisé avec Nixon, John Kennedy est nerveux. « Trouvez-moi une fille », demande-t-il. Son entourage lui arrange une rencontre éclair dans un placard. Il émerge un quart d'heure plus tard, avec un sourire jusqu'aux oreilles, et apparaît sûr de lui et détendu face à un Nixon crispé.

Marilyn ne lui suffisant plus, il entreprend Angie Dickinson, qui succombe. En sa compagnie, il fera de petites escapades durant les trois mois qui suivront son élection, juste avant son entrée en fonctions[1].

Le 9 novembre 1960, lorsqu'elle se réveille à sept heures du matin, Jackie Bouvier Kennedy est première dame des États-Unis. Elle a 33 ans, c'est la plus jeune First Lady de l'histoire américaine, la femme la plus en vue d'Amérique. Quand elle apprend la nouvelle, elle félicite John d'un « oh ! mon lapin, ça y est ! Tu es Président », puis ne cesse de se tordre les mains et de se ronger les ongles à l'idée de ce qui l'attend. Étrangère à l'agitation et à l'enthousiasme qui l'entourent. Le piège se referme, pense-t-elle. Puis elle se reprend et redescend sur terre. Elle sait que chacun de ses gestes, chacune de ses humeurs vont être épiés, disséqués, interprétés, et qu'on ne va rien lui pardonner. On attend d'elle la maturité, la sagesse d'une vieille First Lady, elle qui a du mal à s'ajuster chaque jour à la progression fulgurante de son mari, elle qui ne rêve que d'une chose : être avec Caroline, galoper seule sur sa jument, étudier ses livres d'art et d'histoire ou se balader nu-pieds en jean ou en jodhpur. Loin de l'enchanter, cette nouvelle situation fait naître chez elle une autre angoisse qui, désormais, ne la quittera plus : sa famille et elle ne sont plus en

---

1. En Amérique, le Président, s'il est élu en novembre, n'entre véritablement en fonctions qu'au mois de janvier, c'est-à-dire trois mois plus tard.

sécurité. « Nous ne sommes que des cibles sur un stand de tir », répète-t-elle. Elle a raison : il y aura plusieurs tentatives d'assassinat contre John dans les mois qui suivront son élection. Toutes seront déjouées, et, surtout, lui seront cachées.

Et puis, il y a les journalistes qui n'arrêtent pas de la harceler pour faire des reportages sur elle, sa maison, ses secrets de beauté, sa collection de chaussures… Autre intrusion qu'elle ne supporte pas. Elle n'est pas à leur service et n'a rien à vendre. Elle répond à chaque journal par écrit, essayant de faire comprendre sa lassitude. « De grâce, pas de nouvelles épreuves photographiques ! Jack Lowe[1] et moi avons déjà fait trois séances ensemble, à changer de vêtements, à changer de lumières, à chercher un joli paysage, à essayer de faire sourire le bébé, et je suis sûre qu'il n'a pas plus envie que moi de recommencer ! » Ou encore : « J'aimerais pouvoir vous dire que je suis ravie ou bien que je viens de passer sous un autobus, et que je ne peux paraître devant les photographes pendant un mois. Ce sont des articles merveilleux mais, si ça ne vous contrarie pas trop, je pense que je ne vais pas participer à un nouveau reportage si tôt pour révéler mes tragiques secrets de beauté et ma garde-robe désorganisée. Je dois constamment me prêter à des articles politiques avec Jack, c'est inévitable, mais je me sens toujours gênée ; évidemment, si je savais faire le mannequin, j'adorerais ça, mais je ne sais pas ; je suis sûre que vous comprendrez que je ne suis pas tentée d'essayer… »

Elle se résigne à être First Lady mais refuse de se mettre à la disposition des gens. Un jour, un ami lui a dit : « Tu sais, quand tu seras la femme du Président, tu

---

1. Le photographe. Il fit toute une série de photos de Jackie que John Kennedy apprécia au point d'en faire les photos officielles de son épouse.

ne pourras plus sauter dans ta voiture et courir chasser le renard.

– Tu as tort ! C'est une chose que je n'abandonnerai jamais.

– Mais il va bien falloir que tu fasses quelques concessions à ton rôle !

– Oh ! Bien sûr, j'en ferai... Je porterai des chapeaux. »

Alors qu'elle est à trois semaines de la date prévue pour son accouchement, Kennedy décide de partir avec des copains en Floride. Cette nouvelle désertion si près de la naissance la remplit de peur et de fureur. Une fois de plus, il la délaisse. Elle hurle, tempête, le traite de tous les noms, mais John ne l'écoute pas et fait ses valises. Il est dans l'avion quand un appel lui parvient : Jackie a ressenti des douleurs prématurées et a été transportée d'urgence à l'hôpital. Sur le brancard qui l'emportait, elle a pourtant demandé crânement qu'on ne prévienne pas son mari. John fait aussitôt demi-tour en murmurant : « Je ne suis jamais là quand elle a besoin de moi... »

Le 25 novembre 1960, la famille s'agrandit avec la naissance de John Fitzgerald Kennedy junior, né avec trois semaines d'avance. Jackie rayonne. Elle a conjuré le sort pour la deuxième fois ! Les époux terribles font à nouveau la paix au-dessus du berceau de leur petit garçon baptisé John et aussitôt surnommé John-John. De toute façon, pense Jackie, l'ère des disputes est terminée, celle de la Maison-Blanche a commencé. Qu'ils le veuillent ou non, ils sont liés par quelque chose qui les dépasse et qui s'appelle l'Histoire. Et l'Histoire, justement, Jackie a décidé de s'en emparer. Elle veut faire de la présidence de son mari une époque qui marquera un tournant pour l'Amérique.

Première étape : la Maison-Blanche. Elle s'y rend, invitée par Mme Eisenhower. Et en revient épouvantée.

« On dirait un hôtel qui aurait été décoré par un magasin de meubles en gros avant les soldes. Il y a du pain sur la planche ! » confie-t-elle à sa secrétaire. Habité depuis huit ans par les Eisenhower, qui n'ont guère le goût des beaux intérieurs, l'endroit ne brille pas par son faste. Les appartements privés sont en piteux état, le plâtre écaillé, les tapis tachés, les papiers peints décollés, les tentures en lambeaux.

Deuxième étape : Jackie elle-même. Elle se veut aussi élégante que si « Jack était Président de la France ». Elle charge sa sœur Lee d'aller chercher chez les couturiers français ce qu'il y a de mieux et de le lui faire parvenir. En attendant, elle fait défiler chez elle tout ce qui compte dans la mode américaine et élit un couturier : Oleg Cassini.

Troisième étape : animer et faire briller la Maison-Blanche, pour en faire la plaque tournante des Arts et des Lettres du monde entier. Si la politique ne l'intéresse pas, elle a le sens de l'Histoire et entend bien laisser une trace du passage de John. Elle est comme un metteur en scène que le moindre détail intéresse, parce qu'il s'imprime dans un grand tableau qui deviendra une fresque.

Pendant les trois mois qui séparent la prestation de serment du nouveau Président de son entrée en fonctions, Jackie va travailler dur sur son programme. Retirée dans sa chambre, dans la propriété de ses beaux-parents à Miami, elle écrit les invitations pour le jour de l'inauguration, organise les allées et venues des voitures et des cars chargés de transporter les invités, lit et relit l'histoire de la Maison-Blanche, cherche des documents historiques, fait des plans pour la décorer, pour lui rendre son prestige, dessine la robe qu'elle va porter pour le bal de l'inauguration.

Un jour, alors que Rose Kennedy tambourine à sa porte en lui demandant de descendre déjeuner, Jackie ne répond pas. Au bout d'un moment, ulcérée, Rose s'en va trouver la secrétaire de Jackie et lui demande : « Est-ce que vous savez si elle va sortir de son lit, aujourd'hui ? » Et pourtant, elle ne traîne pas au lit, ni en bavardages inutiles au téléphone. Elle va droit au but et rédige des notes sur tout ce qu'il lui reste à faire. Comme sa belle-mère, elle va devenir la championne des mémos laissés sur son passage. Cette obsession du détail est chez elle aussi une manière de s'absorber et d'oublier le reste.

John, lui, travaille avec ses conseillers sur la constitution de son gouvernement, sur son discours d'investiture, sur l'idée de « nouvelle frontière ». Et sur son poids. Il a beaucoup grossi pendant la campagne. Devant son essaim de secrétaires confites en dévotion, il raconte qu'il va lui falloir maigrir ou annuler toutes les cérémonies prévues pour son entrée en fonctions.

Le jour de l'investiture, le 20 janvier 1961, sera un jour étrange. Stephen Birmingham l'évoque même comme un jour sinistre, plein de tensions. Il fait un froid glacial (moins 10°). La veille, une tempête de neige s'est abattue sur Washington et toute la ville a été bloquée. Outre la prestation de serment de John, un déjeuner officiel puis un thé familial et six bals attendent Jackie. Il va lui falloir apparaître chaque fois comme une créature éblouissante, enchantée d'être là et disponible pour tous. Les familles, qui ne s'entendent pas, vont se trouver réunies. Du côté de Jackie, ils sont tous républicains et aucun n'a voté pour John. Pour les Kennedy, c'est le triomphe de la tribu. Ils ne vont pas manquer d'écraser tout le monde de leur morgue et de leur assurance. Rien que d'y penser, elle est déjà épuisée.

La journée sera, en effet, bizarrement lugubre et tendue. Il n'y en a que pour les Kennedy, qui font bande à part et n'adressent la parole à personne. Les Bouvier

709

snobent les Lee[1] et les Kennedy, les Auchincloss détestent les Kennedy et les Bouvier, qui eux, en veulent aux Auchincloss... Scénario habituel dans de nombreuses familles mais il ne s'agit pas de n'importe quelle réunion familiale. Les observateurs, les journalistes sont là qui rôdent, à la recherche du moindre détail croustillant.

Le matin, John fait un vibrant et brillant discours après avoir prêté serment mais sans embrasser sa femme, comme le veut la tradition. La parade militaire a lieu sous une pluie glaciale et John se tient debout pendant six heures, sans manteau ni écharpe. Au bout d'un moment, Jackie s'éclipse et se réfugie à la Maison-Blanche où elle avale une pilule pour dormir en attendant les bals.

Ses proches piétinent dans le salon en se demandant ce que fait « la Princesse ». Elle devait prendre le thé avec eux. C'était prévu. Ils sont venus de tout le pays pour la féliciter. Mais Jackie dort ; elle a donné l'ordre aux huissiers de la Maison-Blanche de ne la déranger sous aucun prétexte. Sa mère parvient à tromper la surveillance et vient relancer sa fille dans sa chambre. « Enfin, Jackie, ils t'attendent tous ! C'est un grand jour pour eux ! » C'est un grand jour pour elle aussi et elle ne descendra pas, elle veut dormir et se reposer pour l'épreuve du soir. Elle se faufile dans ses draps et s'endort.

Jackie ne s'expliquera jamais sur son attitude. Était-ce la fatigue ? Six semaines auparavant, elle avait accouché de John, une naissance longue et difficile (il fallut faire une césarienne). Était-ce pour se détendre avant la soirée épuisante qui l'attendait ? S'était-elle disputée avec John ? Elle avait appris, le matin même, que sa dernière conquête, Angie Dickinson, était en ville, invitée aux

---

1. La famille de Janet.

cérémonies. L'enseignement de son père lui revenait-il en tête ? Fais-toi désirer, ma belle, ma toute belle, ne laisse jamais penser aux gens que tu es d'un accès facile. Ou encore tout simplement la peur d'affronter les Lee, les Auchincloss, les Bouvier et les Kennedy et leurs vieilles querelles de famille ?

Et si, en pleine apothéose, Jackie avait été saisie d'un de ces accès de panique, un de ces moments de dépression où un gouffre s'ouvre devant elle, la laissant errante et titubante sur le bord ? Pendant trois mois, elle a joué à être la femme du Président des États-Unis, elle a fait des plans, dessiné des croquis pour la Maison-Blanche, pour ses robes, pour les chambres des enfants. Maintenant, elle l'est pour de bon et elle se recroqueville à l'idée de tout ce qui va changer dans sa vie. Elle a besoin du silence et de l'obscurité de sa chambre pour reprendre des forces.

Le soir de l'investiture, Jackie fait son apparition, telle une fée. Dans une robe blanche brodée d'argent et de strass, couverte par une cape blanche qui lui tombe jusqu'aux pieds. John est ébloui par la beauté de sa femme. « Ta robe est superbe. Tu n'as jamais été plus belle », lui dit-il alors qu'elle descend le grand escalier de la Maison-Blanche. Elle lui prend le bras et, impériale, l'accompagne aux différentes cérémonies.

Ils iront de bal en bal, si jeunes, si beaux, admirés, applaudis. Puis Jackie rentrera, seule, à la Maison-Blanche, tandis que John ira finir la nuit chez un copain qui a fait venir pour lui une demi-douzaine de starlettes de Hollywood.

Chapitre 8

«La Maison-Blanche était d'un inconfort pour le moins surprenant, raconte David Heymann. Jackie s'aperçut que sa douche ne fonctionnait pas et que la chasse d'eau était cassée. Il n'y avait ni corbeilles à papier ni bibliothèques. "Eisenhower ne lisait pas?" demanda Jackie.» Les cheminées enfument les pièces si l'on y fait du feu, les fenêtres ne s'ouvrent pas. Jackie fait l'inventaire et arpente les couloirs de sa nouvelle demeure, en pantalon et mocassins. Elle ne porte ni maquillage ni robe quand elle n'y est pas obligée. Elle s'assied par terre, envoie promener ses chaussures, prend des notes sur tout, tripote ses cheveux, mange ses ongles; le personnel regarde, interloqué, cette nouvelle occupante qui relègue Mamie Eisenhower parmi les fantômes. «Comment peut-elle voir, avec tous ses cheveux dans la figure?» demande la vieille gouvernante en chef. Bref, c'est ce qu'on appelle un changement de style. Jackie travaille et entasse les notes: «Les 18 chambres et 20 salles de bains du deuxième étage doivent être nettoyées; les 147 fenêtres entretenues; les 29 cheminées prêtes pour une flambée; les 412 poignées de porte astiquées; les 1 000 mètres carrés de parquet cirés; les 2 500 mètres carrés de marbre lavés et relavés; les moquettes et tapis passés à l'aspirateur trois fois par jour et les 37 pièces du rez-de-chaussée époussetées deux fois par jour...»

Les draps des lits doivent être changés deux fois par jour et les serviettes de bain trois fois par jour ! En un mois, elle épuise le budget annuel d'entretien de la Maison-Blanche et demande une rallonge. Elle suspend les visites du public à la Maison-Blanche afin que les travaux de rénovation puissent avoir lieu. Les appartements privés sont redécorés dans la plus pure tradition française, et les décorateurs se succèdent à une cadence infernale. Jackie écoute et c'est elle qui décide. Elle repeint tout en blanc avec des lisérés bleus, verts, rouges. Dispose des tableaux sur tous les murs. Veille à ce qu'il y ait des bouquets partout et un feu prêt à flamber dans chaque cheminée. Elle court, volte et virevolte dans les couloirs de l'auguste maison, donnant le tournis à tout le monde. Quand elle n'est pas sortie la veille, elle se lève à huit heures. Sinon, elle dort jusqu'à midi. Si elle exige la plus grande ponctualité de son bataillon de factotums, elle se laisse, elle, toute liberté. Sa chambre est un véritable Q.G. d'où partent ordres, initiatives et tentatives diverses. Elle écume les brocanteurs et les salles des ventes, et achète, achète, achète... Elle veut faire de la Maison-Blanche « une grande et belle maison. Une résidence historique ». Elle a horreur qu'on dise qu'elle « redécore », elle préfère le mot « restaurer ».

L'arrivée de Jackie est un choc pour les occupants de la vieille maison. « Du balai, les horreurs ! » déclare Jackie en changeant les meubles. La nurse de Caroline ? « Elle n'a pas besoin de beaucoup d'espace dans sa chambre. Une corbeille pour ses peaux de banane[1] et une table de nuit pour son dentier ! » La cuisine ? « Je m'en fiche complètement. Peignez-la en blanc et demandez conseil à René[2] ! » Les tableaux ? Elle va rechercher

---

1. La nurse, Miss Maud Shaw, faisait une grande consommation de bananes.
2. Le chef français.

des Cézanne à la National Gallery, là où le président Truman les avait relégués. Les rideaux en place ? « Ils sont verts à vous donner le mal de mer, et leurs franges ressemblent à un vieux sapin de Noël exténué. » Seul le hall d'entrée trouve grâce à ses yeux : « Il ressemble à de Gaulle. » Ouf !

C'est une rapide. Elle ne supporte pas ceux qui parlent pour ne rien dire ou qui lui font perdre son temps. « Que Lucinda[1] arrête de s'excuser pendant dix minutes quand elle laisse tomber une épingle ! » Avec les domestiques, elle est très attentive. À leurs horaires, à leurs salaires, aux heures supplémentaires. Tout entière à ses projets grandioses, Jackie ne veut pas entendre parler des tâches traditionnelles de la First Lady. Tout ce qui est visites aux scouts, myopathes, handicapés, aveugles, troisième âge et associations pour la protection de la nature ou au profit de la Croix-Rouge l'ennuie. Elle confie ces corvées à Mme Johnson, la femme du vice-président. « Pourquoi devrais-je traîner dans les hôpitaux et jouer les dames de charité alors que j'ai tant à faire ici ? » Elle renvoie les domestiques choqués par le changement de style, fait venir un chef français (qui se met tout le monde à dos) et un chef pâtissier, installe son masseur, son coiffeur, les gouvernantes des enfants. Sans tenir compte des critiques, elle poursuit son but. Ses « grands travaux » dépassent le cadre de la Maison-Blanche. Elle fait des projets pour une grande bibliothèque, pour la création d'un immense centre culturel et… pour la préservation des monuments pharaoniques en Égypte.

Ayant délimité son champ d'action, elle se sent plus à l'aise. C'est son monde à elle, et elle en est la reine. J. B. West, le majordome chef, qui tint la Maison-Blanche de main de maître pendant vingt-huit ans, de Roosevelt à Nixon, passa trois ans avec Jackie, dans

1. La femme de chambre de Jackie.

une intimité domestique de tous les jours[1]. « Jacqueline Kennedy murmurait. Elle parlait si bas qu'on était forcé de tendre l'oreille pour l'entendre. Il y avait dans ses yeux un mélange de détermination, d'humour et aussi de fragilité. Quand elle entrait dans une pièce, on avait toujours l'impression qu'elle cherchait l'issue de secours. Je ne pense pas qu'elle était timide. C'était sa manière à elle de se rendre maîtresse de la situation : inspectant la pièce, soupesant la qualité des gens présents. Elle ne parlait jamais pour ne rien dire et limitait sa conversation aux seuls sujets qui l'intéressaient. Quand elle demandait tout doucement "pensez-vous que…" ou "pourriez-vous, s'il vous plaît…", ce n'était pas un souhait mais un ordre. »

Il vaut toujours mieux faire confiance aux hommes qu'aux femmes qui racontent Jacqueline Kennedy. Les hommes parlent d'elle d'une manière attentive, nuancées alors que les femmes sont toujours friandes du petit détail qui tue. On sent très bien, dans tous les témoignages féminins sur Jackie, qu'elle insupportait. Elle était trop… Trop belle, trop riche, trop cultivée, trop originale, trop privilégiée, trop captivante, trop indépendante. Presque toutes essaient subrepticement de la salir, de la rabaisser. L'air de rien, en lâchant par-ci, par-là, une remarque aigre. Les femmes ne supportent pas l'insolence tranquille, l'élégance naturelle et le détachement quelque peu hautain de Jackie. Il faut la faire redescendre de son piédestal. Pour qu'enfin elle fasse partie du lot commun. Il n'y a pire ennemie pour une femme séduisante, belle et intelligente qu'une autre femme moins séduisante, moins belle et moins intelligente. Et comme Jackie ne prête que rarement attention à la gent

1. J. B. West, *Upstairs at the White House*, Coward, McCann & Geoghegan.

féminine, gardant le souvenir des relations tendues avec sa mère, elle déclenche de forts ressentiments.

« Mme Kennedy ne recherchait jamais la compagnie des autres femmes. Elle n'avait pas de copines qui venaient prendre le thé et bavarder. Sa seule confidente était sa sœur Lee, poursuit J. B. West. Elle avait trente ans de moins que toutes les autres First Lady que j'ai servies et possédait la personnalité la plus complexe de toutes. En public, elle était élégante, impassible, digne et royale. En privé : décontractée, impertinente et révolutionnaire. Elle avait une volonté de fer, avec plus de détermination que personne au monde. Cependant, elle savait aussi être douce, obstinée et subtile et imposait sa volonté sans que les gens s'en aperçoivent. Elle était drôle, insolente, très intelligente, et, quelquefois, bête et bornée, sans plus aucun sens de l'humour. On s'amusait beaucoup avec elle, et pourtant personne n'osait être familier. Elle avait une manière bien à elle d'installer une distance entre les gens. Elle détestait qu'on la presse, qu'on la bouscule. »

Elle a emporté à la Maison-Blanche le bureau de son père, un bureau Empire auquel elle veille avec soin. Elle parle souvent de Black Jack. Elle a l'impression qu'il est là, qu'il l'accompagne partout. Quand sa mère ou Rose Kennedy lui rendent visite, elle est polie. Mais dès que Joe Kennedy est annoncé, elle descend les escaliers quatre à quatre et se jette dans ses bras en l'embrassant. Après sa première attaque, alors qu'il est paralysé et transporté à la Maison-Blanche, elle s'en occupe personnellement, le fait manger et lui essuie la bouche. Elle envoie des mémos de sept pages à J. B. West pour qu'il soit bien traité.

Au troisième étage de la Maison-Blanche, à la place d'un grand solarium, elle a fait installer un jardin d'enfants pour Caroline et quelques enfants de diplomates. Elle passe beaucoup de temps avec Caroline et

John-John, mais ce n'est pas une mère conventionnelle. Les enfants sont entourés de nurses, de gouvernantes, de chauffeurs, de maîtres d'hôtel, et on leur sert leur hamburger sur un plateau d'argent. Ce n'est pas que Jackie soit snob : elle a été élevée ainsi. Elle a l'habitude de l'argent, des grandes maisons remplies de domestiques. Pour elle, c'est tout simplement normal. Elle n'imagine pas la vie différemment. Mais si elle ne lave ni ne repasse ni ne cuisine, elle est toujours là, présente et attentive. Elle veut que ses enfants soient bien élevés. Elle tient à ce qu'ils aient leur vie à eux, indépendante de la Maison-Blanche, et qu'ils ne soient pas traités comme des petits prince et princesse. « S'il vous plaît, lorsque nous sortons, inutile d'ouvrir les portes à grand battant pour eux. Je ne veux pas qu'ils se considèrent comme des enfants officiels ! »

Quand John-John est bébé, elle le promène en landau dans le parc de la Maison-Blanche et Caroline trottine derrière elle. Elle leur a dessiné un terrain de jeux, dissimulé par des arbres, pour qu'ils soient à l'abri des regards des touristes qui déambulent le long des grilles. Elle y a installé le poney de Caroline, Macaroni, une maison dans les arbres, des cochons d'Inde et des chiens, un trampoline, des balançoires, un tunnel. Elle saute sur le trampoline avec eux. Résultat : elle fait planter des arbres hauts et touffus pour qu'on n'aperçoive que sa tête qui dépasse et qu'on ne puisse pas prendre de photos. Le terrain de jeux ne se trouve pas loin du bureau du Président qui s'éclipse pour venir jouer, chahuter, plaisanter avec ses enfants. Avec Caroline et John-John, Kennedy est lui aussi un autre homme : il se laisse aller à les aimer, les embrasser, les caresser.

Jacqueline aime autant jouer que Caroline et John-John. « Souvent, quand je l'observais avec ses enfants, je me disais : Voilà, la vraie Jacqueline Kennedy, poursuit J. B. West. Elle avait l'air si heureuse, si détendue.

Comme une enfant qui n'aurait jamais grandi. » Et ces airs de grande dame sont un masque qu'elle porte pour affronter le monde des adultes.

Elle a des enthousiasmes enfantins. Après avoir vu *Bambi*, elle décide d'acheter un faon. Une autre fois, elle s'entiche de paons, et le pauvre J. B. West s'arrache les cheveux à l'idée de devoir faire cohabiter toute cette ménagerie. Elle assiste au bain des enfants, dîne avec eux tous les soirs (ou fait semblant de dîner), leur lit une histoire, les borde et s'en va jouer son rôle de First Lady. Comme une actrice.

First Lady ! Elle déteste cette appellation contrôlée. « On dirait le nom d'un cheval qui court le tiercé ! Appelez-moi Mrs. Kennedy », prévient-elle le jour de son entrée en fonctions.

Parfois, en rentrant d'une soirée, si les enfants sont réveillés, ils chahutent tous les trois dans la salle de jeux, en faisant tant de bruit que les domestiques se réveillent et tendent l'oreille. Alors ils se cachent et pouffent de rire. Un après-midi par semaine, elle est de garde pour surveiller les élèves de la petite classe. Un jour où un petit garçon la presse de l'emmener faire pipi, elle le déculotte et cherche, cherche son zizi. « Il était si petit, racontera-t-elle plus tard, qu'il aurait fallu une pince à épiler pour le trouver ! » Avec les enfants, elle rit de bon cœur, elle abandonne sa voix de petite fille et parle d'une voix normale, elle joue à cache-cache et leur apprend toutes sortes de jeux, de comptines, de tours de passe-passe. Il y a en permanence un clown à la Maison-Blanche, c'est Jackie.

Un clown qui devient sérieux quand il s'agit d'animer la demeure présidentielle. « Je veux que mon mari soit entouré de gens brillants qui l'inspirent et le divertissent des tensions du gouvernement. » Elle lance des invitations à tout ce que l'époque compte de grands artistes, d'intellectuels ou de politiques.

Et ils répondent. Balanchine, Margot Fonteyn, Rudolf Noureev, Pablo Casais, Greta Garbo, Tennessee Williams, Isaac Stern, Igor Stravinski, André Malraux croisent, lors de dîners raffinés et délicieux, des savants et des chefs d'État. En avril 1962, elle organise un dîner rassemblant tous les prix Nobel du monde occidental. C'est à cette occasion que le président Kennedy fit cette remarque : « Ce dîner est le rassemblement le plus extraordinaire de tous les talents du monde entier. Il n'y eut jamais autant d'intelligence à la Maison-Blanche, à l'exception peut-être de l'époque du président Thomas Jefferson, quand il dînait tout seul. » C'est Jackie qui en a eu l'idée, elle qui a tout organisé. Elle multipliera ce genre de soirée jusqu'à ce qu'elles deviennent l'image de marque de la Maison-Blanche. André Malraux est un convive régulier que Jackie honore avec un zèle pointilleux : elle veille à n'inviter personne qui puisse lui faire ombrage.

Le style Jackie est lancé. Grâce à son charme et à son intelligence, elle parvient à réunir des personnalités qui s'ignorent ou se méprisent. Elle se souvient du vieil adage du général de Gaulle : « Vous faites manger le même gigot à des gens qui se détestent parce qu'ils ne se connaissent pas, et ça les transforme en moutons ! » Che Guevara déclara un jour qu'elle était la seule Américaine qu'il souhaitait rencontrer, et pas précisément à une table de conférence !

Sous son égide, Washington devient une ville brillante, gaie, intellectuelle et amusante. « C'étaient des soirées culturelles éblouissantes, inspirées et encouragées par Jackie, raconte son demi-frère Jamie Auchincloss. Elle n'était pas tant un esprit créatif qu'un esprit concret et stimulant. Elle avait conscience des possibilités qu'offrait son statut et elle sut les exploiter. Il est exact qu'elle ne se plia jamais à certaines obligations. Elle supportait mal le côté lèche-cul de certaines fonctions

719

officielles, mais en matière d'art elle était décidée à faire ce qu'aucune First Lady n'avait jamais fait pour son pays. »

Dans la salle de cinéma de la Maison-Blanche, elle inscrit au programme des films comme *L'Année dernière à Marienbad* ou *Jules et Jim*. Elle les découvre, fascinée, pendant que John ronfle à ses côtés et que ses amis quittent la salle. Elle reverra tous les chefs-d'œuvre de Fellini, dévorera tous les ouvrages sur le maître, avant de le recevoir et de l'étonner par sa connaissance de son œuvre !

Bien sûr, les critiques ne tardent pas à apparaître. C'est une championne de l'esbroufe, une riche mijaurée. Qui paie ces fêtes ? Est-ce le contribuable américain ? Qu'est-ce que c'est que cette femme de Président qu'on ne voit jamais au chevet des défavorisés, mais toujours en robe longue, sous des lustres éclatants, entourée d'éminences grises et roses !

Jackie ne fait rien pour faciliter ses rapports avec la presse. « Jackie aimerait incarcérer tous ceux qui possèdent une machine à écrire », s'esclaffe JFK. Les journalistes sont sa phobie, et elle protège farouchement sa vie privée, refusant que des photos de ses enfants ou des nouveaux appartements soient prises. Un jour, alors qu'elle arrive à la Maison-Blanche avec un nouveau chien, des journalistes se précipitent et lui demandent ce qu'elle va lui donner à manger. « Des reporters », rétorque-t-elle. Quand elle fait une chute de cheval, sa photo paraît aussitôt dans tous les journaux. Jackie fait irruption dans le bureau du Président pour qu'il interdise de telles parutions. « Jackie, lorsque la First Lady tombe sur le cul, c'est un scoop ! » lui répond-il, amusé. John, lui, est habitué à vivre sous l'œil des photographes. Ses meilleurs amis sont des journalistes. Il sait combien l'image est importante pour lui. Dès que Jackie a le dos tourné, il organise des séances de pose avec John-John et Caroline. Elle en découvre le résultat en lisant les journaux. Elle s'emporte, elle tempête, elle exige. En vain. Alors, pour se protéger, elle fait construire des murs en brique autour du terrain de jeux des enfants, installer un écran en verre dépoli autour de la piscine et planter des haies gigantesques de rhododendrons dans tout le parc. Elle veut bien « prêter » ses enfants pour l'image de John, mais quand elle le décide, et de temps en temps. Jackie veut tout maîtriser. Sans faire le moindre effort pour combler ses lacunes. Kitty Kelley raconte qu'un soir, à une réception en l'honneur du président Bourguiba et de sa femme, comme elle fuit obstinément les journalistes féminines présentes, John l'attrape fermement par le bras et l'entraîne du côté de ses ex-consœurs. Très doucement, il lui demande : « Dis bonjour à ces dames, ma chérie. » Elle s'exécute, le regard noir ; il lui lâche le bras et on peut remarquer alors la trace de ses doigts sur sa peau.

Si les journalistes s'empressent de rapporter les moindres faits et gestes de Jackie ou des enfants, pas un ne souffle mot des incartades du Président. Dès que Jackie est absente de la Maison-Blanche, il y organise des soirées, et les gardes du corps voient folâtrer de jeunes personnes nues dans les couloirs. Il reçoit n'importe quelle fille pourvu qu'elle soit aguichante. On découvrira juste à temps un pistolet dans le sac à main de l'une d'elles ! Il s'en moque. Il ne veut pas entendre parler de sécurité mais de « maman ». Il a des rabatteurs qui lui trouvent des filles. Quand ils ne sont pas assez rapides, il leur fait comprendre qu'ils pourraient se donner un peu de mal pour leur commandant en chef ! Lui n'a pas le temps de draguer, et il lui faut toujours de la chair fraîche. Comme John est un chef sympathique, il partage ses conquêtes avec eux. Les hommes des services secrets, s'ils sont stupéfaits au début, finissent vite par prendre goût à ces galipettes en commun. « Être avec Kennedy, c'était faire partie d'une sorte de fraternité itinérante. C'était toujours la fête, on avait l'impression que rien ne pourrait jamais tourner mal, se souvient un garde du corps. Personne ne songeait à cafter ou à aller voir les journalistes. Ç'aurait été perçu comme une trahison. Les rangs se seraient aussitôt resserrés. S'il y avait eu un mouchard, tous les autres l'auraient bouclée, ou bien auraient formellement démenti ses propos. » Même parmi le personnel de la Maison-Blanche, il existe une conspiration du silence.

Il arrive à Kennedy de se faire remettre à sa place. Comme lorsqu'il entreprend Shirley Mac Laine, déguisée en chauffeur, envoyée par Sinatra dans une magnifique limousine le chercher à l'aéroport. À peine les portières fermées, Kennedy lutine l'actrice qui se défend, saute de la voiture en marche et remonte… à l'arrière. Shirley Mac Laine prit les tentatives du Président avec humour et déclara : « Je préfère un Président qui baise les femmes à un Président qui baise son pays ! »

Philippe de Bausset, qui était à l'époque le correspondant de *Paris-Match* à Washington, se souvient très bien du couple Kennedy. « L'administration Kennedy était tournée vers la jeunesse, elle représentait l'espoir. Mais elle n'était pas fondée sur la vérité. La presse savait, par exemple, que John et Jackie ne s'entendaient pas, même si JFK essayait de préserver l'image d'un homme entouré d'une femme aimante et de beaux enfants. Le public voulait du rêve, c'est ce que nous lui avons donné. L'administration Kennedy était un immense spectacle de relations publiques. Je me demandais souvent comment les gens réagiraient s'ils apprenaient que Jacqueline Kennedy, qui était supposée être la femme la plus désirable et la plus excitante au monde, était incapable de satisfaire son mari. Ce n'était pas entièrement de sa faute. Kennedy était trop centré sur son plaisir.

Cela n'a peut-être pas entravé sa capacité à gouverner le pays, mais cela ne l'y a pas aidé non plus. Nous étions prisonniers d'un mythe que nous avions contribué à créer. Les professionnels de l'image avait construit une image. Les journalistes sont tombés dans le panneau et furent contraints, par la suite, d'accréditer cette image. »

Jackie n'ignore rien de tout cela, mais elle s'est forgé une philosophie. Elle préfère partir en voyage ou en week-end pour laisser le champ libre à son mari. « Je veux un endroit où je pourrais être seule », confie-t-elle. Loin de la Maison-Blanche qui lui donne la nausée rien que d'imaginer ce qui peut bien s'y passer… Mais il lui arrive de buter sur une preuve. Un jour, comme une femme de chambre a rangé dans ses affaires une petite culotte noire trouvée dans le lit de John, Jackie la rapporte au Président en lançant : « Tiens, rends-la à sa propriétaire, ce n'est pas ma taille ! »

Elle se venge en dépensant l'argent comme une folle. John hurle quand il reçoit les factures. « La nouvelle frontière va être sabotée par une bande de foutus couturiers français ! » Elle le toise, glaciale, et recommence de plus belle. Elle ne veut surtout pas qu'il la croie dupe. Ou victime. Faisant visiter la Maison-Blanche à un hôte de passage, elle ouvre la porte d'un bureau dans lequel se trouvent deux jeunes femmes et lance : « Ces deux-là sont les maîtresses de mon mari. »

Elle se venge aussi en lui faisant des scènes violentes quand ils sont seuls. Un dimanche de Pâques, à Miami, alors que John traîne les pieds pour aller à la messe et que les journalistes attendent en bas pour faire une photo de ce couple si beau et si pieux, on entend la première dame des États-Unis crier à son mari : « Allons, viens, espèce d'ordure ! C'est toi qui l'as voulu et c'est toi que le public réclame. Mets une cravate, enfile une veste et allons-y ! »

Parfois, toujours pour aller à la messe, elle arbore une minirobe sans manches, des jambes nues, des sandales et fait la grimace aux reporters.

À la longue, bien sûr, elle finit par s'y habituer. Elle signale à son mari la présence, sur la plage, de bombes sexuelles avec de gros seins (tout ce qu'il aime) ou le place, rien que pour l'embêter, entre deux de ses conquêtes lors d'un dîner à la Maison-Blanche. Pendant le repas, elle observe, gourmande et ravie, l'embarras de John et les mines contrariées de ses rivales.

Elle, en revanche, a une conduite sentimentale exemplaire. On ne lui connaît aucune aventure. Et si elle charme tous les hommes qui l'approchent, aucun ne peut se vanter d'être un intime. Parfois, elle provoque Kennedy et danse lascivement enlacée à un homme. Il fronce les sourcils. Bougonne. L'honore quelques nuits, puis repart vers le premier jupon qui passe. S'il se permet tout, il n'aime pas qu'elle lui échappe. Quand, en août 1962, elle part avec Caroline rejoindre sa sœur Lee pour une croisière en Italie, on aperçoit souvent Gianni Agnelli à ses côtés. Ces photos font la une des journaux. John lui envoie aussitôt un télégramme disant : « Un peu plus de Caroline et moins d'Agnelli. »

On lui prêtera des aventures, car elle est coquette et aime les hommes, mais on ne pourra jamais rien prouver. Et pourtant, ce ne fut pas faute de la traquer. Une fois de plus, le mystère Jackie demeura plus fort que tous les potins chuchotés dans les dîners en ville.

Si elle supportait, sans rien dire, les frasques de John, ce n'était pas pour se faire prendre, elle, en flagrant délit d'adultère ! Elle préféra sans doute rester prisonnière de cette si belle image qu'elle avait construite. Il faut dire que c'était sa seule consolation. La seule chose qui lui restait, outre ses enfants, dont elle était fière. Elle clouait le bec aux médisants et aux petits. Elle se situait, une fois de plus, au-dessus des autres.

À la fin de l'année 1961, Jackie n'est plus seulement
la jeune femme d'un homme célèbre : elle est devenue
une femme célèbre mariée au Président des États-Unis.

Chapitre 9

À la fin de l'année 1961, Jackie n'est plus seulement
la jeune femme d'un homme célèbre : elle est devenue
une femme célèbre mariée au Président des États-Unis.

Tout a commencé à Paris. Le 31 mai 1961, John et
Jacqueline Kennedy arrivent dans la capitale en voyage
officiel. Le président de Gaulle fait tirer cent un coups
de canon lorsqu'ils descendent de l'avion. À partir de ce
moment-là, c'est Jacqueline la vedette. Les Parisiens ne
voient qu'elle. Des banderoles, sur le parcours d'Orly à
Paris, célèbrent sa beauté et les Français scandent :
« Jackie, Jackie ! » Jacqueline se sent soudain comme
une reine rentrant au pays. C'est à Paris qu'elle a connu
la période la plus heureuse de sa vie. C'est à Paris
qu'elle se fait habiller (en cachette !), c'est la littérature
française qu'elle aime ! Les rues de Paris, les cafés, les
musées… Paris, Paris ! John Kennedy se sent presque
de trop. « Bonjour, je suis le type qui accompagne
Jackie ! » dit-il avec humour. Il n'y en a que pour elle.
Les Français, d'habitude si critiques, chancellent sous
son charme. Le destin fait un clin d'œil à Jackie : Paris,
qui lui avait déjà offert la liberté et l'indépendance en
1951, la consacre reine en 1961.

Le général de Gaulle n'a pas une passion pour le Président américain, qu'il compare à un garçon coiffeur.
« Il peigne les problèmes mais ne les démêle pas. » En
revanche, il est conquis par le regard pétillant de Jackie.

Elle lui chuchote qu'elle a lu ses Mémoires. Et en français dans le texte ! Il se redresse et range ses lunettes. Jackie sera plus qu'une ambassadrice de charme, elle servira d'intermédiaire entre JFK et le Général. Entre les deux hommes, les conversations étaient difficiles.

Ses tenues, ses coiffures, son sourire, son allure éblouissent les Parisiens qui se l'approprient, prêts à lui donner la nationalité française. Le général de Gaulle, peu connu pour ses confidences, la décrit comme « une femme charmante et ravissante avec des yeux et des cheveux extraordinaires ». Il l'écoute et découvre qu'elle peut parler de tout. De poésie, d'art et d'histoire. « Votre femme connaît mieux l'histoire de France que la plupart des Françaises », murmure-t-il à l'oreille de John. « Et des Français », rétorque John Kennedy.

Plus tard, le Général discuta de Jackie avec André Malraux. André Malraux, dans *La Corde et les Souris*[1], raconte l'entretien qu'il eut avec lui, alors que ce dernier rentrait des funérailles de JFK à Washington.

« Vous m'avez parlé de Mme Kennedy, rapporte Malraux. Je vous ai dit : "Elle a joué un jeu d'une grande intelligence : sans se mêler de politique, elle a donné à son mari un prestige de mécène qu'il n'aurait pas trouvé sans elle : le dîner des cinquante prix Nobel…

– Et le vôtre…

– … c'était elle." Mais vous avez ajouté : "Elle est une femme courageuse et très bien élevée. Quant à son destin, vous vous trompez : c'est une vedette et elle finira sur le yacht d'un pétrolier."

– Je vous ai dit ça ? Tiens… Au fond, j'aurais plutôt pensé qu'elle épouserait Sartre. Ou vous !

– Vous vous souvenez des pancartes à Cuba : "Kennedy, non ! Jackie, oui !" ?

---

1. *Œuvres complètes*, Gallimard, « Bibliothèque de la Pléiade », Paris.

– Charles, dit Mme de Gaulle, si nous y étions allés, est-ce qu'il y aurait eu des pancartes : "De Gaulle, non ! Yvonne, oui !" ? »

Jackie et Malraux vont développer une amitié qui ne se démentira jamais. Elle le reçoit à la Maison-Blanche, donne des dîners pour lui. Elle est fascinée par l'intelligence de Malraux. Il est ému par le charme et la beauté de Jackie. Avec Malraux, Jackie se sent à l'aise. Elle peut parler, et surtout écouter. Il lui rapporte des réflexions du Général qui resteront marquées à jamais dans sa mémoire. « On a assassiné peu de rois en France… Oui, mais toujours ceux qui voulaient rassembler les Français. » « Le pire malheur s'use. » Ou : « Comme il y a de lâcheté dans la modestie ! » Ou encore cette phrase qui ne pouvait que la réconforter : « L'illusion du bonheur, c'est fait pour les crétins ! » Malraux lui raconte son projet de ravaler tous les immeubles de Paris et les critiques que cela lui attire. Il lui propose de la revoir à son prochain voyage à Washington et Jackie lui promet de tout laisser tomber pour le rejoindre : ensemble, ils arpenteront les musées et il lui racontera chaque tableau…

Il tiendra sa parole. Et Jackie la sienne. On la verra soudain tout abandonner pour retrouver Malraux et aller flâner à la National Gallery. Il lâche des phrases comme : « Les artistes inventent le rêve, les femmes l'incarnent », ou, en la regardant : « Rien de plus mystérieux que la métamorphose d'une biographie en vie légendaire. » Jackie recueille ses mots comme un viatique précieux. Il l'aide à confirmer la force qu'elle a en elle, et elle lui en est reconnaissante.

C'est ce qui lui manque le plus dans la vie qu'elle mène : des esprits qui la nourrissent, qui l'élèvent. Certaines journalistes américaines disent d'elle qu'elle est snob, intellectuelle, prétentieuse. Jackie est juste curieuse et affamée. Plus que tout, elle aime apprendre.

Elle se sent chez elle en France. Elle se précipite pour visiter des pouponnières, ce qu'elle ne fait jamais en Amérique. Chaque fois, une foule énorme, amassée sur les trottoirs, crie « Vive Jackiii ! ». Elle se promène, incognito, dans une voiture banalisée pour revoir tous les endroits où elle a flâné, étudiante. Quand elle visite Versailles, elle a le souffle coupé. Dans la galerie des Glaces, elle soupire : « C'est le paradis ! On ne peut rien imaginer de pareil. » Elle va de salon en salon, s'exclame « quelle merveille ! » et prend des notes pour la restauration de la Maison-Blanche. Même John est ébloui. « Il va falloir qu'on fasse quelque chose d'autre à la Maison-Blanche, dit-il, je ne sais pas encore quoi mais il va falloir y penser. » Jackie enregistre tout. Elle remarque les tissus des rideaux de Versailles, la délicatesse des services de table, l'ordre des plats qui se succèdent, le ballet des maîtres d'hôtel. Elle se promet d'importer ce savoir séculaire à la Maison-Blanche. Son côté marquise du XVIIIe siècle s'épanouit sous les lustres de la Cinquième République.

Leur voyage en Europe continue sous les mêmes glorieux auspices. Ils se rendent d'abord à Vienne, où Kennedy doit rencontrer Khrouchtchev (juste après l'affaire de la baie des Cochons). Une fois encore, la foule scande « Jackie, Jackie ». Khrouchtchev se tourne vers elle et lui lance : « Ils semblent vous apprécier, on dirait ! » Si entre Khrouchtchev et Kennedy, le dialogue grince, le Soviétique s'entend à merveille avec Jackie. Il la trouve « exquise », lui promet de lui envoyer un chien qui a voyagé dans l'espace (promesse tenue), et, quand on lui demande s'il veut bien poser avec Kennedy, il répond qu'il préférerait poser avec son épouse ! Puis c'est Londres, où Kennedy, abattu par sa rencontre avec Khrouchtchev, discute toute la nuit avec ses conseillers. Jackie, de son côté, écrit une longue lettre à de Gaulle pour le remercier d'avoir fait de son voyage à Paris un vrai conte de fées. Elle ne l'enverra jamais : une femme, lui fait-on remarquer, ne doit pas s'adresser à un chef d'État comme de Gaulle en l'appelant « mon général ». Elle doit employer des formules plus respectueuses. Jackie répond que, puisqu'il en est ainsi, il n'y a qu'à envoyer une lettre officielle sans faute de goût ni d'étiquette ; elle s'en désintéresse. Le beau voyage est terminé, son enthousiasme brisé, elle se remet à bouder.

Après cette tournée en Europe, John regarde sa femme d'un autre œil. Comme s'il la découvrait. Intéressé par l'impression qu'elle a produite à Paris, fasciné par son allure royale, cet homme pressé et opportuniste comprend qu'il a sous-estimé sa femme. Il l'écoute de plus en plus. Il respecte son jugement politique et l'utilise comme un observateur précieux. Elle lui sert même d'ambassadeur auprès de personnes qu'il ne sait pas comment aborder ou avec lesquelles il ne se sent pas à l'aise.

Jackie a commencé son mandat en décoratrice et figure de proue de la mode. Désormais, elle se prend d'un intérêt croissant pour les problèmes du pays. « Après tout, fait-elle remarquer à J. B. West, je suis LA madame Kennedy, je suis LA First Lady… » Comme si elle n'en revenait pas. Comme si son mal de vivre disparaissait et que son voyage en Europe l'avait révélée à elle-même. Elle n'est pas seulement un portemanteau ou une décoratrice. Elle existe. Elle n'a plus besoin de John. Elle est intelligente, découvre-t-elle, universelle. On la prend au sérieux. Elle découvre aussi que ce nouveau regard qu'on pose sur elle lui donne des ailes… et du pouvoir. Comme beaucoup de femmes trop jolies, elle se pensait bête. Peu sûre d'elle, elle se réfugiait dans les apparences qu'elle pouvait maîtriser facilement.

« Parce qu'elle prenait toujours le parti des modérés contre les extrémistes, on l'appelait la "libérale de la

Maison-Blanche", raconte un journaliste politique. Et JFK lui piqua beaucoup d'idées. »

En 1960, en pleine campagne électorale, elle avait appris qu'une entreprise de Virginie-Occidentale, qui fabriquait des verres en cristal, était en difficulté ; elle s'était promis de l'aider si John et elle s'installaient à la Maison-Blanche. Elle tint parole et exigea que tous les verres utilisés à la Maison-Blanche proviennent de cette usine. Quand un grand industriel en verrerie de luxe lui proposa de lui offrir un service complet, elle refusa. Elle voulait continuer à acheter ses verres en Virginie. « Et si je pouvais, je les casserais un à un afin que cette entreprise puisse continuer à vivre ! » C'est sa manière à elle de faire de la politique. Elle veut se rendre utile auprès des gens qui en ont vraiment besoin. Avant d'être à la Maison-Blanche, elle n'avait, de par ses origines, qu'une connaissance limitée des États-Unis. Elle ne découvrit vraiment son pays que pendant la campagne présidentielle, en accompagnant John dans les petites villes de l'Amérique profonde. Bien sûr, elle ne joua pas les Evita Perón et ne visita pas les bidonvilles, mais elle était attentive. À ce qui l'intéressait. Rien ne pouvait forcer Jackie à faire ce dont elle n'avait pas envie. « On m'a dit avant d'entrer à la Maison-Blanche que j'aurais cent choses à faire en tant que First Lady, et je n'en ai pas fait une seule ! » Une fois de plus, on critiqua ses oublis sans mettre en avant ses bonnes actions.

John, lui, commençait enfin à comprendre sa femme et à la soutenir. Arthur Schlesinger confirme que « le président Kennedy faisait davantage confiance à sa femme sur le plan politique qu'on le pense générale-ment. Et elle avait des réactions très avisées sur le plan social ».

« Elle s'était prise d'un intérêt croissant pour les pro-blèmes qui assaillaient la présidence, raconte Sir David

Ormsby Gore. Presque chaque jour, elle envoyait chercher à la bibliothèque du Congrès de nouveaux documents, des livres de référence, des ouvrages historiques, des coupures de journaux, afin de se familiariser avec le contexte des événements politiques, et elle formula bientôt des idées, des suggestions qu'elle soumit à son mari. C'était sa manière de l'encourager à partager ses réflexions et ses ennuis avec elle ; et, de fait, il avait plus d'ennuis qu'il n'en avait cherché. Jackie discutait de certaines questions avec le Président et elle le contrait souvent. Soutenant qu'il s'agissait d'une mesure trop restrictive, elle le convainquit par exemple de renoncer à la loi McCarran sur l'immigration. Et elle le poussa à signer le traité d'interdiction des expériences nucléaires avec la Grande-Bretagne et l'Union soviétique. Quelques membres de son entourage y étaient opposés, parce qu'ils pensaient qu'il lui faudrait faire trop de concessions. Mais c'est Jackie qui l'emporta.

« Elle était pour la normalisation des relations entre les États-Unis et l'Union soviétique. En 1963, par exemple, il y avait parmi les conseillers du Président une forte opposition au projet de vente de 150 millions de boisseaux de blé aux Soviétiques. Jackie souhaitait que cette vente se fasse. Ayant un sens aigu de l'analyse des comportements, et une sorte d'instinct de limier pour débusquer les plans cachés, elle savait qui elle devait pousser et jusqu'où. La vente eut lieu six semaines avant l'assassinat du Président. »

Mais, fidèle à son rôle de femme de l'ombre, Jackie ne se vante pas de ses victoires. Au contraire, elle continue à jouer les marquises étourdies, pour laisser toute la place à John. Et puis, souvenez-vous, Jackie préfère cent fois le rôle de machiniste à celui de star…

Tous les collaborateurs de Kennedy reconnaissent l'importance du rôle de Jackie. Le secrétaire à la Défense, Robert McNamara déclare : « Jackie est l'une des femmes les plus sous-estimées de ce pays. Elle est d'une acuité politique exceptionnelle. Le Président l'a consultée sur bon nombre de problèmes. Je ne parle pas de longues discussions dramatiques, mais elle était informée de ce qui se passait et exprimait son point de vue sur presque tout. » Et le général Clifton, attaché militaire du Président, d'ajouter : « JFK se tournait vers sa femme pour lui demander son avis chaque fois qu'une crise survenait. Ils en parlaient ensemble. Elle ne s'adressait pas à son équipe mais directement à lui, c'est pourquoi personne n'en savait rien. »

John est en quelque sorte tombé sous le charme de Jackie une seconde fois, à la Maison-Blanche. Surpris et enfin ému par cette femme qui est en même temps une petite fille perdue et une battante, une femme avisée et vulnérable, bien qu'elle ne le montre jamais. Durant les derniers mois de leur vie conjugale, ils se rapprochent. Lors d'une mission politique en Inde qu'elle effectue toute seule, sur la demande de John, Jackie exprime le souhait de voir les bas-reliefs de la pagode Noire de Konorak, y compris celui qui représente « une femme accomplie faisant l'amour en même temps avec deux hommes violemment tumescents ». Les officiels américains qui accompagnent Jackie s'affolent. Que va-t-on penser de cette visite ? Est-ce correct pour une First Lady de scruter des sculptures pornographiques ? Le Président est averti par télex. Sa réponse sera lapidaire : « Quel est le problème ? Vous trouvez qu'elle n'est pas assez grande ? »

Début 1963, Jackie est enceinte. Elle décide de cesser toute activité officielle pour protéger son bébé. Le 7 août de la même année, elle est prise de violentes douleurs au ventre et est transportée d'urgence à l'hôpital. Une césarienne est pratiquée. C'est un garçon, il reçoit le nom de Patrick Bouvier Kennedy. Patrick, parce que c'est le patron des Irlandais, et Bouvier, en souvenir de Black

Jack… Comme Caroline qui s'appelle Caroline Bouvier Kennedy. Jackie n'oublie pas son père.

Hélas, le bébé mourra à l'âge de trois jours. Jackie est désespérée. Mais cette fois John est à ses côtés. Cette épreuve va encore les rapprocher. « C'est horrible, sanglote Jackie, mais ce qui serait encore plus horrible, ce serait de te perdre, toi. » Elle se souviendra longtemps de ces mots prononcés seulement quelques semaines avant le tragique voyage à Dallas. Jackie, trop malade, ne peut assister à l'enterrement de son fils, et c'est John, tout seul, qui accompagne son enfant pour son dernier voyage. Il place dans le minuscule cercueil une médaille de Saint-Christophe que Jackie lui avait offerte lors de leur mariage.

Le 12 septembre 1963, ils fêtent leur dixième anniversaire de mariage. Jackie, comme toujours, ne montre rien de sa douleur, et John, pour la première fois de sa vie, esquisse un geste d'affection en public : il lui tient la main. Une intime des Kennedy se souvient de cette soirée. « Comme cadeau d'anniversaire, John offrit à Jackie le catalogue de l'antiquaire new-yorkais J. J. Klejman, et lui proposa de choisir ce qu'elle voulait. Il déclina à haute voix la liste des objets, et, bien qu'il ne fît pas mention des prix, chaque fois qu'il tombait sur une pièce chère, il soupirait : "Il faut que je l'incite à choisir autre chose." C'était très drôle. Elle se décida finalement pour un simple bracelet. Son cadeau à elle était une médaille en or de Saint-Christophe, pour remplacer celle qu'il avait déposée dans le cercueil du petit Patrick, ainsi qu'un album relié en cuir rouge et or, contenant des photos des parterres de roses de la Maison-Blanche, avant et après. »

Jackie fait une fois de plus bonne figure en société, mais le cœur n'y est pas. Elle ne se remet pas de la mort de son petit garçon et agite de sombres pensées. Dès qu'on mentionne le nom de son bébé, elle a le souffle coupé et met du temps à retrouver son calme. Sa sœur, Lee, qui lui téléphone tous les jours, lui propose de partir en croisière avec elle et Aristote Onassis. Lee, divorcée de son premier mari et remariée au prince Stanislas Radziwill, a alors une liaison avec Onassis. Elle s'est mis en tête de se faire épouser. À peine a-t-elle parlé à Onassis des problèmes de sa sœur qu'il met à sa disposition son yacht, le *Christina*. Elle sera son invité et pourra voyager à son gré. Il restera à terre pour ne pas donner prise aux ragots.

Jackie accepte tout de suite l'invitation et insiste pour qu'Onassis les accompagne. « Je ne peux quand même pas accepter l'hospitalité de cet homme et lui demander de rester à terre. Ce serait trop cruel. » John est moins enthousiaste. Il pense aux prochaines élections et se demande s'il est judicieux que Jackie s'affiche avec un homme aussi douteux à ses yeux : ce play-boy professionnel, étranger de surcroît, est un affairiste qui a eu maille à partir plusieurs fois avec la justice américaine pour des histoires louches. « Jackie, es-tu bien sûre de savoir ce que tu fais ? Es-tu au courant de la réputation de ce type ? C'est déjà bien assez que ta sœur s'affiche avec lui… »

Jackie est décidée. Et dans ces cas-là, ni l'avenir politique de John, ni la pression qu'il exerce sur elle ne peut la faire changer d'avis.

Ce séjour à bord du *Christina* va être idyllique. Non seulement le *Christina* est le bateau de croisière le plus luxueux du monde (il mesure quatre-vingt-huit mètres de long et comporte un équipage de soixante hommes, dont un orchestre), mais son propriétaire est un des hommes les plus vivants et les plus énergiques que Jackie ait jamais connus. Tout l'enchante : les bals, les roses rouges et les glaïeuls roses, le luxe qui éclate dans chaque détail. Il y a à bord un cabinet médical, un salon de beauté, une salle de projection, quarante-deux téléphones, une masseuse, deux coiffeuses. Mais surtout, surtout, il y a Ari.

« Onassis était merveilleux, raconte un invité, très courtois (sans être cérémonieux), très érudit, très informé des affaires mondiales. Un homme très brillant et des plus séduisants. Il n'avait rien d'un bel homme, mais il était plein de charme et très malin. » Tous les soirs, Jackie se réfugie dans sa cabine pour écrire une longue lettre à son mari chéri. Ils se téléphonent. Jackie se sent-elle en danger pour devenir aussi sentimentale ? Il faut toujours se méfier des femmes qui clament leur amour à longue distance. Cela cache souvent un secret, un trouble ou un malaise qu'on veut déguiser sous des protestations passionnées. Pour rassurer l'autre et se rassurer soi-même. Pour conjurer le danger qu'on sent approcher...

Jackie est sous le charme. Elle écoute Ari raconter sa vie, ses jeunes années quand il travaillait comme standardiste en Argentine pour cinquante centimes l'heure, ses débuts dans le commerce du tabac qui ont fait de lui un millionnaire, son flair pour le commerce maritime, son mariage avec la fille d'un riche armateur grec et sa lente ascension sociale. Il évoque sa grand-mère, sa sagesse orientale. Ils parlent tous les deux seuls, sur le pont arrière du bateau en regardant les étoiles filantes. Elle se confie. Il l'écoute. Elle se sent en sécurité avec cet homme plus âgé qu'elle. Elle a toujours aimé les hommes au physique ingrat. Ari lui apparaît comme un pirate des mers, un flibustier futé qui a roulé sa bosse sous tous les pavillons du monde. Il l'étonné, la fait rire, la couvre de bijoux, de cadeaux, d'attentions. Le moindre de ses souhaits est aussitôt exaucé. Elle redevient la petite fille qui gambadait dans les étages des grands magasins new-yorkais, pendant que son père l'attendait à la caisse et signait le chèque de ses folies. Elle est loin de l'atmosphère étouffante de

Washington, libérée des critiques incessantes sur ses moindres gestes ; elle respire, elle se console de la mort de son bébé, elle savoure sa liberté. Elle est si heureuse qu'elle ignore les attaques de la presse américaine qui se scandalise de la voir insouciante et gaie. Une photo d'elle en bikini sur le *Christina* a fait la une des journaux. « Ce genre de comportement est-il convenable pour une femme en deuil ? » s'interroge un éditorialiste du *Boston Globe*. Un député déclare devant le Congrès qu'elle fait preuve « de peu de jugement et d'inconvenance en acceptant l'hospitalité prodigue d'un homme qui a défrayé l'opinion publique américaine ». Elle s'en moque. Elle respire ; elle rit. Elle se prélasse dans le luxe, dévore du caviar, caresse des diamants, danse. Oublie. Et rentre à Washington de très bonne humeur, au point qu'elle accepte d'accompagner John au Texas pour une visite officielle qui doit avoir lieu en novembre. Il s'agit de redorer l'image du Président auprès des Texans. Et Jackie est toujours là dans les moments difficiles.

« John n'avait vraiment aucune envie d'y aller, raconte Lem Billings, son plus vieux copain. Et comment le blâmer ? Je veux dire que pour un Président comme Kennedy il fallait vraiment avoir des couilles pour aller dans une ville aussi folle que Dallas. Peut-être avait-il un pressentiment ? Mais finalement il avait l'air assez remonté. Jackie va leur montrer à ces péquenots de Texans ce que c'est que la mode, raillait-il tout excité… »

« Je te suivrai où tu voudras pour ta campagne », avait promis Jackie.

Elle demanda simplement une voiture couverte afin de rester bien coiffée. Il réclama une décapotable. « Si on veut que les gens viennent, il faut qu'ils sachent où nous trouver… »

Chapitre 10

Le jour des obsèques de John Kennedy, Jackie est royale. Les caméras des télévisions du monde entier braquent leurs objectifs sur les 250 000 personnes qui suivent le cortège funèbre. Et surtout sur Jackie et les enfants. Bourrée de tranquillisants, elle tient le coup et fait front. C'est elle qui a tout organisé. « Cet enterrement était un moyen de prouver l'importance de Kennedy en tant que leader politique, ainsi que ses liens historiques avec Abraham Lincoln, Andrew Jackson et Franklin Roosevelt. Le cercueil sera tiré par la même prolonge d'artillerie que celle qui avait transporté le corps de Franklin D. Roosevelt à sa dernière demeure en 1945. Un cheval non monté avec des bottes à l'envers dans les étriers suivait le cercueil », rapporte David Heymann.

Comment s'appelait le cheval ? Black Jack, comme son père. Ironie du sort qui suggère à Jackie d'« enterrer » les deux hommes à la fois, ou désir délibéré de sa part ? On ne le saura jamais. Tous les invités présents sont troublés par son calme. Le général de Gaulle, mal à l'aise devant cette mise en scène grandiose, rédigera ses dernières volontés concernant son enterrement en rentrant en France : pas de déploiement fastueux, pas d'invités prestigieux, pas d'obsèques nationales. Rien que le strict minimum.

Huit cent mille télégrammes de condoléances arrivent à la Maison-Blanche. Jackie mettra un point d'honneur à répondre à une grande partie d'entre eux. De la même manière, elle s'applique à faire de son mari un saint et un héros en imposant aux journalistes l'image qu'elle avait soigneusement élaborée depuis son entrée à la Maison-Blanche. Devant cette veuve bouleversée et digne, ils écrivent des articles élogieux qui entretiendront le mythe éternel de JFK. Ils se rendront compte, des années plus tard, qu'ils se sont fait manipuler.

Avant de quitter la Maison-Blanche, elle demande qu'une plaque soit placée dans sa chambre, à côté d'une autre plaque commémorant la présence d'Abraham Lincoln à la Maison-Blanche, avec ces mots gravés : « Dans cette chambre, ont vécu John Fitzgerald Kennedy et sa femme pendant les deux ans, dix mois et deux jours qu'il fut Président des États-Unis, du 20 janvier 1961 au 22 novembre 1963. »

Jackie se comporte comme une véritable actrice et finit par croire elle-même à ses propres inventions. John est repeint en blanc, leur vie à deux en rose. Elle ne veut plus rien savoir de la vérité. C'est ainsi qu'elle refuse qu'on ouvre une enquête sur sa mort, de peur que ne ressortent toutes ses infidélités et ses relations malsaines, comme celle qu'il entretint avec la Mafia. Son obsession du plus petit détail ne la quitte plus. Elle veut revoir le bureau de John, qu'elle venait juste de faire redécorer, mais les déménageurs sont déjà passés pour y installer le mobilier de Lyndon Johnson, le nouveau Président. « Ce devait être très joli, murmure-t-elle à J. B. West.

– C'était très joli », répond West.

Ses assistantes ne peuvent contenir leurs larmes et quittent le Bureau ovale en sanglotant. Jackie reste toute droite, au milieu du va-et-vient des déménageurs qui installent les derniers tableaux. « Je crois qu'on dérange », murmure-t-elle.

« Et soudain, raconte J. B. West, je me suis souvenu du premier jour où elle était arrivée à la Maison-Blanche et où, comme aujourd'hui, elle avait l'air si vulnérable, si fragile, si seule. Elle regardait tout, se rappelant le bureau de John, les photos de John et Caroline accrochées aux murs, et puis elle s'est levée et est partie. »

Ils vont s'asseoir dans une autre pièce, moins fréquentée, et Jackie, plongeant son regard dans les yeux de West comme pour y chercher une réponse sincère, lui demande :

« Mes enfants… Ce sont de bons enfants, n'est-ce pas ?

– C'est sûr.

– Ce ne sont pas des enfants gâtés ?

– Certainement pas.

– Monsieur West, voulez-vous être mon ami pour la vie ? »

M. West était trop ému pour répondre. Il hocha simplement la tête.

Quelques jours plus tard, il reçut une longue lettre de Jackie concernant tous les petits détails dont Mme Johnson devait être tenue au courant. « Je souris intérieurement. Malgré sa douleur, Mme Kennedy pensait aux cendriers, aux cheminées et aux arrangements floraux, ces tout petits détails de la Maison-Blanche… » Quand Mme Lyndon Johnson lut le long mémo de Jackie, elle fut stupéfaite : « Comment peut-elle penser à moi, et à tous ces détails dans un moment pareil ? »

Le soir de l'enterrement de John, en dépit des conseils de son entourage, elle tient à organiser une fête pour le troisième anniversaire de son fils. Elle souffle les bougies avec lui, chante « Happy birthday, John-John », lui tend ses cadeaux et contemple la joie insouciante de son petit garçon, trop petit pour comprendre. Une semaine plus tard, elle fête l'anniversaire de Caroline. Il faut que la vie des enfants se poursuive comme avant. Ils sont trop petits pour être plongés dans le chagrin et le deuil. Jackie en a décidé ainsi.

Puis elle déménage avec Caroline et John-John dans une petite maison de Washington. Toujours aussi digne et consciente de son rôle de gardienne du souvenir. Toujours aussi résolue à garder ses distances. Lyndon Johnson, le nouveau Président, tient absolument à l'inviter aux dîners de la Maison-Blanche. Pour la distraire, mais aussi pour la mettre dans son camp. Les élections approchent et Jackie est une alliée précieuse. Elle refuse obstinément. Elle a surnommé M. et Mme Johnson «le colonel Pain-de-Maïs et sa petite côtelette de porc». Un jour, Lyndon Johnson l'appelle une fois de plus et commet l'imprudence de l'appeler «mon chou». Elle raccroche, furieuse. «Comment ose-t-il me dire "mon chou", cette espèce de gros plouc de cow-boy! Mais pour qui se prend-il?»

En entrant à la Maison-Blanche, elle avait voulu prendre l'Histoire à bras-le-corps. Maintenant, elle en est prisonnière. Avec la mort de John, elle est devenue plus qu'un symbole: une icône. Une vierge noire devant laquelle tout le monde se prosterne. Des cars de touristes stationnent devant la porte de sa maison pour l'apercevoir, des badauds y campent, reculent sur son passage comme si elle était une apparition miraculeuse, tentent de toucher les enfants. C'est la grotte de Lourdes. Elle n'ose plus sortir et vit recluse avec Caroline et John-John. Elle s'habille n'importe comment. Ses yeux sont cernés, elle sursaute au moindre bruit. Elle parle d'une manière incohérente, ressasse sa vie avec John. Revit le moment terrible où le chirurgien lui a annoncé que son mari était mort, qu'il n'y avait plus rien à faire. «C'était fini, raconte Heymann. Ils recouvrirent son corps d'un drap blanc, mais le drap était trop court et un pied dépassait, plus blanc que le drap lui-même. Jackie le prit entre ses mains et l'embrassa. Puis elle rabaissa le drap. Elle embrassa John sur les lèvres. Ses yeux étaient encore ouverts. Elle les embrassa aussi. Elle lui embrassa les mains et les doigts. Puis elle prit sa main dans la sienne, refusant de la lâcher. »

Ses proches craignent qu'elle ne devienne folle. Elle a si bien tenu le coup quand les yeux du monde entier l'observaient qu'elle vacille, privée de spectateurs. Un jour qu'un ami vient lui rendre visite, elle se confie à lui : « Je sais que mon mari m'était dévoué. Je sais qu'il était fier de moi. Il nous a fallu beaucoup de temps pour mener tout ça à bien, mais nous y avons réussi, et nous étions sur le point de profiter pleinement de cette vie, ensemble. Je m'apprêtais à faire campagne à ses côtés. Je sais que j'avais une place très particulière dans sa vie, une place unique. Comment faire comprendre à quelqu'un ce que c'est que d'avoir vécu à la Maison-Blanche et de se retrouver brutalement veuve et seule dans une maison ? Et les enfants ? Le monde entier est en adoration à leurs pieds et moi j'ai peur pour eux. Ils sont tellement exposés… »

Le souvenir des dernières heures passées avec John défile dans sa tête en un long film douloureux. Elle se reproche leur dernière dispute, à Washington, juste avant de partir pour le Texas, où elle s'était jetée sur lui. Pour une histoire de femme, sans doute. Elle se rappelle aussi, dans l'avion qui les emmenait au Texas, le soir où il est venu frapper à la porte de sa chambre[1]. Elle était en train de se brosser les cheveux avant de se coucher. Il était sur le seuil, la main sur la poignée, comme s'il était intimidé et n'osait pas entrer.

1. Jackie avait aménagé l'avion présidentiel en un appartement élégant et confortable. Voir Mary Barelli Gallagher, *My Life with Jacqueline Kennedy*, Michael Joseph, Londres.

« Oui Jack ? Qu'est-ce qu'il y a ?

– Je voulais juste savoir comment tu allais… »

Il se balançait d'un pied sur l'autre, attendant qu'elle l'invite à entrer. Et elle, continuant à se brosser les cheveux, avait répondu, indifférente, rancunière, se souvenant de leur scène matinale : « Ça va très bien, Jack. Veux-tu te retirer, maintenant ? »

Ne jamais donner prise à l'ennemi, garder sa fierté même si l'on a envie de se jeter dans les bras d'un mari fantasque, se mutiler intérieurement pour que la façade demeure intacte…

Il avait refermé la porte et était reparti.

Elle l'avait boudé. Une fois de plus. Incapable de lui pardonner. Si j'avais su, si j'avais su, se répète-t-elle en pleurant.

Si j'avais su aussi, je n'aurais pas essayé de m'enfuir quand les trois balles l'ont frappé et qu'il est tombé ensanglanté contre moi. Mais j'ai eu si peur que j'ai voulu sauver ma peau d'abord.

Elle ne se le pardonnera jamais, et cette image d'elle à quatre pattes sur le capot arrière de la voiture officielle reviendra la hanter pendant de longs mois. Elle a pensé à elle d'abord ! Comme d'habitude. Elle se juge petite, lâche, indigne de la belle image du couple parfait. Ce souvenir fait tache, la salit, et elle n'arrive pas à l'oublier. C'est alors qu'elle se met à boire. « Je noie mon chagrin dans la vodka », confie-t-elle à sa secrétaire, Mary Barelli Gallagher.

Elle reste au lit pendant de longues heures, prend des somnifères, des antidépresseurs. Elle parle de son mari au présent ou au futur. N'arrête pas de pleurer. Sa douleur est si grande qu'elle en veut au monde entier. Comment peut-il continuer à tourner alors qu'elle est détruite ? Pourquoi Lyndon Johnson a-t-il pris la place de Jack ? Pourquoi toutes les femmes ne sont-elles pas veuves comme elle ? Il y a tant de crétins qui continuent à vivre, et son John, lui, est mort.

À la mort de John, elle a reçu une allocation annuelle de 50 000 dollars du gouvernement américain. Elle ne peut imaginer vivre avec un si petit budget. La fortune de Kennedy, les assurances-vie que son mari a prises pour ses enfants, elle en a l'usufruit mais elle ne dispose pas des fonds. John lui a quand même laissé 150 000 dollars de revenus par an. Si elle se remarie, cette somme ira aux enfants. Jacqueline, qui peut dépenser jusqu'à 40 000 dollars en trois mois dans les magasins, doit se restreindre. Faire attention. Tenir un budget. Pour elle, c'est le retour en enfer. L'argent, la possession sont les seules choses qui l'apaisent. Posséder, entasser, pour ne plus revivre les discussions d'argent de son enfance, les leçons d'économie de sa mère, la tragique faillite de Black Jack. Le luxe, les meubles, les propriétés, l'ordonnance des fleurs et des cendriers la tranquillisent, la mettent à l'abri du malheur. Il faut toujours se demander pourquoi les gens sont méchants, mesquins, petits. Ce n'est jamais par hasard ou par désir profond. Ils ont peur. Peur de perdre ce qui fait leur identité. Jackie, qui commençait tout juste à prendre confiance en elle, est brisée net dans son élan et retourne à la case départ. Tout ce qu'elle avait construit, patiemment, en serrant les dents, est saccagé. En mourant, John l'a abandonnée. Qu'importent ses infidélités, sa distance, ses froids calculs, il était là. Il la protégeait. » Il est solide comme un roc », disait-elle de lui. Il l'abritait. Ce n'était pas un mariage de convenance comme l'ont prétendu beaucoup. C'était l'union de deux névroses. Il avait épousé une femme qui, en apparence, ressemblait beaucoup à sa mère, qui encaissait les coups sans broncher et faisait bonne figure. Elle s'était mariée à un homme qui ressemblait, toujours en apparence, à son père, et qui, elle le croyait sincèrement, la guérirait de son amour déçu de petite fille. Un homme-pansement qui, s'il lui faisait revivre les blessures de l'enfance, finirait par la guérir. Un homme semblable à Black Jack, à ceci près qu'il ne l'abandonnerait pas.

Et voilà qu'il avait disparu, à 46 ans, en pleine force de l'âge, la laissant en proie à tous ses fantômes.

Elle lui en veut d'être parti, d'avoir dérangé le bel ordre de sa vie, de la rejeter à nouveau dans l'angoisse et la peur. Après tout ce qu'elle lui a donné, comment a-t-il pu lui faire cet affront ? Comment, à 34 ans, avec deux enfants tout petits, peu d'argent, une femme seule peut-elle s'en sortir ? Contrairement à sa mère, et parce qu'elle est plus profonde, plus compliquée que Janet, elle ne pense pas à se remarier. Elle sait qu'aucun homme ne sera jamais aussi grand que John. C'est lui qu'il lui faut. Il lui appartenait. Il n'avait pas le droit de partir !

Puis elle s'en veut de réagir ainsi et retombe dans son rôle de vestale. Tour à tour sublime et hargneuse, elle balance entre les deux, sans pouvoir maîtriser ses accès de violence qui la transforment en furie. Cette tension a toujours existé chez Jackie, de grands élans de générosité alternant avec des réactions d'une petitesse incroyable, mais son statut de First Lady l'avait rééquilibrée.

À présent, veuve et affaiblie, elle n'a plus de rôle à jouer pour s'étourdir. Ce contrôle, cette maîtrise de soi, dans l'art desquels elle était devenue maîtresse pour cultiver la belle image, ont été balayés. Comme le couvercle d'une casserole dans laquelle bouillonne une vieille rage étouffée qui, soudain, saute.

Alors, dans ces moments-là, elle poursuit ses proches. Elle accuse ses domestiques de se nourrir sur son dos et demande à sa fidèle secrétaire de leur faire la leçon. Elle est pauvre, maintenant ! Elle réduit les salaires de ceux qui travaillent avec elle, s'emporte contre les heures supplémentaires. Si ces gens l'aiment comme ils le prétendent, ils devraient travailler presque gratuitement pour elle ! Ils devraient penser à elle d'abord, à sa douleur, à ses soucis et non pas aux dollars qu'ils peuvent lui soutirer. Et cette note produite par ses gardes du corps (elle en a deux mis à son service par le gouvernement), qui sont censés payer ses menus achats quand elle se déplace, pourquoi est-elle si élevée ? « Qu'est-ce qu'ils font de cet argent ? De MON argent. Ils le dilapident comme si c'était le leur ! » Elle pique des colères terribles, claque les portes et se réfugie dans sa chambre pour pleurer sur son sort. Elle est malheureuse, si malheureuse. Personne ne l'aime ni ne la comprend. Que va-t-elle devenir sans ombre tutélaire ? Elle avale des tranquillisants et des verres d'alcool fort, fait des albums de photo comme une maniaque. Albums de fleurs, de porcelaines, de linge de maison, de meubles. Elle classe tous ses souvenirs d'avant. Elle a même ouvert un dossier intitulé « Jack ». Pour ne rien oublier. Pour maintenir l'illusion. Mais quand elle sort dans la rue, la vérité la frappe en plein visage. Tout lui rappelle John. Il y a des portraits de lui partout. Des photos encadrées d'un voile noir. Des photos qui martèlent la réalité : John est mort. Elle revient chez elle, brisée, angoissée. De plus en plus terrifiée. Elle refuse de monter dans un taxi avant que son garde du corps l'ait inspecté de fond en comble.

Il n'y a que l'argent qui puisse rassurer Jackie. L'argent et ses enfants. Elle va prendre soin d'eux comme le ferait n'importe quelle mère anonyme. Elle fait des efforts pour qu'ils ne devinent pas son trouble, leur parle de papa, leur montre des photos, les emmène dans les lieux qu'elle a visités avec John. C'est ainsi qu'ils iront en Argentine, où Kennedy avait posé une pierre au sommet d'une montagne. John-John pose une pierre au-dessus de celle de son père. Il retournera plusieurs fois vérifier que les deux pierres sont toujours l'une sur l'autre. Ce sont des moments de paix pour Jackie, ils réconcilient passé et avenir. Avec John et Caroline, elle apprivoise sa douleur.

Sa sœur, Lee, lui conseille de s'installer à New York. La ville est plus grande, et elle pourra y vivre dans l'anonymat. Jackie accepte et prend un appartement de quatorze pièces sur la Cinquième Avenue ; elle l'occupera jusqu'à la fin de sa vie. (Elle l'a acheté en vendant sa maison de Washington.) Elle change de vie et d'amis. Elle ne reverra plus ceux qui lui rappellent John et leur passage à la Maison-Blanche. Ils en seront blessés, mortifiés, et se plaindront de la brutalité avec laquelle elle coupe les ponts. Mais Jackie pense que c'est le seul moyen de rompre avec son passé trop envahissant, et elle n'hésite pas. Elle d'abord.

Ainsi commencent cinq années d'oisiveté triste. Elle s'occupe de la bibliothèque John-Kennedy, entretient la flamme éternelle, va skier ou nager avec ses enfants et la tribu Kennedy qui ne la lâche pas d'une semelle : eux aussi, ils ont besoin de l'emblème Jackie. Elle peut leur servir pour la prochaine candidature de Bob à la présidence. En leur compagnie, elle entretient le souvenir de John. Et puis, Joe Kennedy paie toutes ses factures, Bob fait office de bras protecteur, Ethel, Joan et Eunice lui servent de chaperon. À l'abri dans cette tribu qu'elle a pourtant détestée, elle reprend son souffle. Elle n'est plus isolée : elle appartient à un groupe. Elle pense à ses enfants. Il leur faut une image de père. Bob, dont elle est si proche, jouera ce rôle. Il passe les voir presque tous les soirs quand il est à New York, ce qui est souvent le cas puisqu'il y a été élu sénateur.

Les enfants Kennedy sont, comme Jackie, poursuivis par des déséquilibrés qui évoquent la mémoire de leur père. « Je n'ai pas encore identifié cette folle qui a sauté sur Caroline à la sortie de l'église, le jour de la Toussaint. Elle a crié à la pauvre enfant : "Ta mère est une méchante femme qui a tué trois personnes. Et ton père est encore vivant !" Ça a été horrible de la supplier d'arrêter. » Ou le jour de l'anniversaire de la mort de Kennedy, alors que Jackie va chercher le petit John à l'école : « Je remarquai qu'un petit groupe d'enfants, dont certains étaient des camarades de classe de John, nous suivait. Alors l'un des enfants dit à voix haute, pour qu'on puisse bien l'entendre : "Ton père est mort... Ton père est mort." Vous savez comment sont les enfants. Eh bien, ce jour-là, John les écouta répéter cette phrase et ne dit pas un mot. Il se rapprocha de moi, me prit la main et la serra dans la sienne, comme s'il essayait de me protéger et de me faire comprendre que tout irait bien. Et nous sommes rentrés à la maison avec ces enfants à nos trousses [1]. »

Ils font front, tous les trois, soudés par le même malheur. Sombre trinité qui tient le menton haut et fier. Ne pas craquer, ne rien laisser paraître, faire comme si... John se bat dans la cour de récré contre ceux qui le narguent et lui lancent le nom de son père en le provoquant. Jackie, secrètement, applaudit lorsqu'elle est convoquée par le directeur. Elle est là, elle veille sur ses petits. Elle veille surtout à ce qu'ils ne deviennent pas des bêtes curieuses qu'on montre du doigt.

« Je ne veux pas que les enfants soient deux gamins qui habitent la Cinquième Avenue et qui vont dans des écoles chics, écrit elle à une amie dans une lettre reproduite par Kitty Kelley. Il y a tellement d'autres choses dans le monde que le cocon dans lequel nous vivons. Bobby leur a parlé des enfants de Harlem. Il leur a parlé des rats et des horribles conditions de vie qui peuvent exister au milieu d'une ville riche. Il leur a parlé des

1. Ces témoignages de Jackie Kennedy sont extraits du livre de Kitty Kelley, *Oh ! Jackie*, Buchet-Chastel, Paris.

vitres cassées qui laissent entrer le froid et John a été tellement ému qu'il a dit qu'il allait travailler et donner son argent pour remettre des carreaux aux fenêtres de ces maisons. À Noël dernier, les enfants ont fait un tas de leurs plus beaux jouets et les ont donnés aux pauvres. Je veux qu'ils sachent ce qu'est la vie dans le reste du monde, mais je veux aussi les protéger quand ils en ont besoin, pouvoir leur offrir un refuge dans lequel ils puissent se mettre à l'abri quand il leur arrive des incidents qui n'arrivent pas nécessairement à d'autres enfants. Par exemple, Caroline a été renversée par une foule de photographes quand je l'ai emmenée faire du ski. Comment expliquer cela à une enfant ? Et les regards inquisiteurs, et les gens qui vous montrent du doigt et les histoires... Les histoires les plus extraordinaires dans lesquelles il n'y a pas un mot de vrai, de véritables reportages écrits par des gens que vous n'avez jamais rencontrés, ni jamais vus. J'imagine qu'il faut bien qu'ils gagnent leur vie, mais que reste-t-il de la vie privée d'une personne ou du droit d'un enfant à l'anonymat ? »

Le harcèlement ne s'arrêtera pas. Maintenant qu'elle est devenue un mythe, les journaux vendent des histoires sur la veuve Jackie, traquant le détail croustillant. Or rien n'est croustillant dans la vie de Jackie. Raconter la vie d'une nonne ne fait vendre aucun journal. Il faut sans arrêt inventer, transformer un dîner avec deux ou trois amis en un début d'idylle, un après-midi de courses en une fébrile préparation pour l'homme qu'elle vient de rencontrer et pour lequel elle se pare. Et, quand il n'y a rien d'autre à développer, aller interroger les gens qui l'ont une fois approchée : les concierges, les coursiers, les chauffeurs de taxi, les voisins. Les payer au besoin pour leur rafraîchir la mémoire. Une domestique à son service laisse échapper devant un journaliste que Mme Kennedy fait un régime. Jackie la renvoie aussitôt. Elle a l'impression qu'un immense complot a été monté contre elle et ses enfants, et que ceux qui ont tué John veulent maintenant la détruire. Mais plus elle essaie de préserver sa vie, plus elle attise la curiosité. Sa réclusion devient un mystère à élucider, sa solitude, une supercherie, sa dignité, une imposture.

Elle tente d'échapper à ce sinistre procès d'intention en partant à la campagne faire de longues chevauchées, avec ou sans ses enfants. Elle apprend à John à monter et surveille les progrès de Caroline. Ou bien elle galope, seule, dans les bois, heureuse, libre et insouciante. Les promenades à cheval ont toujours été un délassement pour Jackie et un moyen de reprendre souffle. Elle aime la campagne, la nature et l'isolement. Elle voyage fréquemment à l'étranger aussi. Elle ne part jamais seule. Souvent elle emmène ses enfants ; quand ils doivent rester à New York pour ne pas manquer l'école, elle part avec des amis. Il suffit que l'un d'eux soit un homme seul, divorcé ou veuf pour que les supputations recommencent. Qui est ce séduisant Espagnol avec lequel on l'aperçoit lors d'une corrida en Espagne ? Est-ce pour lui qu'elle a revêtu l'habit de lumière et a défilé à cheval dans une arène ? Et ce Lord Harlech qui l'a accompagnée DEUX fois en voyage d'agrément ? Va-t-elle l'épouser ?

Ce qu'aucun journaliste ne peut deviner, c'est que, bien souvent, ces voyages sont des missions déguisées. Après la mort de JFK, conscient de son charme et de son impact, le gouvernement américain utilise Jackie pour des missions politiques confidentielles camouflées en voyages privés. Jackie est envoyée en ambassadeur pour tâter le terrain, prendre le pouls de l'ami-ennemi avec lequel le gouvernement désire traiter. Elle emmène un « galant » avec elle, et la presse n'y voit que du feu. On parle d'escapade sentimentale, de mariage prochain. Le tour est joué. La poudre aux yeux a fait son effet !

D'autant plus facilement que Jackie aime être entourée. Elle apprécie la compagnie d'un chevalier servant, ou de plusieurs, qui soit à sa dévotion. Elle aime avoir son cercle d'amoureux transis. L'admiration d'un homme la réconforte. Elle se sert de lui comme d'un confident, elle le taquine, se montre cruelle puis tendre, lui fait sentir à quel point il est intelligent et important, sans rien lui accorder. Elle joue les coquettes effrontées de ce XVIIIe siècle français qu'elle aime tant. Nombreux sont ceux qui attendront que la reine s'abandonne, patiemment, sans jamais oser exiger, mais espérant timidement. Elle a toujours eu une cour autour d'elle, qu'elle fascinait. Rappelez-vous, petite, quand elle demandait à des garçons intrigués, haletants, de deviner à quelle chanson elle pensait. Ou quand, à l'université, elle tournait la tête à des étudiants transis avant d'intimer l'ordre au chauffeur de taxi de ne pas arrêter le compteur. Elle aime vérifier que son charme et sa séduction sont demeurés intacts. Elle aime être le centre d'intérêt, jouer les stars et s'éclipser. Pas vue, pas prise ! Le regard de l'homme est vital pour elle... quelques instants, de temps en temps. Mais elle rêve de soupirants plus inaccessibles, plus difficiles. Des hommes qui lui donnent du fil à retordre. Mais personne n'arrive à la cheville de Kennedy.

Plus profondément, il lui faut un homme sur lequel se reposer. Un homme grand, fort, responsable, puissant. Comme John. Pas nécessairement un amant, mais quelqu'un qui l'écoute, la réconforte et s'occupe d'elle. Elle a toujours vécu dans l'ombre d'un homme : son père d'abord, oncle Hughie ensuite, puis son mari. Elle veut concilier l'impossible : être une femme indépendante qui n'a besoin de personne, et vivre auprès d'un homme qui la protège et la rassure. Mais n'est-ce pas là le dilemme de toutes les femmes modernes ? Elles rêvent du Prince charmant qui les traitera en princesse ; en même temps, elles mènent une carrière, gagnent leur vie et n'en font qu'à leur tête. Se plaignent qu'il n'y ait plus d'hommes parce qu'elles n'en trouvent aucun qui puisse tenir les deux fonctions : prince des mille et une nuits et amant libéral et compréhensif. C'est un fantasme féminin qui n'a pas terminé de faire des ravages et mure chaque sexe en une solitude irrévocable. Il n'y a plus d'hommes, disent les femmes, furieuses. On ne comprend plus rien aux femmes, répondent les hommes en écho, que veulent-elles ? Un fantasme qui rend les hommes méfiants, les femmes hargneuses et tristes. C'était le fantasme de Jackie. C'est en cela que son personnage est absolument moderne. À la fin des années soixante, les femmes se divisent en bonnes épouses, bonnes mères ou aventurières. Elle veut être les trois à la fois.

Jackie est issue d'un milieu, d'une époque où le pouvoir financier et politique appartient aux hommes. Les femmes doivent rester passives. Jackie refuse cette soumission et la recherche inconsciemment. Elle exige une entière liberté tout en souhaitant être protégée… de loin.

Elle va se réfugier auprès de Bob Kennedy. Il est aussi fort que son mari. Il l'a toujours soutenue, ne lui a jamais lâché la main, et il se retrouve patriarche de la famille. Il n'y a rien d'ambigu dans leur relation, bien que certains prétendent qu'ils aient eu une liaison. Il est là. Il est sa référence. C'est un réconfort pour Jackie. Il la conseille, veille sur elle et ses enfants et ne lui impose aucune contrainte de vie privée. Elle lui fait confiance, elle lui parle ; il écoute, donne son avis et elle suit ses conseils.

Pour lui, Jackie reprend son rôle de femme Kennedy. À la convention démocrate de 1964, où elle soutient la candidature de Bob à la présidence, elle agit comme un supporter de premier plan. « Kennedy un jour, Kennedy pour toujours. » Elle fait campagne à ses côtés, provoquant des scènes d'hystérie. Un jour, la pression de ses fans fait voler en éclats les vitres du salon où elle serre les mains des délégués. Jackie est une alliée de poids.

Mais Jackie s'ennuie. Jackie est déprimée. Quand elle ne s'échappe pas en croisière, elle se cloître dans son appartement et lit. Le poète soviétique Yevgueni Evtouchenko, qu'elle reçoit chez elle, repart stupéfait par sa connaissance de la littérature russe. Elle étudie Alexandre le Grand, Caton, Juvénal. Elle s'occupe de John et Caroline. Elle consulte un psychanalyste ; elle se sent confinée dans sa légende. Mais on ne guérit pas en quelques mois de tant d'années d'angoisse. Surtout Jackie, qui ne se confie jamais et garde tout pour elle. Elle commence à s'asphyxier dans le clan Kennedy. Elle ne cesse de dépenser comme une acharnée et envoie ses factures à Joe qui, affaibli par son attaque, ne l'assume plus comme autrefois. Rose fronce le nez à chaque addition. Rappelez-vous, les Kennedy sont très pingres. Leur fortune sert à financer des campagnes politiques, et non les colifichets que Jacqueline achète sans compter. Quand ils renâclent à payer, elle pratique le chantage : je soutiens Bob et je porte l'étendard de la famille, mais en échange il faut me donner libre accès à vos dollars. Le côté manipulateur de Jackie revient au grand galop quand elle se sent piégée. Il ne faut jamais l'entraver. Sinon, elle se rebiffe. Raison ou tort, peu lui importe. C'est donnant donnant. Personne ne peut profiter d'elle impunément.

Un homme est là, tapi dans l'ombre. Lui aussi veut s'emparer de l'emblème Jackie pour redorer son image de vieux boucanier aux mains sales. Il s'appelle Aristote Onassis. Avec lui, elle a passé des moments inoubliables sur le *Christina*, juste après la mort de son petit garçon. Elle s'est laissée aller. Elle a même, peut-être, flirté avec lui, pour se reprendre ensuite et retourner à son devoir d'épouse de Président. En vieil amateur de femmes, Ari a senti la fêlure chez Jackie, son appétit insatiable de tout connaître, de tout posséder, sa double nature, son port de reine et ses caprices de petite fille, sa dureté et ses paniques. Il a été ému par ses contradictions. Elles ne lui font pas peur. Au contraire, il se sent capable de la satisfaire. Il est persuadé qu'il n'y a que lui au monde pour la combler. Lors de l'enterrement de John, il a été hébergé à la Maison-Blanche avec les proches et la famille. Depuis, il attend. Il n'a jamais perdu Jackie de vue et s'est faufilé dans le cercle de ses intimes. Sans jamais rien demander. Il fait sa cour longuement, patiemment – d'autant qu'il entretient une liaison passionnée avec la Callas en même temps. Il n'est pas pressé : il connaît la personnalité complexe de sa proie. Il sait qu'il ne faut surtout pas la bousculer. Il met ses bateaux, ses avions, sa cassette à son service. Jackie, émerveillée, se laisse courtiser sans jamais rien demander. Elle profite simplement de quelques commodités luxueuses qu'il lui accorde généreusement. Un avion, un bateau, un séjour sur une île au soleil. Il se montre très discret, n'apparaît jamais en public, et personne ne remarque celui qui va faire éclater le scandale. Ils dînent ensemble quelquefois à New York. Il est à la fois proche et discret. Laisse tomber qu'il songe à l'épouser. Que si elle acceptait il en serait heureux. Elle ne répond pas, mais enregistre sa proposition. Curieusement, les journalistes ne s'emparent pas de leurs rencontres. Ils le trouvent trop âgé, trop rustre, trop forban pour Jackie. Leur Princesse doit épouser un Prince. Américain, bien sûr, et de bonne naissance. Grand, blond, beau et propre. Ils ont tout faux : Jackie aime les voyous, les hors-la-loi, les filous qui imposent LEURS codes et ont un physique tout cabossé. Black Jack, Joe Kennedy, John Kennedy, voilà ses idoles. Les médiocres et les gentils qui respectent les règles du jeu la font bâiller d'ennui.

Elle lui rend visite secrètement à Skorpios. Une île ! Son rêve ! Être coupée du monde dans le silence et le luxe absolu ! Avec des douzaines de paires de chaussures à ses pieds, une cinquantaine de domestiques et des livres à dévorer ! S'enrouler dans un châle, vivre pieds nus et en jean, se faire servir le thé dans un décor somptueux, être seule, hors de portée, peignant ses aquarelles, écrivant à ses amis (Jackie est une grande épistolière), avec ses enfants qui s'ébattent dans la piscine et ne craignent rien, Ari qui passe de temps en temps, offrant chaque fois un petit cadeau. La possibilité d'aller d'un saut d'avion privé où elle veut, voir qui elle veut, le temps qu'elle veut. C'est son idéal de bonheur.

Elle le retrouve aussi à Paris, avenue Foch. Il lui ouvre un budget illimité pour courir les couturiers, les boutiques de luxe, les coiffeurs, les masseurs. Il ne fait aucune remarque sur les autres hommes que croise Jackie. Il le sait bien : aucun ne fera l'affaire. Elle est trop intimidante pour qu'un quidam ose s'emparer d'elle. Jackie décide, s'offre et renvoie. Si elle a des aventures, pendant ces cinq années, presque rien ne transpirera sur le papier journal. Ce seront toujours des histoires brèves, tortueuses, dont Jackie a déjà écrit le mot « fin » avant de commencer, laissant les hommes étourdis et frustrés d'avoir été utilisés.

En mars 1968, Onassis, interrogé sur ce qu'il pense de Jacqueline Kennedy, prononce ces mots énigmatiques : « C'est une femme totalement incomprise. Peut-être aussi d'elle-même. Elle est présentée comme un modèle de bienséance, de constance, de toutes ces vertus féminines américaines si ennuyeuses. Il faudrait un petit scandale pour la ranimer. Les gens aiment s'apitoyer sur la grandeur déchue. »

La famille Kennedy, alertée, se rend en délégation chez Jackie et la supplie de ne pas s'afficher avec

Onassis jusqu'à la présidentielle, où Bob a une chance de l'emporter. Jackie avoue qu'elle songe à se remarier. Et pourquoi pas avec lui ? demande-t-elle de sa petite voix enfantine, s'amusant de leur affolement. Ce n'est peut-être pas une mauvaise idée. Elle est obligée, minaude-t-elle, d'épouser un homme puissant, sinon, le pauvre prétendant, quel qu'il soit, sera toujours considéré comme un monsieur Kennedy. Ils la supplient de patienter encore huit mois. Ce n'est pas grand-chose…

Jackie se rend à leurs arguments. Elle pense surtout à Bob et à son avenir. Elle décidera plus tard d'accepter ou non la proposition d'Onassis. Au fond, elle n'a pas encore pris sa décision. Elle hésite. Elle sait qu'elle va provoquer un scandale. Comme lorsqu'elle avait gagné le concours de *Vogue* et qu'elle voulait s'installer à l'étranger, travailler, être indépendante. Sa mère, comme il y a dix-sept ans, est furieusement contre ce remariage. Sa sœur Lee est pour. Mais Jackie a changé. Elle sait aussi, tout au fond d'elle-même, que cette chance d'être libre, indépendante, débarrassée de tout son monde, ne se présentera pas une troisième fois. Elle est fatiguée d'être une monnaie d'échange pour les Kennedy, une femme respectable pour sa mère et une icône pour les badauds. Elle a envie de vivre à son compte. On ne lui coupera pas les ailes une autre fois. Mais, tout en réfléchissant, elle donne le change et rentre dans le rang. Les familles respirent, soulagées. Onassis, peu rancunier, participe au **financement de la campagne** de Bob.

Le 6 juin 1968, Bob Kennedy est assassiné. Pour Jackie, le monde s'effondre à nouveau. Bob mort, sa vieille angoisse la reprend. Tant que Bob était là, elle se sentait protégée. Mais maintenant… Qui va prendre sa défense chez les Kennedy ? Ce n'est pas Ted, le petit dernier de la famille, sur lequel même ses proches n'osent parier un dollar. Vers qui va-t-elle se tourner pour demander conseil ? Un de ses soupirants énamourés qu'elle mène par le bout du nez ? Sûrement pas.

Elle revit l'assassinat de Dallas et ses cauchemars reviennent. Elle tient la tête éclatée de John sur son épaule. Elle se revoit à quatre pattes, tachée de sang, sur le capot arrière de la voiture. Plus jamais ça ! Terrorisée et bouleversée, elle déclare : « Je hais l'Amérique. Je ne veux pas que mes enfants continuent à y vivre. Je veux quitter ce pays. » Le nom des Kennedy est maudit. Ses enfants sont les prochains sur la liste. Sa décision est prise : elle épousera Onassis. Elle a besoin, par-dessus tout, de sécurité, elle ne veut plus vivre repliée et traquée. De plus, avoue-t-elle à une amie : « J'aime les hommes plus lourds que moi avec des grands pieds. » Il a 62 ans, elle en a 39, c'est parfait : elle a toujours été attirée par les hommes âgés. Alors, pourquoi pas Onassis ?

Elle décroche son téléphone et appelle Onassis. C'est oui. Parfait, répond-il. Il s'est fait faire un check-up complet chez son médecin et tout va bien. Il sera un marié fringant !

À la fidèle Nancy Tuckerman, qui est restée sa secrétaire particulière, la seule femme dont Jackie soit proche, à sa manière, elle confie : « Oh ! Tucky, tu ne sais pas à quel point je me suis sentie seule toutes ces années ! »

Ce drôle de mariage va connaître de drôles de prémices. La famille Kennedy n'entend pas céder sa veuve célèbre à n'importe quel prix. Exception faite de Rose, la douairière, qui la voit s'éloigner, soulagée. « Cela ne peut plus durer, déclare-t-elle un jour à la mère de Jackie. Il faut que votre fille apprenne à vivre sur un autre pied. Mon mari ne peut pas continuer à financer ses moindres caprices… »

Ted Kennedy prend les choses en main et se rend à Skorpios avec Jackie pour discuter du contrat de mariage. « Je n'espérais pas de dot et je n'en ai pas eu », déclare en riant Onassis à des amis. Pire que ça, c'est une vraie rançon qu'il va devoir payer pour enlever Jackie. Les Kennedy et leurs avocats demandent une somme astronomique : 20 millions de dollars. Onassis se met en colère et négocie jusqu'à 3 millions. Plus un million pour chaque enfant. En cas de divorce ou de décès, Jackie recevra 250 000 dollars par an à vie plus 12 % de l'héritage. Ce n'est plus un contrat de mariage mais un contrat de vente. Quand Ted Kennedy et ses hommes discutent avec Onassis, point par point, Jackie s'éloigne. Ce n'est pas son problème. À eux de se débrouiller ! Mais elle sait qu'elle vaut cher. Elle ne se laissera pas brader. Elle a pris conscience de sa renommée et du poids en or de son nom. Au bureau d'Onassis, on fait remarquer à Ari qu'à ce prix-là il pourrait s'offrir un pétrolier tout neuf. Le surnom restera à Jackie. Pour les secrétaires d'Onassis, elle devient « le pétrolier géant ». C'est son nom de code. Ari le sait et s'en amuse. Pendant tout le temps que dureront les négociations, Jackie et Ari se verront peu. Ari lui envoie rubis et diamants : il lui offrira pour cinq millions de dollars de bijoux durant leur mariage.

Le mariage est célébré le 20 octobre 1968 à Skorpios. Caroline et John sont présents, pâles et tendus. John regarde ses chaussures et Caroline ne lâche pas la main de sa mère. Les enfants et la famille d'Onassis boudent. Il pleut. Janet Auchincloss et le bon vieil oncle Hughie sont là, parce qu'il faut sauver la face et afficher un semblant de cohésion familiale. La plupart des amies de Jackie ont refusé de venir. « Mais, Jackie, vous allez tomber de votre piédestal en épousant cet homme ! » lui a dit l'une d'elles. « Ça vaut mieux que de me figer en statue », lui a répondu Jackie.

Le monde entier est en état de choc. La vierge noire s'est vendue. Pour un paquet de dollars. Le mariage fait la une de tous les journaux avec les mêmes points d'exclamation horrifiés. « Jackie épouse un chèque en blanc ! » titre un journal anglais. « L'Amérique a perdu une sainte ! » s'exclame un magazine allemand. « Ici c'est la colère, le choc et la consternation ! » proclame le *New York Times*. « John Kennedy est mort aujourd'hui pour la seconde fois ! » clame *Il Messaggero*. « La tristesse et la honte ! » s'écrie *France-Soir*.

Jackie s'en moque. Elle est libre, libre de vivre comme elle veut. Fini le clan Kennedy ! Finie l'attitude critique et condescendante de sa mère ! Finis les délires des journalistes : elle a épousé l'homme le plus riche, le plus puissant du monde. Elle ne craint plus rien. Elle vit un nouveau rêve avec un nouveau papa. Elle a cinq années de frustration à rattraper. Libre ! Libre ! Libre ! Ari est un homme occupé qui ne passera pas son temps à soupirer et à lui tenir la main. Il est drôle, séduisant. « Beau comme Crésus », disait la Callas, qui ajoutera, lorsqu'elle apprendra la nouvelle : « Jackie a fini par trouver un grand-père à ses enfants. »

« Chaque jour, les gardes du corps des enfants passaient au crible les lettres d'insultes qui arrivaient par paquets à son appartement de la Cinquième Avenue. Les commentateurs de la télé condamnaient sa cupidité. Et certains éditoriaux dénonçaient l'ex-First Lady comme un traître à sa patrie », se souvient David Heymann.

Certains prendront sa défense, comme Romain Gary. Il écrira un vibrant plaidoyer en faveur de la nouvelle Mme Onassis dans le journal *Elle*. En voici un extrait : « Le cas de Jacqueline Onassis me passionne parce qu'il jette une lumière frappante sur un des aspects les plus curieux de notre civilisation : la fabrication par l'opinion publique, en collaboration avec les médias, de mythes et d'images d'Épinal n'ayant souvent que fort peu de rapport avec la réalité. La Jacqueline Kennedy telle que le monde entier la racontait n'a jamais existé. Jeune fille enjouée de la haute société américaine, elle avait épousé un homme jeune, de son milieu, beau, extrêmement riche, qui "se trouvait" être – j'insiste là-dessus – aussi un politicien. Au moment de leur mariage, le sénateur Kennedy était plus un play-boy qu'un homme politique. On exige d'elle d'être une veuve admirable, fidèle jusqu'à la mort à la grandeur tragique du destin Kennedy. Rétroactivement, son ménage devient, aux yeux du monde assoiffé de beauté exemplaire, une image de bonheur brisé par la fatalité. Fidélité au mort, fidélité au clan Kennedy, fidélité à l'image d'Épinal que nous nous sommes fabriquée. Nous exigeons d'elle d'être "à la hauteur" pour notre plus grande satisfaction morale. Lorsqu'il s'agit des autres, rien n'égale notre soif d'histoires exemplaires. Elle avait envie, la petite marquise, de crier zut ! à tous ceux qui ne vont plus guère voir Racine et Corneille au théâtre, qui bâillent à Shakespeare, mais que "la beauté des grands malheurs" continue à fasciner. Évidemment, il y a Onassis. Pourquoi Onassis ? Qu'il me soit d'abord permis d'avouer ici – *mea culpa* – que je n'arrive pas à éprouver pour Onassis ce mépris bien-pensant que tout le monde, plus ou moins, se plaît à afficher aujourd'hui, peut-être pour se donner à bon compte une supériorité de "qualité" sur l'homme à milliards. Tout compte fait, je préfère un vendeur de cigarettes dans la rue, parti pieds nus de Turquie pour devenir un milliardaire, à un fils à papa, "contestant" ou non, et même à un lord porté par la puissance paternelle et la force de la tradition à ces sommets sociaux qui lui "reviennent de droit". Nous n'avons pas le droit de juger un homme en fonction de sa pauvreté ou de ses milliards. Nous sommes tous des "parvenus" de quelque chose : ceux, du moins, qui ont fait quelque chose de leur vie. Certes, notre Grec était ou est propriétaire du casino de Monte-Carlo, mais le prince Rainier et ses ancêtres l'étaient également. Que faites-vous donc lorsque vous êtes une adorable marquise qui aime le soleil, la mer, les voyages, qui a soif d'insouciance et qui surtout, surtout ! en a assez de tragédie grecque ? Vous épousez un Grec sans tragédie. Prenez la grandeur de l'Histoire, le mythe, le sang, le sérieux, et cherchez exactement le contraire de tout cela : vous risquez fort de tomber sur Aristote Onassis. Vous avez vécu dans l'ombre d'un homme très puissant : vous choisissez un homme également très puissant, mais qui, lui, vivra dans votre ombre. Vous n'avez jamais été une femme choyée : votre illustre mari avait autre chose à faire. Vous épousez donc cette fois un homme qui jettera toute son immense fortune à vos pieds, pour qui vous êtes le couronnement triomphal, inespéré, fou, d'une vie de "parvenu". Il va faire de notre adorable marquise une véritable reine… »

Merci, Romain Gary. Merci, Pierre Salinger, qui écrivit à Jackie pour lui dire « qu'elle ne faisait de tort à personne, qu'elle pouvait agir comme elle le voulait ». Merci à Elizabeth Taylor, qui déclara : « Je trouve Ari charmant et attentionné. Je pense que Jackie a fait un excellent choix. » Merci à Ethel Kennedy, dont le télégramme de félicitations se terminait ainsi : « Ari, vous n'avez pas un petit frère ? »

Merci, enfin, au vieux Joe Kennedy, qui, lorsqu'il eut vent du projet de mariage entre sa belle-fille préférée et le vieux forban des mers (qui lui ressemblait étrangement), se fit transporter dans l'appartement de Jackie et, bien que paralysé et incapable de parler, lui donna sa bénédiction en langage codé !

Pourquoi n'aurait-on pas le droit d'être émue par la richesse comme on est émue par la beauté ou l'intelligence ? Les magazines sont remplis de ces « personnalités » – dépourvues, en réalité, de la moindre personnalité –, de ces hommes au beau visage vide devant lesquels les femmes s'extasient. Ceux-là, Jackie ne les regarde pas. Et si elle fait la queue à 20 ans pour apercevoir son idole, c'est pour les beaux yeux de… Winston Churchill ! L'imaginaire se nourrit de substances étranges et souvent peu recommandables. Souvenez-vous de la phrase de Colette : « Un homme indigne me manque terriblement. » Pour Jackie, ce sont la puissance et l'argent qui font battre son cœur, et non la beauté ou la jeunesse. C'est un tort ?

D'ailleurs qui nous dit qu'il n'y a pas eu de véritable romance au début de leur histoire ? Après tout, elle n'était pas obligée d'épouser Ari. Si elle l'a fait, si elle a bravé l'opinion et exposé ses deux enfants (ce qui n'est pas rien pour elle), c'est qu'elle en avait profondément envie et que, devant ce désir fou et inexplicable, elle a préféré se rendre que résister.

Larry Newman, un journaliste, voisin de Jackie à Cape Cod, les aperçut « remontant la rue, main dans la main, esquissant quelques pas de danse, jouant comme des gamins. Je les voyais déjeuner – poisson grillé et champagne – et ils avaient l'air très heureux ensemble. Je me disais : "N'est-ce pas formidable qu'elle ait enfin trouvé quelqu'un avec qui partager sa vie ?" Nous avons tous entendu tellement de rumeurs à propos de l'argent qu'elle a touché par son mariage avec Onassis, mais j'ai toujours pensé qu'ils étaient très amoureux. Il avait l'air d'un type séduisant, d'un type qui savait s'y prendre avec les femmes ».

Et si (mais là je m'aventure…) elle avait eu une révélation avec Onassis ? Si elle avait découvert des frissons qu'elle n'avait jamais éprouvés auparavant, des frissons – lâchons l'horrible mot, aussi sale que le mot « argent » – sexuels ? Pendant trois semaines après leur mariage, Jackie et Onassis restent seuls à Skorpios. Ils se baignent, lézardent au soleil, se promènent, pêchent et… s'ébattent. Ils sont, selon Onassis, « comme Adam et Ève au paradis terrestre ». Ari raconte à son associé qu'ils ont fait l'amour cinq fois dans la nuit et deux fois encore le matin. Onassis aime faire l'amour partout, dans les endroits les plus surprenants. Un marin du *Christina* qui le cherche pour passer à table, le surprend dans une chaloupe arrimée au yacht en train de forniquer avec Jackie. « Je lui ai dit : "On vous cherche partout !" Il m'a répondu : "Eh bien ! Vous m'avez trouvé. Partez maintenant !" »

Onassis est un homme qui plaît aux femmes, qui aime les femmes, qui prend le temps de vivre. Différent de John Kennedy qui se satisfaisait d'une consommation brève et bâclée.

Les rares personnes qui verront Jackie lors de la première année de son union avec Onassis la trouveront heureuse, détendue, gaie, comme elle ne l'a jamais été. Elle a découvert que le mariage pouvait être une partie de plaisir, et elle savoure. Ils vivent heureux et cachés. Aux yeux d'Ari, Jackie est une reine pour laquelle rien n'est trop beau. Il loue le théâtre d'Épidaure pour elle toute seule et l'emmène en pleine nuit écouter un opéra. Perdue dans les étoiles et la musique, Jackie est éblouie. Il fait construire une villa spécialement pour elle et ses enfants : un « cottage » de cent soixante pièces. Il barde l'île de dispositifs de sécurité pour que personne ne vienne la déranger, met à sa disposition un dépliant de cartes de crédit afin qu'elle puisse acheter ce qu'elle veut, l'encourage même à dépenser. « Jackie a connu des années de tristesse, dit-il, si ça l'amuse, laissez-la dépenser ce qu'elle veut. » Il lui téléphone tous les soirs, où qu'il soit dans le monde. Lui écrit des petits mots d'amour chaque matin, parce qu'elle s'est plainte que John ne l'ait jamais fait en dix ans de vie commune. Et dépose sur son plateau de petit déjeuner un collier de perles, une bague de diamants, un bracelet en or, qu'elle enfile en poussant un soupir de joie. Elle a épousé son roi ! « Tu es une reine, ma beauté, ma plus que belle, mon tout le plus beau du monde… » Les mots de son père chantent dans sa tête et elle sourit, émerveillée.

Les nouveaux mariés ne vont rester qu'un mois ensemble dans l'isolement de leur île. Jackie doit retourner à ses enfants et Onassis à ses affaires. Les enfants continuent à passer avant tout, et Jackie organise sa vie en fonction de leurs vacances scolaires, rejoignant Ari quand Caroline et John n'ont plus classe. Bien que très indépendants l'un et l'autre, ce mode de vie séparé ne va pas contribuer à les rapprocher. Ils vont reprendre tous les deux très vite leur liberté. Au début, ils font tout pour se retrouver, sur un continent ou un autre ; mais, peu à peu, chacun est repris par sa routine. Leurs rencontres dépendent d'un emploi du temps très serré, géré par des secrétaires et des étrangers. Mais Ari continue à appeler tous les soirs.

Dès qu'elle quitte Skorpios, où elle vit en maillot et en jean, Jackie est reprise par sa folie des grandeurs : elle dépense sans limites. Elle signe, signe, signe ses reçus de cartes de crédit. Quand elle n'a pas le temps de signer, elle jette au vendeur éberlué : « Envoyez la facture au bureau de mon mari. » Cela aussi fait partie du rêve. Il lui suffit de dix minutes pour dépenser 500 000 francs dans un magasin ! Elle achète tout et n'importe quoi : des collections entières chez les couturiers français, des vieilles pendules, des chaussures par dizaines, des statues, des peintures, des canapés, des tapis, des tableaux

« Elle agissait comme dans un rêve, on l'aurait dit hypnotisée, raconte Truman Capote. Un jour que je donnais une réception, mon chien mangea le manteau en zibeline de Lee Radziwill. Radziwill était furieux. Jackie trouvait ça drôle. "T'en fais pas, lui dit-elle, on en achètera un autre demain aux frais d'Ari. Qu'est-ce que ça peut bien lui faire ?" » Jackie a 300 000 francs d'argent de poche par mois mais ça ne lui suffit pas. Lorsqu'elle se lance dans les achats, c'est pour réparer, compenser, oublier. Il y a des gens qui boivent, se droguent, font de la boulimie, se fabriquent des cancers. Jackie, elle, dépense.

Que s'est-il passé pour que sa folie la reprenne ? La réalité l'a-t-elle rattrapée par le bout de la manche, balayant son beau rêve ? Les fantasmes perdent leur couleur au contact de la réalité, et les contes de fées prennent l'eau très vite. Et s'il y a une chose dont Jackie ne veut pas entendre parler, c'est de la réalité. Elle a vécu trop de drames. Elle n'est pas assez forte pour l'accepter. Trop apeurée pour s'arrêter un moment et se poser les bonnes questions. Elle exige que les rêves durent toujours et que les mauvaises fées n'apparaissent jamais...

Chapitre 11

Dans l'île de Skorpios, Jackie et Ari vivent au paradis. Par certains côtés, ils se ressemblent. Ce sont deux grands solitaires, très entourés mais seuls. Deux esthètes, amoureux de la vie dorée de milliardaire, indépendants, volontaires, séducteurs. S'ils étaient restés cloîtrés tous les deux sur leur île, leur bonheur aurait duré plus longtemps. Ari s'occupe des enfants Kennedy et ses attentions émeuvent Jackie. « Il était très généreux avec eux, relate Costa Gratsos, le bras droit d'Onassis. Il acheta un voilier à Caroline, un hors-bord, un juke-box et une mini Jeep à John-John. Il leur offrit des poneys shetland. Mais au-delà des cadeaux, il essayait de donner de sa personne. Il assistait aux représentations scolaires à New York et allait les regarder monter à cheval dans le New Jersey à la place de Jackie. Et ce n'était pas une partie de plaisir pour lui. Il n'aimait pas les chevaux. Il se plaignait toujours de ce que la boue et le crottin de cheval abîmaient ses chaussures et son pantalon. »

Les enfants sont mal à l'aise avec ce beau-père qui a l'âge d'être leur grand-père. Caroline l'épie sous ses longs cheveux d'adolescente. John-John se laisse plus facilement séduire, mais du bout du cœur. Ils ne comprennent pas très bien le choix de leur mère, mais ils l'acceptent. Parce que c'est leur mère et qu'ils l'aiment plus que tout au monde. Jackie saisit ces nuances et leur sait gré de ne pas provoquer de conflits ouverts.

Jackie et Ari feront de leur mieux pour que leur bonheur dure. Quand ils sont seuls, ils se retrouvent. Ils n'ont pas besoin de parler : ils se tiennent par la main et se sourient.

Oui mais… Ils sont rarement seuls. « Onassis était un homme d'affaires international qui gardait tous les dossiers et les comptes de ses multiples entreprises dans sa tête. Son bureau était là où il se trouvait et, pour l'aider, il était entouré d'une douzaine d'assistants qui s'adressaient à lui dans des langues que Jackie ne connaissait pas, raconte Stephen Birmingham. John Kennedy, également, avait sa cour, mais Jackie était capable de comprendre ce qui se passait. Les affaires d'Onassis étaient un tel mystère pour elle – et pour beaucoup d'autres ! – qu'elle jugea plus pertinent de ne pas lui en parler. Certains des hommes d'Onassis lui étaient sympathiques. D'autres, pas du tout. Ces derniers se comportaient avec elle comme avec une gêneuse qui s'interpose entre le patron et eux. Ils la traitaient très mal, lui disant à peine bonjour, et se précipitaient sur Onassis avec qui ils se mettaient à parler à voix basse et en grec. Jackie trouvait cela très grossier. Et en plus, Onassis avait l'air de les tenir en plus haute estime qu'elle ! »

Le malentendu commence là : Onassis traite Jackie comme une petite fille avide de bijoux, de luxe et de beauté, mais il ne parle pas à sa tête. Jackie est un ornement dans sa vie, une odalisque, une célébrité qu'il cajole et domine. Il a le sentiment de la « tenir » physiquement et financièrement, et cette emprise le gonfle de fierté. C'est lui le maître. Il a réussi là où de nombreux soupirants, américains, bien élevés et bien nés, avaient échoué. Jackie aspire à être gâtée, adorée. Mais elle désire, en plus, être considérée. Comme elle l'était à la fin avec John. Elle voudrait être son ambassadrice, sa confidente, son alliée dans l'ombre. Être une délicieuse potiche ne l'a jamais satisfaite. Le monde d'Onassis est un monde d'hommes. Une femme n'y a pas sa place. « Sois belle, dépense et tais-toi. » Une femme n'a pas à solliciter d'autres ambitions. Ce regard condescendant la blesse, et elle essaie de ne pas y penser. Mais le petit pois fait des bleus à la Princesse.

Au début, Jackie se montre conciliante. Elle mène la vie d'Ari : une vie de noctambule dans des boîtes de nuit, toujours entourée de ses hommes. Si elle se rebiffe et fait mine de partir, il la rappelle à l'ordre d'un index menaçant ou d'un regard noir. Elle se rassied, troublée par le pouvoir qu'il a sur elle. On dit même qu'il l'a matée, qu'il a transformé la reine impétueuse en une enfant obéissante. Elle fait tout ce qu'il veut. Parfois, elle prend sa revanche en lui lançant des piques. C'est sa manière à elle de rappeler qu'elle existe. Elle se moque devant tout le monde de son manque d'élégance. « Regardez-le, dit-elle. Il doit bien avoir quatre cents costumes dans ses penderies et il porte toujours le même gris à New York, le même bleu à Paris et le même marron à Londres. » Ari fait celui qui n'entend pas. Et Jackie a le sentiment de marquer un point.

En fait, Onassis est très superstitieux. Quand il a signé un gros contrat, il ne quitte plus le costume qu'il portait ce jour-là. Mais il pourrait répondre la même chose à sa femme, presque toujours en jean et en tee-shirt.

Il ne lui parle jamais de ses affaires et ne vit que pour son empire. Très vite, elle se sent reléguée au deuxième plan. Frustrée, elle répète le même schéma qu'avec Kennedy : elle décore à tour de bras et remplit ses penderies jusqu'à ne plus pouvoir les fermer. Elle fait venir ses décorateurs, court les ventes et achète. Elle aménage les maisons, les bateaux, pour qu'ils aient un « chez-eux ». Il ne remarque rien, la traite comme une courtisane ou passe en coup de vent. Il est toujours en avion, sur les mers ou au téléphone. Elle redécouvre l'attente, la frustration et l'abandon.

« Il travaillait beaucoup et voyageait sans arrêt, poursuit Stephen Birmingham. Il n'était presque jamais là. À New York, il possédait une suite à l'hôtel Pierre et comme il travaillait souvent tard dans la nuit, il préférait y dormir que de rejoindre Jackie dans son appartement. Parfois, elle l'accompagnait dans ses déplacements. Mais, la plupart du temps, elle restait chez elle. À profiter du luxe dans lequel il la faisait vivre. Elle dépendait complètement de lui financièrement. Elle essaya bien de placer son argent sans écouter les conseils d'Ari, mais ce fut une catastrophe. Elle lui demanda alors, naïvement, de bien vouloir combler ses pertes. Énervé par son inconscience, il lui répondit qu'elle n'avait qu'à vendre une partie des bijoux et des tableaux de maître qu'il lui avait achetés. Elle n'apprécia pas. »

Elle souffre de ces remarques qu'elle prend aussitôt pour un manque d'amour. Il n'en faut pas beaucoup à Jackie pour se sentir offensée, blessée. Elle est sûre de sa séduction, de son pouvoir quand l'idylle est au zénith, mais remâche tout en noir à la première fausse note. Elle se fige alors en statue impériale. Cela satisfaisait John Kennedy qui pouvait continuer à badiner, plein d'entrain. Cela irrite Onassis, qui ne comprend rien et la rudoie comme une enfant. Il n'a pas le temps de regarder Jackie. Quand il est avec une femme c'est autant pour épater les autres que pour son propre plaisir. Il ne s'affiche qu'avec des femmes célèbres. Les autres, il les rejoint à deux heures du matin et repart à l'aube.

Subjuguée, la première année, par son autorité et sa virilité, elle le prend vite en grippe pour les mêmes raisons. Il veut en faire sa « chose ». Il croit la tenir physiquement parce que, avec lui, elle s'est laissée aller à être heureuse ; elle se reprendra. Personne, jamais personne, ne pourra se vanter d'avoir abaissé Jacqueline Bouvier. S'il voulait une ravissante idiote qui le suive partout et lui obéisse au doigt et à l'œil, ou une petite bourgeoise rassurée parce qu'il paie les traites et lui fait des enfants, il se méprend. Elle n'est pas la Callas qui a abandonné mari et métier pour le suivre. Quelle gourde, celle-là ! pense Jackie. C'est le meilleur moyen de le perdre. Il faut tenir la dragée haute aux hommes de cette espèce. Encore une fois, Black Jack avait raison : toujours garder ses distances et afficher un sourire éclatant, énigmatique où les autres se perdent. Ce délicieux frisson qui s'emparait d'elle quand Ari lui parlait comme un père autoritaire à sa fille, quand il la renversait n'importe où et lui faisait perdre la tête, elle va y mettre fin. Il n'aura bientôt plus aucun pouvoir sur elle. Si le plaisir physique doit mener tout droit à la dépendance, à la soumission, donc au malheur, elle le rayera de sa vie. Elle reprend son cœur.

Elle retournera à ses habitudes d'antan et ne fera plus aucun effort pour lui. Et puisqu'elle n'est bonne qu'à dépenser, eh bien ! elle va dépenser. Sans retenue. L'argent est sa vieille arme, son outil de revanche. Je ne suis qu'une mondaine étourdie par l'argent ? Il va être étourdi par mes factures ! Fière et orgueilleuse, elle décide de lui tenir tête et de reprendre son indépendance morale et sentimentale.

Jackie aime se lever tôt, prendre le petit déjeuner avec ses enfants et les voir partir à l'école. Elle préfère se coucher vers dix heures, avec un livre. Ou sortir pour écouter un opéra, voir un ballet ou une pièce de théâtre en compagnie de personnes raffinées qui apprécient et développent critiques et compliments lors d'un léger souper.

Ari est à la fois seigneur et paysan. Il sort tous les soirs et dort quatre heures par nuit. À l'opéra, il ronfle. Il apprécie les plats simples, les filles qui se rendent sans manières, les fêtes populaires, le débraillé. Il recherche les petites tavernes grecques, les restaurants où il peut monter sur la table et danser le sirtaki. Il rentre chez lui à trois heures du matin et se réveille à sept heures pour téléphoner à l'autre bout du monde.

Jackie boude et le laisse sortir seul. Qu'il fasse ce qu'il veut, ce n'est plus son problème ! Il s'affiche avec des mannequins, des célébrités, revoit la Callas. Une photo d'Ari et Maria paraît dans les journaux. Jackie répond en se montrant avec son bataillon de soupirants habituels.

C'est la guerre. La guerre ouverte. Onassis déclare à un journaliste : « Jackie est un petit oiseau qui réclame sécurité et liberté et je les lui offre volontiers. Elle peut faire exactement tout ce qu'il lui plaît. Et je ferai de même. Je ne lui pose jamais la moindre question et elle non plus. »

En lisant ces mots, dans son appartement de New York, Jackie s'affole. Qu'est-ce que ça veut dire ? Il s'est fatigué d'elle et pense à la quitter ? Sa vieille « abandonnite » refait surface, c'est plus fort qu'elle, et la fière Jackie prend l'avion pour Paris et fait amende honorable. L'idée qu'il puisse envisager une séparation la détruit. Elle n'a pas compris que, comme tous les hommes trop convoités et trop gâtés, Onassis est lassé de son jouet. Il a fait plier Jackie, l'a épousée, a scandalisé le monde. Il a eu son compte de publicité et d'honneurs. Il peut maintenant passer à autre chose. Il a revu la Callas, retrouvé leur vieille complicité, la dévotion de la Diva qui l'aime à en perdre la voix. Elle est grecque comme lui, passionnée et soumise. Elle l'attend, le comprend, l'accepte tel qu'il est. En sa compagnie, il se repose. C'est sa femme, au sens grec du mot.

Tout ce qui l'amusait avant chez Jackie l'ennuie. Il lui reproche sa folie des achats, son manque de cœur, son indifférence envers ses enfants à lui, Christina et Alexandre, envers sa culture. Alors, il se montre indifférent, cruel, et Jackie baisse la garde. Elle est prête à tout pour le garder et signe une lettre qui réduit sa part d'héritage à 2 % de la fortune d'Onassis. Tout plutôt que de le perdre. Non qu'elle l'aime encore – elle s'est juré de mettre fin à ce sentiment dangereux –, mais elle ne supporte pas l'idée d'être quittée. Elle rompt quand c'est elle qui le décide. C'est sa décision. Sinon la séparation devient un traumatisme dont elle ne guérit pas. Avec John, elle était protégée par l'Histoire : un Président ne divorce pas. Avec Onassis, elle n'a aucune assurance. Ils concluent un pacte : ils se comporteront comme si tout allait bien entre eux. Ils sauveront l'image. Il continuera à payer ses dépenses, mais il reprend sa liberté.

Jackie est rassurée : il reste. Les autres femmes ? Une liaison unique et tapageuse la dérangerait, des liaisons discrètes lui conviennent tout à fait. L'homme d'affaires d'Onassis, Costa Gratsos, affirme alors que « le degré d'affection de Jackie pour Onassis était directement proportionnel aux sommes qu'elle en recevait ».

C'est plus compliqué que cela. L'argent, pour Jackie, est une manière de s'entendre dire « je t'aime ». Plus elle est autorisée à dilapider, plus cela signifie qu'on tient à elle. Rappelez-vous : Black Jack, dans les magasins, flambant l'argent qu'il n'avait plus pour ses deux petites princesses, les encourageant à dépenser encore et encore, offrant colliers de perles, gourmettes en or, tenues de cheval jusqu'à ce qu'il ne lui reste plus de chèques à signer. Et, cependant, multipliant les maîtresses, les imposant à Jackie et à Lee. Jackie se réconfortant, en se disant que ces femmes de passage ne sont pas importantes : c'est elle qu'il aime par-dessus tout. Elle pour qui il se ruine…

Tant qu'un homme est là et la comble, c'est qu'il l'aime. Le reste – les maîtresses, les disputes, les affronts – elle connaît et elle ferme les yeux. Elle se bouche les oreilles depuis si longtemps qu'elle a appris à ignorer ce qui la dérange. Elle grimpe sur son nuage et se raconte des histoires.

Pour effacer ses angoisses, elle se retourne vers le mari défunt, parfait et mythique. Elle ravive la flamme éternelle, sachant qu'ainsi elle se refait une réputation et mortifie Ari. Elle est présente à toutes les célébrations, les commémorations, les inaugurations qui concernent John Kennedy. Onassis n'a peut-être pas de rival vivant mais il en a un mort, qui est bien plus encombrant.

« Il n'était pas facile à un fier mari grec de vivre dans l'ombre d'un autre. De là un antagonisme intime qu'il n'avait pas prévu et qui se ravivait à chacun des anniversaires que Jackie se plaisait à célébrer : celui de la mort de John, celui de leur mariage et tous ceux des grandes étapes d'une carrière que Jackie ne cessait de rappeler à ses enfants », raconte David Heymann.

Ne dépendant plus d'eux, elle se rapproche des Kennedy. Elle renoue l'ancien lien. Elle se récupère au contact d'une tribu qui a reçu la même éducation qu'elle. Elle ne les en aime pas davantage. Mais, au moins eux, elle les comprend. Face au « pack Onassis », elle a son « pack Kennedy ». Un partout. Et si les hommes d'Onassis la dédaignent, les Kennedy, fascinés par sa fortune et sa résistance, la célèbrent. Jackie ne reste pas longtemps une perdante. Elle prend la tête de la famille, naturellement, remplaçant le vieux Joe qui n'est plus qu'une ombre.

C'est elle que Ted Kennedy appellera en premier lors de l'affaire de Chappaquiddick, en juillet 1969. Pendant les neuf heures qui précèdent sa déclaration d'accident aux policiers locaux, neuf heures où il erre, n'osant pas assumer son erreur, il essaie, en vain, d'atteindre Jackie. Jackie, la femme forte, qui se tire de toutes les situations. Quand il réussit enfin à lui parler, elle le console comme un petit garçon. Dans une lettre, elle lui propose d'être le parrain de Caroline, qui, depuis la mort de Bob, en est privée.

Après cet accident terrible, la carrière politique de Teddy est ruinée et le vieux Joe Kennedy s'éteint. Sa mort est une perte terrible pour Jackie qui avait déclaré, peu de temps après son premier mariage : « Après mon mari et mon propre père, j'aime Joe Kennedy plus que quiconque au monde. »

Heureusement, il lui reste ses enfants. Elle suit leurs études, monte à cheval avec eux tous les week-ends, veille à ce que John-John, qui est d'un naturel indolent, s'endurcisse, à ce que Caroline devienne une parfaite jeune fille. « Il est à l'honneur de Jacqueline Onassis d'avoir fait de Caroline et de John junior des enfants sérieux, équilibrés, éloignés de toute publicité. Elle y est parvenue toute seule alors que tout s'y opposait. Ce n'était pas évident ; il n'y a qu'à considérer la plupart des autres Kennedy de cette génération », rapporte la mère de camarades de jeu des petits Kennedy. Jackie n'a pas peur de donner de l'amour à ses enfants ou aux enfants en général. Elle veille sur les amis de John et Caroline comme s'ils étaient les siens.

John a appris à se débarrasser des cinglés. « Il y avait toujours trois ou quatre bonnes femmes qui traînaient autour de son école, de vieilles mêmes inoffensives en pantalon et bigoudis qui ne cessaient de demander : "Où est John-John ?", raconte une mère d'élève. Un jour elles tombèrent sur lui : "Connais tu John ?

– Oui, répondit-il.

– Il est comment ?

– C'est un type formidable !" »

Ce bel équilibre est l'œuvre de Jackie.

Elle a plus de problèmes avec les enfants d'Onassis, qui ne l'ont jamais acceptée. Alexandre la fuit et Christina persifle. Si Jackie l'aide à s'habiller, lui conseille de maigrir, Christina lui jette qu'elle ne veut pas ressembler à un « insipide mannequin américain ». Elle épouse n'importe qui pour contrarier son père, puis l'appelle au secours et lui demande de venir l'enlever. Jackie trouve qu'elle manque de tenue, que c'est une enfant gâtée, une gosse de riche. Onassis lui reproche sa dureté. Il est lui-même culpabilisé vis-à-vis de sa fille. Il n'a jamais vraiment eu le temps de s'occuper d'elle et, pour compenser son absence, il l'a bombardée de cadeaux. Christina devient un sujet de dissension. Le ressentiment d'Onassis envers Jackie grandit.

Il finit par perdre tout respect pour elle. Si elle demande ce qu'elle peut faire à bord du *Christina*, où elle s'ennuie, il lui suggère de « décorer les menus ». Il s'éloigne de plus en plus. « Il m'avoua que sa plus grande folie fut ce projet imbécile d'épouser Jackie Kennedy. C'est l'erreur la plus coûteuse et la plus imbécile qu'il ait jamais faite », raconte un intime.

La classe et l'élégance de sa femme l'énervent. Pour l'exaspérer, il se montre volontiers grossier. Il mange en faisant du bruit, rote, avale tout cru, recrache. À un journaliste qui le poursuit pour avoir une interview, Onassis répond : « Vous voulez que je vous donne le secret de mon succès ? » Et il défait son pantalon, baisse son caleçon, exhibe ses parties génitales et ajoute : « Mon secret, c'est que j'ai des couilles ! »

Quand elle corrige ses erreurs devant des tiers, il explose. Rappelle le montant de ses factures. « Deux cents paires de chaussures en une seule fois ! Je suis peut-être colossalement riche, mais je ne comprends pas ! Cette femme est folle ! On ne peut pourtant pas dire que je la laisse dans la misère ! Et les chaussures ne sont qu'un exemple ! Elle commande des sacs, des robes, des manteaux, des tailleurs par douzaine, plus qu'il n'en faudrait pour approvisionner un magasin de la Cinquième Avenue ! Elle ne sait pas s'arrêter. J'en ai marre. Je veux divorcer ! »

Il se moque de sa petite voix, de sa cour d'amis new-yorkais – «Tous des folles !» –, raille sa manie de s'enrouler dans des châles, des écharpes. Une vraie clocharde. Avec tout l'argent qu'il lui donne ! L'emmène dîner chez Maxim's puis la ramène avenue Foch, lui dit de monter seule : il va dormir chez un ravissant mannequin. Jackie ne bronche pas, se couche et sanglote. Comment en sont-ils arrivés là ? La fin d'*Autant en emporte le vent* défile dans sa tête. Elle entend Scarlett crier à Rhett : «Mais qu'est-ce que je vais devenir ?», et Butler-Onassis de lui répondre d'une voix calme : «Franchement, ma chère, je n'en ai rien à faire... »

Elle a cessé de l'émouvoir. Et il ne paie plus ses débordements. Elle revend ses robes, ses sacs et ses colifichets dans un magasin de New York, pour gagner quelques dollars. Il l'apprend et la traite de radin. Il est vrai qu'il est, lui, d'une grande générosité. D'après Costa Gratsos, « non seulement il entretenait une famille de soixante personnes mais il traitait ses employés, ses domestiques comme s'ils en faisaient partie. Il exigeait beaucoup d'eux mais les récompensait par des cadeaux, et beaucoup de gentillesse. Si la femme d'un jardinier de Skorpios avait besoin de soins médicaux, il s'assurait qu'elle les recevait. Si ce même employé avait un fils brillant, il payait ses études. Il donnait toujours des pourboires énormes. S'il prenait un taxi, il offrait au chauffeur le double du prix affiché au compteur ».

Il n'avait pas peur de manquer. Il avait connu la pauvreté crasse, l'humiliation des moins-que-rien, et il s'en était sorti. Rien ne lui faisait peur, et surtout pas le manque d'argent. Il avait confiance en lui et savait qu'il vaincrait tous les obstacles, surmonterait toutes les douleurs.

Toutes, sauf une. Le 22 janvier 1973, Alexandre, son fils, trouva la mort dans un accident d'hélicoptère.

Cet événement fut fatal à Ari et lui ôta l'envie de vivre. À partir de ce moment, l'homme riche et puissant, l'homme sans lois ni scrupules, le génial homme d'affaires va se désagréger lentement. Jackie, à ses côtés, ne comprend pas sa douleur et le trouve impudique. Habituée à ne jamais rien laisser paraître, elle se sent complètement étrangère au désespoir de son mari. On ne doit jamais montrer sa douleur en public. C'est indigne. Elle se souvient d'Ethel Kennedy, la femme de Bob, qui alla consulter un médecin, juste après la mort de son mari, afin qu'il lui donne un médicament pour ne pas pleurer ! Jackie approuve de tels comportements. C'est son éducation, sa culture. Elle ressent du dégoût envers Onassis qui crie, sanglote et se répand en imprécations contre le ciel, les dieux et le destin ! Sa répulsion pour lui grandit. Elle ne veut plus dîner à la même table, parce qu'elle trouve qu'il se tient mal. Onassis découvre, révulsé, la femme qu'il a épousée. « Elle veut mon argent mais pas moi. Elle n'est jamais avec moi. »

Il refait son testament, la rayant complètement de son héritage, et lui alloue une pension à vie ainsi qu'à ses enfants. Il veut divorcer et engage un détective privé pour la suivre et la prendre en flagrant délit d'adultère. Le détective revient bredouille. Six mois après la mort de son fils, il tombe gravement malade. Les médecins diagnostiquent une myasthénie, maladie qui détruit les muscles. Ne pouvant plus ouvrir l'œil, il scotche sa paupière avec du sparadrap. Il en plaisante. Il continue à travailler, mais le cœur n'y est plus. Début février 1975, il s'effondre, victime de graves douleurs au ventre. Il entre à l'hôpital américain de Neuilly pour se faire soigner. Jackie vient le voir, mais, ne le trouvant pas si mal en point, repart aussitôt pour New York.

Le 15 mars 1975, Aristote Onassis meurt. Sa femme est à New York. Elle assistera aux funérailles, accompagnée de Ted Kennedy, dans la petite chapelle de l'île de Skorpios où ils s'étaient mariés six ans et demi auparavant. Elle ne laissera rien paraître de leurs querelles et prononcera, devant la presse, quelques mots « parfaits » sur son mari : « Aristote Onassis m'a secourue à un moment où ma vie était plongée dans l'ombre. Il m'a conduite dans un monde d'amour et de bonheur. Nous avons vécu ensemble des moments merveilleux que je n'oublierai pas et pour lesquels je lui serai toujours éternellement reconnaissante. »

La mort avait frappé, l'heure du culte commençait.

Elle continuera à se faire appeler Mme Onassis, parlera d'Ari dans les dîners new-yorkais avec des étoiles dans les yeux, racontera les folies qu'il orchestrait pour elle, le bonheur étourdissant qu'il lui avait fait connaître. Il doit à tout prix rester ce rêve merveilleux qui l'a rendue si heureuse pendant quelques mois. Il rejoint sur les marches du podium ses deux autres héros, dont elle continue à fleurir le souvenir : Jack Bouvier et John Kennedy. Si la réalité a tragiquement et souvent raison de Jackie, celle-ci persiste à l'ignorer, comme elle ignore tout ce qui la dérange.

Chapitre 12

À la mort d'Onassis, sa fortune est évaluée à un milliard de dollars. C'est sa fille, Christina, qui hérite de la plus grosse partie. Jackie et Christina vont se livrer une bataille sans pitié autour du testament. Pour éviter un procès interminable, Christina et ses conseillers offrent un forfait de 26 millions de dollars à Jackie qui accepte. Christina est soulagée de se débarrasser de Jackie, qu'elle appelle « la veuve noire ». Elle avouera plus tard qu'elle était prête à lui donner encore davantage.

Dans sa biographie de Jackie, Stephen Birmingham analyse très bien l'attitude de Christina : « Jackie portait malheur. Christina avait le sentiment que Jackie tuait tout ce qu'elle touchait. C'était l'ange de la Mort. » Sentiment conforté par Costa Gratsos. « Elle attirait le drame comme le paratonnerre la foudre. Témoins : John et Bob Kennedy. Christina avait peur de Jackie. Elle lui attribuait des pouvoirs magiques. Autour d'elle, tout le monde mourait. »

À 47 ans, Jackie a, enfin, les moyens d'apaiser ses angoisses. Elle n'aura plus jamais de soucis d'argent. Elle va pouvoir vivre en son nom, sans dépendre ni des Auchincloss, ni des Kennedy, ni d'aucun homme. Sereine : elle ne finira pas ruinée comme Black Jack. Elle a un compte en banque bien rempli qui lui évite insomnies, cauchemars, paniques, bien plus rassurant que n'importe quel somnifère, calmant ou… amant. Elle peut enfin envisager la vie comme une aventure, solitaire mais intéressante.

Au début, elle se comporte comme une débutante timide. Elle reste chez elle, s'occupe de ses enfants, regarde la télévision, fait du yoga, du jogging, de la bicyclette, ressort ses livres de cuisine, commande ses courses par téléphone, organise des petits dîners chez elle, arrange son appartement, change les meubles de place, encadre les photos qu'elle aime. Elle prend ses marques, dispose des repères, se repose et s'occupe d'elle. Elle n'échappe pas à la fascination du scalpel qui rend belle et, comme toutes les femmes chics de Manhattan, se livre à quelques opérations esthétiques pour effacer les rides des yeux et le gras des mâchoires. Elle passe ses week-ends dans sa maison de campagne, dans le New Jersey. Monte à cheval, peint, dessine, lit. D'après sa tante, Michelle Putman, « elle avait installé un télescope dans son appartement de la Cinquième Avenue qui lui permettait d'observer les gens dans le parc ; la femme la plus regardée du monde était au fond une voyeuse ! ». Elle n'a toujours pas d'amies intimes, si ce n'est sa sœur Lee. Elle apprécie toujours aussi peu ceux qui veulent s'approcher d'elle et se montrent familiers. Elle préfère la solitude ou la compagnie de ses enfants. John et Caroline ont grandi : ils font des études, ils ont leurs copains, rentrent et sortent de la maison, créant un brouhaha agréable mais de courte durée. Ils sont toujours aussi proches mais n'ont plus besoin d'elle comme avant. Elle leur a donné force et assurance : ils prennent leur indépendance.

Elle éprouve alors le syndrome de toutes les femmes qui ont axé leur vie sur leurs enfants et qui, lorsque ces derniers grandissent et volent de leurs propres ailes, se retrouvent seules et désorientées. Que faire ? Elle tourne en rond dans sa vie bien rangée. Elle se rappelle le temps où elle était journaliste, rencontrait des gens, voyageait, apprenait. Travailler la tente. Elle en parle autour d'elle, joue avec l'idée.

Une maison d'édition, Viking Press, lui propose de l'embaucher. Elle accepte. Elle commence, au mois de septembre 1975, avec un salaire de 10 000 dollars par an et des horaires très souples pour lui permettre de s'occuper de ses enfants. Au début, elle manque d'assurance : elle ne sait pas ce qu'on attend d'elle. Puis elle apprend et découvre qu'elle aime travailler sur des manuscrits, encourager les auteurs, suivre leurs ouvrages. Son assistante, Barbara Burn, se souvient : « Avant son arrivée, le scepticisme dominait. Mais, au bout de quelques jours, nous avons été plaisamment surpris de devoir reconnaître en elle autre chose qu'une empaillée avec une drôle de voix. Elle n'avait rien d'une Marie-Antoinette-à-la-ferme et prenait très au sérieux son nouveau métier. Il s'est vite trouvé qu'elle aimait travailler sur les manuscrits et les mettre au point. Elle avait l'œil pour ça et bossait dur. Lorsque chacun l'eut compris, elle s'est un peu détendue. Il était cependant difficile de s'habituer à croiser une couverture de magazine aussi souvent dans les couloirs. »

Journalistes, photographes, cameramen l'attendent dans le hall d'entrée. Jackie les ignore. Elle a trouvé beaucoup plus intéressant que la gloire en clichés : une passion.

Elle continue, cependant, à être odieuse avec ceux qui fouillent dans sa vie. Elle se bouche le nez, dans une librairie, en passant devant un auteur qui dédicace un livre sur elle. Mais elle peut se montrer délicieuse avec de parfaits inconnus. Elle aide une jeune fille qui a la jambe dans le plâtre à s'installer dans un taxi. La jeune fille n'en revient pas : « Vous vous rendez compte : être mise dans un taxi par Jackie Onassis ! » Elle envoie des lettres délicates et raffinées chaque fois qu'elle est invitée à dîner, pour remercier. Ceux qui la rencontrent sont émus par sa grâce, son intelligence et sa beauté. Elle éblouit le poète anglais Stephen Spender qui fait sa connaissance à une soirée chez des amis. Il lui demande ce dont elle est la plus fière dans sa vie et elle répond, de sa petite voix douce : « J'ai eu des heures extrêmement difficiles et je ne suis pas devenue folle. » « J'ai trouvé cela très touchant, raconte son hôtesse, Rosamond Bernier, conférencière au Metropolitan Museum of Art. Quel succès ! Être passé par ce par quoi elle est passée et avoir réussi à conserver son équilibre mérite des félicitations. Je ne dis pas qu'elle soit parfaite. Comme tout un chacun, elle a ses défauts. Elle a du mal à s'ouvrir aux autres, peut-être en partie à cause de ce qu'elle a vécu. Il faut dire aussi qu'elle est foncièrement secrète. Elle n'apprécie pas les familiarités. Je crois que c'est une solitaire, une timide. »

En novembre 1976, le bon vieil oncle Hughie meurt, ruiné. Merrywood et Hammersmith Farm ont été vendues. Janet Auchincloss habite maintenant la maison des gardiens ! Jackie place un million de dollars sur le compte de sa mère afin qu'elle ne manque de rien. Mais elle ne se rapproche pas de Janet pour autant. Elle s'occupe d'elle, veille sur sa santé, agit en femme de devoir sans démonstration particulière. Il faudra de nouvelles épreuves familiales pour que les deux femmes fassent vraiment la paix.

Un éditeur, John Sargent, président de Doubleday, propose à Jackie d'entrer dans sa maison en qualité d'éditeur associé. Flattée et intéressée, elle accepte. « Son rôle était d'attirer les célébrités, explique John Sargent. Elle s'occupait en outre de livres d'art et d'albums de photos comme elle l'avait fait chez Viking. Ses relations étaient censées lui permettre d'amener des auteurs nouveaux. »

Comme d'habitude, elle a ses partisans et ses détracteurs, et il est difficile de démêler les raisons de chacun.

Sa timidité fait rire les uns, émeut les autres. Elle ne connaît pas les salles de réunions, se trompe de porte, n'ose pas émettre d'avis en public. Elle est aussi intimidée que lorsqu'elle a posé le pied pour la première fois à la Maison-Blanche. «Elle ressemblait davantage à un poulet effrayé qu'à la veuve d'un Président des États-Unis», dira un de ses collègues. Son statut particulier irrite. Elle n'est présente que trois jours par semaine. Le reste du temps, elle travaille à son domicile. La distance dont elle fait toujours preuve et la présence incessante de ses fans exaspèrent certains. De plus, elle a toujours cet air distrait qui donne à croire qu'elle méprise les autres. Jackie n'est pas faite pour le monde du travail, les cafés partagés autour de la machine, les confidences chuchotées, les adresses qu'on s'échange, les fous rires piqués sur le dos d'un chef de service, les plaisanteries grasses et les ragots qui circulent. Elle est à part. Dans son monde à elle. Elle travaille, sort des livres, certains sont bons, d'autres moins. Elle publie les Mémoires de Michael Jackson. Elle s'applique comme une écolière et apprend son métier. Mais voilà : quand on est Jacqueline Bouvier Kennedy Onassis, on n'a pas droit à l'erreur. Quand on marche la tête haute, il ne faut pas trébucher. Quand on s'est installé sur un piédestal, on ne peut pas en descendre pour papoter avec ses collègues. Quand on a été l'ennemie et l'amie publique numéro un pendant des années, on vous guette, on vous écharpe ou on vous adule. Mais jamais on ne parle de vous objectivement. Au comité de lecture, ses rapports déclenchent l'enthousiasme ou la critique méchante. Elle n'en a cure et continue. Elle aime travailler et est habituée à être le point de mire. Elle tient bon.

Elle a d'autres soucis en tête. La famille Kennedy continue sa saga maudite. «Peter Lawford était de plus en plus drogué et alcoolique, raconte David Heymann, et son mariage avec Pat Kennedy Lawford se détériorait de jour en jour ; chez les enfants de Bob Kennedy, ce n'était qu'une suite de catastrophes (accidents de voiture, échecs scolaires et renvois, drogue, suspension de permis de conduire) ; Kara, la fille de Ted, fumait du haschisch et de la marijuana et avait fait une fugue ; Joan Kennedy était alcoolique ; Teddy Kennedy junior avait dû être amputé d'une jambe à la suite d'un cancer de la moelle osseuse. Bien contre son gré, Jackie se trouvait mêlée à ces pénibles situations. Lorsque Joan apprit que son mari la trompait, elle demanda conseil à Jackie. Si quelqu'un était au courant de l'infidélité des Kennedy, c'était bien Jackie. "Les hommes Kennedy sont comme ça, lui déclara tranquillement Jackie. Dès qu'ils voient une jupe, il faut qu'ils courent après. Cela ne signifie rien." Joan Kennedy était manifestement perdue. Elle n'était pas de taille. Elle avait voulu s'adapter mais ne pouvait pas ; Jackie "l'originale" avait assez de présence d'esprit pour combattre les forces destructrices de la famille Kennedy, mais savait aussi profiter de ce qui lui était utile. »

Jackie ne veut pas que ses enfants soient contaminés par le virus du malheur. « Ce qui me préoccupe le plus au monde, c'est le bonheur de mes enfants. Si on échoue avec ses enfants, alors je ne vois rien d'autre qui, dans la vie, puisse avoir une grande importance, en tout cas pour moi. »

Elle les tient soigneusement à l'écart, tout en encourageant quelques réunions familiales pour garder le contact et le prestige (extérieur) du nom. Elle sait que le fait d'appartenir à la tribu reste un atout mais ne veut pas que le fond de l'âme Kennedy perturbe ses enfants. Toujours souriante, aimable avec les Kennedy, elle les réunit une fois par an pour un gigantesque pique-nique, sur ses terres à elle.

Caroline aussi se tient à l'écart. Indépendante et rejetant les apparences, elle entend vivre à sa manière. Elle part faire ses études à Londres, revient les terminer aux États-Unis. Elle est attirée par les artistes, les marginaux et refuse d'appartenir au monde élégant de sa mère. Elle décline la proposition de Jackie de faire ses débuts dans le monde et sort avec des journalistes, des peintres, des sculpteurs, des écrivains. Elle deviendra avocate, épousera un original, mi-artiste, mi-intellectuel, avec qui elle aura trois enfants et vivra heureuse et cachée. Jackie, au fond, est enchantée : elle reconnaît en Caroline la Jacline de 22 ans qui rêvait d'une vie informelle et originale. Elle approuvera toujours les décisions de sa fille.

John, plus facile et moins décidé que sa sœur, inquiète davantage Jackie. Elle tremble à l'idée qu'il pourrait être homosexuel (il n'a pas eu de père et a grandi entouré de femmes), l'élève à la dure, surveille ses fréquentations. « C'était un gentil garçon, raconte son premier amour, mais les choses n'étaient pas faciles pour lui car il était sans cesse observé, et sans doute le sera-t-il toujours. Et quoi qu'il fasse dans sa vie, il ne sera jamais à la hauteur de son père. »

Dans la tête des gens, il est toujours le petit John-John qui salue au garde-à-vous la dépouille de son père, dans son manteau de lainage bleu. Je me souviens l'avoir vu, à New York, une nuit, faisant la queue pour entrer dans une discothèque. Une fille s'écria en l'apercevant : « Mais c'est John-John ! » Le garçon qui l'accompagnait entonna : « C'est John-John, c'est John-John ! » et John sortit de la file, prêt à se battre. Il fut retenu par des amis et tout rentra dans l'ordre.

Ce genre d'incident devait lui arriver souvent.

Jackie est à l'affût. Elle l'envoie consulter un psychiatre, lui reproche ses mauvais résultats scolaires, le change d'école, s'oppose à son désir de devenir acteur et lui impose de finir son droit. À la fin de ses études, il souhaite découvrir le vaste monde et part un an en Inde. John, de nature indolente, obéit toujours à sa mère.

Quoi qu'elle dise, il l'aime et la respecte. Jackie-John-Caroline : la trinité ne se défera jamais. Ce trio est sûrement la plus belle réussite de Jackie.

Vers la fin de sa vie, Jackie semble avoir fait la paix avec ses anciens démons. Elle est riche. Elle est toujours belle : les hommes sont subjugués quand elle entre dans une pièce. Mais elle s'en moque. Elle a trouvé un équilibre et « cultive son jardin ». Elle continue à s'occuper de la mémoire de John Kennedy, inaugure la bibliothèque qui porte son nom à Boston.

Dès qu'on la voit en public avec un homme, on lui prête une nouvelle liaison. Mais avoir des liaisons ne l'a jamais intéressée.

Le dernier homme de sa vie s'appellera Maurice Tempelsman. Ils vivront quatorze ans ensemble.

Ils ont le même âge. Il a fait fortune dans le commerce des diamants. Elle le connaissait depuis longtemps : il avait été reçu avec sa femme à la Maison-Blanche quand il était le conseiller de JFK pour les affaires africaines. Il fut d'abord l'ami de Jackie, son conseiller financier (il multiplia sa fortune par dix), puis son amant et son compagnon. D'origine belge, né à Anvers, Maurice parlait français avec Jackie. Cela garantissait leur intimité et donnait à leur relation un petit air européen auquel elle fut sûrement sensible.

Les gens l'appellent « l'Onassis du pauvre », mais Jackie hausse les épaules. « J'admire Maurice, sa force et ses succès et j'espère de tout mon cœur que ma notoriété ne l'éloignera pas de moi. » Petit, replet, chauve, il fume des cigares, collectionne les œuvres d'art et multiplie les millions comme un magicien. Ils ont les mêmes goûts, font du bateau, des croisières (même si leur voilier a l'air d'un youyou à côté du *Christina*), parlent littérature et art, écoutent des opéras, vont dîner dans des petits restaurants sans déclencher d'émeutes. Il se montre doux et attentionné envers elle. Bien sûr, il n'est pas aussi beau et célèbre que John, aussi puissant et charmant qu'Ari mais qu'importe ! Avec lui, Jackie découvre un bonheur tendre et simple.

Un observateur anonyme est bouleversé, un jour, de la rencontrer dans un simple café, « un débit graillonneux de hamburgers. Au comptoir ! Avec un exemplaire du *New York Magazine*. En imperméable mastic et pantalon noir, elle mangeait un sandwich ».

La cinquantaine passée, elle semble avoir fait la paix avec la vie et les hommes. Elle a trouvé équilibre et bonheur. Même si Maurice Tempelsman est marié et qu'il ne peut divorcer, car sa femme refuse. Il vit avec elle, l'accompagne dans ses voyages, ses sorties, Caroline et John l'aiment. Elle a enfin constitué une famille… normale.

Les dernières années de la vie de Jackie sont paisibles. Il lui arrive encore de se battre avec des photographes qui la poursuivent ou des firmes qui utilisent son image sans lui en avoir demandé l'autorisation. Elle ne supporte toujours pas l'intrusion de quiconque dans sa vie privée et défend farouchement son droit à être respectée. Elle n'a rien oublié de ses vieilles rancunes. Une fois qu'elle s'est sentie trahie, c'est pour la vie. Elle est terriblement vindicative et possède une mémoire infaillible d'où l'affront n'est jamais effacé.

Mais elle a installé un rythme de vie qui lui convient tout à fait. Elle se lève chaque matin à sept heures et part se promener une heure au bras de Maurice Tempelsman, dans Central Park. « Je la voyais chaque jour dans le parc, m'a raconté une amie new-yorkaise. Elle était habillée n'importe comment, enveloppée dans des châles, des écharpes, portant un vieux survêtement, un béret sur la tête. On aurait dit une clocharde mais, en même temps, elle avait l'air rayonnante et, même en négligé, elle paraissait belle, unique… »

Puis elle se change et part pour son bureau. Elle maîtrise maintenant son métier d'éditeur, fait paraître des livres de photographes, d'historiens ou de célébrités. Elle publie des romans étrangers ou américains. Elle est toujours à la disposition de ses auteurs et s'adresse à eux comme s'ils étaient la première merveille du monde. Elle ne fait pas semblant : elle sait écouter et elle aime apprendre.

Quand ceux qu'elle aime sont dans le malheur, elle accourt. « Jackie possédait au plus haut point la qualité de tenir bon dans les épreuves, raconte Sylvia Blake, une amie. On n'entendait pas parler d'elle pendant longtemps, mais s'il arrivait quelque chose elle était là. Lorsque ma mère est morte en 1986, j'ai beaucoup vu Jackie. On n'aurait pas pu être plus gentille, plus attentionnée, affectueuse et exquise qu'elle ne l'a été. »

Quand Janet Auchincloss tombe malade, frappée par la maladie d'Alzheimer, elle la soigne. Elle oublie tout son ressentiment et veille sur elle patiemment.

Grâce à Caroline, elle est devenue grand-mère et s'occupe de ses trois petits-enfants : Rose, Tatiana et Jack. Une fois par semaine, elle les prend une journée entière et les emmène se promener et jouer dans Central Park. Elle passe ses vacances avec eux dans la maison qu'elle a achetée (et décorée) à Martha's Vineyard. « Ma petite maison, ma merveilleuse petite maison », répète-t-elle, éblouie.

Les gens heureux n'ont pas d'histoires et Jackie en fait partie. Il n'y a plus de Prince charmant pour la faire rêver et souffrir, plus de tueurs embusqués pour la menacer, plus de mauvaises langues pour la juger, de rumeurs salissantes ou de ragots colportés pour la démolir.

À 64 ans et demi, en février 1994, elle est toujours belle et éclatante, quand elle apprend qu'elle est atteinte d'un cancer des glandes lymphatiques. Elle est hospitalisée, subit une chimiothérapie et, devant la progression inexorable du mal, demande à retourner chez elle. Elle fait son testament. Un modèle du genre, selon le mensuel économique américain *Fortune*. Elle n'oublie personne : tous ceux qui l'ont aimée ou servie y figurent. John et Caroline en sont les principaux bénéficiaires mais aussi ses neveux et nièces, ses petits-enfants et la fondation CJ (pour Caroline et John) qui sera chargée de financer «des projets contribuant à l'élévation de l'humanité ou à la guérison de ses souffrances». Belle réponse de la Princesse à ceux qui la traitèrent de pingre et d'égoïste de son vivant !

Le jeudi 19 mai 1994, entourée de ses enfants et de ses proches, Jackie s'éteint. Le peuple américain pleure : il a perdu sa reine, sa princesse, sa duchesse. À elle seule, elle a fait vendre plus de journaux, de scénarios et de livres que toutes les familles royales du Gotha mondial. Elle emporte avec elle son mystère. C'est son dernier pied de nez à ses adorateurs et à ses détracteurs.

Là-haut, tout là-haut, un bel homme se frotte les mains et choisit son plus beau costume blanc en gabardine, lisse ses épais cheveux noirs, vérifie son hâle et arrange sa cravate : il va enfin retrouver sa fille. Depuis le temps qu'il l'attend, qu'il la voit se débattre sur terre ! Il lui ouvrira les bras et la félicitera. Elle a bien retenu ses leçons, elle a tenu le monde en haleine. «Quand tu es en public, ma fille, mon amour, imagine-toi que tu es sur une scène, que tout le monde te regarde et ne laisse jamais rien deviner de tes pensées. Garde tes secrets pour toi. Sois mystérieuse, absente, lointaine et ainsi tu resteras toujours une énigme, une lumière jusqu'à la fin de ta vie, ma beauté, ma plus que belle, ma reine, ma Princesse… »

Épilogue

Jacqueline Bouvier Kennedy Onassis fut enterrée aux côtés de John Fitzgerald Kennedy, dans le cimetière d'Arlington. «L'endroit est si beau que j'aimerais y rester pour toujours», avait-elle dit quand elle y avait conduit son mari assassiné. Elle rejoignait aussi sa petite fille mort-née et son petit garçon Patrick qui n'avait vécu que trois jours.

Elle rejoignait le mythe Kennedy.

Ce mythe, elle a largement contribué à le créer et à l'entretenir. Si, malgré toutes leurs mésaventures, les Kennedy restent une légende aujourd'hui, c'est en grande partie grâce à la volonté, à la dignité, au sens de l'Histoire de Jacqueline Bouvier qui jamais ne baissa les yeux devant l'adversité. Les malheurs continuaient de s'abattre sur la famille (William Kennedy Smith, un neveu de Jackie, fut jugé pour viol en 1991 et acquitté de justesse), mais Jackie veillait. Elle faisait front. Elle était l'étendard, battant et brillant, de la tribu en train de se défaire derrière son dos. Le vieux Joe avait eu du flair lorsqu'il avait poussé John à épouser cette fille à l'allure et au charme éblouissants. Sans le savoir, il avait choisi son héritier.

Mais en acceptant de devenir une «Kennedy pour toujours», Jackie se joua un mauvais tour. Elle s'enferma dans une image et ne s'en délivra jamais. Elle passa à côté de Jacqueline Bouvier. Elle, qui était avant tout une individualiste, une artiste, une originale, dut se couler dans un moule rigide. Elle se mutila. Elle ne voulut jamais le montrer et se raidit encore davantage. Elle se mit au garde-à-vous. Pour qu'on n'aperçoive rien d'autre que cette apparence lisse et énigmatique. En échange de son sacrifice, elle fut transformée en icône vivante. Mais, tout au fond d'elle-même, avait-elle voulu ce destin vertigineux ?

Je ne crois pas. Elle était plus profonde, plus complexe que cette belle image qu'elle imposa d'elle. Image qui lui servit à la fois de bouclier et de bouée de sauvetage. Car elle se perdait souvent dans ses dédales intérieurs : elle aimait le pouvoir, mais dans l'ombre, possédait une âme d'aventurière mais tremblait de peur sans protection ; elle avait des comportements d'avant-garde et des manières petites-bourgeoises, parlait comme une enfant et montrait une poigne d'acier en cas de malheur, pouvait jouer les délicieuses marquises et lisait Sartre. Elle incarnait trop de femmes à la fois. Tirée à hue et à dia entre toutes ses aspirations, elle souffrait tant de ses contradictions que lorsque la tension était trop forte, qu'elle ne pouvait la maîtriser, elle se recroquevillait sur elle-même et refusait d'avancer. Elle devenait alors bête et bornée, méchante et mesquine. Elle s'en prenait aux hommes et à leur pouvoir. Au fait qu'elle avait été obligée d'en passer par eux pour écrire l'histoire de sa vie. Elle choisit les plus puissants, les plus connus (elle était trop orgueilleuse pour se contenter d'une cible facile) et les fit payer. Au sens véritable du mot. Combien de femmes perdues, trompées, humiliées ne se vengent-elles pas de la même manière ?

En agissant ainsi, Jackie retombait en enfance et s'enfonçait encore davantage dans son malheur originel. Elle redevenait la petite Jacqueline tiraillée entre sa mère et son père, entre un conservatisme bien-pensant et une vie d'aventures et de plaisirs échevelés ; elle ne savait plus où se diriger et demeurait pétrifiée. Pour renaître l'instant d'après, comme par enchantement, en une créature étonnante, éblouissante. « Tu seras une reine, ma fille… »

Si seulement, elle avait pu oublier les voix de son enfance et se mettre à son compte…

Elle ne le pouvait pas : pour vivre à son compte, il faut avoir confiance en soi. Et pour avoir confiance en soi, il faut que le regard doux, généreux et bienveillant d'un père ou d'une mère se soit posé sur l'enfant. Jackie ne connut jamais ce regard doux, bienveillant, généreux. Elle eut les sabres de deux grands égoïstes qui cliquetaient au-dessus de sa tête.

Elle vécut entre un piranha coriace et un piranha adorateur. Il lui fallut toujours fuir pour ne pas être dévorée. Toute sa vie fut donc une course éperdue. Elle ne réussit jamais son envol mais vola pour les autres, ou pour une autre qui n'était pas elle et qui s'appelait Jackie. Et le pire, je pense, c'est qu'elle le savait. Elle ne respectait pas, profondément, ce qu'elle avait fait de sa vie. Elle avait eu un rêve autrefois… et elle n'avait pas eu le courage de l'étreindre. Elle devait se dire qu'avec un tout petit peu plus de caractère, elle se serait taillé un destin à sa mesure. Un destin à elle. Signé Jac-line.

Elle fut sa pire ennemie. Car elle était extra-lucide. Elle s'en voulait de ne pas avoir eu ce courage et ses colères à retardement étaient inexplicables et terribles. Consciente de pouvoir être, de pouvoir faire, de pouvoir exister toute seule et en même temps empêtrée dans ses inhibitions, ses peurs, sa panique de manquer, et ses blessures de petite fille. Elle méprisait ses faiblesses mais en était prisonnière.

Elle fit alors de sa vie une production à la Jackie. Elle se joua et rejoua « la Reine du cirque », changeant de chapiteau et de trapéziste au fil des ans et des humeurs. Une superproduction du XXᵉ siècle, avec les paillettes de la Beauté, du Pouvoir, de l'Argent, de l'Amour et de la Haine. Un attrape-nigaud qui avait pour seul avantage de garder intact son douloureux secret.

C'est le secret que la petite Jacqueline Bouvier, fille de Jack et de Janet, emporta dans sa tombe. Ce secret qu'elle partage avec tant de femmes et d'hommes paralysés par leur enfance, immobilisés à l'âge où l'on déplie ses ailes. Ce secret qui la rend si émouvante parce que, tout à coup, si banale et si proche de milliers d'enfants détruits par des parents inconscients du mal qu'ils font. Ce secret qu'elle avait cru cacher en l'habillant des plus beaux habits de la gloire.

Elle est partie en faisant confiance à ceux qui l'aimaient : ceux-là avaient deviné son drame intérieur, ils chériraient à tout jamais la petite Jacqueline Bouvier. Les autres n'avaient qu'à se contenter de la belle image, du bel album de photos qu'elle leur laissait, des belles histoires que la postérité, cette grande menteuse, ne manquerait pas de raconter.

Remerciements

Ce livre n'est pas un ouvrage historique, ni une biographie exhaustive. C'est le portrait d'une femme libre, une héroïne de roman, que m'a inspiré une jeune fille du nom de Jacqueline Bouvier.

Je voudrais remercier tous ceux qui, par leur travail et leurs enquêtes, m'ont permis d'approcher le personnage mystérieux qu'était Jacqueline Bouvier Kennedy Onassis. Et, en premier, David Heymann, dont le superbe livre *Jackie. Un mythe américain. Jacqueline Kennedy Onassis* (paru aux éditions Robert Laffont, Paris) m'a beaucoup aidée, grâce aux centaines d'anecdotes et de témoignages qu'il rapporte.

Merci aussi à :

– Stephen Birmingham pour son livre *Jacqueline Bouvier Kennedy Onassis*, Grosset and Dunlap Inc., New York ;

– J. B. West, *Upstairs at the White House*, Coward, McCann & Geoghegan ;

– Mary Barelli Gallagher, *My Life with Jacqueline Kennedy*, Michael Joseph, Londres ;

– Nigel Hamilton, *JFK. Reckless Youth*, Random House Inc., New York ;

– Kitty Kelley, *Oh ! Jackie*, Buchet-Chastel, Paris ;

– Romain Gary pour son article paru dans *Elle* (4-10 nov. 1968).

Merci également à Fernande Ricordeau, à la documentation de *Paris-Match*, qui a mis à mon service tous les articles, les témoignages, les rapports concernant Jacqueline Bouvier Kennedy Onassis.

La liste des journalistes qui ont écrit des articles sur Jackie et les références de leur publication sont trop longues pour être intégralement reproduites ici, mais je tiens à les remercier tous car ils ont contribué à me faire comprendre le personnage et le destin de Jackie Kennedy Onassis.

K. P.

Table